JAMES RENNER

Né en 1978, James Renner est écrivain et journaliste. Obsédé depuis l'âge de onze ans par un crime irrésolu perpétré dans l'Ohio en 1989, il y a consacré au fil des années un livre et de nombreux articles. *L'Obsession* (Super 8 Éditions, 2014) est son premier roman.

Retrouvez toute l'actualité de l'auteur sur : www.jamesrenner.com

L'OBSESSION

JAMES RENNER

L'OBSESSION

Traduit de l'anglais (États-Unis)
par Caroline Nicolas

SUPER 8 ÉDITIONS

Titre original :
THE MAN FROM PRIMROSE LANE

FSC
www.fsc.org
MIXTE
Papier issu de sources responsables
FSC® C003309

Pocket, une marque d'Univers Poche,
est un éditeur qui s'engage pour la préservation
de son environnement et qui utilise du papier fabriqué
à partir de bois provenant de forêts gérées
de manière responsable.

ISBN : 978-2-266-25055-9

Pour Tanner

« On va t'attraper ! On va te faire prisonnier !

Quant à ton grain de poussière… Ha ! Il va passer à la casserole.

Dans un bouillon fumant d'huile de noix de Beezle !

— À la casserole ? s'exclama Horton, horrifié.

Oh non, vous ne pouvez pas faire ça !

Il y a plein de personnes sur ce petit monde-là ! »

Dr Seuss

Prologue

« L'homme de Primrose Lane » : voilà le nom sous lequel on le connaissait, ici, même si certains l'appelaient « l'ermite », « le reclus » ou « le cinglé » quand ils jacassaient à son propos aux fêtes de quartier. Pour l'agent Tom Sackett, cependant, il avait toujours été « l'homme aux mille moufles ».

Il y avait une raison à ce surnom : l'ermite portait toujours des moufles en laine, même en plein mois de juillet. Peu de gens avaient dû remarquer qu'il en mettait une paire différente chaque fois qu'il sortait de sa maison délabrée. La plupart des habitants de l'ouest d'Akron détournaient les yeux quand ils le voyaient, ou traversaient la rue pour éviter de passer trop près de lui. Il était étrange. Et parfois, étrange voulait dire dangereux. Mais Sackett, qui avait grandi quelques maisons au nord de Primrose Lane, avait toujours été intrigué. Dans un classeur, quelque part dans sa cave, se trouvait une liste détaillée de chaque paire de moufles qu'il l'avait vu porter : des noires, des beiges, des bleues avec un liseré blanc, des blanches avec un liseré bleu et une fois, en plein milieu d'un lointain mois de mai, des moufles de Noël, brodées de sucres d'orge et de rennes.

Sur le court trajet qui menait du poste à la petite maison rouge sur Primrose Lane, Sackett songea qu'il n'avait plus revu l'homme aux mille moufles depuis qu'il avait quitté le lycée, douze ans auparavant. Il se rappelait l'avoir vu passer d'un pas traînant devant sa maison dans Merriman Street au moment où sa mère photographiait son petit frère, qui lui avait volé son costume de diplômé et folâtrait sur la pelouse en se prenant les pieds dans les amples plis de rayonne bordeaux et or. Il se rappelait son excitation lorsque, quelques jours plus tard, il avait découvert l'étrange vieil homme sur une ou deux de ces photos : lointain et flou, mais bien là. Pour autant qu'il le sache, c'étaient les seuls clichés de lui qui existaient.

Sackett entra dans Primrose Lane, qui, en réalité, n'était rien de plus qu'une longue allée privative, car l'homme aux mille moufles était le seul à habiter dans cette impasse. Assis à l'ombre du porche affaissé se trouvait le jeune homme qui avait appelé la police. Billy Beachum. Le seul contact direct que le vieil homme maintenait avec le monde extérieur.

Billy Beachum était le livreur de l'ermite. Une fois par semaine, il remontait Primrose Lane dans sa Chevrolet Cavalier 1999 pour apporter un carton de produits plus ou moins essentiels et prendre la liste de la semaine suivante des mains emmitouflées du vieil homme. Ils discutaient rarement. C'était la mission de Billy de dénicher tout ce qui était indiqué sur la liste, même les objets les plus incongrus. Le vieil homme lui avait donné une carte pour payer. Le titulaire était une société faîtière du nom de Telemachus Ltd., dont le véritable propriétaire se cachait derrière un dédale de structures légales et de filiales. Bill y recevait trois cents dollars par mois en espèces pour sa peine ; pas mal pour un ado de 16 ans qui ne possédait en tout et pour tout qu'un portable et une voiture d'occasion.

Billy tenait ce travail de son frère, Albert Beachum, lequel le devait à son cousin Stephen Beachum, qui l'avait hérité de leur oncle, Tyler Beachum, qui le tenait lui-même d'on ne savait qui car il était mort depuis. Billy était discret et ne parlait jamais de son étrange emploi, même à ses plus proches amis. Il mettait un point d'honneur à garder le secret sur ses liens avec l'homme de Primrose Lane, tout comme à livrer chacun des objets commandés chaque semaine par le vieil homme, une tâche particulièrement difficile quand il se voyait demander des choses comme « un annuaire à double entrée de Cleveland Heights », « une mue de cigale » ou « un récipient, d'environ vingt-cinq centimètres sur vingt-cinq, capable de résister aux conditions météorologiques de l'Ohio pendant cinquante ans ». Pour l'essentiel, cependant, sa tâche était plus facile : produits d'épicerie, livres de poche, revues porno.

Les Beachum gardaient le secret sur leur rôle depuis près de trente ans. En fait, il n'y avait qu'une seule chose qui aurait pu les pousser à rompre le silence ; et cette chose venait apparemment, et malheureusement, d'arriver alors que Billy était de garde.

« Il ne répond pas à la porte, annonça Billy en guise d'accueil tandis que Sackett approchait. Je crois qu'il est mort. »

Le policier s'arrêta pour renifler la moiteur estivale. Indubitablement, il flottait dans l'air une sombre note de putréfaction, même si elle était probablement trop infime pour que le garçon lui-même l'ait sentie, sans quoi il ne se serait pas assis si près de la porte. Sackett, qui avait récemment récupéré le corps d'un homme qui avait sauté du Y-Bridge, corps dont personne ne s'était préoccupé pendant une semaine parce que personne au foyer pour sans-abri n'avait signalé sa disparition, reconnut immédiatement l'odeur pour ce qu'elle était et eut un haut-le-cœur au souvenir vivace des asticots qu'il avait vus sortir en rampant des narines du clochard telles des crottes de nez vivantes.

Il regarda le jeune homme, les paquets de courses posés à côté de lui – de la nourriture, un *Hustler*, le dernier roman de Winegardner et un compteur Geiger (une requête particulièrement difficile à satisfaire, pour ce que ça allait lui servir désormais) – et en déduisit rapidement son rôle. Beaucoup de choses s'expliquaient, comme par exemple le fait que personne ne voyait jamais le vieil homme à la supérette. Évidemment, il avait chargé quelqu'un de faire ses commissions pour lui. À une époque où beaucoup d'ados font circuler la moindre rumeur par texto et publient des demi-vérités salaces sur Facebook, Sackett éprouvait de l'admiration pour le jeune homme, et pour ceux qui l'avaient précédé.

Il frappa du poing à la porte ; un bruit sonore et creux. Il répéta son geste, avec plus de vigueur.

« Police ! » annonça-t-il d'une voix une octave plus bas que la normale.

Billy l'observait avec de grands yeux mais ne bougeait pas.

« Est-ce que tu as une clef ? »

Le jeune homme rit poliment.

« Je m'en doutais un peu », fit Sackett.

Il tenta de regarder par le judas embué encastré dans la porte mais il faisait trop noir à l'intérieur pour distinguer quoi que ce soit.

Machinalement, il actionna la poignée de verre.

Elle tourna sans résistance sous ses doigts et la porte s'ouvrit avec un déclic ; un frisson sembla se répercuter dans toute la maison. Un nuage de poussière passa par l'étroite bande d'obscurité entre la porte et le mur, pailletant l'air d'une myriade de points minuscules. Était-ce un soupir léger que Sackett venait d'entendre ? Ou bien l'avait-il imaginé ?

« Merde, fit Billy. J'ai même pas essayé. Désolé. »

Sackett leva une main pour l'arrêter.

« Reste là. Je reviens tout de suite. »

La porte d'entrée de la maison, de style néo-Tudor rustique, donnait sur un étroit vestibule. Derrière, une volée de marches escarpées menait à l'étage. L'odeur devenait plus intense, carrément fétide.

« Ohé ? appela-t-il d'une voix qui se brisa comme celle d'un adolescent. Il y a quelqu'un ? »

Sur sa gauche se dressait une étroite penderie qui sentait le cèdre. Bien que ce fût la première fois qu'il mettait le pied dans cette maison, il sut ce qu'il allait y trouver. Mais il ne put se retenir. Il vit son bras se tendre pour ouvrir la porte. À l'intérieur s'entassaient des boîtes étiquetées Divers. Celle du dessus, ouverte, révélait un assortiment de moufles de toutes les couleurs de l'arc-en-ciel. Il devait y avoir au moins une centaine de paires dans ce placard.

Lorsqu'il se retourna vers l'escalier, ses yeux s'étaient assez accoutumés à l'obscurité pour qu'il remarque la traînée de sang qui menait de derrière le coin du couloir – la cuisine, probablement – jusqu'au salon, quelques pas devant lui sur sa gauche. On avait traîné un corps sur le plancher poussiéreux.

Sackett fit sauter le bouton de son holster mais laissa son arme sur sa hanche tandis qu'il entrait dans le salon.

La traînée brunâtre s'arrêtait au corps de l'homme

aux mille moufles. Celui-ci était assis au centre de la pièce dans une mare de sang séché, adossé à une chaise en bois renversée. Le seul autre meuble était un fauteuil pliant en métal, trônant dans un coin à côté d'une vieille lampe posée par terre. Les quatre murs disparaissaient entièrement derrière des tours de livres de poche soigneusement empilés qui s'élevaient jusqu'au plafond, très haut, comme autant de gratte-ciel serrés les uns contre les autres. Le mort avait le menton posé sur la poitrine, et les jambes écartées. Quelqu'un lui avait coupé les doigts.

Sackett se pencha vers le cadavre en évitant de mettre le pied dans la mare cramoisie qui l'entourait. Le vieil homme était vêtu d'un short kaki et d'un T-shirt blanc taché et percé d'un trou noir de la taille d'une pièce de dix cents, quelques centimètres au-dessus du sternum : une balle l'avait perforé. Des asticots sortaient du trou en ondulant, pour tomber sur la pellicule de sang durci avec un son qui rappelait celui d'une pluie légère contre une vitre.

Ce genre de blessure, Sackett le savait, provoquait une hémorragie interne. Le plus gros du sang sur le sol venait à n'en pas douter de ses mains.

Sackett se releva et gagna posément la cuisine, remontant la piste sanglante jusqu'à son point d'origine : le mixeur.

« Ce sont des doigts ? demanda Billy qui était apparu sur le pas de l'autre porte et avait les yeux fixés sur les morceaux de chair moisie dans le bol. Oh… »

Il retint un haut-le-cœur. Deux. Au troisième, un demi-gallon de vomi jaillit de sa bouche pour se répandre sur le sol, contaminant la scène de crime de Sackett d'un Hot Pocket jambon-fromage et d'un verre de Kool-Aid rouge partiellement digérés.

« Ça va mieux ? » demanda le policier.

Billy hocha la tête.

« La prochaine fois qu'on te dit d'attendre dehors, tu crois que tu pourras obéir ? »

Le jeune homme acquiesça de nouveau.

« Bien. »

Première partie

Elizabeth

Épisode 1

Le monde selon David Neff

Il y avait beaucoup de choses chez sa femme dont David Neff était nostalgique, mais ce qui lui manquait le plus, c'était sa façon de s'asseoir sur un canapé, appuyée contre un énorme coussin, les jambes repliées sous elle, lorsqu'elle regardait un film sur Lifetime ou quelque ridicule émission de télé-réalité. Une fois, avant sa mort, il lui avait fait remarquer qu'aucun homme ne s'asseyait jamais comme ça, que c'était une position exclusivement féminine. C'était une des petites choses qui l'enchantaient. Il adorait la façon insouciante dont elle agitait les pieds au rythme des variations lumineuses de l'écran. Lorsqu'il s'était enfin décidé à faire le tri dans ses affaires deux mois après son enterrement, il avait trouvé une photo d'elle enfant, pelotonnée exactement de la même manière sur le canapé de ses parents. Il l'avait collée sur la porte du réfrigérateur. Elle y était toujours, à côté des dessins caricaturaux, aux contours outrés, de leur fils de 4 ans.

Comme presque tous les jeudis après-midi, David était assis par terre dans le salon, devant le canapé – son canapé à elle – avec un bol de SpaghettiO's sur les genoux, un paquet de chips à sa droite, à regarder un épisode de *Bob l'Éponge* qu'il avait déjà vu cinq fois mais avait quand même enregistré. Son fils, Tanner, faisait la sieste à l'étage.

David était un homme autrefois séduisant qui s'était un peu empâté. Ses cheveux sombres lui tombaient dans les yeux, un peu trop gris pour ses 34 ans. Une barbe de trois jours bleuissait son double menton. Une goutte de ketchup séchée tachait le devant de sa chemise, témoin de la bataille gagnée de justesse qu'avait été le repas de Tanner.

Autour de lui, la pièce évoquait les vestiges d'un espace autrefois habitable qui aurait été le théâtre de l'explosion d'une bombe artisanale remplie de linge et de jouets. Une semaine sur deux, la grand-tante de Tanner passait récupérer les vêtements d'enfant qui drapaient le dessus de la cheminée, les lampes et le ventilateur au plafond, les lavait et revenait les ranger, pliés, dans la commode de la chambre du petit garçon. Elle mettait les robots cassés à la poubelle, remettait grenouilles en peluche et Lego dans leurs caisses respectives et changeait les piles de son pistolet à balles en plastique et de son piano à queue miniature. Il ne leur fallait que deux jours pour anéantir son travail. Le désordre ne dérangeait pas David. Ni Tanner.

Parce que la mort de sa femme avait été classée comme suicide, son assurance-vie avait été invalidée et David, de son côté, n'avait pas réussi à travailler une seule journée depuis lors. Mais ils n'avaient pas besoin d'argent. Les droits d'auteur de son premier livre – *Le Protégé du tueur en série* – avaient atteint le million deux ans plus tôt et les ventes restaient bonnes, notamment grâce à un article de *Rolling Stone* qui l'avait étiqueté à tout jamais comme « le meilleur auteur de récits criminels depuis Truman Capote ».

David avait cessé de s'intéresser à ce qu'il avait sur son compte en banque, mais il savait que c'était plus que ce qu'il avait jamais imaginé gagner dans toute sa vie.

Depuis la mort de sa femme, et pour encore quelques minutes, David s'était résigné au fait que *Le Protégé du tueur en série* serait son seul livre et que ce n'était pas grave, parce qu'il avait Tanner et qu'il pouvait passer le reste de ses jours à veiller à sa sécurité, son confort et son bonheur.

Mais c'est alors qu'on frappa à sa porte.

David n'attendait personne. La grand-tante de Tanner n'était pas censée passer avant plusieurs jours. Il supposa que c'était un enfant du quartier qui essayait de vendre des bonbons pour financer les activités de sa fanfare scolaire, et ne répondit pas. Mais on frappa de nouveau, trop fort pour que ce soit un enfant.

Il alla à la porte et regarda par le judas. Un homme se tenait devant chez lui. Un homme mince avec des lunettes à monture d'acier et le sommet du crâne dégarni.

Paul.

David grimaça. Il n'avait pas envie de voir Paul. Il ne voulait pas lui parler. C'était de la faute de cet homme s'il ne pouvait pas faire son deuil comme il avait parfois le sentiment qu'il le méritait : à la rue, sans le sou, avec les autres âmes en peine.

Paul Sheppard était son éditeur ; celui qui avait lu la proposition, soumise par David, d'un livre basé sur les notes laissées par le condamné pour meurtre Ronil Brune et lui avait reconnu un minimum de talent. Avant *Le Protégé du tueur en série*, Paul était un éditeur exclusivement régional, le genre qui fournissait les librairies indépendantes en copies de *Souvenirs des métallurgistes de Cleveland* et d'*Histoire du Cleveland hanté*. Depuis, il avait un bureau à Manhattan.

À contrecœur, David ouvrit la porte.

« Il est vivant ! s'exclama Paul en levant les bras en l'air comme le Dr Frankenstein.

— Chut ! Tu vas réveiller le gamin, répondit David en lui faisant signe d'entrer.

— Désolé. » En entrant dans le séjour, Paul secoua la tête et fit entendre un sifflement. « J'ai vu un documentaire l'autre jour, sur Discovery Channel. C'était au sujet d'une femme qui vit à Manhattan : un vrai écureuil, elle ne jetait jamais rien. Elle était obligée de se frayer un chemin au milieu du fatras pour atteindre la salle de bains et la cuisine.

— Ah ouais ?

— Tu es à deux doigts de devenir cette femme. Sa famille l'a fait enfermer, tu sais.

— Heureusement que tu n'es pas ma famille, alors, fit David avec un léger sourire. Te mets pas là ! »

Il bondit vers le fauteuil inclinable sur lequel Paul s'apprêtait à s'asseoir et repoussa d'une tape le *Beacon Journal* de la veille. Dessous se trouvait une barquette plastique qui avait contenu un plat cuisiné micro-ondable. David la lança à l'autre bout de la pièce, et elle atterrit à côté de la poubelle.

« Je ne m'attendais pas à recevoir de la visite.

— Je t'ai laissé au moins vingt messages. Si tu ne continuais pas à déposer mes chèques, je ne saurais même pas que tu es encore en vie. »

Paul s'assit dans le fauteuil tandis que David s'affalait sur le canapé, envoyant rouler au sol un grand gobelet de soda pas tout à fait vide.

« Content de te voir, dit David avec sincérité. Comment vont les affaires ?

— Oh, tu sais, répondit Paul avec un geste de va-et-vient. *Le Protégé* se vend toujours. Je crois que la moitié des universités dans le pays l'ont au programme de leurs cours de journalisme, ça contribue aux ventes chaque semestre. Et sinon, je viens de signer un contrat avec un nouveau venu très prometteur de Pittsburgh, dont le manuscrit m'a soufflé.

— C'est pas des mémoires, si ? Dis-moi que c'est pas encore des mémoires.

— Eh bien, si, justement, c'en est. C'est l'histoire d'un fondeur d'acier alcoolique qui a fait de la prison pour vol aggravé et qui, lorsqu'il en est sorti, s'est racheté une conduite en construisant pièce par pièce un semi-remorque à traction dans son garage. Ça te tuerait pas d'écrire quelque chose pour la quatrième de couverture.

— C'est pour ça que tu es ici ?

— Bien sûr que non », répondit Paul avec l'ombre d'un sourire. De la poche de sa veste de sport, il sortit un pavé relié. Il le lança à David, qui l'attrapa d'une main.

La photo en noir et blanc, au grain visible, qui ornait la couverture représentait une colline herbeuse baignée de chaleur estivale. Au sommet se trouvait une voiture de patrouille des années 1970 dont la portière côté conducteur était entrouverte. À l'arrière-plan, une rangée de vieux pins aux branches noueuses comme des mains pleines d'arthrose. David connaissait cette photo. En fait, c'était lui qui l'avait découverte, à l'intérieur d'une boîte étiquetée Divers dans les archives de presse de l'université d'État de Cleveland. C'était un cliché d'une scène de crime, un élément de l'une des nombreuses affaires non classées sur lesquelles il avait écrit avant de devenir complètement obnubilé par

Ronil Brune. Le titre du livre était *Les Petits Mystères du grand Cleveland.* Il y avait son nom au bas de la couverture.

« Qu'est-ce que c'est que ça ? demanda-t-il.

— Ton prochain livre, répondit Paul. Ce n'est qu'une maquette, mais je voulais que tu la voies, que tu en sentes le poids entre tes mains. C'est une bonne couverture, non ?

— Très bonne, Paul. Le seul problème, c'est que ce n'est pas moi l'auteur de ce livre.

— Si. Ce sont douze des meilleurs articles consacrés à des affaires criminelles que tu as écrits du temps où tu travaillais pour l'*Independant* : Beverly Jarosz, Sam Sheppard, Lisa Pruett. J'ai fait un peu de ménage et déplacé deux ou trois trucs – me regarde pas comme ça, tu ne maîtrisais pas encore tout à fait la structure dramatique à l'époque – et je les ai rassemblés dans ce petit livre de poche. Quelque chose à lire cet été pour ceux qui vont à la plage, je me disais. Quelque chose pour faire tenir tout le monde en attendant le prochain David Neff.

— Je n'ai pas besoin d'argent.

— Moi non plus.

— Alors pourquoi ? »

Paul balaya rapidement la pièce des yeux, puis les reposa sur David.

« Je crois que tu as besoin de quelque chose pour te rappeler pourquoi tu es devenu écrivain à la base. Une petite tournée de conférences dans les facs de Nouvelle-Angleterre ? Un peu de pub gratuite dans les revues spécialisées ? Des groupies ?!

— Les groupies des récits d'enquêtes criminelles sont essentiellement des femmes d'âge moyen qui ressemblent à ma prof d'économie domestique au lycée.

Personne ne voudra payer pour un tas de vieux articles. Tous ceux qui seraient intéressés les ont déjà lus en ligne.

— Ah ! fit Paul en levant l'index. Ce ne sont pas uniquement des réimpressions. Jette un coup d'œil à la table des matières.

— L'étrange affaire de l'homme de Primrose Lane ?

— Ton prochain projet. C'est le nouveau mystère sur lequel tu vas enquêter, l'article inédit dont on va se servir pour assurer la promo du livre.

— L'homme de Primrose Lane ? Jamais entendu parler. Qui c'est ?

— Putain, David, tu ne lis plus jamais le journal, ou quoi ? » Paul regarda son ami en silence, étudiant son visage comme s'il essayait d'y discerner quelque trace du David Neff d'autrefois. « Toi, l'éternel optimiste. Toi qui croyais pouvoir résoudre *tous* ces mystères, avant, tu te rappelles ?

— Et comment ça s'est terminé ?

— Tu te fiches de moi ? Regarde autour de toi. Qu'est-ce qui a payé pour cette maison ? Ces jouets ? La Volkswagen dans le garage ? Le fonds fiduciaire de ton fils de 4 ans ? Tu as résolu l'affaire Ronil Brune. L'affaire la plus embrouillée dont on ait jamais entendu parler.

— Mais je ne suis plus qu'un père, maintenant.

— Quatre ans dans le noir, ça suffit. Tu m'as dit une fois que tu ne t'étais jamais senti aussi bien dans ta peau que quand tu étudiais ces dossiers pour écrire tes articles. Voilà un nouveau mystère dans lequel te plonger.

— C'est un peu ironique, tu ne trouves pas ? Vouloir me sortir de ma dépression en me faisant enquêter sur une affaire de meurtre non résolue ?

— Il n'y a pas d'enfants morts dans celle-ci. Du moins pas assassinés.

— Pour autant que tu le saches.

— Tu veux un topo ? »

David se frotta les mains d'un air distrait. Son cœur palpitait dans sa poitrine. Son cou le démangeait. Une poussée d'adrénaline, déjà ? Oui, il se rappelait bien cette sensation. Le désir irrépressible d'une chose qu'il savait devoir refuser. Ce devait être ce que sa mère ressentait à chaque fois qu'elle voyait un serveur remplir un verre de vin dans un restaurant. C'était ce qui avait mis son propre couple en péril, une fois.

« Oui, murmura-t-il.

— L'homme de Primrose Lane était un reclus qui vivait dans la partie ouest d'Akron, à moins de deux kilomètres d'ici, dans une des rues qui donnent sur Merriman Street.

— Oui, je vois où est Primrose Lane. Attends. Tu parles du vieux qui se promenait du côté du parc, parfois en plein été, avec des moufles ?

— Je crois, oui.

— Je l'ai vu quelques fois après qu'on a emménagé ici. Bizarre, ce type. À le voir marcher, tu aurais cru qu'il avait un endroit important où aller, mais je ne l'ai jamais vu ailleurs que dans la rue. Ni au supermarché ni en train de faire la queue pour acheter du chinois à emporter ou un truc comme ça. Il ne regardait personne dans les yeux. Il me fichait les jetons. Je me suis toujours dit qu'il ressemblait à mon oncle Ira qui se serait pris une cuite. Il est mort, si je comprends bien.

— Assassiné.

— Comment est-il possible que quelqu'un en ait eu après lui s'il ne connaissait personne ? Est-ce que c'était un cambriolage ?

— Ça n'y ressemble pas. Ça a l'air personnel. Le meurtrier a coupé les doigts du vieux au niveau de la deuxième phalange et les a passés au mixeur. Il lui a lacéré les paumes, aussi. Puis il l'a traîné dans le séjour et lui a tiré un coup dans l'estomac. Et l'a laissé là. D'après ce qu'on a réussi à déterminer, le vieux a mis une demi-heure à se vider de son sang. À attendre la mort sans rien pouvoir y faire.

— Putain de merde. C'était quand, tout ça ? » Paul se tortilla dans son fauteuil, soudain mal à l'aise. « On a trouvé son corps le 21 juin 2008.

— Deux jours après Elizabeth. »

Paul acquiesça.

« Pas étonnant que je n'en aie pas entendu parler », fit David. Il soupira bruyamment, puis secoua la tête. « Des suspects ?

— La police n'a aucune piste.

— Comment s'appelait-il en vrai ?

— Eh bien, fit Paul avec un sourire, c'est là que ça devient intéressant. Lorsqu'il a acheté sa maison en 1969, il a fourni le numéro de Sécurité sociale d'un homme du nom de Joseph Howard King. Mais ce n'est pas qui il était vraiment.

— Qu'est-ce que tu veux dire par là ?

— Un an après la découverte du corps, la police reçoit un coup de fil de la banque. Ce mec avait dans les sept cent mille dollars sur son compte épargne, et trois *millions* et demi de plus en actions et obligations. Sous le pseudonyme de Joseph Howard King, il a fortement investi dans la technologie : Apple, Google, ce genre de choses. Mais la banque n'arrive pas à trouver ses proches, alors elle appelle les flics à la rescousse. Le problème, c'est que cela fait un an que les détectives travaillent sur l'affaire, et qu'ils n'ont pas trouvé la famille du gars non plus. Un juge des successions s'en mêle, à cause de l'argent. Je veux dire, il y a quelqu'un qui va toucher un gros chèque dès qu'ils auront déterminé à qui doit aller ce fric.

— C'est probablement là le mobile du meurtre. Quatre millions de dollars, c'est quatre millions de raisons de le tuer, si tu es un héritier.

— Effectivement. Sauf que personne ne s'est présenté pour le réclamer. Donc ce juge nomme un certain Albert Beachum exécuteur testamentaire de la succession. Apparemment, la famille de Beachum avait fait des courses pour l'homme de Primrose Lane pendant des années. Le juge laisse Beachum retirer de l'argent sur le compte pour transférer la dépouille du mec de sa tombe d'indigent à une concession plus grande dans le cimetière de Mount Peace. Et quand Beachum dit : "Que la police aille se faire foutre, je veux embaucher un détective privé pour localiser la famille de cet homme", le juge accepte et le laisse financer sa propre enquête. Le détective se sert du numéro de sécu de Joseph Howard King pour obtenir son acte de naissance. Sur celui-ci figurent le nom des parents du mec et celui de l'hôpital où il est né. Donc le privé demande à consulter les archives de l'hôpital sur les années précédant et suivant la naissance de King.

— Il a trouvé ses frères et sœurs. »

Paul fit un geste de connivence.

« Bingo ! Un autre enfant du nom de King, avec les mêmes parents, est né deux ans plus tard dans le même hôpital. C'est la sœur, Carol. Le privé ne se sent plus, tu imagines. Il va pouvoir appeler cette femme et lui annoncer qu'elle vient de toucher le gros lot. Sauf que, quand il fait ça, Carol lui annonce que son frère Joe est mort depuis 1932. Il a été tué dans un accident de voiture à Bellefonte, Pennsylvanie, à l'âge de 6 ans. L'accident a aussi coûté la vie aux parents. Carol se trouvait à la maison avec la baby-sitter.

— Il a volé l'identité d'un gamin mort et il est allé s'enterrer à Akron, Ohio, fit David, les yeux écarquillés et légèrement dans le vague, comme un drogué qui vient de se shooter. Tu sais quoi ? Je parie qu'il était originaire de Bellefonte. Il a probablement entendu parler de l'accident dans le journal et il s'en est souvenu des années plus tard lorsqu'il a eu besoin de changer de nom, quelle qu'en soit la raison. Qu'est-ce qu'ils vont faire du fric maintenant ?

— Tout le monde se le dispute. Carol le veut, bien sûr. Elle estime que, puisque cet inconnu a volé l'identité de son frère, elle a des droits sur cet argent. Elle a mis un avocat de première sur le coup. Les Beachum ont l'air de braves gens, mais ils sont impliqués aussi, et ont engagé leur propre avocat. Le comté de Summit et le maire d'Akron veulent également faire valoir leurs droits. Si on ne trouve pas la famille, la loi stipule que l'argent doit aller à l'État, mais la ville et le comté veulent aussi leur part du butin.

— Et la police ?

— Elle n'a rien dit. Mais il y a un autre rebondissement, juste histoire de compliquer l'affaire.

— Évidemment.

— Parmi les très rares effets personnels du vieux se trouvait un carnet tout écorné. »

David se pencha en avant.

« Et dans ce carnet ?

— Toute la vie d'une fille qu'il n'a apparemment jamais rencontrée : un récapitulatif de tous les matchs de softball auxquels elle a participé, de toutes les récompenses qu'elle a reçues à l'école, de chacun de ses petits amis, du moindre de ses PV. Tous les détails de sa vie réunis dans ce carnet, griffonnés d'une main qu'ils ne peuvent attribuer qu'à l'homme de Primrose Lane.

— Il était obsédé par elle, hein ?

— Totalement.

— Et cette fille, elle en a aussi après l'argent, je suppose ? »

Paul secoua la tête.

« Non. Elle s'en fiche complètement. Ce qui est dommage, car ce carnet ressemble par endroits à une véritable déclaration d'amour. Il est évident que le vieux aimait beaucoup cette fille – cette femme, pardon – à sa manière, un peu tordue. Il ne la désigne jamais comme sa bénéficiaire, mais laisse presque entendre… Eh bien, il faudra que tu lises les coupures de presse. »

David resta assis sur son canapé, les yeux perdus dans le vague, grattant de temps en temps le début de barbe qui ombrait son visage juvénile. Son regard finit par s'arrêter sur une photo de Tanner posée sur la cheminée. L'enfant y était âgé d'environ 2 ans, et ses cheveux en broussaille étaient fouettés par le vent qui venait de l'océan derrière lui.

« C'est une histoire intéressante, finit-il par admettre.

— Je sais.

— Mais elle a l'air d'avoir déjà été en grande partie traitée. »

Paul esquissa un geste dédaigneux.

« On en a parlé, mais rien n'a été *écrit*. Et il te reste plein de mystères à élucider. Qui l'a tué, qui il était vraiment, pourquoi il était obsédé par cette fille…

— J'apprécie ce que tu es en train d'essayer de faire. Et si j'étais prêt à recommencer à écrire, ce serait le sujet idéal. Mais je ne peux pas.

— Pourquoi ? »

David se leva et fit signe à Paul de lui emboîter le pas.

« Viens dans mon bureau. Laisse-moi t'offrir un verre. »

David habitait un ranch aux plafonds hauts bâti en 1954 pour un docteur en homéopathie. L'architecte s'était plié aux goûts du médecin célibataire : c'était une construction moderne, avec une pointe de rusticité raffinée. La cheminée était encadrée de rocailles qui servaient en ce moment de montagnes à une phalange de soldats en plastique qui marchaient sur la cuisine. De chaque côté du long couloir sur lequel donnait le salon, les murs étaient tapissés de tissu de crin, doux au toucher mais effiloché près du sol, là où le chat des précédents habitants s'était frotté. Ils passèrent discrètement devant la chambre de Tanner. Celui-ci sommeillait au milieu de son lit, ses genoux noueux ramassés sous lui, les fesses pointées vers le ciel : c'était la seule position dans laquelle il arrivait à dormir. Au bout du couloir, derrière une porte en chêne, se trouvait ce qui s'appelait l'« aile est » de la maison.

En vérité, ce terme désignait simplement deux pièces reliées par un large seuil. David avait converti l'ensemble en espace de travail. Les murs étaient cachés derrière des bibliothèques en grande partie surchargées, où les livres de poche s'entassaient sur trois rangs de profondeur. De temps en temps, l'alignement était rompu par une des figurines Star Wars dont David se servait comme serre-livres. Han Solo empêchait un exemplaire corné de *Gens de Dublin* de glisser. Près de l'entrée se trouvait un comptoir de bar garni de whisky Dewar, de gin et d'une bouteille de Jameson presque vide, un cadeau de Paul. L'espace entre les deux pièces était occupé par un jeu d'arcade Tron qui, malheureusement, ne fonctionnait plus très bien : les voitures laser étaient impossibles à contrôler et on se prenait des décharges électriques dès qu'on manœuvrait les tanks. À l'autre bout de l'aile est se trouvait le bureau de David, une monstruosité qu'il avait dénichée lors d'une vente de succession une semaine après que son livre était entré dans le top 15 du *New York Times*, et qui avait soi-disant appartenu autrefois au capitaine de l'*Edmund Fitzgerald*. David pensait qu'une malédiction y était attachée. L'*Edmund Fitzgerald*, en effet, gisait au fond du lac et sa femme à lui était morte. Par ailleurs, il n'avait pas écrit la moindre page depuis qu'il avait payé cinq types pour le transbahuter jusque dans cette pièce. Sur le mur au-dessus du meuble, une tête d'ours brun montée en trophée était accrochée – une curiosité récupérée avec la maison.

David souleva le battant du comptoir et passa derrière. Il sortit un verre à liqueur du placard au-dessus de sa tête, le posa devant son éditeur, et y versa ce qui restait de Jameson.

« Et toi, tu bois pas ? demanda Paul.

— Si je fais ça, je perds mon foie, répondit David. J'en suis à cent vingt milligrammes de Rivertin par jour. On m'a certifié que si je buvais une goutte de plus, mon foie serait bousillé en un rien de temps. Sacré effet secondaire, hein ? »

Paul cligna des yeux derrière son verre.

« Et puis, continua David, j'ai découvert que, dans une certaine mesure, c'était l'anxiété qui me poussait à écrire. La paranoïa. Et je ne suis plus jamais anxieux, désormais. » Il secoua la tête. « J'ai essayé, hein. Mais je n'arrive à pondre que des platitudes sans intérêt. Je serais incapable d'une comparaison originale même si ma vie en dépendait. C'est comme si… Je ne sais pas. Comme si je vivais dans du coton. Plus de crises d'angoisse, plus de cauchemars, mais plus d'articles non plus. Je n'arrive plus à me mettre en condition. Et à supposer que je veuille arrêter les antidépresseurs, je devrais le faire progressivement. Ma psy affirme qu'il me faudrait des mois pour arriver à m'en passer. Alors quand je te dis que je ne peux pas, c'est que, physiquement, j'en suis incapable. »

Paul vida son verre d'un trait.

« Merde.

— Ouais. »

Un long silence retomba entre eux. Au bout d'un moment, les bruits d'un enfant qui commençait à s'agiter leur parvinrent du couloir : un grincement de ressorts sous un poids léger, des grognements et des reniflements ténus. Tanner allait bientôt être réveillé.

« Écoute, finit par lâcher Paul. Il y a une raison à…

— Arrête-toi là tout de suite. Réfléchis à ce que tu t'apprêtes à dire.

— Rien n'arrive par hasard, insista Paul. Et je dis ça sérieusement. Je ne sais pas ce qui t'a poussé à t'intéresser à une affaire qui t'a autant traumatisé, mais il existe une raison. Forcément.

— Tu ne peux pas dire des trucs pareils à un mec dont la femme a foncé à cent dix kilomètres/heure dans le mur d'une supérette.

— Si tu ne l'as pas accompagnée, c'est seulement parce que tu étais sous médocs. Je me trompe ? »

David fit comme s'il ne l'avait pas entendu.

« L'univers est absurde, dit-il. Nous voulons lui donner du sens parce que c'est dans notre nature de chercher la raison là où il n'y en a pas. Nous nous efforçons de discerner des schémas dans le chaos. Nous prenons des coïncidences pour des présages. Nous observons la répartition aléatoire des étoiles dans le ciel et prétendons y distinguer des formes d'animaux, que nous appelons constellations. Si tu te mets à chercher le nombre 88, tu le verras partout : c'est celui des touches sur un piano, celui des comtés de l'Ohio ; mais qu'est-ce que ça signifie ? »

Paul essuya une larme. Impossible de dire s'il pleurait de rire ou de tristesse en voyant que David ne croyait plus en rien – n'était même plus en mesure d'écrire.

« Pour ce qui est des constellations, répondit-il, j'ai toujours pensé que Dieu avait placé notre planète ici pour que nous puissions reconnaître l'œuvre d'art qu'il avait incorporée à l'univers. »

David prit une inspiration. Il s'apprêtait à répondre quelque chose quand son fils l'appela depuis le seuil de la pièce.

« Papa ? J'ai soif. Est-ce que je peux avoir du sirop ? »

La tête du petit garçon arrivait à peine à hauteur du bouton de porte, et ses cheveux bruns étaient tout ébouriffés par sa sieste. Ses yeux marron, sous sa frange irrégulière, semblaient aussi grands que des jetons de casino. C'était un enfant de 4 ans, maigre, aux bras et aux doigts longs : des doigts de pianiste. Il ressemblait un peu plus à sa défunte mère chaque jour.

« Réfléchis quand même, dit Paul. On a le temps. »

Épisode 2

La légende de Sparko

Lorsque David avait rencontré sa femme – vraiment rencontrée, parce que cela faisait cinq semaines qu'ils suivaient le même cours sans avoir échangé une parole, sans qu'elle l'ait une seule fois réellement regardé ou simplement *considéré* comme un autre être humain –, elle l'avait profondément détesté.

C'était à l'université d'État de Kent, au sous-sol du département de musique, dans une salle de classe qui sentait la craie et l'humidité. Le cours avait pour intitulé « Critique de la musique » ou « La musique en tant que phénomène mondial », quelque chose comme ça. Ils avaient tous deux oublié la formulation exacte dans les années qui avaient suivi, mais ils se rappelaient l'un comme l'autre qu'elle l'avait positivement haï, pendant un moment. Lui, et tout ce qu'il représentait.

« Alors ? » demanda le professeur.

Ils écoutaient un enregistrement CD de *Fanfare pour l'homme ordinaire* sur les enceintes de mauvaise qualité de la chaîne stéréo de la classe. Personne ne lui répondit. Les étudiants évitaient son regard de crainte d'être interrogés.

« Quel sentiment cela vous inspire-t-il ? insista le professeur. Quelle émotion le compositeur essaie-t-il de susciter ? »

Un jeune homme bronzé en T-shirt sans manches, assis près du fond, leva la main. L'enseignant lui fit un signe de tête.

« Ça me fait penser à du bœuf », déclara l'étudiant.

Un brouhaha de voix mêlées de rires approbateurs lui répondit.

« C'est vrai, reconnut le professeur, c'est la musique de cette publicité pour la viande de bœuf. Quelqu'un d'autre ? »

De sa place près de la porte, David regarda Elizabeth se renfrogner, et sa lèvre inférieure se gonfler en une moue puérile et pourtant sensuelle. Elle attendait que le professeur la remarque, il le savait. Il l'observait depuis ce coin protégé de la pièce depuis leur premier jour de classe, dans l'espoir de capter son regard en échange d'un sourire. Mais elle ne se tournait jamais vers lui. Il avait appris par cœur les contours de son profil, la forme de son nez retroussé, ses oreilles rondes au lobe attaché, retenant une cascade de cheveux raides couleur braises mourantes. Elle était, comme l'avaient dit une fois les Eagles, « mortellement jolie ». Il en était venu à connaître tous les traits attachants de son caractère, le moins attrayant étant son désir – inconscient, supposait-il – d'être admirée et reconnue. Elle finissait les contrôles dix minutes avant tout le monde. Lorsque ç'avait été son tour de présenter un grand compositeur, c'était elle qui avait choisi John Cage, puis réprimandé le pauvre malheureux qui avait piqué du nez au milieu de son exposé, lui décochant une dure chiquenaude sur l'oreille droite. En dépit de tout cela, elle bénéficiait d'une étrange indulgence. Un jour que David s'était arrêté dans le couloir et attendait qu'elle passe devant lui en feignant de fouiller dans son sac à dos, il avait eu l'occasion de voir le jeune homme qu'elle avait frappé lui proposer d'aller au cinéma.

« Oublie », avait-elle répondu.

David ne put réprimer le sourire idiot qui lui vint aux lèvres en se rappelant la façon dont elle avait continué sa route sans même un regard en direction du mec, qui était resté littéralement bouche bée. La nuit, David restait souvent éveillé à se demander ce qui l'attirait tant chez elle. La seule autre femme de sa connaissance qui savait être si cruelle et adorable en même temps était sa mère. Il brûlait de savoir pourquoi Elizabeth croyait avoir besoin de tenir le reste du monde à distance. L'énigme qu'elle représentait le fascinait. Au fond de lui, il se doutait qu'il était plus séduit par ce mystère que par la jeune fille elle-même. Il était assez intelligent pour se rendre compte qu'il y avait là-dedans une certaine perversion.

« Mademoiselle O'Donnell ?

— C'est un mensonge.

— Je ne vous suis pas », répondit le professeur.

Elizabeth indiqua la chaîne d'un geste semblable à celui dont on montre l'endroit sur le tapis où le chat vient de vomir.

« C'est de la propagande, expliqua-t-elle. Comme la religion. C'est censé créer la passion chez l'homme du peuple, le col-bleu, le pousser à servir son pays, en s'engageant dans l'armée ou la marine, par exemple, ou simplement l'inciter à continuer de faire des horaires pas possibles au Taco Bell. Ça parle de l'illusion du "rêve américain". »

David regarda sa respiration s'accélérer, sa poitrine

se gonfler et s'abaisser, son visage s'empourprer sous l'effet de la colère. Et soudain, deux désagréables vérités s'imposèrent à lui. Premièrement, cette fille était folle. Deuxièmement, il éprouvait envers elle une attirance qu'il ne s'expliquait pas, et qu'il ne pouvait contrôler ; et cela ne faisait-il pas aussi de lui un fou ?

« Le rêve américain est un mythe, continua-t-elle. La minorité au sommet veut nous faire croire, à nous autres au bas de l'échelle, que nous pouvons gravir les échelons à force de travail. Mais c'est tout simplement faux. Ce morceau est comme notre version de Wagner. Il est perverti. Et dangereux.

— Le rêve américain n'est pas un mythe. »

Ce n'est que lorsque toute la classe, Elizabeth comprise, se retourna vers lui que David se rendit compte qu'il avait prononcé ces mots. Il se sentit violemment rougir. *Merde*, songea-t-il. *Je n'avais pas fait ça depuis le primaire.*

Elizabeth leva les yeux au ciel.

« Grandis un peu, répliqua-t-elle. Quand ton père aura fini de t'acheter un diplôme d'université publique, je veux dire.

— Cassé ! s'exclama un jeune homme blanc costaud à sa gauche.

— Mes parents ne déboursent pas un sou, rétorqua David. Et je pense que tu vaux mieux que ça. Je pense que ce n'est là qu'une réponse instinctive et que tu ne voulais pas vraiment être aussi vache, alors je vais faire comme si je n'avais pas entendu.

— De quoi tu viens de me traiter ?

— OK, intervint le prof, levant les mains en un geste apaisant. OK, passons, et trouvons plutôt…

— Le rêve américain n'est *pas* un mythe, insista David. Pas pour moi. Ni pour beaucoup de gens ici, j'imagine. Si tu travailles assez dur, tu peux encore laisser ta marque dans le monde.

— Et comment tu comptes t'y prendre ?

— Je ne sais pas. Il y a trente-six mille façons d'arriver là où je veux aller.

— Et si tu te fais renverser par une voiture ou… ou que tu te casses le cou en glissant dans ta baignoire, ou que tu as un cancer ? Il y a des milliers d'autres choses qui peuvent mal tourner avant que tu atteignes ton but.

— Regarde Stephen Hawking. Il est en fauteuil roulant. Il ne peut bouger qu'un doigt. Et il est en train de complètement changer notre vision de l'univers. On n'est pas obligé de se laisser limiter par les choses qui peuvent mal tourner.

— Tu es dans une université publique. Mais lui, où est-ce qu'il a étudié ? Tu ne fais qu'apporter de l'eau à mon moulin. C'est trop difficile d'atteindre le sommet pour ceux qui commencent à notre niveau. Tu ne comprends donc pas ? On ne va pas devenir célèbre, ni président, on ne va pas changer le cours de l'histoire. On est les travailleurs. On est les Morlocks. Et nos enfants seront les masses ouvrières de leurs enfants. Et il n'y a rien que nous puissions faire pour changer ça. Mais ce genre de musique nous fait croire le contraire. »

David secoua la tête. Il n'était plus rouge, il le savait. Il se sentait étrangement calme. « Qu'est-ce qui t'est arrivé ? demanda-t-il.

— Quoi ?

— Tu t'es fait larguer ? Tes parents viennent de divorcer ? Ce que je veux dire, c'est : qui est-ce qui t'a fait ça ? Qu'est-ce qui t'a rendue aussi triste ?

— Ça… ça suffit, intervint le prof.

— La vie, répondit-elle.

— Si ce n'est que ça, je ne vois pas quelle raison tu as de te plaindre, répliqua David.

— Tu ne me connais pas. »

Il ouvrit la bouche pour répondre mais, sans lui en laisser le temps, Elizabeth ramassa ses livres et sortit de la salle. La classe la regarda partir puis, d'un seul mouvement, se retourna vers David. Il haussa les épaules et se renfonça dans son siège.

Il ne resta assis que quelques secondes. Avant de pouvoir se raviser, il s'était levé d'un bond pour lui courir après. Mais elle avait disparu. Il fouilla du regard l'escalier à sa droite et jeta un coup d'œil dans les toilettes pour femmes à gauche. De toute façon, c'était n'importe quoi. Que lui aurait-il dit ?

« Ici, imbécile », lança Elizabeth.

Elle était assise dans le noir, à une table, dans la salle de cours vide derrière lui.

Il entra et referma la porte.

« Je ne voulais pas t'offenser. Enfin, peut-être que si. Je suppose que si. »

Elle soupira.

« Peu importe. Je ne te connais pas. Tu ne me connais pas. C'est pas grave. Laisse tomber.

— Mais justement, si, la contredit-il sans oser se rapprocher : je te connais. Je sais que, quand tu éternues, c'est exactement trois fois de suite, dans le creux de ton bras gauche. Je sais que tu es droitière mais que tu écris comme une gauchère, ce qui me laisse penser que tu as un parent gaucher qui t'aimait assez pour t'apprendre à le faire avant que tu entres à l'école. Je sais que, quand tu deviens nerveuse, par exemple quand on apprend quelque chose de nouveau, tu siffiotes une chanson de Blink 182 entre tes dents. Je sais que tu te ronges les ongles mais pas en classe. Je sais que tu fumais avant, parce que parfois tu prends ton sac et ouvres la poche sur le côté où tu rangeais tes clopes, avant de te rendre compte de ce que tu fais et de regarder autour de toi pour voir si quelqu'un a remarqué. Je sais que le collier que tu as autour du cou revêt une importance spéciale à tes yeux parce que, régulièrement, ton regard se perd dans le vide et tu y portes la main pour le tordre entre tes doigts jusqu'à ce que ça passe. »

Il s'interrompit enfin. Il avait la tête qui tournait, mais il avait besoin d'en dire encore un peu plus. Il était fort possible, il en était conscient, qu'il n'ait jamais d'autre occasion de le faire. Il devait passer pour fou à ses yeux. Assez fou pour faire l'objet d'une ordonnance restrictive, peut-être.

« Le rêve américain n'est pas un mythe, reprit-il. Ça me blesse quand tu dis ça, parce que j'ai travaillé très dur pour en arriver là, déjà. Un jour, je ferai quelque chose d'important. J'aurai une énorme baraque et on connaîtra mon nom. Un jour, je réussirai. Mais je ne sais pas vraiment comment te prouver que c'est possible si tu ne viens pas avec moi. »

Elizabeth ne répondit pas. Son expression était indéchiffrable. Ses yeux, deux galets bruns et froids.

« Je crois que tu es tout simplement la plus belle femme que j'aie jamais vue, continua-t-il. Je suis amoureux de toi, même si on n'a jamais vraiment parlé. Je suis amoureux de ta façon d'être. De ton franc-parler. De ton intelligence. De ta fragilité. Tu es… simplement… adorable. »

Elizabeth lui rendit son regard pendant dix bonnes secondes sans rien dire avant de répondre enfin :

« Tu peux t'en aller maintenant. »

Plus tard ce soir-là, David entendit frapper à la porte de sa chambre d'étudiant et sut qui c'était sans avoir besoin de regarder. Lorsqu'il ouvrit, elle était là, ses cheveux roux raidis par l'humidité. Un pull en angora couleur crème lui collait au corps comme un gant fin. Elle posa son sac de cours par terre dans le couloir.

« Je te déteste, toi et tout ce que tu représentes, lui dit-elle.

— Ce n'est pas vrai. »

Elle entra dans sa chambre. Il repoussa la porte. À peine l'avait-il fermée qu'Elizabeth faisait courir ses mains sur son corps.

Ils firent l'amour. Lorsqu'ils eurent terminé, elle enleva son haut et ils recommencèrent. Encore plus tard, ils s'y remirent, à la lueur bleutée d'un écran de télévision.

Couchée dans le noir, la tête sur son torse, longtemps après qu'il l'avait crue endormie et qu'il avait dépassé le stade des pensées cohérentes, Elizabeth chuchota :

« J'avais une jumelle, autrefois.

— Chuut, répondit-il en lui caressant les cheveux. Je t'aime.

— Tu ne devrais pas. »

Lorsqu'il se réveilla dans le noir, il était seul.

Pas de mot, pas de rouge à lèvres sur le miroir, pas le moindre signe qu'Elizabeth avait été là hormis le souvenir léger de son odeur, un mélange de savon et de melon qui s'attardait dans l'air.

David trouva son nom dans l'annuaire des étudiants et l'appela dans sa chambre universitaire au Prentice Hall – en vain. Le lendemain, elle ne vint pas en classe. Il demanda à une fille qu'il connaissait par son cours de littérature américaine de l'escorter jusqu'à sa chambre mais, si elle y était, elle ne lui ouvrit pas. Il laissa plusieurs messages sur son répondeur.

Trois jours après qu'ils avaient couché ensemble, vers 9 heures du soir, le téléphone sonna dans sa chambre. Elle pleurait.

« Qu'est-ce qu'il y a ? demanda-t-il calmement.

— David, je suis désolée, réussit-elle à balbutier. Je n'ai pas été sympa avec toi.

— C'est pas grave.

— Je ne savais pas qui d'autre appeler. J'ai besoin de ton aide.

— Qu'est-ce qui ne va pas ? Il s'est passé quelque chose ?

— J'ai… J'ai commandé une pizza chez EuroGyro. C'est toujours Catherine qu'ils m'envoient. Elle était censée travailler ce soir. Mais cette fois, ils m'ont envoyé un mec. Je n'ai pas pu ouvrir la porte. Je l'ai laissé frapper sans répondre jusqu'à ce qu'il s'en aille. Je n'ai plus rien à manger dans ma chambre. Est-ce que tu peux venir me chercher ? M'emmener quelque part ? »

David ne posa pas de questions. Il n'en avait pas envie. Après tout, c'était le mystère d'Elizabeth.

Cinq minutes plus tard, il était chez elle. Ses ravissants cheveux roux étaient ébouriffés et, à la pagaille qui encombrait sa chambre, il devina qu'elle n'était pas sortie depuis des jours. Il l'emmena chez EuroGyro et lui paya sa pizza, qu'ils partagèrent au comptoir, avec un pichet de bière. Après quoi ils allèrent chez Pacho's, un vendeur de donuts dans Main Street, près de l'université. Elizabeth écouta David parler de sa famille et de ses tentatives pour écrire quelque chose de sérieux. Chaque fois qu'il l'interrogeait sur son enfance, elle détournait habilement la conversation. Il la laissa faire.

« Je n'ouvre jamais la porte aux hommes », finit-elle par expliquer.

Cette nuit-là, elle dormit chez lui. Et le lendemain matin, elle était toujours là.

« Non, non, non, s'exclama-t-elle en feuilletant son étui à CD. David, c'est franchement affligeant.

— Quoi ?

— Les Cranberries, Enya, They Might Be Giants. Tu n'as rien ici qui date d'avant 1990. On dirait la discothèque d'une ado boutonneuse. »

Il haussa les épaules. Ils étaient sur son lit ; elle était adossée contre sa poitrine, et il avait les jambes repliées par-dessus ses cuisses pâles. Il adorait sentir son poids sur lui. Lorsqu'elle eut fini de feuilleter, Elizabeth jeta l'étui à l'autre bout de la pièce et s'arracha aux bras de David pour enfiler une paire de tennis en toile.

« Je reviens tout de suite », dit-elle.

Vingt minutes plus tard, elle était de retour avec une pile de CD dans les mains, qu'elle maintenait du menton. Elle les déposa à côté de la chaîne de David, en choisit un et mit le volume plus fort qu'il n'avait jamais osé le faire. Un doux riff de guitare ; le battement léger d'un instrument de percussion inconnu – il imagina un homme qui tapotait sa jambe d'une longue cuillère en bois – ; une voix d'homme ferme ; et la chanson évolua soudain en tout autre chose, un rythme qui lui remplit la tête d'images et de couleurs merveilleuses.

« Qu'est-ce que c'est ?

— Led Zeppelin, répondit-elle. "Ramble On". »

Il resta assis, adossé au mur, les yeux fixés sur un coin de la pièce tandis qu'elle sélectionnait d'autres chansons en se balançant sur ses jambes et en le dévisageant avec intensité. « Free Bird ». « Roundabout ». « Sympathy for the Devil ». « Time ». « The Wreck of the Edmund Fitzgerald ». « Brass in Pocket ». « Bad Company ». « Limelight ». « Crazy on You ». « Voodoo Child ». « Take the Long Way Home ».

« Merci, dit-il enfin. Mais dans quel trou j'étais pendant tout ce temps ? »

La vie d'Elizabeth était divisée en segments faciles à gérer – toujours les mêmes, et toute déviation de l'emploi du temps qu'elle s'était fixé la faisait se replier un peu sur elle-même.

Tous les matins, elle buvait une tasse de café à la noisette, une seule, qu'elle préparait grâce à une machine à café pour une personne. Puis elle allait sur Internet et consultait les quatre mêmes sites, toujours dans le même ordre : Le *Plain Dealer*, le *Beacon Journal*, Hotmail et le *Drudge Report*. Tous les après-midi, à la sortie des cours, elle achetait son déjeuner à la cafétéria de sa résidence universitaire et le rapportait dans sa chambre sur un plateau beige, sauf le mercredi, où elle se payait un plat à emporter de chez Chipotle, qu'elle mangeait dans sa voiture fermée à clef tout en lisant la dernière édition du *Independant* hebdomadaire. Un mercredi, en arrivant chez Chipotle, elle et David n'avaient pas trouvé de place pour se garer et, au lieu de l'emmener à un autre restaurant, elle était retournée dans sa chambre et s'était glissée sous les couvertures sans manger, se plaignant d'un mal de tête jusqu'à ce qu'il s'en aille. À 19 h 30, cinq jours par semaine, elle arrêtait d'étudier et allumait la télé pour regarder *Jeopardy*, mais sans jamais dire les réponses à voix haute. Pour le goûter, à 10 heures, elle mangeait du pain grillé à la cannelle. Elle passait la majeure partie de ses week-ends à la bibliothèque. Mais le samedi soir, elle disparaissait toujours.

Les deux ou trois premières semaines, il ne posa pas de questions. Lorsque le samedi soir arrivait et qu'elle lui disait, une fois de plus, qu'elle avait quelque chose de prévu, il trouvait autre chose à faire. Mais il savait qu'elle devait quitter le campus parce que, lorsqu'il sortait pour aller dans les bars avec des amis plus tard, sa voiture n'était jamais sur le parking. Puis, un samedi soir, alors qu'il se préparait psychologiquement à se faire encore une fois rembarrer, elle lui demanda :

« David, combien d'argent as-tu sur toi ?

— Une quarantaine de dollars. Sur mon compte, je veux dire. Rien sur moi. »

Elle sourit.

« Tu peux m'en emprunter », dit-elle en le tirant hors du lit.

De son tiroir à petites culottes, elle sortit une liasse pliée en deux de billets de dix et de vingt. « Putain ! s'exclama-t-il.

— C'est mon capital d'investissement.

— Ton quoi ?

— Mon capital d'investissement. Ce n'est pas… Eh bien, ce n'est pas vraiment de l'argent. Tu ne peux pas le voir comme ça.

— Ça y ressemble, pourtant. »

Elle secoua la tête.

« Tu ne t'en sers que pour gagner *plus* d'argent. »

Elizabeth l'emmena au Walmart de Ravenna, et se gara derrière un long car de location entouré de berlines de modèle récent.

« Des Red Hats, annonça-t-elle, comme si cela expliquait tout. J'aime bien jouer aux courses. Tu es déjà allé à l'hippodrome ? »

David secoua la tête.

« Des endroits sombres et enfumés. Pleins d'hommes. Mais quand tu t'y connais, la probabilité penche en ta faveur si tu joues assez longtemps. J'avais besoin d'un groupe pour m'accompagner, parce que je n'osais pas y aller seule, mais je n'avais personne. Alors je les ai trouvées, elles. »

Les Red Hats, s'avéra-t-il, étaient une association de femmes retraitées qui se réunissaient pour s'amuser et portaient des chapeaux rouges. Il y en avait plus de vingt dans le car, qui saluèrent gaiement Elizabeth quand elle monta dedans, et caquetèrent d'un ton approbateur en voyant David la suivre à l'arrière du véhicule.

Le car les emmena au Northfield Park, un grand stade hippique en béton à une demi-heure de là. Elizabeth resta au centre du groupe, tirant par la main David qui regardait des chevaux à l'air guindé s'élancer de derrière de fines barrières en tirant de petites voitures derrière eux. À l'intérieur du restaurant stagnait une fumée de cigares bon marché et de cigarettes minces. Ils s'installèrent à une série de tables près d'une fenêtre et commandèrent à boire et à manger pendant qu'Elizabeth compulsait des pages de ce qui, aux yeux de David, semblait n'être que des listes de chiffres aléatoires.

Quand on pariait sur une course de trot attelé, comme sur toute autre course, comme dans la vie, lui expliqua-t-elle, on le faisait selon le principe du pari mutuel. Contrairement à ce qui se passait pour un match de football, la cote changeait selon le nombre de parieurs. Elle essaya d'expliquer à David les rudiments du handicap – quelque chose qui avait à voir avec l'allure du cheval et le fait qu'il ait ou non fait un faux pas dans la dernière course –, mais c'était trop compliqué à retenir.

« Regarde celui-ci », fit-elle en indiquant les statistiques d'un cheval du nom de Santa Vittoria's Secret. Il était coté à dix contre un, mais il avait été placé dans un quart des dernières courses auxquelles il avait participé. « C'est un bon placement. »

Mais il préféra miser dix dollars sur Gros Balourd, un cheval coté à trois contre un, parce qu'il avait reconnu le nom du poney de Tom Bombadil dans *Le Seigneur des anneaux*.

Quatre heures plus tard, ils étaient de retour dans le car avec les Red Hats, et David se trouvait dans un état d'hébétude avancé. Il avait perdu deux cent quarante des dollars d'Elizabeth. Mais elle en avait gagné huit cents, et elle était contente.

« La probabilité l'a emporté, dit-elle. C'est généralement le cas. »

Tous les mardis et jeudis, elle faisait du piano dans une pièce exiguë du bâtiment de musique et d'expression orale. Parfois, il arrivait en avance pour l'observer par la fenêtre carrée, admirer le calme merveilleux qui s'emparait d'elle tandis qu'elle s'absorbait dans un morceau de Poulenc ou de Chopin. C'était dans ces moments-là qu'elle était assez en paix pour sourire.

Lorsqu'ils étaient allés aux chutes du Niagara et qu'elle l'avait cru sorti de leur chambre d'hôtel pour aller acheter de l'alcool, elle avait chanté à tue-tête sous la douche, avec une assurance de petite fille qui lui avait crevé le cœur. « Castle on a Cloud », une chanson tirée des *Misérables*. Il l'avait enregistrée sur son dictaphone.

Quand ils se préparaient à sortir de sa chambre universitaire pour aller dîner ensemble, il la regardait à la dérobée détailler son reflet dans le miroir et avancer les lèvres en un sifflement silencieux tandis qu'elle se coiffait.

Lui seul connaissait ces moments. Que les autres gardent leurs filles faciles à vivre, songeait-il. Elizabeth était plus précieuse, parce que lui seul savait qui elle était vraiment. Et inversement.

∞

« Où est-ce qu'on va, papa ? » demanda Tanner.

David s'agenouilla devant son fils pour nouer les lacets de ses Converse avant de fermer son manteau et de lui ébouriffer les cheveux.

« Dehors.

— Mais où, dehors ?

— On va faire une petite excursion. »

Prenant l'enfant par la main, il lui fit traverser la cuisine pour rejoindre le garage, où sa Volkswagen jaune canari était garée.

« Ah, non ! fit Tanner en essayant de se dégager. C'est comme la visite au musée où tu voulais me faire voir un renard sur le mur ?

— Un Renoir, rectifia David avec un sourire. Non, bonhomme. On va suspendre ton éducation artistique jusqu'à tes 5 ans.

— Ça veut dire quoi, "suspendre" ?

— Ça veut dire "interrompre". "Arrêter pour reprendre plus tard". »

David ouvrit la portière et repoussa le siège avant pour laisser passer Tanner, qui se hissa sur le siège enfant à l'arrière et attacha sa ceinture.

« Quand est-ce que j'aurai le droit de m'asseoir à l'avant ?

— Quand tu seras un peu plus grand. »

Lors de leur dernière visite chez le pédiatre, celui-ci avait déclaré l'enfant petit pour son âge. David s'en était étrangement inquiété, et il avait passé une bonne partie de la nuit suivante à se demander si, d'une façon ou d'une autre, il n'avait pas fait preuve de négligence dans l'alimentation de l'enfant, ou retardé sa croissance en le laissant prendre une gorgée de son Coca chaque fois qu'il en buvait un au dîner.

La Coccinelle démarra avec un toussotement semblable à celui d'un fumeur obèse qui vient de monter un escalier. Il n'aimait pas la prendre pour sortir d'Akron, mais il venait de la faire réviser. Elle réussirait bien à les porter jusqu'à Mansfield et à les en ramener en un seul morceau. Un instant plus tard, la petite voiture descendait Merriman Street en cahotant, réagissant au moindre nid-de-poule, à la moindre inégalité de la chaussée. En passant devant Primrose Lane, il jeta un coup d'œil furtif à la maison qui s'y trouvait : aucun signe de vie. La pelouse devant la demeure avait besoin d'un bon coup de tondeuse (la sienne aussi). Il supposa qu'elle n'avait toujours pas retrouvé preneur, ce qui faisait d'elle la seule propriété inoccupée du quartier. Pourtant, il ne voyait pas de panneau À vendre.

« Mais où est-ce qu'on va ?

— On va écouter ta mère chanter. »

Après que les ventes de son livre avaient commencé à s'envoler, mais avant la naissance de Tanner, David s'était vu présenter un notaire installé dans le centre de Mansfield, à une heure au sud d'Akron : un homme bourru et de taille imposante qui portait des bretelles à rayures rouges et blanches et un pantalon en laine. Il s'appelait Louis Bashien, et c'était une sorte de génie pour tout ce qui touchait aux affaires de succession et à la planification financière. C'était lui, le premier, qui avait conseillé à David de mettre de l'argent liquide et des papiers d'identité de côté. C'était aussi le premier à lui avoir suggéré d'acheter une arme.

« L'argent attire les ennuis comme la merde attire les mouches, avait-il confié à David quatre ans plus tôt. Soyez un bon scout. Toujours prêt. »

Et donc, David lui avait confié son argent pour qu'il le cache et le fasse fructifier. Il avait obtenu un permis de port d'armes et s'était procuré un pistolet. Puis il avait fait l'acquisition d'un coffre à la banque en face de l'étude de Bashien, de l'autre côté de la rue. Elizabeth avait aimé l'idée de s'assurer un peu contre l'avenir, et elle l'avait accompagné lorsqu'il était allé remplir son coffre. Ils y avaient mis dix mille dollars en liquide et leurs passeports. Il se rappelait le moment où, sur le chemin du retour, elle avait repéré l'enseigne au néon indiquant la direction du musée de la robotique, et était brusquement devenue silencieuse, se repliant sur elle-même comme du temps de l'université.

Lorsque, plus tard, il lui avait demandé pourquoi elle avait réagi ainsi, sa réponse s'était révélée, comme à chaque fois, légèrement amusante et d'une nébulosité exaspérante.

« Ce robot dans la vitrine, sur cette affiche. Celui qui l'a fabriqué est mort, maintenant, et il est obligé de vivre seul pour l'éternité dans ce musée merdique. C'est triste. »

Après la mort d'Elizabeth, il était retourné à Mansfield, une seule fois. Il avait mis en dépôt son pistolet, un beau 9 mm comme les flics en portaient avant, et le dictaphone renfermant son interprétation des *Misé-*

rables. Cela ne lui avait pas semblé une bonne idée de garder l'un ou l'autre chez lui à portée de main.

Il avait oublié jusqu'à l'existence de cet enregistrement, jusqu'à ce que Paul entre dans sa maison, apportant avec lui des souvenirs comme on apporte de la boue sous ses chaussures. Maintenant, David n'avait qu'un seul désir : réentendre sa voix et la partager avec leur fils.

Une heure plus tard, il traversait le rez-de-chaussée de la banque, suivi du pas sautillant de Tanner accroché à sa veste. On les escorta jusqu'à une alcôve confortable et, au bout d'une minute, une petite femme leur apporta une longue boîte et la posa sur la table devant eux. David attendit qu'elle soit repartie pour l'ouvrir.

« Waouh ! » s'exclama Tanner avec un sifflement admiratif en voyant l'argent entassé à l'intérieur en liasses de billets de vingt.

Derrière ces derniers, le revolver était toujours enveloppé d'un chiffon bleu – David sentait l'odeur de lubrifiant, les relents de colère et de paranoïa. Posé au-dessus de l'argent se trouvait le petit dictaphone. Il le ramassa et le tendit à Tanner, puis referma la boîte à clef et adressa un signe de tête à la femme, qui s'approcha pour la reprendre sans un mot.

Ils restèrent dans le parking et l'écoutèrent cinq fois de suite. Ni l'un ni l'autre ne pleura. Au contraire, Tanner était si excité qu'il ne tenait pas en place sur la banquette arrière.

« J'adore sa voix ! déclara-t-il. J'adore sa façon de chanter ! »

Enfin, David le rattacha sur son siège et sortit du parking pour retraverser la ville en sens inverse. Ce fut Tanner qui, le premier, nota l'éclat de l'enseigne au néon, une faible lueur rosâtre se détachant sur le paysage urbain, qui se fondait dans l'ombre avec le coucher du soleil.

« Qu'est-ce que c'est ? demanda-t-il.

— Il y a un robot qui vit là-bas. »

Tanner fit entendre un petit rire incrédule.

« Arrête, papa.

— C'est vrai. Il s'appelle Elektro.

— Il est dangereux ? Comme le général Grievous ?

— Non, c'est un gentil robot.

— Comme WALL-E.

— Comme WALL-E, acquiesça David. Mais plus grand. »

Le musée des Circuits et de la Robotique de Mansfield était installé dans une ancienne banque du centre-ville, après les bâtiments abandonnés et pleins de rouille où Westinghouse Electric fabriquait autrefois des appareils électriques solides et abordables pour tout le Midwest. L'usine employait alors la moitié de la ville. L'économie locale avait durement souffert lorsque la bulle industrielle de la fin des années 1970 avait éclaté. Les laboratoires et les bureaux de Westinghouse Electric s'étaient vidés, et tout ce que ses employés faisaient vivre – bars, commerces de proximité et de détail – avait dû fermer. C'était l'une des raisons, supposait David, pour lesquelles un musée de la robotique rarement visité pouvait se permettre d'occuper les locaux d'une banque historique de style gothique.

Plusieurs années plus tôt, il était tombé sur un article du *Plain Reader* évoquant le conservateur du musée et ses efforts pour restaurer Elektro et reconstruire Sparko, son fidèle ami, un chien automate qui avait été renversé par une voiture. D'après l'auteur de l'article, les yeux de Sparko étaient photosensibles. Si on agitait une lampe torche par terre, il suivait partout le halo de lumière. Un soir, malheureusement, un ingénieur avait laissé la porte du laboratoire ouverte et Sparko avait été attiré dehors par les phares des voitures qui passaient. L'idée étrange qu'un homme ait pu s'employer à réparer une amitié de robots brisée, ici, à Mansfield, où le plus gros employeur était un fabricant de toilettes, n'avait jamais quitté David, d'autant que ses souvenirs d'Elizabeth étaient eux aussi liés à cet endroit. Qu'est-ce qui, dans la notion même de vie éternelle, avait rendu sa femme si triste ?

David se gara en épi juste devant le musée. Sa voiture était seule sur le parking. La plupart des vitrines voisines avaient été tapissées de papier journal ou peintes des années plus tôt. De l'autre côté de la rue, un sans-abri se réchauffait aux vapeurs d'une grille d'égout. Au-dessus de la porte, une enseigne au néon clignotait en rythme : Rencontrez Elektro le robot.

« Super ! » fit Tanner en détachant sa ceinture.

David l'aida à sortir de la voiture et lui prit la main, en surveillant attentivement le clochard de l'autre côté de la rue. Mais celui-ci ne bougea pas.

De l'autre côté des portes d'entrée, la chaleur ambiante formait un contraste brutal avec l'extérieur. Quelque part, un radiateur trépidait contre un mur, usant de ses dernières forces pour souffler de l'air sec dans le musée. David et son fils s'arrêtèrent quelques instants dans le hall pour regarder autour d'eux. Des dizaines de photos encadrées de l'Exposition internationale de 1939, en noir et blanc, étaient accrochées aux murs peints en rouge. Chacune d'elles représentait un robot humanoïde de deux mètres quinze, aux courbes lisses, en train d'accomplir un nouveau tour.

Ici, il fumait une cigarette. Là, il lançait une saucisse à Sparko le chien qui faisait le beau, la gueule ouverte. Ailleurs, il serrait la main d'un homme déguisé en l'Homme de fer-blanc du *Magicien d'Oz*, lequel donnait l'impression de pleurer de douleur.

Au bout d'un moment, David entraîna Tanner vers la billetterie, derrière laquelle l'entrée d'un bureau ou d'une réserve était masquée par un rideau de velours noir où s'accrochaient des moutons dont la queue flottait au souffle du radiateur agonisant. Une sonnette en cuivre était posée sur le comptoir à côté d'une pancarte plastifiée écrite à la main : Sonnez pour être servi.

David obtempéra. Le son se répercuta dans la pièce.

De derrière le rideau leur parvint un bruit d'objets métalliques tombant à terre, comme si la sonnette avait déclenché quelque réaction en chaîne qui aurait fait basculer une boîte d'outils de son étagère.

« C'est le robot ? demanda Tanner dans un chuchotement, en agrippant la main de son père.

— Non, répondit David. C'est le guide. »

Le rideau s'écarta pour laisser passer un petit homme au pas lent. Il faisait tout juste un mètre cinquante et arborait une barbe blanche et raide qui pendait en tresse sous son menton. Petit, mais pas nain. Vieux, mais pas décrépit. Une odeur l'avait suivi depuis la pièce derrière lui. Était-ce de la cannelle ? David le regarda grimper sur un tabouret pour mieux voir ses visiteurs de derrière le comptoir. Il remarqua que l'homme tenait quelque chose dans la main droite. Blanc, vaguement carré. Un téléphone portable ?

« Nous aimerions voir Elektro », annonça-t-il.

L'homme glissa l'objet sous sa barbe tressée et, brusquement, David comprit de quoi il s'agissait. Il eut tout juste le temps de penser qu'ils étaient sur le point de vivre un de ces moments sur lesquels Tanner reviendrait probablement en thérapie un jour. Mais il était trop tard pour le prévenir.

L'homme derrière le comptoir était bien le conservateur. Et l'objet dans sa main n'était pas un téléphone portable, mais une prothèse vocale dont il se servait pour parler depuis qu'on lui avait ôté de la gorge une tumeur de plus de deux kilos – ainsi que le larynx – à la clinique de Cleveland, en 2004. Comme il était vieux et commençait à devenir sourd, il tournait toujours le volume au maximum pour pouvoir lui aussi entendre ce qu'il disait. Le son qui sortit du boîtier lorsqu'il s'adressa enfin à ses premiers visiteurs depuis trois semaines était à la fois artificiel et assourdissant.

« Vous et l'enfant, c'est tout ? »

Cela faisait plus d'un an que Tanner ne laissait plus son père le porter ; mais le conservateur avait à peine commencé à parler qu'il grimpa précipitamment dans les bras de David et se cacha les yeux dans le creux de son coude.

D'un geste, David demanda un moment au vieil homme, qui répondit d'un hochement de tête. Manifestement, il était habitué à provoquer ce genre de réaction chez les plus jeunes.

Regagnant l'entrée, David se dégagea lentement de l'étreinte de son fils et le posa par terre. L'enfant jeta un coup d'œil en direction de la billetterie, repéra le conservateur et se réfugia de nouveau précipitamment derrière son père avec un petit gémissement. David avait le cœur pincé de culpabilité, mais il savait qu'il était important qu'il ne se contente pas de ramener l'enfant chez lui, à l'abri du danger. Cela ne ferait qu'ajouter à sa terreur, qu'aggraver ses cauchemars. Il se rendit compte que c'était la première fois qu'il s'apprêtait à demander à son fils d'affronter une peur. À 4 ans, Tanner était-il assez grand pour une telle leçon ?

« Tanner, lui dit-il, Tanner, écoute-moi.

— Tu m'as dit que c'était pas un robot.

— Tanner, cet homme n'est pas un robot. »

L'enfant, qui tremblait toujours, lui jeta un regard de reproche. Ça aussi, c'était nouveau. David en souffrit. C'était la première fois qu'il disait la vérité à son fils et que celui-ci décidait qu'il mentait. Et pas pour le taquiner.

« Parfois, entreprit-il d'expliquer, il y a des gens qui ont la gorge blessée, dans un accident par exemple. Et parfois, une fois qu'ils sont soignés, ils ne peuvent plus parler comme toi et moi. Ils sont obligés d'utiliser une petite boîte qu'ils appuient contre leur cou. Elle leur permet de parler, mais la voix qu'elle leur donne est très bizarre. »

Les tremblements de Tanner s'atténuèrent. Il jeta un autre coup d'œil furtif au conservateur, qui le salua de la main.

« Comment ça se fait que j'en ai jamais vu avant ?

— C'est probablement parce qu'on ne sort pas assez, mon grand, répondit David. C'est de ma faute. »

Puis Tanner retrouva le sourire et tout alla de nouveau à merveille dans le monde.

« Est-ce que je peux en avoir une ? » demanda-t-il.

Déjà – David n'en doutait pas –, il imaginait un scénario où il surgirait du placard à chaussures, le larynx électronique pressé contre sa gorge, au moment où sa grand-tante Peggy chercherait le chiffon à poussière.

« Luke, je suis ton père », fit le conservateur de sa voix mécanisée.

Tanner éclata de rire, mais crispa quand même les doigts sur la main de son père.

« Cool ! »

David remercia le vieil homme d'un signe de tête et lui tendit un billet de dix dollars.

« Nous deux, c'est tout. »

Le conservateur fourra l'argent dans la poche avant de son bleu de travail tout taché d'huile. Il descendit de son tabouret et souleva une tablette du comptoir pour sortir, même s'il aurait pu tout aussi aisément passer dessous en baissant la tête.

« Suivez-moi », dit-il en se dirigeant vers une porte blindée qui avait autrefois donné sur la gigantesque chambre forte de la banque, mais menait désormais à des trésors plus inestimables.

De sa poche avant, il sortit un passe-partout long de quinze centimètres, qu'il contempla un moment avant de le tendre à Tanner.

Les yeux de l'enfant s'agrandirent encore tandis qu'il soupesait l'objet. David devina qu'il y voyait une clef magique, capable d'ouvrir des portes menant à d'autres mondes. Lui-même se surprit à imaginer que la leur allait donner sur une forêt baignée d'une lumière verte et dorée par une étoile ressemblant beaucoup à la nôtre.

Tanner lâcha la main de son père et s'avança vers la porte en acier. Il inséra la clef dans la serrure, sous la poignée en verre, et la tourna délicatement. Son geste fut suivi d'un fracas d'engrenages qui sembla durer dix bonnes secondes. Il se termina par un bruit de heurt sourd, et la porte s'entrouvrit en grinçant de quelques centimètres.

« Heureusement que tu es là, dit le conservateur. Cette porte ne s'ouvre que pour les enfants et j'ai laissé mon chapeau à l'intérieur la dernière fois que je suis venu. »

Tanner sourit et lui rendit la clef, la regardant disparaître à nouveau dans sa poche avec, dans le regard, une nostalgie très adulte. Il était donc assez mûr pour comprendre que les moments magiques comme celui-ci étaient rares et fugaces.

Le musée était consacré à l'histoire des tentatives de l'homme pour créer une machine à son image. Le chemin qui traversait la salle principale longeait des photographies et des reproductions des premiers modèles créés par Westinghouse : des machines qui passaient l'aspirateur ou servaient des canapés, certaines dotées de noms malencontreux comme « Mama Washington ».

« Est-ce qu'Elektro est ici ? demanda Tanner à son père.

— Tout de suite, jeune homme, tout de suite, annonça le conservateur avec un geste théâtral à faire pâlir d'envie un bonimenteur de foire. Ça ne rime à rien de vous faire attendre pour voir l'attraction principale. »

Ils arrivèrent bientôt au fond du musée, où un rideau de velours noir tombait du plafond jusqu'au sol.

« Admirez l'apogée de l'ingénierie électrique, l'imagination de l'homme faite réalité. L'humain artificiel le plus fonctionnel au monde. Eeeeeeelektro ! »

Rangeant sa prothèse vocale dans sa poche, il tira sur une longue corde à côté de lui et le rideau s'ouvrit.

Lentement, très lentement, un corps d'inox fut révélé. Il avait de loin l'aspect le plus humanoïde de tous les robots exposés dans le musée et, pourtant, il était moins *humain*. C'était un géant de deux mètres quinze, au torse puissant et aux yeux d'un gris froid, dont la bouche semblait tordue en une tentative désespérée de sourire ou un grincement de dents. Il était figé dans le temps, les bras et les mains tendus en avant, comme un mannequin du *Juste Prix* présentant un nouveau mixeur. Une odeur étrange émanait de lui : un mélange d'ozone et d'eau en suspension, comme la brume d'une cascade.

« Waouh ! s'exclama Tanner en sautillant sur place, tout à son excitation.

— Plutôt cool, reconnut David en hochant la tête. Est-ce qu'il fait encore des bulles ? »

Le conservateur lâcha la corde et replaça le boîtier blanc sous sa barbe de sorcier.

« En fait, répondit-il, je n'ai jamais trouvé l'audace de le brancher. J'ai peur que cela fasse sauter ses circuits et que ça cause un incendie. »

Tanner posa les yeux sur l'épais cordon électrique tout abîmé qui traînait derrière la jambe gauche d'Elektro, puis sur la prise murale distante de quelques centimètres. David prit le temps de raffermir sa prise sur la main de son fils, de peur que celui-ci se prenne soudain pour Frankenstein.

« Après la Foire internationale de 1939, Elektro est parti en tournée dans le pays et a gagné sa vie correctement pendant de nombreuses années. L'argent que ses engagements ont rapporté à Westinghouse a été mis de côté dans un fonds spécial qui ne pouvait être utilisé que pour son entretien et sa maintenance. Ce sont les intérêts de ce fonds qui permettent à ce musée de rester ouvert aujourd'hui.

— Il avait un chien, tu sais ? glissa David à Tanner. Il avait un robot-chien de compagnie.

— C'est vrai ? fit le garçon en se tournant vers le conservateur. Est-ce que le chien est ici, aussi ?

— Je crains que non.

— Le scientifique qui a fabriqué le chien avait fait

en sorte qu'il soit attiré par la lumière, de sorte qu'à chaque fois qu'il voyait un rayon lumineux il avait le réflexe de le suivre, expliqua David. Tu comprends ? »

Tanner hocha la tête.

« Mais, un jour, le scientifique a oublié de fermer la porte et, pendant la nuit, le chien est sorti en courant dans la rue et s'est fait renverser par une voiture. »

Tanner regarda de nouveau le conservateur.

« C'est vrai ? demanda-t-il.

— Pas du tout, répondit le vieil homme d'un air agacé.

— N'est-ce pas ce que vous avez raconté à ce journaliste il y a quelques années ? s'étonna David. C'est ce que je me rappelle avoir lu.

— Oh, c'est sûr. C'est ce qui a été écrit. Mais ce n'est pas ce qui s'est passé.

— C'est quoi, l'histoire, alors ? » demanda David.

Le conservateur leva les yeux pour regarder Elektro, comme s'il le consultait avant de poursuivre. Lorsqu'il reprit la parole, son ton avait changé.

« Ce qui s'est vraiment passé est… plus bizarre. Un soir, l'ingénieur, qui s'appelait Samuel McGee, sort du labo pour rentrer chez lui, monte dans sa voiture et démarre. Sparko surgit dans la rue en courant. Sam lui roule dessus. Le chien se coince entre une roue et son aile et la voiture fonce dans un poteau télégraphique. L'accident cause la mort de Sam, et celle du département de robotique de Westinghouse par la même occasion.

— Le chien a causé un accident qui a tué son inventeur ?

— Était-ce vraiment Sparko ? » Le conservateur haussa les épaules. « Un autre détail sur lequel le journaliste s'est trompé : les yeux de Sparko n'étaient pas photosensibles. Il était conçu pour obéir à des ordres vocaux. Mais il ne répondait qu'à la voix d'Elektro.

— Mais comment Sparko a fait pour sortir, alors ? demanda Tanner.

— C'est là le vrai mystère. Le gardien affirme qu'il avait fermé cette nuit-là. S'il dit la vérité, une seule chose aurait pu faire sortir le chien. » Froidement, il jeta un coup d'œil à Elektro. David eut soudain l'impression que le robot les écoutait, et feignait seulement de ne pas être vivant. « Elektro doit avoir joué un rôle dans l'affaire. Après tout, le chien n'aurait pu se précipiter dans la rue que si Elektro l'avait appelé. »

Et sur ces mots, le conservateur reprit sa route pour les conduire devant les modèles de robots ultérieurs construits par d'autres ingénieurs de Westinghouse décédés.

« Papa ! chuchota Tanner.

— Quoi, bonhomme ?

— Elle est géniale, cette histoire ! »

Sur le chemin du retour, ils comptèrent les étoiles. David avait entendu dire une fois – mais il ne savait absolument pas si c'était vrai – qu'il y avait exactement quatre-vingt-huit constellations visibles dans le ciel en été.

« Est-ce que tu peux me dire le nom de celle-là ? demanda-t-il à son fils.

— La Grande Casserole ! s'écria Tanner. Facile. Mais qui est-ce qui a mis les étoiles dans le ciel, papa ? »

David sentit son sang se glacer. Ç'avaient été ses propres mots, autrefois. C'était en fait l'un de ses premiers souvenirs : il ne devait pas avoir plus de 2 ans, 2 ans et demi, et il était en voiture, assis sur le siège avant – sans ceinture, naturellement – à regarder les cheminées des usines de Cleveland vomir leur feu tandis que sa mère l'emmenait de Lakewood à Bedford, chez sa nourrice, avant d'aller travailler. Dès qu'ils s'éloignaient des flammes, les étoiles apparaissaient. Ce n'était pas la nuit ; il était 5 heures du matin. « Qui a mis les étoiles dans le ciel ? » Il avait reposé la question jour après jour. Pour lui, c'était un mauvais présage. Sa plus grande peur – une peur qu'il n'avait jamais osé exprimer – était que son fils, en grandissant, devienne exactement comme lui.

Cela ne l'empêcha pas de répéter la réponse que lui avait donnée sa mère.

« Dieu, répondit-il, même s'il n'y croyait plus lui-même.

— Pourquoi ?

— Certains pensent que c'est pour que nous puissions voir combien elles sont belles.

— Oh. C'est vrai qu'elles sont jolies. Je les aime bien. » Pendant quelques minutes, le silence régna. David s'apprêtait à allumer la radio lorsque son fils reprit la parole. « Et toi, pourquoi est-ce que tu penses que Dieu a mis les étoiles dans le ciel ? »

Ça, c'était une colle. Il n'avait encore aucune réponse à lui donner. Et Tanner n'avait que 4 ans.

« Pour que les Indiens puissent lire la nuit avant l'invention de l'électricité, je crois », finit-il par répondre.

Bientôt, Tanner s'endormit. Alors qu'il ronflait, le nez contre son épaule, dans son siège auto, David appela Paul sur son téléphone portable. L'éditeur décrocha à la première sonnerie.

« OK, lui annonça David, je suis partant. »

Épisode 3

Cigarettes mentales

« Mais où est-ce qu'on va ? » demanda Elizabeth.

Ses pieds nus posés sur le tableau de bord, elle se laissa retomber contre le dossier du siège passager de la première voiture de David, une Chevrolet Monte Carlo 1979, tandis qu'ils naviguaient à travers le dédale des ruelles du quartier des fraternités de Kent. Ses cheveux roux, coupés plus court, tombaient juste au-dessus du bustier blanc qu'elle s'était acheté, à cause de la façon dont ses épaules dénudées et le léger renflement de ses seins en dessous attiraient le regard de David.

« Chez Palcho, répondit-il.

— Pourquoi ?

— Pour des donuts.

— David, on va manger au chinois dans, genre, cinq minutes, fit-elle d'un ton réprobateur. Tu es enceinte ou quoi ? »

Cela faisait sept mois qu'ils étaient allés chez Palcho ensemble pour la première fois ; une soirée déterminante qui commençait déjà à se fondre dans un magma grisâtre d'épisodes oubliés pour Elizabeth, mais dont David, pour sa part, se rappelait chaque détail cru et délicieux.

Ils arrivèrent à destination et David se hâta de contourner la voiture pour ouvrir la portière à Elizabeth. Elle sortit et lui jeta un regard de froide suspicion.

« Qu'est-ce qui t'arrive ? lui demanda-t-elle.

— Je suis amoureux de toi, répondit-il.

— Tu parles d'une réplique cucul la praline. Digne d'un téléfilm du dimanche.

— Oui, reconnut-il. Et ce qui suit est probablement pire. »

Sur ces mots, il posa un genou à terre tout en tirant un petit écrin en velours pourpre de sa poche. Il l'ouvrit. La bague à l'intérieur était en or blanc, avec du diamant pilé incrusté sur le dessus. Il l'avait déjà fait mettre à la taille du doigt d'Elizabeth.

« Épouse-moi ? »

Il voulait le dire sur le ton de l'affirmation, mais ne put empêcher une inflexion montante de trahir son manque d'assurance.

Elle lui répondit d'un sourire. Pas celui, figé, qu'elle adressait aux inconnus, mais celui, ouvert et enfantin, qui faisait saillir ses pommettes comme celles d'un écureuil et révélait le léger interstice entre ses incisives.

« Non. »

Il s'attendait à cela.

« C'est une mauvaise idée », ajouta-t-elle en secouant la tête.

Mais son sourire restait sincère et plein de chaleur. Elle le fit se relever et lui plaqua un baiser sur la bouche. « Mais c'est ce que je veux, insista-t-il. C'est pour ça que je te donne cette bague.

— Elle est vraiment jolie », reconnut-elle en la sortant de son écrin pour la passer à son annulaire gauche.

La bague lui allait à la perfection. Et elle la laissa là, rangeant la boîte dans son sac. « C'est celle que mon père a offerte à ma mère lorsqu'ils se sont fiancés, dit-il.

— C'est mignon. Mais est-ce que ça ne veut pas dire qu'elle est maudite ? Ils ont divorcé, non ?

— On peut peut-être rompre le sort. »

Elizabeth l'embrassa de nouveau en lui passant les bras autour du cou. Elle approcha ses lèvres de son oreille pour lui murmurer quelque chose d'important :

« Allons chez le chinois. »

Cinq minutes plus tard, ils étaient assis à une table de l'Evergreen Buffet, un restaurant chinois très fréquenté, peuplé d'étudiants et d'habitants obèses des environs de Ravenna. David avait les jambes en coton, la tête qui tournait, les doigts légèrement gourds, comme s'il était sous l'influence d'un gaz hilarant ; mais il se rendit compte qu'il n'était pas déçu. Elle avait dit non, mais elle portait la bague. Elle avait dit non, mais elle souriait comme s'il avait fait quelque chose de vraiment super.

Elle est peut-être en train de me tester, songea-t-il alors qu'ils mangeaient en silence. *Pour voir si je vais m'obstiner, et jusqu'où. Ou peut-être que je ne suis pas censé m'inquiéter. Peut-être que le piège est là. Peut-être qu'elle veut me voir m'énerver. Peut-être...*

« J'avais une jumelle », dit-elle soudain.

Il secoua la tête. Il avait oublié cette révélation qu'elle lui avait faite la première nuit, alors que, la tête sur son torse, elle s'apprêtait à sombrer dans le sommeil.

« J'avais une jumelle, répéta-t-elle, et quand j'avais 10 ans, j'ai vu un homme la kidnapper. On ne l'a jamais retrouvée. Ça a détruit ma famille. »

David se rendit compte qu'elle était sur le point

d'écarter pour lui le rideau de mystère qui l'entourait, et il fut content de la voir enfin s'ouvrir. Mais, en parallèle, une part de lui-même se demanda froidement si elle resterait aussi attrayante à ses yeux une fois qu'il connaîtrait son secret.

« Il y avait un parc juste à côté de chez nous, à Lakewood. Un terrain de jeux y était construit, avec une cage à poules, un pont de bois qui grinçait, une marelle dessinée par terre. Elaine adorait la marelle. Enfin bref, on y allait tout le temps, toutes les deux, pendant que mon père préparait le dîner en attendant le retour de ma mère ; elle était comptable à Cleveland. Un jour, on va au parc et on voit un camion ; une de ces fourgonnettes blanches tous usages utilisées par les entrepreneurs. Un homme est en train de faire les cent pas devant la porte coulissante, sur le côté. Maigre, cet homme. Les cheveux bizarres, en broussaille. Lorsqu'il nous voit arriver, il commence à appeler : "Daisy ! Daisy !" On se rapproche, et il nous fait signe de la main. "Je ne trouve plus mon chiot. Vous n'avez pas vu un petit labrador noir ?" Bien sûr, la seule chose qu'Elaine aimait plus que la marelle, c'étaient les chiots. Elle court vers lui et, déjà, il ouvre la porte à la volée ; je l'entends glisser sur son rail, bruyamment – ce doit être une vieille camionnette. Je suis juste derrière ma sœur lorsqu'elle arrive à sa hauteur. Je ne pense pas qu'il y a quelque chose de louche, je veux juste être avec elle. L'espace d'une seconde, il ne fait rien, il se contente de nous regarder, immobile. Je vois qu'il a peur. Tu ne trouves pas ça drôle ? C'est lui qui a peur. Pas nous. Et après, c'est à notre tour. Il attrape Elaine par le coude et la jette à l'arrière du véhicule, super vite… d'un coup. Puis il attrape mon bras et me tire vers la porte. Mais j'ai une seconde de plus qu'Elaine pour comprendre ce qui est en train de se passer et, grâce à ça, j'ai le réflexe de m'arc-bouter, et il ne peut pas me jeter dans la camionnette aussi facilement. Il réussit à me pousser à moitié à l'intérieur, assez pour que j'aie le temps de voir Elaine à genoux sur le plancher métallique, au fond, en train de se tenir la tête, une longue éraflure au-dessus de l'œil gauche. Puis j'entends un bruit de klaxon. Fort, répété, prolongé. Il me lâche et je tombe dehors, sur le gravier du parking. Il me dit : "Monte, petite garce !" Je ne réponds rien. J'en suis incapable. Je reste là, assise, complètement sous le choc. "Comme tu veux." Il referme la porte, contourne la fourgonnette au pas de course et monte au volant. Pendant ce temps, le klaxon sonne de plus en plus fort. Et je vois une grosse Cadillac en train de remonter, depuis la rue, la route qui longe les terrains de base-ball, soulevant un gros nuage de poussière. Elle va si vite qu'elle dérape sur le gravier. L'homme dans la fourgonnette démarre sur les chapeaux de roues et coupe à travers les terrains de base-ball pour rejoindre Clifton Street. Arrivé au grillage marquant la limite des terrains, il continue sans ralentir et le défonce. Enfin, la Cadillac arrive à ma hauteur et s'arrête brutalement. Un homme en descend et je me dis : *Nous y revoilà.* Mais tout ce qu'il fait, c'est me demander si ça va. Je lui dis que non, et je fonds en larmes. Il continue : "Où est ta sœur ? Où est Elizabeth ?" Je pleure tellement que je n'arrive même pas à le corriger. Tout ce que je peux faire, c'est montrer du doigt la camionnette qui s'en va. Il pousse un juron, remonte dans sa voiture et part en trombe à travers les terrains de base-ball à la poursuite du kidnappeur… Je ne l'ai jamais revu. Ma sœur non plus. Je suis rentrée chez moi en courant et j'ai raconté à mon père ce qui s'était passé. Il m'a laissée seule dans la cuisine et je me rappelle que je me suis cachée sous la table, armée d'un couteau à beurre, parce que j'étais persuadée que cet homme allait revenir me chercher. Lorsque mon père est rentré, cinq minutes après, il a appelé la police. Ils ont posté des hommes sur toutes les routes qui menaient hors de Lakewood, mais la fourgonnette avait déjà disparu. Je ne me rappelle pas grand-chose des mois suivants. J'en ai passé une grande partie enfermée dans ma chambre à lire, à essayer de ne pas écouter mes parents se disputer au rez-de-chaussée. Lorsqu'ils étaient lancés, ils pouvaient se dire de vraies horreurs. Ils se rejetaient la faute l'un sur l'autre, tu sais ? Encore et encore, comme une balle de tennis. Parfois ma mère incluait mon nom, même si je n'étais pas là pour me défendre et que je n'avais que 10 ans, putain ; et qu'en vérité elle aurait dû s'en vouloir à elle-même de rester si tard au travail. Peut-être avait-elle besoin de me tenir pour responsable afin de détourner une partie de cette culpabilité loin d'elle-même et de l'homme avec qui elle partageait son lit. J'en suis sûre, en fait, parce que, cet été-là, ils m'ont envoyée vivre chez la sœur de ma mère. Pour un mois, ils ont dit. Mais ça s'est avéré définitif.

— Mon Dieu, Liz, je suis vraiment désolé. »

Elizabeth l'arrêta d'un geste de la main.

« Ce n'est pas pour susciter ta compassion que je te raconte ça. J'aurais dû te prévenir qu'il n'y aurait jamais de Thanksgiving avec ma famille. Cela fait treize ans que je n'ai pas vu ma mère. Mon père, sept. Et je ne te présenterai jamais à eux. »

Il lui prit la main à travers la table. Elle avait les ongles ébréchés et rongés jusqu'au sang, et tremblait légèrement.

« Avec moi, pas de famille », conclut-elle.

Elle ôta la bague de son doigt, la regarda un moment, puis voulut la rendre à David. Il repoussa doucement sa main.

« Elle est pour toi. Et je ne la donnerai pas plus d'une fois. Si tu ne veux pas m'épouser, tu es quand même obligée de la mettre. Tu peux la porter à tout jamais, et on peut sortir ensemble jusqu'à nos 70 ans. Passe-la à une chaîne autour de ton cou, si tu veux. »

Elizabeth sortit son pendentif de sous son bustier. C'était un simple faux saphir serti d'argent – un bijou d'enfant.

« J'ai volé ça dans les affaires d'Elaine avant que ma mère vide sa commode. Il faudra attendre qu'il se casse tout seul avant que j'en mette un autre, je pense. »

Et elle remit la bague à son doigt.

« Lorsque tu changeras d'avis, dit-il, tu n'auras qu'à me demander à ton tour en mariage. »

Elle laissa tomber une larme dans son poulet aux brocolis, puis releva les yeux et lui sourit.

« Dacodac. »

Il y avait une chose qui l'agaçait. Il pouvait encaisser sa froideur, son pessimisme, les migraines qui la clouaient parfois au lit pendant deux jours. Il pouvait lui pardonner d'oublier son anniversaire et de systématiquement dire « attention » au lieu d'« intention ». De laisser son sèche-cheveux du côté de la coiffeuse, qui n'était pas le sien, et de le forcer à vaporiser ce spray floral dans les toilettes. Tout cela ne le dérangeait pas, parce qu'il ne se lassait pas de la façon dont sa lèvre inférieure se gonflait un peu lorsqu'elle avait bu, ni de sa manie de lui tortiller les cheveux quand il regardait la télévision, la tête sur ses genoux.

La seule chose qui l'agaçait vraiment, à laquelle il ne pouvait pas se faire, c'était sa passion pour Christopher Pike, un auteur de fantastique pour ados de la fin des années 1980 sur lequel elle faisait une fixation depuis la disparition de sa sœur.

Elizabeth, qui était debout à 5 heures et demie tous les matins pour se préparer un café si fort qu'elle aurait aussi bien pu sniffer de la cocaïne, était incapable, malgré tous ses efforts, de s'endormir avant minuit. Il en allait ainsi depuis l'enlèvement d'Elaine, et l'adjonction imprévue de l'amour protecteur de David n'y changea absolument rien. Entre-temps, de toute façon, c'était devenu une habitude. La pire conséquence en était qu'elle restait éveillée même quand tout le monde autour d'elle s'était endormi ; elle restait seule. La seule façon qu'elle avait trouvée de supporter ces moments de silence était de lire. Et le seul auteur qu'elle semblait pouvoir lire était Christopher Pike. *La Chaîne de la mort*, tome 2, *La Saison du passage*, *Souvenez-vous de moi*, etc.

« Pourquoi tu ne lis pas du Poe, du Tolkien ou du Bradbury ? lui avait demandé David un jour en la surprenant en train de relire *Dernier acte* pour la sixième fois.

— Je n'ai pas la patience pour les descriptions, lui avait-elle rétorqué d'un ton écœuré, comme s'il lui avait suggéré de lire de la littérature érotique ou la presse à scandales. Je ne veux pas me taper une heure d'histoire du tabac chez les Hobbits. »

Et il en allait ainsi. Au cours d'une année, Elizabeth dévorait l'intégralité de l'œuvre de Pike, pour revenir à *La Chaîne de la mort* début janvier. L'intégralité, ou presque. Il y avait un livre qu'elle n'avait jamais réussi à se procurer : *Sati*. Il était épuisé. Chaque fois qu'ils passaient devant une bibliothèque qui vendait ses vieux stocks ou devant chez Mac's Backs à Cleveland Heights, il fallait qu'elle s'arrête, et lui avec, pour passer vingt minutes à chercher ce rare livre relié.

Un après-midi, peu de temps après sa maladroite demande en mariage, David se trouva à Ravenna. Il travaillait pour un bimensuel communautaire publié dans le nord du comté de Portage, et le rédacteur en chef l'avait envoyé au siège dudit comté couvrir une action civile pleine de hargne impliquant un artiste et une maison de disques. On aurait pu rêver travail plus prestigieux – rien à voir avec le journalisme d'investigation dont il avait rêvé à l'université – mais ça lui faisait des revenus réguliers et il y voyait avec gratitude une occasion d'acquérir de l'expérience. Cet après-midi-là, alors qu'il se rendait au Triangle Diner pour un sandwich au corned-beef, il repéra de l'autre côté de la rue une pancarte : Vente de bienfaisance – Livres.

L'endroit sentait le moisi, la naphtaline et le désespoir. Des rangs de pantalons des années 1970 aux diverses nuances de marron et d'orange étaient pendus à des cintres sur sa droite, et des chemisiers à motif cachemire sur sa gauche. Le centre de la pièce était occupé par une dizaine de tables pliantes couvertes de cartons de livres. Une caisse en plastique pleine de volumes reliés était en partie cachée sous un châle vert citron que quelqu'un avait négligemment posé là. Dessous, sur les autres livres, il trouva *Sati*.

Il effleura la couverture du bout des doigts. Il avait la tête qui tournait. Jamais il n'aurait cru pouvoir être si heureux de tenir un Christopher Pike entre ses mains. Il croyait encore aux signes du destin, à l'époque. Et qu'est-ce que cette trouvaille pouvait être d'autre ?

Toute sa vie, Elizabeth avait vu l'univers lui distribuer de mauvaises cartes. Sa sœur. Sa mère. Face à cette malchance chronique, elle était devenue une adepte des probabilités et n'osait pas se laisser aller à miser sur lui. Mais le sort jouait enfin en sa faveur. À quel point cela la changerait-il ?

Il ouvrit le volume à la première page et sentit tout l'air quitter ses poumons. *Pour Elaine*, avait écrit quelqu'un.

Sur le chemin du retour, il s'arrêta chez McDonald's, où il déchira délicatement la page dédicacée, en prenant bien garde à ce qu'il ne reste pas la moindre trace de son existence. Il en fit une boule qu'il jeta à la poubelle.

De retour à leur appartement, il écrivit sa propre dédicace : *Pour Elizabeth. Maintenant, tu peux tourner la page.* Il voulait dire : « par rapport à Pike ». Mais aussi à Elaine.

Il enveloppa le livre dans du papier à pois et se leva à 2 heures du matin pour le placer en secret près de la cafetière, avant de retourner se coucher.

Il se réveilla à 5 h 45 en sentant qu'on lui manipulait la main. Ouvrant les yeux, il découvrit un anneau en or tout simple à son annulaire. Elizabeth était agenouillée à côté de lui, par terre. Ses yeux souriaient, mais son nez était tout froncé d'émotion.

« Une des dernières choses dont je me souviens, commença-t-elle doucement, pour que ses mots ne butent pas sur la boule dans sa gorge. Notre huitième anniversaire. Peggy nous a fait des cadeaux de grandes. C'était la première fois que nous recevions autre chose que des jouets. Elle m'a offert un kit de magie. Avec un chapeau haut-de-forme et de petits lapins en mousse. Je croyais à la magie, à l'époque.

À Elaine, elle a donné un roman. *Sati*. Nos parents ont piqué une crise. Disant que ça allait la corrompre, ou quelque chose dans le genre. Elle l'a caché sous son lit. Mais il a disparu. Je pense que notre père s'en est débarrassé. » Elle commença à se détendre. « Je voulais savoir ce qu'elle savait.

— Je comprends.

— Alors épouse-moi », chuchota-t-elle.

∞

Le rituel lui manquait. Tous les gestes qui allaient avec son travail de recherche, d'écriture ; cette expérience tactile dans la préparation de son travail. Pendant que Tanner faisait la sieste, et pour la première fois depuis quatre ans, David retourna s'installer au bureau de l'*Edmund Fitzgerald*, histoire de vérifier si la magie était toujours là.

Il s'assit dans le luxueux fauteuil de cuir, qui l'accueillit entre ses bras avec un soupir. Jusqu'ici, tout allait bien. Il alluma la lampe, un de ces modèles de bibliothèque, verts, qui confèrent aux pièces un charme classique. L'ampoule fonctionnait donc encore. Il ouvrit le mince tiroir au-dessus de ses genoux. Il s'en dégageait une odeur de tabac à pipe et de pastilles à la cerise, péchés mignons du précédent propriétaire du meuble. À l'intérieur : plusieurs calepins de reporter et des blocs-notes plus ou moins épais. Ses stylos préférés étaient là, toute une boîte vidée dans le tiroir. Des Bic bleus, outils parfaitement quelconques pour lesquels il éprouvait une prédilection superstitieuse : c'étaient eux qu'il avait utilisés tout au long de son interminable investigation sur l'affaire Ronil Brune. Pour David, les Bic bleus possédaient le pouvoir d'une baguette magique qui choisit son maître. Dans le tiroir se trouvait également un paquet de Marlboro à moitié vide.

David prit un bloc-notes et trois stylos. Il sentit leur poids dans sa main et sourit légèrement en les déposant sur son bureau. Il reprit un des Bic et en ôta le bouchon d'une pichenette, l'envoyant voler à travers la pièce derrière le comptoir. Sur la couverture du calepin, il écrivit : *L'homme de Primrose Lane*. Il le reposa et le contempla un long moment. L'aspect incisif et solide de son écriture lui plut. Il avait oublié ça.

Les Marlboro, se rappela-t-il, avaient aussi leur fonction.

Il rouvrit le tiroir et en sortit vivement le paquet de cigarettes. Il le mit tête en bas pour le tapoter contre sa paume, et en retira une sensation de bien-être. Fumer aussi était un rituel. Et celui-ci apaisait le bourdonnement de ses pensées, ce qui lui permettait d'écrire. Même s'il ne fumait pas, c'étaient ses cigarettes à lui ; ses cigarettes mentales.

Glissant un doigt impatient dans le paquet, il en sortit une Marlboro légèrement pliée et la plaça entre ses lèvres, puis se laissa aller contre son dossier et ferma les yeux. Il sentait le goût âcre du filtre imprégné de tabac sur le bout de sa langue. L'odeur de la nicotine, du goudron et du formaldéhyde dans ses narines. La présence de la cigarette entre ses dents. Il s'imagina dans un bar de péquenauds, en train de tirer longuement sur sa clope puis d'exhaler la fumée en ronds vaporeux. Il relâcha son souffle et écouta le bruit de sa respiration dans le silence de la pièce. Ses sens étaient assouvis, ils le remerciaient. Vers la fin, lorsque Ronil Brune le tourmentait depuis la tombe et que la dépression commençait à resserrer ses doigts sur lui pour l'entraîner sous terre, ce rituel l'avait toujours sauvé. Il appelait cela ses cigarettes mentales. Elizabeth avait compris.

Ça peut marcher, se dit-il. *Je peux peut-être y arriver.*

Il ressentit du soulagement. Mais une partie de lui savait que ce n'était qu'une illusion.

Dans les rares occasions où David se sentait d'attaque pour s'aventurer hors de chez lui – pour aller voir un film, ou jouer au poker avec quelques connaissances de la fac qu'il ne laissait pas devenir des amis –, il confiait Tanner à la garde de Michelle, une adolescente qui habitait un peu plus loin dans sa rue. Dans la mesure où il la payait cinquante dollars pour quelques heures de son temps, elle était toujours disponible au pied levé. Ce soir, elle « surveillait » Tanner chez lui, ce qui voulait probablement dire qu'elle envoyait des textos à son petit ami avec un épisode braillard de *Grey's Anatomy* en fond sonore tandis que Tanner bricolait quelque nouvelle machine dans sa chambre.

La bibliothèque publique d'Akron avait beau être la plus proche de chez lui, David n'y était jamais entré depuis sa rénovation en 2004. Il avait effectué toutes ses recherches sur Brune à Cleveland, parce que la bibliothèque locale était un endroit agréable où se rendre pendant sa pause déjeuner et qu'il adorait éplucher les notes des reporters, écrites à la main, dans les archives conservées à l'université publique. Le bâtiment neuf de la bibliothèque d'Akron faisait davantage penser à un magasin IKEA. Elle ne fleurait pas vraiment l'aventure comme celle de Cleveland.

Dans un coin du troisième étage, David trouva la section des microfilms, un petit espace délimité par des parois de verre contenant une rangée de ces astucieux et tout récents lecteurs de microfilms sur ordinateur. Il aurait pu faire tout ça en ligne mais il possédait une mémoire kinesthésique et retenait mieux les informations s'il pouvait actionner une machine ou tourner une page jaunie. Il avait besoin de les entendre, les voir, de les sentir directement – sans quoi elles s'en allaient rejoindre toutes les autres choses inutiles ensevelies dans son inconscient.

Il sortit deux ou trois boîtes blanches des tiroirs occupés par les archives de l'*Akron Beacon Journal* datant de juin 2008 et s'assit devant une machine inoccupée. Ses doigts n'avaient pas oublié comment mettre en place la bande raide du microfilm. Il commença à le faire défiler en parcourant rapidement les titres des yeux. Lisant son nom, il interrompit instinctivement le défilement.

« Suicide de la femme d'un écrivain : une immense douleur, déclare David Neff. » Il avait beau avoir été cité, il n'avait jamais vu l'article. Jamais vu non plus cette photographie de la voiture d'Elizabeth réduite à un tas de ferraille broyée, écrasée contre un mur de briques. L'émotion faillit le submerger. Il remit la machine en marche.

Et s'arrêta sur la première page de l'édition du 23 juin 2008.

« Qui était l'homme de Primrose Lane ? » demandait impérieusement le gros titre. « Et qui voulait sa mort ? » ajoutait le sous-titre.

Une photographie occupait le centre de la page, un cliché de la maison de l'ermite, charmante sans doute dans ses couleurs d'origine, mais à laquelle un long séjour après publication dans le purgatoire noir et blanc du microfilm avait conféré une dimension ténébreuse et presque maléfique.

L'auteur de l'article était Phil McIntyre, un rédacteur que David avait rencontré une ou deux fois et dont la spécialité avait été les affaires criminelles, avant qu'il monte en grade et se voie attribuer le domaine politique. David survola l'article à la recherche de détails révélateurs.

> Enfin, on connaît son nom : Joseph Howard King. Mais qui était l'homme de Primrose Lane ?
>
> « Il a toujours été sympa avec mon frère et moi », raconte Billy Beachum, élève en deuxième année au lycée de Firestone, que King employait pour faire ses courses à sa place. Le frère en question a été désigné comme exécuteur testamentaire des biens de King le temps de retrouver un membre de sa famille. « C'est tout ce que j'ai envie de dire, ajoute le jeune homme. Je ne vois vraiment pas comment il aurait pu se faire le moindre ennemi. »
>
> « Je me suis toujours demandé si c'était un terroriste, déclare pour sa part Lucille Youtz, une voisine. Un de ces extrémistes du Weather Underground comme Bill Ayers. »
>
> « Probablement un vieux gangster qui essayait de se faire oublier, estime quant à lui Dan Larkey, agent retraité du FBI et consultant dans l'affaire. Le passé finit toujours par rattraper ces gars-là. »

Un peu plus bas, il était fait allusion à d'autres indices cachés au grand public :

> Hier, la brigade criminelle d'Akron a été aperçue en train de sortir plusieurs cartons de chez King, mais elle a refusé d'en révéler le contenu. « Nous sommes en pleine enquête, nous a expliqué le lieutenant-détective Marc Gareau. Le matériel trouvé chez cet homme suggère un mobile possible pour son assassinat et pourrait nous fournir des détails connus seulement de M. King et de son meurtrier. »

David éplucha les premières pages et les rubriques locales du *Beacon* sur une durée de près d'un an. En septembre 2008, McIntyre revenait brièvement sur l'affaire dans un article intitulé : « Meurtre d'Akron ouest : la police reste sans réponses ». En termes de détails, il n'y avait pas grand-chose de neuf, hormis une déclaration énigmatique de Gareau : « S'il est vrai qu'une jeune femme a récemment été interrogée par la police, rien ne laisse penser qu'elle ait quoi que ce soit à voir avec ce crime. Ce n'est en tout cas absolument pas une suspecte. »

Le véritable mystère avait été révélé par McIntyre le 17 mai 2009 dans un article exceptionnel de l'édition du dimanche, long de cinq mille mots, qui faisait officiellement de l'homme de Primrose Lane une légende. Le titre disait tout : « Joe King n'est pas Joe King, dit la police. L'homme de Primrose Lane vivait dans le mensonge et est mort millionnaire. »

David nota rapidement les détails essentiels en entourant chaque nom au fur et à mesure. Il avait pour habitude, avant de contacter la moindre source, d'effectuer quelques recherches rudimentaires sur les intéressés : il tapait leur nom sur Google pour voir s'ils avaient un casier judiciaire ou un passe-temps un peu particulier. Une fois, il avait écrit un profil sur un génie des échecs sans savoir que ce dernier avait eu un temps le tueur en série Jeffrey Dahmer pour colocataire ; il s'en était toujours voulu d'avoir raté l'occasion de jouer avec cette information.

Alors qu'il continuait à lire, il sentit le mystère l'envelopper et le rassurer, comme une nouvelle drogue. Quelque part dans son cerveau, quelque chose se mit en marche et ordonna à sa glande surrénale de relâcher de l'adrénaline dans son sang. L'inhibiteur sélectif de la recapture de la sérotonine – sa dose quotidienne de Rivertin – veilla cependant à ce qu'il ne ressente pas la bouffée d'exaltation tant désirée. Pas de hauts ni de bas pour David ; juste la sérénité de l'entre-deux.

> Le corps a été découvert dans le séjour par l'agent Tom Sackett… Une balle dans le ventre… Les doigts coupés… Pas la moindre empreinte digitale sur les poignées de porte et les murs.
>
> « Au moins 3,4 millions en actions et obligations à sa mort, annonce Mike Weger d'Enquêtes confidentielles, le cabinet de détectives privés embauché par Albert Beachum. Et 700 000 de plus sur un compte personnel. »
>
> Grâce à l'acte de naissance de King, Weger a remonté la piste de l'intéressé jusqu'à un hôpital à Bellefonte, Pennsylvanie. En consultant le registre des naissances de la ville, il est tombé sur quelqu'un qui était peut-être de sa famille : une autre King, une certaine Carol, née des mêmes parents que ceux indiqués sur l'acte de naissance de Joe King, dans le même hôpital, en 1928 – deux ans après que King y avait vu le jour. Depuis, Carol s'est mariée et a pris le nom de Dechant. Weger l'a trouvée en Pennsylvanie. « Et c'est là que les choses deviennent franchement étranges », raconte-t-il.
>
> Carol Dechant apprend au détective que son frère aîné est mort dans un accident de voiture, en même temps que leurs parents, en 1932. Qui que soit l'homme de Primrose Lane, il ne s'appelait pas Joe King.

Et plus tard :

> Les enquêteurs ont été choqués de découvrir, chez le défunt, un carton rempli de cahiers détaillant la vie d'une jeune femme du nom de Katy Keenan, de

l'âge de 6 ans jusqu'à son dix-huitième anniversaire. D'après une source proche de l'enquête, Keenan affirme n'avoir jamais rencontré l'homme de Primrose Lane. Elle a refusé de s'exprimer sur le sujet. Cependant, elle a affiché le message suivant sur son mur Facebook : « J'aimerais qu'on respecte ma vie privée. Ce qui, apparemment, n'a pas été fait depuis douze ans. »

Bien que la police ne considère pas Keenan comme une suspecte, un des enquêteurs, qui a souhaité garder l'anonymat, estime qu'elle est la clef qui aidera à résoudre le meurtre. Pour justifier cette théorie, il s'appuie sur un passage des cahiers où l'auteur reconnaît l'avoir suivie à l'intérieur d'un cinéma parce qu'il voulait la protéger d'autres hommes qui s'intéressaient peut-être à elle. Et sur un autre extrait où il admet être amoureux d'elle. « Je ne crois pas qu'il ait été tué pour son argent, ajoute-t-il. On n'a trouvé aucun héritier en droit de le réclamer. Alors quel est le mobile du crime ? Une des possibilités est que quelqu'un proche de Keenan ait appris l'existence de ces cahiers, soit allé lui dire tout le mal qu'il en pensait, et que les choses aient dégénéré. »

... Le père de Keenan s'est refusé à tout commentaire.

Mais cela ne répond toujours pas à la question que tout le monde se pose : qui était l'homme de Primrose Lane ? « Écoutez, déclare le lieutenant Gareau, ce n'est pas mon problème. Mon boulot, c'est de trouver qui l'a tué. Qu'il ait fui la justice, des créanciers ou une femme insupportable, ça m'est complètement égal. Quelqu'un l'a assassiné. Et on va trouver qui. »

Lorsque David eut terminé sa lecture, il tira de sa poche de chemise le paquet de cigarettes mentales qu'il avait apportées avec lui. Il en plaça une entre ses lèvres et rembobina le microfilm pour pouvoir le relire.

« Monsieur, vous n'avez pas le droit de fumer ici », le prévint l'homme assis à l'accueil de la pièce.

Il était en train de lire *Le Protégé du tueur en série*, remarqua David.

La plupart des lecteurs de non-fiction, avait-il découvert, ne prêtaient aucune attention à la photo de l'auteur sur le rabat. Ils semblaient moins intéressés par l'auteur que par l'histoire.

« Je ne suis pas en train de fumer, répondit-il.

— Oh. Tant mieux.

— Qu'est-ce que vous pensez de ce livre ? J'envisageais de l'acheter.

— C'est prétentieux. Verbeux.

— Mais vous l'avez presque fini.

— Ben oui, il faut que je sache comment ça se termine. »

David hocha la tête et se retourna vers sa machine.

« Je vois. »

Katy Keenan ne fut pas difficile à trouver. Facebook… Pour une femme qui affirmait tenir à sa vie privée, elle n'était pas particulièrement discrète. Au moins, elle ne laissait pas de photos d'elle sur son profil : son avatar était une boîte de céréales Count Chocula. La jeune femme était au cœur de ce mystère : David en était convaincu. Il voulait la rencontrer dès ce soir, pendant que l'ivresse de la chasse le tenaillait encore. S'il parvenait à gagner sa confiance, le reste coulerait de source ; et il aurait commencé par une interview exclusive d'un des principaux acteurs de l'affaire, ce qui serait d'excellent augure.

Il était 8 h 05 quand David entra dans le Borders de Cuyahoga Falls. Il n'avait pas appelé avant de venir pour savoir si elle travaillait effectivement ce soir-là. Ce n'était pas qu'il croyait spécialement au destin. Simplement, il goûtait cet élément de hasard, d'incertitude, de chance. Il aimait jouer avec le risque de merder.

Le Borders n'avait pas une odeur de librairie. Cette atmosphère climatisée et inodore faisait plutôt penser à un magasin d'informatique. Il regrettait la petite boutique indépendante de Kent où, jadis, il se rendait une fois par semaine pour acheter le dernier numéro de *Powers* et *Ultimate Spider-Man* ; celle dans Main Street, dont la porte restait ouverte même au beau milieu de l'hiver, et où régnait le parfum de la colle à reliure, des couvertures en tissu imbibées d'humidité et du papier journal tombé en poussière.

Il s'approcha du coin café. Derrière le comptoir se trouvait un petit homme affublé d'une vilaine barbe.

« Qu'est-ce que je vous sers ? demanda-t-il. Un scone allégé chocolat et triple baies ?

— Est-ce que Katy travaille ce soir ? répliqua David.

— Non, elle est pas là », répondit l'homme d'un ton bourru.

David fit demi-tour et remonta lentement une allée vers la section de non-fiction. *Le Protégé* n'était pas de face, comme les nouveautés et les œuvres les plus demandées, mais il y en avait bien une dizaine en rayon.

Sans vraiment réfléchir à ce qu'il fabriquait – il était ailleurs, dans l'état d'autohypnose qui accompagnait toujours les débuts d'une enquête et qui l'amenait à errer sans but, à la recherche d'une structure narrative – il sortit un Bic bleu de sa poche, attrapa un des exemplaires sur l'étagère et le dédicaça. Il procéda de même avec un deuxième. S'ils le voulaient, les gérants pourraient vendre ces exemplaires sur eBay pour se faire un peu d'argent de poche. Il en était au cinquième quand il se fit prendre.

« Putain, mais qu'est-ce que vous êtes en train de faire ?! » s'exclama une voix.

Relevant les yeux, il découvrit une jeune femme qui le dévisageait avec une expression d'inquiétude et de dégoût mêlés. L'espace d'une seconde, il crut avoir devant lui le fantôme d'Elizabeth. Puis il revint à lui et constata que son interlocutrice était plus jeune. Plus épanouie, d'une certaine façon. Et elle avait aussi les pommettes plus saillantes. La ressemblance, cependant, restait troublante. Elle portait des Converse, un jean rapiécé, un sweat-shirt à rayures rouges et blanches portant l'inscription : Où est Charlie ? Des barrettes blanches en forme d'oreilles de chat retenaient en arrière des cheveux roux, lisses comme du satin, qui lui tombaient jusqu'aux épaules. Un badge épinglé sur sa poitrine indiquait son nom : Katy.

« Euh… commença-t-il à répondre.

— Qu'est-ce que vous avez écrit là-dedans ? le coupa-t-elle. C'est vous qui griffonnez toutes ces conneries religieuses dans les *Harry Potter* ? Merde alors. On est obligés de les reprendre, après. » Elle lui arracha le livre des mains. « Restez ici pendant que j'appelle la sécurité. »

Elle se tourna vers l'accueil.

« Attendez », dit-il en la retenant doucement par le bras. Le contact était doux et chaud, comme celui du velours. « Écoutez, c'est idiot. Je ne… C'est vraiment embarrassant, mais…

— Vous rougissez.

— Eh bien, il faut dire que je suis un peu gêné. Je peux tout vous expliquer. Je suis…

— Je sais qui vous êtes », l'interrompit Katy. Un grand sourire se dessina sur son visage – on aurait dit le chat du Cheshire. « Je vous faisais marcher.

— Oh, fit-il en tendant la main pour reprendre le livre. On se connaît ? »

Katy leva les yeux au ciel.

« On est amis sur Facebook. On a tchatté, une fois. Vous ne vous rappelez pas ? »

David hocha la tête. Il avait ouvert un compte Facebook à la demande pressante de son éditeur juste avant la sortie du *Protégé*. Il ne s'en occupait plus. Mais il savait qui le faisait.

« Matt m'a dit que vous me cherchiez ? reprit Katy. Après ce qui est paru dans les journaux, il y a des reporters télé qui sont venus ici pour essayer de me filmer. Si quelqu'un me demande, mes collègues sont censés répondre que je ne suis pas là. On a passé la consigne. »

David acquiesça de nouveau. Il avait la bouche sèche.

« Inconsciemment, je me suis toujours demandé si vous essayeriez de me trouver, soupira Katy en penchant la tête pour le dévisager. "Je savais qu'un de ces quatre matins tu passerais ma porte." » Elle marqua une pause. « Karen Allen. *Les Aventuriers de l'arche perdue.* Ça y est, vous y êtes ?

— Oui.

— Je n'accorde pas d'interviews. Je hais les journalistes. Ils ont fait de ma vie un enfer.

— Je ne suis pas journaliste. J'ai fait des études de littérature.

— Ça marche, ça, comme réplique, d'habitude ?

— Il se trouve que oui. »

Elle le détailla rapidement, des pieds à la tête, qu'il avait ébouriffée.

« Où est-ce que vous étiez passé tout ce temps, au fait ? Où est-ce que vous vous cachiez, David Neff ? Vous écrivez le meilleur récit criminel depuis *De sang-froid* et puis vous nous faites un Dave Chappelle et vous disparaissez de la circulation !

— Je pleurais ma femme.

— Elle était vraiment spéciale, hein ?

— Oui, acquiesça-t-il.

— OK, je veux bien faire une exception pour vous. Mais pas ici, d'accord ? Passez me prendre chez moi demain soir. 18 heures. Emmenez-moi dîner dans un restau sympa, le Diamond Grille par exemple. Vous avez les moyens, non ? »

Elle s'éloigna puis fit de nouveau volte-face, repoussant une mèche d'un roux vif qui lui tombait dans les yeux. *Est-ce qu'on peut porter autant d'eye-liner noir sans être gothique ?* se demanda-t-il. Elle reprit :

« Vous n'avez jamais eu l'impression, en rencontrant quelqu'un, que votre vie était sur le point de prendre une direction étrange, que vous auriez peut-être mieux fait d'éviter ?

— Une ou deux fois.

— Ouais. Ça m'étonne pas. »

Elle tendit le bras pour prendre un livre sur l'étagère derrière lui et il sentit le murmure de son corps lorsqu'elle l'effleura, le parfum de lilas dans son cou. Ces choses auraient dû le rendre nerveux, lui tourner la tête, mais il n'éprouva presque rien. Ses médicaments l'empêchaient d'apprécier ce moment, ce premier moment de vie en quatre ans, à sa juste valeur.

Elle lui prit son Bic de la main et écrivit quelque chose dans le livre. Puis elle le lui rendit.

« Mon numéro de portable et mon adresse, dit-elle. Appelez-moi si vous pensez être en retard. Je ne plaisante pas. Je déteste attendre. Qui que ce soit. Si vous êtes en retard, je vais au ciné avec mon crétin de fiancé. Et on ira voir quelque chose de sérieusement nul. »

Il resta là debout un moment, à lui rendre son regard sans rien dire.

« Quoi ? demanda-t-elle.

— Rien. Vous n'êtes pas comme je l'imaginais, c'est tout. »

Il se dirigea vers la caisse et l'ébauche d'un sourire se dessina sur ses lèvres. C'était une expression faciale qu'il avait presque oubliée.

« Et n'allez pas vous branler devant mes photos Facebook en rentrant chez vous ! » lui lança-t-elle, assez fort pour que la femme en train de feuilleter *Better Homes* devant le présentoir des magazines relève la tête pour lui jeter un coup d'œil quand il passa devant elle.

Tanner dormait lorsqu'il arriva chez lui. Il paya Michelle et la raccompagna à la porte. Puis il regagna discrètement son bureau, ferma la porte à clef et passa effectivement les vingt minutes suivantes à se masturber devant les photos Facebook de son nouveau sujet. Lorsqu'il eut terminé, il se sentait à bout de forces et mal à l'aise. Mais pas coupable. Même pas un chouia.

Épisode 4

Son vaurien holmesien

Une fois qu'Elizabeth eut accepté l'idée de se marier, pari risqué s'il en était, elle fut enchantée de découvrir, en ce qui concernait la préparation, toutes les petites façons dont elle pouvait se rendre maîtresse du chaos. Elle vit dans l'organisation d'une grande fête avec un petit budget un défi logistique digne d'être relevé. À la fin, il ne restait pas un pâtissier ni un traiteur dans tout Akron sur lequel elle n'ait pas exercé sa force de persuasion, pas un prêtre ni un pasteur avec lequel elle n'ait pas marchandé jusqu'à ce qu'ils ressortent de la confrontation complètement déconfits. Un DJ qu'elle avait fait venir au Wendy's de Cuyahoga Falls afin qu'ils ne soient pas sur *son* terrain fut tellement insulté par sa proposition de rémunération initiale et la rigidité de sa playlist qu'il repartit sans un mot, laissant derrière lui un milk-shake inentamé et le plus gros d'un cheeseburger. Mais ce qu'elle réussit à obtenir avec cinq mille dollars et de la persévérance fut plus que ce que l'un comme l'autre auraient pu imaginer.

La cérémonie se tint à l'église unitarienne-universaliste du quartier de North Hill, le 20 novembre 2004. David arriva tôt, seul, vêtu d'un smoking ajusté, espérant trouver un coin tranquille pour réviser ses vœux. La vue des volutes de fumée s'élevant de derrière la chaire le surprit, mais seulement une seconde. L'endroit empestait le cannabis. Sauf que ce n'était pas de l'herbe qui brûlait. Du moins pas ce genre d'herbe.

« Maman ? »

La tête de sa mère apparut soudain derrière la chaire. C'était une belle femme. Les cheveux d'un noir de jais. Les pommettes hautes. Les yeux semblables à deux morceaux de charbon. En le voyant, elle se redressa vivement, tenant son fagotin de feuilles roulées dans la main gauche comme un épais cigare.

« Bonjour, Dave.

— De la sauge ?

— Je purifie l'église. »

Il hocha la tête. Elle avait fait la même chose à la remise des diplômes lorsqu'il avait terminé le lycée. Lynn Chambers, née Freemantle, était une ancienne hippie qui portait dans son sac le jeton qu'elle avait reçu pour ses dix ans de sobriété, et la prière de la sérénité sur un carton plastifié dans sa chaussure. Elle avait appris ce rituel de purification à l'occasion du rassemblement annuel des Alcooliques anonymes à Akron pour célébrer la fondation du mouvement, quelques années plus tôt.

« Viens là, lui dit-elle.

— Euh... Je ne veux pas sentir le cannabis.

— Ça n'a pas la même odeur. Ne fais pas l'enfant. Viens là. »

David obtempéra. Elle lui mit une main sur l'épaule et, de l'autre, dessina un cercle au-dessus de sa tête avec la sauge en train de brûler.

« Toutes les entités qui n'êtes pas ici avec les meilleures et les plus nobles intentions, allez-vous-en. Vous n'êtes pas les bienvenues. On ne veut pas de vous. »

Et il se passa vraiment quelque chose, songea David : un changement subtil dans l'atmosphère. Mais peut-être était-ce son imagination.

Son cœur était partagé quand il s'agissait de sa mère. L'alcool et les drogues s'étaient emparés d'elle lorsqu'il était encore tout jeune, la faisant disparaître et le laissant grandir avec son père et une belle-mère qui le maltraitait. Mais elle lui avait fait connaître de tels moments d'enchantement lors de ses courtes périodes de sobriété : excursions aux musées, concerts symphoniques, films d'horreur kitsch. En quelques occasions, elle s'était même battue pour lui : une fois, elle l'avait kidnappé alors qu'il jouait sur la pelouse devant chez sa grand-mère – une tentative peu judicieuse pour récupérer sa garde. Malgré tout ce qu'elle lui avait fait subir, il éprouvait pour elle un amour farouche et ne ressentait aucune envie de savoir pourquoi, ni même de se poser la question.

« Merci, maman. »

Elle déposa un baiser léger sur sa joue et entreprit de descendre l'allée en agitant la sauge fumante dans les airs, laissant un voile de fumée derrière elle.

Lorsque 14 heures sonnèrent, l'église s'était remplie : une centaine de personnes, presque toutes de la famille et des amis de David. La tante d'Elizabeth était là, assise en compagnie de quelques amies de lycée. Quelques Red Hats, aussi. Mais ses parents n'avaient pas été invités.

David se tenait devant l'autel, sur une estrade décorée d'une moquette rouge tachée, à côté de son témoin, Wally, qu'il connaissait depuis l'école primaire mais ne voyait presque plus, et du pasteur, une femme dodue en robe à fleurs. À un signal que rata David, la congrégation se leva et, soudain, Chip, un homme échevelé qu'il avait rencontré en colonie de vacances dix ans plus tôt, se mit à jouer la marche impériale de *L'Empire contre-attaque* sur un synthé qu'il avait installé dans un coin. Elizabeth apparut sur le seuil de l'église. Dès qu'il la vit, Chip passa consciencieusement à la marche nuptiale. La blague ne marchait plus, parce que la femme dans cette robe de mariée n'était pas simplement radieuse ou charmante, comme le déclareraient plus tard les invités présents ; elle n'était pas juste délicieuse ni même ravissante, comme le père de David le lui dirait le jour de son enterrement ; elle était envoûtante. Et en cet instant, tout le monde dans cette petite pièce le sut et le comprit et, chez plus d'un, l'admiration le céda à la peur.

La robe d'Elizabeth, d'occasion, venait de chez Once Upon a Bride. Elle était toute simple, toute droite, sans traîne. Elle n'était même pas vraiment blanche, plutôt coquille d'œuf. Mais elle lui allait aussi bien que si elle avait été conçue pour elle par une couturière à la fin d'une longue carrière. L'étoffe en imitation satin épousait ses formes comme la simple évocation d'une robe, glissant sur ses hanches maigres de garçon manqué pour caresser ses longues jambes fines. Elle pendait autour de ses seins d'une manière qui laissait devinait la douce fermeté que connaissait David, et s'enroulait autour de ses épaules tachées de son en minces rubans. Les cheveux d'Elizabeth – ces cheveux roux et fins où il aimait tant passer les doigts – étaient relevés en un chignon sophistiqué qui dégageait son cou à la pâleur laiteuse et ses minuscules oreilles. Elle ne portait pas de maquillage. Ses joues étaient rosies par une merveilleuse timidité et ses yeux étincelaient sous les flashs d'une dizaine d'appareils photo jetables tandis qu'elle s'avançait, seule, vers David.

En la voyant arriver à sa hauteur, il lui prit la main et, lorsqu'elle s'agrippa à lui, il la sentit trembler. Il avait l'impression de tenir la foudre faite femme.

Lorsque vint le moment de prononcer ses vœux, il tira le papier froissé de sa poche et le lissa d'une main tremblante.

« Je ne sais pas pourquoi, mais je t'aime, dit-il en la regardant dans les yeux. Lorsque je t'ai vue ce premier jour de cours, ç'a été comme si j'avais attendu toute ma vie de te rencontrer. Ç'a été comme si je comprenais enfin la raison de ma présence sur cette terre. Je passerai le reste de mes jours à te protéger, Elizabeth ; de tout le chaos que tu vois dans le monde, de toutes ces probabilités. Je te jure que je ne laisserai jamais rien t'arriver ni se mettre entre nous. Tant que je serai vivant.

— David, répondit-elle. Je me suis longuement demandé si je t'aimais, parce que je ne croyais pas être capable de réellement aimer quelqu'un. Ce qu'on ne nous dit pas, c'est que l'amour est un acte de foi, et que, eh bien, la foi est imprévisible. Elle a ses propres règles que je ne comprends pas. Je sais maintenant que je t'aime, David. Je t'aime parce que, en dépit de tout ce qui menace le vrai bonheur dans ce monde, j'ai la conviction que nous pouvons être heureux. Et c'est toi qui m'en as convaincue. Parce que tu m'as rendue heureuse. »

En dépit de la présence inopportunément concomitante d'une convention de fans d'anthropomorphisme de l'autre côté du Holiday Inn Express, situé à la sortie de l'autoroute I-77 à Canton où ils tenaient leur réception, celle-ci fut réussie. Il y avait abondance d'entrecôtes et de cordons bleus de poulet, une pièce montée de cookies et un open bar pourvu en alcools milieu de gamme de toutes les couleurs. Lorsque le soir arriva, David commençait à ressentir sérieusement les effets du vin. Une file de jeunes gens nerveux échangeaient des plaisanteries en attendant leur tour de danser avec la mariée, et il les regardait lorsqu'il entendit une voix juste derrière lui :

« Je suis heureux pour toi. »

David se retourna et découvrit son oncle Ira, un homme d'un certain âge, aux cheveux blancs clairsemés et au visage allongé.

« Merci.

— Et j'ai un cadeau pour toi, gamin », reprit le vieil homme en lui tendant un livre non emballé.

C'était un fin volume de moleskine, rempli d'une écriture fine et soignée.

« Quand j'étais jeune, expliqua Ira, avec une haleine fortement chargée de whisky, j'étais amoureux des mots. J'ai recopié tous mes passages préférés. De la poésie, essentiellement. Beaucoup de William Carlos Williams. Il a mis au jour le rythme de la vie, son équilibre. Comment la réalité peut être appréhendée à travers les images. Les formes derrière les choses. La lumière et les ténèbres qui y règnent. Si tu veux devenir écrivain, il faut que tu connaisses cet homme. »

David sourit, bien qu'il ne fût pas sûr de ce que son oncle essayait exactement de lui dire.

Il feuilleta le recueil pendant qu'Ira s'éloignait, et des fragments parlant de prunes et de brouettes rouges accrochèrent son regard. Il leva un bras pour remercier le vieil homme, mais celui-ci était déjà de l'autre côté de la piste, plongé dans une conversation à voix basse avec sa mère. Il glissa le volume dans la poche intérieure de sa veste et attendit son tour de danser à nouveau avec sa femme. Il se demanda s'ils auraient des enfants un jour et, s'ils en avaient, à quoi ils ressembleraient. Il songea à l'aventure que ce serait de vieillir avec elle. À toutes les vacances, tous les longs dimanches dont il pouvait déjà se faire une fête ; et il savoura la chaleur dont il était entouré, celle du vin et des amis, l'immédiateté de l'instant et toutes les promesses de l'avenir.

∞

Cela faisait un moment qu'il n'avait pas parlé à Jason Parker, même s'il continuait à lui payer un salaire. Il considérait le jeune homme comme son « vaurien holmesien ». Jason, en effet, était pour lui ce que les petits mendiants du coin avaient été pour Sherlock Holmes : une source d'informations objectives, un allié en qui il pouvait avoir toute confiance, un mandataire, si nécessaire. Même à la retraite, un écrivain a besoin d'un ou deux associés proches. Lorsqu'il lui fallait quelqu'un pour courir à la pharmacie lui racheter des antidépresseurs, David appelait Jason, qui ne le jugeait pas et restait parfaitement discret. Pour le cannabis, il l'appelait aussi – le jeune homme avait des amis qui faisaient pousser ce genre de choses.

Jason lisait les mails qui arrivaient sur le site Web, y répondait et opposait un refus poli aux demandes d'interview. Deux fois par semaine, il récupérait le courrier à la poste et le triait, jetant à la poubelle tout ce dont son employeur n'avait pas besoin d'être informé. Il arrivait qu'il y ait des lettres de menaces, et David lui demandait de s'en occuper aussi. Parfois, cela voulait dire se renseigner sur l'expéditeur, ce dont il se chargeait avec efficacité. De temps à autre, cela impliquait de se présenter à la porte de l'expéditeur tard le soir, ce pour quoi il avait un véritable talent.

Les vauriens holmesiens ne couraient pas les rues. David avait rencontré le sien à un concert des Black Keys, au Beachland Ballroom de Cleveland, sa première sortie depuis l'accident. Il avait voulu se vider la tête, la remplir de musique. Au milieu du concert, un jeune branché au physique ravagé lui avait cherché des noises mais, au moment où il s'apprêtait à réagir, un blond herculéen s'était interposé et avait entraîné David dehors, par la porte du fond. « C'est mal vu, de casser le nez d'un connard dans un bar, lui avait-il glissé. J'aimerais pas que ma sœur voie ça aux infos. C'est une grande fan. » Il l'avait raccompagné à sa voiture et lui avait tendu une carte de visite : *« Jason Parker : cowboy, astronaute »*. Le lendemain, David lui avait envoyé par la poste un exemplaire dédicacé de son livre pour sa sœur, et celle-ci lui avait répondu. Dans sa lettre, elle avait parlé de son frère, qui avait emménagé avec elle lorsque la sclérose en plaques dont elle était atteinte avait empiré. Elle mentionnait discrètement le fait qu'il cherchait du travail. David l'avait immédiatement embauché, lui confiant parfois des missions qu'il inventait seulement pour lui donner quelque chose à faire. Et quand la sœur de Jason était morte un an après, c'était lui qui avait payé pour son enterrement.

Le lendemain de sa rencontre avec Katy, David appela Jason.

« Salut, patron. Qu'est-ce que je peux faire pour toi ?

— J'ai rencontré une fille hier soir qui m'a dit qu'on était amis sur Facebook.

— Oh oh.

— Est-ce que tu te sers de mon compte pour te trouver des plans cul ?

— Oh merde. J'avais pas de mauvaises intentions, je t'assure. Écoute, je leur dis bien que je ne suis que ton assistant avant de les rencontrer. Et c'est pas comme si ça arrivait tous les jours. C'est très rare. Ça a dû arriver, quoi, dix fois maxi.

— Je ne suis pas fâché », répondit David.

Même si, pour être honnête, il l'était un peu.

Jason se servait essentiellement de son profil pour faire la promotion de sa queue plutôt que du livre de son employeur. Mais pourquoi pas ? Ce n'était pas comme si David lui-même faisait quelque chose de sa queue à lui ou de son livre, ces derniers temps.

« Moi, à ta place, je le serais. C'est vraiment naze de ma part.

— Et tu leur dis aussitôt qui tu es ?

— Oh oui, t'inquiète. Dès le… Tu sais, dès le premier mail. Et après, parfois, elles veulent parler de toi, et comme je te connais, elles croient que je sais comment tu es en vrai, alors on commence à discuter. Je leur raconte jamais rien d'important, bien sûr. Et ensuite, au bout de quelques mails, généralement, je dis un truc du style : "T'as qu'à venir boire une bière chez moi" ; et parfois elles sont d'accord.

— Tu te rappelles une fille du nom de Katy ?

— Putain, ouais, carrément. Une rouquine. Un peu gothique. Ou peut-être new wave. Elle te kiffe grave. Mais je l'ai jamais vue en vrai.

— Est-ce qu'elle a dit quoi que ce soit de bizarre ? Comme quoi elle était passée aux infos, par exemple ?

— Euh, juste que les flics voulaient parler à son père et qu'il les a envoyés se faire foutre. C'est un entrepreneur. Un gros beauf. Pourquoi t'es aussi intéressé ? Tu veux que je la recontacte pour t'arranger un coup ?

— Non. En fait, il vaudrait probablement mieux que tu me donnes le mot de passe et que tu me remontres comment gérer le site. Si jamais un blogueur – ou, pire encore, gawker.com – avait vent de ton petit manège, c'est le genre de chose qui pourrait vite être montée en épingle.

— Pas de souci, répondit Jason, même si David sentit qu'il l'avait blessé. Je passerai dans la journée t'expliquer tout ça rapidement. Mais il faut que je te prévienne.

— De quoi ?

— Tous les mails ne sont pas positifs.

— Pas un problème. J'ai l'habitude des mauvaises critiques.

— Non, c'est autre chose. Des trucs franchement glauques. Surtout dernièrement. Il y a une femme qui est une sorcière, ou une wiccane, ou je ne sais pas quoi ; je crois qu'elle t'a jeté un sort. Elle dit qu'elle a lancé un démon après toi. Oh, et tu reçois pas mal de trucs homos, aussi. Y a un tas de profs de littérature qui voudraient t'astiquer le manche. Toutes ces merdes, je les vire. "Supprimer". "Supprimer". "Supprimer".

— Merci, Jason.

— Pas de quoi. Je peux faire autre chose pour toi ?

— Pas pour l'instant. Mais bientôt, je pense. »

Le service des enquêteurs de la police d'Akron était installé dans les locaux bondés du bâtiment municipal situé sur High Street – une tour de bureaux cubique et marron qui, même de l'extérieur, semblait rendre l'observateur claustrophobe. Il occupait l'arrière du sixième étage et ses murs intérieurs étaient peints d'un orange écœurant qui, pour une raison inconnue, évoquait à David une teinte de corned-beef.

« J'ai rendez-vous avec l'inspecteur Sackett, annonça-t-il à la réceptionniste assise derrière un guichet couleur mandarine en plastique.

— Asseyez-vous », lui répondit-elle sans lever les yeux.

L'inspecteur Tom Sackett, avait appris David, était le seul officier affecté à l'homicide de Joseph Howard King. Un bleu, le plus jeune inspecteur du département. Manifestement, c'était quelqu'un à qui ses supérieurs avaient pu refourguer le dossier pour se débarrasser de l'affaire tout en ayant l'air de s'y intéresser. Sackett, en tout cas, était le porte-parole désigné pour tout ce qui y touchait. Lorsque David avait appelé plus tôt dans la journée, le directeur des communications comme le chef du département de police d'Akron l'avaient dirigé sans vergogne vers lui.

« Allez voir Sackett, lui avait conseillé Gareau, qui, depuis le premier article paru dans le *Beacon,* avait été promu à la tête du département. C'est lui qu'il vous faut. C'est son dossier. Il le connaît mieux que n'importe lequel d'entre nous. »

David en doutait fort.

Lorsqu'il avait eu Sackett au téléphone, celui-ci avait semblé ravi à l'idée de lui parler. Ça au moins, c'était bon signe. S'il n'obtenait aucun commentaire du chef de la police, il était au moins sûr d'en recueillir une pelletée auprès de l'inspecteur – quand bien même s'agirait-il, comme il le craignait, d'un ramassis d'hyperboles digne des pires navets policiers. L'essentiel était de donner de l'étoffe au personnage.

Sackett avait assuré qu'il était disponible immédiatement si David le désirait. Aussi ce dernier avait-il aussitôt appelé Michelle, qui avait accepté de bon cœur de venir garder Tanner, encore une fois au débotté – elle faisait des économies pour acheter un téléphone Androïd, et une ou deux soirées de baby-sitting supplémentaires lui permettraient d'amasser l'argent nécessaire.

Tanner avait piqué une crise lorsqu'il l'avait vue arriver : un de ces impressionnants accès de colère où il devenait bleu à force de hurler et où le monde semblait s'arrêter de tourner en attendant qu'il reprenne sa respiration. C'était la faute de David, bien sûr. Il passait tellement de temps avec son fils que même ces brèves absences étaient douloureuses pour l'enfant, qu'elles rendaient léthargique et vaguement paranoïaque. Enfin, il avait réussi à négocier une trêve avec Tanner, lui promettant de lui construire un fort avec les coussins du canapé et des couvertures s'il voulait bien arrêter de hurler. Il avait même dit à Michelle que le garçon pouvait y manger son dîner s'il le désirait ; ce qu'il avait fait, évidemment.

Une porte blindée s'ouvrit à côté de David et l'inspecteur Sackett parut sur le seuil. Il était vêtu d'un polo bleu uni rentré dans un jean et portait, sur la hanche gauche, son badge et son arme de poing, laquelle ne semblait guère à sa place sur son corps juvénile. Sur son autre hanche, son talkie-walkie et un téléphone portable. S'il était plus vieux que David, ce n'était pas de beaucoup. Il ne sourit pas en voyant le reporter, mais celui-ci eut le sentiment qu'il en avait eu envie, et n'était resté impassible que parce qu'il pensait que c'était là un aspect de son travail dont il devait faire l'expérience.

« Monsieur Neff ?

— David », répondit le reporter en lui tendant la main.

Sackett la serra en hochant la tête et se présenta à son tour.

« Sympa, cette sacoche, fit-il remarquer en indiquant le grand sac de cuir, tout fripé, abîmé et un peu sale, pendu à l'épaule de David. Elle a vécu. »

En fait, elle avait même sauvé la vie du reporter une fois, mais c'était une histoire qui attendrait un autre jour. Son poids, en tout cas, était réconfortant ; comme la main de son père posée sur son épaule.

« Suivez-moi », reprit Sackett en lui faisant signe d'entrer.

Ils remontèrent un long couloir beige dépourvu de fenêtres et de décorations, passèrent une porte en bois branlante, et arrivèrent dans le service : une pièce carrée aux allures de conteneur, peinte en marron et orange, où trônaient quatre bureaux inoccupés couverts de piles de paperasse et de photos de famille encadrées. La pièce sentait la graisse d'armes et le vieux hot-dog. Pas de fenêtres ici non plus.

Sackett se laissa tomber dans un fauteuil devant un bureau légèrement moins encombré que les autres. Deux clichés étaient punaisés à un tableau en liège au-dessus de lui. Sur l'un d'eux, une femme brune et mince était assise sur une balançoire dans un parc municipal, en compagnie d'un bébé portant des couettes : la femme et la fille de l'inspecteur, supposa David. L'autre, un portrait scolaire à l'aspect légèrement vieillot, représentait une jolie rousse aux joues douces et au nez barré d'une constellation de taches de son qui formaient dessus comme un demi-masque. Katy, songea-t-il. Elle semblait avoir dans les 11 ans, mais il la retrouvait, telle qu'elle était désormais, avec le sourire de chat du Cheshire qui incurvait ses lèvres vers le haut puis les laissait retomber aux coins. Manifestement, l'enquêteur estimait qu'elle représentait un élément essentiel pour déterminer l'identité de l'homme de Primrose Lane.

« Donc… commença David en fouillant dans sa sacoche pour en sortir un calepin de reporter et un Bic bleu.

— Attendez une seconde, l'interrompit Sackett. Je tiens juste à préciser que c'est la première fois que je fais ça : parler à un journaliste, ou un écrivain, ou je ne sais quoi. Normalement, on n'y est pas autorisés. Mais je suis disposé à partager mes informations avec vous parce que je pense que nous avons épuisé toutes nos pistes et que, peut-être, en révélant certains détails dans les journaux, nous en générerons de nouvelles. Cependant, il y a évidemment certains éléments dont je ne peux pas parler.

— Bien sûr.

— Et je n'ai pas lu votre livre, non plus. J'espère que vous n'êtes pas vexé. Je ne suis pas un grand lecteur. Mais ma femme l'a lu quand il est paru et elle l'a adoré, donc je fais ça un peu pour elle. Même si je ne suis pas convaincu que ce soit une bonne idée.

— OK.

— Je me suis également renseigné sur votre compte. J'ai posé des questions autour de moi. J'ai parlé à quelqu'un du département du shérif du comté de Medina, qui n'avait pas grand bien à dire de ce que vous faites.

— Ça ne m'étonne pas d'eux. Ils se sont trompés de gars lorsqu'ils ont exécuté Ronil Brune.

— Et maintenant la peine capitale n'existe plus dans l'Ohio et, quand on attrape de vraies ordures, on ne peut plus les condamner à mort. À cause de votre bouquin. »

Le Protégé du tueur en série avait déclenché une réaction en chaîne qui avait abouti à l'abolition de la peine capitale dans l'État. C'était une chose dont David était très fier.

« Vous l'appelez toujours Joseph Howard King ? demanda-t-il, revenant à ce qui l'intéressait.

— Je ne vois pas quel autre nom lui donner tant que nous ne lui en connaissons pas d'autre.

— Certains l'appellent "l'homme de Primrose Lane".

— Oui, eh bien moi, je l'ai toujours appelé "l'homme aux mille moufles", répliqua Sackett. Mais ce que je voulais vous dire, c'est qu'ils ont également beaucoup de respect pour vous là-bas ; le lieutenant à qui j'ai parlé, en tout cas. Il m'a dit que vous auriez dû être enquêteur plutôt que reporter. Que vous auriez été bon. C'est pour ça que j'ai accepté de vous parler. »

David fut surpris d'apprendre cela. Depuis la publication de son livre, il évitait expressément de passer par le comté de Medina lorsqu'il prenait la voiture, de peur d'être arrêté pour un feu arrière qui ne marchait plus et de se retrouver au goulag pour le restant de ses jours dans quelque petite ville oubliée. Un shérif adjoint à la retraite, qui avait consacré beaucoup de temps à faire en sorte que Ronil Brune soit coffré, lui avait écrit une lettre dans laquelle il l'accusait de « se prostituer pour un peu de pub » et promettait de lui « refaire le portrait » s'il le revoyait un jour dans sa ville.

« Alors, qu'est-ce que vous voulez savoir ? demanda Sackett.

— Eh bien, premièrement, il faut que vous m'expliquiez pourquoi vous l'appelez "l'homme aux mille moufles". Et ensuite, que vous me racontiez le jour où vous avez trouvé son corps. »

Sackett prit un paquet de Camel dans le tiroir de son bureau et en sortit une cigarette. Il l'alluma, tira longuement dessus et relâcha la fumée nauséabonde dans l'air, où elle resta en suspens, tranquille, sous le plafond. Il montra du doigt la poche de chemise de David, d'où dépassait le haut de son paquet de Marlboro tout cabossé.

« Vous pouvez fumer aussi, si vous voulez. Je vous promets que je ne vous collerai pas d'amende. »

Expliquer sa manie des cigarettes mentales prendrait trop de temps, aussi David se contenta-t-il de secouer la tête.

« Très bien, reprit Sackett. Donc voilà. »

Pendant la demi-heure qui suivit, il retraça les circonstances de sa découverte du corps dans la maison de Primrose Lane, mentionnant les centaines de moufles qu'il avait trouvées dans le placard, la traînée de sang qui menait au mixeur, le bruit qu'avaient fait les asticots en tombant du trou creusé dans la poitrine du vieil homme, sans oublier Billy Beachum qui avait vomi dans la cuisine. Durant tout ce temps, sa clope ne quitta le coin de sa bouche que pour être remplacée par une autre, de sorte que lorsqu'il conclut son récit, la pièce était plongée dans un nuage de fumée et les vêtements de David imprégnés d'un arôme de tabac bon marché. Enfin, le policier actionna un interrupteur sur le mur et, quelque part dans les entrailles du bâtiment, un ventilateur se mit en marche, aspirant la fumée par les bouches d'aération situées au plafond et remplaçant son odeur par l'étrange parfum de saucisses bouillies qui régnait plus tôt. Le calepin de David était déjà à moitié rempli de son écriture en abrégé, un méli-mélo de cursive, de script et de hiéroglyphes. Bien sûr, tout cela n'était qu'un début, et David avait dans l'idée que ces informations n'étaient plus aussi pertinentes qu'elles avaient dû le paraître à Sackett quatre ans plus tôt, en 2008.

« J'ai un million de questions à vous poser, dit-il.

— Allez-y.

— Qu'est-ce que Beachum lui avait apporté ce jour-là ?

— Rien que de très anodin. Et un compteur Geiger.

— Un compteur Geiger ?

— Oui.

— Pour quoi faire ? Est-ce qu'il y avait quoi que ce soit de radioactif chez lui ? »

Sackett secoua la tête.

« On a fait venir une équipe de l'université d'Akron pour qu'ils vérifient. Ils n'ont rien trouvé d'insolite.

— C'est quand même une étrange requête.

— Ouais ; et il en faisait plein, des comme ça. Est-ce qu'il y avait une méthode derrière, un plan ? Ou bien était-ce juste un pauvre vieux rendu fou par l'isolement ? Personne ne peut répondre, parce que personne ne le connaissait réellement.

— Sauf celui qui l'a tué.

— Peut-être est-ce seulement un cambriolage qui a mal tourné. »

David éclata de rire.

« Mais, ses doigts ! Couper les doigts de quelqu'un et les passer au mixeur : ça me semble un peu personnel, quand même ! »

L'enquêteur se laissa aller contre son dossier et l'observa longuement.

« J'espère que je peux vous faire confiance, finit-il

par lâcher. Nous sommes en train de bâtir une relation, là. Je vais vous révéler des choses, comme je vous l'ai dit, parce que nous nous trouvons dans une impasse. Mais j'ai besoin de savoir que je peux me fier à vous.

— Vous voulez me dire quelque chose en confidence ? »

Sackett hocha la tête.

« Très bien, ça restera entre nous », affirma David en posant son calepin.

Sackett se pencha vers lui et baissa la voix.

« Il y a une raison au fait que je sois le seul à bosser encore sur l'affaire. La coroner est sur le point de revenir sur ce qu'elle avait déclaré comme cause du décès.

— Et ce serait quoi, alors ?

— Officiellement, "cause inconnue". Mais on pense que c'était une sorte de suicide, finalement. La balle a raté son cœur. En fait, elle a tout raté : artères principales, os, organes. L'homme aurait survécu s'il avait appelé à l'aide ou était allé trouver son voisin. C'est l'hémorragie causée par la mutilation de ses doigts qui l'a tué, au bout du compte. Il est resté là à attendre la mort en se vidant de son sang. L'équipe médicolégale de la coroner a déterminé qu'il n'avait pas beaucoup lutté quand on lui avait coupé les doigts. Les incisions étaient régulières et perimortem, sans doute possible ; ça signifie qu'il était encore vivant quand ils ont été tranchés. On pense que c'est lui qui l'a fait. D'abord avec un couteau. Puis, quand il n'a plus eu assez de doigts pour tenir ce dernier, avec un coupe-cigare – une de ces petites guillotines – qu'il a peut-être tenu entre ses genoux. Pour finir, il a passé ses doigts au mixeur – probablement après le départ de celui qui lui avait tiré dessus. Ce n'est que conjecture, bien sûr. Mais on a le couteau et le coupe-cigare, et aucune trace du revolver.

— Merde, fit David en se frottant le menton pendant qu'il digérait cette information. Il cachait son identité. Il savait que, s'il allait à l'hôpital, on découvrirait qui il était vraiment. Donc il s'est débarrassé de ses empreintes digitales. Mais, et ses paumes ?

— Lacérées à coups de couteau. On a réussi à recueillir une partielle. Mais elle était trop incomplète pour qu'on puisse la comparer au fichier automatisé.

— Est-il vrai qu'on n'a pas trouvé une seule empreinte digitale dans toute la maison ?

— Pour autant qu'on le sache, Joseph Howard King portait ces moufles à longueur de journée. Le FBI a passé une semaine là-bas. Une semaine entière, et ils n'ont trouvé que deux traces latentes. L'une au dos de la tête de lit du vieux. L'autre sous le rebord du réservoir d'eau des toilettes. Ce sont celles de deux individus différents, nous en sommes certains. Mais nous n'avons rien à quoi les comparer, donc nous ne savons pas si l'une ou l'autre correspond à notre homme, ou si toutes deux appartiennent à des déménageurs ou des plombiers.

— Bizarre.

— Cet homme ne voulait pas qu'on le retrouve, quoi que ça lui en coûte. De quoi avait-il si peur, pour décider qu'il valait mieux mourir que révéler son identité ? C'est ce que j'essaie de comprendre. Mais je n'ai pas beaucoup d'indices avec lesquels travailler. Et maintenant qu'il ne s'agit plus d'un meurtre à strictement parler, le département n'a guère envie de puiser davantage dans ses ressources pour suivre des pistes trop ténues. Quant au FBI, il ne s'intéresse plus à l'affaire. Enfin, ce n'est pas tout à fait exact. Il y a cet agent à la retraite, Larkey, qui avait travaillé sur un certain nombre de dossiers de personnes disparues avant de quitter le bureau d'investigation. Il est consultant dans cette enquête.

— Comment décririez-vous vos rapports avec le FBI ?

— Précaires, au mieux. Difficile de dire s'ils ont partagé avec moi tout ce qu'ils savent sur notre victime. Rien qu'un tas de comptables surpayés qui jouent aux flics. Il y en a quelques-uns qui sont bons, mais on ne leur laisse plus grande liberté d'action. Je vous dis tout ça en off, bien sûr. Officiellement, le département de police d'Akron est ravi de bénéficier de l'aide et de la coopération du FBI.

— Et il n'existe pas de photo correcte de ce gars, hein ? Autre que les clichés flous qu'ils ont publiés dans le journal ? »

Sackett leva un doigt et fit pivoter son fauteuil. Il fouilla une minute dans les tiroirs du bureau situé derrière et finit par en sortir une photographie imprimée sur papier brillant, qu'il tendit à David.

La première chose que remarqua ce dernier, c'est que la photo avait été retouchée numériquement : rognée et agrandie jusqu'à ce que les pixels ressortent comme autant de petits carrés de couleur, rappelant un tableau impressionniste. Au premier plan, une épaule drapée de rayonne bordeaux. Derrière : le profil d'un vieil homme au visage allongé, dont la peau ridée et flasque formait des plis profonds et ombreux. Ses sourcils, si blancs qu'ils en étaient presque iridescents, ressemblaient à deux grosses chenilles. L'air renfrogné, le vieil homme regardait droit devant lui. Encore une fois, David nota sa ressemblance avec son oncle Ira.

« C'est une photo de mon petit frère, expliqua Sackett. Et ce mec derrière lui, c'est l'homme aux mille moufles, Joseph Howard King, ou quel que soit le nom que vous lui donnerez dans votre livre.

— C'est vous qui avez pris ce cliché ? »

Sackett hocha la tête.

« À notre connaissance, c'est le seul qui existe de lui.

— Sacrée coïncidence. »

L'enquêteur reprit la photo.

« Un bon enquêteur ne croit pas aux coïncidences. Je pensais que les écrivains n'y croyaient pas non plus. »

David se rendit compte brusquement que Sackett le dévisageait d'une façon qu'il n'aimait guère : un regard inquisiteur qui semblait sonder les profondeurs de son esprit.

« Quoi ? demanda-t-il.

— Rien.

— Quelque chose qui ne va pas ?

— Nan... Enfin, je veux dire, vous ne le connaissiez pas, si ?

— Qu'est-ce que vous voulez dire ?

— Vous avez eu l'air de le reconnaître lorsque vous avez regardé la photo.

— Vous êtes bon », reconnut David avec un certain malaise. Il sentait que la nature amicale de leurs rapports commençait à faiblir, comme le son d'une station FM dès qu'on s'engage dans les contreforts des Appalaches. Sackett n'avait pas aimé sa réaction devant la photo, pas du tout. « Il ressemble à mon grand-oncle Ira, voilà. C'est ça que j'ai remarqué. Mais en fait, à peu près autant que je ressemble à Jim Carrey. »

Le rire de Sackett parut un peu forcé ; David changea rapidement de sujet.

« Parlez-moi de Katy Keenan. Et de ce cahier que vous avez trouvé dans la maison. »

Mais le policier jeta un œil à l'horloge dans le coin, qui indiquait 16 h 15. Au bout du compte, tout est toujours question de temps.

« Il va falloir que nous remettions cela à la prochaine fois, annonça-t-il. J'ai quelques rapports à remplir avant 5 heures. Rappelez-moi plus tard dans la semaine et nous reprendrons rendez-vous.

— Je vous remercie de m'avoir accordé de votre temps.

— Je vous en prie. »

David se leva, mais l'enquêteur reprit la parole.

« Et pour ce qui est de l'autre photo, celle au-dessus de mon bureau : vous reconnaissez cette petite fille ?

— Bien sûr. C'est Katy Keenan.

— Non. C'est Elaine O'Donnell. »

David tressaillit. Elizabeth étant brouillée avec ses parents depuis avant leur rencontre, il n'avait jamais vu le moindre de ses portraits d'école primaire, jamais regardé par-dessus son épaule tandis qu'elle feuilletait un album de famille. Il possédait une seule photo d'elle enfant, celle où elle était pelotonnée sur le canapé, puis plus rien jusqu'à celles qu'il avait prises lui-même lorsqu'ils étaient étudiants. Mais, oui : c'était sûrement à cela que sa femme – et sa sœur jumelle – auraient ressemblé à l'âge de 10 ans. Il ne savait pas quoi dire.

« Vous avez raison, réussit-il enfin à répondre.

— Sa disparition n'a jamais été élucidée, et je travaille dessus depuis des années. C'est bien en dehors de ma juridiction, donc je fais ça pendant mon temps libre. L'affaire a fait tellement de bruit quand on était enfants, vous vous rappelez ? Ça m'a toujours fasciné, même à l'époque. Un passe-temps étrange. Mais, bref, c'est vrai qu'elles se ressemblent, n'est-ce pas ? Elaine et Katy.

— À cet âge-là, certainement. »

Confronté à cette ressemblance pour la seconde fois, David ne put s'empêcher de se demander ce qu'il recherchait exactement chez Katy. Les implications étaient troublantes.

Sackett hocha la tête.

« Ne me faites pas un coup de pute après que je vous ai aidé », fit-il.

David ne répondit rien, se contentant de prendre congé d'un signe de la main. Il était trop prudent pour faire des promesses si tôt dans son enquête. Et puis, de toute façon, il fallait qu'il se prépare. Pour la première fois depuis des années, il avait rencard.

Épisode 5

Le passe-temps de Tanner

La croisière qu'ils avaient faite pour leur lune de miel avait failli détruire leur mariage. Ç'avait été un cadeau de la tante d'Elizabeth, Peggy, mais David soupçonnait les parents de sa jeune épouse d'y avoir contribué. Sept jours aux Caraïbes : Jamaïque, le Belize, une ville du nom de Charlotte Amalie. C'était une semaine après leur mariage, un mois après l'obtention de leur diplôme d'université. Elizabeth venait de décrocher un emploi au service des prêts de la bibliothèque publique de Kent ; David était passé du bimensuel local à un hebdomadaire alternatif basé à Cleveland, intitulé l'*Independent.* Ç'aurait dû être une agréable escapade avant le coup d'envoi de leur nouvelle vie. Au lieu de quoi ç'avait été un enfer, du moment où ils étaient montés à bord du *Carnival Elation* jusqu'à celui où Elizabeth, après trois jours de voyage, était arrivée sur le pont arrière, déterminée à se suicider.

La tempête qui soufflait le jour de leur départ était déchaînée. Les rafales qui s'abattaient sur le paquebot colossal d'un blanc étincelant faisaient trembler sous leurs pieds la passerelle qu'ils gravissaient péniblement. À mi-chemin, Elizabeth se frottait déjà les tempes pour essayer de faire passer une migraine. Le temps qu'ils arrivent en haut, David avait vomi son petit déjeuner par-dessus le garde-fou.

« On peut faire une sieste dans notre chambre, suggéra-t-il en passant tendrement la main dans le dos d'Elizabeth alors qu'ils attendaient d'embarquer. Ça va aller. »

Leurs quartiers avaient beau être spacieux par rapport aux normes en vigueur dans l'industrie de la croisière, David s'y sentit aussitôt à l'étroit. Ils ne pouvaient pas prendre de cachets pour soigner leur migraine et leur nausée respectives parce que leurs bagages ne leur seraient pas livrés avant encore une heure. Aussi s'allongèrent-ils dans le noir sur le lit double, par-dessus les couvertures, dans les bras l'un de l'autre. Dehors, la tempête s'empara du paquebot, le faisant tanguer lentement d'un côté puis de l'autre. Parfois, le brave navire penchait si fort que David était sûr qu'il allait se renverser comme le *Poséidon*. Il sentait les parois peser sur lui et se rappelait les affirmations de son grand-père selon lequel, lors des plongées d'urgence, les parois du sous-marin à bord duquel il avait servi durant la Seconde Guerre mondiale s'étaient bombées vers l'intérieur sous la pression croissante de l'eau à l'extérieur, rappelant à tout un chacun que la nature, un jour ou l'autre, ne ferait d'eux qu'une bouchée.

À un moment, cependant, il finit par trouver le sommeil. Lorsqu'il se réveilla, il faisait nuit noire et il était seul.

« Elizabeth ? »

Il se redressa et se toucha les paupières. Elles étaient bien ouvertes, mais il ne voyait pas la moindre trace de lumière.

« Elizabeth ? »

Il tendit les bras dans les ténèbres, sans pouvoir les distinguer. Lentement, il entreprit d'avancer, explorant le sol devant lui d'un pied prudent. De la main gauche, il heurta la porte de la douche, se cognant l'index. Il chercha à tâtons un interrupteur mais n'en trouva pas. Le bateau tangua à bâbord et il se cogna le genou droit contre ce qui devait être une chaise rangée sous une table. Il se pencha pour masser l'hématome en train de s'y former et alla percuter le mur du fond, nez en avant, avec un son étouffé. Là, il sentit quelque chose sous ses doigts. Une mince bosse sur la paroi.

La lumière éclata brusquement au-dessus de lui comme la voix de Dieu – riche, étincelante, éblouissante. Il regarda autour de lui. Il était seul. Quelle heure était-il ? Il avait l'impression d'avoir dormi pendant des jours. Il n'y avait aucune horloge dans la cabine, et son téléphone portable se trouvait avec ses vêtements.

Il ouvrit la porte et jeta un coup d'œil dehors. Sur sa droite, un couloir s'étendait à perte de vue, doté de part et d'autre de dizaines de portes identiques peintes d'un bleu terne et lénifiant. Sur sa gauche, même chose. Toujours pas de bagages. Il se retourna pour prendre sa carte magnétique et sortit à la recherche de sa femme.

Un plan affiché dans l'ascenseur lui certifiait qu'il venait d'emprunter le meilleur itinéraire pour atteindre le pont principal, où se trouvaient le buffet et le billard. L'inquiétude le gagna dès que les portes de la cabine se rouvrirent. La première chose qu'il remarqua fut que les ténèbres régnaient de l'autre côté des fenêtres longeant la cafétéria. La nuit était tombée, charriant avec elle des nuages houleux illuminés par de longs éclairs qui cassaient comme des branches d'arbres au-dessus d'une mer démontée. Il devait avoir dormi au moins huit heures.

Bientôt, il se rendit compte que l'endroit était vide. Personne aux tables. Personne derrière le comptoir. Il n'avait pas rencontré âme qui vive depuis qu'il était sorti de sa chambre. Avait-il manqué une évacuation ? Se trouvait-il sur un vaisseau fantôme ?

Une sirène retentit : une note vibrante relayée par des haut-parleurs invisibles.

« Mesdames et messieurs, dit une apaisante voix d'homme, c'est votre capitaine qui vous parle. Il est maintenant 21 h 30. Le jeu des Jeunes Mariés commencera dans l'amphithéâtre d'ici un instant. Le casino a ouvert ses portes et un tournoi de Texas hold'em débutera à 22 heures. Bingo à 22 h 30 dans la Salle bleue. Vous trouverez également un bar à sushis gratuit dans la bibliothèque. La mer est toujours agitée mais les radars nous annoncent un ciel dégagé à l'avenir. Tenez bon, nous vous sortirons bientôt de là. Merci de voyager avec nous à bord de l'*Elation.* »

David avança en se laissant guider par son instinct. Le brouhaha gagnait en intensité, et il devint brusquement plus fort lorsqu'il tourna au coin d'un couloir et se retrouva au milieu du paquebot – un canyon bordé de boutiques et de bars. Quelques centaines de personnes se pressaient là, prenant des photos et s'achetant à boire. Pris d'une intuition, David se dirigea vers la bibliothèque. À l'intérieur, assise à une table qui donnait sur la tempête, se trouvait Elizabeth.

Elle ne releva pas les yeux du plat de sushis posé devant elle lorsqu'il s'assit.

« C'est trop dur », dit-elle en secouant la tête.

Il sentit son cœur se serrer.

« Ça ne fait qu'une semaine. C'est normal que ça

paraisse si étrange au début. Est-ce que je t'étouffe ? Est-ce que je suis trop attentionné ? C'est nouveau pour moi aussi. Je suis désolé si je… »

Elizabeth se tourna vers lui avec un regard interrogatif et moqueur. Puis elle sourit et lui montra les baguettes qu'elle tenait de sa main gauche.

« C'est ça qui est trop dur. Je n'en ai jamais utilisé de ma vie, et ce n'est pas comme à l'Evergreen Buffet, ici : ils ne donnent pas de fourchette. J'ai demandé à tous les serveurs et les employés que j'ai pu trouver. Personne n'en a.

— Regarde », dit-il, saisissant les baguettes de la main droite. Il les manipula entre ses doigts jusqu'à réussir à former une pince avec. Puis, maintenant celle du dessous rigide, il actionna celle du dessus à l'aide du pouce et de l'index. « Ça demande juste un peu d'entraînement. »

Elle reprit les baguettes et le laissa l'aider à les placer correctement dans sa main. En s'y prenant très délicatement, elle réussit à porter un morceau de sushi jusqu'à sa bouche. Cette petite victoire sembla l'apaiser immédiatement.

« C'est du gâteau, dit-elle.

— Du gâteau », acquiesça-t-il.

Trois jours après le début de la croisière, ils s'aventurèrent jusqu'au buffet, puis sur le pont principal, désormais baigné d'un soleil éclatant qui rendait les planches sous leurs pieds agréablement brûlantes. Ce soir-là, ils assistèrent au coucher du soleil depuis un balcon tranquille à l'arrière du bateau, regardant l'astre sombrer lentement dans la mer, pour se transformer en feu liquide. Puis l'éclat de quatre-vingt-huit constellations fit scintiller la mer, formant un voile d'écume argentée dans le sillage de l'*Elation* qui se hâtait vers le Belize. Les hélices émettaient un vrombissement sourd. David en sentait la vibration dans ses cuisses : c'était le son du néant, et il appelait Elizabeth à lui.

David annonça qu'il avait envie d'un verre et entraîna sa femme vers le bar le plus proche, un petit salon où trônait un piano à queue d'un blanc étincelant, entouré d'un comptoir bas et d'une vingtaine de tabourets en cuir. Un jeune homme à l'accent autrichien et aux cheveux blonds et bouclés était en train de jouer « Piano Man » comme s'il y prenait plaisir. David et Elizabeth s'assirent non loin d'un groupe qui fêtait un enterrement de vie de jeune fille, et commandèrent des doubles Mai Tai. Plusieurs recueils de partitions plastifiés jonchaient le comptoir. À la fin de la chanson, l'Autrichien les leur indiqua de la main.

Elizabeth en feuilleta un.

« "Desperado" ? "Tiny Dancer" ? Beurk. C'est nul, tout ça.

— Oh ! Oh ! s'exclama une blonde. Celle-ci ! »

Ses amies éclatèrent d'un rire bruyant et mirent le pianiste au défi de jouer leur chanson préférée.

Avec un clin d'œil, l'Autrichien entreprit de donner une interprétation écoutable de « Hey There Delilah », une chanson que David avait toujours détestée jusque-là.

« Ah ! » fit Elizabeth en tirant d'un coup sec un classeur blanc de sous un paquet de partitions reliées. Un seul mot était écrit sur la couverture, au marqueur noir : *Rachmaninov*. « Nous y voilà. »

À l'intérieur, une photocopie du troisième concerto du compositeur.

Pour David qui, de sa vie, n'avait vu pour toutes partitions que celles qu'il déchiffrait lorsqu'il jouait du cornet au collège, cette page ressemblait plus à une peinture abstraite formée de symboles variés qu'à un morceau de musique. Les portées étaient remplies de doubles croches et d'altérations, de staccatos et de modulations. Le simple fait de les regarder lui donnait mal à la tête. Quiconque choisissait de jouer Billy Joel ou les Eagles, se dit-il, ne pouvait avoir le talent ou le tempérament nécessaires pour aller ne serait-ce qu'au bout de cette première page.

« Il a besoin d'être remis à sa place.

— Ne sois pas méchante.

— Ce n'est pas de la méchanceté. C'est un rappel à la réalité. Elles le trouvent brillant. Mon avis, c'est qu'il n'a jamais rien joué d'autre que ce rock merdique. »

David avala une autre gorgée de son cocktail, s'accouda au comptoir et remua ses glaçons de la pointe de son ombrelle en attendant la fin de la leçon.

L'Autrichien avait fini de jouer. Avant que la blonde puisse lui suggérer John Mayer, Elizabeth lui tendit le classeur.

Il le lui prit des mains sans la regarder, les yeux fixés sur la couverture blanche. Au début, son expression restait difficile à interpréter. Mais David vit une lueur de reconnaissance grandir dans son regard, quelque chose à mi-chemin entre la nostalgie et l'excitation.

« Merci », murmura-t-il.

Du plat de la main, il essuya la couche de poussière qui couvrait le classeur, puis il l'ouvrit et le plaça sur le pupitre.

Les filles s'étaient tues. Elles le regardaient avec inquiétude.

Pendant un moment, il resta là, les yeux rivés sur la première page.

Elizabeth riait sous cape.

David attendit.

L'Autrichien inspira. Expira.

Il attendait que la musique s'empare de lui. Et elle le fit.

Ses doigts s'abattirent sur les touches et disparurent dans un tourbillon de mouvement et de notes, le choc sourd de la chair sur le bois se muant, par le truchement des cordes qui vibraient, en une céleste musique. C'était le son de la création, de l'inspiration, le son de l'âme libérée après un long emprisonnement. C'était le son qu'entendait parfois David lorsqu'il s'abandonnait au sommeil en réfléchissant à la structure d'un article. C'était le son de la réussite, d'une voix se faisant entendre par-dessus le brouhaha d'une foule, d'un enfant courant à la porte pour accueillir un parent, du tendre soupir d'une amante.

Enfin, l'Autrichien plaqua un dernier accord.

Pendant un moment, personne ne bougea.

Puis Elizabeth se leva et quitta la pièce. Les gens s'écartèrent pour la laisser passer. Le regard fixe, le pianiste restait immobile.

« J'en ai terminé », dit-il.

Il voulait dire à jamais.

Au Belize, il descendit à terre et on ne le revit plus.

Elizabeth ne retourna pas dans leur chambre. Pendant près d'une heure, elle erra sans but sur le bateau, passant devant le fumoir caché dans un coin, la salle de détente de l'équipage où quelques Brésiliennes jouaient au ping-pong sur une vieille table basse, et le long d'une énorme blanchisserie, jusqu'à déboucher sur un petit pont tout à l'arrière du paquebot, que les passagers n'étaient probablement pas censés trouver. À l'exception d'un minuscule haut de bikini posé sur le dossier d'un transat en bois, il n'y avait pas la moindre trace de vie humaine en vue. C'était la première fois depuis qu'elle était montée à bord de l'*Elation*. Elle se dirigea vers le garde-fou.

Depuis le jour où Elaine avait été enlevée, elle s'était résignée à la froide incohérence de la réalité ; plus que cela, elle avait choisi d'en faire sa philosophie – une question de survie. L'optimisme futile n'avait pas sa place en ce monde, avait-elle décidé, et peut-être était-ce aussi bien. Peut-être, en lieu et place de l'espoir, pouvait-elle utiliser les probabilités pour donner un sens à sa vie.

À la différence de sa sœur jumelle qui, dès l'âge de 6 ans, avait peint une nature morte de bananes qui, dans une galerie de Soho, aurait pu être prise pour un Frida Kahlo des débuts, Elizabeth avait toujours excellé en mathématiques, se délectant de la façon dont les nombres complexes s'imbriquaient les uns dans les autres telles les pièces d'un puzzle dont l'image finale était la valeur de *x*. À l'âge de 6 ans, pour sa part, elle avait appris la formule du Rubik's Cube et était capable de le résoudre les yeux fermés pour peu qu'on lui dise combien de fois on en avait tourné les faces. Plus que tout, elle aimait les probabilités. Elle adorait regarder des émissions du genre *À prendre ou à laisser* en sachant que la moitié de l'Amérique était tenue en haleine lorsque Howie Mandel demandait aux participants s'ils voulaient échanger leur boîte contre celle que leur présentait le mannequin sur scène, alors qu'elle-même comprenait pourquoi, mathématiquement, il existait une probabilité plus importante que le plus gros des deux lots se trouve dans les mains de la jeune femme, et pourquoi le participant avait toujours intérêt à échanger. Lorsqu'ils étaient à l'université, elle avait emmené David à Atlantic City, où il restait encore quelques casinos utilisant seulement deux paquets de cartes pour le black jack, et elle lui avait enseigné les bases du comptage de cartes. Elle mettait ce talent en pratique dans sa vie quotidienne. Avant d'aller à l'épicerie, elle calculait mentalement la probabilité d'avoir un accident en se basant sur l'heure qu'il était (Combien y aurait-il de personnes sur les routes ? Était-ce un week-end ? La sortie des classes ? Y avait-il un match ou un concert de prévu dans le coin ?), l'état de la route (Venait-il juste de pleuvoir ou de neiger ? Y avait-il des chantiers en cours dans les environs ?) et la fiabilité de son véhicule (David avait-il pris la Chrysler, lui laissant la vieille Chevrolet ? Quand avait eu lieu la dernière révision ? Quel âge avaient les pneus ?). Puis elle évaluait la nécessité de prendre pareil risque : pourrait-elle tenir sans beurre de cacahuète jusqu'à leur visite hebdomadaire au supermarché ? Le goût de la sauce pâtirait-il vraiment de l'absence de sherry ? Enfin, elle mettait en balance la probabilité d'un accident et le besoin de faire des courses. Si le besoin en question était supérieur au risque encouru par une personne lambda (risque qu'elle avait calculé approximativement en s'aidant des journaux et de l'expérience), elle faisait le déplacement.

Elle employait des formules similaires pour chaque situation, de l'acquisition d'une nouvelle voiture à l'essai d'un nouveau restaurant, de l'achat de cadeaux de Noël pour David au choix d'une nouvelle chanson à télécharger ou à la décision de poser sa candidature pour un poste, etc. Et, bien sûr, elle n'était pas la seule à agir ainsi. Mais qui le faisait avec une telle précision ? Elle avait trouvé dans les nombres un léger avantage face à l'absurdité de la vie, et l'Autrichien se révélait un bug, un virus – une faille dans son système de calcul. Ce qu'Elizabeth avait entendu dans ce piano-bar, c'était l'espoir. Et l'espoir l'effrayait. Parce qu'il laissait entendre qu'on pouvait déjouer les pronostics, que la seule volonté pouvait mener à la sécurité et au bonheur. Et cela, bien sûr, n'était pas acceptable. Cela n'était pas logique. Parce que, plus que tout, elle avait voulu retrouver Elaine en vie. Et que ce n'était pas ce qui s'était passé.

La mer semblait de verre noir, brisé par le sillage du paquebot gigantesque. Un autre bateau de croisière passait à l'horizon, voguant vers des ports inconnus. Avec la distance, sa présence se réduisait à de simples globes de lumière.

Elle écouta le grondement des hélices.

Le garde-corps, peu élevé, était formé de trois barres en bois. Se tenant à la cloison de tribord, Elizabeth posa un pied sur le premier échelon.

Elle calcula la probabilité que quelqu'un la voie (pas de caméras, et personne dans les étages supérieurs ne disposait d'un bon angle de vue pour voir l'endroit où son corps heurterait la surface) et celle que, si quelqu'un la voyait, une bouée puisse être lancée à temps (une simple équation prenant en compte la vélocité et la masse du paquebot, ainsi que le temps de réaction du capitaine, divisés par son propre empressement à se noyer). Les chiffres jouaient largement en sa faveur.

Le ravisseur d'Elaine, lui aussi, s'y connaissait en probabilités, n'est-ce pas ? Il devait avoir observé leurs mouvements pendant des semaines, apprenant leur emploi du temps et attendant le moment idéal où la probabilité de pouvoir commettre son crime impunément serait aussi grande que possible. Comment expliquer la chose, autrement ? Il y avait *toujours* quelqu'un dans ce parc, d'ordinaire. Comment cet homme aurait-il pu réussir son coup s'il ne l'avait pas préparé avec autant de précision ? Bien sûr, une variable inattendue s'était invitée dans l'équation : le conducteur de la Cadillac. Enfant, Elizabeth avait passé de nombreuses nuits blanches à se demander qui était cet homme ; comment il avait su que l'enlèvement allait se produire, et pourquoi il n'était jamais revenu dire à la police ni à sa famille ce qu'il savait.

Elle se hissa sur le deuxième échelon.

C'était inévitable, songea-t-elle. Une équation à solution unique, dont l'homme au van qui lui avait volé sa sœur constituait le premier facteur. La seule variable de cette équation-là avait dû être le temps. Mais dans le cas présent, le temps n'était pas une variable. C'était la mesure de sa vie. Le temps pendant lequel elle avait attendu et espéré le retour d'Elaine ; celui qu'il lui avait fallu pour accepter que cela n'arriverait pas, pour comprendre que sa sœur était morte, puis pour se laisser aller à aimer David et, enfin, se rendre compte qu'il serait plus heureux sans elle. Ce temps-là durerait tant qu'elle s'accrocherait.

Elle grimpa sur le troisième échelon et se pencha en avant.

Et puis quelque chose d'apparemment fortuit se produisit.

« Elizabeth. »

Une voix d'homme. Derrière elle.

Elle se retourna. Là, sur le seuil. Un vieil homme coiffé d'un panama.

« Elizabeth, descends, s'il te plaît.

— Pourquoi ? Qu'est-ce que ça peut vous faire ?

— Tu ne me reconnais pas ? »

Il ôta son chapeau. Dessous, ses cheveux étaient blancs et clairsemés. Elle essaya d'imaginer à quoi il pourrait ressembler avec des cheveux plus sombres et quelques rides de moins et… et alors, oui : elle le reconnut. Son apparition ici n'avait rien d'un accident et, pourtant, elle était incapable de se l'expliquer.

« Vous étiez là, finit-elle par murmurer. L'homme à la Cadillac. C'était vous. »

Il tendit un bras vers elle.

« Je te dirai tout ce que je sais si tu veux bien quitter ton perchoir. »

Elizabeth prit sa main et le laissa l'aider à redescendre sur le pont. Ils se dévisagèrent en silence pendant dix, vingt, trente secondes. Finalement, elle sourit.

« Il fait si chaud, ici. Pourquoi est-ce que vous portez des moufles ? »

∞

Il était dans la salle de bains, en train d'essuyer la mousse à raser qui lui restait sur le visage et de vérifier qu'il n'avait pas de poils dans le nez, lorsque Tanner lui apporta la grosse boule en métal qui, en vérité, était une clef.

Pour ses 3 ans, son grand-père paternel lui avait offert un jeu de société appelé Attrap' Souris. Le piège qu'il s'agissait de construire se refermait après une réaction en chaîne compliquée, déclenchée par le lancement d'une balle. Mais Tanner avait décidé d'améliorer le concept. À l'aide de pièces de Meccano, d'un entonnoir et de tubes en carton récupérés dans le bac de recyclage, il avait agrandi le piège de plusieurs mètres. Un jour, en rentrant chez lui, David avait découvert sa cuisine envahie par ce dernier. Tanner avait introduit une balle en plastique rouge dans un vieux tube à papier cadeau, et un roulement de tambour discret s'était fait entendre alors que la balle longeait le tube et ressortait de l'autre côté pour tomber dans l'entonnoir attaché avec du ruban adhésif au bord de la table à manger, puis sur une pile de livres inclinés de manière à ce qu'elle aille buter contre la botte de l'Attrap' Souris, où elle avait continué son chemin comme il se devait. Il avait fallu un moment à David pour se rendre compte que l'émotion qu'il éprouvait était de la peur, et encore un peu plus pour en comprendre la raison. C'était l'expression dans les yeux de son fils qui l'avait effrayé, cette concentration extrême qui ne pouvait signifier qu'un esprit fermé au monde extérieur, une obsession mentale l'emportant sur la réalité physique. Il connaissait bien cette expression parce qu'il avait la même quand il s'absorbait dans l'écriture d'un article : une sorte de regard fixe, absent, comateux, qui avait mis Elizabeth si mal à l'aise que, du temps où ils vivaient en appartement à Cuyahoga Falls, elle l'avait forcé à rester dans la chambre du fond pour écrire, juste pour ne pas avoir à le voir dans cet état. « Ton regard de zombie », voilà comment elle l'appelait. Peut-être était-ce génétique. Le lendemain matin, il avait déplacé l'Attrap' Souris dans la chambre de Tanner. Et, petit à petit, celui-ci y avait apporté de nouvelles améliorations. L'acte de créer semblait stimuler le développement de son intelligence plutôt que l'inverse. David apportait son aide quand Tanner la lui demandait, ou offrait des suggestions quand il se trouvait à court d'idées. Et la chambre du petit garçon n'était plus désormais qu'un gigantesque piège à souris : une machine qui s'animait toujours en plaçant une boule dans un tube, mais une sphère en métal lourde d'une livre, désormais, issue d'un roulement à billes extra-large, et que David avait dénichée dans un vide-grenier à Kenmore.

« Papa, demanda Tanner, on va lancer la Rube ? »

La « Rube », d'après Rube Goldberg, le dessinateur humoristique qui, au début du XXe siècle, avait imaginé ce genre de machines complexes et inutiles pour les journaux. Une reproduction encadrée d'un de ses dessins était punaisée au-dessus de la commode de Tanner ; son père l'avait trouvée sur Internet.

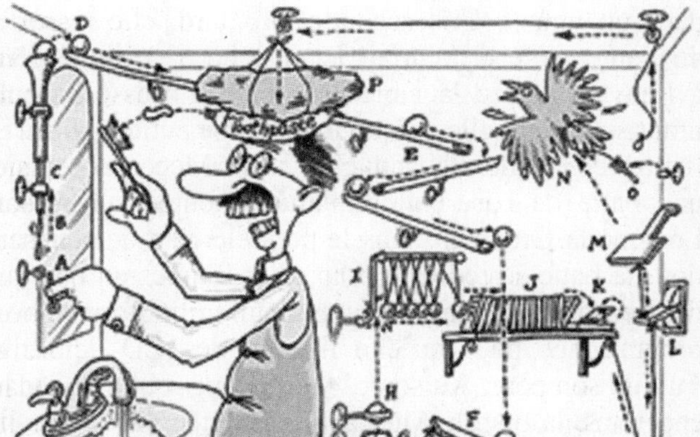

David accompagna son fils dans sa chambre. Ces jours-ci, il fallait près d'une heure pour remettre en place le parcours, et ce n'était plus du tout dans le but de jouer. Il s'agissait d'une affaire sérieuse. Presque une forme d'art, en fait, comme David avait fini par s'en rendre compte. Tandis que les autres enfants continuaient à fabriquer leurs rennes en macaronis, son fils à lui faisait *ça*.

Balayant la pièce du regard, David s'aperçut que son fils avait apporté quelques améliorations à son parcours.

« Et ça fait quoi ? demanda-t-il.

— Surprise. »

D'un geste hésitant, David approcha la boule du circuit de petites voitures posé sur la commode.

« Un, deux, trois… Vas-y ! » s'exclama Tanner.

David lâcha la boule.

Celle-ci dévala le circuit, prenant assez de vitesse pour faire un looping, à la sortie duquel elle s'engouffra dans un tunnel. Une seconde plus tard, elle ressortait de l'autre côté et heurtait le manche d'un balai placé à l'envers contre la table de nuit. La brosse bascula, tirant sur une ficelle qui passait par une petite poulie. De l'autre côté, elle était attachée à un Meccano retenant une batte de base-ball miniature montée sur ressort. Lorsque la ficelle entraîna le petit élément de construction, la batte se redressa pour aller frapper un peu trop fort le bouton « play » d'une chaîne que Tanner avait programmée pour qu'elle lise un des CD de Jethro Tull de son père. Au son d'« Aqualung » braillé par les enceintes, la tige de Meccano, emportée par la gravité, effectua un mouvement de pendule qui lui fit heurter le premier d'une série de dominos aux couleurs vives placés pour former, en tombant les uns sur les autres, le mot « PAPA ». Le dernier petit bloc actionna un autre ressort ; lequel relâcha un bouchon au fond d'un seau de sable. À mesure que le sable s'écoulait, le seau se mit à monter, faisant descendre la chaussure qui y était attachée par une ficelle passant par une poulie. La chaussure actionna une autre série de mécanismes qui finirent par lancer, à travers la pièce, un chat en peluche ; le chat tomba dans un panier de basket, ce qui déclencha la phase ultime de l'Attrap' Souris original. Juste avant que la cage tombe sur la souris, cependant, Tanner tendit la main pour ôter cette dernière. David n'avait jamais interrogé son fils à propos de cette habitude ; mais il le connaissait assez bien pour savoir qu'il se serait senti sincèrement coupable si quoi que ce soit avait été emprisonné par l'une de ses constructions.

« Spectaculaire, bonhomme, le félicita-t-il en essayant de dissimuler son trouble.

— Merci, répondit Tanner. Ça m'a pris toute la journée.

— Ton meilleur à ce jour. Est-ce que tu peux le remettre en place pour tante Peggy ?

— Pourquoi est-ce que tu sors tout le temps ? Est-ce que tu as retrouvé un travail comme le père de Travis ? »

David se rembrunit.

« Je ne fais qu'écrire un peu. Enquêter comme je le faisais avant…

— Quand maman était encore là ?

— C'est ça.

— Est-ce que maman était jolie ?

— Tu sais bien que oui. Je te le dis tout le temps. »

Est-ce que Tanner devinait, d'une manière ou d'une autre, les véritables intentions de son père à propos de cette soirée ? À un certain niveau, oui, David le pensait. Que le garçon se montre protecteur à l'égard d'une mère qu'il n'avait jamais connue était à la fois touchant et légèrement perturbant.

« Dis-moi comment elle était jolie.

— Elle était jolie comme les rayons de soleil qui entrent en dansant par les fenêtres le matin.

— Eeet ?

— Et jolie comme le rêve éveillé d'un ange.

— Elle était tellement jolie…

— … qui si tu cherchais le mot "jolie" dans le dictionnaire, ça dirait…

— … Maman de Tanner.

— Exactement. C'est exactement ça. »

« Je peux vous faire un aveu ?

— Bien sûr », fit David.

Ils étaient assis dans sa Coccinelle, sur le parking du Diamond Grille, et Katy avait enlevé ses oreilles de chat. Ses cheveux retombaient droit sur ses épaules, à l'exception de quelques mèches ramenées en arrière sur sa tête à l'aide de barrettes, et qui formaient comme une couronne hippie. Elle sentait le shampoing bon marché et le beurre de cacahuète. Depuis le moment où il lui avait ouvert la porte pour sortir de son appartement, elle se rongeait l'ongle de l'index gauche. Elle le tenait encore au coin de sa bouche en cet instant, et il se demanda distraitement si elle ne devrait pas s'inquiéter de la quantité de vernis qu'elle avait sûrement ingérée pendant toutes ces années.

La première chose qu'elle avait faite en montant dans sa voiture avait été de régler sa radio sur 91.3, la station de musique indépendante locale. Elle avait accompagné de la voix une obscure chanson de Tori Amos qu'il n'avait jamais entendue jusqu'alors. Elle portait une robe verte par-dessus des bas noirs, et un T-shirt des Ramones. Il savait qu'elle n'avait jamais vraiment écouté ces derniers. Mais en dépit de tout cela, il se surprit à regarder fixement ses lèvres…

« Je déteste le Diamond Grille, reprit-elle. Enfin, "déteste" est un grand mot. Le steak était bon, en fait. Mais la dernière fois que j'y suis allée, j'ai, comment dire, roulé une pelle à un sénateur d'État. Marié. Ou c'est lui qui m'a roulé une pelle. Bref, on s'est roulé une pelle. Et si on rentre là-dedans, je ne vais pas pouvoir m'empêcher d'y penser et j'ai peur que ça fiche en l'air notre interview, ou quel que soit le thème de la soirée.

— Larry's, alors ? »

Elle haussa les épaules.

« Je connais pas. Mais OK. Tout plutôt qu'ici. »

À part physiquement, Katy n'avait strictement rien en commun avec Elizabeth. On pouvait parler de polarités opposées : si sa défunte épouse était un électron, la jeune libraire en était le positron. Nul univers, nul homme n'aurait pu résister à leur force combinée. Mais séparément, l'une comme l'autre pouvaient être charmantes. Peut-être, songea David plus tard, était-ce justement sa différence qui l'avait attiré. Rien chez elle ne lui rappelait Elizabeth, et son cœur ne souffrait donc pas lorsqu'ils étaient ensemble. Et ça, c'était nouveau.

Vingt minutes plus tard, ils étaient assis dans un box. Larry's était un petit bar de Mark Street tout en boiseries, connu pour ses champignons frits et ses paninis. Le propriétaire avait décoré les murs d'une centaine de photos encadrées présentant des clients affublés de nez de clown. David brûlait d'envie de connaître l'origine de cette tradition, mais il avait décidé de ne pas poser la question pour ne pas gâcher le mystère. En fait, il avait concocté sa propre explication : le jour de l'ouverture du bar, un samedi après-midi, un clown sortant d'un goûter d'anniversaire avait trouvé la mort ici, victime d'un infarctus après avoir ingéré un bol de champignons frits, et c'était là le seul moyen qu'avait trouvé le propriétaire d'empêcher son fantôme de hanter le bar.

« C'est quoi, le trip avec les nez rouges ? » demanda Katy en regardant un portrait de Don Plusquellic – le maire à vie d'Akron – accroché au mur à sa droite.

David haussa les épaules. La serveuse leur apporta leurs bières – une Dortmunder pour lui et une Stroh's pour elle – puis retourna en cuisine voir où en étaient leurs champignons.

« Donc… fit Katy.

— Donc, acquiesça-t-il.

— Vous n'avez pas de dictaphone, de calepin ou quoi que ce soit ?

— Non… Ce dont je ne me souviens pas, je l'invente. »

Elle esquissa un sourire.

« Si je décide d'utiliser les infos que vous allez me donner, je vous rappellerai pour les valider officiellement auprès de vous. Pour l'instant, je ne fais que tâter le terrain. Je n'enquête pas encore activement.

— On dirait une manière habile de me mettre à l'aise.

— Vous auriez dû être reporter.

— J'aurais pu. OK, allons-y.

— Est-ce que vous connaissiez l'homme de Primrose Lane ? Est-ce que vous l'aviez rencontré ?

— Je ne crois pas. Mais les enquêteurs me disent que je dois avoir croisé sa route une fois ou deux. Sauf que… Ils m'ont montré des extraits de l'espèce de biographie qu'il avait écrite sur moi. Il y a deux ou trois trucs qu'il ne pouvait tout simplement pas savoir. Je veux dire, pas moyen qu'il ait été là. Par exemple, il décrit des choses qui se sont passées dans un camp de vacances où je suis allée un été, sur Kelleys Island. Un truc organisé par 4-H. C'était tout petit. Une vingtaine de gamins, cinq animateurs. Je les connais tous. Et je peux vous assurer que *lui* n'était pas là. Et il donne aussi des détails – ce que j'ai mangé, des conneries comme ça – sur des vacances que j'ai passées en Floride quand j'avais 8 ans. On était hébergés chez ma tante sur Perdido Key. C'était la morte-saison. On était tout seuls : il ne pouvait pas savoir tout ça. Les enquêteurs pensent qu'il m'a suivie toute ma vie en observant presque tout ce que je faisais. Je ne peux pas expliquer comment il savait toutes ces choses mais je suis pratiquement certaine qu'il ne me suivait pas. C'est impossible. Son visage m'aurait dit quelque chose.

— Qu'est-ce que les enquêteurs vous ont demandé d'autre ?

— Ils voulaient juste savoir si je me rappelais l'avoir vu. Ils m'ont montré une photo de lui. Mais il ne ressemblait à personne dont je me souvienne. Peut-être que je l'ai vu quand j'étais toute petite, ceci dit. Je ne sais pas ce que j'ai oublié, vous voyez ce que je veux dire ? Mais si c'est le cas, il ne m'a pas assez marquée pour que je le reconnaisse. Ils m'ont même mise sous hypnose.

— Est-ce que ça a servi à quelque chose ? »

D'un geste vulgaire, elle signifia que non. Les champignons arrivèrent et elle piqua le plus gros, soufflant dessus de sa bouche en cœur pour le refroidir.

« Est-ce que vous avez une théorie ? reprit David.

— J'y ai réfléchi. Beaucoup. Ça fait bizarre de savoir qu'il y avait un parfait inconnu qui savait tout de moi. C'est comme si je n'avais pas eu de secrets pour lui. Comme si on était liés l'un à l'autre sans que j'aie eu mon mot à dire. Il devait savoir tout ce que j'ai fait de pire, tout ce que je comptais garder pour moi. Par exemple, il a probablement vu ce que j'ai fait avec M. Murphy derrière la remise de la piste de course quand j'avais 14 ans. Et pourtant, il faut croire qu'il m'aimait en dépit de tout ça. C'est glauque. Ça fout les jetons, même. Mais une théorie ? La meilleure qui me vient, c'est que tout ça n'est, d'une manière ou d'une autre, qu'une énorme coïncidence ; que la fille imaginaire dont il décrivait la vie s'est révélée avoir fait tout ce que j'avais fait moi-même. Ou peut-être qu'on avait un lien psychique ou quelque chose du genre. C'est… ineffable, n'est-ce pas ? J'ai toujours aimé ce mot. Il est marrant. Mais, et vous ? Vous avez trouvé une explication ?

— Pas la moindre. Mais c'est plutôt cool, tout ça.

— Pas vraiment. »

Il se laissa aller contre son dossier en passant les doigts dans ses cheveux trop gris. *Quel âge elle me donne ?* se demanda-t-il.

« Et à part ça, c'est quoi la chose la plus étrange qui vous soit arrivée ? »

Elle éclata de rire.

« À Cleveland Heights ? Il ne se passe jamais rien d'étrange là-bas. C'est la banlieue la plus sûre et la plus ennuyeuse de Cleveland, vous ne le saviez pas ? Peut-être qu'un matin une mère a oublié de donner de quoi déjeuner à l'école à sa petite princesse, mais c'est à peu près tout. Vous n'y êtes jamais allé ? J'en suis partie pour trouver un peu d'excentricité. Je m'ennuyais tellement dans ma vie ! Jusqu'à cette affaire. Prenez garde à ce que vous souhaitez, comme on dit.

— Pas de rencontres bizarres quand vous étiez seule ? Personne en train de vous épier par la fenêtre ? Personne de trop agressif ? »

Des deux mains, Katy lui agrippa brusquement le bras. Ses paumes étaient chaudes. Moites. La sensation électrisa David.

« Oh, putain, s'exclama-t-elle.

— Quoi ?

— David. »

L'entendre prononcer son prénom fit l'effet d'une incantation à David ; d'un envoûtement.

« David, répéta-t-elle. Je crois que je l'ai vu. Une fois. Putain de merde. Comment est-ce que j'ai pu oublier ? Oui. Oui, ça pourrait très bien avoir été lui.

— Qui ça ?

— Ce mec. Quand j'avais 10 ans. Ou 11. J'attendais que ma mère vienne me chercher devant le Big Fun, au centre commercial de Coventry. Vous savez, ce super magasin de jouets où ils vendent des boîtes à goûter de collection et ce genre de choses ? J'étais en train de tournoyer autour d'un réverbère. Soudain, je lève les yeux et je vois ce mec qui se dirige droit vers moi comme s'il me connaissait. Il porte un pantalon treillis et un coupe-vent ; un de ces blousons de la marque Members Only. On est en avril. Il traverse la rue et passe devant deux ou trois autres enfants sans me quitter des yeux. Puis il ouvre la bouche pour parler et je me dis : *Qui je suis, d'après lui ? Il doit me prendre pour sa nièce ou quelque chose comme ça* ; parce qu'il donne vraiment l'impression de me connaître et de vouloir me parler mais moi, je ne l'ai jamais vu de ma vie.

— C'était l'homme de Primrose Lane.

— Non. Taisez-vous une seconde. Non, c'était pas lui. Ce que j'allais dire, c'est que ce mec est presque arrivé à ma hauteur quand, tout à coup, il y a ce vieux qui surgit de nulle part, au pas de course, et qui lui fonce dessus. Bam ! Il le plaque contre le mur en brique du Big Fun. Ça m'a foutu les jetons. Je suis rentrée en courant dans le magasin, et quand j'ai enfin osé regarder dehors à nouveau, le vieux poursuivait l'autre mec dans la rue. À l'époque, je me suis simplement dit qu'il lui devait peut-être de l'argent. Mais ce vieil homme, je crois que c'était lui : l'homme de Primrose Lane. C'est très possible. En tout cas, il lui ressemblait, pour autant que je m'en souvienne. » Elle relâcha sa prise sur le bras de David. « Désolée. Ça m'a fichu un coup. J'en ai encore la chair de poule. »

Dans la tête de David, les hypothèses se bousculaient. Pour quelle raison Sackett s'intéressait-il *aussi* à l'affaire non résolue du meurtre d'Elaine ? Avait-il trouvé d'autres liens entre celle-ci et Katy ?

« Est-ce que vous avez prévenu la police ? demanda-t-il.

— Non. J'en ai même pas parlé à mes parents. Qu'est-ce que je leur aurais dit ? Que j'avais vu deux hommes se battre à Coventry ?

— Ne croyez-vous pas que cet homme en blouson Members Only ait pu vous vouloir du mal ? Et que le vieil homme soit intervenu ?

— Sérieux ? Moi, il m'a juste donné l'impression de me reconnaître. Il devait me confondre avec quelqu'un.

— Mais alors, pourquoi le vieux l'a-t-il attaqué ?

— Comment voulez-vous que je le sache ? J'avais 10 ans. Si l'autre voulait me violer ou quoi, pourquoi est-ce que le vieux n'est pas revenu me le dire après l'avoir fait fuir ? Pourquoi n'est-il pas allé trouver les flics ?

— Je ne fais que réfléchir tout haut.

— Je sais. C'est fou, hein ? »

Elle vida sa bière et regarda de nouveau les photos

sur le mur. Ce n'étaient pas des clichés amateurs, finalement. L'éclairage était trop net, et ils arboraient tous le même arrière-plan nuageux. Les gens étaient bizarres. Peut-être était-ce là le seul message.

« Pourquoi vous croyez que le mec au blouson me voulait du mal ?

— Parce que c'est une histoire que j'ai déjà entendue.

— Sans déconner ?! »

David hocha la tête.

« Ma femme. Sa sœur jumelle a été kidnappée lorsqu'elles avaient 10 ans. Le ravisseur aurait aussi enlevé ma femme si un homme étrange n'avait pas surgi en voiture pour le faire fuir. Personne ne les a jamais revus, ni l'un, ni l'autre.

— C'est pour ça que… Merde. Désolée. Ça ne me regarde pas.

— Est-ce que c'est pour ça qu'elle s'est suicidée ? » termina David à sa place. Il imagina la Chrysler en train de foncer sur le mur du supermarché à cent dix kilomètres/heure, et Elizabeth au volant, les yeux fixés droit devant elle, dans un état de transe… À moins qu'elle ait été en train de sourire ? « C'est probablement la dépression postnatale qui a été le déclencheur. Mais, oui, je crois. L'enlèvement d'Elaine… Ça a été comme… »

Une machine à la Rube Goldberg. Une bille qui tombe sur un levier, et un domino qui bascule dans le vide.

« … Ça a amorcé une série de réactions en chaîne qui ont inéluctablement mené au suicide de ma femme, reprit-il. C'était écrit dans les cartes. Ce n'était qu'une question de temps.

— Elle vous manque ?

— Chaque seconde de chaque jour. La nuit, je peux encore la sentir allongée à côté de moi. Et je dis ça littéralement. Je sens sa *peau* contre la mienne. C'est comme un membre amputé, je suppose : cette sensation fantôme occupant l'espace de ce que vous avez perdu. Elle était froide. Désagréable, parfois. Et elle préférait envoyer quelqu'un sur les roses qu'apprendre à le connaître. Mais en dessous de tout ça, il y avait cette personne chaleureuse, cette fille merveilleuse que j'étais seul à connaître. Et c'est pour ça qu'elle me manque. Parce que je n'ai jamais rencontré personne d'autre qui soit comme ça.

— Je me demande si on a pu se croiser. Est-ce qu'elle était du côté de Cleveland Heights ou de Coventry quand sa sœur a été enlevée ?

— Non.

— Qu'est-ce que vous savez d'autre sur l'affaire de votre femme ?

— Rien. Je n'ai jamais enquêté dessus.

— Quoi ? fit Katy avec un rire. Pourquoi ? Je veux dire, c'est ce que vous faites, normalement.

— Parce que, répondit-il. Parce que, parce que, parce que. »

Katy n'insista pas. Elle commençait elle aussi, à sa façon, à le comprendre un petit peu. C'était un risque du métier que David n'appréciait guère : le lien intime qui se forme entre la victime et celui qui l'interviewe. En toute franchise, cela lui donnait un peu l'impression de se prostituer parfois – tous ces échanges d'émotions contre des mots, et encore des mots.

« Il y a quand même une grosse différence entre mon histoire et la sienne, fit remarquer la jeune femme.

— Quoi ?

— Le mec au blouson n'a enlevé personne ce jour-là.

— Parce que l'homme de Primrose Lane l'en a empêché.

— Mais c'était tellement fortuit. Pourquoi est-ce qu'il n'est pas simplement allé un peu plus loin enlever une autre fille ?

— Je ne pense pas que c'était fortuit.

— Il y a quelque chose qui m'échappe, je crois. Je ne vous suis plus », fit-elle avec un rire nerveux.

En guise de réponse, David sortit son portefeuille de sa poche. À l'intérieur, une photo de sa femme assise dans un fauteuil à bascule dans leur appartement, en train de lire un Christopher Pike.

« Oh, ça alors. La ressemblance est frappante, pas vrai ? Il suffirait que j'emprunte les vêtements BCBG de ma mère, que je me coupe légèrement les cheveux et que je ne porte pas de maquillage… Peut-être que vous, vous ne me confondriez pas avec votre femme, mais je parie que beaucoup le feraient. Ce sont les pommettes qui nous différencient.

— Et la bouche.

— Il y a quelque chose de carrément barré dans cette affaire, David. Quelque chose de franchement glauque. Vous et moi – il ne peut rien se passer entre nous. Sérieusement. Et pas seulement parce que j'ai un fiancé. C'est comme si une des jumelles de *Deux pour une* se noyait dans cette colonie de vacances et que son copain se mettait avec sa sœur dès son retour. Est-ce que vous vous êtes seulement rendu compte que, même si vous avez raison de croire qu'il existe un lien entre cet enlèvement et moi, vous avez les mêmes goûts que le kidnappeur en matière de femmes ?

— J'avais 11 ans quand Elaine a été enlevée.

— Je n'insinue rien ; je dis ça comme ça, c'est tout. C'est carrément bizarre.

— Oui.

— Vous m'avez convaincue. Il y a un lien, là, quelque part. Mais lequel ? Le vieux était le complice du kidnappeur et il a eu des remords au dernier moment ?

— Les deux fois ? » David secoua la tête et haussa les épaules. « Je n'ai pas d'explication.

— Ça vous facilite la tâche, en tout cas.

— Comment ça ?

— Tout ce que vous avez à faire, c'est trouver qui nous connaît, à la fois votre femme et moi. Où nos chemins se sont croisés. Ce mec nous connaissait forcément toutes les deux. Ça doit quand même réduire votre liste de suspects.

— Bien vu. En supposant qu'il y ait effectivement un lien. Il reste possible qu'il ne s'agisse que d'une coïncidence. »

Katy secoua la main comme pour écarter entièrement cette idée. C'était une jeune femme qui croyait encore au destin.

« Où et quand la sœur de votre femme a-t-elle été enlevée ?

— Lakewood, 1989.

— Mmm. Donc à l'ouest de Cleveland, et moi à l'est. Combien de gens fréquentent les deux quartiers ? Pas beaucoup. Livreurs, taxis, reporters. Donc, quoi, après Elaine, ce mec au blouson a attendu une autre occasion pendant dix ans avant d'essayer de m'enlever ?

— À moins qu'il y ait eu d'autres rousses portées disparues dans les environs. Ou peut-être qu'il était en prison.

— Et quelque part, pour une raison x ou y, l'homme de Primrose Lane garde un œil sur lui ? Est-ce que c'est si compliqué, ce genre d'enquête, en général ?

— Seulement en apparence. L'explication finale est toujours d'une élégante simplicité. Je peux vous garantir que quand nous trouverons cet homme, nous nous ficherons des baffes pour ne pas avoir deviné plus tôt. »

La serveuse revint pour savoir s'ils voulaient autre chose.

« Vous pouvez me dire un truc ? demanda Katy. C'est quoi, l'histoire derrière ces portraits au nez de clown ? »

La femme leva les yeux au ciel d'un air excédé. Visiblement, c'était la énième fois qu'on lui posait la question. David écouta son explication sans trop y croire, car il pensait qu'elle avait concocté cette réponse automatique et sans intérêt pour se débarrasser des clients qui voulaient lui faire perdre son temps.

« Un soir, Mitch, le propriétaire, s'est amusé à mettre ce nez de clown que quelqu'un avait oublié. Sa femme a pris une photo de lui et l'a accrochée derrière le comptoir. Puis il en a pris une d'elle. Et c'est devenu une tradition. »

Sur ces mots, elle haussa les épaules et s'éloigna.

« Effectivement, fit remarquer Katy, comme explication, c'était assez simple. Mais pas vraiment élégant.

— Elle a menti.

— Comment le savez-vous ?

— La vérité est toujours simple, mais elle n'est jamais ennuyeuse. »

Katy vivait « en haut » d'une vieille maison voisine de l'université louée à des étudiants. David gara la Volkswagen devant et laissa le moteur tourner. Il faisait chaud à l'intérieur, plus chaud que dehors en cette nuit d'automne aux allures d'hiver précoce. Katy se tourna vers lui et, ce faisant, effleura sa veste de ses cheveux.

« Dans la catégorie premier rencard, monsieur Neff,

celui-ci fait certainement partie de mon top 5 des plus bizarres.

— Votre top 5 ?

— Une fois, je suis allée voir *The Rocky Horror Picture Show* avec un trans qui croyait m'aimer, mais je vous raconterai ça un autre jour. » Elle lui sourit, et il sentit sa tête se vider pour accueillir un néant plaisamment lumineux. « Je peux vous dire un secret ?

— Bien sûr. »

Elle se pencha vers lui et il sentit le renflement de son sein contre son bras. Elle lui mit la main en coupe autour de l'oreille. Le contact de sa peau sur la sienne électrisa ses sens autant qu'ils pouvaient l'être et, de nouveau, il regretta d'être aussi insensibilisé par les antidépresseurs. C'était une émotion qu'il aurait aimé ressentir dans toute sa force.

« Je voulais juste vous dire… » commença-t-elle. Mais au lieu de finir sa phrase, elle pressa les lèvres contre son oreille, entrouvrit la bouche et lui lécha doucement, brièvement, le lobe. Puis elle réintégra sa place et fouilla dans son sac à la recherche de ses clefs. « Et maintenant, lui annonça-t-elle, je rentre. Je vous autorise à vous branler en regardant mes albums Facebook ce soir. Appelez-moi, un de ces quatre, OK ? Pour me dire où en est votre enquête. »

Il la regarda monter les marches en sautillant et disparaître dans la maison.

Lorsqu'il rentra chez lui, un message l'attendait. Cindy Nottingham était passée et lui avait laissé sa carte. Elle voulait lui parler. De quoi, elle ne l'avait pas dit à tante Peggy.

Cindy était une blogueuse ; une des commères les plus populaires de l'Ohio, qu'on invitait à venir parler sur les plateaux des chaînes d'informations câblées chaque fois qu'une célébrité de Cleveland divorçait ou entrait en cure de désintoxication. Quelques années plus tôt, elle avait travaillé avec David pour l'*Independent*. C'était à cause de lui qu'elle avait été virée.

Le fait qu'elle se pointe à sa porte alors qu'il venait de se remettre au journalisme après pas loin de quatre ans d'absence le mettait extrêmement mal à l'aise. Il se demandait avec inquiétude ce qu'elle savait. Et, plus encore, ce qu'elle croyait savoir.

Cela lui gâcha complètement l'effet du petit mordillement d'oreille dans la voiture. Cette nuit-là, il dormit d'un sommeil agité et erratique. Il pouvait ajouter cela à la longue liste des raisons pour lesquelles il détestait Cindy Nottingham.

Pour mémoire, cependant, il n'avait jamais souhaité sa mort.

Épisode 6

Tout sauf Elaine

Elizabeth ne regagna leur cabine située dans les entrailles du paquebot que bien après 2 heures du matin. Elle ne raconta pas à David où elle avait été, et il ne lui posa pas de questions. Tout ce qu'il sut quand elle revint auprès de lui, c'est qu'elle avait changé. Elle rayonnait d'un éclat qu'il ne lui avait jamais connu. Dans la lueur émanant de la salle de bains où elle se lavait les dents, il la vit sourire en direction de l'obscurité où il était allongé et, quand elle le rejoignit dans le lit, ils se cherchèrent à tâtons pour partager une longue étreinte dans le noir, roulant, ondulant, se cambrant tour à tour, et riant entre deux baisers langoureux, jusqu'à ce qu'elle s'endorme dans ses bras.

Lorsqu'ils revinrent dans l'Ohio pour retrouver leur appartement à Cuyahoga Falls, Elizabeth entreprit de se préparer à un marathon. Tous les matins à 5 heures, elle se levait pour aller courir avant de partir au travail. Le week-end, elle alternait cinq mille mètres et demi-marathons sur les chemins de halage qui longeaient le vieux canal en direction du lac Érié. Son optimisme tout neuf motivait David. Il se mit à soumettre des articles plus longs aux rédacteurs en chef de l'*Independent* qui, jusqu'alors, ne le connaissaient que comme le jeune homme qui annonçait les films et les concerts à venir. Ses dix-sept premières propositions furent rejetées. Mais la dix-huitième, un court article sur un groupe local de cinéphiles fanatiques qui se retrouvaient une fois par mois pour s'incruster à la projection d'une mauvaise comédie familiale et hurler des obscénités à l'écran jusqu'à ce qu'un gérant les mette dehors, fut acceptée et parut en première page. Sa suggestion suivante, un profil de Bill Watterson, l'artiste reclus auteur de *Calvin & Hobbes*, fut immédiatement approuvée et il passa les quatre mois suivants – pendant lesquels Elizabeth termina de peaufiner sa condition physique – à travailler avec le chef d'édition sur une série de remaniements dont il ressortit épuisé mais comblé. *C'est ça que je suis censé faire de ma vie*, songea-t-il. *C'est à ça que je suis bon.*

Puis Elizabeth obtint un poste de professeur de musique dans une école publique du sud d'Akron et David se mit en quête de l'article grâce auquel il se ferait un nom. Au fond de lui, il avait toujours su ce que cet article serait, mais il n'avait jamais eu le courage de formuler l'idée. C'était l'histoire qui l'avait trouvé, pour ainsi dire. Elle était venue à lui. Et c'était ce qui se faisait de mieux dans le genre, en plus : une énigme. Un meurtre irrésolu. C'était une élégante partie d'échec contre un adversaire qui avait déjà battu tous les enquêteurs affectés à l'affaire. David pensait pouvoir faire mieux. Aucune raison logique ne venait étayer cette conviction. Et c'était naïf, inconscient et mégalo de sa part d'en être aussi fermement persuadé. *Le kidnappeur est plus malin que les flics*, songeait-il.

Mais pas plus malin que moi. Le marathon passé, il sut qu'il était temps de le prouver.

« Je veux écrire un article sur Elaine », déclara-t-il.

Ils étaient chez Aladdin, assis devant un plat d'houmous, près de la fenêtre qui donnait sur Highland Square. Elizabeth avait perdu dix kilos depuis leur mariage, et ses joues autrefois rondes comme des pommes épousaient désormais la courbe de ses pommettes d'une façon que la plupart des hommes jugeaient attrayante. Lui l'aimait un peu plus en chair.

« Je me demandais ce que tu ruminais comme ça, fit-elle.

— Ce que je ruminais ?

— Tu étais ailleurs. Absorbé dans tes pensées, depuis quelques jours.

— Oh.

— J'ai déjà vu cette expression, tu sais ? Dans les yeux des enquêteurs qui passent à peu près tous les deux ans pour me poser les mêmes questions : est-ce que des inconnus étaient déjà venus chez vous, est-ce que votre père aimait parier et, ma préférée, pourquoi croyez-vous qu'il a enlevé Elaine et pas vous ? » Elle avala une autre bouchée de pita. « C'est une dépendance. Comme à une drogue. Tu creuses de plus en plus profond en pensant qu'il t'en faut juste un peu plus et qu'après tu vas arrêter ; mais tu n'en as jamais assez.

— Je me disais juste que je pourrais peut-être apporter mon aide, se défendit-il. Voir ce qu'il y a comme pistes, ce que les enquêteurs n'ont pas pensé à regarder. »

Elizabeth tendit la main pour prendre la sienne. Avant l'incident du piano-bar, obtenir de sa part un signe d'affection en public s'était révélé rarissime. Parfois, il avait l'impression qu'elle cherchait à rattraper le temps perdu.

« Je sais, dit-elle. Mais je ne veux pas me retrouver à nouveau sur cette pente. Et je ne veux pas t'y voir non plus. Quelqu'un m'a dit un jour que ce genre d'histoire réduisait les vivants à l'état de spectres. Je crois que c'est vrai.

— Mais comment veux-tu tourner la page, autrement ?

— C'est bien ça le problème, David. On tourne la page d'un livre, pas d'une vie. »

Une réplique tirée du film *2010* – Roy Scheider et John Lithgow dans un vaisseau spatial à destination des lunes de Jupiter – émergea des bas-fonds de son subconscient : « Tous ces mondes sont à vous, sauf Europa. N'essayez pas de vous y poser. » Il en était toujours allé ainsi : fragments de prose, répliques de films, de pièces de théâtre, il était soumis à un bombardement permanent d'échos. Tous les écrivains débutants subissent ça, supposait-il. D'une certaine façon, son subconscient était toujours en mode « sujet » : à l'affût des façons dont la vie pouvait refléter l'art, et réciproquement. Son cerveau traquait les analogies ; il était avide de métaphores. Ce message tiré de *2010*, par exemple : ç'avait été l'avertissement donné par Dieu à l'humanité, l'écho de Son premier commandement, à propos de l'arbre de la connaissance. *Tous ces sujets sont à toi, sauf Elaine. N'essaie pas d'enquêter sur elle.* Lorsqu'il avait appris l'histoire du jardin d'Éden en cours d'éducation religieuse, il s'était demandé si, en fait, l'avertissement de Dieu n'avait pas plutôt été une mise au défi ; si, au fond, Dieu n'avait pas secrètement voulu qu'Ève donne la pomme à Adam de façon à mettre les choses en branle. Ou bien autre hypothèse : peut-être qu'Il s'ennuyait. Et, assis là chez Aladdin, David se posa la même question au sujet d'Elizabeth. Quelles que soient les véritables intentions de sa femme, sa requête (« ne fouille pas dans le dossier d'Elaine ») connaîtrait un jour, il le savait, le même dénouement que les deux autres histoires.

Remettons ça à plus tard, avait-il décidé. Évidemment, il s'était rapidement trouvé un nouveau sujet d'obsession. Une semaine après, en effet, il avait découvert la boîte.

La boîte faisait la taille d'un cercueil d'enfant. En carton épais et rigide, comme on n'en fabriquait plus, et si abîmé au niveau des tranches qu'on voyait les fils marron sous la surface. Tel un vautour endormi, elle était posée sur les placards, au-dessus de la photocopieuse du service des corrections de l'*Independent*, avec un seul mot écrit sur le côté au marqueur : Brune.

« Hé, Cindy, il y a quoi dans cette boîte ?

— Oh, fit-elle en levant les yeux au ciel de cette façon qui n'appartenait qu'à elle. Ne me lance pas là-dessus ! Une blague malsaine, rien de plus. »

De la salle de rédaction leur parvint le rire de Frankie Thomas : aigu et juvénile, moqueur et tendre à la fois.

« N'ouvre pas la boîte, David. N'ouvre pas la boîte ! Sauve ta peau ! »

David suivit Cindy dans l'antre des rédacteurs. Frankie était assis dans un coin, les pieds posés sur son bureau, occupé à parcourir une pile de documents juridiques. Ils se trouvaient dans le ventre de l'*Independent*, là où s'écrivaient les articles de fond longs de six mille mots, pleins de mordant et de panache, qui faisaient la réputation du journal. En trente ans d'existence, celui-ci avait fait tomber plus d'un sénateur ou chef d'entreprise véreux, ses rédacteurs ne rechignant pas à suivre les maigres pistes que les reporters du *Plain Dealer* rejetaient au caniveau telles de vulgaires ordures. L'*Independent* était la voix de la classe moyenne inférieure en difficulté de Cleveland – autrement dit de la majorité de sa population. Ses rédacteurs parlaient des jeunes de la région revenant des guerres du pétrole, des toxines que les sociétés sidérurgiques déversaient dans la Cuyahoga, des intrigues politiques qui se tramaient dans les coulisses du *Plain Dealer* : des sujets qui n'auraient jamais été traités sans cela. Ses journalistes étaient sous-payés, sous-estimés et fiers de l'être. Aucun d'eux n'avait jamais remporté de Pulitzer, ni reçu de plaque commémorative de l'Ancien Ordre des Hiberniens local. La salle de rédaction sentait la vieille chaussette et le McDo, la cigarette et l'encre fraîche.

Le bureau de Frankie était bien rangé, ses futurs articles à sa droite, dans des chemises distinctes. Agrafées au mur derrière lui, les couvertures stylisées des éditions dont l'un de ses articles avait fait la une : le portrait d'une gloire locale – un ancien toxicomane qui avait réussi à arrêter la méth pour devenir rappeur –, un reportage sur ce bar secret à l'ouest de Cleveland qui n'était connu que de la pègre et des procureurs…

Le bureau de Cindy, à l'inverse… Eh bien, on ne le voyait pas. Il était caché sous un monceau d'objets en tous genres : des bouteilles d'Ice-Tea vides, un collant, un zèbre en peluche, des notes pour un article qu'elle avait tenté de faire accepter sept mois plus tôt, un paquet de chips entamé, une vingtaine de chemises vides, une chaussure solitaire. Une fois par mois, Cindy nettoyait son bureau en poussant le tout dans un grand sac-poubelle. Il y en avait déjà cinq dans sa Toyota.

Le bureau de David, lui, était voisin de celui de Frankie. Il n'y avait rien dessus excepté une photo d'Elizabeth prise le jour de leur mariage.

« Qu'est-ce qu'il y a dans cette boîte, Frankie ? » demanda-t-il.

Son collègue, un homme de petite taille aux cheveux châtain clair, coiffés en une banane qui ondulait constamment au-dessus de ses yeux bleu glacier, se redressa et regarda Cindy, de l'autre côté de son bureau.

« Raconte-lui. »

L'intéressée avait des cheveux blonds coiffés au bol, un visage rond creusé de fossettes et des dents en avant qui lui donnaient un air juvénile.

« Va te faire foutre, Frankie.

— Quoi ?

— Va te faire foutre. »

David haussa un sourcil en regardant Frankie.

« Dans cette boîte, entreprit d'expliquer celui-ci, se trouve le plus grand article qui n'a jamais été écrit. Le seul qui pourrait rapporter un Pulitzer à ce journal. Bien des journalistes ont tenté d'en percer les mystères (il adressa un signe de tête à Cindy), mais, jusqu'à présent, tous ceux qui s'y sont essayés ont manqué sombrer dans la folie.

— Qu'est-ce que c'est ? insista David.

— Dans cette boîte, mon ami, se trouvent les derniers écrits et autres effets personnels de Ronil J. Brune, l'Étrangleur des routes de campagne, l'homme qui a violé et tué jusqu'à peut-être sept petites filles au début des années 1980. Quand il a été exécuté en 2002, il a fait expédier ici, dans cette boîte, tout ce qui se trouvait dans sa cellule du couloir de la mort. Une lettre était jointe, écrite de sa propre main, dans laquelle il proclamait être innocent des crimes pour lesquels il allait être exécuté. Tous les indices nécessaires pour remonter jusqu'au véritable meurtrier, affirmait-il, étaient contenus dans cette boîte. Et s'il disait la vérité, et que l'État de l'Ohio a exécuté un homme innocent, alors c'est l'article de toute une vie.

— Une blague malsaine, rectifia Cindy. La vengeance pernicieuse de Brune. Il veut se servir des médias pour jeter le doute sur sa culpabilité et nous utiliser pour torturer la famille de ses victimes. Il veut exercer son contrôle sur elles-mêmes après sa mort.

— Il *voulait*, la corrigea David.

— Non, il veut. »

Frankie se tortilla dans son fauteuil ; son sourire avait disparu.

« Il y a une raison au fait que cette boîte ne soit pas dans la salle de rédaction. Au fait qu'on l'ait rangée là-haut. Si tu décides de l'ouvrir, il faut que tu respectes nos superstitions et que tu la laisses à l'extérieur de la pièce.

— C'est une boîte hantée ? demanda David.

— Oui.

— Arrête. »

Mais Frankie ne riait pas.

« *Arrêête !* répéta David.

— Écoute, tout ce que je sais, c'est que, quand cette boîte était ici, il se passait des choses carrément bizarres. Peut-être que ça n'avait rien à voir avec…

— C'est ça, le coupa Cindy d'un ton railleur.

— … mais quand on l'a refermée et qu'on l'a sortie de la pièce, tout est rentré dans l'ordre.

— Quel genre de choses ? demanda David.

— Eh bien, par exemple, à chaque fois que j'essayais de péter, je chiais à la place », fit Frankie.

David éclata de rire, suivi par les deux autres, jusqu'à ce qu'il en ait mal aux côtes et que Frankie ait de la morve au nez.

« Lorsque j'ai ouvert la boîte, j'ai été prise de la pire migraine de ma vie, renchérit Cindy, les yeux perdus dans le vide. Cette nuit-là, j'ai rêvé que je pouvais sentir les mains d'un homme sur moi. »

Frankie laissa échapper un gloussement et serra les lèvres.

« Le lendemain matin, j'ai fait une fausse couche.

— Bon Dieu ! s'exclama Frankie. Trop de détails, Cindy !

— Pendant une semaine, il y avait un endroit dans ma chambre où tu pouvais sentir une odeur d'eau de Cologne bon marché.

— Et toi, qu'est-ce qu'il t'est arrivé, Frankie ? » demanda David en essayant de ne pas visualiser ce que Cindy venait de décrire.

Le journaliste haussa les épaules.

« Des trucs. Je me suis fait agresser – littéralement passer à tabac – par un sans-abri dont la police m'a informé plus tard qu'il était presque aveugle, et incapable de soulever une batte. Un matin, lorsque je me suis réveillé, mon chien avait avalé sa langue. Mais tout ça, c'est secondaire. C'est surtout qu'il y a dans cette boîte une… une “noirceur”, je ne trouve pas de meilleur terme. Tu peux la sentir peser sur toi. Comme quelque chose qui t'écrase la poitrine. Je croyais faire une dépression ou quelque chose comme ça. Mais, dès que j'ai refermé la boîte et que je l'ai rangée (il se leva d'un bond en ouvrant les bras)… ta-da ! j'ai retrouvé la santé.

— Sérieusement, David, ne touche pas à cette boîte », lui conseilla Cindy.

David fit donc ce qu'aucun journaliste n'avait eu la stupidité de faire avant lui : il emporta la boîte chez lui.

Elle pesait trente-cinq kilos ce qui, pour David qui n'en faisait que soixante-cinq, ne rendit pas très simple le fait de la descendre, d'abord du haut des placards du service de correction – en se servant d'une échelle trouvée dans la réserve –, puis du huitième étage du Western Reserve Building jusqu'à sa Chrysler, garée devant l'édifice.

En rentrant par la I-77, il remarqua combien le poids additionnel dans son coffre altérait les performances de la voiture. Elle ne slalomait pas entre les voitures avec autant de souplesse que d'ordinaire. Lorsqu'il redressait le volant, elle se déportait de l'autre côté, et elle manquait caler quand elle aurait dû profiter, à cette heure de pointe, du moindre trou dans la circulation pour bondir en avant. David avait l'impression d'avoir une équipe de sumos à l'arrière.

Il porta la boîte jusqu'à leur appartement au premier étage et la lâcha sur la table de leur kitchenette avec un bruit sourd. Elizabeth l'avait appelé pour lui dire qu'elle resterait à l'école pour corriger des copies et préparer ses cours. (Il était devenu de plus en plus fréquent, au cours de ces derniers mois, qu'elle reste tard au travail, mais il ne venait pas à l'idée de David de se demander si elle était bien là où elle disait être.) Il était seul avec les secrets que la boîte renfermait et son estomac se nouait d'excitation. Il ressentait la même chose quand un nouveau roman de Robert McCammon ou de Richard North Patterson arrivait chez Borders : l'impatience de la découverte. Sauf que là, c'était encore mieux ; il s'agissait d'une histoire que personne n'avait lue. Certes, Frankie et Cindy avaient déjà trié les papiers et commencé à développer leur propre théorie, mais leur interprétation était sûrement très différente de ce qu'allait être la sienne. L'histoire qu'il allait extraire de ces documents serait absolument unique.

Sous ses doigts, le couvercle glissa avec un soupir à peine perceptible.

∞

« Vous rappelez-vous ce que vous m'avez dit lors de notre premier rendez-vous ? demanda la femme mince assise derrière le bureau en acajou.

— Oui, répondit David.

— Alors, vous comprenez mon inquiétude.

— Je ne ressens plus rien.

— Laissez-moi vous sevrer graduellement.

— Combien de temps ça prendra ?

— Trois mois.

— Non.

— On ne parle pas d'aspirine, ici. Question addiction, ça ressemble plus à de l'héroïne.

— Vous m'avez dit que les effets du manque ne pourraient pas me tuer.

— David, avant la fin, vous regretterez que ce ne soit pas le cas. »

Elle s'appelait Athena Popodopovitch, et s'habillait de vêtements à imprimé cachemire qui n'étaient plus fabriqués depuis la fin des années 1960 ; Dieu seul savait où elle se les procurait. Des années auparavant, elle avait travaillé comme thérapeute itinérante, et par extension nounou, d'un groupe de rock assez connu dont les membres, depuis qu'ils étaient arrivés en tête des ventes, avaient fini par réussir à décrocher. Elle comprenait le concept d'ignominie mieux que la plupart des gens. Elle avait été là pour David après l'affaire Brune. Et après le suicide d'Elizabeth. Elle l'avait sorti du gouffre. Jusqu'à présent, il avait toujours suivi ses conseils.

« Vous courez le risque de détruire tout le travail que nous avons accompli, lui dit-elle d'un ton légèrement trop ferme. Si votre corps n'a pas réappris à fabriquer les hormones dont vous avez besoin pour ne pas céder à la tristesse, vous risquez de tomber dans une grave dépression avant d'avoir le temps de comprendre ce qui vous arrive. Je crains qu'une telle rechute vous rende dépendant de ce médicament pour le reste de vos jours. J'ai peur de ce que ça pourrait vous pousser à faire. Et, pour être franche, je m'inquiète pour Tanner. »

Cette remarque blessa profondément David.

« Tanner va aller habiter chez mon père le temps de mon sevrage. De toute façon, je serai en déplacement.

— Où est-ce que vous allez ?

— Bellefonte, Pennsylvanie. Près de State College.

— Je croyais que l'homme sur lequel vous écrivez était d'Akron. »

David haussa les épaules.

« Personne ne sait d'où vient l'homme de Primrose Lane. On sait qu'il est mort ici. Mais il a obtenu ses faux papiers d'identité à Bellefonte. Donc, il a un lien avec cette ville aussi.

— Croyez-vous qu'affronter les symptômes de sevrage dans un cadre inconnu soit une bonne idée ?

— Est-ce que je les apprécierais plus chez moi ?

— Ici, vous êtes à cinq minutes de l'hôpital. Vous savez vous repérer. Et si vous souffrez de désorientation ? Avez-vous déjà entendu parler du concept de fugue dissociative ? Quand vous êtes confronté à quelque chose de si stressant que votre cerveau se réinitialise et que vous oubliez qui vous êtes, parfois définitivement ?

— Quelle probabilité y a-t-il que cela arrive ?

— La Rivertin est un médicament récent. Elle est ce qui se fait de mieux pour traiter les syndromes de stress posttraumatique, mais on ignore encore beaucoup de choses à son sujet. On ne sait pas vraiment quels sont les effets secondaires d'un sevrage radical, par exemple. Il peut se produire une chose qu'on appelle "régression hypnagogique" : un souvenir épisodique – un flash-back intense, si vous préférez – extrêmement désagréable pour la personne qui en fait l'expérience. Qui le revit.

— Vous m'aviez également dit qu'il y avait 95 % de risques que la Rivertin me rende stérile, et j'ai pourtant un fils de 4 ans.

— Vous ne faites que prouver mes dires.

— Je suis désolé, finit-il par lâcher. Mais ne rien ressentir comme ça, ça me donne l'impression d'être infirme.

— Avez-vous déjà arrêté de la prendre ?

— Non. »

Athena secoua la tête.

« Je ne comprends pas pourquoi vous êtes si pressé. Trois mois, ce n'est pas si long. Faisons les choses comme il faut. »

Mais David n'avait plus envie d'attendre. Soudain, il avait l'impression de n'avoir fait que ça. D'avoir gaspillé les dernières années de sa vie. Il ne voulait pas patienter un jour de plus. Il ramassa sa veste et se leva.

« Je suis désolé. Sincèrement. Mais je crois que ça va aller.

— Vous ne pensez pas de façon rationnelle.

— Je sais. »

Il se dirigea vers la porte.

« David. »

Il se retourna vers elle. Et, pour la première fois depuis qu'il avait décidé d'arrêter les antidépresseurs, la nervosité le gagna. Parce que Athena avait l'air sincèrement effrayée. Elle, qui s'était toujours montrée si sûre d'elle, avait été son point d'ancrage au monde réel. Mais à présent, elle avait peur.

« Lorsque le manque commencera à se faire sentir, viendra un moment où vous voudrez prendre votre téléphone pour m'appeler au secours. Vous aurez oublié toutes les raisons pour lesquelles vous avez décidé de faire ça. Vous souffrirez tellement que vous ne désirerez plus qu'une chose : que je vienne vous sauver. Le problème, c'est que, quand vous en arriverez là, vous aurez dépassé un point de non-retour. Si on vous redonne ce médicament alors que votre système hormonal fonctionne à plein régime pour pallier son absence, vous tomberez dans le coma et on vous bousillera probablement le foie en essayant de vous en faire sortir. »

Il sourit.

« Ne prenez pas de gants avec moi, docteur. Je peux encaisser. »

Sa bravacherie arracha un sourire à la thérapeute.

« Ça va vous donner l'impression d'agoniser. Vous me comprenez ? »

Il ne répondit pas.

« J'espère que vous savez ce que vous faites, conclut-elle.

— Moi aussi. »

David tricha.

Il emporta Tanner en pleine nuit, vêtu de sa seule grenouillère et enveloppé dans la couverture bleue avec laquelle il dormait du temps où il avait encore son lit d'enfant. Il ne voulait pas avoir à expliquer à son fils, qui ne maîtrisait pas encore assez le concept de temps pour se représenter la durée d'une semaine, qu'il s'en allait pour plus longtemps qu'il ne l'avait jamais fait. *C'est mieux comme ça pour lui*, se disait-il. *Il souffrira moins de mon absence s'il ne me voit pas partir.*

Il se demanda à quoi ressembleraient ses émotions quand il reverrait son fils sans le filtre des antidépresseurs. Il aimait cet enfant plus qu'il ne l'aurait cru humainement possible. À quoi ressemblerait la vie quand plus rien n'entraverait ce lien ? Une chose de plus dont il avait hâte de faire l'expérience. *Je pourrais être un meilleur père. Pas le genre à disparaître au beau milieu de la nuit.*

Le père de David monta Tanner dans la chambre située à l'étage de sa grande maison de Franklin Mills, une petite ville nichée au milieu des collines de l'est de l'Ohio. David le suivit, chargé d'un sac plein de vêtements, de tasses à bec, de berlingots de lait et de pièces de Meccano.

Il était 11 heures passées et la troisième femme de son père, une femme pleine de tendresse qu'il avait rencontrée cinq ans plus tôt à un bal des célibataires organisé par l'église, dormait ; la maison était plongée dans un silence seulement rompu par le tic-tac de l'horloge au-dessus de l'évier dans la cuisine. Les deux hommes redescendirent à pas de loup pour s'asseoir à la table à manger, un bloc de chêne qu'ils avaient trouvé sur le rivage du lac Berlin un samedi après-midi. Ce n'était pas la maison dans laquelle avait grandi David. Ces murs ne renfermaient aucun souvenir à ses yeux. L'endroit lui faisait plutôt l'effet d'une maison de vacances ou de convalescence, d'une cabane dans la forêt, d'une retraite façon *Walden ou la vie dans les bois*. Son père poussa vers lui un plat en métal contenant du crumble aux pommes et une cuillère à dents.

« Merci, dit David.

— Combien de temps pars-tu ? demanda son père, de sa voix grave et rauque qui remplissait la pièce jusque dans ses moindres recoins même quand il murmurait.

— Deux ou trois jours. Peut-être plus. Mais pas plus d'une semaine.

— Je croyais que tu en avais terminé avec le journalisme.

— Moi aussi.

— C'est quoi, l'histoire ?

— Usurpation d'identité. Et je suppose qu'on pourrait parler de "suicide non résolu". Un vieil ermite qui a reçu un plomb dans le ventre puis, apparemment, s'est coupé lui-même les doigts et les a passés au mixeur. Il s'est vidé de son sang au lieu d'appeler les secours.

— L'homme de Primrose Lane ?

— Tu en as entendu parler ?

— Sur WNIR 100 FM. » C'était une station de radio spécialisée dans les émissions de débats, basée à Ravenna – la plaque tournante des commérages et pronostics de la région. « Ils expliquaient que c'était probablement un ancien mafioso qui avait mouchardé. Et maintenant, ils disent que la coroner va peut-être revenir sur la cause de sa mort.

— Je sais. La balle n'a touché aucun organe vital.

Elle est ressortie proprement. Il aurait survécu s'il ne s'était pas coupé les doigts.

— Comment sais-tu que celui qui lui a tiré dessus ne l'a pas forcé à le faire sous la menace de son arme ? »

David haussa les épaules.

« La police scientifique semble penser que la façon dont les doigts ont été coupés indique qu'il l'a fait de son propre chef.

— Voilà qui est perturbant, commenta son père avec un frisson. Et toi ? Est-ce que ça va ?

— Qu'est-ce que tu veux dire ?

— Tu sais bien. Où tu en es, dans ta tête ?

— Ça va. J'ai décidé d'arrêter les antidépresseurs.

— Ta psy est au courant ?

— Oui. Elle est d'accord. »

Son père l'observa de ce long regard scrutateur qu'il avait eu le temps de perfectionner en trente-quatre ans de paternité. *On peut, pendant quelque temps, tromper tout le monde, ou tromper tout le temps une partie des gens*, avait l'habitude de déclarer son père, citant Lincoln, *mais on ne peut pas…*

« Mais on ne peut pas tromper son père », termina le vieil homme à sa place.

La télépathie : encore un talent en grande partie inutile que les parents développaient sans le vouloir.

« OK, admit David. Elle n'est pas d'accord. »

Pendant un moment, son père ne répondit rien, et David put presque entendre les rouages de son cerveau s'activer pour trouver une réponse adaptée. Son fils, il le savait, était d'ordinaire un homme responsable. Après la mort de sa femme, il s'était relevé, et avait élevé son fils pratiquement sans l'aide de personne. Il avait le droit d'avoir une mauvaise idée de temps en temps. *C'est un gamin étrange*, l'avait prévenu la propre mère de David. *Il veut toujours toucher le four pour voir s'il est encore chaud.*

« Eh bien, finit-il par répondre. J'ai arrêté la cocaïne du jour au lendemain. Il n'y a pas de raison que tu n'y arrives pas. »

Lorsque David regagna sa Coccinelle, il trouva un message vocal sur son portable. L'inspecteur Sackett.

« David, désolé de vous appeler à une heure si tardive. Si vous le pouvez, passez au poste demain matin, s'il vous plaît. J'y serai dès 8 heures. »

— *Hé, l'imposteur ! Qui t'es, connard ?*

Il était un peu plus de 2 heures du matin, et il était dans son bureau en train de redécouvrir sa page Facebook. Il avait été touché de voir qu'il avait désormais deux mille cinq cents amis, même s'il n'en connaissait pas la majeure partie. Plusieurs de ses camarades de lycée faisaient partie de la liste. Même Brian Pence, le héros de l'équipe de football qui, un jour, l'avait poussé avec une telle violence à l'intérieur d'un casier qu'il en était tombé dans les pommes. Le message était apparu dans la fenêtre de tchat, à côté de la photo d'une boîte de céréales Count Chocula, l'avatar de Katy.

— *C'est moi, Katy*, tapa-t-il. *J'ai rapatrié mon profil. Longue histoire.*

— *Qu'est-ce que tu fais debout à cette heure-là, vieux croûton ? Au fait, on peut se tutoyer ?*

— *D'accord. Et pour répondre à ta question, c'est dur de trouver le sommeil la veille d'un voyage.*

— *Où tu vas ? Je peux venir ?*

— *Bellefonte, Pennsylvanie. J'espère y trouver quelqu'un qui aurait connu l'HDPR.*

— *Cool. Au fait, merci pour les champis et la bière l'autre soir.*

— *Je t'en prie. Et toi, qu'est-ce que tu fais encore debout ?*

— *J'ai 22 ans. Je rentre seulement.*

— *Je vois. Comment va ton crétin de fiancé ?*

— *Hé, s'il doit se passer quelque chose entre nous, t'as pas le droit de parler de lui.*

— *Il se passe quelque chose entre nous ? Est-ce que j'ai raté un épisode ?*

— *Je veux dire, si t'en as envie.*

— *Tu peux définir « quelque chose » ?*

— *C'est ineffable. Mais sérieux, est-ce que je peux t'accompagner ? Je ne reprends le travail que mercredi...* ☺

— *Oh là... C'est vraiment tentant, mais je crois que j'ai besoin de faire ça tout seul.*

— *Sûr ?*

— *Pas vraiment.*

— *Bien. Préviens-moi si tu changes d'avis.*

— *OK.*

— *Bonne nuit, professeur.*

— *Toi aussi.*

Était-ce un papillon qu'il sentait voleter dans son ventre ? Il n'en était pas sûr. Cela faisait très longtemps, après tout. Mais il avait l'impression que oui. Et il songea que ce papillon solitaire serait bientôt rejoint par d'autres, à mesure que les effets du médicament se dissiperaient. Il l'espérait, en tout cas.

Nos plus grands moments de vérité ont souvent lieu dans les toilettes. La dernière purge de l'alcoolique qui a touché le fond. L'identification d'un trouble de l'alimentation. La première confrontation de l'enfant à la mort lorsque sa mère jette le poisson rouge dans la cuvette. Et, dans le cas de David, le premier pas sur la longue route menant à la reconquête de ses capacités mentales.

Peut-être n'est-ce pas une si bonne idée, songea-t-il. *Pourquoi ne puis-je pas me contenter de la vie que je me suis créée avec Tanner ? Pourquoi dois-je retourner à toute cette noirceur ?*

— *Parce que tu adores ça,* répliqua une autre voix dans sa tête, plus forte : celle de son âme véritable, voilée de ténèbres.

Si seul le fait d'écrire sur des meurtres lui avait manqué, il aurait pu accepter ce sacrifice et continuer les antidépresseurs.

— *Mais je veux retomber amoureux.*

— *Ce n'est pas Elizabeth. Tu ne la récupéreras jamais.*

— *Je sais. Mais peut-être que ça peut quand même être bien.*

L'équivalent de trois semaines de Rivertin tomba en pluie dans l'eau. Il regarda les pilules un moment. Il ne ressentit rien.

Sackett fit attendre David vingt minutes avant de lui ouvrir la porte blindée et de le conduire au bureau des enquêtes.

« On est ici, aujourd'hui », déclara-t-il en l'invitant à entrer dans une petite pièce sur sa droite.

L'endroit était banal. Carré, terne, sans le moindre ornement. Les seuls meubles étaient une table en acier et trois chaises. Sur le mur de gauche se trouvait ce qui semblait être un grand miroir, mais David savait qu'il s'agissait sûrement de l'un de ceux sans tain qu'on voyait dans les séries policières.

« Cool, dit-il. C'est une vraie salle d'interrogatoire, n'est-ce pas ?

— En effet », répondit Sackett.

Il fit signe à David de s'asseoir sur la chaise de l'autre côté de la table.

Alors que David obtempérait, un deuxième homme entra et referma la porte. C'était un mec costaud avec une épaisse moustache blanche en guidon de vélo. Il portait un jean et un polo qui moulait ses biceps. Un gros revolver doté d'une crosse couleur os dépassait d'un étui passé sous son bras gauche.

« Je vous présente l'ex-agent spécial Dan Larkey, fit Sackett. Il travaille sur l'affaire Joseph King avec moi, au titre de consultant auprès du FBI.

— Comment ça va ? » fit Larkey en serrant la main de David.

Il avait la voix râpeuse ; sa poignée de main fut ferme et brève.

« Enchanté de faire votre connaissance », dit David.

Sackett s'assit à son tour. Larkey resta debout, à se frotter lentement les mains comme pour les réchauffer.

« Est-ce qu'il y a eu un développement dans l'affaire ? demanda David.

— On peut dire, oui, répondit Larkey. Et important.

— Qu'est-ce qui s'est passé ?

— On a identifié l'empreinte digitale que le FBI avait relevée sur la tête de lit, fit Sackett.

— Waouh, fit David. C'est… C'est génial ! Qui c'est, alors ?

— Devinez, fit Larkey avec un sourire.

— Mmm… le jeune Beachum ?

— Non.

— Attendez une seconde. Il faut que je regarde ça de plus près, fit David en se levant pour s'approcher du miroir sans tain. Ils utilisent encore vraiment ce truc, hein ? Je pensais que tout se faisait avec des caméras, maintenant.

— On est un peu à la traîne », répliqua Sackett.

David approcha le nez du miroir, mit ses mains en œillères pour filtrer la lumière et tenta de voir de l'autre côté. Il distingua une rangée de chaises, un bureau et…

« Merde ! s'exclama-t-il. Nom de Dieu, ça m'a fait peur.

— Quoi ? demanda Sackett.

— Il y a quelqu'un là-dedans.

— Sans blague », fit Larkey.

Soudain, le sang monta aux joues de David. Son cœur se mit à battre la chamade, accélérant l'élimination des dernières traces de Rivertin dans son organisme. Il se retourna pour dévisager les deux hommes. Ils lui rendirent son regard.

« À qui était cette empreinte ? demanda-t-il.

— À votre femme », répondit Larkey.

David était incapable de penser. Ses oreilles bourdonnaient comme si elles étaient infectées.

« Vous savez ce qui fait un bon détective, David ? demanda Sackett. Ne répondez pas, je vais vous le dire. C'est sa capacité à se rendre compte qu'un suspect n'agit pas de façon naturelle. Vous savez pourquoi ? Parce que, parfois, c'est la seule chose qui vous indique que le gars que vous avez forcé à s'arrêter au bord de la route ne va pas dégainer un flingue et vous tirer dessus. Les fauteurs de troubles, les coupables, ils ont tous l'air louche. Pas coupable. Lorsque je vous ai montré la photo de l'homme aux mille moufles, je m'attendais à de la curiosité de votre part. Mais ce n'est pas ce que vous avez manifesté. Vous avez agi de façon louche. Comme si vous le connaissiez déjà.

— C'est faux. Je vous ai dit que je ne le connaissais pas.

— Mais je ne vous ai pas cru. Et ça m'a fait réfléchir. Peut-être… Peut-être… Et puis j'ai eu une intuition. J'ai étendu notre recherche d'empreintes à la base de données de l'enseignement public qui recense les empreintes des professeurs d'école. Cette empreinte que nous avons trouvée sur la tête de lit appartenait à Elizabeth. Et j'ai commencé à comprendre votre réaction.

— C'était l'empreinte du majeur de sa main gauche, David, enchaîna Larkey en s'asseyant sur la table comme un vieux matou. Mais on l'a trouvée sur le côté droit du lit. Pour ça, il fallait qu'elle soit allongée comme ça… » Il se pencha en arrière sur la table et tendit la main derrière sa tête pour attraper une colonne de lit invisible. « Vous avez compris ? Elle est sur le dos et elle s'agrippe à la tête de lit comme ça. Elle se le tape.

— Ça, je n'en suis pas certain, intervint Sackett. Il y a sûrement une autre explication, n'est-ce pas ? Je veux dire, Elizabeth était une femme magnifique. Et il était si vieux. Je n'arrive pas à imaginer la chose.

— Cette empreinte nous a permis d'obtenir un mandat de perquisition, qui nous a donné accès à votre coffre secret à Mansfield, reprit Larkey. On a trouvé votre 9 mm. Même calibre que l'arme utilisée sur l'homme de Primrose Lane.

— Il y avait aussi pas mal de fric dans ce coffre, et des passeports. Vous avez l'intention de partir quelque part ? En vacances ?

— Votre arme est examinée par des experts en

balistique à cet instant même. Nous aurons les résultats demain.

— Éclairez-moi, David. Elizabeth ne couchait pas avec ce vieillard. Impossible. Alors qu'est-ce qui s'est réellement passé ? »

David ne répondit rien. Son cerveau refusait de fonctionner assez vite. Chaque fois qu'il essayait de former une pensée, quelque chose empêchait ses synapses de transmettre l'information.

« Peut-être que j'ai raison de croire qu'elle se le tapait, suggéra Larkey. Avez-vous découvert que votre femme était une pute, David ? »

David serra les poings. La pièce s'assombrit, scintillant en périphérie de son champ de vision. Il se rapprocha de l'ex-agent fédéral.

« Hé, fit Larkey en se redressant, recule, ducon.

— On n'est pas d'accord sur les détails, David, intervint Sackett. Moi, je sais que c'était une femme bien. Je suis sûr qu'il y a une explication. Peut-être pouvez-vous m'aider à comprendre. »

David se tourna vers le miroir. L'homme qu'il avait vu derrière portait un costume chic. Le procureur ? Était-il sur le point d'être arrêté ? Était-il vraiment en train de vivre tout ça ?

« Qu'est-ce qu'elle faisait dans son lit ? insista Sackett. Aidez-moi, David. Pourquoi vous l'avez tué ? Qu'est-ce que vous avez découvert ?

— Laissez-moi vous soumettre une petite histoire, l'interrompit Larkey. Un écrivain célèbre se rend compte que sa femme a une liaison avec l'idiot du village. Il les surprend chez ce dernier. Lui tire dessus. La femme se suicide, par honte, culpabilité et peut-être juste pour se venger de l'écrivain. C'est un premier jet, mais ça a du potentiel, vous ne trouvez pas ?

— Ridicule, répondit David. Ça n'a aucun sens.

— David, fit Sackett en se penchant par-dessus Larkey. Où étiez-vous dans la nuit du 19 juin 2008 ? »

David n'était pas stupide. Il ne répondit rien.

« Je sais que vous l'avez tué, reprit Larkey. Il s'est peut-être coupé les doigts lui-même, pour je ne sais quelle raison tordue, mais c'est vous qui lui avez mis une balle dans le coffre. Et maintenant, vous savez que je sais. » Il se pencha pour murmurer à l'oreille de David, afin que les trois appareils d'enregistrement qui ronronnaient dans la pièce voisine ne puissent capter sa voix. « Je vais pas te laisser t'en tirer comme ça, petit connard d'arriviste. »

Combien de fois David avait-il écrit cette scène ? Une dizaine au moins. Tous les récits de meurtre en comportaient au moins une. Et une fois que les flics cuisinaient le suspect dans une pièce comme celle-ci, il le savait, les questions s'enchaînaient, à toute vitesse, pendant des heures, jusqu'à ce qu'il craque ou demande un avocat. Parfois, si ça durait assez longtemps, un innocent finissait par avouer juste pour en finir. Étant donné sa santé mentale déjà défaillante, il ne pouvait se permettre de prendre un tel risque. Bien sûr, s'il demandait à être représenté et qu'ils avaient déjà un chef d'inculpation, ils lui passeraient les menottes et le placeraient en détention provisoire avant de l'envoyer au tribunal pour une audience préliminaire. Il devrait verser une caution afin d'être libéré, mais qui sait combien de temps il faudrait à Bashien pour réunir la somme ? Mais David ne pensait pas qu'ils avaient eu le temps de contacter un grand jury, ni trouvé des preuves à lui présenter. D'une façon ou d'une autre, il en avait terminé ici. C'était un risque acceptable. Même Elizabeth lui aurait donné son aval.

« Je veux parler à mon avocat », déclara-t-il.

Sackett échangea un coup d'œil avec Larkey puis poussa un soupir. Il hocha la tête et l'ex-agent fédéral alla ouvrir la porte pour David.

Pas de menottes, donc. Pas pour le moment. Mais il voyait bien dans leurs yeux que, pour eux, ce n'était qu'une question de temps.

« Merci, lui dit Larkey lorsqu'il passa devant lui.

— Pour quoi ?

— Tom pensait que vous craqueriez. Je lui ai parié vingt dollars que vous nous compliqueriez la tâche. »

Interlude

La ballade de la grenouille de Loveland

1986. Au beau milieu de l'émission de Johnny Carson, le téléphone à cadran posé sur la petite table à côté du fauteuil de son père se mit à sonner. Everett Bleakney, 9 ans, appréciait toujours ce genre d'interlude. La soirée aurait été très ordinaire sans cela. L'appareil avait sa propre ligne ; il ne sonnait qu'en cas de grabuge. Et lorsqu'il le faisait pendant le week-end, le père d'Everett était obligé d'emmener son fils avec lui. C'était l'accord qu'ils avaient passé il y avait bien longtemps.

« Bleakney, fit son père en décrochant. Mmh mmh. Mmh mmh. Ah ! Hum. OK. Mmh mmh. Oui, merci. »

Everett, allongé sur le tapis du salon, leva les yeux.

« Va chercher ton manteau, lui dit son père.

— Ouais ! »

Sa mère, une femme au visage émacié qui, assise sous une lampe dans le coin de la pièce, était en train de lire *Fleurs captives*, fit entendre un murmure désapprobateur.

« Il est tard, chéri.

— Je vais juste faire une ronde, la rassura son mari en se levant et en finissant sa Yuengling d'un trait. Lana Deering a vu un animal sur Twightwee Road.

— Quel genre d'animal ? demanda-t-elle sans lever les yeux.

— Une grenouille.

— Une grenouille ?

— Une grosse grenouille.

— Très bien. Mais rentrez directement après. Et ne l'emmène pas chez Paxton.

— Ça ne les dérange pas.

— Je ne veux pas que mon fils traîne dans les bars.

— D'accord. On n'ira pas chez Paxton. » Mais, à Everett, il adressa un clin d'œil de conspirateur.

Installé sur le siège passager de la voiture de patrouille de son père, Everett se réchauffait devant les aérateurs du tableau de bord. Il faisait froid dehors, trop froid pour un début de septembre. Il y aurait peut-être même du givre sur le maïs au matin, avait prévenu le journal.

« Elle était grande comment, la grenouille qu'a vue Mme Deering ?

— Monstrueuse ; c'est le terme qu'elle a employé. Du moins, c'est ce que m'a dit Dory. » Dory était l'opératrice du vendredi soir. « Si j'ai bien compris, elle se trouve quelque part sur Twightwee Road, près de Camp Ritchie, et elle ne bouge pas. Mme Deering pense qu'elle est morte, qu'elle a été heurtée par un camion. Il faut que je l'enlève. Apparemment, ça ne peut pas attendre demain matin. »

Everett, qui avait caressé le projet de ramener la grenouille chez eux dans un seau pour qu'elle vive avec eux, ne cacha pas sa déception.

« Elle n'est peut-être pas morte, reprit son père. Qui sait ? On va bien voir. »

Dans le centre-ville de Loveland, l'obscurité

régnait. Tous les soirs à 23 heures, les réverbères s'éteignaient, plongeant les devantures des boutiques dans les ténèbres. Everett était toujours un peu troublé de voir sa ville ainsi. Elle était si animée pendant la journée ! Des couples d'adolescents se promenaient sur le pont enjambant la Little Miami, ses camarades de classe organisaient des parties de ballon dans le parc et les grands faisaient du lèche-vitrines. Mais la nuit venue, on aurait dit que l'endroit avait été évacué, comme si les gens savaient quelque chose qu'ignoraient Everett et son père. Là-bas cependant, près de la rivière, deux lampadaires restaient allumés en permanence : devant Paxton's Grill et Stacey's Drive-Thru. Le père d'Everett entra sur le parking de ce dernier et fit le tour du bâtiment pour atteindre le guichet.

L'intérieur formait comme un îlot de lumière au cœur des ténèbres, plein de bière, de chips et de matériel de pêche. Stacey – une créature filiforme aux cheveux qui puaient la cigarette – travaillait ce soir-là, bien sûr. Elle travaillait tout le temps. Et, d'après ce qu'elle répondrait ultérieurement à ceux qui lui poseraient la question, le père d'Everett avait l'air en parfaite santé lorsqu'il s'arrêta devant sa caisse.

« Qu'est-ce que ce sera, Ev' ? »

Il s'appelait Everett, lui aussi. Son fils était en réalité le troisième du nom.

« Deux canettes de Mountain Dew et deux paquets de Slim Jim, s'il te plaît. Et des chips. »

Elle rassembla les produits et les passa au chef de police. Qui lui tendit un billet de cinq.

« Où c'est que vous allez comme ça ?

— Twightwee Road, apparemment.

— Comment que ça se fait ?

— Lana a vu une grenouille là-bas. De la taille d'un doberman.

— Sans blague.

— Tu l'as dit, bouffi.

— Tu sais, une fois, mon oncle a pêché un poisson-chat gros comme un mastiff. Mais j'ai jamais entendu parler d'une grenouille de cette taille.

— M'est avis que ton oncle avait goûté à l'alcool de grain qu'il fabrique en douce dans sa remise, Stacey. »

Son fils fit entendre un gloussement.

« Sûrement, répondit Stacey. Hé, Ev'.

— Oui ?

— Tu crois que ça a quelque chose à voir avec l'explosion qu'on a entendue l'autre soir ?

— Une explosion ?

— Oui, comme un coup de tonnerre. Mais à te péter les oreilles. C'était vers minuit. Apparemment, des clients chez Paxton en ont entendu d'autres les soirs d'avant, mais c'est celle d'il y a deux jours qui a été la plus forte.

— Personne ne nous a prévenus, au poste.

— Ah bon ?

— Non. En tout cas, c'est pas remonté jusqu'à moi. Et perso, j'ai rien entendu.

— C'était super fort, Ev'. Avec d'autres, on se disait que c'était peut-être un avion à réaction, parce que Roldo – il était dans la marine à l'époque de la guerre du Vietnam, tu sais ? –, enfin, bref, Roldo, il dit que c'était un bang supersonique. Moi je sais pas, parce que j'en ai jamais entendu, mais tu sais s'il y aurait des jets qui passent en provenance de Dayton, quelque chose comme ça ? Ou de la base de Wright-Patterson, peut-être ?

— S'il y en a, je suis pas au courant.

— Enfin bref. Ça avait l'air de venir du côté de Twightwee Road. Je me disais qu'il y avait peut-être un lien, je sais pas.

— On sait jamais.

— Exact. »

Tandis qu'ils quittaient le parking de Stacey et s'enfonçaient dans l'obscurité en direction de Twightwee Road, Everett se redressa sur son siège, le sourire aux lèvres.

« Quoi ? lui demanda son père.

— Tu parles différemment quand tu es avec certaines personnes.

— Ça fait partie du métier, répondit Everett Senior en lui ébouriffant les cheveux. Elle croirait que je me donne de grands airs si je ne glissais pas une élision ou un mot d'argot de temps en temps. Les gens ont besoin de faire confiance à leur chef de police. Et ce n'est pas grave si certains, du coup, se croient plus intelligents que moi. » Il éclata de rire. « Maintenant, passe-moi un Slim Jim. »

Twightwee Road était une route gravillonnée qui coupait la Little Miami par un pont datant d'avant la guerre de Sécession. Le père d'Everett ralentit en approchant.

« Mets le spot », suggéra le garçon.

Son père fit tourner le grand projecteur pour le pointer droit devant lui et l'alluma. La nuit recula de plusieurs mètres tout autour du pont. Une lumière dure satura la route, volant leur couleur aux pierres et aux mauvaises herbes qui la bordaient. Aucune créature en vue.

« Peut-être qu'elle a regagné la rivière, dit Everett.

— Continuons quand même un peu. »

La voiture poursuivit son chemin au ralenti. Everett baissa sa vitre. Le bruit des pneus écrasant le gravier était fort, mais creux, également, et il évoquait la solitude. L'air frais lui mordait les joues et le lobe des oreilles. Lorsqu'ils passèrent au-dessus de la rivière, les effluves de l'eau boueuse bouillonnant en contrebas lui parvinrent aux narines : un mélange de terre, de poussière et de…

« Papa ?

— Qu'est-ce qu'il y a ?

— Tu sens ça ? »

Il y avait une odeur nouvelle dans l'air, une odeur qui n'était pas à sa place. À Everett, elle rappelait un peu celle d'une salle de cinéma. Son père, lui, repensa immédiatement à une fête de mariage où il avait rapporté un verre d'Amaretto Sour à la mère d'Everett.

« Ça sent l'amande, dit-il. Et quelque chose d'autre. Le blé ? Le haricot ?

— La luzerne ! s'exclama Everett.

— C'est ça. La luzerne. Bizarre. »

Ils continuèrent d'avancer. Il n'y avait pas de maisons à cet endroit, et les bois avaient commencé à dévorer lentement la route ; des touffes d'herbe se tendaient vers la route pour caresser la portière d'Everett avec un crissement léger, comme des doigts aux ongles mous.

« Attends ! s'écria soudain le garçon. Attends. Qu'est-ce qu'il y a là-bas ? »

Son père tourna le projecteur dans la direction qu'il indiquait, à gauche. Il y avait bien quelque chose là-bas, appuyé contre la berme.

« C'est juste un sac-poubelle.

— Tu es sûr ?

— Sûr et… »

La chose noire et ronde bougea. Son dos se souleva en ce qui était clairement une respiration laborieuse – puis retomba. Everett agrippa le bras de son père.

« Papa ?

— Quoi ?

— Qu'est-ce que c'est ?

— Pas une grenouille, en tout cas.

— Quoi, alors ?

— Je… Je ne sais pas. Peut-être un chien renversé par une voiture. Ou alors un petit ours.

— Un ours ?

— Peut-être. »

Le père d'Everett sortit son 9 mm trapu, un Smith & Wesson, de la boîte à gants ; il en ôta le cran de sûreté et le chargea.

« Qu'est-ce que tu fais ?

— Il faut que j'aille voir ce que c'est. On dirait qu'il souffre. Je devrais l'achever.

— Non, papa. Appelle plutôt Horace. Il sera encore debout. Dis-lui d'apporter son fusil de chasse. »

Son père sourit.

« Ça va aller, Scout. » Un surnom qu'il ne lui avait pas donné depuis plus d'un an. « Quoi que ce soit, c'est trop mal en point pour faire du mal à quiconque. Ça ne va prendre qu'une minute. Reste dans la voiture. »

Laissant sa portière ouverte, il se dirigea lentement vers la créature au bord de la route. Le revolver, qu'il tenait dans sa main droite, était pointé vers le sol.

Sans détacher sa ceinture, Everett regarda son père s'approcher de l'animal et le contourner, puis s'arrêter pour se pincer le nez.

« Qu'est-ce qu'il y a ? lui demanda-t-il en criant.

— Ça pue !

— Qu'est-ce que c'est ? »

Dans le faisceau lumineux du projecteur, son père se rapprocha un peu plus de la créature et la poussa du bout de sa chaussure. Elle oscilla un peu, mais ne bascula pas. Il la poussa de nouveau et, cette fois, elle faillit rouler, avant de retrouver sa position initiale. Au troisième coup de pied, elle prit brusquement vie. Everett la vit se redresser d'un bond, à croupetons, ses yeux rouges fixés sur son père. L'espace d'un instant, elle ressembla vraiment à une grenouille, avec sa peau d'un noir verdâtre, couleur d'excréments, et sa face large, humide et écrasée, percée de deux trous et d'une fente en guise de nez et de bouche. Celle-ci s'ouvrit, et ce qui en sortit fut un cri humain, chargé de souffrance. La bête leva une main palmée, couverte d'une écume noire qui dégoulinait sur la route.

Son père leva son arme mais elle referma immédiatement le poing dessus et la lui arracha des doigts pour la jeter dans les bois. Puis elle porta la main à sa taille et Everett remarqua pour la première fois la baguette métallique qui s'y trouvait, attachée à une espèce de ceinture. Le monstre referma la main dessus et la brandit. L'objet commença à émettre d'intenses étincelles bleutées en sifflant comme une fusée de détresse. L'odeur de luzerne devint douceâtre et écœurante. Tout ce qu'Everett pouvait désormais distinguer de son père était sa silhouette, de dos, éclairée à contre-jour par la lumière aveuglante de la baguette du monstre.

« Papa ! » s'écria Everett.

Les étincelles s'éteignirent brusquement et Everett scruta l'obscurité, cherchant son père. Mais la lumière avait été si éblouissante que, pendant quelques secondes, il ne vit plus rien. Puis il sentit la voiture osciller et sut que l'homme-grenouille était à l'intérieur, avec lui, et s'apprêtait à refermer la balafre qui lui servait de bouche sur sa gorge.

« Everett. »

Son père. C'était son père. Ouf. Il le distinguait à présent, en train de rentrer les jambes à l'intérieur de la voiture et de refermer la portière.

« Everett.

— Papa ? » demanda l'enfant, les yeux pleins de larmes.

Puis son père s'affala sur le volant, appuyant sur le klaxon dont le hurlement monotone fit voler le silence en éclats.

Everett détacha sa ceinture et repoussa le corps de son père contre le dossier de son siège. Sa peau était froide et grisâtre, ses yeux révulsés sous ses paupières. D'une main, il se tenait la poitrine. Trois ans plus tôt, son médecin l'avait prévenu qu'il était temps d'arrêter l'alcool et la viande rouge, qu'un jour son cœur recevrait un choc qui ferait se détacher un dépôt de graisse dans ses artères, et qu'alors la messe serait dite. Il lui avait rétorqué que la situation la plus palpitante à laquelle puisse être confronté un chef de police à Loveland était le défilé du jour du Souvenir. S'il avait su qu'il existait des hommes-grenouilles armés de bâtons laser, il aurait peut-être suivi les conseils de son médecin.

La mort de son père inspirerait à Everett un abject sentiment de culpabilité qu'il entretiendrait toute sa vie. Louveteau dans la troupe de scouts du coin, il avait fait exprès de manquer la réunion en juin où un auxiliaire médical était venu enseigner aux enfants les bases de la réanimation cardio-pulmonaire. Il avait séché parce que ça ne lui avait pas paru amusant.

Everett finirait par penser à appeler le poste par

radio. Mais, pendant un long moment, tout ce qui lui vint à l'esprit fut de poser la tête de son père contre sa poitrine et de lui caresser la joue comme celui-ci le faisait avec lui lorsqu'il était petit.

Lorsque Horace arriva, le monstre avait disparu. Et lorsque Everett raconta ce qui était arrivé à son père, personne ne le crut. Il était plus facile de penser que l'enfant avait été traumatisé par la mort prématurée de son père sous ses yeux. Qu'il préférait attribuer celle-ci à l'attaque d'un homme-grenouille plutôt qu'à une simple artère bouchée.

En fait, c'était un écrivain du nom de David Neff qu'il aurait dû tenir pour responsable.

Deuxième partie

Brune

Épisode 7

Sevrage

« Votre honneur, l'État appelle David Neff à la barre. »

Elizabeth prit la main de David dans la sienne avant qu'il se lève. L'assistant du procureur, Brice Russo, vétéran chevronné de la cour des plaids communs, était un homme ventru aux cheveux gris et bouclés. Il l'accueillit d'une tape amicale sur l'épaule et l'accompagna jusqu'à la barre des témoins à la droite du juge.

« Ça va ? demanda-t-il doucement.

— Ça va. »

David s'assit et parcourut la salle d'audience du regard pendant que Russo rassemblait ostensiblement ses notes, même si son véritable objectif était de laisser un moment aux jurés pour observer l'auteur et le voir comme le jeune professionnel éduqué dont il avait l'apparence ; un homme guère différent de leurs propres enfants ou de leur neveu préféré.

Aux yeux de David, le jury, assis sur deux rangs le long du mur juste à sa droite, ressemblait à une brochette d'imbéciles composée à la hâte : la vieille grosse qui conduisait le bus de ramassage scolaire ; le Noir fluet vêtu d'un polo d'emprunt qui faisait tout ce qu'il pouvait pour rester éveillé ; le vendeur en animalerie et détective en pantoufles qui avait déjà reçu un blâme du juge Jerald Siegel pour avoir levé les yeux au ciel pendant la déposition du médecin légiste. Juste à côté de lui était assise une femme astucieuse qui enseignait les sciences sociales aux enfants de 10 ans à l'école primaire de Parma. Ce serait elle le président du jury lorsque viendrait le moment d'en élire un, c'était pratiquement certain. « Établissez un contact visuel avec elle dès le début, lui avait ordonné Russo. Et souriez. »

Il croisa son regard, à moitié caché par des lunettes à double foyer, et sourit. Elle ne lui rendit pas son salut.

David reporta son attention sur la pièce. Elle était carrée et basse de plafond, avec des murs lambrissés de bois de mauvaise qualité. À gauche, Elizabeth était assise à côté du père de David, qui portait un costume emprunté à son fils et paraissait mal à l'aise dans ce cadre. L'oncle Ira était là, au fond de la salle. Russo continuait de fouiller dans un carton de rapports de police posé sur le bureau devant eux. Juste devant David était assis Riley Trimble, celui que ses déclarations avaient fait mettre derrière les barreaux : un homme en apparence simple d'esprit mais qui, lui aussi, jouait un rôle.

L'accusé semblait hors de son élément dans cette cour d'assises de Cleveland, arraché à son milieu rural et aux mains de la justice du comté de Medina (dont la majorité des habitants préféraient un bon lynchage) par les circonstances spéciales de son crime. Il était encadré par son équipe d'avocats, à la tête desquels Terry Synenberger, un ancien procureur fédéral adjoint qui s'était fait un nom en défendant certains des hommes d'affaires les plus éminents de Cleveland, parmi lesquels Scott Shick, « l'Homme d'acier », arrêté en 1999 pour avoir soudoyé des inspecteurs afin qu'ils ferment les yeux sur les substances cancérigènes que sa raffinerie rejetait dans la Cuyahoga. Synenberger était un homme musculeux et légèrement hâlé doté d'une grosse tête chauve. Derrière lui, David fut déçu d'apercevoir la famille de Sarah Creston, la petite fille morte qui refusait de mourir pour de bon. Dans ce monde à l'envers, ses parents soutenaient Trimble ; les enquêteurs du comté de Medina les avaient convaincus des années plus tôt que le responsable du meurtre de leur fille était Brune. Ils croyaient que David n'accusait Trimble du crime que pour s'attirer célébrité et fortune.

Russo cessa de s'activer et se retourna vers David, un bloc-notes jaune entre les mains. Il avait écrit deux ou trois choses dessus mais, encore une fois, c'était surtout un accessoire destiné à s'attirer les bonnes grâces des jurés. Ceux-ci, en effet, regardaient régulièrement *New York : police judiciaire* et ils avaient certaines attentes, comme celle de voir des avocats griffonner sur des blocs-notes jaunes, et des médecins légistes effectuer des tests ADN en moins de vingt minutes (et non six mois, comme le coroner du comté de Medina avait essayé de le leur faire comprendre).

« Veuillez déclarer votre nom pour le procès-verbal.

— David Joseph Neff.

— Où étiez-vous employé en 2007, David ?

— J'étais reporter pour l'*Independent*, le plus grand journal alternatif de l'Ohio.

— Pourriez-vous expliquer au jury ce qu'est, exactement, un journal alternatif ?

— C'est ce que j'essaie encore de comprendre moi-même. »

« Ne soyez pas trop sérieux », lui avait conseillé Russo. Mais il avait la gorge sèche, et une quinte de toux menaçait.

« Un journal alternatif est, comme son nom l'indique, une alternative aux journaux quotidiens. L'*Independent* ne sort qu'une fois par semaine. C'est l'un de ces magazines gratuits qu'on trouve dans les bars. Les étudiants le prennent pour voir quel groupe joue au Grog Shop le samedi ou quel film d'art et d'essai passe à la cinémathèque de Cleveland. C'est plus avant-gardiste que le *Plain Dealer*. Certains qualifient l'écriture de "sarcastique". Les articles sont généralement plus longs, et composés dans le style du Nouveau Journalisme, ce qui veut dire qu'ils suivent une structure narrative au lieu d'une composition en pyramide inversée comme les articles de quotidiens. Parfois, ça se lit comme un bon roman. »

Russo fit la grimace. *Le mot est mal choisi*, réalisa David.

« Mais ça reste du reportage basé sur des faits, tout comme le *Plain Reader*, le reprit l'avocat.

— Bien sûr. Ce que je voulais dire, c'est que c'est un peu plus agréable à lire parce que c'est raconté sous la forme d'une nouvelle. »

Le procureur hocha la tête puis s'interrompit, jetant un coup d'œil aux jurés.

« Monsieur Neff, pourriez-vous, s'il vous plaît, raconter au jury… comment vous en êtes venu à accuser le prévenu d'être un tueur en série ?

— Je vais faire de mon mieux », répondit David. Il tourna les yeux vers l'institutrice, cherchant son regard. « On peut dire que tout a commencé quand j'ai parlé de l'affaire Ronil Brune avec un autre reporter du nom de Frankie Thomas. Un soir, nous nous trouvions dans la salle de rédaction de l'*Independent*, et je lui ai dit : "Je crois qu'il est possible que Ronil Brune…

… ait été innocent." »

Cela faisait trois jours que David avait rapporté la boîte chez lui. Derrière le bureau voisin du sien, Frank se frotta l'arête du nez et soupira.

« Tu ne le penses pas vraiment.

— Je crois que si.

— Pourquoi ? »

David rapprocha sa chaise de Frankie qui, au moins, feignait d'être intéressé.

« Observons les faits. Ce que nous savons de Brune, de façon certaine. Il a environ 45 ans. C'est un comptable intelligent – "brillant", affirment même certains – et qui travaille pour une grande société d'Akron, n'est-ce pas ? En 1984, il vit tout seul dans un petit pavillon à Bath. Une femme se pointe chez ses voisins un lundi matin. Elle a dans les 35 ans, elle est nue et une menotte pend à son poignet. Elle raconte au vieux couple qui vit là qu'elle était retenue captive chez Brune depuis deux jours, et qu'elle vient de s'échapper après qu'il est parti au boulot. La police arrête Brune. La femme l'identifie comme celui qui l'a enlevée, torturée et violée de façon réitérée. Et lorsque son portrait paraît dans le *Beacon Journal*, trois autres femmes, toutes âgées d'une trentaine ou d'une quarantaine d'années, se présentent pour l'accuser de les avoir enlevées et violées elles aussi.

— Tu as raison ! Le portrait même du parfait innocent.

— Ne te moque pas et écoute-moi. Il n'y a aucun doute sur le fait que Brune était un violeur en série : il l'a avoué, il a reconnu avoir enlevé et violé ces femmes. On peut être d'accord sur le fait que c'est – que c'était – un très mauvais homme.

— Je ne te le fais pas dire.

— Je continue. Les flics fouillent sa maison et trouvent ces fameuses coupures de presse au sujet de Sarah Creston, une petite fille de 8 ans enlevée à Medina en 1982. Sarah a été violée, étranglée et jetée près d'un puits de pétrole. Sur son corps, on retrouve des poils de chat, gris, qui s'avèrent correspondre à des échantillons récupérés sur des vêtements de Brune et sur sa moquette. On n'a jamais trouvé l'animal lui-même, mais il est évident qu'il a vécu dans cette maison à une époque. Donc, les enquêteurs reviennent sur leurs affaires non classées de petites filles assassinées dans la région. Ils trouvent bientôt deux autres meurtres à mettre sur le dos de Brune : celui, en 1980, de Donna Doyle, 10 ans, retrouvée enveloppée dans un plastique qui avait servi à emballer un couvre-lit acheté par Brune, et celui, toujours en 1980, de Jennifer Poole, 10 ans aussi, sur le corps de laquelle on a retrouvé ces mêmes poils de chat gris. »

Frankie regarda David d'un œil légèrement inquiet. Et haussa les épaules, l'air de dire : *Et alors ?*

« Ce n'est pas logique, poursuivit David. Tu n'as jamais vu ces interviews de profileurs du FBI, sur A&E ? Ceux qui étudient ce genre de prédateur ? Ils expliquent que les tueurs en série deviennent toujours plus violents avec le temps. Un tueur ne commencerait pas par tuer des enfants pour ensuite enlever puis *relâcher* des femmes adultes. Et il se cantonnerait à une seule tranche d'âge.

— Allons. Personne ne sait ce qui se passe réellement dans la tête d'un tueur. Ils sont malades. Il n'y a rien de logique dans leurs actions.

— Brune a avoué pour les viols. Pourquoi pas pour les meurtres ? Il savait déjà qu'il allait mourir en prison.

— Il ne voulait pas être exécuté. Et il savait que s'il avouait ça, il aurait droit à l'injection létale.

— Je suis sûr que le procureur lui a proposé un marché. Prison à vie si tu avoues, pour que les familles puissent tourner la page.

— Tu lui as parlé, au procureur ?

— Non.

— Alors comment tu peux savoir ça ?

— Je ne fais que supposer.

— Eh bien arrête. Tu ne peux pas te contenter de supposer ce genre de chose. Si une femme entrait dans cette pièce et me disait qu'elle est ma mère, j'irais quand même demander confirmation à mon père, tu vois ce que j'essaie de te dire ? En journalisme, on ne fait pas de suppositions.

— Je n'avais pas l'intention d'écrire quoi que ce soit sans vérifier.

— Bien. Oh, et, au fait, comment comptes-tu expliquer qu'on ait trouvé chez ce type toutes ces preuves le liant au meurtre de ces fillettes, si ce n'est pas lui ? »

David sourit. Et pour la première fois, Frankie montra un intérêt réel.

« Quoi ? demanda-t-il. Qu'est-ce que tu as découvert ?

— Aucun de vous n'a jamais lu ce qu'il y avait dans cette boîte ?

— Moi, juste quelques pages. Cindy, environ la moitié, je crois. Pourquoi ?

— Comme je te l'ai dit, en 1984, lorsque la femme s'est échappée de chez lui, Brune vivait seul. Mais de 1981 à septembre 1982, à l'époque de l'enlèvement et du meurtre de Sarah, il avait un colocataire.

— Pourquoi est-ce qu'il n'en a pas été fait mention au procès ?

— Ça a vaguement été évoqué, mais les avocats de Brune n'ont pas exploité le filon. Ils n'ont pas expliqué aux jurés les doutes que cela pouvait soulever sur la culpabilité de leur client. Je crois qu'il est même possible que Brune leur ait demandé de ne pas le faire.

— Qui était-ce, ce colocataire ?

— Un jeune homme de 19 ans que Brune avait rencontré en faisant du scoutisme. Il l'a laissé habiter chez lui sans payer de loyer pour lui permettre de faire des économies. Et tiens-toi bien. Le gamin a démissionné de son boulot et a déménagé une semaine après qu'on a retrouvé le corps de Creston. »

Absorbé dans ses pensées, Frankie garda longuement les yeux fixés dans le vide à la droite de David. « Je suppose que c'est un autre suspect, finit-il par répondre. Mais tu es encore loin de pouvoir suggérer qu'il était impliqué.

— Je sais. Mais ce n'est pas rien, n'est-ce pas ?

— Ce n'est pas rien », reconnut Frankie.

« Vous n'avez rien ! » déclara le sergent Hugh Boylan en retournant un morceau de poisson du bout de sa fourchette.

À l'automne 1982, lorsque la petite Sarah Creston au carré blond avait été enlevée sur son vélo juste à la sortie de la ville, Boylan était un simple agent de la police de Medina. Plus tard, il avait arpenté le champ où le corps de la petite fille avait été trouvé, à la recherche d'indices. Depuis, il était monté en grade, et se préparait désormais à prendre sa retraite, après avoir refusé l'offre que lui avait récemment faite le conseil municipal de devenir le nouveau chef de police.

« Vous vous y prenez cinq ans trop tard, leur avait-il répondu lors de l'entrevue secrète qu'ils avaient organisée avec lui dans l'arrière-salle d'un troquet moisi. Alors vous pouvez tous aller vous faire foutre. J'ai un bout de terrain qui m'attend en Virginie-Occidentale et, dès que je toucherai ma pension, c'est là-bas que vous pourrez me trouver. »

La salle à manger du restaurant où David et lui se trouvaient était plongée dans la pénombre et, à 15 heures, ils l'avaient pour eux seuls.

« Qu'est-ce que vous voulez dire par "vous n'avez rien" ? » demanda David.

Boylan haussa les épaules.

« Aucune preuve. Qu'est-ce que vous avez ? Un mec qui habitait peut-être avec lui à l'époque où Sarah a été assassinée ?

— S'il vivait vraiment là-bas, il était obligé de savoir ce que faisait Brune.

— Ah ouais ? » Boylan releva les yeux de son assiette, et David sentit qu'il essayait de déterminer le degré exact de stupidité du jeune reporter qui se trouvait devant lui. « À cause des poils de chat qu'ils ont trouvés sur le corps de cette fillette ? Juste parce qu'ils étaient identiques à des échantillons récoltés dans sa maison, vous pensez que Sarah y a été ? Vous tirez des conclusions trop hâtives.

— Aidez-moi à comprendre.

— Des poils de chat, il y en avait aussi plein sa camionnette. Peut-être que c'est là qu'il l'a retenue tout ce temps. »

Sur ces mots, Boylan enfourna une autre bouchée de cabillaud sous sa moustache.

David se frotta distraitement l'arrière du crâne.

« Monsieur… euh, inspect… je veux dire, sergent

Boylan ? J'espérais que vous m'autoriseriez à jeter un œil aux rapports de police et autres archives liés à cette affaire.

— Pourquoi vous voulez voir tout ça ? demanda le policier en s'essuyant la bouche.

— Eh bien, et si ce n'était pas Brune le vrai coupable ?

— C'est lui. J'étais là, j'ai tout suivi. L'arrestation. Le procès. C'était un monstre. Il a violé ces femmes. Et tué ces petites filles. Écoutez, vous êtes encore dans une petite ville, ici. Tout le monde connaît les Creston. Tout le monde connaissait Sarah. Vous n'étiez pas là, mais ce meurtre a failli détruire cette ville. Son âme. Classer l'affaire nous a permis de retrouver un peu de paix. Je ne sais pas ce qui se serait passé s'ils n'avaient pas attrapé Brune, s'ils n'avaient pas trouvé la preuve qu'il était impliqué dans le meurtre de Sarah. On ne veut voir personne rouvrir cette plaie-là. J'aime à penser que j'ai l'esprit ouvert, alors je serai peut-être intéressé par tout ce que vous pourrez trouver qui indiquerait que ce Trimble savait ce qui se passait. On pourrait peut-être le choper, lui aussi. Mais je ne veux plus vous entendre suggérer que Brune était innocent. J'ai assisté à son exécution. Et cette nuit-là, j'ai dormi comme un bébé.

— Alors, est-ce que je peux…

— Putain, c'est pas vrai ! “Est-ce que je peux voir les rapports ? Est-ce que je peux voir les rapports ?” Oui, vous pouvez les voir, nom de… » Boylan interrompit sa phrase, les yeux fixés sur l'autre bout de la pièce. « Désolé, se reprit-il, secouant la tête. C'est juste que… Il n'arrivait pas à… Il souffrait de problèmes érectiles. Alors il l'a violée avec un tournevis. Elle l'avait toujours dans le ventre quand on a trouvé son corps. Il lui avait mis des pinces en métal sur les tétons et les avait reliées à une batterie de voiture. La peau avait complètement brûlé à cet endroit. Ce genre de choses, ça ne s'oublie pas. Et c'est ça que vous allez lire dans ces dossiers, David. » Il plongea son regard dans les yeux du reporter. Il était déprimé, comprit celui-ci. Non, pas déprimé : hanté. « Vous êtes sûr de vouloir avoir ces images dans la tête ? »

En attendant que Boylan lui photocopie les rapports de police, David dénicha les notes du procureur sur le procès.

« Cela fait bien une vingtaine d'années que je n'ai pas ouvert ce dossier moi-même, lui avoua Martin Baxter, le procureur du comté, au guichet de l'accueil. Il est probablement sur microfilm, maintenant. Vous pouvez y jeter un œil si vous le souhaitez. »

Le microfilm contenait beaucoup plus de documents que David ne l'avait pensé. Trop pour qu'il ne s'agisse que de dépositions de témoins et de transcriptions. Il ne lui fallut pas longtemps pour comprendre pourquoi : le témoignage pour le grand jury en faisait aussi partie.

Les témoignages présentés à un grand jury dans l'Ohio étaient tenus secrets, une exception aux lois généreuses de cet État concernant les archives publiques. Il était expressément interdit aux journalistes de consulter ces documents. Les procureurs prétendaient qu'ils avaient besoin de cette précaution pour pouvoir amener des informateurs devant le grand jury sans compromettre leur sécurité. La vraie raison était que cette présentation devant un grand jury leur servait souvent de galop d'essai ; à leurs yeux, elle représentait surtout une occasion de tester une stratégie spécifique, histoire de voir si elle serait acceptée par un jury normal. Grâce à ce système, les procureurs pouvaient recommencer encore et encore jusqu'à ce qu'ils trouvent une stratégie qui leur permette d'obtenir une mise en examen. Il existe un vieux dicton, dans l'Ohio : un bon procureur peut faire inculper un sandwich au jambon.

David garda son sang-froid. Il entreprit d'imprimer chaque page, les parcourant en diagonale au fur et à mesure qu'elles sortaient, et priant pour avoir le temps de copier tout ce dont il avait besoin avant que le bureau se rende compte de l'erreur.

Trimble avait donné son témoignage devant le grand jury. Martin Baxter, alors jeune et ambitieux procureur adjoint, avait mené l'interrogatoire.

BAXTER : Est-ce que votre ami Ronil Brune vous a jamais parlé de kidnapper des petites filles ?

TRIMBLE : Pas des petites filles, mais des femmes, oui.

BAXTER : Qu'est-ce qu'il disait ?

TRIMBLE : Des trucs du genre : toutes les femmes fantasment sur l'idée de se faire violer. Secrètement, elles veulent qu'on les prenne de force, et il n'y a pas de mal à le faire tant qu'on les relâche ensuite.

BAXTER : Est-ce qu'il vous a dit comment il procéderait ?

TRIMBLE : On a tous les deux trouvé des idées. Par exemple, j'ai suggéré de souder le crochet au plancher de sa camionnette.

BAXTER : Quoi ?

TRIMBLE : Mais je pensais que c'était juste des paroles en l'air, OK ? Un de ses fantasmes. J'aimais bien aller faire du repérage avec lui en voiture, chercher des filles sur leur vélo là-bas dans la campagne. Juste pour rigoler, pas pour de vrai. On passait devant sans s'arrêter. C'était un peu comme de relâcher une truite après l'avoir attrapée. Je pensais qu'il faisait que parler.

BAXTER : Dites-nous ce que Brune faisait.

TRIMBLE : Eh bien, je ne l'ai jamais rien vu faire, mais il en parlait beaucoup.

L'interrogatoire se poursuivait ainsi sur plus de quarante pages. À chaque fois que Trimble laissait échapper un élément susceptible de l'incriminer, Baxter détournait ses réponses pour impliquer Brune. Il était évident que le jeune procureur mettait une stratégie à l'épreuve auprès du grand jury : il dépeignait Brune comme un tyran qui voulait tout contrôler, et Trimble comme son protégé influençable.

BAXTER : Est-ce qu'il arrivait que Brune ramène des femmes chez vous ?

TRIMBLE : Oh, seulement, vous savez, des filles avec qui il sortait. Des femmes, je veux dire.

BAXTER : Et est-ce qu'il couchait avec elles dans la maison ? Est-ce qu'il était violent ?

TRIMBLE : Il pouvait pas coucher avec elles. Ça avait quelque chose à voir avec une blessure qu'il s'était faite au football. Il me demandait de le faire à sa place. Il y en a plein que ça branchait. Il nous regardait. Il aimait que je leur mette des objets dedans.

BAXTER : Quel genre d'objets ?

TRIMBLE : Des vibros. Le haut d'une quille de bowling. Ce genre de choses.

Alors qu'il imprimait la dernière page, David se rendit compte qu'il n'avait pas vu le temps passer. Il était 3 h 45. Il n'avait pas appelé son rédacteur en chef. Il avait oublié de passer récupérer les rapports de Boylan. Et il allait arriver en retard chez lui, alors qu'il avait rendez-vous avec Elizabeth ; ils avaient prévu d'aller courir ensemble dans le parc à 5 heures.

Dès qu'il fut ressorti des oubliettes de la salle des microfilms, son portable, qui avait retrouvé du réseau, sonna. Andy, son rédacteur en chef, lui avait laissé plusieurs messages. Le dernier, un texto, disait simplement : *Hé, ducon. Je suis en train de boire un coup au Harbor Inn. Retrouve-moi.*

Lorsqu'il arriva enfin à Cleveland et se fraya un chemin à travers les Flats, empruntant le pont tournant pour gagner le petit bar de briques rouges meublé de bancs en bois où toutes les bières étaient à la pression, Andy était bourré et furieux.

« Ces conneries avec Brune, dit-il à David après lui avoir payé un shot de whiskey irlandais, faut que ça cesse. Cindy m'a dit sur quoi tu travaillais. Très bien. C'est une perte de temps, mais très bien. Tant que tu fais ça pendant ton temps libre. J'ai besoin d'articles plus courts. Et plus nombreux. Il me faut quelque chose pour cette semaine, ou on n'a plus de journal. Et si on n'a plus de journal, mes enfants n'ont rien à bouffer. Tu ne veux pas arracher le pain de la bouche de mes gamins, si ?

— Non.

— Bien. Alors ponds-moi mille deux cents mots sur ce crack des sciences qui arrive à Kent. Ce soir. »

Elizabeth était contrariée. Une fois de plus, il manquait le dîner et la condamnait à une soirée de solitude chez eux. Par un mécanisme de défense instinctif, il sentit la colère le gagner. Comme si elle y était pour quelque chose.

De retour au journal, il feuilleta les notes qu'Andy lui avait laissées. Le savant était un homme du nom de Ronald Mallett. C'était un physicien théoricien qui avait conçu un moyen de tordre la trame de l'univers à l'aide de rayons laser à haute énergie pour lui donner la forme d'une boucle : un peu comme on crée un vortex dans son café avec une cuillère. Il était venu à Kent pour la promotion de son livre.

C'étaient des notions difficiles à assimiler ; David avait suivi un cours d'introduction à l'astronomie à l'université, mais il s'agissait là de quelque chose de beaucoup plus avancé. Ce que Mallett essayait de faire *en gros*, c'était d'envoyer une particule subatomique – « de l'information », comme il disait – dans le passé. Quelques minutes seulement dans le passé, certes. Mais si ça fonctionnait… Eh bien, c'était carrément génial.

À sa grande surprise, David trouva le numéro de Mallett dans l'annuaire en ligne et réussit à décrocher une interview au pied levé pour le soir même, un peu après 20 heures. Mallett lui raconta la mort soudaine de son père lorsqu'il était très jeune, et comment cet événement l'avait poussé à se lancer dans cette quête d'un moyen de voyager dans le temps. Malheureusement, sa machine ne permettait de revenir, au mieux, qu'au moment où elle avait été mise en marche. Retourner cinquante ans en arrière pour sauver son père était impossible ; c'était là une révélation amère.

Une seule des questions posées par David parut digne au savant d'un peu de considération. C'était celle-ci :

« Si cette machine que vous construisez permet un jour d'envoyer des informations dans le passé, seriez-vous vraiment obligé de le faire ? Je veux dire, imaginons que je décide de m'envoyer la cotation actuelle des actions en Bourse en début de journée pour pouvoir spéculer en connaissance de cause. Eh bien, lorsque j'allume cette machine le matin, ce message devrait déjà m'y attendre, n'est-ce pas ? Parce que, à un moment ou à un autre dans le futur, je vais me l'envoyer. Maintenant, je me sers de l'info pour boursicoter, mais ensuite je décide de ne pas renvoyer l'info dans le passé à la fin de la journée. Pourquoi le ferais-je ? J'en ai déjà profité.

— Vous parlez là de l'*intentionnalité*, répondit Mallett. Il faut que vous ayez pris la décision d'envoyer cette information dans le passé quoi qu'il arrive. »

Mais David n'était pas convaincu.

Il soumit un brouillon à 1 h 17 du matin, un peu après l'heure limite, mais il ne pensait pas qu'Andy lui en voudrait beaucoup. L'article était intitulé « Maître de l'Univers ». Pas de quoi crier au Pulitzer. Même agrémentées d'un copieux arsenal de métaphores populaires, ses explications scientifiques étaient trop complexes, et le style général aurait pu être un peu amélioré. Mais au moins, il était fini.

Le lendemain après-midi, tandis que David, assis à son bureau dans les locaux de l'*Independent*, les joues mal rasées et les paupières tirées vers le bas par un poids invisible, ruminait tristement sa dispute matinale avec Elizabeth et angoissait à l'idée que, pendant qu'il s'occupait d'autre chose, le mystère de Brune lui filait entre les doigts, Andy passa à côté de lui et lui donna une tape affectueuse sur la tête.

Et cela lui fit plaisir, n'est-ce pas ? D'être à nouveau apprécié ? Bien sûr. Bien sûr.

Et puis, de toute façon, la journée n'était pas terminée ; il lui restait encore un peu de temps pour faire des recherches. S'il partait tout de suite, il arriverait à Medina avant la fermeture de la salle des archives. Il se demanda quels secrets se cachaient…

… dans les rapports de police que Boylan avait photocopiés pour vous à Medina ? demanda Russo en s'appuyant légèrement sur la cloison qui ceignait le jury comme un enclos. Qu'avez-vous découvert ?

— Un entretien avec Riley Trimble, qui est assis là-bas », répondit David en indiquant du doigt le prévenu.

L'interpellé était un homme émacié aux cheveux courts et gris, qui approchait de la cinquantaine. Il portait une combinaison orange deux fois trop grande pour lui, mais n'était pas menotté. David ressentait encore la terreur animale qui s'était emparée de lui quand il avait vu pour la première fois le visage de Trimble dans le noir, par la fenêtre de sa voiture, flottant tel un fantôme de l'autre côté d'une pelouse jonchée de déchets.

Russo s'approcha de sa table pour y prendre quelques feuilles. Il en tendit une à l'avocat en charge de la défense de Trimble, Terry Synenberger, et une autre au juge Siegel.

« L'État présente la pièce à conviction n° 9. Un rapport de police écrit par Shane Somersby, inspecteur de la police de Medina, daté du 27 octobre 1984. David, pourquoi ce rapport a-t-il revêtu une importance particulière à vos yeux ?

— Je l'ai trouvé intéressant pour deux raisons. D'abord, à l'époque où il a été écrit, Brune n'était encore qu'un suspect dans l'affaire du meurtre de Sarah Creston, et c'est pour cette raison qu'on interrogeait son colocataire, Trimble. La police avait été informée que ce dernier avait habité chez Brune cet été-là, et elle voulait savoir s'il avait remarqué quoi que ce soit d'étrange dans la maison. D'après ce rapport, Trimble a dit à l'enquêteur qu'il était retourné vivre chez ses parents, à Marietta, le 10 septembre 1982. J'ai trouvé cela significatif parce que Sarah a été enlevée le 6. Son corps a été retrouvé le 9, et les chasseurs de tortues qui l'ont découvert ont déclaré qu'il devait avoir été déposé le jour même, car ils se trouvaient déjà dans le coin la veille et n'avaient rien vu. Si Brune avait kidnappé Sarah et l'avait ramenée chez lui comme il l'a fait plus tard avec les femmes qu'il a violées, j'estimais très possible que Trimble ait été au courant, ou même qu'il ait été son complice. Je trouvais curieux qu'il ait déménagé le lendemain du jour où le corps de Sarah avait été retrouvé. Cela me laissait à penser que, peut-être, il avait voulu prendre ses distances par rapport au lieu du crime. Par ailleurs, à un moment, l'enquêteur a demandé à Trimble s'il serait prêt à fournir ses empreintes digitales et à se soumettre à un détecteur de mensonges. Et Trimble a refusé.

— Et peu de temps après, vous avez rencontré Riley Trimble pour la première fois, n'est-ce pas ?

— Oui.

— Monsieur Neff, pourriez-vous, s'il vous plaît, raconter cette première rencontre aux jurés ?

— Oui. La première fois que je l'ai vu, il m'a proposé de me tailler une pipe. »

∞

Combien de temps avant que je me retrouve à nouveau au tribunal ? se demandait David, quatre ans plus tard. *Combien de temps avant que ce soit moi qui porte cette combinaison orange ?*

Installé au volant d'une voiture de location, un véhicule bleu et compact qui évoquait plus un engin de torture japonais qu'autre chose, il filait sur l'autoroute I-80 en direction des contreforts arrondis de l'ouest de la Pennsylvanie ; sa Coccinelle n'aurait jamais réussi à traverser les montagnes. Le volant était inconfortablement bas et le dossier lui rentrait dans les reins. Tout cela l'aurait un peu plus dérangé s'il n'avait eu des soucis plus importants en tête, comme le fait qu'il était le seul suspect dans la tentative de meurtre de l'homme sur lequel il enquêtait, par exemple, ou la possibilité qu'Elizabeth ait eu une liaison avec l'homme de Primrose Lane, ou encore l'arrivée probablement imminente des premiers symptômes de manque. Il avait déjà engagé Synenberger. Et même si celui-ci savait bien que David avait désormais les moyens de payer le tarif aristocratique, il n'avait accepté que deux mille cinq cents dollars. « Après le fiasco avec Trimble, avait-il déclaré, je vous dois bien ça. Et puis, de toute façon, toute cette affaire sera bientôt oubliée. C'est ridicule. »

Brièvement, David avait envisagé de renoncer à comprendre qui était véritablement l'homme de Primrose Lane. Si Sackett apprenait qu'il menait encore l'enquête, il serait peut-être assez furieux pour l'arrêter pour entrave à la justice ou intimidation de témoins. Et peut-être assez persuasif pour convaincre le procureur. D'un autre côté, si les choses en arrivaient là… si le ciel tombait sur la tête de David et qu'on le mettait en examen pour tentative de meurtre sur la base de présomptions… il était important que, d'ici là, il rassemble autant d'informations que possible sur la victime. S'il pouvait trouver qui était réellement l'homme de Primrose Lane avant de se faire appeler

Joe King, peut-être qu'un suspect plus plausible se présenterait.

Et c'était comme pour l'affaire Sarah Creston, se rendit-il compte : quand bien même le voudrait-il, il ne serait pas capable de laisser tomber. On avait trouvé l'empreinte digitale de sa femme sur la tête de lit de cet homme. Au diable la véritable identité du meurtrier de Joe King ; le seul mystère qu'il se sentait véritablement obligé de résoudre, c'était la raison qui avait pu pousser Elizabeth à se retrouver dans cette maison de Primrose Lane. Il ne pensait pas que sa femme l'avait trompé. Pas avec un vieil ermite. De toute façon, ce n'était pas dans sa nature. Exception faite de la tante Peggy, David représentait sa seule véritable famille. Aurait-elle mis cela en péril ? Il en doutait beaucoup. Cela dit, il n'aurait jamais imaginé non plus qu'elle soit du genre à se suicider.

Qu'ils aient trouvé son revolver dans son coffre était plutôt une chance, en fait. Sackett et Larkey étaient tellement sûrs qu'il s'agissait de l'arme du crime qu'ils reviendraient peut-être sur leur hypothèse lorsque l'étude balistique prouverait qu'elle n'avait pas été utilisée dans l'affaire.

Il avait parcouru la moitié du chemin lorsque les premiers symptômes de manque commencèrent à se faire sentir. Leur apparition fut soudaine, et il sut aussitôt de quoi il s'agissait. Cela commença par une sensation de vertige, comme s'il appuyait le front contre la vitre d'un appartement très en hauteur pour regarder les voitures en contrebas et ressentait la distance qui le séparait du sol, imaginant la brusque caresse du vent qui envelopperait son corps s'il passait à travers le verre. Il se gara sur le bas-côté de l'autoroute, ouvrit sa portière et vomit sur le gravier. Les vestiges d'un Egg

McMuffin et d'un grand café se transformèrent, sur le sol, en une peinture abstraite. Lorsqu'il se redressa, il se sentit plus léger, comme si son cerveau avait rétréci de deux ou trois centimètres et flottait dans son crâne, heurtant de temps à autre sa boîte crânienne.

À l'aire d'autoroute suivante, il s'arrêta pour prendre un soda au gingembre et un cachet pour la tête et, pendant un temps, les symptômes s'apaisèrent. Ce n'est qu'à l'approche du Bush House Hotel qu'il sentit la première vague de chaleur passer sur son front.

Il entra dans l'hôtel en poussant ses bagages sur un chariot et prit la plus grande chambre disponible : une suite de quatre pièces au dernier étage donnant sur Spring Creek. Il n'y avait pas d'ascenseur et il se sentait trop mal pour monter à pied les trois étages, aussi laissa-t-il ses bagages à la conciergerie et demanda qu'on lui indique le chemin de la maison de retraite Zion Elder Care, où vivait désormais Carol Dechant, une parente encore en vie de Joe King, l'alter ego de l'homme de Primrose Lane.

« Son fils est avec elle en ce moment, lui révéla le réceptionniste qui l'accompagnait, un homme assez gros avec un cheveu sur la langue. Chambre 119, au bout du couloir. »

C'était une petite chambre jaune. Carol Dechant était allongée, et son lit était relevé pour lui permettre de regarder Dr Phil à la télévision. Dans un fauteuil à son côté était assis un homme d'une quarantaine d'années, mince et doté de grandes lunettes à double foyer : son fils.

« Monsieur Dechant, votre mère a un visiteur », annonça le réceptionniste, avant de repartir rapidement.

Il était évident qu'il n'aimait pas beaucoup le fils de Carol.

« Qui êtes-vous ? » demanda celui-ci.

David fit comme si la sécheresse du ton lui avait échappé et afficha un sourire ; exercice délicat, avec son envie de vomir. Malgré tous ses efforts, la main qu'il lui tendit par-dessus le corps de Carol tremblait légèrement.

« David Neff. Je suis un reporter d'Akron et je prépare un article sur Joe King. »

L'homme lui serra la main.

« Spencer Dechant. Vous connaissez ma mère ? »

David perçut de l'inquiétude dans la voix de son interlocuteur. De quoi avait-il peur ?

« Non », répondit-il en regardant Carol pour la première fois.

Elle avait au moins 80 ans, et sa peau avait pris l'aspect lustré et translucide du grand âge. Ses yeux étaient fixés sur la télévision, mais il voyait bien que plus rien n'arrivait à son cerveau. Son œil droit était marbré par la cataracte. L'étincelle de la vie avait disparu mais elle avait manifestement été, dans sa jeunesse, une superbe femme aux longs cheveux blonds. David comprit aussitôt la raison de l'inquiétude de Spencer : sa mère était sénile. Ce devait être lui qui avait lancé l'action en justice pour tenter de récupérer la fortune de l'homme de Primrose Lane. Bientôt, Carol mourrait et Spencer, son seul descendant, se trouverait en position d'hériter de plusieurs millions de dollars. Peut-être, lorsqu'il imitait la signature de sa mère sur les papiers que son avocat lui laissait signer, justifiait-il son acte à ses propres yeux en se convainquant que c'était ce que Carol voulait.

« Elle a un jour sans, expliqua Spencer.

— Est-ce qu'il lui arrive encore d'avoir des jours avec ?

— Bien sûr. Tout le temps. Hier encore, elle m'a battu au rami. La plupart du temps, elle est très lucide. C'est juste un jour sans aujourd'hui. Comme je vous l'ai dit. » Il s'interrompit pour déglutir. « Alors, qu'est-ce qui vous amène ? Si vous aviez appelé avant, j'aurais pu vous prévenir. J'espère seulement qu'elle sera en meilleure forme demain ; je ne voudrais pas que vous ayez fait un si long chemin pour rien.

— Hmm hmm », fit David en se frottant le menton.

Il regarda un moment la télé, feignant de s'intéresser à ce que Dr Phil avait à dire sur les mariages d'adolescents ; dans sa tête, cependant, il s'imaginait sortir une cigarette du paquet qu'il pouvait sentir dans sa poche, pressé contre sa cuisse, en cet instant même ; la placer entre ses lèvres et en goûter le poison, les produits chimiques douceâtres qui imprégnaient le bout de sa langue. De nouveau, son estomac se souleva mais, comme il n'avait plus rien à vomir, la nausée passa.

« Votre mère vous a-t-elle jamais dit si elle savait qui était vraiment l'homme de Primrose Lane ? »

Spencer secoua la tête.

« Lui avez-vous seulement posé la question ? insista David.

— Non.

— Les voleurs d'identités s'attaquent d'abord à leur famille et à leurs amis. Votre mère connaissait-elle un ami proche, ou le fils d'un ami, qui aurait disparu il y a des années, de façon étrange, sans prévenir ?

— Si c'est le cas, elle ne m'en a jamais parlé.

— Vous en êtes sûr ?

— Oui.

— Spence.

— Spencer.

— Spence, insista David. Je reconnais que je suis

un peu rouillé, ça fait plus de quatre ans que je n'ai pas mené d'enquête, et, pour vous dire la vérité, je n'étais pas particulièrement doué quand je le faisais régulièrement. Mais je crois que vous me mentez.

— Je…

— Peut-être que vous ne me mentez pas, mais il y a quelque chose que vous ne me dites pas. » David fit le tour du lit et l'homme se recroquevilla dans son fauteuil, s'attendant peut-être à ce que l'écrivain le frappe. « Je le vois dans vos yeux. Vous avez la même expression que mon fils quand je le prends en flagrant délit. Vous pensez que si vous me révélez votre secret, je ferai en sorte que vous ne receviez pas un sou de cet argent. Mais, Spence, je m'en tape complètement, de ce fric. Rien à foutre de qui le récupère. Rien à foutre, même, ou pas grand-chose, du fait que vous abusiez de votre mère malade pour mettre la main dessus. C'est chacun pour soi, de toute façon, pas vrai, Spence ? Et puis, de toute façon, elle le ferait elle-même si elle était encore en état, je me trompe ? »

Spencer ouvrit la bouche pour répondre, mais la referma lentement.

David s'arrêta à trente centimètres de lui.

« Voilà où je veux en venir, Spence. Je me contrefous de ce que vous manigancez. Vous n'êtes pas le premier descendant à vous impatienter. Mais je vous promets une chose : rien de ce que vous me direz n'affectera vos chances de gagner ce procès. Les détails afférents resteront entre nous. Motus et bouche cousue, comme on dit. Je vous donne ma parole de ne pas vous mentionner dans mon prochain livre.

— Un homme est passé chez elle, lâcha rapidement Spencer. Il y a environ cinq ans, avant qu'elle tombe malade. C'est mon beau-père qui me l'a dit avant de faire sa crise cardiaque en 2008. Bref, cet homme est venu poser les mêmes questions que vous. Mais… poliment. Il essayait de trouver l'homme de Primrose Lane. Ça devait être environ un an avant que ce dernier soit tué chez lui à Akron.

— Qui était cet homme ?

— Il a dit qu'il s'appelait Arbogast.

— Un pseudo.

— Oui. Arbogast, c'est le mec dans *Psychose.* »

David hocha la tête.

« Qu'est-ce que votre mère lui a dit ?

— Qu'il devrait aller voir Frank Lucarelli.

— Qui c'est, celui-là ?

— Le propriétaire de la pizzeria en haut de Lamb Street.

— Pourquoi lui a-t-elle dit d'aller voir ce type ? »

Spencer haussa les épaules.

« Elle était sortie avec lui quand elle était plus jeune, avant de rencontrer mon père.

— Votre beau-père ne vous a rien dit d'autre sur cet Arbogast ?

— C'est tout ce dont je me souviens.

— OK. Merci de votre aide, Spence. »

David se dirigea vers la porte.

« David… » fit une voix portée par la brise, comme le bruissement d'un rideau devant une fenêtre ouverte.

Elle s'était redressée dans son lit, et tendait vers lui de longs doigts pâles. Sa couverture était tombée, révélant une fine chemise d'hôpital vert pâle, mouchetée de vieilles taches de nourriture. À moins que ce soit du sang ?

David regarda Spencer, qui avait ramené ses pieds sous lui en quelque geste de défense.

« Elle ne me connaît pas, si ? Est-ce qu'elle a lu mon livre ?

— David était le nom de mon père biologique, expliqua Spencer.

— David… répéta la vieille dans un murmure en se penchant vers lui.

— Quoi ? lui demanda-t-il.

— Tu as toujours été si bel homme. »

Puis elle se rallongea, et son regard se reporta lentement sur la télévision.

« Qu'est-ce qui s'est passé ? demanda le réceptionniste, depuis le seuil.

— Encore une de ses crises, répondit Spencer.

— Vous devriez probablement la laisser se reposer. L'un comme l'autre. »

Spencer sortit de la chambre sans prendre congé et David lui emboîta le pas, en maintenant une certaine distance entre eux tandis qu'ils remontaient le couloir pour gagner la sortie.

« Je ne ferais jamais de mal à ma mère », l'entendit-il murmurer.

David envisagea de se rendre chez Lucarelli, mais décida finalement de retourner à l'hôtel. Bientôt, pressentait-il, il allait se sentir beaucoup plus mal. Et il avait raison. Alors qu'il allumait la télévision et s'asseyait sur le lit double, une première crise épileptique s'empara de lui. Une onde d'électricité se répandit dans son cerveau telle une aurore boréale interne, stimulant ses neurones à tort et à travers et le faisant simultanément s'uriner dessus, lever la main droite et éternuer. Puis, quelque part dans les profondeurs de son amygdale, elle alla s'écraser contre un groupe de dendrites qui hébergeaient un lointain souvenir. Pendant plusieurs minutes, David fut transporté hors de son corps, au cœur d'un souvenir qu'il revivait maintenant en chacune de ses dimensions sensorielles :

Il faisait noir. Il faisait chaud. Il sentait la douce odeur des chaussures de sa mère. Il était assis dessus : un tas d'escarpins à talons, de tongs et de bottes en cuir. La porte devant lui était entrouverte, laissant entrer juste assez de lumière pour lui permettre de distinguer la petite fille rousse à son côté : Melinda, sa cousine. Elle avait environ 3 ans. Ce qui voulait dire qu'il en avait 4.

Qu'est-ce qui se passe ? s'efforça-t-il d'articuler, mais aucun son ne sortit de sa gorge. Il essaya de bouger les doigts mais il avait beau les sentir, ils refusaient d'obéir aux ordres de son cerveau. Ses mains potelées de petit garçon restèrent où elles étaient : dans celles de Melinda. Ils étaient cachés. Il avait toujours utilisé le placard à chaussures quand il jouait à cache-cache, se rappela-t-il. Et en cet instant, il se trouvait dans celui de l'appartement de sa mère à Garrettsville – le petit deux-pièces qu'elle avait loué après le divorce.

Sa voix leur parvenait depuis le séjour. La moitié d'une conversation téléphonique.

« Non. Non. Je sais. Oui. Qu'est-ce que tu veux que je fasse ? Il ne veut plus de moi, putain ! Il sait. »

Et si j'étais piégé ici à jamais ? se demanda David. *Si c'était comme un programme télé en différé ? Si, d'une manière ou d'une autre, j'avais appuyé sur le bouton « revenir au début », et que j'étais maintenant obligé de regarder ma vie se dérouler à nouveau devant moi, pendant les trente prochaines années ?*

Il se concentra pour ouvrir les yeux (même s'ils l'étaient déjà), pour se forcer à se réveiller, comme si tout ceci n'avait été qu'un rêve et pas un de ces souvenirs épisodiques dont lui avait parlé le Dr Popodopovitch.

Réveille-toi. Réveille-toi. Réveille-toi.

Il ne savait pas à qui parlait sa mère, mais elle était vraiment énervée.

« Il sait, répétait-elle. Non, pas ça. Il sait pour nous. Il ne sait pas avec qui, c'est tout. Et je n'ai pas voulu lui dire. »

Melinda serrait ses mains dans les siennes et il sentit son corps se pencher de lui-même en avant pour amener ses yeux à hauteur de l'entrebâillement. Dehors, dans le coin cuisine de l'autre côté du séjour, sa mère était en train de se verser du bourbon dans un gobelet en plastique rouge vif. Elle pleurait.

« Tu sais quoi ? reprit-elle. Tu peux aller te faire foutre avec tes excuses, OK ? Tu aurais dû me laisser là-bas. Tu n'aurais pas dû intervenir. »

David ne voulait pas voir ça. Les détails sordides du divorce ne l'intéressaient pas. (Sauf que, en fait, si, n'est-ce pas ? Sinon, pourquoi son cerveau l'aurait-il amené là ? Dans ce souvenir, spécifiquement ?)

Réveille-toi !

Il sentit son corps se soulever dans les airs. Entendit le grondement de l'océan, d'une violente rafale de vent.

Réveille...

...-toi ! » hurla-t-il dans la chambre vide.

Il n'ouvrit pas les yeux, car il ne les avait jamais fermés. Un instant plus tôt, il était en train de remonter au milieu des ténèbres et, tout à coup, voilà qu'il se retrouvait assis sur son lit. Le vertige provoqué par ce changement de perspective fut trop intense. Il gagna la salle de bains en titubant et s'effondra devant le meuble de toilette. Son estomac se souleva. Un filet de bile lui coula au coin de la bouche, gouttant dans les toilettes. Une douleur cuisante lui brûlait l'œsophage.

Son front était trop chaud pour qu'il s'agisse d'une fièvre normale. Il entendit frapper à sa porte. Bruyamment.

« Qui… ? »

De nouveau, il vomit. Les coups à la porte se faisaient plus insistants. Il tremblait de tout son corps.

Le réceptionniste, songea-t-il. *Quelqu'un doit m'avoir entendu crier et avoir appelé la réception.*

On frappait toujours. Il se releva péniblement et se dirigea vers la porte. Il sentait une autre crise arriver, derrière ses yeux, une décharge d'électricité qui menaçait de claquer comme la foudre. Il savait qu'il devait atteindre la porte pour la déverrouiller et laisser entrer de l'aide. Mais il ne pensait pas réussir à aller jusque-là avant que l'orage éclate.

La voilà qui arrive, songea-t-il.

Si cette nouvelle crise l'emportait, son corps s'effondrerait, il le savait. Il courait le risque de ne pas se réveiller à temps pour boire ou s'alimenter. De tomber sur le dos et de s'étouffer avec sa propre bile. Le Dr Popodopovitch l'avait prévenu que ce sevrage serait difficile mais il n'avait jamais envisagé la possibilité qu'il puisse causer sa mort.

Il atteignit le verrou juste au moment où l'orage éclatait. Il s'écroula sans savoir s'il avait réussi à déverrouiller la porte. Une chance sur deux, estimait-il. *Quelle ironie*, songea-t-il alors qu'il était emporté dans un autre souvenir. *Je vais peut-être être tué par le médicament que j'ai pris pour éviter de le faire moi-même en premier lieu.*

Il songea à Ronald Mallett, ce physicien qu'il avait

interviewé pour l'*Independent* il y avait si longtemps. L'homme lui avait parlé d'une effrayante théorie baptisée paradoxe de la dichotomie, imaginée par Zénon : un charmant casse-tête de physique. Si un objet tombe, avant de toucher le sol, il doit d'abord atteindre un point à mi-chemin. Et de ce point, encore un autre point à mi-chemin. Et ainsi de suite. Était-il seulement possible de toucher le sol ? N'était-il pas condamné à s'arrêter à mi-chemin à l'infini ? Mais cela n'eut pas d'importance, finalement. Il avait perdu connaissance bien avant de toucher le sol. Une nouvelle crise épileptique déclenchée par le manque faisait danser des halos d'électricité dans son cortex et son tronc cérébral. Elle engloutit intégralement sa conscience et le déposa dans le royaume de la mémoire, au milieu d'une cascade de souvenirs oubliés, que le sevrage rendit aussi vivants qu'au jour où il les avait vécus.

Il était en train de tomber, de nouveau, mais plus lentement. Une fois encore, il regarda autour de lui. Il était emmailloté dans la couverture du lit qu'il partageait avec son père. Quel âge avait-il : 3 ? 4 ans ? C'était après le divorce. Autour de lui, la couverture avait formé une sorte de cocon qui l'avait retenu alors qu'il tombait du lit, et il était suspendu dans le vide, à quelques centimètres du sol, tandis que son père dormait du sommeil de ceux qui travaillent dans l'équipe du soir. David sentait les relents amers de la Pabst dont il accompagnait son dîner, et il se demanda pourquoi il n'en buvait jamais plus, parce que c'était une odeur qu'il adorait.

Il l'écoutait respirer, prendre des inspirations qui duraient bien plus longtemps que les siennes. Parfois, il avait l'impression qu'il ne respirait pas du tout, et cela lui faisait peur – une peur qu'il pouvait même ressentir en son souvenir – parce que son père était tout ce qui lui restait. Sa mère avait tourné la page. Elle était ailleurs. Il lui arrivait de la voir, il le savait ; mais le temps qui s'écoulait entre deux de ces rencontres était incommensurable – tout aussi bien, il aurait pu s'agir d'une éternité. Son père ne pouvait pas mourir et le laisser seul ici. Il suppliait le ciel. Et puis la respiration repartait. Elle le faisait toujours. Elle le ferait toujours, se rassura-t-il. Il avait 34 ans maintenant, pas 3, et son père était tout ce qu'il y avait de plus vivant. Il se trouvait dans un souvenir : pas dans un rêve. Mais c'était comme un rêve. Il était bien, là, enveloppé dans cette couverture. Il aurait aimé y rester.

À l'arrière d'une Volkswagen, ensuite : une voiture jaune que sa mère appelait Coccinelle.

« Baisse la tête, Davy », disait-elle.

C'était une ravissante et mince créature aux yeux d'obsidienne ; elle était assise à l'avant, côté passager, et le retenait d'une main sur la banquette arrière.

Ses cheveux lui tombaient dans le dos, par-dessus une veste en cuir tressé. L'oncle Ira était au volant. La voiture empestait le cannabis. David venait de se faire enlever sur la pelouse devant chez sa grand-mère.

« On te ramène à la maison, Davy, fit son oncle Ira. Ne pleure pas. »

Mais c'était justement ce qu'il faisait, se rendit-il compte. Il sanglotait éperdument. Il voulait son père. Celui-ci était au travail et ne savait même pas qu'il était parti ! Et s'il rentrait chez lui et oubliait qu'il avait un fils parce que David n'était pas là ? Et s'il ne savait pas comment le retrouver ? *Je veux rentrer, s'il vous plaît !*

« Ne pleure pas, mon chéri », dit sa mère.

Mais elle aussi avait les larmes aux yeux.

À l'université. Le premier jour de chaleur du printemps. Le 4 mai.

David se tenait, immobile et silencieux, sur le campus, à l'endroit où William Schroeder avait été tué par un membre de la garde nationale de l'Ohio en 1970. Il accomplissait son heure de garde en l'honneur du défunt en attendant d'être relevé par un autre membre du groupe de commémoration des victimes de ce 4 mai meurtrier. Des anciens élèves, de retour pour leur pèlerinage annuel, passaient devant lui dans un calme contemplatif, certains accompagnés d'enfants.

« Qu'est-ce qu'il fait, papa ? demanda une petite fille aux cheveux roux.

— Il rend hommage à Bill, répondit l'homme. En se tenant là où il a été tué. Bill était mon ami. Celui dont je t'ai parlé.

— C'est si triste.

— Je sais. Allez, viens, Katy, je veux retrouver ma salle de rédaction. »

Et puis, de nouveau, il éprouva cette sensation de tiraillement, comme si un vent puissant le tirait, le repoussait. Il se demanda si c'était à cela que ressemblaient, de l'intérieur, des lésions cérébrales irréversibles. Était-ce à cela qu'on faisait allusion quand on disait : « J'ai vu ma vie défiler devant mes yeux » ?

Il se demanda s'il était mort. Et, au bout d'un moment, si la mort existait vraiment.

« Je te déteste », disait-il à sa belle-mère.

Debout dans la cuisine, papier peint aux murs, jaune.

« Je t'aime », lui chuchotait Elizabeth à l'oreille.
L'odeur de sa vieille voiture : essence, cuir.

« Je t'aime », lui disait son père en le portant dans ses bras.

« Je te hais ! hurlait Riley tandis que sa mère, Grace, l'entraînait hors du tribunal. Je te hais à jamais ! »

Dans son lit. Le soleil aux coins d'un rideau sombre. La pièce plongée dans la pénombre. Une silhouette à son côté.

« Elizabeth », chuchota-t-il.

Il tendit la main vers elle et vit que ses muscles lui obéissaient. Il n'était plus prisonnier de son propre corps. D'une façon ou d'une autre, il manipulait ce souvenir. Est-ce que ça en faisait un rêve ?

Sous les couvertures, ses doigts rencontrèrent le corps de la jeune femme, sa peau chaude et pleine de vie, douce, couverte d'un adorable duvet fin. Elle se tourna vers lui, lui offrant son profil dans la lumière tamisée, et il l'attira à lui pour l'embrasser doucement, puis avec plus d'insistance. Elle écarta les lèvres et tendit sa langue à la recherche de la sienne. Il se plaça au-dessus d'elle et elle l'accueillit entre ses bras, passant souplement ses jambes autour de sa taille.

« Tu m'as manqué, lui dit-il. Mon Dieu, ce que tu m'as manqué.

— Tu m'as manqué aussi », répondit-elle en glissant la main vers son pénis enraidi.

Rapidement, elle le guida en elle, et il donna un coup de reins. Elle gémit.

« Elizabeth », chuchota-t-il.

Elle arrêta brusquement d'onduler sous lui.

« Quoi ? »

Cette voix. Ce n'était pas celle d'Elizabeth.

« Quoi ? » fit-il à son tour.

La jeune femme tendit la main vers la table de nuit pour allumer la lampe de chevet. C'était Katy, nue, qui le dévisageait avec ce qui ressemblait à de la peur.

Épisode 8

Le récit du faussaire

« Il vous a proposé une fellation ? » demanda Russo.

David sentit peser sur lui les regards du jury. La vieille femme au deuxième rang, il le savait, devait être en train de se représenter l'accusé en action et, à sa grande horreur, il sentit un rire incontrôlable le gagner.

« Oui, répondit-il.

— Pourriez-vous décrire votre rencontre pour les jurés ?

— Par une nuit de novembre, l'année dernière, je me suis garé devant chez Riley Trimble à Steubenville, dans l'intention, fondamentalement, de surveiller sa maison.

— Et qu'est-ce qui vous poussait à faire ça ?

— Eh bien, entre-temps, au vu des documents que j'avais trouvés dans la boîte de Brune et de la déposition faite devant un grand jury et dont j'avais découvert la transcription, j'avais acquis la certitude que Trimble était, *a minima*, un complice dans l'enlèvement et le meurtre de Sarah Creston. À la différence de Brune, cependant, Trimble était libre de continuer à tuer. Je suis allé chez lui pour voir si je pouvais le surprendre en train de suivre des petites filles.

— Et qu'avez-vous vu ?

— J'ai vu... »

David porta précipitamment la main à sa bouche pour retenir un gloussement. Il le maquilla en quinte de toux. Personne ne remarqua hormis Elizabeth, qui lui rendit son regard avec une expression inquiète qu'il ne lui avait jamais vue. Il essaya de penser à quelque chose de triste et se rappela les clichés d'autopsie de Sarah, la façon dont tout son sang s'était accumulé dans son dos, donnant à celui-ci la couleur d'une aubergine mûre qui contrastait vivement avec son visage d'albâtre. Il obtint le résultat escompté et reprit :

« J'ai vu...

... un camion à l'enseigne d'une entreprise de chauffage et de climatisation, garé devant le garage de Trimble.

PROMOTIONS SUR TOUTE LA GAMME ! CHAUFFEZ OU RAFRAÎCHISSEZ VOTRE MAISON POUR MOINS CHER ! promettait un panneau publicitaire sur son flanc. Il avait imaginé Trimble employé dans une boucherie ou dans une fonderie près de la rivière ; il ne s'était pas attendu à ça. Jamais il n'avait envisagé que l'homme qu'il soupçonnait d'être le véritable tueur d'enfants puisse s'être trouvé un travail lui donnant accès à des milliers de foyers. Il sentit la nausée le gagner.

Je me suis lancé dans un truc qui me dépasse, songea-t-il. *Je devrais refiler cette enquête à un autre reporter. Quelqu'un qui ait plus d'expérience.*

Le problème était que personne ne le croyait. Et que ce n'était pas une affaire propre.

Trop dur à expliquer. Un homme avait déjà été exécuté pour le crime. Des preuves matérielles avaient été retrouvées sur le corps de Sarah Creston, correspondant à des échantillons prélevés dans sa maison et dans son van. Et à présent, alors que Brune était mort depuis quatre ans, un jeune reporter débutant croyait qu'un des scouts qu'il avait encadrés était en fait le tueur en série ? C'était difficile à vendre.

Mais quand le vin est tiré... songea-t-il avant de s'adosser à son siège, observant depuis le couvert des ombres la maison de l'autre côté de la rue.

Il est difficile de mesurer le temps qui s'écoule quand il ne se passe rien qui permette de distinguer un moment du suivant. Depuis combien d'heures attendait-il ? Deux ? Cinq ? Il ne voulait pas mettre le contact pour consulter l'horloge de la voiture, de peur que Trimble repère les voyants du tableau de bord depuis chez lui, où la lueur dansante d'un écran de télévision éclairait les ténèbres du salon, derrière une grande baie vitrée. Il aurait pu regarder l'heure à son téléphone, mais il se trouvait dans l'un des coins les plus paumés du sud de l'Ohio, un vrai trou noir d'un point de vue réseau, et toutes ses allées et venues avaient vidé sa batterie. Les minutes commençaient à ressembler à des secondes et les heures à des minutes – le temps accélérait, il allait le mener à quelque chose, n'importe quoi…

Puis il remarqua que la télévision était éteinte.

C'était l'une de ces nuits de campagne sans la moindre source lumineuse, un ciel nuageux sous une nouvelle lune, et pas la moindre ville dans les environs. Il devait se concentrer pour distinguer les ombres infimes de l'autre côté de la rue. Il discernait la silhouette de la maison de Trimble, de l'arbre sur la pelouse, du camion dans l'allée. Et de quelque chose d'autre, près de la porte…

Brusquement, il sentit le souffle lui manquer, comme si un fantôme lui avait donné un coup de poing dans le ventre.

Trimble se tenait là, à quinze mètres de lui, et lui rendait son regard.

Lentement, très lentement, il entreprit de marcher vers la voiture, sans lever les pieds ni bouger les épaules, donnant à David l'impression qu'il flottait dans les airs.

Si je bouge, est-ce qu'il va me poursuivre ? se demanda David. *Ou s'enfuir ?*

Oh, et puis zut. Il n'allait pas le laisser s'approcher assez pour attaquer. Il tendit la main pour prendre ses clefs posées sur le siège passager mais, dans sa hâte, les fit tomber au sol. Il se pencha pour les ramasser, fouillant à tâtons parmi les canettes de soda et les sacs McDo roulés en boule.

Lorsqu'il se redressa, Trimble se tenait devant sa fenêtre, à le dévisager. Sa bouche rouge était ouverte sur une langue sombre qui se tordait comme un cancer vivant. Formant un cercle avec ses doigts, il approcha une main de son visage et se mit à la faire aller et venir comme un piston. Le cerveau de David était tellement paralysé de terreur qu'il lui fallut un moment pour comprendre que Trimble était en train de mimer une fellation.

« Tu veux que je te touche ? demanda l'homme d'une voix basse. Tu veux que je te suce ? Qu'est-ce que tu veux ? Tu veux me voir me palucher ? »

Il souleva son T-shirt et David vit qu'il ne portait pas de pantalon. Un long et mince pénis en érection se frotta sur la vitre de sa voiture, y déposant un filet mousseux de liquide pré-éjaculatoire.

« Monsieur Trimble, dit David à travers la vitre,

d'une voix aussi forte qu'il le pouvait. Monsieur Trimble, cessez, je vous prie. »

En un instant, Trimble rentra son sexe sous son T-shirt. Il dévisagea David d'un regard plein de méfiance et de fureur.

« Qui t'es, et d'où tu me connais ?

— Je suis venu parler avec vous de votre ancien chef scout, Ronil Brune.

— Qu'est-ce que tu fous devant chez moi à 2 heures du mat' ? »

David ne sut que répondre. Il ne s'était pas préparé à une telle confrontation. Ses pensées n'étaient qu'un néant enténébré, et il n'avait toujours pas réussi à démarrer sa voiture. Sa portière n'était même pas fermée, se rendit-il compte.

« Est-ce que tu me files ? demanda Trimble. Qu'est-ce que tu veux, putain ?

— Croi… Croyez-vous que Ronil Brune ait vraiment tué Sarah Creston et ces deux autres filles ?

— Quoi ? » Trimble fronça le nez comme si David dégageait une odeur d'égout. « T'es un putain de reporter ? Fous le camp d'ici. »

Sur ces mots, il lui tourna le dos et entreprit de regagner sa maison. David baissa sa vitre.

« Je ne pense pas qu'il ait tué qui que ce soit. »

Trimble s'arrêta mais ne se retourna pas.

« À l'évidence, continua David, Brune a violé ces femmes. Mais ce n'était pas un meurtrier. Il les a toutes relâchées, alors qu'il a prétendument tué ces enfants. Ce n'est pas comme ça que ça marche. Les tueurs en série ne se mettent pas tout à coup à ne *plus* tuer leurs victimes. Leur violence va en s'accentuant. »

Trimble tourna la tête vers lui.

« Je sais bien que ce n'était pas lui. J'ai essayé de

le dire au procureur. Mais il était si sûr de lui. Il disait qu'il y avait un poil de chat ou quelque chose comme ça qui prouvait que Creston avait été chez Ronil.

— Mais quand Creston a été enlevée, vous viviez là-bas, vous aussi. Et, vingt-quatre heures après qu'on l'a retrouvée, vous êtes revenu habiter ici, à Steubenville, avec vos parents. Qu'est-ce qui vous a poussé à partir si vite ?

— J'ai attrapé un zona.

— C'est ce que vous avez dit à votre patron au boulot ?

— Oui.

— Si je le retrouve, est-ce que cela concordera avec ses souvenirs ? Quel était le nom de votre médecin ?

— J'ai pas vu de médecin.

— Ah… Mais ça n'a pas beaucoup de sens. Comment savez-vous que c'était un zona si vous n'avez pas vu de médecin ?

— Tu m'embrouilles, dit-il en revenant vers la voiture. Je me rappelle, maintenant. Oui, j'ai vu un docteur. Celui de la compagnie, quelque chose comme ça. Qu'est-ce que ça peut te foutre de toute façon, Miss Marple ?

— Est-ce vous qui avez tué Sarah Creston ? »

Voilà. C'était sorti. Comme les dés d'un gobelet.

Trimble sourit. « Viens là. Sors de ta bagnole. »

David remonta précipitamment sa vitre et mit le contact. Quelque chose heurta sa vitre avec un bruit sourd. Il tourna la tête. C'était le pénis de Trimble, encore dur et humide. Est-ce que parler de meurtre l'avait excité davantage ? Probable. Trimble se mit à se presser en rythme contre la voiture.

Enfin, David réussit à démarrer. À l'instant où il s'élançait, Trimble éjacula, peignant le flanc du véhicule d'une traînée de sperme comme d'une infernale rayure. David trouva une station de lavage ouverte 24 heures sur 24 dans la banlieue voisine et passa une demi-heure à désinfecter sa voiture en essayant de ne pas vomir.

Il regagna son appartement à Cuyahoga Falls juste au moment où le soleil pointait à l'horizon. Elizabeth était sous la douche, en train de se préparer à une nouvelle journée de cours. Il régnait une odeur étrange dans la salle à manger. Une odeur d'alcool, de musc, ou de cuir laissé au soleil, peut-être, qu'il n'arrivait pas à identifier. Sans doute avait-elle lu l'un de ces gros magazines de luxe, la veille au soir, avec des languettes à tirer pour sentir le parfum.

Les notes de David étaient étalées sur la table, rangées en piles, et chaque pile était étiquetée d'un Post-it qui semblait faire office de pierre tombale : Sarah Creston, Donna Doyle, Jennifer Poole. Il y avait un quatrième tas, également, un tas récent, composé de rapports sur l'enlèvement et le meurtre non résolus d'une petite fille de Steubenville, deux ans *après* que Brune avait été envoyé en prison. La petite avait vécu à deux rues de chez Trimble.

Combien d'autres filles encore devrais-je compter ? se demandait souvent David. *Combien m'échappent ?*

Une fois de plus, il songea à Elaine. Il était tentant de laisser son obsession descendre cette pente, de croire que c'était Trimble qui l'avait enlevée elle aussi. Mais il avait fait une promesse à Elizabeth. Vouloir attribuer tous les enlèvements de petites filles à un croquemitaine unique était compréhensible. Parfois, même les bons enquêteurs commettaient cette erreur. Ils préféraient imputer toute cette horreur à un seul homme. Rien n'indiquait, cependant, que Trimble ait fait ne serait-ce qu'un tour de reconnaissance dans le nord d'Akron. Et il aurait fait tache dans le quartier chic de Lakewood où habitait Elizabeth ; on l'aurait immédiatement repéré.

David passait tout son temps libre à chercher une preuve, même indirecte, susceptible de lier Trimble à Donna et Jennifer. Bien que le meurtre de Sarah ait été le seul pour lequel Brune avait été condamné, David avait appris, en parlant aux enquêteurs chargés de l'affaire de Donna et de celle de Jennifer, que leurs dossiers avaient été classés, et leur mort depuis longtemps attribuée à Brune. La raison ? Les poils de chat trouvés sur le corps de Jennifer, identiques à ceux récupérés sur la moquette de chez Brune et dans son van ; et le plastique dans lequel avait été enveloppée Donna, dont il avait été établi qu'il emballait à l'origine le couvre-lit trouvé dans la chambre de l'accusé. « On ne peut exécuter un homme qu'une fois », lui avait dit l'un des enquêteurs.

Combien de temps peut-on chercher quelque chose qui n'existe pas avant que cette quête soit diagnostiquée comme un délire ? Une obsession ?

« Tu es rentré », constata Elizabeth depuis le seuil de la salle de bains. Elle ne portait, pour seul vêtement, qu'une serviette éponge enroulée en turban autour de ses cheveux ; les gouttelettes d'eau sur ses petits seins reflétaient la lumière qui entrait par la fenêtre.

« Désolé pour hier soir.

— Il faut que tu dormes.

— Il faut que j'aille au boulot.

— Mais tu n'as pas dormi. Tu as une gueule de déterré.

— Ça ira. Je vais prendre un café.

— C'est dangereux de conduire dans cet état. Pourquoi est-ce que tu ne t'allonges pas une demi-heure ? »

Par moments, songea-t-il, sa voix avait vraiment quelque chose d'une crécelle. Chacun de ses mots lui vrillait les tympans. Il sentait une migraine se former derrière ses yeux.

« Peux pas. J'ai un article à rendre aujourd'hui.

— Alors pourquoi es-tu allé à Steubenville ? »

C'était le ton qu'elle employait tout le temps avec lui, désormais. Pourquoi était-elle incapable de voir l'importance de ce qu'il accomplissait ?

« Il fallait que je le voie. Trimble.

— Où est l'urgence ? Cette fille a été tuée il y a plus de vingt-cinq ans. »

Il secoua la tête.

« On tourne en rond.

— Tu t'obstines sur cette affaire de façon stupide.

— Qu'est-ce que tu crois ? Que j'ai passé la nuit entière sur la route parce que ça me faisait plaisir ? »

Tais-toi, songeait-il. *Tais-toi, tais-toi, ferme-la avant de me donner la migraine.*

« Dans ce cas, répliqua-t-elle, arrête. »

Le champ de vision de David se réduisit à un point gris, en périphérie duquel dansaient des grains de lumière.

« Putain, mais je ne peux pas ! »

Elle rentra dans la chambre et claqua la porte.

David retourna à ses notes, de grandes feuilles noircies de son écriture, résumant les dossiers fournis par Brune. Il ne l'entendit même pas sortir, alors qu'elle avait dû passer juste devant lui.

Deux heures plus tard, il était toujours assis à la table à manger. Pour la énième fois, il avait relu le dossier de Jennifer sans trouver le moindre indice laissant suspecter que Trimble avait croisé son chemin le jour de sa mort. Mais il n'avait lu que quelques pages des archives consacrées à Donna lorsqu'il retint son souffle en découvrant un mot : Hap's. Il posa le document à part, puis fouilla dans la boîte à la recherche d'un interrogatoire de Trimble dont il avait trouvé la transcription à Medina. Le mot « Hap's » y figurait aussi.

Hap's était une usine d'abattage et de découpe de viande installée à Marshallville. En 1982, l'année du meurtre de Sarah Creston, Trimble y travaillait comme boucher. Et en 1980, l'année où Donna avait été tuée, l'homme qui avait découvert son corps avait écrit, dans la rubrique « profession » de la déposition qu'il avait faite à la police : *découpeur de viande, Hap's*.

L'homme s'appelait Burt Wrenn ; David le trouva dans les pages blanches.

« Allô ? fit une voix grêle à l'autre bout du fil.

— Bonjour, monsieur Wrenn. Je suis reporter et j'enquête sur l'affaire Jennifer Poole.

— Ah ouais ? Ils l'ont arrêté ?

— Eh bien, Brune a été exécuté il y a quatre ans et…

— Non, pas Brune. Le gars qui habitait avec lui. Celui qui travaillait à côté de moi. Il avait un nom de fille.

— Riley ?

— C'est ça. Riley Trimble. C'est…

… lui qui l'a tuée", m'a-t-il affirmé, dit David.

— Objection, votre honneur ! hurla Synenberger en se levant. Témoignage par ouï-dire !

— M. Wrenn est malheureusement décédé et ne peut donc pas être assigné à comparaître devant ce jury, intervint Russo.

— Votre honneur, je vous en prie, insista Synenberger. C’est ridicule.

— En 1980, M. Wrenn a fait part à la police de ses soupçons concernant Trimble, reprit Russo.

— Nul document de la sorte ne figure au dossier d’instruction, riposta Synenberger.

— Parce qu’il n’existe plus, votre honneur. Nous pensons qu’il a été volontairement “égaré” par le procureur du comté de Medina afin de ne pas instiller le doute au jury auquel il avait affaire à l’époque.

— Votre honneur, maintenant cet homme remet en question l’intégrité d’un procureur respecté dans le but de faire figurer au dossier d’instruction un témoignage par ouï-dire. Est-ce qu’on peut fixer la limite ici, s’il vous plaît ?

— L’État de l’Ohio souhaite ajouter au dossier d’instruction une déposition vidéo de M. Wrenn, obtenue peu de temps avant sa mort, il y a quelques mois.

— Objection, votre honneur. Le prévenu, à cette époque, venait juste d’être mis en examen et ne bénéficiait pas encore d’une représentation juridique.

— C’est incorrect, répliqua Russo. Trimble s’était vu attribuer un avocat commis d’office, qui était présent à la déposition. Cela satisfait clairement aux conditions de l’arrêt Crawford vs Washington.

— Objection rejetée », déclara Siegel.

Une jeune femme apporta devant les jurés un poste de télévision monté sur roulettes.

« La déposition de M. Wrenn, annonça Russo. Prise en présence de l’avocat commis d’office, deux semaines avant la mort de Wrenn des suites d’un cancer du poumon. »

La télévision s’alluma en crépitant. Des membres du public tendirent le cou pour mieux voir. Le corps d'un vieil homme ratatiné assis dans un lit d'hôpital apparut à l'écran. Le nez de Burt Wrenn disparaissait sous un appareil respiratoire qui donnait à sa voix une consonance nasillarde et geignarde assez rebutante. Il parlait à la caméra comme s'il s'adressait directement au jury.

« Moi, Burt Wrenn, déclaré sain d'esprit, j'offre le témoignage suivant et jure devant Dieu que c'est toute la vérité.

» En 1980, je travaillais à côté de Riley Trimble chez Hap's à Marshallville. On était tous les deux chargés de découper les différents morceaux de viande sur les carcasses de bœufs. Ou de porcs. Ou de cerfs, en automne. On passait beaucoup de temps ensemble, et on discutait de nos familles ou de là où on venait. Je sais qu'à plusieurs occasions je lui ai parlé du bout de terrain que je possède à Marshallville. Il n'y a rien dessus sauf un puits de pétrole et un chemin d'accès. Je lui ai raconté que j'y allais l'automne pour chasser, et que c'était l'endroit parfait pour choper des cerfs, parce que ça donne sur une route qui est rarement empruntée, et qu'il n'y a pas la moindre habitation en vue. Il y a un pré où les cerfs aiment bien se rassembler à la tombée de la nuit. Et, moins de trois semaines après que je lui ai raconté ça, on a trouvé cette petite fille, Donna Doyle, qui gisait dans l'herbe près du chemin d'accès.

» Je l'ai aussitôt soupçonné. Il avait toujours été un peu louche. Trop intelligent pour travailler à l'usine d'abattage, par exemple. De temps en temps, il lui arrivait de dire, sans le faire exprès, un mot qui nous passait bien au-dessus de la tête ; il rougissait et il disait qu'il l'avait entendu aux infos, et les autres le mettaient en boîte pendant des jours après ça. Mais moi, ça ne faisait que me mettre mal à l'aise. Je me rappelle un de ces mots : *velléité*. Qui emploie un tel mot dans une conversation ? J'ai été obligé de le chercher dans le dictionnaire.

» Quand les flics m'ont interrogé après avoir trouvé la fille sur ma propriété, je leur ai parlé de Riley. Mais ils ne sont jamais revenus me voir.

» Et puis, aux infos, j'ai vu que son colocataire avait été arrêté pour le viol de toutes ces femmes et la première chose que j'ai pensée, c'est : *Je parie qu'ils ont fait ça ensemble. Je parie qu'ils ont tué Donna ensemble.* Je n'avais jamais rencontré Brune. Mais Riley savait tout de mon pré. Et quand David Neff m'a dit qu'il vivait chez Brune à l'époque et qu'il était retourné vivre à Steubenville le jour où Sarah Creston avait été retrouvée, ça a achevé de me convaincre. Je ne vois pas comment Riley aurait pu ne pas être impliqué dans le meurtre de ces petites filles. En tout cas, il s'y connaissait en boucherie. »

La vidéo prit fin.

Synenberger bondit de son siège.

« Votre honneur, est-ce une déposition ou une déclaration ? Je n'ai pas entendu poser une seule question.

— L'avocat de la défense n'en a posé aucune, répliqua Russo. Mais il était présent. Il a eu l'opportunité de le faire. »

Synenberger leva les bras en regardant le juge comme s'il attendait une réaction de sa part. Mais Siegel se contenta de hausser les épaules.

« C'est comme ça, Terry. Rasseyez-vous. »

Russo laissa le silence envahir la pièce pendant que son assistante repoussait la télévision dans un coin de la pièce. Enfin, il reprit :

« Qu'avez-vous fait après avoir reçu cette importante information de la part de M. Wrenn, David ?

— Je l'ai immédiatement apportée à la police, celle de Bedford pour être précis, parce que c'était de cette ville que Donna était originaire.

— Bien sûr, nous avons déjà appris grâce à une déposition antérieure de la police de Bedford que ses enquêteurs se sont hâtés de soumettre Trimble à un nouvel interrogatoire. Ils ont également demandé au Bureau d'identification et d'enquête criminelles d'identifier une empreinte digitale trouvée sur un sac plastique à côté du corps de Donna. Celle-ci, comme nous le savons maintenant, appartenait à Riley Trimble, fit Russo en pointant un doigt théâtral sur le prévenu, qui se contenta de rendre son regard à David. Est-ce que cela vous a surpris, David ?

— Non.

— Pourquoi ?

— Parce que lorsque les résultats sont revenus du labo, j'étais déjà convaincu que Trimble était l'homme qui avait assassiné Donna Doyle, Jennifer Poole et Sarah Creston.

— Merci, monsieur Neff. Je n'ai pas d'autres questions, votre honneur.

— Alors, déclara le juge Siegel, c'est l'heure du déjeuner, mesdames et messieurs. La défense procédera à son contre-interrogatoire à notre retour, dans une heure. »

David posa les yeux sur Synenberger. Rencontra son regard. L'avocat lui fit un clin d'œil avant de lui tourner le dos.

∞

« Où es-tu, David ? demanda Katy en ramenant les draps autour de son corps nu. Où crois-tu être ?

— Merde, Katy. Où est-ce que je suis, bonne question ! »

Il s'écarta d'elle, s'assit et balaya du regard sa chambre, ou plutôt sa suite. Il se trouvait au Bush House Hotel.

Katy s'adossa à la tête de lit en s'y agrippant de la main gauche pour se redresser.

« Je suis venue te voir pour te faire une surprise, expliqua-t-elle. Il n'y a qu'un seul hôtel à Bellefonte. Mais lorsque j'ai ouvert la porte, tu étais là, évanoui par terre comme un toxico. J'ai cru que tu étais mort. J'ai failli appeler une ambulance, mais tu t'es mis à parler dans ton sommeil et j'ai su que ça allait, à peu près. Enfin, bref, je t'ai fait un brin de toilette et je t'ai mis au lit. Tu as arrêté de parler vers 5 heures de l'après-midi. Mais tu m'avais tenue éveillée toute la nuit, alors je suppose que, après ça, je me suis endormie. »

Elle regarda le réveil posé sur la table de chevet : il indiquait 11 h 32.

« J'ai dormi vingt-quatre heures d'affilée ? s'étonna-t-il.

— Plus longtemps que ça, mon chou. Il est 11 heures et demie du matin. Tu es tombé dans les pommes vendredi soir. On est dimanche, aujourd'hui. »

De toute sa vie, il n'avait jamais dormi aussi longtemps. Peut-être souffrait-il de lésions cérébrales, finalement.

« Kate, dit-il, je suis désolé. »

Elle rougit.

« Ne t'excuse pas. Pourquoi crois-tu que je suis venue ici ? Mais c'est vrai que je n'apprécie pas trop que tu me prennes pour ta défunte femme quand on s'envoie en l'air. Alors je te propose qu'on se calme un peu pour l'instant. »

Elle ponctua ces mots d'un éclat de rire, mais il vit bien qu'elle était plutôt secouée, à un niveau très élémentaire de sa féminité, par la soudaineté et la bizarrerie de leur premier rapport sexuel.

« Je meurs de faim, finit-il par dire. Ça te dit, une pizza ? »

La pizzeria de Lucarelli occupait un bâtiment en pierre à un étage en haut de Lamb Street, dans un lotissement qui dominait Bellefonte. Frank habitait au-dessus du restaurant et son fils, qui roulait de la pâte à la main à côté d'un grand four pendant que David et Kate mangeaient, alla le chercher lorsque leur table fut débarrassée. Frank était un petit homme couvert de grosses taches de vieillesse, plié sur une canne en aluminium. Il portait des pantoufles en daim et un long manteau en tweed serré à la taille par une ceinture. Carol avait été l'amante de cet homme autrefois, avant que le nom de son frère décédé soit utilisé par un ermite d'Akron. Frank s'assit à côté de Katy sans que rien n'indique qu'il la voyait.

« Des penne au gratin, Dominic, dit-il. Et un café. Pas décaféiné. »

Dominic disparut dans la cuisine en marmonnant quelque chose dans sa langue maternelle.

En attendant le retour de son fils, Frank gardait les yeux fixés sur la table, la lèvre inférieure agitée d'un léger mouvement qu'il ne maîtrisait pas. *Il est atteint de quelque maladie dégénérative, comme Carol*, songea David. *Mais pas Alzheimer, et il en est à un stade moins avancé.*

Dès que les vapeurs de son café ultra-serré, qui s'échappaient du mug en céramique entre ses doigts grêles, atteignirent son centre olfactif, le vieillard se réveilla. Il ouvrit ses yeux bruns et observa les environs tout en sirotant bruyamment. Lorsque son regard tomba sur Katy, il lui fit un clin d'œil et reposa son mug.

« Je savais, quand je l'ai fait, que cette décision me hanterait toute ma vie, dit-il en levant les yeux vers David. Depuis que je suis tout petit, à chaque fois qu'un choix se présente à moi, j'écoute mon cœur, et il me dit quoi faire. Et toute ma vie, à chaque fois que je le sentais troublé, je me suis abstenu. À chaque fois, sauf ce jour-là. Mais il était si insistant !

— Qui ? »

Frank sourit.

« Je ne suis pas aussi sénile qu'on pourrait le croire. Aller voir les flics, j'y ai pensé. Je ne sais pas pourquoi je ne l'ai jamais fait. Je suppose que j'avais un peu peur. J'ai conclu un pacte avec le diable un jour, il y a une quarantaine d'années. Pendant l'été 1969. J'ai vendu l'identité du frère décédé de ma petite amie à un homme qui fricotait avec la mafia de Philadelphie.

— Vous a-t-il dit son nom ? »

Frank se pencha en avant.

« Il se trouve que oui. »

« Dans les années 1960, entreprit de raconter Frank, entre deux bouchées de penne au gratin, la mafia italienne qui régnait sur les parties de Philadelphie non contrôlées par les Irlandais avait envoyé un *caporegime* en reconnaissance dans le secteur pour repérer les commerces à racketter, les bookmakers et les petits tournois de poker. Angelo Palladino, qu'il s'appelait. Un petit gars rougeaud. Pas foutu de se faire pousser une barbe, juste une fine moustache. Pourquoi ils en avaient fait un *capo*, je ne sais pas. Je trouvais que c'était plutôt stupide de leur part parce que Ange était un vrai crétin, ça se voyait. Je suppose que c'est pour ça qu'ils lui avaient confié les territoires éloignés, les petites villes comme Bellefonte. Il entrait dans mon restau, ici, et il s'attendait à recevoir une dîme. Comme si j'avais besoin de protection. Mais j'ai accepté pour pas avoir d'histoires, et je dois avouer que les deux ou trois fois où j'ai eu besoin d'eux dans ma vie, ils ont toujours été dispo pour me rendre certains services, alors *que sera, sera*, OK ? OK.

» Est arrivé un temps, pendant cet été 1969, où les hippies foutaient le boxon dans les campus d'un bout à l'autre du pays, et on a eu un petit accrochage avec eux ici, à Bellefonte. Trois de ces chevelus sont descendus de State College pour jeter une pierre à travers la vitre du bureau de recrutement. Ils l'ont fait de nuit, en plus. Les lâches. Un tas de gars de la mère patrie ont interpellé le boss à Philly : “Hé, l'ami, on te paie pour être protégés, tu te rappelles ? Peut-être qu'on devrait arrêter.” Donc il a envoyé Ange avec quelques hommes, et ils se sont installés au Bush House où, probablement, vous logez maintenant. J'ai appris à les connaître assez bien, cette semaine-là. C'était fin août, il faisait une chaleur à crever, on se serait cru en Afrique. Même les négros restaient au frais. Ange et ses hommes venaient déjeuner ici tous les jours.

» Finalement, ils ont rattrapé ces hippies. J'ai le plaisir de vous dire qu'ils sont plus jamais revenus après ça. Mais bref, j'ai appris à connaître les hommes d'Ange. C'en est arrivé au point qu'ils me faisaient un peu confiance et, donc, je les ai mis au parfum de ma petite entreprise parallèle. Je crois que je l'ai fait juste pour être sympa, mais c'était vraiment con comme décision parce que, du coup, ils ont voulu leur part de ça aussi. En fait, je me faisais quelques centaines de dollars par mois en fabriquant de fausses cartes d'identité pour les lycéens du coin. Et, oui, ça m'arrivait de modifier des documents pour les hippies qui voulaient échapper au service militaire. C'était pas ma guerre – j'avais rien contre leurs protestations, sur le principe, c'est juste que j'appréciais pas quand ils commençaient à vandaliser. Bref, je fabriquais des faux papiers. Et j'étais bon. J'aurais dû être un artiste. Ma mère, Dieu ait son âme, ça fait quarante ans que je l'ai enterrée… ma mère disait toujours que je dessinais comme de Vinci. Les mères, hein ?

» Bref, donc, un des hommes d'Ange, il s'appelait Sal, dit un jour : "Hé, Ange, peut-être qu'il pourrait nous aider pour le problème de McGuffin." Je dis : "McGuffin ?" Et Ange garde le silence un moment. Il essaie de me jauger, mais ça lui fait trop mal aux méninges, ça se voit. Et il me raconte tout ce qu'il sait sur ce mec, un certain Sam McGuffin. Un petit malin qui est arrivé un jour à Philly et a demandé l'aide du *don*. "Mais McGuffin, c'est un nom d'Irlandais", je fais remarquer. Ange, il se contente de hausser les épaules. Le gros balourd. McGuffin voulait des papiers. Il voulait changer de nom. Et il voulait que ce soit bien fait. En échange, il avait promis de conseiller le *don* financièrement. Pour prouver ce qu'il valait, il lui avait dit d'investir plusieurs milliers de dollars dans une certaine compagnie. Celle-ci s'était fractionnée deux fois cette semaine-là et le *don* était devenu encore plus riche. Et surtout, il avait contracté une dette envers ce type.

» Donc, on a passé un marché. Vous devinez lequel ? Ils me laissaient garder tout ce que je gagnais si, en échange, je faisais disparaître ce McGuffin à jamais. Ça a été mon chef-d'œuvre, ces papiers que je lui ai faits. Pour fabriquer de fausses cartes d'identité pour les jeunes, je me contentais généralement de piquer une liste de numéros de Sécu au bureau de l'état civil de la ville, ou un acte de naissance. Vous savez, quelque chose de suffisant pour leur permettre d'acheter de la bière ou d'aller au Mexique, en Allemagne ou je ne sais quoi. Mais cet homme voulait une nouvelle vie, et des papiers assez convaincants pour que même l'individu le plus méfiant n'y voie que du feu. Il n'y a pas trente-six mille manières de s'y prendre. Il faut trouver une personne qui aurait eu à peu près le même âge, à cinq ans près ; mais un an, c'est mieux, bien sûr. Une personne morte jeune, assez jeune pour pas avoir demandé de carte de Sécu, et pour jamais avoir payé d'impôts. De sorte que la seule trace qui existe d'elle à l'état civil soit son acte de naissance. Et c'est là que j'ai pensé à Carol.

» Je suis jamais sorti avec Carol, d'accord ? Je sais que c'est ce qu'elle dit, mais c'est pas vrai. J'ai jamais eu d'yeux que pour ma chère Anna, Dieu ait son âme. Mais, oui, je me la suis tapée. Pardonnez mon langage – je suis vieux, j'ai pas de raisons de mentir. Oui, c'était ma *goomah*, ma maîtresse. Carol, je suis sûr que vous le savez déjà, avait un frère qui était mort dans un terrible accident de bagnole quand il était tout petit. S'il avait survécu, il aurait eu exactement le même âge que M. McGuffin disait avoir. C'était parfait. Et voilà toute l'histoire.

— Donc, demanda David, vous ne l'avez jamais vu en personne ?

— Jamais. Les hommes d'Ange ont ramené les papiers à Philly. Un acte de naissance certifié conforme, un diplôme de lycée, des relevés de notes universitaires, des attestations d'embauche de diverses entreprises hors de l'État et une carte de Sécurité sociale, une vraie, même pas besoin d'en bricoler une. À l'époque, si t'avais l'acte de naissance, tu pouvais obtenir ta carte de Sécu, comme ça, tranquille Émile ! Ils lui ont tellement plu, les papiers, à McGuffin, qu'il m'a écrit. Pour me donner des conseils financiers, à moi aussi. Investissez dans Sony, qu'il m'a dit.

— J'ai parlé au fils de Carol. Il m'a dit qu'elle vous avait envoyé quelqu'un en 2008. Avez-vous raconté tout cela à cet homme, Arbogast, lorsqu'il est venu vous questionner ? »

Frank secoua la tête.

« Pourquoi ? demanda David.

— Il puait l'embrouille, ce mec.

— Qu'est-ce que vous voulez dire par là ?

— Je lui ai demandé pourquoi il voulait savoir, en quoi ça le regardait, et il m'a raconté cette histoire comme quoi McGuffin était un de ses oncles et qu'il avait besoin de le trouver pour lui faire savoir que sa sœur était sur son lit de mort. J'ai fréquenté assez de menteurs pour en reconnaître un bon, et celui-ci était nul à pleurer. Visiblement, il était de mèche avec le type, quel qu'il soit, que McGuffin avait cherché à fuir en se planquant. Alors je lui ai dit d'aller se faire foutre. Et quand ils ont parlé aux infos du meurtre étrange d'un certain Joe King, il m'a pas fallu longtemps pour deviner que c'était du mien qu'il s'agissait, de l'identité que j'avais créée. Je mettrais ma main à couper que cet Arbogast, ou quel que soit son nom, a joué un rôle dans son meurtre. Comment il a fait pour le retrouver, je ne sais pas. Il existe des moyens. Mais au-delà de mes compétences, ces jours-ci, j'en ai peur. »

Une fois de plus, la piste tournait court.

« Qu'est-ce que vous cherchez vraiment à savoir, monsieur Neff ? demanda Frank. Qui était cet Arbogast, ou pourquoi McGuffin tenait tant à cacher son identité ?

— Le vrai nom d'Arbogast est probablement plus important, répondit David. Je suis le principal suspect dans la tentative de meurtre de l'autre homme, en ce moment, et j'aimerais trouver le véritable coupable avant que la situation m'échappe.

— Il y a encore un truc à propos de cet Arbogast, maintenant que j'y pense. C'est probablement sans importance. Mais il se garait sur la place handicapés. Il avait la vignette, et pourtant il donnait pas l'impression d'avoir de problème. Enfin, comme je disais, ça veut probablement rien dire. Des vignettes comme ça, j'en fabriquais aussi. Mais c'est différent. »

Épisode 9

Il nourrissait un fantôme

« Comment on s'en sort ? » demanda David à Russo, le procureur adjoint.

Elizabeth lui agrippait la main comme si elle craignait de le voir s'envoler, et son père marchait derrière eux. Ils se dirigeaient vers les ascenseurs pour rejoindre la cafétéria du troisième étage.

« Ça va, répondit Russo en lui donnant une claque amicale dans le dos. Mangez léger, buvez quelque chose de caféiné et revoyez vos notes avant qu'on y retourne. »

Quelques instants plus tard, David était assis à une table en compagnie de sa femme et de son père, une salade et un paquet de chips posés devant lui.

« C'est tellement surréaliste de te voir à cette barre, soupira Elizabeth. On dirait que c'est toi qui es jugé. Je déteste ça.

— C'est leur seule vraie défense. Me démolir.

— Problèmes à l'horizon », fit son père en indiquant la porte de la tête.

La mère de Trimble se dirigeait droit vers eux.

« Bonjour, Grace », la salua David.

C'était une grande femme maigre, et la couleur de

ses cheveux évoquait l'encre d'un monstre marin. Elle avait une voix cassée et nasillarde.

« Vous êtes vraiment un connard égoïste. Faire du fric, c'est tout ce qui compte pour vous. La vérité, vous en avez rien à faire. Vous écririez probablement que votre mère est une meurtrière si vous pensiez que ça pouvait vous faire gagner trois dollars.

— Oh, arrêtez, intervint Elizabeth. Ce livre ne lui a pas rapporté un sou. Il n'a même pas récupéré ce que ses recherches lui avaient coûté. Laissez-nous tranquilles, madame. Allez parler à votre fils. C'est lui qui fait du mal à votre famille.

— Si vous disiez la vérité, vous n'auriez pas besoin de prendre des médocs comme un fêlé.

— Grace, dit David, allez vous asseoir.

— Vous êtes cinglé.

— Un peu, rétorqua-t-il. À cause de votre fils et de son chef scout. À cause de ce qu'ils ont fait à ces filles et de ce que j'ai dû lire. Peut-être que je suis cinglé, oui. Alors vous croyez vraiment que c'est une bonne idée de me foutre en rogne ? »

Grace n'avait plus l'air en colère. Elle avait l'air inquiète, comme une femme qui se serait brusquement rendu compte qu'elle venait de franchir une porte réservée au personnel du zoo, et qu'elle se retrouvait dans l'antre du lion.

« Davy, intervint son père en secouant la tête.

— Retournez à votre table, Grace, siffla David. Filez. »

Va te faire foutre, petit journaleux de merde ! Une voix forte, étranglée par la rage. *Tu l'as pas et tu l'auras jamais.*

« Quoi ? » demanda David.

Cindy se leva pour le regarder par-dessus la cloison qui séparait son bureau de celui de Frankie.

« J'ai rien dit du tout », répondit-elle avant de se rasseoir.

Frankie était sorti assurer la couverture d'une réunion des commissaires du comté. Ils étaient seuls dans la pièce.

David regarda fixement son bureau. Des piles de documents sortis de la boîte de Brune le jonchaient. Un paquet de clichés d'autopsie était à moitié recouvert par une liasse de rapports de police, mais il distinguait encore la forme pâle des fesses nues de Donna Doyle : son tueur y avait tracé deux grandes entailles.

S'était-il assoupi ? Avait-il rêvé la voix de Brune ?

Dehors, le ciel s'était assombri au-dessus de Cleveland ; le soleil couchant peignait la Cuyahoga d'un orange vif qui faisait penser à des flammes. (S'agissant de la Cuyahoga, il n'était pas totalement impossible qu'elle soit effectivement en feu.) Il regarda l'heure sur son ordinateur : presque 19 heures ; encore un dîner de raté avec Elizabeth.

Il ne l'avait pas appelée. Et il fallait encore qu'il trouve un truc pour Andy, cette semaine.

Cet aspect du boulot lui faisait l'effet d'une corvée. Il essayait d'en tirer le meilleur parti. Il avait commencé à se faire la main en écrivant des articles sur d'autres affaires de meurtre non résolus dans la ville, soumis à Andy de façon plus ou moins régulière, entre deux reportages sur des activistes locaux ou sur la fortune dépensée par le comté en urnes électroniques – des urnes qu'un singe attardé aurait pu pirater.

De derrière le bureau de Cindy lui parvint un soupir théâtral.

« Ça va, Cindy ?

— Non.
— Tu veux en parler ?
— Non.
— OK. »

Mais, déjà, elle s'approchait de son bureau, affichant une moue d'exaspération outrancière perfectionnée par des années de pratique.

« Donc », commença-t-elle. C'était le genre de jeune femme qui entamait souvent ses conversations par le mot « donc », comme si tout le monde était pendu à ses lèvres. « Ça fait cinq semaines que je couvre cette affaire et… rhaaa, David, j'arrive pas à en voir le bout. C'est trop compliqué. »

Parfois, quand Cindy était nerveuse, lorsqu'elle était en conférence de rédaction avec Andy, par exemple, elle se frottait l'arrière de l'oreille droite puis reniflait son doigt. Elle pensait que personne n'avait remarqué cette compulsion, mais David l'avait repérée dès la troisième réunion. Or, parler de cette histoire la rendait nerveuse, c'était manifeste, et il espéra qu'elle n'allait pas commencer à gratter la crasse cireuse derrière son oreille, parce qu'il savait que faire semblant de n'avoir rien remarqué lui serait impossible. Après quoi ils seraient obligés d'en parler. Et il n'avait absolument pas envie de parler de ça.

« Quel est le sujet ? s'entendit-il demander.

— Donc, il y a cette famille. Riche. Depuis plusieurs générations. A fait fortune dans la vente de moquettes, un truc du genre. Bref, le patriarche meurt. Mais il laisse pas de testament. Il a un peu plus de cinq millions à la banque, et il laisse pas de testament. Dingue, hein ? Enfin bref, ils pensent qu'il a fait ça exprès, pour punir tout le monde d'avoir attendu un peu trop ostensiblement qu'il meure. Et maintenant, la famille se déchire. Frère contre frère. Mère contre fille. Ils ont tous leur avocat, sont tous sûrs d'avoir droit à la plus grosse part de l'héritage. Ça fait quinze ans qu'ils se disputent. Voilà, c'est ça, le sujet.

— Génial », fit-il.

Et il n'était pas condescendant. Il y avait de quoi composer une superbe galerie de portraits avec une histoire comme celle-là.

« Tu cherches une accroche ?

— Oui. »

David réfléchit un instant.

« Pourquoi pas la maison ? demanda-t-il, réfléchissant à voix haute. Ils se disputent tout cet argent mais il doit bien y avoir une putain de baraque quelque part, non ? Qui y habite ?

— Personne. Un juge a nommé l'aîné de ses héritiers encore en vie – un fils – exécuteur testamentaire de la succession, et celui-ci a réussi à obtenir l'accord de tout le monde pour vendre la maison et partager les gains. C'est la seule chose sur laquelle ils ont réussi à s'entendre, en fait. Mais cet argent est bloqué en dépôt fiduciaire jusqu'à ce que le reste de l'affaire soit réglé.

— Ils ont le droit de faire ça ?

— Apparemment.

— Je me disais que tu aurais pu faire de la maison un personnage. Je crois que j'ai vu quelque chose comme ça dans *Esquire*, une fois.

— Pas de maison.

— Hmm. Alors ce qu'il te faut, c'est un personnage neutre, omniscient. Quelqu'un qui te servirait de filtre, dont tu pourrais utiliser le point de vue. Tu sais, quelqu'un qui pourrait émettre des commentaires sur chaque membre de la famille de manière subjective. Par exemple, je ne sais pas, moi, un jardinier, une femme de ménage. Ils avaient bien l'un ou l'autre à leur service ?

— Je crois que oui. Il est fait mention d'une femme de ménage dans l'un des procès-verbaux.

— Alors essaie de la retrouver. Quelqu'un comme ça pourrait te raconter tout ce que tu as besoin de savoir sur cette famille. Et puis ce serait quelqu'un à qui le lecteur pourrait s'identifier. »

Elle gloussa légèrement. Elle avait l'air soulagée. Il était déjà arrivé que des rédacteurs préfèrent démissionner plutôt que de décevoir Andy en renonçant à écrire l'article qu'il leur avait confié.

« OK. C'est une bonne idée. Merci, David. »

Pauvre Cindy.

Pourquoi les démons choisissent-ils de se cacher au grand jour ? se demanda David tandis qu'il approchait de la maison de Brune, l'après-midi suivant. Dahmer, Gacy, Ridgway. Comme Brune, ils avaient tous habité des endroits parfaitement ordinaires. Dans les films, les tueurs vivaient dans des cachots ou dans de vieilles demeures victoriennes perchées au-dessus d'un motel délabré.

C'était une maison morne et de plain-pied qui semblait écrasée sous son toit. Dotée d'un bardage en PVC, d'une pelouse de la taille d'un timbre-poste et d'une boîte aux lettres en forme de poisson, elle faisait partie d'un lotissement à l'abandon coincé entre Akron et Canton, près de l'aéroport régional.

Ce qu'il espérait y trouver ? Il l'ignorait. Mais il ne s'imaginait pas dénicher la moindre preuve à l'appui de sa théorie, selon laquelle Brune avait été un violeur de femmes, et son protégé un tueur en série de petites filles, parce qu'il ne pensait pas que pareille preuve existe ; Riley Trimble n'était pas du genre à tenir un journal secret.

Et pourtant, l'endroit exerçait une attraction singulière sur lui, et une idée lui trottait dans la tête ; une idée romantique : il n'était plus séparé de la vérité absolue que par une seule dimension, celle du temps.

Il sortit de sa voiture. Il se trouvait à l'endroit exact – en trois dimensions – où Trimble, vraisemblablement, était entré dans son garage en camionnette, avec Sarah Creston à l'arrière, et le temps était la seule chose qui l'empêchait d'être témoin du crime. Un ingrédient unique, mais d'une importance vitale, autant pour atteindre la vérité absolue que pour réussir des cookies moelleux.

Il frappa doucement à la porte et un homme torse nu vint lui ouvrir, ventripotent, une ébauche de bouc au menton. David expliqua de son mieux pourquoi il s'intéressait à la maison, puis risqua une question folle :

« M'autoriseriez-vous à jeter un coup d'œil à l'intérieur ?

— Je crois pas, non.

— Est-ce que vous avez déjà jeté un œil au vide sanitaire ? Remarqué quoi que ce soit d'inhabituel ?

— C'est tout ce que j'ai à dire », fit l'autre en refermant la porte.

David retourna à sa voiture et contourna le lotissement jusqu'à un minuscule cimetière. Celui-ci était séparé de l'arrière de la maison de Brune par environ quatre cents mètres de bois touffus. Encore une fois, il n'entretenait guère d'espoir de trouver quelque chose. Encore une fois, il se laissait guider uniquement par son instinct. N'était-ce pas ce qu'aurait fait un tueur en série : enterrer les corps dans les bois ? Ne voyait-on pas cela à la télévision ? Si. Mais dans la vraie vie ? Cela valait bien qu'il y consacre dix minutes de son temps.

Il se gara à l'arrière, près d'une stèle penchée datant de 1897. Six lettres y étaient gravées : Tanner, sans autre indication. Tanner. Il aimait bien la sonorité de ce prénom. Rare. Puissant. Il l'enregistra dans un coin de son cerveau pour un usage ultérieur.

Un été chaud s'annonçait ; l'air était lourd, peuplé de moucherons, de moustiques et de taons, et les récentes pluies d'orage avaient imbibé le sol. David ne s'était pas préparé aux aubépines, bardanes et autres buissons de ronces qui bordaient la lisière des bois et dont les branches s'accrochaient à son pantalon beige et lui griffaient les chevilles. Mais, lorsqu'il les eut franchis, il eut moins de peine à avancer. Le sol était couvert de fougères et de choux-puants qui lui arrivaient jusqu'aux genoux, mais s'inclinaient sur son passage. Au bout d'un moment, il prit conscience avec un certain malaise du silence qui régnait. Pas un chant d'oiseau, pas une dispute d'écureuils dans les branches, pas un craquement de brindille sous le sabot d'un cerf ; grillons et grenouilles restaient muets. Ce pan de forêt primaire était plongé dans un silence que seule sa propre intrusion avait dérangé. Car c'était bien d'une forêt primaire qu'il s'agissait. Les chênes étaient larges comme de petites maisons, et leurs frondaisons bloquaient presque entièrement les rayons du soleil. Il faisait sombre, mais il régnait également une certaine *noirceur*. Il la sentait dans ses os, dans la douleur sourde martelant ses tempes, dans le goût cuivré qui lui emplissait la bouche, et lui rappelait le sang séché. Cet endroit était resté intact depuis le début de l'histoire de l'humanité moderne, il avait échappé aux atteintes du développement amené par l'homme blanc. Les Indiens l'avaient-ils épargné, eux aussi ? S'agissait-il de quelque terre sacrée ou maléfique que le subconscient des gens les poussait à éviter ? À quel point cette impression était-elle amplifiée par le fait qu'il savait combien l'endroit était proche de l'antre d'un être authentiquement maléfique ? Pas de beaucoup ; même les oiseaux étaient affectés par le malaise ambiant.

Alors qu'il s'apprêtait à rebrousser chemin, il tomba sur une clairière.

Elle était bordée de gigantesques ormes blancs miraculeusement épargnés par la maladie qui, dans le reste de l'Ohio, avait eu raison de leurs cousins : des ormes majestueux et idylliques, tels que David n'en avait jamais vu et n'en reverrait jamais. Ils formaient un large cercle, large d'une trentaine de mètres, autour d'une étendue d'herbe qui ployait mollement dans la chaleur moite. La lumière en son centre était si aveuglante que David dut plisser les paupières, sa vision se réduisant à une mince fente. Il s'écoula plusieurs minutes avant qu'il remarque les peluches.

Crucifiées sur les ormes.

Des ours bruns, des singes, un duveteux tigre d'enfant. Clouées à chacun des arbres qui cernaient la clairière, de façon à faire face au centre de celle-ci.

David examina la plus proche, celle du tigre. Ses pattes, constata-t-il, n'étaient pas simplement clouées au tronc ; elles avaient également été agrafées et ligotées. Un morceau de ruban adhésif avait été appliqué sur la gueule de l'animal. Deux petites pinces crocodiles étaient accrochées à sa fourrure à hauteur de ce qui aurait dû être sa poitrine et un trou béait à l'endroit présumé de ses organes sexuels. Il vit un frelon s'en extirper et s'envoler vivement. La fourrure du tigre, autrefois orange, était devenue d'un marron fangeux moucheté de moisissures. Impossible de déterminer si les peluches étaient pendues là depuis assez longtemps pour que ce soit Trimble qui les y ait installées. Il était possible qu'un autre garçon déséquilibré ait vécu dans le voisinage et découvert cette clairière par un après-midi fatidique. L'espace d'un instant, l'image d'un enfant blond dansant nu dans la clairière en chantant une mélopée dénuée de sens dans une langue oubliée (de l'araméen ?) passa devant les yeux de David.

Son imagination avait tendance à s'emballer s'il la laissait faire. S'il se laissait dominer par la peur qui lui avait étreint le cœur dès l'instant où il avait posé le pied dans cette clairière, une cascade d'hallucinations semblables s'ensuivrait, il le savait, et il se retrouverait rapidement à courir vers sa voiture, à moitié fou de terreur.

Mais son père lui avait appris à contrôler sa peur. Un soir, alors qu'il n'était âgé que de 12 ans, David avait regardé *L'Exorciste* à la télévision, et n'avait pas réussi à dormir de la nuit après ça. Le lendemain, son père l'avait forcé à traverser seul les bois situés derrière chez eux, jusqu'au bout de la propriété, puis dans l'autre sens, pour lui prouver qu'aucun démon n'attendait l'occasion de le tuer. Les enfants du voisinage croyant ces bois hantés, le périple s'était révélé particulièrement angoissant. Selon la tribu amérindienne habitant autrefois la région, disait la légende, un demi-dieu vivait là, un lutin qui prenait la forme d'un chat et n'autorisait les voyageurs à passer qu'après les avoir soumis à des actes de corruption et d'humiliation dégradants. Mais David était revenu indemne. Peu de choses l'avaient effrayé depuis lors.

Aujourd'hui, cependant, il était sûr que quelque chose l'observait.

Mais il ne pouvait repartir sans aller voir ce qui se trouvait au milieu de la clairière.

C'était une souche, la souche d'un chêne colossal. Il voulait la toucher, sentir la marque des âges sous ses doigts, savoir si l'arbre s'était pétrifié.

Mais il n'osa pas. La noirceur qui assombrissait ces bois provenait de cette souche, des racines qui se propageaient toujours dans les profondeurs.

Un mot unique était gravé dessus : Beezle.

Le mot signifiait quelque chose pour David, mais dans un autre contexte. Il le connaissait par *Horton entend un Zou,* le livre du Dr Seuss. Dans cette perle de la littérature enfantine, les animaux avaient voulu procéder au génocide des Zous de Zouville en jetant leur monde (installé sur un grain de poussière) dans une casserole d'huile de noix de Beezle bouillante.

Pris d'une impulsion soudaine, il faillit prononcer le mot à voix haute rien que pour en entendre le son, pour écouter ce *nom* retentir dans la clairière. Mais l'idée des répercussions d'un tel acte l'arrêta. Si c'était là l'endroit que Beezle considérait comme son chez-lui, il n'avait pas envie de le rencontrer, quoi qu'il soit.

Mais il percevait autre chose, à travers le mal qui saturait la clairière. Et, tandis qu'il essayait de trouver une analogie pour définir cette sensation, une image s'imposa à lui : celle de deux aimants, placés de telle façon que leurs polarités opposées se touchent presque. Lentement au début, puis de plus en plus vite, ils glissaient l'un vers l'autre pour se rencontrer, avant de s'immobiliser enfin. D'une certaine façon, il était l'un de ces aimants. Et cette clairière – ou plutôt cette souche, la Chose noire qu'elle représentait – était l'autre, et elle l'attirait à elle, lui promettant la paix ultime de l'âme s'il voulait bien s'y abandonner.

Il sortit de sa transe juste au moment où il s'apprêtait à grimper sur la souche. Clignant des yeux pour chasser l'étourdissement, il tourna les talons et sortit des bois en se forçant à marcher calmement.

Une fois dans sa voiture, il embraya vivement et partit à tombeau ouvert.

Il s'arrêta à la station-essence la plus proche pour acheter un paquet de Marlboro. Il l'ouvrit et porta une cigarette à sa bouche. Il avait trop peur de développer un emphysème pour la fumer. Aussi se contenta-t-il de passer la langue sur le filtre et d'en sentir le poids entre ses lèvres. Cela le calma immédiatement.

Elle te trompe, David. Elle se tape le chef d'orchestre. Ils partagent un bureau, tu sais. Et elle reste toujours si tard après la fin des cours. Qu'est-ce qu'elle fait là-bas ? Elle ne corrige pas des copies, ça, c'est sûr.

La voix de Brune, douce et nasillarde : la voix d'un bon comptable.

David regarda l'horloge au-dessus de l'évier. Il était presque 20 heures.

Il est en train de la doigter en ce moment même. La main enfoncée jusqu'aux jointures.

« Assez », fit David.

Il baissa les yeux. La boîte de Brune débordait. Il avait rassemblé des rapports de police de chaque juridiction, depuis les années 1980, où des affaires de petites filles disparues ou tuées avaient été signalées, dans l'espoir d'y trouver un élément liant sans équivoque Trimble à ces crimes. Avec un sentiment de dégoût, il se rendit compte de ce qu'il faisait vraiment :

il *remplissait* la boîte de Brune. Il ajoutait du mal au mal. De nouvelles histoires de meurtre se mêlant à l'œuvre du violeur. Et la voix de Brune se faisait plus forte dans sa tête. Il nourrissait un fantôme, et le rendait de plus en plus réel.

Pourquoi est-ce que tu perds ton temps avec ça ? J'ai laissé ces notes pour un vrai journaliste. Pas pour toi. Pas pour un gamin. Tu n'as pas les couilles.

Sur une feuille blanche, il avait écrit un mot, un seul.

Beezle. Ha, Beezle. Tu ne sais pas de quoi tu parles.

Il entendit Elizabeth introduire sa clef dans la serrure de la porte et frissonna, parce qu'il savait ce que Brune avait en tête.

Fais-le.

— Jamais.

— *C'est une salope qui te trompe. Règle-lui son compte.*

— Non.

— *Alors sois sympa et supprime-toi.*

— C'est peut-être ce que je vais faire.

— *Tu n'es qu'un lâche. Je ne crois pas un mot de ce que tu racontes.*

« David ? »

La voix d'Elizabeth, sa main sur sa tête, en train de lui tripoter affectueusement les cheveux.

Comme il aurait voulu lui tordre cette main dans le dos, jusqu'à lui briser les os, jusqu'à ce qu'elle soit incapable de se débattre ! Il n'avait pas de pinces crocodiles, ici, mais il avait des pinces à épiler, cela ferait peut-être l'affaire. Et il avait un rouleau de fil électrique. Et la batterie de sa voiture.

« Va-t'en. Elizabeth, s'il te plaît. Va-t'en d'ici un moment.

— De quoi tu parles ?

— Va chez ta tante. Je t'appellerai.

— David, dis-moi ce qui ne va pas.

— Dégage d'ici. Fous-moi la paix. »

Elle s'en alla. Il ne la regarda même pas.

Espèce de lâche.

— Elle reviendra.

— *Tu faiblis.*

— Elle reviendra.

— *Revenons à notre lecture. Qu'en dis-tu ? Revenons-en à mon scout préféré – la prunelle de mes yeux.*

« J'ai l'intention de me tuer », annonça-t-il.

Athena Popodopovitch, la psychiatre dont il avait choisi le nom au hasard dans l'annuaire plus tôt dans l'après-midi, huit jours après avoir forcé Elizabeth à quitter l'appartement, lui rendit son regard avec une sollicitude et un intérêt sincères.

« Comment comptez-vous procéder ? demanda-t-elle.

— Je vais sauter du Y-Bridge.

— Ça ne va pas être très propre. »

Il observa son visage, y cherchant l'esquisse d'un sourire, mais elle ne le taquinait pas. Elle était directe, honnête.

« Vous ne seriez pas le premier de mes patients à faire le saut de l'ange, continua-t-elle. Mais je pensais qu'un écrivain ferait preuve d'un peu plus d'imagination.

— J'ai envisagé d'avaler des charbons ardents, mais ça a déjà été fait. *Tout* a déjà été fait. La voiture dans le garage avec le moteur qui tourne, le flingue dans la bouche, le nœud coulant…

— Le grand saut.

— Vous voyez ? C'est dur de trouver un nouvel

angle d'approche. Et puis de toute façon, si j'en suis là, c'est justement parce que je n'arrive plus à avoir de pensées originales. Je n'arrive plus à écrire. Mon rédacteur en chef ne va pas tarder à s'en rendre compte. Et alors, je n'aurai plus de boulot.

— Pourquoi n'arrivez-vous plus à écrire ?

— J'ai besoin d'entendre ma voix dans ma tête, quand j'écris, vous voyez ce que je veux dire ? De l'écouter raconter l'histoire, prononcer les mots pour voir comment ils sonnent. Ça fait partie de ma méthode. Mais je ne l'entends plus.

— Pourquoi ça ?

— Parce que tout ce que j'entends, c'est Brune. Depuis que j'ai ouvert cette boîte, j'entends sa voix. Je pense à lui en permanence. De l'instant où je me réveille à celui où je m'endors ; et ensuite, il s'introduit dans mes rêves. Je n'arrive pas non plus à m'ôter le visage de Sarah Creston de la tête. Donna et Jennifer y sont également, mais c'est surtout Sarah, parce que j'ai tant de photos d'elle.

— Est-ce que ces voix vous disent de vous faire du mal ? D'en faire à autrui ? »

David baissa brusquement la tête, et sa poitrine se souleva. Il se mit à pleurer. À gros sanglots.

« Oui, finit-il par répondre. Il y a quelque chose en moi. Quelque chose qui se creuse un chemin dans ma poitrine. »

Le Dr Popodopovitch se redressa dans son fauteuil et écrivit quelque chose sur un formulaire vert.

« David, annonça-t-elle d'un ton calme et amical, presque amusé, il est possible que vous souffriez d'un trouble de stress posttraumatique déclenché par l'étude de ces affaires atroces. D'une certaine façon, vous revivez ces tragédies. J'ai déjà observé ce syndrome chez des journalistes revenus d'Irak. Vous allez passer la nuit aux Glenns ; c'est un établissement médico-psychologique situé à quelques kilomètres d'ici. Quand quelqu'un m'informe qu'il va attenter à ses jours, je suis obligée de faire ça, voyez-vous. Mais je vous promets que la nature de tout ce que vous venez de me dire et de tout ce que vous pourrez me dire à l'avenir restera strictement confidentielle. Vous comprenez pourquoi je dois faire ça ?

— Oui.

— Le fait que vous soyez venu me voir me montre que vous êtes plus fort que vous le croyez. À nous deux, nous allons vous sortir de cette mauvaise passe. Et nous commençons maintenant. »

Il baissa les yeux.

« Regardez-moi. David ? Nous allons vous sortir de là.

… regarde-moi, insista Elizabeth tandis qu'ils revenaient dans la salle du tribunal. Regarde-moi s'ils commencent à t'attaquer, d'accord ? »

Il hocha la tête et se dirigea vers la barre des témoins. Tout de suite après, les jurés entrèrent, puis le juge Siegel, et tout le monde se leva.

« Vous pouvez vous asseoir », dit le juge.

Synenberger jaillit de son siège et décocha aussitôt un direct du droit.

« Monsieur Neff, êtes-vous fou ?

— Objection ! » s'exclama Russo.

Synenberger écarta sa protestation d'un geste dédaigneux.

« Laissez-moi reformuler la question. Monsieur Neff, souffrez-vous d'un handicap psychique ?

— Je souffre de trouble de stress posttraumatique, mais ça n'a jamais été un handicap », répondit David.

Peu de temps avant, dans une pièce du neuvième étage, Russo l'avait mis sur la sellette exactement de la même façon, comme s'il l'entraînait pour un combat : il savait donc à quoi s'attendre, et comment répondre. Mais peu importait le nombre de fois qu'on tapait dans un punching-ball : face à un véritable adversaire, il restait difficile de ne pas tressaillir.

« Mais vous prenez des médicaments pour ça, n'est-ce pas ?

— Oui.

— Si ce n'est pas un handicap, alors pourquoi avez-vous besoin de vous soigner ?

— Eh bien, monsieur Synenberger, c'est un peu comme lorsqu'on est alcoolique. Certains alcooliques parviennent à rester opérationnels et à faire parfaitement leur travail, avant que leur foie se retourne contre eux. De mon côté, je parvenais toujours à respecter mes délais de remise, mais je sentais bien que quelque chose n'allait pas à l'intérieur.

— Comme le foie d'un alcoolique, sauf que c'était votre cerveau, votre esprit, qui avait un problème ? »

David grimaça légèrement.

« C'est à peu près ça, oui.

— Vous entendiez des voix. De personnes qui n'étaient pas là.

— Oui.

— N'est-il pas concevable que vous ayez également *vu* des gens qui n'étaient pas là ? »

David songea à cette nuit terrible, à ce sans-abri debout derrière la fenêtre de leur chambre, avec son couteau et son œil blanchâtre. Mais il était impossible que Synenberger soit au courant de ça. Seule sa psy était au courant.

« Non, répondit-il. Je ne pense pas.

— Je parle de Gary Gonze. Votre source secrète pour l'écriture de votre livre. Gary Gonze n'existe pas, n'est-ce pas ?

— Malheureusement si : il est bien réel. »

∞

Ils regagnèrent l'Ohio dans la voiture de Katy, une Saturn remplie de CD et de vinyles de groupes dont David n'avait jamais entendu parler : Salt Zombies, The Decemberists, Neutral Milk Hotel.

Il avait rendu sa voiture de location chez Enterprise Holdings à State College, et payé des frais supplémentaires pour qu'ils la ramènent à Akron eux-mêmes. Il n'y avait pas tant d'avantages que ça à être plein aux as, mais ceci en était un.

Bizarrement, à se laisser ainsi passivement conduire par Katy, il se sentait proche d'elle, plus proche que durant les sept fois, depuis son arrivée à Bellefonte, où ils avaient fait l'amour. Être assis sur le siège passager de la voiture d'une femme : ça, c'est une expérience intime.

Arrêtée à un feu, à State College, elle s'était penchée vers lui pour lui lécher les lèvres. Il s'était cru sur le point de s'évanouir.

« Et maintenant ? demanda-t-elle en s'engageant sur l'autoroute I-80 en direction de l'ouest.

— Je propose qu'on continue ça à la maison.

— Non, je veux dire : et maintenant, qu'est-ce qui se passe ? Pour toi ?

— Oh. » Il regarda par la fenêtre les contreforts des

Appalaches s'étalant majestueusement vers l'est dans un brouillard impressionniste de vert et d'or. « Eh bien, pas grand-chose, en fait. Il faut juste que je trouve un meilleur suspect que moi dans la tentative de meurtre de l'homme de Primrose Lane afin de ne pas être mis en examen. Et pour ça, d'une manière ou d'une autre, je dois découvrir qui se cache derrière le nom "Arbogast". Le seul homme dont on peut supposer qu'il avait un mobile pour tuer l'homme de Primrose Lane, si on peut se fier à tes souvenirs – et les souvenirs sont rarement fiables –, est celui qui t'a approchée devant ce magasin de jouets à Coventry, avant d'être intercepté par l'homme de Primrose Lane. Logiquement, cet homme est Arbogast. Mais la logique est en vacances, ces jours-ci. Peut-être l'homme qui s'est attaqué à toi était-il le même que celui qui a kidnappé Elaine et tenté d'enlever Elizabeth aussi, avant d'en être empêché par… par qui ? L'homme de Primrose Lane, une fois de plus ? Et j'aimerais aussi savoir pourquoi on a retrouvé l'empreinte digitale de ma femme sur le lit de ce mec. Sinon, Tanner a cours de natation le mercredi. Donc voilà pour les prochains jours.

— Tu crois toujours que la réponse est d'une élégante simplicité ?

— Toujours.

— Eh bien, au moins, on a un nom pour commencer nos recherches.

— Comment ça ?

— McGuffin. Le vieux a dit que l'homme pour qui il avait fabriqué les papiers s'appelait McGuffin. »

David éclata de rire.

« Ça non plus, ce n'est pas son vrai nom.

— Comment le sais-tu ?

— C'est une astuce de scénariste. Le "McGuffin",

c'est l'objet après lequel tout le monde en a dans un film. Toute l'intrigue tourne autour, mais le truc en soi n'a pas vraiment d'importance. Exemples : le Faucon maltais, ou l'arche d'alliance dans *Les Aventuriers de l'arche perdue*. Ou ce qui se trouve dans la mallette de Marsellus Wallace dans *Pulp Fiction*.

— Aucune piste, donc, pour trouver la véritable identité de l'homme de Primrose Lane ?

— En fait, le meilleur indice se trouve toujours à Akron. C'est sa maison. »

Ils s'arrêtèrent pour grignoter sur une aire de repos à l'est de Pittsburgh – une de ces gares routières de transit où on pouvait trouver des souvenirs kitsch et de la nourriture trop grasse – et David en profita pour téléphoner.

« Papa ! hurla Tanner. J'ai peint Ombre en vert ! »

Ombre était le chat.

« Tout entier ?

— Non, un peu seulement. J'ai pas fait exprès. Il a une tache verte maintenant.

— Parfait.

— Tu rentres à la maison ?

— Je suis en chemin, bonhomme.

— Ouais ! Oh, papy veut te dire quelque chose. »

Il y eut un bruissement sourd tandis que Tanner passait le combiné au père de David.

« Allô ?

— Salut, papa.

— Tout a marché comme tu voulais ?

— Oui.

— Bien. Dis, on, euh… on parle de toi dans les journaux, ici. Ça a commencé dans les blogs. Cette fille, Cindy. Elle a collé des photos de toi et d'une jeune femme sur son site.

— Super.

— Tu savais que la jeune femme en question était la fiancée de Ralph Rhodes ?

— Lequel est le fils de Joe Rhodes, je suppose ?

— Exact.

— Ah. »

Oui, songea-t-il, *Ralph Rhodes est un crétin, ça, c'est certain.* Qu'est-ce que Katy fabriquait avec ce type ?

« Enfin bref, les journaux ont repris l'affaire et ont deviné qui elle était.

— Comment ça ?

— Ils ont découvert que c'était la fille sur laquelle l'homme de Primrose Lane faisait une fixation.

— Et alors ?

— Le gros titre du *Beacon* aujourd'hui : "Célèbre écrivain suspect principal dans la mort de l'homme mystérieux". Et en dessous : "Il sort avec la femme que la victime traquait".

— Sympa.

— Est-ce que tu risques quelque chose ?

— Non, papa. C'est un malentendu. Te porter aux nues, te traîner dans la boue : c'est le boulot des médias. Synenberger est sur le coup. Il n'y a pas de quoi s'inquiéter.

— Tu en es sûr ?

— Presque.

— Rentre à la maison, alors.

— Je serai là dans deux heures. »

Katy était en train de refermer son téléphone portable quand David s'approcha d'elle dans le hall gigantesque. L'expression de son visage parlait pour elle.

« Merde, dit-elle.

— Ouais.

— Merde, alors ! Rien de tout ça ne serait arrivé si je n'étais pas allée dîner avec toi. Cette pétasse a pris une photo de nous dans ta voiture au moment où tu m'as déposée. Mais c'est *moi* qui ai trompé mon fiancé. C'est sur moi que ce mec de Primrose Lane faisait une fixation.

— Pourquoi tu ne m'as pas dit qui était ton petit ami ? »

Katy haussa les épaules.

« Ça m'est égal, ce genre de détails.

— Son père se trouve à la tête du parti républicain du comté de Summit ; il possède la plus grosse entreprise de bois de l'Ohio. C'est une famille influente.

— Je sais.

— Je dois bien te reconnaître une chose : on ne s'ennuie pas avec toi.

— De même.

— On y va ? »

Katy lui lança les clefs.

« À ton tour de conduire. »

Article du site ClevelandChic.com, mis en ligne le 18 octobre 2012 :

JEUNE LIBRAIRE SE LA JOUE *NEFF SEMAINES ½*
AVEC AUTEUR LOCAL
Une exclusivité de ClevelandChic

Qui est cette inconnue occupée à faire des mamours à l'auteur le plus célèbre d'Akron ? D'après les voisins, la JEUNE femme qu'on peut voir, sur cette photo, lécher l'oreille de David Neff est une employée de la librairie Borders prénommée Katy, et âgée de 22 ans. L'intéressée n'a pas pu être jointe pour répondre à nos questions ; Neff non plus, d'ailleurs. Il semblerait que les deux tourtereaux aient décidé de se faire un petit week-end en amoureux loin des appareils photo de *ClevelandChic*.

Veuf depuis que, en 2008, sa femme s'était suicidée en fonçant en voiture dans le mur d'une supérette le jour où elle devait sortir de la maternité après la naissance de leur fils Tanner, Neff vivait jusqu'à ce jour en reclus. Serait-il de retour sur le marché ? Ou bien Katy s'est-elle patiemment ouvert un chemin jusqu'à son cœur par le biais d'une correspondance quelconque ? On sait que l'homme est aisément joignable sur Facebook, où Katy fait partie de ses « amis ».

Je vais être franche : Neff et moi avons un passé commun. J'ai travaillé un temps avec lui pour l'*Independent*, quand il était encore publié. Je croyais que nous étions amis, mais Neff m'a poignardée dans le dos en racontant des mensonges sur moi au rédacteur en chef, et j'ai été licenciée. Il a beaucoup de fans, mais *ClevelandChic* n'en fait pas partie. Fais-moi confiance, Katy, ce mec est un salaud.

Une fille de 22 ans, David ? Sérieusement ?

MISE À JOUR : Ça par exemple ! La « Katy » en question n'est autre que Katy Keenan, la fille dont était secrètement obsédé l'homme de Primrose Lane. Elle est également ~~mariée~~ fiancée à l'héritier présomptif de l'entreprise Rhodes, Ralph Rhodes. Aïe aïe aïe ! Quelle arriviste ! On dirait bien que Neff a rencontré son âme sœur.

MISE À JOUR n° 2 : Nom d'une pipe en bois ! Le *Beacon Journal* vient de révéler que Neff est le suspect n° 1 dans la « tentative » de meurtre de l'HDPL. Comme ils disent sur Drudge.com, « affaire à suivre » !

Le soir tombait lorsque David fut de retour chez lui avec Tanner. Il y avait une autre carte de Cindy sur sa porte. *Il faut vraiment qu'on parle !* lui avait-elle écrit au dos. Elle lui avait aussi laissé un message sur son répondeur. Phil McIntyre du *Beacon* et Damian Gomez du *Plain Dealer* avaient également appelé. Il ne faudrait probablement pas longtemps avant que des reporters télé frappent à sa porte.

Ils dînèrent rapidement, de saucisses de Strasbourg et de macaronis au fromage, puis Tanner fila au salon regarder son dessin animé préféré pendant que David débarrassait la table.

Il s'apprêtait à ouvrir la porte du réfrigérateur pour y ranger les restes quand son regard tomba sur la photo d'Elizabeth enfant, pelotonnée sur le canapé. Brusquement, il s'immobilisa.

Il avait éprouvé du chagrin à la mort d'Elizabeth : autant que la Rivertin le lui avait permis. Mais ce qu'il sentait monter en lui à la vue de sa femme, à présent, était quelque chose de nouveau. Comme si une écluse s'était ouverte en lui, laissant tomber en cascade sur ses sens la tristesse accumulée de plusieurs années.

Soudain, il ressentit pleinement sa mort, son absence, la solitude qu'elle avait laissée derrière elle.

Elizabeth, songea-t-il. *Pourquoi a-t-il fallu que tu t'en ailles ? Pourquoi ne pouvais-tu pas rester avec moi ? Avec nous ?*

Il fut incapable de dire, par la suite, si sa dernière crise épileptique avait été déclenchée par ce torrent d'émotions nouvelles, ou si c'était le contraire. Le fait est qu'elle s'empara de lui avant qu'il ait eu le temps de la reconnaître pour ce qu'elle était. Une minute, il était debout dans la cuisine, les yeux rivés sur la photo d'Elizabeth, et l'instant d'après…

… il joggait à côté d'elle sur les chemins de terre zigzaguant entre les énormes rochers du parc Nelson Ledges – un endroit où elle avait aimé aller du temps où elle s'entraînait pour son marathon.

« Allez, traîne pas, le vieux !

— Attends. Juste une minute. J'ai besoin de reprendre mon souffle.

— Peux pas ! lança-t-elle en s'éloignant. Il faut que je garde le rythme. »

Le rocher de dix mètres de haut derrière lequel il la regarda disparaître avait été laissé là par un glacier dix mille ans plus tôt. L'odeur de sa sueur flottait encore dans l'air ; il s'arrêta en trébuchant et se pencha en avant, haletant.

Elle a disparu, songea-t-il.

Mais non : elle était de retour, joggant sur place à côté de lui, une main posée sur son dos. Il se redressa et elle s'arrêta un instant pour l'embrasser avec tendresse. À l'intérieur de son souvenir, David sentit son cœur se fendre.

« Encore un petit effort, David, l'encouragea-t-elle avec un grand sourire malicieux. Je t'aime, mais il faut que tu suives le rythme. Allez ! »

Elle le tira par le bras et ils se remirent à courir. Mais en tournant au coin du chemin, David…

… revint à lui, plus facilement que lors de ses précédents flash-backs. Il était toujours debout, en fait, un Tupperware de macaronis à la main. Il se sentait mieux. Pendant le reste de la nuit, cependant, l'absence d'Elizabeth se fit cruellement sentir.

Soucieux de prévenir toute autre attaque, il décida de se tenir occupé.

Il y avait plusieurs choses qu'il pouvait faire pour obtenir plus d'informations sur l'homme de Primrose Lane. Au sommet de la liste se trouvait une tâche devant laquelle il ne pouvait plus reculer. Il emmitoufla son fils ; quelques minutes plus tard, ils descendaient Merriman Street dans la Coccinelle jaune. Le trajet, cette fois, n'affichait pas deux kilomètres. Ils se garèrent devant une modeste demeure de style colonial et David aida son fils à sortir de la voiture. Puis, ensemble, ils remontèrent l'allée de briques. Pour une fois, Tanner ne posa pas de questions. Il se contenta de rester agrippé à la main de son père.

Albert Beachum ouvrit avant même que David ait pu frapper, laissant s'échapper les généreux effluves de cookies tout juste sortis du four. C'était un homme très grand, d'un mètre quatre-vingt-quinze au moins, doté d'une barbe rousse en bataille qui aurait bien eu besoin d'un coup de ciseaux. Il avait le visage creusé et les traits émaciés de quelqu'un qui avait travaillé à l'extérieur toute sa vie et en avait savouré chaque minute.

« Bonjour, dit-il d'un ton interrogateur.

— Monsieur Beachum, mon nom est David Neff. Voici mon fils et associé, Tanner Neff. Notre agence immobilière nouvellement formée aimerait beaucoup vous faire une offre pour la maison de Primrose Lane.

— Et un cookie, s'il vous plaît », ajouta Tanner d'un ton très professionnel.

Albert éclata de rire.

« Entrez donc. »

« Je sais bien que ce n'est pas vous qui l'avez tué », fit Albert en posant une assiette de cookies sur la table basse devant Tanner et son père.

Sa femme, « Keek », une Hells Angel repentie, était assise dans un fauteuil en face d'eux. Elle ne paraissait pas aussi convaincue.

« Merci, répondit David. Ce n'est effectivement pas moi. Je suppose qu'on est au moins deux à le penser.

— Lorsque j'ai vu votre nom dans le journal, j'ai appelé la police pour leur dire. Mais ça ne les a pas intéressés. »

Tanner souleva un cookie qui faisait la taille de sa tête et sembla se demander par où il allait commencer. Ce faisant, il se rapprocha de son père sur le canapé.

« Qu'est-ce que vous leur avez dit, exactement ?

— Comme vous le savez, j'en suis sûr, ma famille s'occupait de Joe King – ou de l'homme de Primrose Lane, si vous préférez –, depuis au moins la fin des années 1970.

— Je ne savais pas que ça remontait aussi loin.

— Au moins. Voyez-vous, personne dans ma famille ne se rappelle plus vraiment comment on s'est retrouvés embarqués dans cette affaire. Avant qu'il meure, on n'en parlait pas, même entre nous, et les premiers Beachum à avoir travaillé pour lui sont maintenant morts, eux aussi.

— Je vois.

— J'ai hérité du boulot lorsque j'avais 14 ans. J'allais à l'épicerie du coin lui faire ses courses, ou je me faisais emmener en voiture au centre commercial de Chapel Hill pour les articles plus étranges. En de très rares occasions, il m'a demandé de le conduire à tel ou tel endroit. Bellefonte, par exemple. Dans l'ensemble, c'était plutôt tranquille…

— … Sauf une fois.

— Sauf une fois, acquiesça Albert. C'était à l'automne 1989. Vers la fin octobre, avant Halloween. Un vendredi. J'arrive chez lui comme d'habitude, un sac à provisions dans le panier de mon vélo. Je m'approche pour poser les courses sur le seuil et récupérer mon argent – il me payait en espèces, dans des enveloppes, toujours un peu trop – et j'entends tout ce boucan à l'intérieur. Des objets jetés sur les murs, ou par terre : comme si le vieux était en train de se battre contre quelqu'un. Je tourne le bouton de la porte, pour voir. Elle est déverrouillée. J'entre en trombe. Et il est là, en train de tout détruire autour de lui. Il fait tomber tous ses livres. La télé qu'il avait à l'époque gît par terre, fracassée. Il a littéralement démoli une chaise. Il est furieux, vraiment. "Qu'est-ce qui s'est passé ?" je demande. Il sursaute, et il lui faut une seconde pour me reconnaître. Mais alors, il se calme brusquement et me dit : "Albert, il va falloir que tu arrêtes de passer pendant un moment." Je demande pourquoi et il me répond : "Parce que j'ai complètement merdé."

— Qu'est-ce qu'il voulait dire par là ?

— Pas la moindre idée, fit Albert avec un haussement d'épaules. Mais ça devait être important. Je lui ai posé la question et tout ce qu'il m'a répondu, c'est : "Albert, c'est trop risqué de venir pour l'instant. J'ai mis un homme extrêmement dangereux très en colère. Et je ne veux pas que quelque chose arrive à quelqu'un d'autre à cause de moi. Il faut que tu gardes tes distances."

» Puis il s'approche d'une commode dans un coin de la pièce et en sort une liasse de billets. Plus de cinq cents dollars. "Tiens, dit-il en me la tendant. Prends. Vois ça comme ton indemnité de licenciement. Je n'aurai peut-être plus besoin de tes services. Dans le cas contraire, je t'écrirai pour te demander de venir. Il est extrêmement important que ta famille et toi évitiez cette maison tant que je ne t'aurai pas contacté, tu as bien compris ?" J'ai répondu que oui. Il m'a remercié. Et puis il a fait quelque chose qui n'était vraiment pas son genre. Il m'a serré dans ses bras.

» Cinq mois plus tard, j'ai reçu une lettre. Deux phrases : *Plus de danger, tu peux revenir. À vendredi, si tu es toujours intéressé.* Il est évident que cet épisode a quelque chose à voir avec son meurtre. Les flics m'ont dit qu'on ne peut pas se fier à sa mémoire. Ils peuvent raconter ce qu'ils veulent. Moi, ce que je sais, c'est qu'on n'a jamais vu votre femme là-bas : ni moi, ni mon frère Billy. Il n'y avait jamais personne dans cette maison à part lui. » Il détourna les yeux. « Si c'est vrai qu'ils ont trouvé ses empreintes là-bas, alors c'est que quelqu'un les y a mises. Si vous avez besoin que je témoigne, je le ferai. Je m'en fiche.

— Merci. »

Pour la première fois, la femme d'Albert ouvrit la bouche.

« Vous disiez vouloir acheter la maison ? demanda-t-elle.

— Oui. En tant qu'exécuteur testamentaire, Albert, il est en votre pouvoir de vendre cette maison à partir du moment où toutes les parties concernées sont d'accord. Je verserais l'argent sur un compte bloqué ouvert par la cour – mon avocat peut s'occuper de tout ça, gratuitement, bien sûr – et ces fonds fructifieraient pendant que vous attendrez que le juge prenne une décision. C'est une vieille maison, elle ne rapportera probablement pas grand-chose sur le marché. J'ai vérifié sur Internet. Sa valeur est estimée à cent douze mille dollars. Je serais prêt à payer le double. Vous n'auriez plus à vous battre pour un bien immobilier, au moins, mais seulement pour de l'argent. Cela pourrait vous simplifier les choses.

— Et si on veut la garder, cette maison ? fit Keek.

— Chérie, tais-toi.

— Mais enfin, Albert, elle possède manifestement une grande valeur aux yeux de cet homme. »

David soupira.

« Tout ce que je peux vous dire, c'est que mon intérêt pour cette maison n'est pas tant financier que motivé par le désir de parer à toute éventualité. J'ai besoin de trouver l'homme qui a tué le vieux. Peut-être y découvrirai-je quelque chose qui puisse m'aider.

— On l'a déjà ratissée de fond en comble. Tout ce qu'elle contient, c'est un tas de vieux bouquins, des vêtements sales et environ dix mille paires de moufles.

— On ne sait jamais, rétorqua David. Je serais également prêt à demander à mon avocat de jeter un coup d'œil à votre revendication pour voir s'il ne peut pas faire avancer les choses en votre faveur. »

Soudain, la vieille bikeuse sembla plus attentive.

« On aurait bien besoin d'un bon avocat, Albert.

— Pour moi, fit son mari, ce n'est pas une question d'argent, vous le savez. Mais on n'a pas besoin de cette maison, c'est vrai. Je devrais réussir à convaincre les autres de la vendre. Une chose sur laquelle on peut tous se mettre d'accord, c'est que plus il y a d'argent, mieux c'est. »

Il jeta un coup d'œil à sa femme en prononçant ces derniers mots.

« Super, répondit David. Je vais demander à l'homme qui gère mes comptes de vous appeler demain matin. Il s'appelle Bashien. Il va créer une société civile immobilière dont mon fils et moi serons les premiers actionnaires et bailleurs de fonds. Pour des raisons que vous pouvez comprendre, j'ai besoin d'éviter autant que possible d'associer mon nom à cette transaction. Et je sais, au vu du travail que vous avez accompli pour Joe King, ou quel que soit son nom, que vous ne dévoilerez pas mon implication. Nous ne nous reverrons probablement plus. En fait, toute communication à partir de maintenant se fera avec McGuffin Immobilier et, pour autant que vous le sachiez, ce même Bashien sera responsable de l'opération. »

Albert éclata de rire.

« Quoi ? demanda David.

— Rien, répondit Beachum en secouant la tête. C'est juste que ça ressemble à quelque chose que l'homme de Primrose Lane aurait pu dire. Qu'est-ce qui fait que ma famille se retrouve toujours mêlée aux affaires de types comme vous ? Sans vouloir vous vexer.

— La chance, je suppose.

— Monsieur Neff, je ne crois pas que la chance ait quoi que ce soit à voir là-dedans. »

Une chose gênait David lorsqu'il regagna sa voiture avec Tanner : l'expression de Beachum quand il avait affirmé n'avoir jamais vu personne chez le vieux hormis le maître des lieux. La façon dont il avait évité son regard. Il dissimulait quelque chose. David le savait aussi sûrement que si ç'avait été écrit en lettres lumineuses au-dessus de sa tête. La question était de savoir s'il s'agissait d'une information importante ou juste d'un souvenir sans rapport qu'il souhaitait garder pour lui. D'une certaine façon, Beachum continuait à protéger les secrets de l'homme de Primrose Lane. Mais il semblait également avoir envie qu'on retrouve l'homme qui avait tiré sur son ancien employeur. Quel que soit le secret qu'il cachait, David décida qu'il n'aurait de toute façon rien apporté à son enquête. Il fallait qu'il fasse confiance à Beachum. S'il lui faisait part de ses soupçons à son égard, cela mettrait probablement un terme rapide à leurs rapports cordiaux et, dans l'immédiat, ces derniers étaient plus importants.

« Patron ? »

David entendit le martèlement sourd et primitif d'une musique tonitruante diminuer tandis que Jason sortait de la boîte de nuit où il était en train de draguer pour prendre son appel.

« J'ai besoin de renseignements, lui dit-il.

— C'est à ça que tu me paies.

— Tu ne trouveras probablement rien, mais je ne peux pas me permettre de fouiner dans la vie de ce type sans mettre certaines personnes en colère.

— Je serai l'indiscrétion personnifiée.

— La discrétion.

— C'est ce que je voulais dire.

— Tu te rappelles cette fille rousse ? Celle de Facebook ?

— Tu te la tapes ? Félicitations, mon pote. Il était bien temps que tu sortes de ton trou. Tu veux quoi, que je me renseigne sur son copain, quelque chose comme ça ?

— Non. Sur son père. Je ne sais rien de lui. Il a refusé de parler aux flics dans l'affaire de l'homme de Primrose Lane. C'est une piste ouverte.

— Je la fermerai. Donne-moi deux ou trois jours. »

Il n'arrivait pas à trouver le sommeil.

Elizabeth avait-elle vraiment connu l'homme de Primrose Lane ? Existait-il une explication rassurante à la présence de son empreinte sur le lit ? Était-il victime d'un hasard malencontreux ou essayait-on délibérément de le faire accuser du crime ? Pourquoi était-il attiré par les mêmes femmes que le ravisseur d'Elaine ? Pourquoi sa vie ne cessait-elle de croiser celle du mort ? Ces intersections existaient-elles vraiment, ou bien discernait-il un schéma là où il n'y en avait pas, comme on imagine des constellations dans l'agencement aléatoire des étoiles dans le ciel ?

Était-il possible que Riley Trimble se trouve derrière tout ceci ? Non, c'était de la paranoïa. Riley ne correspondait en rien à la description de l'homme qui avait kidnappé Elaine, ni de celui qui avait voulu s'en prendre à Katy ; l'homme au blouson Members Only était bien habillé et propre sur lui, alors que Riley présentait toujours une apparence négligée. Et, si Riley était techniquement un homme libre, il était loin de l'être dans les faits. Mais ce n'était pas entièrement impossible, si ?

Trimble, en tout cas, avait certainement des raisons de vouloir se venger.

Épisode 10

La maison de Primrose Lane

« À ce stade, j'aurai déjà de la chance si on a un jury partagé », s'exclama Russo, poings sur les hanches, en arpentant la salle de conférence adjacente à la salle de tribunal de Siegel.

Après une offensive impitoyable menée par Synenberger, le juge avait annoncé une courte suspension d'audience pour permettre à David de se reprendre. Les jurés ne l'avaient pas regardé lorsqu'il était sorti de la pièce. « On avait travaillé là-dessus. On avait répété et répété. Vous saviez comment éluder ses questions. Qu'est-ce qui s'est passé ?

— J'en ai assez de faire attention à comment je présente tout ce que je dis. Si on se contente de montrer les choses telles qu'elles sont, le jury verra que je n'essaie pas de cacher quoi que ce soit.

— Le jury vous croit timbré. Je le croirais aussi si j'en faisais partie. Tout ce que vous avez attesté vient de partir en fumée. » Russo leva les poings et les ouvrit brusquement. « Pouf ! Comme ça.

— Il y a d'autres témoins qui…

— C'était sur vous que reposait toute l'accusation,

David ! Sur vous. Rappelez-vous-le quand nous perdrons. »

Et, sur ces mots, le procureur adjoint sortit de la pièce d'un pas furieux.

David resta assis un moment. Il se sentait minable, sale – toxique. Il procéda à une rapide exploration du tréfonds de sa psyché. Avait-il eu tort ? Non, son âme était en paix. Sa décision de dire la vérité, il l'assumait, même si cela devait effectivement leur faire perdre le procès.

Il ressortit dans le couloir. Comme il ne s'agissait que d'une courte suspension d'audience, Elizabeth et son père étaient restés dans la salle. Mais pas Cindy Nottingham.

« Enfin seuls, minauda-t-elle.

— Je n'ai rien pour toi, Cindy.

— Si tu n'es pas gentil avec les médias, les médias ne seront pas gentils avec toi, tu sais.

— Ouais, eh bien, sois gentille et va te faire foutre, Cindy.

— Raffiné.

— Qu'aurais-tu fait à ma place ? »

Elle savait de quoi il parlait.

« Je serais venue m'en parler.

— Je n'en ai pas eu l'opportunité. Andy est arrivé…

… devant le bureau de David dans la salle de rédaction. Il était plus de 20 heures et, dehors, le Warehouse District, dernier bastion de l'équité sociale à Cleveland, grouillait de monde et brillait de mille feux. Le rédacteur en chef avait passé la plus grande partie de la journée à dormir pour faire passer une migraine. Les autres membres de la rédaction étaient déjà rentrés chez eux.

« Qu'est-ce que tu lis, Davy ? » demanda Andy.

David effeuilla les pages d'un manuscrit à interligne double.

« L'article de Cindy. Je l'ai pris dans le classeur commun. J'aime bien lire les premières pages avant qu'elles deviennent publiques.

— C'est une bonne habitude. Je le faisais aussi, avant. Alors, qu'est-ce que t'en penses ?

— C'est bien. Elle a réussi à faire fonctionner l'aspect dynastie familiale sans noyer le lecteur sous les détails juridiques.

— Ce que tu lis, c'est le troisième jet. Il y a eu pas mal de défrichage à faire, et jusqu'au dernier moment. Ça a demandé un gros travail de révision.

— En tout cas, maintenant, ça marche. Surtout cette idée de raconter l'histoire du point de vue de la femme de ménage.

— Ça te plaît ? »

David hocha la tête.

Un changement subtil dans son expression attira l'attention d'Andy.

« Quoi ?

— Non, rien. Ça me plaît.

— Ne baratine pas un baratineur.

— Ce n'est pas ce que j'essaie de faire.

— Alors quoi ?

— Rien. C'est juste que c'est moi qui lui ai suggéré cette idée, pour la sortir du pétrin dans lequel elle s'était fourrée. Je lui ai dit que ça se lirait mieux si elle utilisait un observateur extérieur. »

L'expression d'Andy ne changea pas, mais David le vit blêmir.

« Non mais quelle conne ! » s'exclama-t-il dans un grand souffle.

David fut tellement surpris qu'il en sursauta.

« Quoi ?

— Tu lui as conseillé de trouver une femme de ménage qui lui serve d'observateur ?

— Oui.

— Et voilà qu'elle en trouve une qu'elle n'a jamais interviewée avant, aussi simplement que ça ? »

David commençait à voir où il voulait en venir.

« Ce n'est pas ce que je voulais dire.

— Je sais », répliqua Andy. Mais, déjà, il était en train de composer un numéro sur son portable. « Cindy ? Cindy, où sont tes notes pour l'article sur cette famille ? » Il se tourna vers le bureau, qui ressemblait à une benne à ordure en version miniature. « Où ? » hurla-t-il. Il fouilla à tâtons sous un pull. Jeta si violemment une bouteille d'Ice-Tea vide contre le mur que le plastique se cabossa. Enfin, il dénicha une liasse de feuilles. « Où est ton interview avec la femme de ménage ? » Une pause. « Qu'est-ce qu'elle fait chez toi alors que tout le reste est ici ? » Une pause plus longue. « Ne me mens pas, Cindy, pas après tout ce que j'ai fait pour toi. » Pause. « Dis-moi seulement… Tu sais quoi… Tu sais quoi… Dis-moi juste une chose, Cindy. » Pause. « Est-ce que je dois retirer ton article de l'édition de demain ? » Pause. « Putain de bordel de merde ! C'est pas possible d'être aussi conne ! Est-ce que tu as la moindre idée de ce qui aurait pu se passer ? Tu as de la chance que David ait deviné. *On* a de la chance. T'as intérêt à rester hors de ma vue si tu as un peu de jugeote. T'as une journée pour envoyer quelqu'un chercher tes affaires avant que je les foute à la rue. Parfaitement, t'es virée ! »

Et il raccrocha, figé sur le seuil, haletant comme un boxeur dans les cordes. Après quoi il regarda David.

« Bon travail, gamin. On a un trou à remplir pour le numéro de cette semaine. Écris-moi quelque chose de bien. »

Et avant que David ait pu lui dire qu'il n'avait rien de prêt, qu'il s'était de nouveau laissé distraire par l'affaire Brune, le rédacteur en chef retourna s'enfermer à double tour dans son bureau.

Voir Athena deux fois par semaine lui avait été d'une grande aide. Et les deux nuits qu'il avait passées aux Glenns (un manoir victorien transformé en asile empestant le vomi séché et la javel) dans le service des suicidaires l'avaient incité à lutter davantage contre les symptômes de son trouble de stress posttraumatique. La voix de Brune, cependant, n'avait pas été complètement réduite au silence. David avait rapidement découvert que, plus il était stressé, plus son esprit était vulnérable à Brune ou, en des termes plus médicaux, susceptible de subir un « épisode » au cours duquel son subconscient prenait la voix du violeur pour semer la destruction dans son conscient. Pour l'instant, il avait réussi à convaincre la psychiatre de ne pas le mettre sous antidépresseurs, mais elle avait menacé de l'enfermer à nouveau au premier signe alarmant et, alors, il serait bien forcé d'en prendre.

Et le stress était de retour.

Sa première réaction fut d'appeler Elizabeth, mais elle ne répondit pas. C'était un peu étrange, vue l'heure tardive, mais peut-être l'avait-elle prévenu qu'elle resterait après les cours pour aider à organiser le spectacle musical de l'école, il n'était pas très sûr.

Il avait fait virer Cindy. Il n'en était pas fier, même s'il ne pouvait se reprocher d'avoir eu l'œil. À présent, Andy voulait qu'il remplisse le trou créé dans le journal par cette explosion silencieuse. Et il ne savait pas par où commencer.

Il éplucha les quotidiens locaux à la recherche d'un sujet. Rien. Et il était trop tard pour contacter les rares sources qu'il avait réussi à dégoter en neuf mois de travail à l'*Independent*. Il envisagea d'appeler Frankie, mais celui-ci venait d'écrire l'article de couverture du numéro précédent : cinq mille mots à propos d'une société écran qui fraudait sur les revenus d'un contrat de construction d'aéroport.

Sa boîte de messagerie lui signala qu'il avait du courrier. Un certain gorgeprofonde2@hotmail.com venait de lui envoyer un mail. Il cliqua dessus pour l'ouvrir.

J'ai appris que vous enquêtiez sur Riley Trimble.

Je peux prouver qu'il a assassiné Sarah Creston.

Rencontrons-nous. Edgewater Yacht Club. Maintenant. (Je sais que vous êtes encore au boulot, je vous vois assis devant votre ordinateur.)

La dernière phrase lui fit l'effet d'une claque. Il regarda par la fenêtre, balayant du regard le parking jonché de préservatifs où traînaient les clochards, observant la rangée d'immeubles qui marquait l'entrée du Warehouse District. Il y avait là quantité de gens, mais personne ne semblait regarder dans sa direction.

Il entendit un rire. Brune. Quelque part au fond de lui.

« Ta gueule », murmura-t-il.

Est-ce un piège ? se demanda-t-il. *Est-ce Trimble ?*

Il se comportait comme un junkie, réalisa-t-il. Trop accro au mystère pour penser de façon rationnelle. Une partie de lui-même prenait plaisir à ce petit jeu.

Lorsqu'il entra dans l'ascenseur, David avait déjà oublié qu'il devait un article à Andy.

À l'exception de deux ou trois voitures garées près du restaurant et d'un 4 × 4 dont le moteur tournait au ralenti, près de la passerelle menant aux embarcadères, le parking du yacht-club était vide. C'était la fin de l'été, mais le vent qui venait du lac Érié et traversait la ville était frais. La plupart des yachts et des bateaux plus petits étaient couverts de bâches. Lorsque David entra sur le parking, les phares du 4 × 4 clignotèrent. Ce n'était clairement pas Trimble : il n'avait pas les moyens de se payer une voiture pareille. David s'en approcha, prêt à repartir en trombe au premier signe de danger.

La vitre du 4 × 4 se baissa. Un Noir chauve en costume chic était assis au volant. Il portait une lavallière au lieu d'une cravate. Il était vieux, et avait la peau aussi ridée qu'un carlin autour des joues et du menton.

« Montez, David, dit-il d'une voix rocailleuse de fumeur invétéré.

— Est-ce qu'on peut parler dehors, plutôt ?

— Non. »

Mauvaise idée, songea David en coupant le contact de sa Chrysler. *Personne ne sait que je suis ici.*

Il va te couper la gorge et te violer par la bouche pendant que tu agonises, chuchota Brune.

« Assez », intima David au siège passager vide.

— *Si Elizabeth t'aimait vraiment, elle serait chez vous en ce moment. Tu savais qu'elle n'était pas assez forte pour ça. Tu savais qu'elle était brisée. C'est pour ça que tu l'as choisie. Riley et toi n'êtes pas si différents.*

Tel un somnambule, David sortit de sa voiture et monta dans le 4 × 4. Le vieil homme empestait le mauvais cannabis et les pastilles pour la gorge.

« Merci, dit-il. C'est là une preuve de bonne foi, David. Et de respect. Je savais que je pouvais compter sur vous.

— Compter sur moi pour… ?

— Garder mon secret.

— Qui est ?

— Je suis un pédophile actif. »

David resta un moment sans répondre. Son cœur tambourinait dans sa poitrine comme un propriétaire en colère à la porte de son locataire.

« Pastille ? » proposa l'homme en lui tendant une boîte ouverte.

David la repoussa d'un geste.

« Pourquoi m'avez-vous dit ça ? demanda-t-il, la bouche sèche comme du papier de verre.

— Parce que je sais comment vous aider à prouver que Trimble a assassiné Sarah Creston. Mais si je le sais, c'est uniquement parce que, pendant un temps, nous avons fait partie du même club privé. Pas un club au sens officiel du terme, hein. Mais je crois que vous avez compris ce que j'entendais par là. »

David se contenta de le dévisager. Il voulait s'en aller. Mais il n'avait toujours pas ses réponses. Et peut-être ne retrouverait-il jamais pareille occasion de les obtenir.

« Posez-vous la question : voulez-vous *vraiment* écouter ce que j'ai à vous dire ? Je vais être obligé de vous raconter des choses que personne n'a envie d'entendre. Savoir ce qui est arrivé à Sarah justifie-t-il de devenir le confident d'un pédophile ? De protéger son secret pour qu'un homme plus dangereux que lui aille en prison ? La seule consolation que je peux vous offrir, c'est que je n'ai jamais tué personne. »

Quelque part au fond de lui, David savait que le vieil homme usait avec lui du même ton réservé qu'il employait pour gagner la confiance de ses victimes.

« Racontez-moi, dit-il.

— Dans les années 1970 et jusqu'au début des années 1980, il existait un studio de production audiovisuelle caché au sous-sol d'un magasin de vélos, dans l'est du Michigan. C'était le deuxième plus grand centre de copie et de distribution de pornographie infantile des États-Unis. La mafia russe était mêlée à l'opération ; elle distribuait des dividendes aux flics du coin afin qu'on ne les ait pas sur le dos.

» J'étais ce qu'on appelait un “dénicheur de talents”. Je maraudais dans la petite couronne de Cleveland. Du côté ouest, essentiellement, entre la 117ᵉ Rue et le Marché. Notre clientèle préférait les enfants blancs, donc l'est de la ville était exclu. Je traînais aussi du côté de Parma. À force, on en vient à reconnaître les gamins dont personne ne se soucie. On les trouve en train de jouer dans des jardins grillagés dont des corniauds ont gratté toute la pelouse, ne laissant que la terre nue. Ou sur des voies de chemin de fer, dans des parkings déserts, pendant que leurs parents se shootent à l'héro chez eux. Ces gamins étaient notre gagne-pain. On pouvait les ramasser pour le week-end, les conduire à Detroit et les renvoyer chez eux avec un billet de cinquante pour leur peine, et être sûr que personne n'appellerait les flics.

» Il y a les “dénicheurs de talents”', et puis il y a ce qu'on appelle les “dilettantes”, qui font le même travail mais en freelance. Parfois, ils n'amènent rien pendant deux ans et puis, tout à coup, ils se pointent avec trois mômes. Ces mecs-là aimaient bien profiter mais pas s'engager, vous voyez ? Bref, Trimble était un dilettante.

» C'était mon territoire, ici, à l'époque, alors il est venu me voir, vous comprenez ? Un mardi soir – il ne faisait même pas encore nuit –, j'étais tranquille chez moi quand il a arrêté sa camionnette dans mon allée. À l'intérieur, il y avait cette fille. J'ai bien cru que j'étais foutu. Je veux dire, si un voisin avait mis la tête dehors à cet instant, ç'en aurait été terminé pour nous. C'est ça le problème, avec les dilettantes. Ils prennent des risques stupides.

» Bref, je lui ouvre le garage et il s'y gare. Je le rejoins, et je vois Sarah Creston. Elle est menottée à une espèce d'anneau soudé dans le plancher de sa camionnette, et je devine aussitôt qu'elle ne fait pas partie de ces gosses qui gardent le secret en rentrant chez eux. C'est une gamine dont on s'occupe bien, vous voyez ? "Merde, je lui dis. Faut que tu relâches cette fille. Et loin d'ici."

» Mais c'est là qu'il me dit : "Je veux l'avoir en film." Et il est prêt à payer mille dollars pour que j'installe le matériel. Je sais que je peux faire une copie et obtenir dix fois ça des mecs du magasin de vélos. Je sais aussi qu'eux s'en feront cinquante mille en vendant les cassettes sur les marchés aux puces ; on avait ce système à l'époque, qui permettait de vendre les trucs de gamins au grand jour sous des jaquettes de films pour adultes. Ce qui permettait de les différencier, c'était que celles qui contenaient des trucs de gamins étaient marquées d'un X vert : ça te donnait la possibilité de démentir. C'étaient les bolchos qui nous avaient appris ça. Bref, je n'étais qu'un humble travailleur, et ce genre d'occasion de faire du fric ne se présentait pas tous les jours.

» Donc, ce que j'ai fait, c'est que je l'ai droguée. Avec du thiopental sodique obtenu auprès d'un client dentiste. Je lui en ai donné pour qu'elle ne se rappelle pas l'expérience. Il y avait de bonnes chances qu'elle ne se souvienne pas de moi non plus. Ce truc détraque sérieusement la mémoire. Vous pouvez me croire ou pas, mais c'était pour son bien que je faisais ça.

» Ça m'a pris seulement un quart d'heure pour préparer le matériel. Et une demi-heure à Trimble pour faire son truc. J'ai filmé, puis j'ai transféré sur cassette ; c'est mieux pour dupliquer après, on perd moins la qualité. Puis je lui ai dit : "Ramène-la chez elle." Et il m'a répondu : "Je peux pas faire ça." Et je savais ce qu'il voulait dire. Mais je voulais pas en savoir plus, alors j'ai fait comme si je n'avais pas entendu. On a remis la fille dans sa camionnette. Et je lui ai redonné du thiopental, pour la route. Et ils sont partis. »

David ouvrit la portière du 4 × 4 et sortit sur le parking, les jambes en coton. Pris de haut-le-cœur, il se plia en deux. Au troisième soubresaut, il rendit son dîner. Il sentit une main sur son dos. C'était le vieux.

« Ne me touchez pas », s'écria-t-il avec un mouvement de recul.

L'homme ressortit sa boîte de pastilles et en prit une, qu'il fit rouler bruyamment entre ses dents.

« Je sais ce que je suis, lâcha-t-il au bout d'un moment. Mais j'ai une conscience, que vous le croyiez ou non. Jamais je ne tuerais un enfant. Jamais.

— Vous avez la cassette ? demanda David.

— Non. Elles ont toutes été détruites lorsque le meurtre de Sarah Creston a fait la une des journaux.

— Alors qu'est-ce que tout ça m'apporte ?

— La pellicule d'origine existe toujours. Elle est conservée dans un bateau à l'extrémité de cette jetée. »

Il indiqua l'embarcadère le plus éloigné du parking, où un énorme voilier était amarré.

« À qui appartient ce bateau ?

— Ça, je ne vous le dirai pas, répondit le vieil homme en secouant la tête. Je crois que j'en ai assez fait. »

Il se retourna vers sa voiture.

« Attendez ! s'exclama David. Et si j'ai besoin de vous contacter ? »

Le vieil homme secoua la tête.

« J'ai fait tout ce que je pouvais pour vous. Probablement, vous pourriez trouver mon nom à partir de ma plaque d'immatriculation. Mais je vous ai demandé de préserver mon anonymat, n'oubliez pas ça. Jamais je ne tuerais un enfant. Jamais. Mais vous, si je vous voyais apparaître sur mon seuil ? Oui, sans hésitation. »

David ne se servit jamais du numéro de la plaque. Il ne voulait pas connaître le vrai nom de cet homme. Dans son livre, il se contenta de l'appeler Gary Gonze – le nom d'un personnage d'un roman de science-fiction de bas étage qu'il avait lu étant ado.

Alors qu'il remontait la jetée, David sentit son pouls s'accélérer. Le clapotement des vagues sous les planches lui donnait le vertige. Brièvement, il envisagea de relayer l'info auprès de la police. Mais cela ne suffirait pas, il le savait, à obtenir un mandat de perquisition. Pas si le vieux ne parlait pas lui-même aux inspecteurs.

Il approchait du yacht. Bien sûr, il y avait des choses à prendre en compte : l'entrée par effraction, le respect du protocole de collecte des preuves, par exemple. Mais le besoin de savoir était trop fort, et David ne pouvait pas lui résister. Pas si près du but. Trouver la preuve que Trimble – et non Brune – était bien le tueur, était devenu plus important que d'éviter la prison, plus important même que de laisser les Creston faire leur deuil.

Le yacht, de loin le plus imposant de tout le club, était une goélette blanche aux finitions bleu roi. Il y avait trois hublots à bâbord, du côté que voyait David. De l'autre côté, les ténèbres étaient complètes.

Les voiles étaient soigneusement enveloppées : un vrai vaisseau fantôme. David regarda à l'arrière et frissonna à la vue du nom écrit sur la coque : *Le Beagle*, d'après le navire qui avait transporté Darwin jusqu'aux Galápagos. Mais quelqu'un avait peint à la bombe un *e* et un *z* par-dessus le *a* et le *g*, de sorte qu'on lisait désormais *Beezle*.

David regarda par-dessus son épaule, là où l'embarcadère commençait. Personne n'accourait pour l'arrêter. Aucune des autres cabines de bateau n'était éclairée.

Il se retourna vers *Le Beezle* et sauta sur l'échelle de corde qui pendait le long de sa coque comme un leurre.

Le pont était protégé des intempéries par une bâche transparente attachée au bateau par des œillets. Il en défit une extrémité et se glissa à l'intérieur. Il faisait trop noir pour voir quoi que ce soit. À tâtons, il finit par tomber sur la porte de la cabine – à taille de Hobbit. Il y avait un interrupteur à côté. Il appuya dessus. Une rangée de spots encastrés dans le sol illumina le pont autour du gouvernail ornementé : un espace quelconque moquetté de bleu, où on pouvait piloter et prendre un bain de soleil. Attachée au mur, une lourde lampe torche. Il l'attrapa vivement, l'alluma et éteignit l'éclairage au sol.

La porte de la cabine donnait sur un espace cuisine-salle à manger. Au fond de la pièce, deux portes se découpaient dans un mur lambrissé de chêne couleur de boue fraîche. La cuisine empestait la naphtaline.

David fit le tour de la pièce du faisceau de sa torche, éclairant brièvement les formes arrondies d'un plan de travail et de placards, ainsi que la silhouette d'un grand réfrigérateur. Il y avait des espaces de rangement dans les cloisons à côté de la table à manger. Il ouvrit le plus proche et y trouva un pistolet lance-fusée et plusieurs cartes de navigation. Le deuxième contenait deux classeurs remplis de clichés pédopornographiques. Les images qu'éclaira brièvement le faisceau lumineux se gravèrent dans son esprit comme un virus informatique proclamant que le monde était ainsi fait.

Je sens ton déclin venir, chuchota Brune.

David reposa les classeurs, pleinement conscient que ses empreintes se trouvaient désormais dessus, et écœuré par sa propre indifférence. Rapidement, il examina le reste de la pièce. Rien. Il ouvrit la porte du fond, à bâbord. Elle donnait sur une grande salle de bains avec une douche aux parois de verre. Il aurait aimé ne pas voir le chouchou Hannah Montana noué autour de la pomme de douche.

Il ouvrit l'autre porte. La chambre. Le lit était à baldaquin et recouvert de soie rose translucide. Il y avait un miroir au plafond. À côté du lit, une table de chevet avec un compartiment rempli de tubes de Love Gel et de préservatifs grande taille. Il ratissa les tiroirs d'une commode. Les premiers contenaient des vêtements d'adulte, des pulls, notamment, qui devaient coûter plus cher que ce qu'il gagnait en un mois. Dans un autre, il tomba sur une pile de culottes de petite fille.

Bientôt, il en eut terminé. Il n'avait rien trouvé de plus compromettant que les photos. Vaincu, il s'assit sur les draps de soie. Il sentit un objet sous ses fesses et sut immédiatement de quoi il s'agissait : il avait travaillé autrefois dans un cinéma et connaissait la forme et la taille approximative d'une bobine.

Celle-ci était plus petite, environ de moitié, que celles que David avait montées sur les projecteurs. La pellicule était mince et cassante. Une odeur de vinaigre s'en dégageait, signe qu'elle était vieille et prête à tomber en miettes. Elle était étiquetée d'un morceau de scotch blanc sur lequel était écrit au marqueur noir : *s.c.*

David serra le poing dessus et s'apprêta à retourner vers l'échelle.

L'ombre d'un homme se dessinait sur le seuil de la porte de la cuisine.

David fut trop stupéfait pour ressentir de la peur. Sa première pensée fut que c'était le vieux Noir, revenu refermer la souricière sur lui, mais, levant vivement sa torche, il aperçut des mains blanches, manucurées, ridées, sortant d'une chemise en flanelle.

« Ôtez ça de mon visage », gronda l'inconnu.

David se figea. Il n'y avait, bien entendu, aucune issue.

Je vais mourir ce soir, songea-t-il.

— *Je t'attendrai de l'autre côté,* fit Brune. *J'ai hâte...*

... de rencontrer ta mystérieuse source, fit Cindy alors que David ressortait des toilettes pour hommes. J'ai vraiment du mal à croire qu'un "vieux Noir" anonyme t'ait révélé où, exactement, trouver un film montrant le viol de Sarah Creston en direct. C'est trop commode. Mais, évidemment, personne ne pourra jamais voir ce film, puisqu'il a été détruit sur le bateau. »

David entreprit de regagner la salle d'audience.

« Je suppose que tu ne veux pas me dire au moins à qui il appartenait, ce yacht ? Je pourrais peut-être retrouver le lien et vérifier au moins une partie des faits dont tu accuses Trimble.

— Tout le monde n'est pas comme toi.

— Tu as raison : moi, j'ai eu le courage d'admettre que je m'étais inventé une source.

— Seulement parce que Andy s'en est rendu compte.

— Il n'y a pas de Gary Gonze, n'est-ce pas ? Pas de film. Et pas de bateau non plus, hein, David ? »

Plusieurs personnes traînant dans le couloir se retournèrent pour voir ce qu'il se passait.

« La police détient un fragment de ce film.

— Alors pourquoi le procureur ne l'a-t-il pas ajouté aux pièces du dossier d'instruction ?

— Tu n'as qu'à le lui demander, Cindy.

— Parce que ce n'était pas Sarah, n'est-ce pas ?

— Crois ce que tu veux. »

Le temps perdu par Cindy pour tendre son embuscade à David dans le couloir lui coûta sa place dans la salle d'audience bondée. Au moment où elle entrait dans la pièce, elle se vit demander de ressortir pour attendre dehors avec les autres badauds.

« Mais je suis reporter ! protesta-t-elle d'un ton geignard.

— Madame, répliqua le greffier, un Irlandais joufflu, vous pourriez être Angelina Jolie que ça ne changerait rien. Attendez dehors. »

Avant de retourner à la barre des témoins, David se pencha par-dessus la séparation pour embrasser Elizabeth. Elle en profita pour lui glisser dans la main quelque chose qui avait la forme d'une longue cuillère. Il ne regarda pas ce que c'était avant d'avoir regagné sa place. Là, seulement, il ouvrit la main. C'était un test de grossesse qui affichait en rose un signe +. David leva les yeux pour la regarder et sourit lorsqu'elle lui indiqua d'un geste que tout allait bien.

Un miracle, d'une certaine façon, étant donné les dangereux effets secondaires de la Rivertin. Sa virilité n'était pas altérée. Et c'était une bonne chose, car il avait besoin d'une bonne dose d'assurance pompeuse pour faire face à ce qui allait suivre.

∞

La maison de Primrose Lane se dressait derrière une petite pelouse carrée qui n'avait pas été tondue depuis la présidence de Jimmy Carter et formait un minuscule champ de hautes herbes. Le vent frais et automnal, qui suivait le trajet sinueux de la Cuyahoga à travers la Merriman Valley, jusqu'au lac Érié cinquante kilomètres plus loin, les faisait onduler. David et Katy restèrent un moment debout sur le trottoir, main dans la main, à regarder les fenêtres voilées de rideaux et à imaginer ce qu'ils trouveraient à l'intérieur. Katy portait un bandeau de princesse chippewa, cette fois : une mince cordelette qui faisait le tour de sa tête et maintenait trois plumes bleues en place derrière son oreille droite.

« Qu'est-ce que tu vas en faire ? demanda-t-elle.

— Aucune idée, répondit David. Un gîte sympa, peut-être. Tous ces endroits ne sont-ils pas censés avoir des fantômes pour les touristes, de toute façon ?

— Je ne crois pas qu'il y ait beaucoup de gens qui passent l'été dans l'ouest d'Akron.

— Ah. Eh bien, peut-être que je la louerai à des étudiants. » Il la tira par le bras. « Allez, viens. Allons voir ce qu'il a laissé derrière lui. »

Une boîte à clefs sécurisée était accrochée à la porte. L'avocat de David lui en avait donné le code le matin même, après avoir finalisé l'achat pour deux cent cinquante mille dollars tout rond. Il tapa les chiffres sur le clavier numérique et retira de la boîte une vieille clef en acier, lourde comme un secret. Il la fit tourner dans la serrure et la porte s'ouvrit avec un déclic.

David trouva un interrupteur à sa droite et appuya dessus. Rien ne se passa, mais c'était le milieu de la journée et Akron profitait d'une journée sans nuages. La lumière qui traversait les rideaux éclairait un peu les pièces. David s'avança le premier. Katy lui serra la main plus fort et le suivit, laissant la porte ouverte derrière eux.

Ils regardèrent dans le placard et virent la boîte de moufles. David tira un calepin de reporter de sa poche et nota le nom de la compagnie écrit sur le côté du carton : Nostos Inc., Dublin, Irlande. Il en prit une paire et les essaya. Elles lui allaient, mais porter les moufles d'un mort le mettait mal à l'aise, aussi les fourra-t-il dans ses poches.

Il se tourna vers le vestibule. Sur le plancher, on voyait le sang séché de l'homme de Primrose Lane – de longues traînées menant au salon, vers une tache cramoisie qui avait la forme et la couleur d'un sceau de cire.

La pièce était restée relativement intacte depuis que l'équipe médico-légale avait retiré le corps en 2008. La brigade criminelle d'Akron avait emmené les carnets concernant Katy et quelques autres objets en 2009, mais c'était tout. Les murs étaient toujours cachés derrière des piles de livres de poche – des romans policiers, essentiellement. Il y avait de tout dans le genre, de Conan Doyle à James Patterson. Quelques romans d'épouvante. Quelques manuels, aussi : *La Menuiserie pour les Nuls, La Guitare pour les Nuls*, et même quelque chose qui s'appelait *Survivre à l'Apocalypse pour les nuls*. Un exemplaire à spirale d'*Ulysse*, ouvert à l'épisode 10, était posé sur le manteau de cheminée, sous une tache carrée suggérant qu'un miroir avait été fixé là autrefois.

« À l'odeur, dit Katy, on se croirait à l'école de Roxboro. Tu crois qu'il a vraiment lu tous ces bouquins ?

— Je serais prêt à parier que oui. »

Un tableau solitaire était accroché au mur ouest : une reproduction, probablement illégale, de *La Persistance de la mémoire*. Celui avec les montres molles et l'étrange poisson monstrueux censé être un autoportrait.

Ils remontèrent la traînée brunâtre jusqu'à son point d'origine : la cuisine. Le mixeur avait disparu, mais David en reconnut le contour dans une mare de sang figé sur le plan de travail, près de la fenêtre.

Katy entreprit d'examiner le contenu des placards. L'homme de Primrose Lane avait tout étiqueté. Il y avait un emplacement précis pour le riz (brun et blanc), le beurre de cacahuète (croquant ou onctueux), les spaghettis, la soupe. Le réfrigérateur, lui, possédait une étagère étiquetée lait et thé glacé, mais il avait été envahi par une forme de bactérie ou de moisi qui sentait la mort. Ils le refermèrent et ne le rouvrirent plus. Katy indiqua quelque chose sur la porte : un magnet en forme de chat. Il retenait une lettre dont David reconnut aussitôt l'écriture.

Le bébé arrive. Je viendrai te voir dès que possible. N'oublie pas de marcher. Et garde le sourire. Tendrement, E.

Ce mot avait-il échappé aux yeux des policiers, ou bien en avaient-ils pris une photo pour le dossier avant de passer à autre chose ? David n'avait aucune certitude, mais il estima qu'il était passé inaperçu. Lui-même avait failli ne pas le voir. C'était le vieux principe de l'indice caché en plein jour.

Il sentit un doute inhabituel lui pincer le cœur. *Bienvenue, mon vieil ami.* Il le repoussa. Pas le temps pour ça.

« Je n'ai pas d'explication, confia-t-il à Katy. Mais il en existe une. Je ne crois pas qu'elle me trompait. Il aurait fallu que tu la connaisses. Ce n'était pas dans sa nature.

— À la différence de moi ?

— Non, ce n'est pas ce que je voulais dire.

— T'inquiète.

— Non, sérieusement.

— Je sais. »

Il y avait deux pièces à l'étage, sans compter la minuscule salle de bains. À droite, un petit studio. Sur un chevalet, au centre de la pièce, une toile à moitié achevée était dressée, dont David supposa qu'elle avait été tendue sur son châssis par l'homme mystérieux lui-même. C'était une nature morte surréaliste : un œuf suspendu dans le vide, comme une montre de Dalí. Mais l'œuf était gros et noir. Quant au paysage inachevé en arrière-plan, il aurait pu représenter un endroit de la vallée de la Cuyahoga, si les arbres n'avaient pas eu un aspect étrangement mécanique. On distinguait à peine les coups de pinceau. À l'évidence, c'était là le travail d'un homme patient.

David avait adoré les cours d'arts plastiques à l'école. Le désir soudain de tenir un pinceau le saisit, et il en fut surpris. L'odeur de la gouache et de la toile lui manquait. C'était exactement comme dans son souvenir de la salle d'art de Mlle Wolf en primaire.

Comme il se souvenait peu de son enfance ! Qu'avait-il aimé faire d'autre, à l'époque ? S'il retrouvait un jour du temps à consacrer à un loisir, il se dit qu'il aimerait reprendre la peinture. *Peut-être même finir ce tableau*, songea-t-il.

C'était la seule toile présente dans la pièce. À l'exception de cette œuvre en cours et d'une table basse sur laquelle était posée une palette couverte de peinture à l'huile couleur de terre complètement durcie, le studio était vide.

« Où est-ce qu'il rangeait ses tableaux terminés ? » demanda Katy.

David haussa les épaules.

L'autre pièce était une chambre. Bien rangée. Bien aménagée. Deux chemises étaient pendues dans l'étroit placard, à côté d'un pantalon et d'une combinaison de travail couverte de taches de peinture. Sur la commode se trouvait une bouteille d'après-rasage Old Spice des années 1970. Il n'y avait rien dans les tiroirs, hormis un short miteux et une souris morte. Le lit bateau était recouvert de trois couches de draps autrefois marron clair mais devenus d'un gris chiné avec le temps. La tête de lit avait été enlevée, supposa David, par la police d'Akron.

Il s'approcha du lit et enfouit son visage dans les oreillers. Il marqua un temps, puis hocha sombrement la tête.

« Elle a été ici, dit-il. Je sens son parfum. »

Brusquement, sa poitrine se gonfla. Avec un soupir bruyant, il s'efforça de tenir l'émotion à l'écart, mais une larme roula sur sa joue avant qu'il ait pu la retenir.

« Désolé, dit-il.

— Ne t'excuse pas, David.

— Je croyais vraiment… Je ne sais pas. Bon sang, ça se présente mal pour moi.

— Tu n'as rien fait de mal.

— Et alors ? Il y a des innocents qui se font condamner tous les jours. Et des coupables qui sont acquittés.

— Trimble a eu ce qu'il méritait.

— Tu trouves ? »

L'homme de Primrose Lane conservait ses trésors au sous-sol.

Le sol en béton était inégal et craquelé, certains morceaux saillant à un tel point qu'on aurait dit qu'il avait connu un séisme. Mais tout avait l'air sec et aucune odeur de moisi ne flottait.

« Si un jour je décide de revendre la maison, fit remarquer David, il faudra que je répare ce sol.

— Ce serait peut-être plus facile de la raser et de rebâtir par-dessus, répliqua Katy. Je connais un mec qui pourrait te faire un prix sur du bois de construction.

— Très drôle. »

La pièce était encombrée d'objets indispensables du siècle passé : chaudière, cheminée, seau à charbon, évier. Éparpillées parmi eux, une demi-douzaine de formes rectangulaires enveloppées de draps étaient appuyées contre des piliers en chêne. Des toiles, sans aucun doute.

David dévoila la première d'un geste théâtral. Il s'attendait à un paysage. Il espérait un autoportrait. Mais ce qu'il découvrit…

« Oh, merde ! » s'exclama Katy.

C'était le portrait d'une petite fille, âgée d'une dizaine d'années à première vue. Elle avait un visage rond couvert de taches de rousseur et des cheveux roux coupés au carré. Le manège dans lequel elle était assise s'appelait le Derviche tourneur. David le reconnaissait pour l'avoir vu à Cedar Point, un parc d'attractions à une heure à l'ouest de Cleveland. Adolescent, il y était lui-même allé plusieurs fois.

La fillette portait un débardeur dos nu blanc qui battait au vent rapide créé par le manège. Son regard rayonnait de jeunesse et de sérénité.

« C'est toi, n'est-ce pas ? »

Katy hocha la tête en tressaillant.

« Putain d'obsédé.

— C'est un beau portrait.

— Oui. Et ça fiche encore plus les jetons.

— Regarde. » David montra du doigt le coin inférieur droit. Le tableau était intitulé, simplement, *Katy*. « Je crois qu'ils vont tous te représenter, ces tableaux. Tu veux continuer ?

— Absolument. Il faut que je voie s'il y en a un ici qui a été peint de derrière la fenêtre de ma chambre quand j'avais 16 ans. J'ai hâte d'en faire des cauchemars. »

Mais en vérité, c'était le seul tableau dont elle était le sujet. Le suivant révéla deux sœurs jumelles, main dans la main, qui descendaient une route de campagne en sirotant des granités. Il était intitulé *Elaine & Elizabeth*.

« Apparemment, fit David, celui-ci est mon cauchemar à moi. »

La question ne se posait plus : d'une façon ou d'une autre, la disparition d'Elaine était liée à Katy. L'homme de Primrose Lane l'avait su avant tout le monde. Comment ? Comment cet ermite sans amis avait-il découvert un lien ayant échappé aux enquêteurs pendant des dizaines d'années ? Et pourquoi s'y intéressait-il autant ?

« En fait, répliqua Katy, ton cauchemar, ce serait plutôt celui-ci. »

La toile à côté de laquelle elle se tenait représentait un jeune homme debout sur un parking, une bougie entre les mains. C'était David lui-même, à l'université d'État de Kent.

« Putain, Katy, mais qu'est-ce qui se passe ? » Il avait la tête qui tournait. Il chercha une explication, et n'en trouva pas. Car quel sens tout cela aurait-il pu avoir ?

Et pourtant, il n'était pas surpris de se voir en peinture, lui aussi. Pas vraiment. Après tout, ne formait-il pas également un lien entre Elaine et Katy ?

« David, je crois que… Je connais cette scène. Je… Je crois que j'y étais.

— Oui, je crois aussi. » Il n'avait pas envie de mentionner le fait qu'il avait revécu ce souvenir précis pendant son sevrage. Le fait que Katy accepte tout cela sans poser de questions était révélateur. « Apparemment, l'homme de Primrose Lane y était également. »

Le tableau suivant ressemblait à une affiche de publicité pour la série *L'Inspecteur Harry*. Il représentait un officier de police debout devant une voiture de patrouille vieux modèle, son pistolet pointé vers l'observateur. David discernait la silhouette d'une autre personne assise à l'intérieur du véhicule, mais il était impossible de dire s'il s'agissait d'un passager ou d'un prisonnier.

La voiture était garée sur un pont. Les ténèbres envahissaient le tableau, percées seulement par le halo des phares. Il se demanda ce que le policier visait, mais il était content que sa cible n'ait pas été incluse dans le cadre ; ce tableau, pour des raisons qu'il ne pouvait identifier, lui faisait plus peur que les autres. Son nom ? *Incident dans Twightwee Road.*

« C'est où, Twightwee road ? demanda Katy.

— Je ne sais pas. Mais ce flic a l'air furieux. »

Il ne restait plus que deux tableaux. D'un pas décidé, Katy s'approcha de celui posé contre le mur opposé et tira violemment sur la couverture qui le protégeait.

C'était une huile sur toile, intitulée *Tanmay*. Elle montrait un homme d'âge moyen, d'origine indienne, vêtu d'une blouse de laboratoire blanche, bras croisés et sourire aux lèvres. À l'arrière-plan, une construction de métal et de verre à la forme étrange donnait l'impression de fondre ; cette merveille architecturale était bien connue de quiconque avait habité un jour dans le nord-est de l'Ohio.

« L'université de Case Western Reserve, dit David.

— Il ne devrait pas être trop dur à trouver », fit remarquer Katy en indiquant du doigt le badge du scientifique. Dr Tanmay Gupta. Professeur d'entomologie. « C'est quoi, l'entomologie ?

— L'étude des insectes. » David rassembla son courage. « Es-tu prête à échanger tous ces cadeaux contre ce qui peut se cacher derrière le voile numéro six ? »

Derrière ce dernier rideau, il y avait un homme. Et le tableau n'avait pas de titre.

C'était, David s'en rendit compte aussitôt, un assez bon portrait-robot, mais avec plus de profondeur et de couleur qu'on ne leur en donnait d'ordinaire. Il représentait un bel homme aux cheveux hirsutes rabattus sur son front d'une façon étrange. Il portait des lunettes larges et une veste Members Only. Ses yeux étaient de la couleur d'un ciel de printemps, mais n'exprimaient aucune émotion. Sa bouche, pincée, barrait son visage d'un trait mince.

« C'est lui, David. C'est l'homme qui s'est approché de moi devant le magasin de jouets en 2000 : celui que le vieux a attaqué. »

David hocha la tête.

« Et très probablement celui qui a enlevé la sœur de ma femme. Le seul homme qui possédait un mobile pour tuer l'homme de Primrose Lane. »

Plus tard, de retour à l'extérieur, il passa un bras autour des épaules de Katy et contempla la maison. Le regard que celle-ci lui rendit, de ses fenêtres enténébrées, était plein de mépris. Il en était peut-être le propriétaire, lui faisait-elle comprendre, mais il restait – et resterait à jamais – un intrus, ici, un indésirable. Quels que soient les secrets de la maison, quoi qu'il ait pu se passer à l'intérieur, il n'était pas censé le découvrir. C'était quelque chose qu'il ressentait au plus profond de son âme, mais dont il s'efforçait de faire abstraction.

« C'est moi qui suis parano, ou ces tableaux ont été placés là *après* les faits ?

— Qu'est-ce que tu veux dire ? demanda Katy.

— Eh bien, comment se fait-il que la police ne les ait pas vus ? Tu ne vas pas me faire croire qu'ils n'ont jamais pensé à aller voir au sous-sol !

— Je ne sais pas. »

Il secoua la tête.

« Il n'y a aucune raison pour que je figure sur l'une de ses toiles, reprit-il d'une voix très basse, comme s'il se parlait à lui-même. Je ne suis pas une fille sur laquelle il gardait l'œil. Je ne le connaissais même pas.

— Est-ce qu'on peut s'en aller, s'il te plaît ? J'ai l'impression d'être observée, pas toi ? »

David parcourut les environs du regard. Une luxueuse Cadillac était garée dans une allée privée de l'autre côté de la rue, quelques maisons plus loin. À part ça, ils étaient seuls. Il ramena Katy à sa Coccinelle jaune.

« Au moins, ce Dr Gupta devrait être facile à trouver. L'homme de Primrose Lane le jugeait important. La question, c'est : pourquoi ? »

« Il n'y a pas de Dr Gupta en entomologie », répondit la réceptionniste à l'accueil du DeGrace Hall le lendemain après-midi.

David, qui n'avait pas réussi à se procurer une babysitter dans un délai aussi court, avait amené Tanner avec lui. Katy, elle, était occupée à vendre du café chez Borders, et c'était tant mieux, car il ne se sentait pas encore très à l'aise à l'idée de se montrer en compagnie à la fois de son fils et de sa… quoi ? Sa petite amie ? Sa maîtresse pas si secrète ? Pour autant qu'il le sache, elle n'avait pas officiellement mis fin à ses fiançailles. Elle ne parlait pas de cette partie-là de sa vie, et il ne lui posait pas de questions. *Peut-être bientôt*, songea-t-il. *Mais pas tout de suite.*

Tanner était heureux de l'accompagner et s'était habillé en conséquence ; au sous-sol, il avait déniché un vieux feutre mou qui avait appartenu au grand-père de David. Celui-ci l'avait aidé à fabriquer un « badge de presse » à coincer dans le ruban du chapeau. Et l'enfant était armé d'un grand calepin et d'un stylo lorsqu'il entra à la suite de son père, lequel portait sa vieille sacoche d'écrivain.

Cela faisait un bout de temps que David n'était pas venu à Cleveland, et plus encore à l'université de Case Western Reserve. Le campus était situé à l'est de la ville, juste de l'autre côté du ghetto, près de la salle de concert du symphonique et des musées. Avec ses bâtiments en brique et en grès mangés de lierre, il ressemblait à un lycée privé de Nouvelle-Angleterre. Il y avait cependant un élément flagrant de modernité au milieu de tout ça. Dans les années 1990, l'université avait confié à Frank Gehry, architecte de renom, la conception du nouveau bâtiment de son école de gestion. Sa structure en métal fondu et sa surabondance de verre donnaient toujours l'impression à David de regarder, par la fenêtre, un univers parallèle où les lois de la physique auraient été un tout petit peu différentes.

Pas de Dr Gupta, donc. Il n'était pas surpris. Toute cette affaire n'était qu'une immense matriochka : il ne réussissait à percer un mystère que pour en trouver un autre, et à l'intérieur de celui-ci un autre, etc.

« On a bien un Tanmay Gupta, par contre », fit la réceptionniste alors qu'ils s'apprêtaient à partir.

David s'arrêta.

« Oui. Tanmay. C'est lui.

— Mais il n'est pas docteur.

— Je ne l'ai jamais rencontré, répondit David avec un haussement d'épaules.

— Vous avez de la chance. Il est juste au bout du couloir, en salle 101. Je vais vous le chercher. »

Elle quitta son bureau et disparut pendant une minute à peine avant de revenir accompagnée d'un garçon qui semblait avoir 13 ans tout au plus.

Une sensation de vertige submergea David. Même s'il ne s'agissait manifestement pas là de l'homme du tableau, il avait l'impression de connaître ce jeune garçon. Il ne s'agissait pas vraiment de déjà-vu. C'était plutôt de l'ordre du souvenir, d'un souvenir dans un rêve. Les crises épileptiques causées par le manque de Rivertin n'étaient pas loin. Le présent commençait à lui faire l'effet d'un souvenir épisodique.

« C'est toi, Tanmay Gupta ?

— Oui, monsieur, répondit le garçon avec un accent indien prononcé.

— Tu as un père qui s'appelle aussi Tanmay et qui est docteur quelque part ? »

Tanmay secoua la tête.

« Non, monsieur. Mon père s'appelle Bevin. Il réside à Mumbai.

— Quel âge tu as ? demanda Tanner en portant son stylo à ses lèvres.

— J'aurai 16 ans cette année, répondit le jeune garçon avec un petit rire. J'ai fini le lycée à Mumbai à 14 ans.

— Et tu ne connais pas d'autre Tanmay Gupta ? demanda David.

— Non, monsieur. Pas en Amérique, en tout cas. C'est un nom assez répandu dans mon pays.

— Bizarre… Tu comprends, je suis écrivain. Et je suis en train d'enquêter sur la mort d'un homme d'Akron. Il avait… OK, je sais que ça va te paraître un peu étrange, mais… il avait dans sa cave le portrait d'un docteur de cette université, du nom de Tanmay Gupta.

— Je ne connais personne à Akron. Je suis désolé.

— Il n'y a pas de quoi. Peut-être que ce n'était pas Case Western. Peut-être que je me suis trompé d'université. »

Mais il savait que ce n'était pas vrai. Il avait reconnu la construction de Gehry en arrière-plan. Non, c'était bien Case Western, il en était certain. Et l'homme du tableau ne ressemblait-il pas à ce jeune garçon ? Assez pour qu'ils soient parents ? Ils l'étaient forcément. David essayait de trouver une explication logique mais toutes ses pensées se réduisaient à un grésillement derrière ses yeux. C'était trop compliqué.

« C'est un plaisir de vous avoir rencontré, conclut Tanmay en lui serrant la main. Désolé de ne pas pouvoir vous aider. »

Il se tourna vers la porte.

« Juste par curiosité, qu'est-ce que tu étudies ici, Tanmay ? » l'arrêta David.

Le garçon se retourna vers eux.

« Le cycle d'hibernation des cigales : comment fonctionne leur horloge biologique, comment elles arrivent à subsister dix-sept ans sous terre avant de sortir. Mais je ne pense pas que cette information serait utile à votre victime de meurtre à Akron.

— Non. Je suppose que non. J'étais simplement curieux. »

Tanmay hocha la tête.

« Bien sûr, il y aura peut-être un jour des applications pratiques à mon travail, ajouta-t-il pour justifier son apparente obsession.

— Quel genre d'applications ?

— Si nous arrivons à comprendre les mécanismes de l'hibernation, peut-être pourrons-nous appliquer ces connaissances à la biologie humaine. Par exemple, la route est longue pour atteindre Mars, et les astronautes auraient besoin d'énormes quantités de nourriture. En les faisant dormir pendant tout le trajet, on pourrait réaliser des économies de provisions fantastiques. Sans parler des crises de claustrophobie évitées. »

David sentit un frisson le parcourir.

« Ça ressemble à un coma.

— En fait, ça n'aurait rien à voir. On peut déjà placer quelqu'un en coma artificiel, mais le patient doit être nourri. Dans un véritable état d'hibernation, le métabolisme se ralentit, de sorte que le sujet a besoin de très peu d'énergie pour survivre. Et il peut extraire cette énergie de son propre corps ou, et c'est une réelle possibilité, d'une solution liquide de nutriments dans laquelle il serait immergé. Nous avons tous fait cela à un moment de notre vie. Dans le ventre de notre mère.

— Jamais vous ne pourriez me faire tenter une chose pareille, pas pour tout l'or du monde. »

Tanmay sourit.

« Dans ce cas, je ne ferai pas appel à vous quand je chercherai des cobayes. »

Épisode 11

Ce qu'Elizabeth ne lui dit jamais

« Allez, quoi, le suspense devient insoutenable », fit Synenberger en frottant son crâne chauve d'un air distrait, comme s'il essayait de conférer un semblant de logique à l'histoire grotesque de David. « Qu'est-ce que l'homme dans l'ombre vous a révélé sur ce bateau ? Je veux dire, à l'évidence, il ne vous a pas tué. Attendez. Qu'est-il arrivé à la bobine, au fait ? J'ai failli oublier ce détail. Vous l'aviez entre les mains, n'est-ce pas ?

— Oui.

— Alors où est-elle ?

— Je ne sais pas. »

David porta son regard sur Russo et fut surpris de le voir sourire. Le procureur lui adressa un hochement de tête et, visiblement excité, se tourna vers son assistante. Celle-ci sortit de la salle en courant. David n'avait pas la moindre idée de ce qui rendait Russo si joyeux. Pour autant qu'il puisse en juger, Synenberger était en train de le démolir dans les règles de l'art ; et, du même coup, d'anéantir les arguments de l'accusation contre Riley Trimble.

« Alors ? insista Synenberger. Poursuivez votre récit. »

David s'éclaircit la voix. Profitant de ce que le juge Siegel se mouchait, Russo écarta vivement les mains comme s'il étirait de la guimauve.

Gagnez du temps.

« Il m'a dit de ne pas orienter la torche vers ses yeux, dit David. Ce qui fait que je n'ai jamais vraiment pu voir son visage. »

Synenberger leva les yeux au ciel d'un air incrédule.

« Évidemment.

— “Rendez-moi ce film, m'a-t-il dit. Rendez…

… -moi ce film. »

Dans les ténèbres de la cabine, David tendit la vieille bobine à l'homme qui se tenait devant lui. Ce faisant, il heurta volontairement la table de chevet. Pas sûr, cependant, que le vacarme des objets se déplaçant sur le meuble ait bien caché le craquement sec de son tour de passe-passe.

« Comment l'avez-vous trouvée ? demanda l'homme. Comment avez-vous appris son existence ? »

David resta coi.

« J'ai un revolver. Répondez-moi.

— Non », fit David.

L'homme était-il armé ? Il était fort possible que ce genre d'individu se promène avec un pistolet sur lui, prêt à tuer. Mais la voix de son interlocuteur ressemblait à celle de son grand-père quand il avait monté quelques marches. Elle était faible. Et en cet instant, David le savait, il n'avait pas d'arme dans les mains de toute façon. Il tenait la bobine. Une arme était-elle glissée dans la ceinture de son pantalon ? Peut-être. Mais à quelle vitesse pouvait-il la prendre ?

Apparemment, le vieux pédéraste lut dans ses pensées, car il se jeta sur lui. La bobine tomba sur le pont et l'homme referma ses doigts maigres autour du cou de David. Il était peut-être faible, mais ses mains, elles, avaient de la force. Elles compressaient la trachée de David, et ses ongles longs s'enfonçaient dans sa peau.

Tue-le ! hurla Brune. Et David n'entendit pas sa voix dans sa tête, cette fois, mais dans ses oreilles. *Tue-le ! Tue-le !*

« J'y compte bien », répondit le vieil homme en se pressant contre David, qui sentit l'érection grandissante de son assaillant à travers son pantalon fin.

Il s'efforça de le repousser, déchirant la chemise de flanelle. L'homme avait le torse complètement glabre, glissant de lubrifiant. David n'avait pas de prise. Il ne pouvait pas donner de coup de pied non plus ; le vieux l'avait poussé contre une commode, et le coinçait. Il fit la seule chose qui lui vint à l'esprit : il attrapa les mamelons de son adversaire et les tordit.

Le vieux poussa un hurlement et lâcha David. Le jeune homme le repoussa violemment. Il l'entendit s'écraser contre la cloison, puis se ruer après lui dans le noir tandis qu'il se précipitait vers la porte. Il n'avait pas le temps de s'arrêter pour ramasser la bobine. Il courut vers l'échelle et l'embarcadère.

« Non ! » hurla le vieil homme.

C'était un hurlement strident, un cri d'aliéné.

Espèce de con ! s'exclama Brune.

« Je suis désolé ! geignit le vieil homme et, pendant un moment, David crut qu'il s'adressait toujours à lui. Je suis désolé, Beezle ! Il est trop fort ! Je t'avais dit qu'il était trop fort ! Non ! Je t'en prie, non ! Beezle ! »

David se laissa glisser le long de l'échelle si rapidement qu'il trébucha et fit les deux derniers mètres en tombant, se fracassant le coccyx sur la jetée. Il ne regarda pas en arrière. Il courut à sa voiture, haletant, persuadé qu'il n'allait pas tarder à faire un infarctus. Et, tout en courant, il garda le poing serré sur ce qu'il y avait dans sa poche, le secret dont le vieil homme ignorait encore la teneur : quatre photogrammes qu'il avait réussi à arracher du début de la pellicule.

Il sortit de l'autoroute à mi-chemin d'Akron et se gara sur le parking d'un McDonald's. Il entra dans le restaurant et s'enferma dans les toilettes, puis sortit le bout de pellicule pour le tenir à la lumière.

Les quatre photogrammes se détachaient comme autant de dessins de zootrope, d'arrêts sur image répugnants. Quatre clichés d'un acte ignoble auquel on ne pouvait plus rien changer. Mais c'était suffisant.

Il était installé sur un canapé. Sarah était assise sur ses genoux, les jambes nues. Sa tête pendait mollement sur le côté, hors champ, de sorte que seuls son menton et une partie de sa joue étaient visibles. Mais c'était elle, sans l'ombre d'un doute. Trimble, lui aussi, était clairement reconnaissable. Il regardait la caméra en souriant.

Le lendemain matin, avant de partir au travail, Elizabeth l'embrassa sur le front. Elle ne lui demanda pas où il avait passé la nuit. Ils étaient en train de se séparer, il pouvait le sentir. La trajectoire sur laquelle il était lancé rendait cette perspective inéluctable.

La regardant sortir de leur chambre, il se demanda si c'était la dernière fois, ou s'il la décevrait encore avant qu'elle décide enfin à le quitter pour retourner en exil avec Christopher Pike.

Il n'y a qu'une issue, chuchota Brune.

Sa voix était-elle un peu plus distante, ce matin ? David en avait l'impression. Par ailleurs, elle s'était remise à résonner dans sa tête. Pas dans ses oreilles. Et il y percevait une note de désespoir.

Déjà, son corps recommençait à se crisper, dans l'anticipation d'une nouvelle journée traumatisante passée sous la domination de Brune. Penché au bord du lit, il fouilla dans la poche de son jean qui traînait par terre puis se rallongea, adossé aux oreillers, avec son paquet de Marlboro, ses cigarettes mentales. Il en inséra une entre ses lèvres et s'imagina en train de l'allumer, puis d'inhaler la nicotine, les goudrons, le formaldéhyde ; et, quand Brune reprit la parole, sa voix sembla provenir d'un transistor réglé sur une station AM.

Saute du pont, David. Tu auras l'impression de voler.

C'est à cet instant que David décida de démissionner du journal. Le premier pas vers une forme de salut – il le savait sans le savoir.

Sur le chemin de Cleveland, il régla la radio de sa voiture sur 90.3, une station locale affiliée à la NPR. Les dernières nouvelles ne le surprirent pas : « Les services d'urgence, ce matin, luttent contre un incendie qui s'est déclaré dans la marina d'Edgewater et a déjà détruit trois grands yachts, notamment celui de Gregory O'Reilly, shérif à la retraite. Aucune information n'a encore filtré sur les causes de cet incendie, dont l'origine remonte aux alentours de 3 heures du matin. Selon une rumeur non confirmée, le shérif vivait peut-être sur son bateau. Jointe au téléphone, sa famille n'a pas souhaité faire de commentaire. »

La salle de rédaction de l'*Independent* grouillait de jeunes correcteurs et autres rédacteurs de rubriques musicales qui se hâtaient de finir leur travail pour envoyer le dernier numéro à l'impression. D'ordinaire, cette effervescence électrisait David ; il aimait s'imaginer dans les bureaux du *Daily Planet*, le jour où des renégats de Krypton menaçaient Metropolis et où lui seul tenait le scoop, de la bouche même de l'Homme d'acier. Mais ce jour-là, la cacophonie n'était plus qu'un murmure à ses oreilles. Il ne se sentait plus à sa place.

« Te voilà, fils de pute ! » hurla Andy.

David entra dans le bureau de son rédacteur en chef et referma la porte derrière lui.

« Où t'étais, putain ? continua Andy. Où est mon article ? Tu as intérêt à l'avoir dans ton sac de gonzesse, là. Parce qu'on a une couv' à mettre en page, et tout ça part chez l'imprimeur à midi.

— Je démissionne », annonça David.

Andy le dévisagea un moment, le visage dépourvu de toute expression, comme si quelque chose à l'intérieur avait disjoncté. Puis il sourit.

« Haha ! Va te faire foutre. Bonne blague. T'es un petit marrant.

— Je n'ai pas d'article pour toi, Andy.

— Bon, allez. Ça suffit. Tu veux me faire faire une crise cardiaque ou quoi ? »

David ne répondit rien. Il resta simplement là, à attendre que son supérieur accepte la réalité. Il se sentait vidé, soudain, il avait l'impression de ne plus tenir debout que par l'opération du Saint-Esprit. Puis Andy se leva d'un bond et contourna son bureau. *Nous y voilà*, songea David. Il se prépara au coup de poing qu'il allait sûrement recevoir.

« Tu as un bon point pour être venu me le dire en face, gronda-t-il entre ses dents tachées par le café. Mais tout ce que ça te fait gagner, c'est trente secondes d'immunité. Si j'étais toi, je dégagerais vite fait. »

« Qu'est-ce que tu fais à la maison ? » demanda Elizabeth en rentrant à 4 heures et demie cet après-midi-là, et en le trouvant sur le canapé. Elle portait une petite robe soyeuse vert irlandais, avec un pull sur les épaules pour ne pas choquer à l'école. Elle avait des marbrures rouges dans le cou, remarqua-t-il distraitement. Normalement, il n'y avait que lui qui savait les faire apparaître. *Elle doit avoir monté l'escalier en courant*, se dit-il.

« Où étais-tu ? » lui demanda-t-il avec désinvolture.

Elle secoua la tête.

« En réunion. Qu'est-ce qui se passe ?

— J'en ai fini avec l'*Independent.*

— Ils t'ont viré ?

— J'ai démissionné. »

Elizabeth contourna la table et se blottit contre lui sur le canapé, où il était en train de regarder une rediffusion des *Enquêtes impossibles*. Elle l'embrassa.

« Ça me fait tellement plaisir, David. Tu n'as pas idée.

— J'ai un dernier article à écrire. Il faut que je fasse quelque chose de toute cette histoire avec Brune. »

Elizabeth le regarda en plissant les yeux.

« Je la déteste, cette histoire. Tu es si bizarre depuis que tu as rapporté cette boîte à la maison. » Elle lui prit la tête entre les mains pour le forcer à la regarder. « Pourquoi veux-tu vivre dans ce monde-là ?

— C'est le monde réel.

— Non. Ces choses-là sont comme les éclairs. C'est comme si tu ne parlais qu'à des gens frappés par la foudre et que tu en concluais que tout le monde avait connu ça.

— Ce mec est toujours en liberté. Trimble.

— Laisse la police s'occuper de lui.
— La police ne me croit pas.
— Alors promets-moi que ce sera ton dernier article là-dessus. Promets-moi que quand tu auras fini celui-ci, tu ne traiteras plus jamais de ce sujet. »

Il avait l'impression de mentir, mais il prononça les mots quand même :

« Je te le promets. »

La première chose qu'il fit le lendemain matin fut de se rendre au département de police de Medina, où il remit le bout de pellicule au sergent Boylan. Il passa ensuite une heure et demie à lui expliquer comment, exactement, celui-ci était arrivé en sa possession. Une procureur adjointe du comté fut appelée. Lorsqu'il eut répété son histoire devant elle, elle accepta gracieusement de ne pas le mettre en examen pour entrave à la justice (pour avoir touché à une scène de crime potentielle et foutu en l'air leur procédure de collecte des preuves).

« Je ne suis pas convaincu, déclara Boylan. Tout ce que ça prouve, c'est que Trimble est un pervers. Mais on ne voit pas le visage de la fille. Il est même impossible de dire avec certitude qu'il s'agit d'une enfant. Sa poitrine n'est même pas dénudée. Je ne suis pas certain qu'on puisse qualifier ça de pornographie.

— On ne pourrait jamais verser ce fragment au dossier d'instruction, ajouta la jeune procureur. La procédure n'a pas été respectée. Et c'est précisément pour ça que les reporters ne devraient pas jouer aux flics. Le reste de la bobine, j'en suis sûre, a été détruit dans l'incendie.

— On ne laissera pas cette affaire sans suites », lui assura le policier.

C'était la réaction à laquelle David s'était attendu, le coup de pouce dont il avait besoin pour se décider à faire de son article un livre. Il faudrait qu'il arrête Trimble lui-même, de la seule façon qu'il connaissait : avec ses mots.

Et c'est pourquoi, en sortant du poste de police, il se rendit à la librairie Barnes & Noble la plus proche.

Il n'avait jamais vraiment pensé à écrire un livre de non-fiction jusqu'alors. Adolescent, du temps où il dévorait tous les romans de fantasy et d'épouvante, de Tolkien à Stephen King, il avait souvent envisagé d'écrire de telles histoires un jour ; mais tout ce qui restait de ces belles intentions se trouvait au fond de son placard : un classeur de nouvelles bourrées de clichés, imprimées sur du papier machine jaunissant. Il savait qu'il pouvait perdre des années à se chercher un agent, sans succès ; et des professeurs d'université lui avaient raconté des histoires à faire peur sur les procédures de dépôt de manuscrits. Il espérait trouver un moyen de contourner ces problèmes. Même si cela signifiait se cantonner à un marché restreint.

La section dédiée à la littérature locale était dominée par trois maisons d'édition. Il trouva le nom des éditeurs sur leurs sites et leur écrivit un mail dès son retour chez lui. Son instinct ne s'était pas trompé en lui soufflant qu'un éditeur local serait plus enclin à donner sa chance à un écrivain qui n'avait pas encore fait ses preuves. Il reçut une offre de chacun des trois, mais finit par opter pour Sheppard Publishing, en grande partie parce qu'il aimait l'esthétique des couvertures de sa collection de poche de romans d'épouvante.

Le lendemain, Paul Sheppard l'invita à déjeuner dans un restaurant chinois de l'est de Cleveland. Avec attention, il l'écouta lui raconter les meurtres de Jennifer Poole, Donna Doyle et Sarah Creston ; puis l'arrestation et la condamnation de Ronil Brune pour viol, et son exécution par injection létale pour le meurtre de Sarah ; enfin, les éléments qu'il avait mis au jour, impliquant le jeune ami de Brune, Riley Trimble.

« Eh ben, fit Paul quand David conclut son récit. C'est une bonne histoire. Longue, je pense. Ça va probablement vous prendre dans les neuf mois. »

David l'écrivit en trois.

Impatient de débarrasser son âme de Brune, il s'imposa un rythme éreintant. L'acte d'écrire était devenu une forme d'exorcisme. Dix pages par jour au début. À la fin, il en écrivait quinze, par tranches de huit heures. Il commençait dès qu'Elizabeth s'endormait. Elle ne le vit jamais écrire un seul mot.

La voix de Brune, qui avait commencé à se dissiper dès le début, avait complètement disparu à la troisième semaine. Les cauchemars de David s'apaisèrent. Il prit dix kilos, en grande partie à cause de ses séances nocturnes au Steak'n Shake : il avait découvert qu'il avait des envies de nourriture grasse quand il était lancé.

Le 19 juillet 2007, il arrêta d'écrire. Le manuscrit faisait cinq cents pages ; c'était de loin le plus long projet sur lequel il ait jamais travaillé. Il n'avait aucune idée de la qualité littéraire de ce qu'il venait d'achever. Laisser Elizabeth y jeter un œil était exclu. Une petite voix agaçante dans sa tête – la sienne, cette fois – insinuait qu'il y avait un risque que son livre passe pour un délire de malade mental, ou un manifeste de terroriste. Il s'attendait à ce que Paul en lise une page seulement avant de lui demander si c'était une blague.

Il le copia sur un disque, l'imprima, le rangea dans une épaisse pochette et envoya le tout à Paul par la poste. Pendant trois semaines, il n'eut aucun retour. Il venait juste de décider que l'éditeur n'avait effectivement rien discerné de plus dans son livre que les divagations purement hypothétiques d'un fou lorsque le téléphone sonna : c'était Heather, l'assistante de Paul ; elle voulait savoir s'il pouvait venir à Cleveland.

« On va en imprimer quatre mille exemplaires reliés, annonça Paul en lui donnant une claque dans le dos lorsqu'il entra dans son bureau, situé dans une ancienne usine à Twinkie près de Chinatown. Je ne sais pas si ça va se vendre ou pas. Ça va déjouer les attentes, et ça risque de rebuter certains des fans du genre. Mais ceux qu'on va avoir de notre côté, pour une fois, c'est les critiques. Ils vont adorer ce bouquin.

— Ah oui ?

— Ce que vous y racontez, comme quoi cette affaire a rejailli sur votre relation avec votre femme… Ça va toucher les gens, ça. Mais il y a une chose…

— Quoi ?

— Il faut qu'on trouve un nom pour le vieil homme sur le bateau.

— Autre qu'O'Reilly, vous voulez dire ?

— Nous ne saurons jamais avec certitude si c'est bien lui que vous avez vu.

— C'était son yacht.

— Peut-être. Mais il n'est pas mort. Vous le savez. On l'a trouvé vivant, en train d'errer du côté de Lakewood. Il a été placé en institution, mais cela ne l'empêchera pas de vous intenter un procès. Et vous n'avez pas vu son visage.

— Non. »

Ils se mirent d'accord sur le surnom « Mr. Ombre ». David n'aimait pas, mais il s'était résigné. Il accepta également l'avance de deux mille cinq cents dollars que Paul lui remit ce jour-là. Il en utilisa une partie pour emmener Elizabeth dîner au restaurant.

Mais cette nuit-là, bien après qu'il en était venu à croire que la voix du violeur exécuté n'avait jamais rien été d'autre que celle de son subconscient perturbé, Brune referma son piège.

Cela arriva alors qu'ils étaient en train de faire l'amour.

Elizabeth était juchée à califourchon sur lui, nue à l'exception de ses socquettes rayées, penchée en arrière pour qu'il puisse regarder son corps onduler sur son pénis. Ses seins montaient et retombaient au gré de ses mouvements ; ses mamelons pâles, presque aussi blancs que le reste de son corps, étaient dressés et perlés de sueur. Les yeux mi-clos, elle le regardait pousser en elle.

Et tout à coup, alors qu'il était assis au bord du lit, il eut l'impression de trébucher. C'était une sensation semblable à celle qu'on éprouve lorsqu'on est en train de s'endormir et que quelque chose dans un rêve nous réveille. Sauf qu'il ne se sentait pas réveillé. Il continuait de tomber. Brusquement, son champ de vision recula et le corps d'Elizabeth rétrécit, cerné par une sorte de tunnel d'ombre. Il essaya de lever le bras, mais se rendit compte qu'il en était incapable. Il voulut parler, et rien ne sortit de sa bouche.

Je suis en train de faire une attaque, songea-t-il.

C'est alors qu'il vit son bras bouger. Pas celui qu'il avait essayé de lever. L'autre. Il regarda sa main gauche se poser sur le sein droit de sa femme et le pétrir durement. Elizabeth gémit plus fort.

« Je veux t'attacher, s'entendit-il dire. Je veux t'entendre me supplier. » Ce n'était pas sa voix habituelle. Celle-ci était râpeuse. Nasillarde, presque. La voix d'un bon comptable. « Dis-moi que tu en as envie.

— Oui », répondit-elle avec audace.

Bon sang, qu'est-ce qui se passe ? s'exclama-t-il intérieurement. *C'est quoi, ce bordel ?*

« Viens là. »

La perspective changea tandis qu'il se retirait d'elle, se levant pour l'entraîner vers l'armoire. Il se vit prendre plusieurs cravates dans un tiroir, et attacher ensemble les poignets de sa femme, avec des nœuds serrés. Une autre cravate devint un bandeau qu'il lui noua sur les yeux. Il la fit s'agenouiller sur le lit pour l'attacher au cadre, puis lui assena une claque sur les fesses, assez forte pour y laisser une marque. Elizabeth se mordit la lèvre en gémissant.

David se vit contourner le lit pour atteindre la grande fenêtre et ouvrir le rideau. À la vue du sans-abri immense, debout dans le noir derrière la vitre, le visage éclairé par la faible lueur de la lampe de chevet, son sang se glaça. À l'exception d'une prémolaire, l'homme n'avait plus de dents. L'un de ses yeux était recouvert d'une taie blanchâtre. De l'autre, il regardait avidement la femme nue attachée au lit.

David vit sa main se tendre vers le sol, où traînait sa ceinture.

« Baise-moi, gémit Elizabeth.

— Bientôt », chuchota-t-il.

Il abattit la lanière de cuir en travers des cuisses de sa femme.

« David, protesta-t-elle d'une voix haletante. David, pas si fort. »

Il la frappa de nouveau.

« Aïe ! David ! »

Je vais la faire saigner, dit la voix de Brune dans sa tête. *Et je vais te forcer à regarder.*

Sauf que ce n'était pas Brune, et il le savait. Aucune

apparition, aucune psychose ordinaire ne produisait un tel effet. Il n'existait que deux explications, réalisa-t-il, et elles étaient aussi terrifiantes l'une que l'autre. Soit il était en train de faire une dépression nerveuse, soit…

Dis-le.

… soit il était possédé. Par la noirceur qui hantait la boîte de Brune. Cette entité du nom de…

Beezle.

Il regarda sa main gauche se tendre vers le loquet de la fenêtre.

Il concentra toute son énergie sur l'extrémité de ce tunnel, sur cette vision de sa main en train de déverrouiller la fenêtre et de l'ouvrir. Il fit appel à toute sa volonté pour tenter d'en reprendre le contrôle, comme un tétraplégique qui s'efforce de bouger un doigt. Pour autant qu'il le sache, il était prisonnier d'un corps qu'il ne maîtrisait plus, simple spectateur des actes d'une autre conscience.

Le sans-abri se pencha par la fenêtre et tendit le bras vers Elizabeth. Il dégageait des relents de viande pourrie et, quelque part sous cette veste noire miteuse, David le savait, luisait un couteau.

NON !

Avec une folle assurance, il fit un pas en avant à l'intérieur de lui-même et, presque physiquement, repoussa cet *Autre* cependant que, dans le monde concret, il trébuchait simultanément, heurtant l'homme qui avait déjà commencé à entrer. Pris de peur, le clochard recula vivement et retira son bras en grognant. David referma la fenêtre dans un claquement brutal.

« David, s'écria Elizabeth, qu'est-ce que c'était que ça ? La fenêtre ? »

Secoué, David ne répondit rien et se hâta de la libérer. Elle ôta la cravate qui lui bandait les yeux.

Elle transpirait, laissée haletante par cette brusque interruption.

« Ferme les rideaux », lui demanda-t-elle en se cachant la poitrine de ses bras.

Il n'avait pas envie, ne *voulait pas* s'approcher de cette fenêtre. Et cependant, essayant de se convaincre qu'aucun monstre n'attendait derrière la vitre, il se força à aller tirer les rideaux.

Un rapide coup d'œil jeté à l'extérieur ne lui révéla que des haies et, de l'autre côté de la rue, un lampadaire solitaire qui éclairait le parking d'un terrain de softball.

« Si tu veux finir ce que tu as commencé, je suis partante », murmura Elizabeth d'un ton enjôleur, en lui tendant une des cravates pour qu'il lui rebande les yeux.

Mais il se contenta de rester assis au bord du lit jusqu'à ce qu'elle lui tourne le dos avec un soupir.

Lorsqu'elle se fut endormie, il alla à la salle de bains et resta sous l'eau brûlante jusqu'à ce qu'elle devienne tiède. Bien entendu, on ne se débarrassait pas de cette noirceur avec une douche.

Le lendemain matin, après qu'Elizabeth fut partie au travail, il chargea les dossiers de Brune dans sa voiture et roula vers Franklin Mills en direction d'une ancienne carrière inondée, où les ados faisaient brûler des feux de joie en été. Ç'avait été un lieu de baignade autrefois, avec une baraque à frites et des cabines de secouristes, mais, désormais, le kiosque penchait sur le côté, et ses murs blanchis à la chaux étaient devenus gris et mouchetés de taches, là où le soleil avait brûlé la peinture. Claytor Lake, l'appelait-on à l'époque. Une propriété privée, à présent. Un endroit idéal pour faire disparaître une voiture. Et aussi approprié qu'un autre pour pratiquer un exorcisme.

Avec le soin d'un chef préparant une cène, il chercha dans la forêt voisine ce qu'il pouvait trouver de mieux comme branchages et édifia un bûcher de bois de cèdre et de chêne. Une seule allumette suffit à l'embraser et, en quelques minutes, des langues de feu s'élevèrent vers le soleil. David retourna à sa voiture et revint en traînant la boîte derrière lui. Page par page, il laissa les flammes dévorer les dossiers.

À mesure que ceux-ci étaient détruits, il retrouvait un peu de courage. Et il en avait bien besoin pour affronter ce qui l'attendait.

« David, dit Athena. Regardez-moi. »

C'était un rendez-vous d'urgence et elle était venue à son bureau exprès pour lui après qu'il l'avait appelée sur son portable, alors que c'était son jour de congé. Il obtempéra.

« Le syndrome de stress posttraumatique n'est pas à prendre à la légère. Il y a des vétérans de guerre qui découvrent parfois en revenant à eux qu'ils ont, sans le vouloir, battu leur femme à mort. Une perte de contrôle – lors d'un épisode psychotique comme celui que vous avez connu la nuit dernière – n'est pas rare. L'équilibre chimique de votre cerveau est perturbé, et une thérapie seule ne suffira pas à le rétablir.

— Je ne veux pas devenir un zombie. Et si tout ça n'est qu'une dépression nerveuse, comment expliquez-vous la présence de ce clochard ? Il y a quelque chose qui l'a fait venir à cette fenêtre.

— David, selon toute probabilité, cet homme n'a jamais été là. Pas plus que Brune. Ou Beezle. Rien de tout cela n'est réel. C'est votre propre voix que vous entendez dans votre tête. Nous parlons d'hallucinations et, si nous les laissons progresser, viendra peut-être un temps où vous ne serez plus capable de faire la différence entre ce qui est vrai et ce qui relève de votre imagination. Le monde que vous avez créé remplacera discrètement la réalité. Il vous faut de l'aide, tout de suite.

— Comment ?

— Je veux que vous retourniez aux Glenns. Pour une semaine, au moins. Et je veux vous prescrire quelque chose. Il existe un nouveau médicament, la Rivertin, qui montre des résultats encourageants dans le traitement de la dépression et de l'anxiété. J'ai eu accès au bilan de l'essai clinique et, si vous voulez vraiment vous soigner, c'est ce médicament que je vous recommande. Mais ce n'est pas quelque chose que vous pouvez commencer et arrêter comme vous voulez. La Rivertin rétablira l'équilibre chimique de votre cerveau mais il faudra du temps pour relancer la machine – pour que votre cerveau recommence à produire ces hormones seul.

— Combien de temps ?

— Des années, David. Des années.

— Est-ce que je serai encore capable d'écrire ? »

Athena haussa les épaules.

« Il n'y a aucun moyen de le savoir. Je suis sûre que c'est subjectif et que cela dépend des patients. Est-ce que cela vous fera penser différemment pendant un moment ? Oui.

— Ai-je seulement le choix ?

— Bien sûr, David. Vous pouvez choisir, aujourd'hui, de vous soigner. Ou vous pouvez choisir de mettre vos proches en danger. De laisser les choses progresser jusqu'à ce que vous ne contrôliez plus rien, que vous ne distinguiez plus le haut du bas et le bas du haut. »

Il ne pleura pas. Il était trop vidé.

« Et merde, déclara-t-il, c'est…

… parti, confia David au microphone encastré dans la barre des témoins.

— Donc, reprit Synenberger, vous vous êtes fait admettre dans un hôpital psychiatrique. Pour combien de temps ?

— Un mois.

— Un mois. C'est long.

— Oui.

— Donc, vous étiez encore à l'hôpital lorsque mon client a été arrêté pour ces crimes après que votre ancien employeur, l'*Independent*, a publié un extrait de votre livre ? Un petit essai qui a mis en disgrâce le procureur du comté de Medina et forcé le procureur fédéral à déplacer le procès à Cleveland.

— Andy m'a apporté une version papier de l'article à corriger dans ma chambre, entre deux séances de thérapie de groupe.

— Et vous croyez que la franchise avec laquelle vous admettez ces troubles mentaux augmente vos chances que le jury croie à vos allégations antérieures concernant M. Trimble ?

— Je ne sais pas.

— Mais vous admettez sans réserve que vous avez écrit votre livre, *Le Protégé du tueur en série*, au plus fort de votre folie, *avant* d'avoir commencé à vous faire soigner ?

— Je suivais une thérapie.

— Mais vous ne preniez pas de médicaments.

— Non.

— Et nous sommes censés croire qu'un homme que sa propre thérapeute a prévenu qu'il risquait de confondre la réalité et la fiction… Nous sommes censés croire que cet homme recherchait la vérité ?

— Je n'ai rien inventé.

— Bien sûr que non. Pas délibérément. » Il se tourna vers le juge Siegel. « Je n'ai pas d'autres questions, votre honneur. »

Russo se leva.

« Permission de reparler au témoin ? »

Siegel lui fit signe de s'avancer. Alors que Russo sortait de derrière sa table, sa jeune assistante revint avec une enveloppe en papier kraft, qu'elle lui tendit. Russo la prit et la donna à David.

« Monsieur Neff, auriez-vous l'amabilité d'ouvrir cette enveloppe et d'expliquer au jury ce qui se trouve à l'intérieur ? »

David dégrafa l'enveloppe et la retourna. Un morceau de pellicule 16 mm, de la longueur de quatre photogrammes, en tomba.

« Objection ! s'exclama Synenberger. C'est là une pièce préjudiciable et qui ne prouve rien. Il est impossible de déterminer l'identité de la fille sur ces images, ni son âge.

— C'est vous qui avez ouvert la porte, Terry, répliqua Russo. Nous n'allions pas la verser au dossier. Mais puisque vous avez abordé le sujet, c'est au jury de décider ce qu'on voit vraiment sur ces photogrammes.

— Vous avez bénéficié d'une grande latitude, ajouta Siegel. Je ne sais pas pourquoi vous vous êtes engagé sur cette voie, mais le fait est là. Retournez à votre place. Objection rejetée. »

Synenberger entreprit de fouiller dans la pile de papiers sur son bureau.

Siegel se tourna vers David.

« Monsieur Neff ? M. Russo vous a demandé si vous reconnaissiez l'objet qui se trouve entre vos mains. Répondez à sa question, s'il vous plaît.

— C'est le morceau de film que j'ai arraché de la bobine qui était sur le yacht. Quatre photogrammes d'une pellicule 16 mm qui montrent clairement Riley Trimble se livrant à un acte sexuel sur une jeune fille blonde qui semble mineure. Je suis convaincu qu'il s'agit de Sarah Creston. »

∞

Deux jours après sa visite à l'université de Case Western, David fit monter Tanner dans la Coccinelle et prit la direction de Lakewood, de l'autre côté de Cleveland. Le trajet durait quarante-cinq minutes, aussi avait-il emporté quelques jeux vidéo et un goûter pour occuper l'enfant. Il l'emmenait voir ses grands-parents maternels pour la première fois ; des gens que lui-même n'avait jamais rencontrés.

Tante Peggy, la sœur de la mère d'Elizabeth, s'était chargée d'organiser l'événement. Elle en avait d'ailleurs été ravie. « C'est quelque chose qui aurait dû se faire du vivant de Lizzie », avait-elle déclaré – sous-entendant que la responsabilité de ce raté incombait en partie à David. Il se garda bien de lui dire que son désir de les rencontrer tenait plus au mystère de l'enlèvement d'Elaine qu'à une volonté de resserrer les liens familiaux.

Les O'Donnell vivaient toujours dans la maison de style colonial à deux étages, sur Edgewater Drive, dans laquelle Elizabeth avait passé onze années de sa vie, et Elaine, dix. Elle était située à l'ouest de Lakewood, non loin du parc. Les trois quarts de la façade étaient mangés par le lierre. Des chênes gigantesques fournissaient de l'ombre pendant les mois les plus chauds mais on était en octobre, et le vent en provenance du lac Érié était d'un froid alarmant ; les fenêtres étaient déjà isolées et leurs volets fermés.

« Nous y voilà, bonhomme, annonça David en garant la voiture le long du trottoir devant la maison.

— Est-ce qu'ils ressemblent à maman ? demanda Tanner, les yeux écarquillés, avant de détacher sa ceinture et de se tortiller pour descendre de son siège puis du véhicule.

— Je ne sais pas », avoua David en le rattrapant. Il était touché par l'intrépidité de son fils. Pour lui, cette rencontre n'avait rien de gênant. Cela rendrait peut-être les choses un peu plus faciles. « Je ne les ai jamais vus non plus. »

Même pas en photo, réalisa-t-il.

Mike, le père d'Elizabeth, se tenait sur le pas de la porte. C'était un homme de grande taille, au crâne encore bien garni d'épais cheveux blancs. Il portait un gilet rouge par-dessus une chemise, un pantalon beige et des chaussons. Distingué. David lui donna dans les 65 ans. Un homme qui souriait facilement aux jeunes enfants.

« Bonjour, toi ! fit-il en s'accroupissant pour se mettre à la hauteur de Tanner.

— Bonjour, répondit l'enfant.

— Tu ressembles beaucoup à mon petit frère, Tim.

— Quel âge il a ?

— Eh bien, il a 58 ans maintenant.

— J'ai vraiment l'air si vieux ? »

Mike éclata de rire.

« Non. Ce que je veux dire, c'est que tu ressembles au garçon qu'il était quand nous étions petits.

— Ben moi, je ne suis pas petit, déclara Tanner, qui complexait un peu sur sa taille, surtout quand il se trouvait au milieu de son groupe de lecture à la bibliothèque. Je suis plus grand que plein d'autres enfants.

— Bien sûr, répliqua Mike. Je m'en rends compte maintenant. » Puis, à l'adresse de David : « Je vois qu'il a hérité de la langue acérée d'Elizabeth.

— Bien vu », acquiesça David.

Il tendit la main au grand-père de son fils, qui la serra fermement en le regardant droit dans les yeux.

« Entrez donc faire la connaissance d'Abigail, dit le vieil homme. Elle est à l'autre bout de la maison. »

Il leur fit traverser une grande salle de séjour meublée d'un demi-queue, de deux canapés et d'une table de jeux pliante – le champ de bataille d'une récente soirée poker, semblait-il.

« Ta mère était une excellente pianiste, dit-il à Tanner et, en passant devant le piano, il fit courir ses doigts sur les touches. Est-ce que tu sais en jouer ?

— Non, répondit l'enfant. Mais j'ai une flûte à bec. Et un harmonica. Et je sais jouer la première mesure de “Stairway to Heaven” à la guitare, mais papa doit m'aider.

— Eh bien, tu apprends l'essentiel alors. »

Derrière le salon se trouvait la salle à manger. Une énorme table en noyer bien lustré occupait la majeure partie de l'espace, laissant juste assez de place pour deux fauteuils en rotin à haut dossier. Un grand tableau abstrait était accroché au mur en face d'eux.

Puis venait la cuisine, une pièce au plafond haut équipée de deux fours, deux machines à laver, deux îlots, et deux réfrigérateurs cachés derrière des portes en bois vaguement carrées qui couvraient tout un mur.

« Ça vous arrive de vous perdre ici ? demanda Tanner.

— Une fois, répondit Mike. Et je cherche encore la sortie. Alors préviens-moi si tu la trouves. »

À l'autre bout de la cuisine, une porte donnait sur une extension moderne aux parois de verre. Allongée sur une méridienne en rotin, enveloppée dans une épaisse couverture, Abigail lisait un exemplaire corné de *La Vie immortelle d'Henrietta Lacks*.

« On a de la compagnie », annonça Mike.

Elle se redressa pour regarder son petit-fils. C'était une femme mince aux bras longs et maigres. Sa chevelure, où persistait une trace d'auburn, était retenue en chignon par des baguettes. David nota une vague ressemblance avec sa femme dans les joues creuses et la finesse de la lèvre supérieure. De derrière ses lunettes de lecture à monture fine, Abigail observait l'enfant d'un œil sévère.

« Viens ici, jeune homme », lui dit-elle en montrant le sol devant elle d'un doigt ridé.

Tanner n'hésita que brièvement, puis s'avança.

« Tourne-toi. »

Il s'exécuta. Lorsqu'il eut tourné le dos, elle fit un clin d'œil à David.

« Fais-moi voir tes dents », dit-elle à l'enfant.

Il ouvrit la bouche et roula la tête.

« Est-ce qu'elles sont bien ? demanda-t-il.

— Oh oui. Pas de soucis de ce côté-là. Maintenant, dis-moi, petit ; est-ce que tu connais des poèmes ? J'adore la poésie. Un bon poème me donne toujours le sourire.

— "Juste pour te dire, j'ai mangé les prunes qui étaient dans ton bac à glace et que sans doute tu gardais pour le 'tit déjeuner. Pardonne-moi. Elles étaient délicieuses. Si sucrées et si fraîches." »

Pendant un moment, sa sévérité se maintint. Puis elle laissa échapper un petit rire.

« Excellent, dit-elle en tendant une main pour lui caresser la joue. Williams est l'un de mes poètes préférés.

— Est-ce que vous êtes vraiment ma grand-mère ?

— Oui.

— Comment ça se fait que je vous ai jamais vue avant, alors ?

— C'est là une très bonne question, à laquelle il n'existe pas de bonne réponse. C'est nous autres, imbéciles de grandes personnes, avec nos problèmes imbéciles de grandes personnes. Je te propose une chose, Tanner. Je te raconterai tout ça un jour. Mais pour l'instant, il faut que je parle un peu avec ton père, et sans plus tarder. De certaines de ces affaires imbéciles de grandes personnes. Ensuite, nous dînerons tous ensemble. Mais crois-tu que, pour quelques minutes, tu pourrais... Crois-tu que tu pourrais aller avec ton grand-père, là-bas ? Il veut te montrer le billard à la cave.

— Tu as déjà joué au billard ? demanda Mike.

— Jamais, répondit Tanner.

— Alors je vais te montrer deux ou trois trucs. »

Il lui tendit la main ; sans y réfléchir à deux fois, l'enfant la prit et se laissa conduire hors de la pièce.

Lorsqu'ils furent partis, Abigail se tourna vers David et ôta ses lunettes.

« Vous êtes passé devant un casier à vin en venant ici. Il y a un tire-bouchon pendu au-dessus. Trouvez-nous un bon rouge. »

David obtempéra gracieusement. Lorsqu'il revint, Abigail était en train d'approcher une allumette d'une mince cigarette entre ses lèvres.

« Vous fumez, David ? »

Il secoua la tête.

« Bien. C'est une mauvaise habitude. Surtout avec des enfants dans la maison. »

Il remplit deux verres hauts puis s'assit dans un fauteuil en rotin en face d'elle. Elle fuma sa cigarette, les yeux fixés sur le grand lac à l'extérieur comme si elle s'attendait à voir l'*Edmund Fitzgerald* et sa cargaison de minerai de fer entrer majestueusement dans le port, avec juste un peu de retard. Lorsqu'elle l'eut terminée, elle prit son verre d'une main tremblante et l'approcha vivement de ses lèvres.

« Avec le recul, David, mon plus grand regret est de ne pas vous avoir averti des antécédents familiaux de dépression et de suicide. Je ne peux m'empêcher de penser que si je l'avais fait, vous auriez peut-être reconnu les signes…

— J'étais traité pour un syndrome de stress post-traumatique. Je n'aurais pas su reconnaître ces signes même si elle les avait agités sous mon nez. Je savais qu'elle était triste. Mais je croyais que c'était une réaction de baby blues normale. Et puis, brusquement, il a été trop tard. »

Abigail hocha la tête.

« Mon oncle Steven était tellement déterminé qu'il a avalé un tube entier d'aspirine, s'est passé une corde autour du cou, est monté sur les chevrons de la grange et s'est tiré une balle dans le visage avec un pistolet qu'il avait volé au cadavre d'un Allemand pendant la Seconde Guerre mondiale. »

David attendit qu'elle continue. Il savait que certaines choses avaient besoin d'être déballées avant qu'il puisse commencer à poser ses questions.

« J'ai lu votre livre, au fait. J'ai regardé l'émission

spéciale de *Dateline* à la télévision. Est-ce qu'Elizabeth l'avait lu ?

— Non.

— Ça l'aurait touchée un peu trop au vif », fit Abigail en hochant la tête. Elle prit une autre gorgée de vin. « Je suis tellement contente d'avoir pu faire la connaissance de Tanner. Vous n'avez pas idée. Je sais que vous me détestez sûrement. Et je ne vous en veux pas. » Il tenta de répondre mais elle arrêta ses protestations d'un geste. « Chut. Je sais ce que je sais. Mais c'étaient de vraies jumelles, David. Elle ressemblait trait pour trait à Elaine. C'était déjà très difficile de voir le visage de ma fille décédée tous les jours ; dans ce genre de situation, il est impossible de faire son deuil. Mais le pire, c'était sa voix. Chaque fois que je l'entendais jouer dans la pièce voisine, parler à ses Petits Poneys, quelque chose dans mon subconscient essayait de me convaincre que c'était Elaine que j'entendais, qu'elle était de retour et que j'avais seulement rêvé son enlèvement.

— Elle connaissait vos raisons. Elle les comprenait. Mais elle ne pouvait pas accepter pour autant. Je ne pense pas que j'en serais plus capable.

— C'est ce que je me demande, répliqua Abigail en l'observant avec ce qui ressemblait presque à de l'amusement. Je pense que vous le pourriez peut-être, si vous vous trouviez dans la même situation. Je parie que vous seriez surpris.

— Heureusement, nous ne le saurons jamais. » Elle détourna les yeux. « Vous avez le dos au mur, là-bas, à Akron. Lisez les journaux. Lisez les blogs. Allez-vous être inculpé pour la mort de cet homme ?

— Je ne sais pas. Je ne crois pas. Il y a un meilleur

suspect. Ce n'est pas moi qui l'ai tué, si c'est ce que vous cherchez à savoir.

— Un des blogs prétend que la police a trouvé les empreintes d'Elizabeth chez cet homme, quelque part.

— C'est exact.

— Est-ce que ma fille vous trompait, David ?

— Je n'en avais pas l'impression. Je ne sais pas.

— Est-ce que vous seriez en colère si c'était le cas ?

— Bien sûr. Mais je n'aurais pas tué cet homme – ni tenté de le tuer, puisque c'est de ça qu'on parle.

— Lorsque ma sœur a appelé pour me dire que vous aviez envie de nous rencontrer, j'ai dit à Mike que ce que vous vouliez vraiment, c'était parler du meurtre d'Elaine. Il m'a répondu que j'étais paranoïaque. Que vous souhaitiez seulement renouer les liens avec ce côté de la famille pour le bien de Tanner. J'avais raison, n'est-ce pas ?

— Oui.

— Vous croyez que l'homme qui a tué mon Elaine et celui qui a tiré sur l'homme de Primrose Lane sont la même personne.

— Je pense que c'est possible. Quelqu'un essayait de retrouver l'homme de Primrose Lane ; j'en ai découvert des preuves. Un homme qui correspondait à la description du ravisseur d'Elaine. Et je suis pratiquement certain que l'homme de Primrose Lane était l'inconnu qui avait sauvé la vie d'Elizabeth à l'époque, celui qui était arrivé trop tard pour Elaine.

— Encore un mystère. Je n'ai jamais été d'aucune aide à la police. Elizabeth vous l'avait-elle dit ?

— Elle ne parlait pas de tout ça.

— Je n'ai jamais pu leur fournir la moindre information utile. C'est ce qu'ils m'ont dit. C'était de ma faute, je suppose : j'étais une buveuse occasionnelle et je ne me rappelais même pas les vêtements qu'Elaine portait ce jour-là.

— Je ne pense pas que ç'ait été un crime d'opportunité. L'homme les attendait dans le parc. Je crois qu'il savait qu'elles allaient le traverser. Je parie qu'elles y allaient tous les jours après l'école.

— Elles y passaient tout le temps.

— Donc, il devait avoir croisé leur route quelque temps avant l'enlèvement. Je crois que cet homme a un faible pour les rousses. Je crois qu'il a repéré Elaine et Elizabeth dans la foule quelque part et qu'il les a choisies pour victimes.

— C'est aussi ce que pensait le FBI.

— Qu'est-ce qui se passait dans la vie de vos filles la semaine précédant l'enlèvement d'Elaine ? Est-ce que… Je ne sais pas, est-ce que vous avez modifié votre routine quotidienne de quelque manière que ce soit, est-ce que vous êtes allés quelque part avec elles où vous ne les emmeniez pas d'habitude ? Le teinturier, la pharmacie ? »

Abigail secoua la tête.

« Rien de tel. Elles allaient nager à la Maison de la jeunesse deux fois par semaine. Le samedi, elles avaient gymnastique. Cette semaine-là, nous étions allées faire les magasins pour leur trouver de quoi se mettre sur le dos pour la photo de classe. Elles allaient tout le temps au centre commercial avec moi. La veille au soir, nous étions sortis manger des glaces. Je sais que la police a interrogé tous ceux qui avaient vu mes filles durant les semaines précédant l'enlèvement d'Elaine.

— Des suspects ?

— Pas officiellement.

— Et officieusement ?

— Il y avait un homme qui avait fait des travaux chez nous quelques mois plus tôt. C'est lui qui a construit la pièce où nous sommes, en fait, avec son équipe. Je crois que, avant ça, c'était un consultant réputé en Indonésie. C'est la première personne qui m'est venue à l'esprit.

— Pourquoi ?

— Il était louche. Il ne parlait pas beaucoup. Aux adultes, du moins. Mais quand les filles jouaient dans le jardin, il trouvait toujours une excuse pour aller discuter avec elles. Il n'était pas marié. Il vit en appartement près de Rocky River. Harold Schulte. Je sais que la police est allée l'interroger. Plus d'une fois.

— Et elle vous a informée de ce qu'elle avait appris sur lui ?

— Apparemment, il avait eu des ennuis au lycée pour outrage public à la pudeur dans le bus de ramassage scolaire. C'est tout.

— Est-ce qu'Elaine tenait un journal ? »

Abigail secoua la tête mais, dans le même mouvement, se leva pour s'approcher du bureau qui se trouvait près des portes en verre coulissantes. Elle ouvrit le tiroir du haut, fouilla parmi des papiers, finit par sortir deux documents, et revint s'asseoir.

« Elaine était mon artiste et ma poétesse », dit-elle à David en lui tendant une feuille de cahier à grosses lignes recouverte de l'écriture tout en courbes d'une fillette. Le poème était intitulé "Chat mort". *Chat mort sur la route. Tué par mère Nature. Ou peut-être un camion.* « C'est un haïku.

— Je vois. »

Abigail lui tendit l'autre document, qu'il connaissait déjà pour l'avoir vu au mur du bureau de Sackett.

« Son dernier portrait scolaire.

— Elles se ressemblent vraiment beaucoup », fit remarquer David. Ses doigts couraient sur une petite tache en haut de la photo. Il voulait dire : Elaine et Katy. « Pas d'autre intuition, depuis toutes ces années ? Personne que vous pourriez croire coupable ? »

De nouveau, Abigail secoua la tête.

« Nous n'avons même pas récupéré le corps, vous saviez ça ? Ça complique les choses. On veut garder l'espoir qu'elle est toujours vivante. Au fond de mon cœur, je savais qu'elle avait été tuée le jour de son enlèvement. Je le sentais. À Mike, il a fallu environ cinq ans pour se résigner. Un soir, il a pleuré avec moi et, après ça, il a cessé d'attendre son retour. Croyez-le ou non, on finit par faire son deuil, au bout d'un moment. Sans quoi on meurt. Mais dans cette bataille, je le crains, nous avons perdu Elizabeth. Lorsque son père et moi avons enfin sorti la tête de l'eau, nous nous étions séparés d'elle depuis trop longtemps. J'avais trop honte pour lui demander de revenir, et elle était trop têtue pour faire le premier pas. » Elle lutta contre une bouffée d'émotion et planta une autre cigarette entre ses lèvres. « C'est la vie. »

David entendit la porte d'entrée se refermer. Abigail sursauta puis le regarda.

« Vous attendez de la visite ? lui demanda-t-il.

— Reprenez un verre, David. Vous pensez que vous n'auriez pas pu prendre la décision que j'ai prise à l'époque. Que vous n'auriez pas pu éloigner Elizabeth de votre vue juste parce qu'elle ressemblait à sa sœur décédée ; que, peut-être, vous auriez appris à vivre avec.

— Je ne comprends pas. Qui est-ce qui vient d'arriver ? »

Quelqu'un traversait la salle à manger et s'approchait d'eux. Des talons aiguilles claquaient sur le parquet. Il se retourna pour voir qui c'était.

« Finalement, je m'y suis habituée », conclut Abigail. Une jeune femme entra dans la pièce d'un pas élastique. La poitrine de David se serra. « Bonjour, dit-elle en souriant sous sa frange rousse. Salut, maman. Je ne savais pas que tu avais de la compagnie.

— David, je vous présente ma fille Eloise, dit Abigail. Elle vient d'avoir 20 ans. Elle va à l'université d'État de l'Ohio, mais elle rentre si souvent à la maison que nous songeons à arrêter de lui payer une chambre en résidence.

— Chut, fit Eloise. Tu me présentes ton ami ?

— David Neff. Le mari de Lizzie.

— Non, sérieux ?! » s'exclama la jeune femme.

Elle se pencha pour le serrer dans ses bras. Ses pommettes étaient plus hautes, ses sourcils un peu plus foncés, et ses lèvres un tantinet plus charnues que celles d'Elizabeth. Mais, pour le reste, sa ressemblance avec la femme dont il était tombé amoureux à l'université d'État de Kent était désagréablement troublante.

« Je suis tellement contente de faire votre connaissance, poursuivit-elle. J'avais toujours voulu rencontrer Lizzie.

— Son fils est en bas avec ton père, dit Abigail.

— Arrête ?! » La jeune femme embrassa sa mère et repartit en courant. « Restez là, David ! lança-t-elle par-dessus son épaule. Je reviens tout de suite. »

De nouveau seul avec Abigail, David releva la tête ; elle le dévisageait, cherchant à déchiffrer ses émotions.

« Peggy ne m'a jamais rien dit.

— Je lui avais demandé de ne pas le faire.

— Pourquoi ?

— Je ne voulais pas que Lizzie l'apprenne avant d'avoir eu une chance de le lui annoncer moi-même. Je voulais un garçon. À la place, j'ai eu le portrait craché des filles que j'avais perdues. Dieu a un sens de l'humour bien cruel.

— Je crois que je ferais mieux de m'en aller. »

Elle hocha la tête.

Ils l'arrêtèrent sur la I-77 Sud dès qu'il entra dans le comté de Summit. Deux voitures de patrouille, une berline noire, trois camions de presse et deux voitures civiles, dont il supposa qu'elles appartenaient à des reporters de la presse écrite. L'espace d'une seconde, il envisagea de prendre la fuite. Mais il se rappela que Tanner était sur la banquette arrière et il se força à rester rationnel. Il se gara sur le bas-côté.

« Tanner, écoute-moi bien.

— Waouh, c'est des voitures de police ? Papa, tu allais trop vite ?

— Non. »

Sackett et Larkey étaient déjà en train de sortir de la berline banalisée. Même à cette distance, David distinguait l'énorme revolver sous l'aisselle de l'agent fédéral, celui à la crosse couleur d'os.

« Qu'est-ce qui s'est passé ? demanda Tanner.

— Je n'ai pas le temps de t'expliquer ça tout de suite, bonhomme. Je suis vraiment désolé mais, quoi qu'il arrive d'ici un instant, il faut que tu me croies : tout va s'arranger.

— Qu'est-ce qui va arriver ?

— Dans une seconde, ces messieurs vont m'emmener avec eux. Et quelqu'un d'autre, je crois, va te… laisser monter dans sa voiture. »

David attrapa un morceau de papier dans sa boîte à gants et y griffonna frénétiquement un nom et un numéro de téléphone. Puis il le tendit à son fils, dont les yeux écarquillés par la peur étaient en train de se remplir de larmes.

« Écoute, bonhomme, tout va bien se passer. Tu donnes ça à la personne qui va t'emmener. C'est le numéro de portable de papy. Il viendra te chercher.

— Papa ?

— Descends de ton siège, Tanner. Viens là. »

Le garçon détacha sa ceinture juste au moment où l'inspecteur et l'agent fédéral atteignaient la voiture. Il sauta à l'avant, sur les genoux de son père.

« Je t'aime, dit David.

— Je t'aime aussi, papa. »

Un tapotement à la fenêtre. C'était Sackett. David baissa la vitre.

« Monsieur Neff, nous avons quelqu'un ici qui peut prendre votre fils. Voici Pamela Swanson, du département du travail et des services sociaux. »

Il fit signe à une jeune femme d'approcher. Elle adressa un sourire chaleureux à Tanner. Elle avait un visage avenant.

« Tanner ? Je m'appelle Pam. Nous allons faire un petit tour ensemble pendant que ton père parle avec ces messieurs.

— Papa, non, chuchota l'enfant.

— Ça va aller. »

Tanner s'agrippa au cou de son père. Mais celui-ci l'embrassa et, tant bien que mal, réussit à lui faire lâcher prise et à le tendre par la fenêtre à l'assistante sociale. Dans ce genre de situation, il le savait, il ne fallait pas longtemps avant que la police commence à s'impatienter. Tanner se contenta de baisser la tête et de pleurer. D'un pas vif, la jeune femme regagna l'une des voitures civiles et installa l'enfant à l'arrière, avec elle.

Pendant plusieurs longues secondes, personne ne dit rien.

Enfin, David déclara :

« Je suis quelqu'un qui se fiche d'avoir du fric. Mais il se trouve que j'en ai plein. Et maintenant, je suis un homme extrêmement en colère, bourré de fric, et qui se fiche de comment il le dépensera. J'utiliserai jusqu'au dernier sou pour vous pourrir la vie aussi longtemps que possible. »

Larkey sourit. « Le voilà. Le voilà, mon tueur.

— Monsieur Neff, sortez de la voiture », ordonna Sackett d'un ton aussi glacial qu'un vent arctique.

David obéit.

« Tournez-vous. »

Il s'exécuta, et des flashs se déclenchèrent. Deux photographes accroupis derrière sa voiture prenaient des clichés pour le journal du lendemain.

« Pourquoi ? demanda-t-il.

— Cette autre empreinte ? répliqua Larkey. Celle sur les toilettes de l'homme de Primrose Lane ? On pensait qu'elle avait été laissée par un plombier, ou par la victime elle-même. Mais quand on a trouvé la même sur le canon de votre arme, on a su que ce n'était pas celle du plombier.

— Monsieur Neff, enchaîna Sackett, je vous arrête pour le meurtre…

— Le meurtre ? » l'interrompit David.

Il sentit des menottes se refermer sur ses poignets. D'autres flashs se déclenchèrent.

« Je n'ai pas tué l'homme de Primrose Lane, poursuivit-il.

— Vous avez essayé, rétorqua Sackett. C'est pourquoi vous êtes aussi inculpé de tentative de meurtre.

— De quoi vous parlez ? C'est une blague ? Vous ne pouvez pas m'accuser de meurtre et de tentative de meurtre sur la même personne !

— Espèce d'enculé, fit Larkey, arrête d'essayer de nous embrouiller. On t'inculpe de tentative de meurtre sur l'homme de Primrose Lane. Et de meurtre, parce que tu as étranglé ta femme et maquillé sa mort en suicide. À moins que ça aussi, tu l'aies oublié ? »

Épisode 12

Aveux

« Pourquoi est-ce que tu m'aimes ? »

Ils se trouvaient dans la chambre de Tanner, occupés à coller de grandes lettres en mousse sur le mur au-dessus de son petit lit. Un mobile de montgolfières aux couleurs vives tournoyait lentement au-dessus de leurs têtes. Ils l'avaient acheté chez FAO Schwarz lorsqu'ils étaient allés à New York rencontrer un agent littéraire qui s'occupait des droits étrangers du livre de David (il avait déjà vendu les droits en question à douze pays, et ce n'était pas fini). Le jouet avait coûté plus cher que ce que David gagnait en un mois quand il travaillait comme projectionniste, au temps de ses études. La grande maison sentait encore la peinture fraîche, et le ventre d'Elizabeth, sous son jogging, était devenu énorme.

« Qu'est-ce que tu veux dire ?

— Pourquoi est-ce que tu m'aimes ? Est-ce que tu as réfléchi à la question ces derniers temps ? »

David éclata de rire.

« J'aime la façon dont tu sifflotes quand tu es nerveuse. Dont tu joues avec tes sandales du bout de tes orteils quand tu es assise au restaurant. Dont tu te pelotonnes sur les canapés. Et j'aime ton gros bide. »

Elle sourit.

« Ce ne sont que des choses que tu remarques chez moi. Des détails d'écrivain. Secondaires.

— Je ne les trouve pas secondaires, moi.

— Je pensais à la manière dont nous nous sommes rencontrés, expliqua-t-elle en feignant de redresser la lettre *T* sur le mur, sans le regarder. Tu ne savais rien de moi. Hormis ce que tu avais observé.

— Et alors ?

— Je crois que tu es tombé amoureux de ce que tu ne connaissais pas de moi. Je crois que tu t'es inventé une histoire à mon sujet. Tu voulais savoir pourquoi j'étais bizarre. Pourquoi j'étais si méchante. »

David la prit par les épaules et la força doucement à se retourner.

« Qu'est-ce que ça peut faire ? Je t'aime, imbécile. Je t'aime. »

Elizabeth lui déposa un baiser léger sur les lèvres.

« Une fois, avant de te rencontrer, j'étais à Atlantic City, à une table de roulette. Je comptais les rouges et les noirs. J'ai repéré une série de rouges. Quinze à la suite. D'autres s'en étaient rendu compte aussi. Ils sont devenus tout excités. Ils pensaient que c'était un signe – la chance qui leur souriait. Mais ce n'est qu'une question de probabilités. Au bout d'un moment, je le savais, ça finirait forcément par s'équilibrer. Alors j'ai commencé à miser sur les noirs. J'ai lâché la bride. Ça a pris du temps, mais j'ai été patiente. Et je suis rentrée chez moi avec trois mille dollars.

— Tu sais que je n'y comprends rien, à tous ces calculs.

— Parfois, je me dis que cette chose terrible qui m'est arrivée – qui est arrivée à Elaine… Je me dis que tu es ce qui est entré dans ma vie pour en compenser l'impact. Que tu es le bien que l'univers m'a envoyé pour me permettre de retrouver un équilibre.

— Ça me va, comme explication. »

Elle hocha la tête et sourit de nouveau, mais son regard demeura triste.

« Et je pense à Brune, et à comment tout s'est terminé au tribunal avec Trimble. C'est une si bonne chose, David, ce que tu as fait. C'est une chose si bizarrement bonne, certains diraient même un tel coup de bol, que je me demande ce que l'univers risque de faire pour compenser.

— Ça ne marche pas comme ça.

— Tu en es sûr ? Parfois, je réfléchis à la probabilité qu'une personne échappe au malheur tout au long de sa vie, et ça paraît tellement impossible.

— Quoi qu'il arrive… commença-t-il.

… Je serai ici avec toi », dit Elizabeth.

Le juge Siegel entra dans la salle d'audience. Tout le monde se leva.

Après le témoignage de David, qui s'était conclu peu de temps après qu'il avait expliqué au jury ce que représentaient les quatre photogrammes, Russo avait conclu son plaidoyer contre Riley Trimble, l'accusant des meurtres de Sarah Creston, Jennifer Poole et Donna Doyle. L'argument fourni était solide, et convaincant, mais il restait entièrement fondé sur des présomptions : rien ne liait directement Trimble aux meurtres. Dès lors qu'on examinait tous les éléments qui l'impliquaient, pourtant, on comprenait qu'il était mathématiquement impossible qu'il ne soit pas le coupable : les preuves indirectes étaient tout simplement trop nombreuses. Brune lui-même avait été condamné et exécuté pour moins que ça. Néanmoins, Russo avait des doutes. « Parfois, parvenir à amener le coupable devant un tribunal est la seule justice dont on doive se contenter », avait confié le procureur à David.

« Asseyez-vous ! aboya Siegel en prenant place derrière son bureau. Le jury est-il parvenu à un verdict unanime ? »

La présidente du jury, l'enseignante de Parma, se leva.

« Oui, votre honneur. »

Elizabeth se pencha à l'oreille de David.

« Quoi qu'il arrive, lui murmura-t-elle, tout ira bien. »

Il lui serra la main plus fort.

« Quel est votre verdict ?

— Pour le meurtre au premier degré de Sarah Creston, nous, les jurés, jugeons le prévenu non coupable. »

Les oreilles de David se mirent à tinter. La tension qui l'avait soutenu tout au long du procès retombait brutalement, menaçant de l'enterrer sous les décombres. Avec un peu de chance, la Rivertin ferait son travail. Il ne voulait pas ressentir tout ça.

« Pour le meurtre au premier degré de Jennifer Poole, nous, les jurés, jugeons le prévenu non coupable. »

Sans prononcer un mot, Russo se leva et sortit de la salle d'audience.

La présidente du jury continua d'énumérer les quarante-sept chefs d'accusation. Trimble fut acquitté pour chacun d'entre eux.

Russo se tenait devant un pool de reporters qui occupaient tout le couloir. Il venait de dénoncer le verdict et était en train d'insinuer que les directives données aux jurés avaient été trop compliquées pour leur petite tête.

Lorsque les journalistes virent sortir David, plusieurs d'entre eux se détachèrent de la meute pour venir tendre leurs gros micros.

« Monsieur Neff, Tim Pohlman, Channel Five. Pouvez-vous nous dire ce que vous inspire le verdict d'aujourd'hui ?

— Je pense que ces jurés sont une bande d'idiots », répondit David.

Elizabeth le tira par le bras pour l'entraîner vers l'ascenseur.

« Monsieur Neff, craignez-vous que Riley Trimble s'appuie sur le verdict d'aujourd'hui pour vous attaquer au civil ?

— Riley Trimble ne me fait pas peur. C'est un tueur en série, un lâche. Qu'il s'en prenne à moi s'il l'ose.

— On ne peut pas diffuser ça ! » protesta un reporter de Channel Three.

David haussa les épaules.

Quelques mètres avant qu'il atteigne l'ascenseur, Pohlman réussit à le prendre à part. Elizabeth et son père attendaient à quelques pas d'eux. Les autres reporters, apercevant Trimble qui sortait de la salle d'audience, toujours en combinaison orange mais désormais sans menottes, les avaient laissés tranquilles.

« Hé, fit Pohlman, un journaliste d'investigation âgé d'une quarantaine d'années qui rappelait à David l'un de ses amis d'enfance, moi, je vous crois. Donnez-moi juste une petite phrase. Tous les autres vont vous refiler le mauvais rôle mais nous, on vous présentera de manière positive, ne vous inquiétez pas. Personnellement, j'ai trouvé les preuves accablantes. »

David se retourna pour regarder Elizabeth et lui fit signe de l'attendre une minute.

« Tenez, mettez ça », dit Pohlman en fixant un micro-cravate sans fil au revers de la veste de David. Son caméraman était en train d'installer son trépied. « Je vais juste vous poser quelques questions de base pour vous permettre de donner votre version de l'affaire. Mais attention aux allégations diffamatoires, hein. Réservez ça pour votre blog, ou n'importe quoi. Nous, on ne peut pas les diffuser. Tenez-vous-en aux faits. Je veillerai à ce que ça rende bien. »

David hocha la tête.

« Le micro fonctionne ? »

Le caméraman leva le pouce pour confirmer. Le voyant rouge s'était allumé.

Brusquement, David fut pris d'une idée dangereuse.

« Il faut que j'aille me laver les mains », déclara-t-il.

Et, sans laisser à Pohlman le temps de protester, il entra dans les toilettes qui se trouvaient derrière eux. À l'intérieur, il n'y avait personne. Il s'approcha du lavabo et attendit.

« Bonjour, Dave, dit Trimble.

— Bonjour, Riley. »

Ils se dévisagèrent en silence.

« J'ai pensé que tu aimerais peut-être t'excuser, reprit Trimble.

— Pourquoi est-ce que je ferais ça ? »

Trimble ricana doucement.

« Qu'est-ce qu'il y a de si drôle ? demanda David.

— Rien.

— Non, franchement : qu'est-ce qu'il y a de si drôle ?

— Ça », répondit Trimble en faisant un geste vague vers le mur, du côté de la salle d'audience. David sourit. « Oui.

— Je ne pourrai plus jamais être jugé, tu sais.
— C'est comme ça que ça marche.
— On ne peut pas me juger deux fois…
— … pour le même crime, je sais.
— Je pourrais même te raconter comment j'ai procédé. Et tu ne pourrais strictement rien y faire.
— C'est vrai.
— Ça te dérange ?
— Non.
— Si.
— Vous ne me faites pas peur, Riley. Vous savez ça, n'est-ce pas ? »

Trimble parut un instant contrarié. Puis il sourit et, d'un air désapprobateur, agita le doigt sous le nez de l'écrivain.

« Mais si, tu as la trouille. Je le vois bien.
— Pourquoi feriez-vous peur à qui que ce soit, Riley ? Vous venez de prouver à tout le monde que vous n'êtes qu'un pauvre gars qui installe des climatiseurs et n'a jamais fait de mal à personne.
— Je m'en tape, des autres, répliqua Trimble en se rapprochant de David. Mais toi, toi, tu sais ce que j'ai fait. Tu es assez intelligent pour avoir peur.
— Qu'est-ce qui est censé m'effrayer, Riley ? Le fait que vous n'ayez pas eu les couilles d'assumer vos actes et que vous ayez laissé votre chef scout trinquer pour le meurtre de Sarah ? Le fait que vous n'arriviez pas à avoir la trique pour des femmes adultes et que vous ayez donc décidé de vous chercher des proies plus faciles ? Le fait que vous ayez peur de toucher le cadavre de vos victimes, et que c'est pour ça que vous les laissiez rouler hors de votre coffre ? »

Trimble se rapprocha encore et l'attrapa à la gorge, le plaquant contre le miroir. Il se pencha à son oreille.

« Et pourquoi pas le fait que j'aie labouré la chatte de Sarah avec un tournevis, hein ? Que c'est moi qui aie appris à Brune à kidnapper ses morues sans se faire prendre ? Ou que j'aie percé les nichons de Jennifer avec du fil de cuivre pour la brancher sur une prise ? Qu'est-ce que tu penses de ça, hein ? Tu as peur, maintenant, espèce de petit connard sarcastique ? »

Et, sur ces mots, il le repoussa violemment, assez fort pour que David voie des étoiles en périphérie de son champ de vision.

« Non, répondit le jeune homme. Mais si j'étais vous, j'aurais peur de ce qui va se passer maintenant.

— Qu'est-ce que tu racontes ? Je suis libre, pauvre con. »

David tapota le micro-cravate fixé à son revers.

« Il est allumé ? demanda Trimble.

— Je n'en suis pas sûr. Il l'était quand je suis entré ici. Mais il est possible que le caméraman l'ait éteint. »

Trimble regarda la porte des toilettes comme s'il s'attendait à voir une meute de policiers se précipiter dans la pièce pour le remmener en prison – et tant pis s'il ne pouvait être rejugé.

« Tu mens.

— Jamais je ne vous ferais l'affront de vous mentir, Riley.

— Tu essaies de me piéger, fit Trimble, les mains tremblantes.

— Qui est-ce qui a peur, maintenant ?

— Va te faire foutre. »

Trimble ressortit dans le couloir. David lui emboîta le pas.

Le regard de Pohlman en disait long. Ça, et le fait qu'il partageait une paire d'écouteurs avec son caméraman.

Derrière eux, la présidente du jury était en train d'accorder une interview exclusive à Action News.

« Je n'ai pas cru ce reporter, ce Neff, voilà tout. Je ne fais jamais confiance aux journalistes, et surtout pas à celui-là. Il avait l'air d'un petit prétentieux. Si c'était lui le meilleur témoin qu'ils avaient à présenter, pas étonnant que leur dossier d'accusation n'ait pas tenu la route. »

Trimble se jeta sur la caméra de Pohlman et la plaqua au sol comme s'il s'en prenait à une personne.

« Ahhhhhhh ! » hurla-t-il en s'efforçant frénétiquement d'ouvrir le compartiment qui contenait la cassette.

Brusquement, toute agitation cessa dans le couloir. Plus personne ne parlait. Tous les yeux étaient fixés sur le tueur disculpé en train de s'attaquer à une caméra.

Puis le caméraman de Channel Five retrouva ses esprits et attrapa Trimble par le dos de sa chemise.

« Touche pas à mon matos, connard ! »

Mais Trimble ne lui rendit pas l'appareil : il le jeta contre le mur en briques le plus proche, manquant de peu la tête d'une femme.

La caméra retomba intacte au sol. Le tueur regarda David.

« Fils de pute ! » s'exclama-t-il avant de se jeter sur lui.

David réagit à l'instinct. Il serra le poing et le brandit droit devant lui au moment où Trimble le chargeait. Ses phalanges s'écrasèrent bruyamment sur le nez de son agresseur.

Deux policiers sortirent précipitamment de la foule pour attraper David par les bras.

« C'est lui qui m'a attaqué, protesta David.

— Vous fatiguez pas », l'arrêta un des officiers.

David comprit soudain à quoi devait ressembler la scène pour tout le monde hormis l'équipe de Channel Five : un journaliste furieux s'en prenant physiquement à l'homme qu'il avait accusé à tort.

« Mais c'est vrai ! s'exclama-t-il. Il vient d'avouer.

— Vous pouvez pas le laisser tranquille, enfin ?! lança une femme corpulente que David reconnut comme une parente éloignée de Trimble.

— Il dit la vérité ! intervint Pohlman. Jerry a tout enregistré. Pourquoi croyez-vous qu'il vient d'essayer de bousiller notre caméra ?!

— Je suis innocent ! » protesta Trimble.

De nouveau, il se jeta sur David. Mais, cette fois, les policiers étaient prêts. Ils le plaquèrent au sol et lui replièrent les bras dans le dos.

« Tu m'as piégé ! hurla Trimble en se débattant.

— Tiens-toi tranquille, Trimble, fit le plus vieux des officiers, ou on se sert du Taser.

— Mais enfin, lança quelqu'un, arrêtez-le ! »

Les équipes de télévision avaient repositionné leurs caméras afin de filmer la lutte, au cas où.

« Pourquoi ? demanda le policier. Il vient d'être acquitté.

— Conneries ! s'exclama un adolescent à l'avant de la foule.

— C'est la loi, répliqua l'officier.

— Grands dieux ! » fit une voix grave derrière eux, d'un ton exaspéré.

Les gens s'écartèrent pour laisser passer le juge Siegel. Il avait enlevé sa toge, et il était livide. Vêtu d'un jean et d'un polo, il posa les mains sur les hanches et prit un moment pour réfléchir en faisant claquer sa langue contre son palais. Il regarda David, puis Pohlman.

« Vous venez de tuer ma postérité », leur annonça-t-il. Il secoua la tête, puis s'adressa à la foule de badauds. « Je ne peux pas faire arrêter cet homme. Cependant, cet accès de rage me prouve que M. Trimble est un homme qui pourrait fort bien représenter un danger pour lui-même et pour les autres s'il restait libre dans l'immédiat. L'endroit le plus sûr pour lui est un service psychiatrique, du moins pendant un temps. Or, il se trouve que l'établissement psychiatrique le plus proche est celui voisin de la prison du comté. Messieurs les officiers, veuillez escorter M. Trimble jusqu'à sa cellule provisoire.

— Non ! s'écria Trimble. Je suis pas taré ! Allez vous faire foutre, juge ! Je suis pas taré.

— Débarrassez-moi de lui », dit Siegel.

Les officiers entraînèrent sans ménagement Trimble vers les ascenseurs.

En passant devant David, le tueur le dévisagea, comme s'il voulait graver ses traits dans sa mémoire.

« Je te hais, dit-il simplement. Je te hais à jamais ! »

Le Protégé du tueur en série ne s'était vendu qu'à 2 452 exemplaires au moment où Trimble avoua ses crimes le jour de son acquittement, en décembre 2007. Après tout, c'était un livre local. Plus tard dans la soirée, cependant, Pohlman diffusa son scoop sur Channel five, qui était affiliée à ABC, et un enchaînement d'événements propulsa rapidement David dans une nouvelle vie.

Dès le lendemain soir, le reportage de Pohlman était rediffusé au journal télévisé des chaînes nationales. Puis le *Morning Show* le récupéra. Une semaine plus tard, c'était au tour de *Primetime* de reprendre l'histoire. Enfin, un mois plus tard, *Dateline NBC* révéla en exclusivité qu'un témoin de l'affaire, Donna Doyle, oublié depuis longtemps, avait formellement identifié Trimble comme l'homme vu en compagnie de la petite fille juste avant que celle-ci disparaisse. Flairant un coup de publicité gratuit, et prenant acte du revirement de l'opinion, le corps législatif de l'Ohio commença à envisager d'abolir la peine capitale. « L'exécution injustifiée de Brune, déclara un membre démagogue de la Chambre des représentants, devrait nous rappeler cette vérité fondamentale : nous ne pouvons jamais être absolument certains de la culpabilité d'un prévenu. Cela ne signifie pas que la justice ne fonctionne pas, mais plutôt que, comme tout un chacun, elle est faillible et imparfaite. C'est pourquoi nous ne pouvons pas, en notre âme et conscience, continuer à infliger ce châtiment suprême. Laissons à Dieu le jugement final. »

Un débat fut lancé – par les experts de Fox News, notamment – sur le bien-fondé d'une loi empêchant de juger une personne deux fois pour le même crime, mais, au grand soulagement de David, il fut rapidement étouffé par des voix plus intelligentes.

Paul Sheppard dut répondre aux offres de plusieurs maisons d'édition new-yorkaises qui souhaitaient racheter les droits du livre pour en publier une version de poche. Une nouvelle préface écrite par David à l'occasion de la sortie de celle-ci fut publiée par *Vanity Fair*. La société de production de Sam Mendes s'empressa d'acheter les droits d'adaptation cinématographique.

Trois mois après le verdict, le livre s'était vendu

à cent mille exemplaires. Six mois après, à un demi-million. Et Elizabeth était morte.

Il était impossible de ne pas se laisser distraire : voilà de quoi David tenta de se convaincre après coup. Mais il aurait dû remarquer que les humeurs sombres d'Elizabeth étaient de retour à mesure que son ventre gonflait.

Au début, il les avait mises sur le compte du stress : car le bébé allait complètement changer leur vie, n'est-ce pas ? Il aurait dû s'inquiéter aussi, mais il était sous antidépresseurs. Et pourtant, il avait l'impression que tout irait bien désormais, et ce n'étaient pas que l'argent et la Rivertin qui lui faisaient penser ça, du moins il ne le croyait pas. Il tentait d'expliquer ce qu'il ressentait à Elizabeth. Et elle hochait la tête en souriant.

Il se dit que la maison lui remonterait le moral. Il embaucha des déménageurs. Un décorateur. Elle fit semblant d'être heureuse.

Avec le recul, il finirait par se rendre compte du nombre de fois où elle s'était inventé des excuses pour sortir : « au supermarché », « à la banque », « à la bibliothèque ».

Où allait-elle vraiment ? Et pourquoi ?

David se changeait les idées avec des choses comme l'énorme bureau trouvé à la vente de succession du capitaine de l'*Edmund Fitzgerald*, et la Coccinelle jaune dont il avait rêvé adolescent. Il passait beaucoup de temps à lire des livres comme *À quoi vous attendre quand vous attendez un enfant* et *Pères de garçons*. Elizabeth, elle, n'y touchait jamais. Il le remarqua à peine.

Lorsqu'elle fondit en larmes au beau milieu de la fête donnée en l'honneur de la naissance prochaine du bébé, il déclara à sa famille que c'était parce que la sienne – sa famille à elle – n'était pas là. Avait-il cru lui-même à cette explication ? Pas vraiment.

Voulez-vous connaître sa peur secrète, celle qui l'empêchait de dormir la nuit ? Il craignait qu'elle ait été contaminée par sa noirceur ; que Brune – ou quel que soit son nom – lui ait été transmis à la manière d'un virus, voire même que le démon de la boîte, d'une manière ou d'une autre, l'ait fécondée.

« Est-ce que ça va ? » lui avait-il demandé le soir précédant ses premières contractions. Mais il était déjà trop tard.

« Oui, avait-elle répondu en se forçant à sourire. Tout va…

… bien ! s'exclama le jeune infirmier. Dix doigts et dix orteils. »

David ressentit du soulagement à la vue de son fils. Les livres l'avaient prévenu : le bébé lui paraîtrait peut-être bizarre au début. Visqueux, avec le crâne allongé par la pression de la filière génitale. Mais Tanner ressemblait juste à un bébé. Il était emmailloté d'un tissu bleu, et allongé, les yeux fermés, dans le bac à roulettes chauffé qui l'emporterait à la pouponnière. Son petit visage, fripé comme celui d'un vieil homme, arborait presque une expression de contentement.

Bientôt, ils furent enfin seuls. En famille.

« David, souffla Elizabeth. Je ne crois pas que je vais pouvoir faire ça.

— Quoi ?

— Je ne ressens pas le moindre attachement pour lui, rien. Il n'éveille rien en moi. »

Il prit une de ses mains dans la sienne et, de l'autre, lui caressa les cheveux.

« Là, là. Tu viens de vivre un moment difficile. Tout ça prend du temps. »

Elle secoua la tête et marmonna quelque chose.

« Quoi ?

— Je t'avais dit que je ne serais pas douée pour tous ces trucs de famille.

— Tu t'en sortiras à merveille. Tu vas devenir une mère formidable. »

Elle regarda Tanner d'un air étrange. David n'arrivait pas à deviner ce qu'elle pensait.

« Et si je n'étais pas censée en devenir une ? Tu sais ? Si j'étais censée finir comme Elaine ? Assassinée ? Cet homme qui s'est interposé… Et s'il avait changé ma destinée, quelque chose comme ça ? Et si l'univers n'avait pas prévu que je grandisse et que je mette ce bébé au monde ?

— Le fait est qu'il *s'est* interposé, répondit David. Alors ça doit être ce qui était censé se passer. »

Mais il vit bien qu'elle ne le croyait pas.

« Et s'il devient mauvais en grandissant ?

— Ça, la rassura-t-il, c'est impossible. »

Plus tard, dans le couloir, l'infirmier le prit à part.

« Je m'inquiète pour votre femme, commença-t-il d'un ton accusateur.

— Elle va bien.

— Je crois qu'elle souffre de dépression postnatale. Elle n'aime pas être avec le bébé.

— C'est quelque chose qui arrive, non ?

— Jusqu'à un certain point.

— Que voulez-vous que je fasse ?

— Parlez-lui. Voyez si vous pouvez la convaincre de passer un peu de temps avec nos thérapeutes au quatrième étage.

— Le service de psychiatrie ?

— Nous avons une section spéciale pour les personnes souffrant de dépression postnatale.

— Non. Elle n'accepterait jamais. Et elle verrait ça comme une attaque de ma part.

— Monsieur Neff, votre femme a besoin d'aide. Laissez-nous l'aider. »

David hocha la tête.

« Je vais lui en parler. »

« Je te jure, répondit-elle, si tu me forces à y aller, je me tuerai. Ce n'est pas de la dépression postnatale. Je suis triste, c'est tout.

— Écoute-toi.

— Ça va, je te dis. S'il te plaît. Laisse-moi juste un peu de temps. »

Le portable d'Elizabeth sonna. Elle jeta un œil à l'écran.

« C'est le boulot, il faut que je réponde. J'en ai pour une minute. Est-ce que tu peux aller me chercher une salade et un Coca à la cafétéria ? »

Il était parti moins de dix minutes. Lorsqu'il revint dans la chambre, l'infirmier se tenait là, l'air paniqué, avec Tanner dans les bras.

« Où est Elizabeth ? » demanda David.

Le lit était vide. Elle avait coupé ses bracelets d'hôpital. Ils étaient posés sur la table à côté d'une paire de petits ciseaux.

Le bébé fut ramené à la pouponnière. On appela la police. David chercha sa femme dans tout l'hôpital pendant près d'une heure. La Coccinelle jaune qu'ils avaient prise pour venir aux urgences lorsque ses contractions avaient commencé était toujours garée sur le parking de l'établissement. Mais lorsque la police alla voir du côté de leur maison, elle découvrit que la voiture d'Elizabeth n'y était plus.

À 20 h 16 ce soir-là, alors qu'il était assis sur le lit d'hôpital de sa femme en train de donner le biberon à Tanner, deux officiers entrèrent dans la pièce. À leur expression éloquente, il sut immédiatement que c'était fini.

Il ne ressentit pas le chagrin qu'il aurait dû ressentir. Les officiers qui lui avaient annoncé la nouvelle, cependant, ne savaient pas qu'il était traité pour un syndrome de stress posttraumatique. Dans leur rapport, ils notèrent qu'il n'avait pas manifesté la moindre émotion. Des années plus tard, Tom Sackett parcourrait ce rapport et commencerait à se demander si la mort d'Elizabeth avait bien été un suicide.

∞

La salle d'audience n'avait pas changé mais, cette fois, il se tenait à la place que Riley Trimble avait jadis occupée.

« Que plaidez-vous ? demanda Siegel.

— Non coupable, votre honneur. »

Une procureur adjointe s'avança. Jacqueline Day était son nom. Elle ne pratiquait le droit que depuis deux ans et elle était avide de traiter son premier gros dossier.

« Votre honneur, le prévenu dispose de ressources sans limites, et des connaissances nécessaires pour changer d'identité et se cacher à jamais. L'État le juge hautement susceptible de chercher à s'enfuir.

— Allons ! intervint Synenberger. Mon client est un auteur célèbre. Il ne peut pas disparaître comme ça, sans qu'on le remarque. Il n'a aucunes liquidités à disposition. De plus, il a un fils dont il doit s'occuper. Il ne va pas s'enfuir.

— C'est un meurtrier insensible qui a réussi à tromper tout le monde autour de lui pendant quatre ans, répliqua sèchement la procureur adjointe.

— Mon client reste innocent des crimes dont on l'accuse. »

Siegel leva les mains. Il tourna les yeux vers David et ne put s'empêcher de sourire.

« Chaque fois que vous entrez dans ma salle d'audience, vous mettez les limites de ce tribunal à l'épreuve.

— Je n'ai pas tué ma femme. »

Siegel détourna le regard.

« Vous allez remettre votre passeport aux autorités. Et je fixe la caution à un million de dollars.

— Votre honneur, protesta Day, sauf votre respect, un million de dollars, ce n'est rien pour cet homme. Il sera sorti de prison avant la fin de la semaine.

— L'audience est terminée. »

Synenberger avait raison. Le notaire de David, Bashien, avait transformé son argent en actions, obligations et investissements immobiliers. Il recommanda à son client d'hypothéquer sa maison. Pour pouvoir signer un chèque d'un million de dollars au comté, cependant, il lui faudrait tout de même quelques jours, une semaine, peut-être. David craignait que ce soit trop long. Trop long sans Tanner.

On le ramena dans sa cellule aux murs bétonnés. Un mètre cinquante sur cinq avec, en guise de chaise et de lit, un rebord en contre-plaqué peint en gris acier. La nuit précédant son audience préliminaire avait été une torture, il n'avait jamais rien connu de tel : loin de son fils, sans savoir où il était, comment il allait, il n'avait plus de contrôle sur rien. Il n'arrêtait pas d'imaginer Tanner chez quelque parent d'accueil pervers, charmant en plein jour mais se métamorphosant la nuit en quelque chose du genre de Riley Trimble.

Et quand il ne pensait pas à son fils, il pensait à Elizabeth. Comme si se représenter son accident ne lui avait pas suffi, son imagination lui fournissait désormais des images de son meurtre. Un homme sans visage l'étranglait lentement, et elle écarquillait les yeux – la torture d'une mort par suffocation.

Elle avait souffert. Elle avait été assassinée et, pendant quatre ans, personne ne s'en était préoccupé. L'idée que quiconque puisse croire qu'il avait fait une chose pareille était trop insupportable pour qu'il la considère. Dans son cœur rempli de chagrin et de honte, il n'y avait pas de place pour l'auto-apitoiement.

Au matin, il avait eu droit à un coup de téléphone. Il avait appelé son père, qui lui avait dit avoir récupéré Tanner la veille au soir, après trois heures de négociations avec les services sociaux. L'enfant était resté éveillé une grande partie de la nuit mais il dormait enfin, aussi le père de David ne le réveilla-t-il pas.

« Je n'ai pas besoin de te demander si tu as fait ce dont on t'accuse, avait-il dit à son fils.

— Merci, papa. »

Après l'audience préliminaire, il déjeuna – hachis de bœuf salé et haricots – puis retourna à sa cellule. Il s'allongea sur la couverture qu'on lui avait donnée et entreprit de compter les défauts du plâtre au plafond.

Ses pensées revinrent à Elizabeth. Assassinée ? Il n'existait, se rendit-il compte, que deux explications possibles : soit elle avait été tuée par l'homme qui se faisait appeler Arbogast, soit c'était l'homme de Primrose Lane lui-même qui s'était chargé d'elle.

Accablé, il finit par succomber à l'épuisement et s'enfonça dans un sommeil agité.

Il se réveilla en entendant la porte de sa cellule s'ouvrir.

« Neff, dit le garde. Quelqu'un a payé votre caution. Venez. »

Bashien avait été plus efficace que prévu.

David suivit le garde de l'autre côté d'une grande clôture grillagée, jusqu'à une pièce où il put remettre ses propres vêtements.

Une fois habillé, on le conduisit à un guichet où il récupéra ses affaires – portefeuille, clefs, montre – en échange d'une signature, et fut informé que sa voiture avait déjà été ramenée chez lui par une remorqueuse.

« On vous attend dans le hall », déclara la femme de l'autre côté de la vitre, lui indiquant une double porte d'un de ses faux ongles.

Elle appuya sur un bouton pour lui ouvrir.

La personne qui l'attendait de l'autre côté n'était pas Bashien. C'était un jeune homme d'environ 25 ans, aux cheveux d'un blond brillant coiffés en arrière et collés à son crâne par du gel, à la Gordon Gekko. Il était vêtu d'un costume sur mesure dont les impressionnants boutons de manchette reflétaient la lumière des spots fluorescents au plafond.

« Monsieur Neff, fit-il en lui serrant la main, je m'appelle Aaron Zumock. Veuillez me suivre. On me dit que le temps presse. »

Il lui fit signe de le précéder dehors, dans la lumière éblouissante d'un soleil de fin octobre. Lorsque ses yeux s'accoutumèrent, David aperçut une limousine extra-longue garée au bout du trottoir.

« Vous travaillez pour Bashien ? » s'étonna-t-il.

Son notaire n'avait jamais fait preuve d'autant d'ostentation, à sa connaissance. Cette démonstration de richesse n'allait pas aider sa cause.

« Non, monsieur. Je ne travaille pas pour Bashien.

— Alors qui ? Qui a payé ma caution ? »

Aaron lui adressa un sourire chaleureux.

« On m'a demandé de garder le silence. Je suis censé vous conduire à la voiture. Mon employeur vous attend à l'intérieur. Je suis sûr qu'il vous expliquera tout.

— Je ne monterai pas dans cette voiture tant que vous ne m'aurez pas dit qui m'y attend.

— C'est bien le problème, monsieur Neff. Je ne le sais pas vraiment moi-même.

— Vous ne connaissez pas le nom de votre employeur ?

— Non, fit Aaron en secouant la tête.

— Quel genre de travail faites-vous donc pour lui ?

— Toutes sortes de choses. Mais je suis payé pour être discret : je ne peux donc vraiment pas vous en dire plus. Aujourd'hui, je suis son chauffeur. Demain ? »

Il haussa les épaules.

David hocha la tête.

« Tout le monde a besoin d'un vaurien holmesien, je suppose. »

Aaron éclata de rire.

« Marrant. C'est comme ça qu'il m'appelle, lui aussi. »

David se pencha pour monter dans la limousine. La portière se referma sur lui.

Il faisait trop sombre pour distinguer quoi que ce soit.

« Assieds-toi, David », dit une voix d'homme plus âgé.

David tendit une main et tâtonna autour de lui. Il y avait une banquette en cuir au fond ; il s'y affala. Puis il plissa les yeux. Une silhouette était assise sur le siège d'en face. Aaron s'installa au volant.

« À la maison. Et j'aimerais discuter en privé, s'il te plaît. »

Aaron releva la vitre destinée à séparer le chauffeur des passagers.

« Qui êtes-vous ? » demanda David.

Il entendit un soupir.

« Je crois que tu le sais.

— Non.

— Tu devrais, pourtant. Avec tout ce que tu as découvert ces dernières semaines, tout ce que tu as vécu, tu disposes d'assez d'indices pour découvrir la solution de l'énigme. C'est la seule explication logique, même si elle paraît insensée. »

David distinguait un peu mieux les détails. L'homme assis devant lui était vêtu d'un élégant costume bleu marine. Ses cheveux étaient blancs et clairsemés, ses joues creusées, sa peau usée.

Il le connaissait.

« Vous êtes l'homme de Primrose Lane.

— Non. Enfin… Pas exactement.

— Qui êtes-vous ?

— David, il y a beaucoup de choses dont nous devons discuter et nous manquons vraiment de temps. J'ai besoin d'être sûr que tu es avec moi, maintenant, pour ce qui va se passer. J'ai besoin de tous tes neurones. Je t'ai donné assez de temps pour trouver l'explication, il me semble. Je t'ai laissé ces tableaux pour te faire réfléchir. Il faut vraiment que tu découvres la vérité par toi-même. Que tu fasses confiance à ton instinct, que tu retrouves un peu de foi. Tu *sais* qui je suis. »

David ne répondit rien.

« Qui suis-je ? »

Puis David donna voix à la vérité :

« Vous êtes moi.

— Bien, répondit l'homme. À présent, comblons tes lacunes. »

Interlude

La ballade de la grenouille de Loveland

1996. Il était allongé dans le parc, à l'ombre d'un magnolia, en train d'embrasser Hannah Belcher sous le ciel vide de l'été, lorsque ça recommença.

Everett Bleakney, âgé de 19 ans, était une version brune et dégingandée de son père, l'ancien chef de la police de Loveland, un homme aimé de tous qui était mort d'un infarctus massif sur Twightwee Road, en 1986. Hannah, une jolie blonde avec une dent pas tout à fait dans l'alignement des autres, était la fille cadette de Stacey Belcher, la vieille pétasse qui gérait le drive-in. Ils s'étaient rencontrés en cours de biologie au lycée (à l'occasion – ironie du sort – d'une dissection de grenouille) et sortaient ensemble depuis deux ans. Everett suivait des cours de justice criminelle à l'université publique ; Hannah était serveuse au Paxton's Grill. Il venait de glisser sa main sous le T-shirt de la jeune fille lorsqu'il entendit le bruit.

Il ne fit pas que l'entendre, d'ailleurs : il le ressentit. Un bourdonnement sourd et rythmé qui vibra jusque dans ses plombages.

« Tu as entendu ? »

Hannah le regarda.

« Quelqu'un nous observe ? demanda-t-elle, avant de l'attirer de nouveau à elle. Laisse-le faire. »

Qu'Everett ait entendu mais pas Hannah ne signifiait rien en soi. Au cours des années, Everett s'était entraîné à établir automatiquement la distinction entre les bruits ambiants normaux, de la vie de tous les jours… et ceux qui s'avéraient, à défaut d'un meilleur terme, « alien ». La raison en était simple : bien qu'il n'ait jamais osé énoncer cette pensée à voix haute, il était convaincu que son père avait été tué par une créature venue d'un autre monde. Il faisait encore des cauchemars à propos de cette nuit. Son père avait répondu à un appel lui demandant de se rendre du côté de Twightwee Road, une grenouille anormalement grosse ayant été signalée au milieu de la route.

Everett se rappelait avec une précision saisissante comment la créature s'était redressée pour prendre une taille de plus d'un mètre quatre-vingts ; un être reptilien couvert d'une substance visqueuse et noire qui sentait la luzerne, et armé d'un bâton qui émettait des étincelles bleues comme une fausse baguette magique marchant à l'électricité. La vue du monstre, ou peut-être la baguette elle-même (il avait dans l'idée que c'était plutôt ça), avait déclenché l'arythmie cardiaque de son père, et celui-ci était mort dans ses bras tandis que la bête retournait se cacher dans la forêt.

On n'avait jamais revu l'homme-grenouille, mais Everett se rappelait qu'une série d'explosions bruyantes avaient précédé son apparition, comme des coups de foudre dans un ciel pourtant sans nuages. Il s'était dit que si la chose devait revenir un jour, elle serait encore accompagnée de ces sons.

Everett ne se laissa pas distraire par Hannah. Il se concentra sur ce rythme régulier qui faisait des vagues dans l'air, comme les ondes de choc d'une explosion lointaine. Le bruit se dissipa peu à peu, pour disparaître complètement au bout d'une dizaine de secondes.

« Mon chou, dit-il en l'embrassant rapidement et en l'aidant à se relever, il faut qu'on s'en aille.

— Pourquoi ? »

Parce que, songea-t-il, *il faut que j'aille tuer le monstre qui a tué mon père.*

Everett déposa Hannah devant le drive-in, où sa mère l'attendait pour ranger bouteilles de bière et paquets de chips avant de rentrer chez elle. Il inventa une histoire : sa mère à lui lui avait demandé de la conduire à Saint-James pour son bingo, et il avait oublié.

Il regagna le mobile home où il avait emménagé avec sa famille après que la mort de son père les avait forcés à revendre la maison ; c'était un mobile home double largeur, du côté est de la ville, avec une pelouse à l'avant et un jardin bien entretenu. Un foyer.

Sa mère ne leva pas les yeux quand il entra – elle était plongée dans la *Roue de la fortune* – et ne le vit pas non plus sortir l'arme de son père du coffret rangé dans le placard au-dessus du réfrigérateur.

« Rod Serling ! » hurla-t-elle à l'adresse de la télévision.

Dans un autre monde, un autre univers, il savait que son père n'avait pas répondu à cet appel et qu'il était encore en vie. Il aurait aimé vivre là-bas.

Je vais tuer cette créature, songea-t-il.

Par la fenêtre ouverte, il l'entendit de nouveau. Le bruit d'un coup de masse sur une énorme cuve à eau vide. L'humidité de l'air stagnant au-dessus de cette partie déserte de Twightwee Road semblait bizarrement affectée par le son. Le ciel ondulait comme une mare dans laquelle on a jeté un caillou. Sauf que ce n'était pas exactement ça : le ciel n'ondulait pas. C'était tout ce qui se trouvait dans son champ de vision qui le faisait. Comme si les trois dimensions que percevait Everett reposaient sur une substance invisible semblable à de l'eau et faisant osciller les arbres et l'air tels des jouets gonflables dans une piscine.

Il gara sa voiture juste après le pont, à quatre cents mètres de l'ancienne entrée de Camp Ritchie – aussi près que possible de l'endroit où son père était mort. Le son venait des bois, à sa gauche. Everett estima que sa source se trouvait à une centaine de mètres à l'intérieur, derrière une épaisse haie de ronces, quelque part parmi les pins.

Il vérifia que la sécurité du revolver de son père était bien mise. Parfois, il le savait, des chasseurs de fantômes venaient dans le coin, armés de pièges à ectoplasmes et de compteurs Geiger, pour essayer de trouver l'homme-grenouille. Au fil des années, l'histoire de ce qu'il avait vu cette nuit-là avait filtré hors de Loveland. Deux ans plus tôt, un auteur avait rassemblé dans un recueil toutes les étranges légendes de l'Ohio. Depuis, le flot de gens venus ici en quête de la grenouille de Loveland – on les reconnaissait instantanément à leurs drôles de chapeaux et à leurs T-shirts X-Files – était assez régulier, et il augmentait considérablement aux alentours d'Halloween. Everett ne tenait pas à tirer accidentellement sur l'un de ces pauvres tarés. Si ça se trouvait, c'était peut-être l'un d'eux qui produisait le son, dans un effort désespéré pour faire apparaître la bête.

Les ronces s'accrochèrent à ses vêtements et des dizaines de graines de bardane – petites écailles vertes – se collèrent à son pantalon. Derrière, les bois étaient plongés dans l'ombre fraîche créée par les grands pins dont la frondaison bloquait le soleil. Il serait aisé de perdre son chemin là-dedans, il le savait : il n'y avait aucun moyen de distinguer un arbre de l'autre.

Le son retentit à nouveau.

Il était si fort qu'Everett dut porter les mains à ses oreilles en gémissant. Il regarda l'air vibrer en ondes nauséeuses depuis la base d'un arbre à quelques pas de lui. Puis les ondes commencèrent à se replier sur elles-mêmes, de sorte qu'on ne pouvait plus rien distinguer au centre.

Soudain, ce fut fini. Là, à l'épicentre de la perturbation, se trouvait un énorme œuf noir. Trois mètres de haut et au moins un mètre vingt de diamètre dans sa plus grande largeur. Aucune marque à sa surface, aucune éraflure ; pas la moindre chose écrite. Il était si brillant qu'Everett y reconnaissait son reflet.

Sa première pensée fut que l'objet était une sonde ou un vaisseau extra-terrestre envoyé, peut-être, pour retrouver la créature arrivée dix ans plus tôt. Et il se posa une question folle : pouvait-il vraiment tuer un alien ? Était-ce vraiment ce qu'il était venu faire ?

Pendant plusieurs minutes, il ne se passa rien. Everett ne bougea pas d'un muscle tant il était subjugué par l'engin. Il se tenait à quinze mètres de celui-ci, son pistolet pointé dessus.

Il envisagea d'y toucher, pour voir ce qui allait se passer. Mais il se rappela *Danger planétaire*. Il était resté debout tard un soir, à l'âge de 6 ans, pour le regarder avec son père, et le film lui avait fichu une peur bleue. Ce n'était pas lui qui se risquerait à toucher quelque chose venu peut-être de l'espace. Ça, pas question.

Un son strident émana de l'appareil. On aurait dit le bruit d'un ouvre-boîte électrique.

Une fine ligne apparut au sommet de l'œuf. Quelque chose était en train d'éclore. De s'échapper.

Everett ôta la sécurité de son arme.

Le son s'arrêta et le sommet sauta. L'air retenu à l'intérieur s'échappa brusquement, avec un sifflement. Une fine vapeur sortit du trou en flottant. Elle était accompagnée d'une odeur de viande pourrie.

Une main apparut sur le bord, une main humanoïde recouverte d'une épaisse substance visqueuse et noire. Il était impossible de dire combien elle comptait de doigts.

Everett se cacha derrière l'arbre le plus proche. Il ne voulait pas mourir dans cette forêt, dévoré par un monstre. Il n'avait même plus envie de le tuer. Il avait trop peur. Son instinct de fuite s'était réveillé : il voulait juste ressortir de ces bois vivant. Mais s'il bougeait à présent, la chose risquait de l'entendre. Et de se lancer à sa poursuite. Peut-être se trouvait-elle dans cet œuf depuis assez longtemps pour avoir faim.

Une autre main noire apparut et prit appui sur le rebord. Un corps se redressa pour sortir du trou ; une masse noire et informe, comme du pétrole vivant. Elle s'effondra par terre, luttant probablement contre les effets inattendus d'une pesanteur plus forte que celle de sa propre planète. Everett n'avait pas à s'inquiéter d'être pourchassé par cette créature ; elle pouvait à peine se tenir debout.

En fait, il lui fallut presque cinq minutes pour réussir à se redresser sur ses maigres jambes. Elle s'appuya contre un arbre et lâcha un cri dans une langue âpre et inconnue.

« Ahhhhhnaaaaa ! »

C'était un son grêle, plein de confusion, et Everett se rendit compte qu'il n'avait plus peur de cette faible créature. Bon, d'accord, encore un peu. Assez pour garder ses distances. Mais pas pour renoncer à découvrir une fois pour toutes qui elle était. Il sortit de derrière l'arbre et s'avança.

Deux yeux noirs le regardèrent avec surprise. La créature retroussa ses lèvres de grenouille, ou de poisson, en un grognement féroce. Elle essaya de parler.

« Aah edeh. Aah edeeeh !! »

Elle leva une main et Everett vit qu'elle aussi était armée d'une de ces baguettes à étincelles.

Instinctivement, il réagit. Un coup de feu unique. La balle toucha le monstre à la jambe gauche. Il s'effondra par terre avec un rugissement. Puis il se redressa sur ses coudes pour regarder Everett. Très distinctement, mais très lentement, il dit :

« Putain d'abruti. »

Le choc d'entendre l'alien parler sa langue fut tel que le cœur d'Everett s'arrêta – littéralement. Puis il repartit avec une palpitation engourdie qui donna au jeune homme l'impression d'être délogé de son corps. Manifestement, la créature avait accédé à ses pensées et appris les rudiments du langage humain. Et si c'était le cas, de quoi d'autre était-elle capable ? *Pourrait-elle*, se demanda-t-il, *me pousser à retourner mon arme contre moi ?*

Il s'enfuit en courant.

De retour en ville, il ferait irruption chez Paxton's et essaierait de convaincre les clients qu'un homme-grenouille d'une autre planète s'était écrasé dans les bois. Qu'il était là pour qu'ils lui prêtent main-forte contre la créature qui avait tué son père. Qu'ils devaient retourner là-bas avec des armes. La tuer avant qu'elle ne les tue, eux.

Il passerait cette nuit-là en hôpital psychiatrique. Et beaucoup d'autres après ça.

Troisième partie

Moi

Épisode 13

L'œuf noir

Assis à l'arrière de la limousine, David m'écouta en silence lui raconter l'histoire de ma vie. Qui était, d'une certaine façon, l'histoire de notre vie.

Je tombai amoureux de Katy Keenan peu de temps avant que son corps soit retrouvé face contre terre, dans un champ de blé du comté d'Ashland. Je tombai amoureux de la fille sur l'affiche Disparue. La première, le portrait scolaire sur fond nuageux, celui où elle avait les cheveux relevés en queue de cheval. Elle dégageait une sorte de luminosité. Une sensualité inexplicable et malencontreuse. Ce que j'essaie de dire, c'est qu'il aurait été très difficile pour tout homme de 5 à 95 ans (j'en avais une vingtaine) de ne pas tomber un petit peu amoureux d'elle au premier regard. Je ne le précise que parce que je crois que c'est ce qui a causé sa perte.

Ce n'était pas ce qu'on appelait un crime d'opportunité, un enlèvement fortuit perpétré par un mec rôdant dans les banlieues pavillonnaires au volant d'un fourgon crasseux. Elle avait été ciblée. Katy, avais-je appris en lisant les journaux, avait rencontré son ravisseur devant le Big Fun (un magasin de jouets situé dans le quartier commercial de Coventry, à environ un kilomètre et demi de Cleveland Heights), vers 3 heures de l'après-midi, un dimanche. Une camarade de classe avait vu un homme s'approcher d'elle, lui chuchoter quelque chose à l'oreille, puis la pousser dans une voiture et s'en aller. En pleine journée, cet homme était passé devant cinq ou six autres enfants avant de la rejoindre. N'importe quel autre jour, Katy aurait été accompagnée d'une amie ou de ses parents. Mais ce jour-là, sa mère était en retard pour venir la chercher. C'était comme si cet homme l'avait suivie partout, attendant précisément un tel moment pour l'enlever.

Je devins complètement obsédé par ce crime.

Si j'avais connu cette fille quand j'étais enfant, à l'école, c'est à elle que j'aurais passé des mots doux en classe derrière le dos de Mlle Kline, je le savais. C'était une fille que j'aurais aimée. Et qui aurait pu me rendre la pareille, j'en étais certain.

Pour moi, cette affaire était comme un puzzle géant. Le genre de puzzle où, même quand on a réussi à mettre toutes les pièces en place, on doit encore loucher pour voir l'image en trois dimensions cachée derrière. Je me croyais plus intelligent que les enquêteurs chargés du dossier. Je pensais pouvoir résoudre l'affaire avant eux. Et assez tôt pour la sauver.

Mais le 15 mars 2000, un homme qui promenait son chien le long de la Route 581 du comté d'Ashland, à une centaine de kilomètres de Cleveland Heights, découvrit le corps de Katy à trois mètres de la route, dans un champ de maïs moissonné. Elle avait été étranglée. Et violée.

Si tragique que fût cette découverte – je n'en dormis pas pendant deux jours –, elle fut comme un petit coup de chance pour les enquêteurs. Ils disposaient d'une scène de crime. Et l'aspect désolé de l'endroit où le meurtrier s'était débarrassé du corps laissait supposer qu'il connaissait bien à la fois Cleveland Heights et le comté d'Ashland. Cela restreignait quelque peu le champ des recherches.

Un an plus tard, je réutilisai mes notes sur l'affaire pour mon projet de fin d'études à l'université d'État de Kent. J'écrivis une composition de trente mille mots là-dessus. À l'instigation de mon professeur, je soumis l'idée d'écrire un livre sur le sujet à un éditeur local. Ma thèse devint un livre. Dix ans plus tard, j'écrivis une suite.

Le problème avec le meurtre de Katy n'était pas le manque d'indices – au contraire, le tueur nous en avait laissé plein ; c'était le nombre d'hommes qui avaient les moyens et l'opportunité de le commettre.

Il y avait le directeur de son école, un homme du nom de Burt McQuinn, qui avait pris un congé maladie ce jour-là. Sa famille possédait une cabane de chasse à moins de trois kilomètres de l'endroit où le corps de Katy avait été retrouvé et, lorsque les autorités avaient fouillé dans son disque dur, elles avaient découvert qu'il avait envoyé des photos de son pénis à plusieurs fillettes de son école, dont certaines âgées seulement de 12 ans.

Il y avait le livreur de journaux, aussi, un homme étrange appelé Kevin Sweeney, qui apportait tous les jours le *Plain Dealer* aux Keenan et dont le FBI avait découvert, en effectuant quelques recherches, qu'il vivait autrefois en Floride sous le nom de *John* Sweeney, mais avait fui l'État quand il avait été pris en flagrant délit d'acte de sodomie sur une girl scout, derrière le toboggan d'un terrain de jeux.

Il y avait encore l'avocat célèbre, associé dans le

cabinet le plus prestigieux de Cleveland (tu sais duquel je veux parler). Je ne le nommerai pas ; après tout, c'est un avocat. Mais un de ses passe-temps était de s'exhiber aux joggeurs dans les parcs de la ville. C'était aussi, secrètement, un polygame.

Et il y avait encore une dizaine d'individus de ce genre, qui fréquentaient Katy d'assez près pour avoir commis le crime et dont l'alibi ne tenait pas la route, quand ils en avaient un.

En l'espace de vingt-huit ans, je les interviewai tous, à l'exception de Kevin Sweeney, qui s'était suicidé avant que quiconque puisse l'interroger.

Après l'université, j'étais devenu journaliste et, environ une fois par an, je mettais à jour le dossier de Katy dans la perspective de la publication pour laquelle je travaillais à l'époque. Dès que j'avais un peu de temps libre entre deux articles, je creusais davantage. Je ne pouvais pas laisser ce meurtrier se croire plus malin que moi. Il devait exister une pièce du puzzle qui n'avait pas encore été retrouvée.

En 2014, j'en arrivai à la conclusion que toutes les méthodes conventionnelles pour résoudre ce crime avaient été épuisées. Je commençai à chercher du côté des méthodes non conventionnelles.

En 2018, je passai une semaine au Tibet, soi-disant pour travailler sur un article en free lance sur les effets du retour du dalaï-lama sur la région, mais en réalité pour étudier avec un des moines l'art de la méditation transcendantale. La réponse ne se trouvait pas dans le royaume spirituel.

En 2022, la science connut une avancée spectaculaire dans l'étude des propriétés de la lumière, et il s'en fallut de peu que je réussisse enfin à résoudre le meurtre de Katy.

Une chercheuse au MIT avait inventé une méthode pour ralentir les photons. En fait, elle avait non seulement réussi à *freiner* la lumière, mais aussi découvert qu'elle pouvait l'arrêter… et la faire repartir en sens inverse. Je pris un congé sabbatique au journal et, grâce à une bourse obtenue d'une riche famille de l'élite new-yorkaise qui souhaitait me remercier d'avoir déterré l'affaire non résolue du meurtre de son patriarche (je te raconterai cela un autre jour), je pus travailler à son côté tandis qu'elle et son équipe développaient une application pratique de leur découverte. Après bien des nuits de réflexion, je suggérai ce qui deviendrait le premier collier à lumière, un appareil qui s'est imposé depuis auprès des enquêteurs criminels comme un outil essentiel. Si ces chercheurs étaient capables de capturer la lumière qu'ils produisaient en laboratoire, m'étais-je dit, ils devaient pouvoir modifier leurs instruments pour capturer celle du terrain. Ce qu'ils fabriquèrent était une sorte de collier, à peu près de la taille d'une assiette, qui se montait et se démontait facilement. On pouvait le placer autour d'un faisceau de lumière existant. Comprends-tu l'importance d'un tel appareil pour mon obsession ? Laisse-moi t'expliquer.

Vois-tu, je savais que Katy avait été enlevée devant le Big Fun à Coventry, un magasin de jouets dont la façade était faite de grandes baies vitrées. Nous installâmes le collier de manière à ce qu'il entoure la lumière qui s'était reflétée sur le verre. Ses entrailles numériques transmirent un flux de données à un ordinateur voisin, qui convertit les motifs lumineux ainsi récupérés en images. En gros, nous pûmes revoir les reflets antérieurs. Nous vîmes des gens, des voitures, des insectes passer devant ces fenêtres jusqu'à cinq ans plus tôt, époque à laquelle la direction du magasin avait fait changer les vitres. C'était extrêmement prometteur. Nous retentâmes l'opération avec toutes les vitres des boutiques environnantes. Mais nous ne pûmes pas remonter plus loin que 2009.

Après cet échec, je sombrai dans la dépression. Je n'étais plus un jeune homme. J'avais passé plus de la moitié de ma vie à traquer un tueur qui ne cessait de m'échapper et qui, j'en étais sûr, ricanait devant chaque article et chaque livre que je consacrais à son crime. J'avais sacrifié ma vie personnelle à cette quête. J'avais été marié trois fois, mais aucune des femmes que j'avais ramenées chez moi n'avait accepté mon obsession. Elles avaient toutes fini par devenir jalouses du temps que je consacrais à Katy. Je ne leur jette pas la pierre. Je sais que c'était malsain de ma part. Crois-moi, j'ai essayé d'arrêter. Vraiment.

C'est alors que j'entendis parler d'un homme du nom de Tanmay Gupta, un entomologiste de l'université de Case Western qui, grâce à l'étude des réactions chimiques uniques se produisant dans le corps des cigales durant leur hibernation souterraine de dix-sept ans, avait développé la première méthode viable de biostase humaine. D'une simple injection, il pouvait plonger une personne dans un profond sommeil qui se prolongeait indéfiniment jusqu'à ce qu'une autre injection – un antidote, pour ainsi dire – la réveille. Au cours de cette hibernation, le métabolisme du corps se ralentissait, de sorte qu'il n'avait besoin que de quinze mille calories environ par *an* pour survivre. Les recherches de Gupta étaient financées par un entrepreneur excentrique qui possédait plusieurs propriétés et hôtels sous-marins dans le golfe du Mexique, mais dont la passion secrète avait toujours été l'espace. Bref, ce cinglé, en live sur son iRis, s'est injecté le cocktail de Gupta, s'est immergé dans une cuve remplie d'une sorte de gel protéiné et fermée hermétiquement, et a fait lancer sa navette spatiale privée vers une étoile à trente-cinq années-lumière de là, autour de laquelle tourne peut-être – et j'insiste sur le « peut-être » – une planète à peu près de la taille de la Terre. S'il en revient, ce ne sera pas avant deux cents ans. Après que son vaisseau eut dépassé Pluton, la plupart des gens se sont désintéressés de l'affaire.

Lorsque j'ai entendu parler de la découverte de Gupta et que j'ai assisté au lancement de la navette sur mon iRis, ça m'a fait penser à une autre théorie qui faisait beaucoup parler d'elle à l'époque dans le monde de la physique. Pendant un siècle, nous avions accepté l'idée que l'univers avait commencé avec le big bang et était gigantesque, mais fini. Par exemple, si de la matière a été éjectée de l'épicentre du big bang à une vitesse proche de celle de la lumière, et que nous savons que le big bang a eu lieu il y a environ quinze milliards d'années, l'univers doit faire dans les trente milliards d'années-lumière de diamètre, à supposer que la matière en question se soit dispersée de façon à peu près égale. Mais un nombre croissant de théoriciens avançaient l'idée que la réalité physique, lors des débuts de la création, avait permis une expansion infiniment plus grande. Et, en physique, « infini » est le mot magique. Avec l'infini, on a plein de trucs super cool. Dans un univers infiniment grand, où la matière et l'énergie forment un nombre infini de combinaisons, il doit exister quelque part là-haut des mondes pas tout à fait comme le nôtre, mais qui y ressemblent beaucoup. Pense au paradoxe du singe savant : si on installait un nombre infini de singes devant un nombre infini de machines à écrire, l'un d'eux finirait par réécrire les œuvres complètes de Shakespeare. Si l'univers est infini, il existe une planète Terre quelque part où le meurtre de Katy a été résolu – ou, mieux encore, n'a pas eu lieu. Avec la découverte de Gupta, la difficulté se résumait peut-être seulement à trouver ce monde perdu. Malheureusement, sur Terre, notre vision est limitée par la vitesse de la lumière : nous ne voyons pas plus loin qu'à quinze milliards d'années-lumière de distance dans toutes les directions. Dans un univers infini, il y avait de fortes chances pour que la Terre sur laquelle le meurtre de Katy n'avait pas encore eu lieu se trouve au-delà de cet horizon.

Bla bla bla ; baratin scientifique, tout ça, n'est-ce pas ? Je sais. J'ai toujours été un écrivain dans l'âme, pas un physicien. Moi aussi, je m'enlisais dans les détails, au début. Mais j'ai eu bien des années pour étudier ces théories, et j'étais déterminé à trouver une solution à n'importe quel prix.

Quelques semaines avant mon cinquante-huitième anniversaire, pendant l'été 2036, j'appris l'existence d'un scientifique du nom de Victor Tesla. C'était un lointain descendant – du moins à ce qu'il prétendait – de Nikola Tesla, inventeur de nombre d'étranges merveilles électromagnétiques à la fin du XIXe siècle et au début du XXe. Victor Tesla était le protégé du physicien théoricien Ronald Mallett. En 2019, Mallett et son équipe avaient tenté d'envoyer un neutron cinq minutes en arrière dans le temps. Si le projet s'était avéré une exaltante réussite, les besoins en énergie semblaient trop importants pour envisager de construire une machine à plus grande échelle. Mais Tesla avait trouvé une solution à ce problème, avait-il affirmé dans une interview accordée au *Times*. Il s'apprêtait à publier une importante déclaration dans le prochain numéro de *Science*. Par chance, son laboratoire se situait dans l'Ohio, non loin de l'endroit où j'avais grandi.

À force de persuasion, je réussis à convaincre mon rédacteur en chef de me laisser écrire le profil qui serait publié le dimanche sur les Flux et instantanément transféré sur cinq milliards d'iRis.

Ma visite au laboratoire de Tesla me conduisit plus loin au nord que je n'étais allé depuis des années, dans cette partie de l'Ohio située entre Akron et Cleveland qu'on en était venu à appeler le « désert des Épurateurs ».

Il n'y avait personne sur les routes. Ce qui était autrefois la I-77, une autoroute à six voies, avait cédé face aux avancées de la nature. Elle s'était réduite à deux voies de gravier clairsemé sur du bitume craquelé. De gigantesques buissons de soude poussaient de chaque côté comme des falaises. Il n'y avait pas d'arbres. Ils avaient été remplacés par d'interminables champs d'épurateurs Lockheed : des arbres artificiels aussi grands et larges que des séquoias, dont les branches couvertes de nanofiltres triangulaires aspiraient le dioxyde de carbone de l'air et le remplaçaient par de l'oxygène respirable. Le gouvernement avait récupéré ces terres après qu'en 2019 la Réserve fédérale avait saisi Cleveland et cinq autres villes en faillite afin d'éviter une autre dépression à l'échelle nationale. Le président Boehner avait comparé cette mesure à l'amputation d'un membre destinée à sauver le corps. L'État avait expulsé toute la population de la ville, laquelle s'était réfugiée au sud, à Akron, Colombus ou encore Marietta, disparaissant dans des bidonvilles de préfabriqués. Des équipes de démolition avaient rasé maisons et usines sur tout le côté est, les remplaçant par des champs sans fin de ces inquiétants arbres mécaniques.

Là où était autrefois indiquée la sortie vers Independence, un panneau crasseux qui ne tenait plus que par un boulon pendait dans le vide. Une nouvelle Cleveland pour 2027, annonçait-il. Mais Cleveland ne renaîtrait jamais. Elle était trop coûteuse à nettoyer. Ce n'était plus qu'un terrain vague désormais, sacrifié comme Detroit et Baltimore sur l'autel des excès du XXe siècle et habité seulement par la vermine – animale et humaine. Bien que la direction du laboratoire de Tesla ne soit indiquée par aucune pancarte, je tournai à cet endroit pour prendre droit vers l'est, le long d'un chemin d'accès sinuant entre des rangées d'épurateurs dont les nanofiltres bruissaient comme des feuilles au mouvement synchronisé.

Ma voiture était tellement silencieuse que j'entendais ces maudites tours fonctionner au-dessus de ma tête. Chouche-chouche-chouche. Pour être honnête, cet endroit me donnait la chair de poule. C'était comme s'il me disait de me taire. Je détestais venir ici : j'avais toujours l'impression que les machines étaient *conscientes* de ma présence. Et elles étaient trop grosses. Elles seraient encore là, debout, à nettoyer l'air des gaz à effet de serre que nous y avions instillés, bien après que nous autres humains aurions enfin réussi à nous détruire complètement. Et cela, d'une certaine façon, semblait leur donner un air condescendant.

Le laboratoire de Tesla, un gigantesque entrepôt qui avait autrefois abrité un bureau de poste, apparut au sommet d'une petite colline. Des caméras de surveillance filmaient mon arrivée. Un portail s'ouvrit à mon approche et se referma derrière moi. À l'intérieur d'un corps de garde, deux hommes étaient assis sur des tabourets, en train de regarder quelque émission de télé-réalité sur un vieil écran mural.

Je me garai sur le parking et passai ma vieille sacoche de cuir en bandoulière, qui contenait mon oreillette, mes dictaphones, mon calepin (surtout pour me donner une façade) et deux ou trois autres choses dont j'avais besoin pour cette interview particulière.

Il me vint à l'esprit qu'il existait un vrai risque que je meure ici.

Je décidai qu'il était acceptable.

« Monsieur Neff, c'est un réel plaisir de vous rencontrer », déclara Victor en me serrant la main et en la secouant trois fois.

C'était un personnage aux traits durs et aux yeux d'ébène, dont le menton saillant semblait assez tranchant pour couper de la viande. Il était dûment vêtu d'une longue blouse blanche.

« Tout le plaisir est pour moi, monsieur Tesla, répondis-je ; et j'étais sincère.

— J'ai hâte de vous montrer mon œuf, déclara-t-il. Vous serez le premier civil à assister à ma présentation. Suivez-moi, je vous prie. »

Il me fit passer une double porte au fond de l'entrée pavée de marbre, et nous entrâmes dans une galerie qui empestait l'ozone et la rose : l'odeur de la stérilité masquée pour le confort humain. L'assistante de Tesla, une femme fluette du nom d'Ilsa, nous suivit d'un pas silencieux. Elle portait une oreillette et murmurait dedans de temps à autre, prenant des notes sur notre rencontre pour l'équipe juridique du laboratoire. La galerie, haute de plafond, était dotée d'un décor minimaliste. Sur un côté, un bureau gris acier de fabrication militaire, couvert de paperasse soigneusement empilée. Un Apple Boomerang dernière génération, suspendu au-dessus de nos têtes, retransmettait les informations locales de la journée. Le centre de la galerie était occupé par un piédestal qui contrastait de manière assez radicale avec la pièce lourdement équipée en technologie : une courte colonne dorique. Au sommet de cet objet d'art, un large support circulaire fait de métal lourd était posé ; de minuscules écrans d'affichage y étaient encastrés.

« Ce n'est pas tout à fait ce à quoi je m'attendais », dis-je.

Tesla éclata de rire.

« Les plus grandes inventions sont souvent décevantes, au premier abord.

— Que croyez-vous qu'Einstein aurait pensé de l'œuf de Tesla ?

— Il aurait fait un infarctus, répliqua le savant. Venez. » Il me conduisit auprès du piédestal et me fit signe de laisser ma sacoche sur une chaise. Puis il s'éclaircit la voix et rajusta sa blouse comme s'il se préparait à poser pour une photo. Peut-être croyait-il que je faisais ce genre de choses. « Souhaiteriez-vous que je vous parle un peu de mes antécédents et de la façon dont j'en suis venu à travailler pour le professeur Mallett ? C'est une longue histoire, mais je la crois nécessaire si vous voulez comprendre ce qui m'a inspiré. »

Je l'arrêtai d'un geste de la main.

« Si cela ne vous dérange pas, pourriez-vous d'abord me faire une démonstration ? Je ne voudrais pas que l'histoire de votre vie impacte mes attentes.

— Bien sûr, bien sûr. » Il indiqua le vide au-dessus de l'engin circulaire. « L'œuf est là. Probablement. »

Mon cœur se serra. Encore un cinglé. J'avais rencontré cette situation bien des fois au cours de mon incessante et maudite quête, mais je ne m'étais pas attendu à ce que ce chercheur, dont les références semblaient solides, fasse partie de la troupe des fous et des médiums qui prétendaient connaître l'inconnaissable.

« Avez-vous la foi ? me demanda-t-il.

— Non », répondis-je sèchement.

Il secoua la tête.

« Il faut que vous l'ayez. Sinon l'œuf n'apparaîtra jamais.

— Je suis désolé. Je crois que vous n'avez pas le bon reporter. Je n'ai pas le temps pour tout ça. »

Je me détournai pour partir.

« Ce dont nous parlons ici, monsieur Neff, c'est d'intentionnalité. Vos intentions, votre foi en vos futures actions, sont essentielles à la réussite de notre petite expérience. »

Je m'arrêtai.

« L'intentionnalité ? »

Bien des années plus tôt – j'avais l'impression que cela faisait un millénaire –, j'avais débattu de cette notion avec le mentor de cet homme.

« Monsieur Neff, reprit-il. Vous devez décider maintenant que, quoi qu'il arrive, vous suivrez mes instructions à la lettre, aussi bizarres puissent-elles vous paraître. Il ne vous sera fait aucun mal, je vous le promets. Il s'agit d'une procédure très simple. Si vous décidez maintenant de suivre mes instructions, je vous garantis que l'œuf apparaîtra. »

Je me retournai vers le piédestal. Il était toujours vide.

« Ferez-vous ce que je vous demande pendant cinq minutes ? »

Après toutes ces années, qu'étaient cinq minutes de plus ?

Tesla sourit et tendit le bras vers l'espace vide au-dessus du piédestal. Un étrange phénomène agita l'air au passage de ses doigts. L'air se rida. Se tordit. Et, soudain, on entendit un claquement sec, comme un coup de pistolet. Puis un autre, plus fort. Après quoi les ondulations cessèrent abruptement et, immobile au centre du disque, apparut un œuf noir, à peu près de la taille d'un œuf d'oie.

« Et voilà, dit Tesla.

— Qu'est-ce… » commençai-je avant de m'interrompre, incapable d'aligner deux mots.

Tesla tendit la main pour prendre l'œuf. Mais ne le prit pas. Ou le prit. Il en tenait un dans sa main, désormais, mais l'autre était resté sur le piédestal. Comme si l'œuf s'était soudain dédoublé.

« Écoutez-moi attentivement. Dans quelques secondes, je vais vous demander d'aller à mon bureau et d'ouvrir le tiroir du haut. Vous y trouverez l'œuf. Il est resté là toute la journée. Vous l'apporterez jusqu'à ce piédestal. Puis (à cet instant, Tesla me tendit un appareil portable qui ressemblait à une télécommande de garage) vous appuierez sur ce bouton : c'est ce qui met l'œuf en marche. Lorsqu'il est allumé, il arrête d'avancer dans le temps et commence à exister dans le passé, c'est-à-dire à reculer. Allez-y. »

J'étais abasourdi. L'espace d'une seconde, je fus incapable de bouger. Puis je me forçai à gagner le bureau. Là, dans le premier tiroir, se trouvait ce qui ressemblait à un troisième œuf noir. Je le pris. Il était beaucoup plus lourd que ce que je pensais. Dense. Et luisant.

« Venez là », m'ordonna Tesla.

J'obtempérai, traversant lentement la pièce avec l'œuf dans une main, attentif à la moindre irrégularité du sol en béton susceptible de me faire trébucher.

« Placez-le sur le piédestal.

— Mais il y en a déjà un. »

Tesla secoua la tête.

« C'est le même, voyons. Ne vous inquiétez pas. Il existera sous forme d'ondes jusqu'à ce que vous placiez le vrai à sa place. Vous ne casserez pas d'œufs et vous n'en ferez pas tomber. »

Je ne comprenais pas exactement ce qu'il disait, mais j'avais promis de suivre ses instructions, et j'approchai donc l'œuf de celui qui se trouvait déjà sur le piédestal. Au moment où je croyais qu'ils allaient se toucher, je les vis se fondre l'un dans l'autre, comme si le second n'était qu'un hologramme. Je lâchai prise. Ils ne devinrent plus qu'un. Mais Tesla en tenait encore un.

« Maintenant, allumez-le », me dit-il en désignant la télécommande.

J'appuyai sur le bouton et, soudain, il n'y eut plus d'œuf sur le piédestal. L'air se précipita vers le vide que sa disparition soudaine avait créé et je sentis un coup de vent. Le seul œuf qui restait désormais – le seul, en fait, qui avait vraiment existé – se trouvait dans la main de Tesla. Il me le tendit. Je le pris. Cela semblait être le même que celui que j'avais tenu.

« Expliquez, exigeai-je.

— Le professeur Mallett avait formulé l'hypothèse qu'il pouvait envoyer des informations dans le passé. Pour vous représenter la chose, imaginez deux boîtes de conserve reliées par une ficelle. L'une se trouve dans le passé, l'autre dans le futur. Il est possible pour quelqu'un dans le futur de "parler" à la personne à l'autre bout du fil et de lui transmettre des renseignements. En gros, c'est ce qu'était l'invention de Mallett : un téléphone relié au passé qui envoyait de l'information sous forme de quarks, un peu comme un code binaire. Le problème, bien sûr, c'est que cette information ne peut être envoyée plus loin dans le passé que le moment où la machine a été allumée. Donc, impossible d'appeler M. Lincoln pour lui dire de ne pas se rendre à cette représentation.

» J'ai pour ma part conjecturé qu'on pouvait peut-être créer une machine existant à l'envers dans le temps, comme ces neutrons. Une machine fabriquée à partir de ces neutrons. Une voiture, au lieu d'un téléphone. Quelque chose qui n'aurait besoin que d'une impulsion relativement légère pour être lancé dans la bonne direction. Pour cela, il fallait bien sûr comprendre le fonctionnement des particules gravitationnelles, qui n'avaient pas encore été mises en évidence du temps de Mallett. Regardez. Quand vous allumez l'œuf, un champ de gravitation est créé autour. L'œuf devient le message que vous envoyez dans le passé. Tout ce que vous avez à faire pour qu'il reparte en avant dans le temps, c'est l'éteindre. J'ai conçu celui-ci de façon à pouvoir l'éteindre par simple contact. »

Je clignai des yeux, m'efforçant de digérer la purée de mots qu'il débitait.

« Laissez-moi vous expliquer ce que vous avez vu en suivant la chronologie de l'œuf, continua-t-il. Vous le prenez dans mon bureau et l'apportez jusqu'à ce piédestal. Vous l'allumez. Boom ! Il change de direction dans le temps. Pour nous, c'est comme s'il avait disparu, car nous continuons notre trajet sur l'autoroute du temps à la vitesse à laquelle nous avons toujours avancé, tandis que l'œuf, lui, est parti en sens inverse.

» Il s'arrête de reculer quand je le touche et se remet

à avancer dans le même sens que nous ; et c'est là qu'il nous semble apparaître par magie. Pendant un moment, deux œufs occupent le même espace. Mais l'un d'eux existe sous forme d'ondes. Voyez cela comme deux fenêtres ouvertes sur le bureau de votre ordinateur et se chevauchant. Elles sont là toutes les deux. Mais vous n'en voyez qu'une jusqu'à ce que vous cliquiez dessus et que vous aperceviez celle d'en dessous. L'œuf qui vous a paru rester sur le piédestal était, en réalité, celui que vous finiriez par y placer, et qui était déjà en train de remonter le temps.

» Je vais vous montrer. » Il sortit de sa poche un long bout de ficelle. « Voici le cours naturel du temps. Le passé est ici (il agita sa main droite) et le futur là. » Il agita sa main gauche, puis fit un nœud au milieu. « Ça, c'est la progression de l'œuf dans le temps. Des questions ?

— C'est difficile à envisager.

— En effet. Et encore plus à comprendre, mais voilà. Vous avez été témoin d'un voyage dans le temps.

— Donc, ce que vous êtes en train de dire, c'est que nous pourrions vraiment retourner dans le passé prévenir M. Lincoln de son assassinat si nous le voulions ?

— Eh bien, oui et non. D'abord, vous auriez besoin d'un œuf beaucoup plus gros. Assez gros pour accueillir un être humain, n'est-ce pas ? » Tesla détourna brièvement les yeux pour regarder derrière mon épaule. J'avais interviewé assez de gens pour savoir ce que cela signifiait, mais je le laissai continuer. « Vous n'allez pas vous contenter d'envoyer une lettre pour quelque chose d'aussi important. Et si elle se perdait ? Mais il y a un autre problème. Vous reculez dans le temps à la même vitesse que vous avancez. Vous devriez rester dans cet œuf pendant, quoi ? Cent soixante-dix ans ? Non seulement vous ne pourriez pas emporter assez de provisions, mais vous ne vivriez pas aussi longtemps. Vous deviendriez un vieillard, à l'intérieur. Sont-ce là des problèmes qui peuvent être réglés ? Oui, probablement. Mais je crains que M. Lincoln reste mort.

» Et il existe d'autres soucis. Admettons que vous ayez découvert un moyen de survivre à l'intérieur de cet œuf pendant deux siècles. Vous en sortez, vous sauvez Lincoln, et voilà le travail ! Mais deux choses : d'abord, vous êtes coincé en 1865. Il n'existe aucun moyen pour vous de regagner instantanément le futur. Et puis, même si c'était possible, ce ne serait plus le futur dont vous êtes venu !

— Comment ça ?

— Ce serait le futur où Lincoln a survécu. Celui où vous êtes né et n'êtes jamais retourné en arrière pour le sauver parce qu'il n'a jamais été assassiné. Si vous réussissiez d'une façon ou d'une autre à revenir à ce moment, à l'année 2036, vous seriez deux : il y aurait vous, l'homme retourné dans le passé pour sauver Lincoln, et l'autre vous, celui qui n'est jamais parti parce que Lincoln n'est jamais mort.

— Est-ce que ce ne serait pas… impossible ? Est-ce que ce ne serait pas un paradoxe ? »

Tesla éclata de rire.

« Vous regardez trop de vieux films. Pas de paradoxe, monsieur Neff. L'univers ne sera pas détruit si vous décidez de revenir en arrière pour tuer votre grand-père avant que vous soyez né. Vous aurez juste un grand-père mort.

» En fait, voici ce qui se passe. Chaque fois qu'un choix est fait, l'univers se dédouble. Irai-je au théâtre ou à l'opéra ? Eh bien, il y a un univers où je vais au théâtre et un autre où je vais à l'opéra. Une explication extrêmement simplifiée, bien entendu.

— C'est le chat de Schrödinger.

— Exactement. Dès qu'un observateur entre en jeu, paf ! Dans un univers, le chat est mort. Dans l'autre, il est vivant. Tout cela pour dire, monsieur Neff, que vous ne pourrez jamais rentrer chez vous. Dans cet univers-ci, Lincoln restera mort à jamais. Quoi qu'il arrive. »

J'étais perturbé. Toutes ces recherches pour trouver une solution qui… quoi ? M'exilerait dans un autre univers ? Était-ce là le prix à payer pour savoir qui avait tué Katy Keenan ?

« C'est là, j'en ai peur, une invention plutôt absurde, reprit Tesla. En réalité, change-t-elle quoi que ce soit ? Non. Non, je ne le crois pas. Mais c'est un sacré numéro de magie, n'est-ce pas ?

— Est-ce que vous vous êtes envoyé des messages ?

— Bien sûr », répondit le savant en dévissant le haut de l'œuf.

Il y avait assez de place à l'intérieur pour accueillir un morceau de papier roulé en boule.

« Des conseils en Bourse ?

— Tentant, n'est-ce pas ? Mais en fait, monsieur Neff, je préfère m'en tenir à la chronologie qui m'est échue. Jouer avec l'histoire ne fait qu'embrouiller la notion de libre arbitre. A-t-on encore son libre arbitre dès lors qu'on connaît les conséquences de chaque choix ? Ne sont-ce pas ses mystères qui rendent la vie digne d'être vécue ?

— C'est une superbe machine, en tout cas. »

Tesla contempla l'œuf puis le piédestal. Il hocha la tête et tendit la main vers la colonne pour en caresser la surface crayeuse.

« Oui, répondit-il. Elle est assez élégante. » Il fit courir ses doigts sur le dessus du piédestal et, au moment où ils touchaient le centre, un claquement assourdissant retentit, accompagné de la brusque apparition d'un autre œuf noir. « Oh oh. » Il était surpris.

« Qu'est-ce qui se passe ? demandai-je, même si je croyais déjà le savoir.

— Un message. Alors que je n'ai aucune intention d'en envoyer.

— J'ai toujours pensé que Mallett s'était trompé, pour cette histoire d'intentionnalité. »

Il ne m'entendait pas : il était occupé à dévisser l'œuf en essayant de ne pas faire tomber celui qu'il tenait déjà. À l'intérieur se trouvait un rouleau de papier. Il le déroula, lut le message et fronça les sourcils d'un air perplexe.

« Qu'est-ce que ça dit ? lui demandai-je.

— *Il a une matraque électrique.*

— Oh, fis-je en sortant l'arme de ma poche pour la pointer sur lui. Oui, c'est exact. »

Je tirai une impulsion électrique dans sa direction. Elle le toucha en pleine poitrine et le fit s'écrouler par terre, immobile, mais conscient. Les deux œufs noirs qu'il tenait tombèrent sur le sol en béton et se brisèrent en mille morceaux.

« Impossible », chuchota-t-il.

Je fis volte-face ; Ilsa était déjà partie alerter les gardes. « Pourquoi… demanda Tesla.

— Est-ce que c'est important ?

— Les NUIC vont vous rattraper.

— Je serai parti avant qu'ils me trouvent.

— Où vous cacherez-vous ? L'œuf est trop petit pour y voyager. »

Je me penchai pour plonger les yeux dans son regard d'acier.

« Dr Tesla, j'ai rencontré de nombreux chercheurs au fil des ans. La plupart ont un contrat avec le gouvernement, tout comme vous. Et s'il y a une chose que j'ai apprise, une seule, c'est que ce que vous voulez bien révéler au public a environ dix ans de retard sur ce que vous avez déjà montré à vos employeurs. Où est-il ?

— Je ne sais pas de quoi vous parlez.

— Regardez-moi, Tesla. Je vous tuerai si vous ne me donnez pas ce que je veux. Vous avez raison, c'est fini pour moi ici. En fait, votre seul espoir est que vous ayez effectivement un vaisseau à taille humaine caché quelque part, conçu pour la branche secrète de la CIA ou quelque chose comme ça. Parce que sinon, je vous tuerai avant qu'ils me tuent. Qu'est-ce que j'ai à perdre ? »

Je ne bluffais pas. Il le savait.

« Derrière la porte. Le code est 161803.

— Merci.

— Attendez. »

Je m'agenouillai de nouveau près de lui.

« Oui ?

— Si ça marche…

— … je vous envoie une lettre ?

— Oui.

— Pas de problème. »

∞

Nous arrivâmes à ma propriété de Peninsula peu après que j'eus fini de relater à David la manière dont j'étais arrivé ici et dont j'avais survécu. Une histoire très longue que je dois te servir en plusieurs parties, cher lecteur, dans la dernière section de ce mémoire ; car je veux te raconter ce qui est arrivé à David, ce qui nous est arrivé, et comment sa quête de l'homme qui avait tué sa femme s'est terminée. C'est là l'élément central de ce récit, n'est-ce pas ? Alors ne nous en éloignons pas trop. Si je te conte ma propre histoire, c'est seulement parce qu'elle a un rapport avec la destinée de David, tout comme mon avenir a un impact sur son présent. Les liens de cause à effet sont complètement embrouillés à ce stade, je sais. Même moi, qui ai vécu la chose, je la comprends à peine. J'espère, à tout le moins, que tu finiras par réaliser que ce que nous appelons le présent n'est rien de plus qu'une question de perception.

Alors dis-le avec moi : « Et puis merde. »

Maintenant, revenons à nos moutons.

Nous arrivâmes à ma propriété de Peninsula peu après que j'eus fini de relater à David la manière dont j'étais arrivé ici et dont j'avais survécu. Si jamais tu veux disparaître quelque part dans le nord-est de l'Ohio, tu auras du mal à trouver meilleur endroit que Peninsula. Ce pittoresque village, blotti entre Akron et Cleveland, est entouré de la Cuyahoga, de deux stations de ski et d'un réseau de carrières de pierre calcaire. À cause de l'impitoyable comité d'urbanisme local, il ne peut pas se développer, ni même s'embourgeoiser. Il stagne, intemporel, donnant l'impression de vivre dans l'Amérique d'après-guerre telle qu'on peut la voir dans un vieil épisode de *La Quatrième Dimension*. Ma maison se trouve au sommet d'une grande colline entourée d'arbres, au milieu de dix hectares de terrain bordé de grillages et de caméras de sécurité. Mes voisins me croient paranoïde. Eux, bien sûr, n'ont pas connu l'expulsion forcée de cinq cent mille habitants de Cleveland – un demi-million de réfugiés furieux cherchant quelque chose à piller. Si je dois revivre cette expérience – ce qui, aussi incroyable cela puisse-t-il paraître, se présente comme une réelle possibilité –, j'aimerais être sûr que mes biens sont protégés.

Aaron nous déposa devant le portique d'entrée, où M. Merkl, mon domestique occasionnel, attendait pour nous accueillir.

« Souhaitez-vous que je prépare la chambre d'ami ? » demanda-t-il.

C'était un amusant petit homme rondouillard doté d'une longue moustache qui lui donnait l'apparence d'un morse en costume. Un homme loyal. Qui était capable de garder un secret ou deux. Et qui l'a fait.

« Je crois que le séjour de notre invité sera assez bref. Mais je veux bien de quoi dîner, s'il vous plaît. Et deux Brandy Alexander.

— Bien », répondit l'homme avant de disparaître en direction de la cuisine tandis que nous entrions.

Aaron était déjà en train de ranger la voiture dans le garage.

David poussa un sifflement.

Je ris.

« Eh bien, si je dois m'imposer une prison, autant l'apprécier. »

J'habitais une énorme demeure de style colonial français, en brique, de trois étages. Mille cinq cents mètres carrés, sans compter le home cinéma au sous-sol. Plein de cerisier, de noyer et de ravissant lambris. Mon endroit préféré de tout le manoir était la baignoire pieds de lion. J'entraînai David dans le fumoir, sur lequel donnait le vestibule. De hautes bibliothèques, remplies de mes plaisirs coupables, tapissaient les murs de la pièce. Au milieu, des canapés en cuir se faisaient face, séparés par une table en carapace de tortue, dont les pieds étaient constitués de tortues plus petites empaillées et empilées les unes sur les autres.

« Apple. Google. Bear Stearns, expliquai-je.

— Bear Stearns ? Cette banque d'investissement qui a fait faillite ? C'est toi qui as profité du fameux délit d'initié ? »

J'avais oublié que je m'étais autrefois soucié de justice. Je haussai les épaules.

« Il n'y a pas de raison pour que les gentils ne se fassent pas un peu d'argent, eux aussi. »

Pendant un moment, aucun de nous deux ne parla. Tant avait déjà été dit.

« Tu veux entendre quelque chose d'étrange ? » demandai-je en me laissant tomber sur un des canapés tandis que mon double plus jeune s'asseyait en face de moi.

David eut l'air inquiet.

« Plus étrange encore que tout ce que je viens d'apprendre ?

— Je ne sais pas jusqu'où ça va. Combien de fois nous avons fait une fixation sur une affaire de meurtre non résolue, volé une machine à remonter le temps et terminé dans le passé pour empêcher le crime. Je suis ici parce que j'avais besoin de résoudre l'affaire de Katy. L'homme de Primrose Lane est revenu pour retrouver le tueur d'Elaine et d'Elizabeth – elle serait morte aussi ce jour-là s'il n'était pas intervenu. Mais il y a d'autres nous. J'en ai rencontré un ou deux depuis mon arrivée, sans jamais savoir s'ils m'avaient rémarqué ou non. Un dans un restaurant. Un autre à une station-essence à Bellefonte, Pennsylvanie. Mais il doit y en avoir plus. D'autres personnes, qui auraient pensé à faire quelque chose du même genre, pour une raison ou une autre. Il y en a forcément parce que, chaque fois que j'investis dans une nouvelle petite entreprise dont je sais qu'elle va rencontrer le succès, d'autres investisseurs se jettent sur les mêmes titres. La veille du 11 Septembre, j'ai revendu un tas d'actions et j'ai acheté de l'or. Tu aurais dû voir ce que ça m'a rapporté. Mais je n'étais pas le seul. Un paquet de gens ont revendu leurs actions ce jour-là. D'autres voyageurs temporels. Pourquoi sont-ils ici, eux ?

— À propos du 11 Septembre, fit David d'un air un peu blessé. Tu as fait tout ce chemin pour sauver une fille, mais tu as laissé les attentats se produire ?

— Si seulement c'était aussi simple. »

Soudain, M. Merkl apparut avec nos Brandy Alexander. Il les posa sur la table et nous annonça que le dîner serait servi dans une demi-heure : soupe de concombre et coquilles Saint-Jacques au vin blanc sur lit de fettuccine.

« Pourquoi n'est-ce pas aussi simple ? » me demanda David dès qu'il fut reparti.

Je sirotai mon cocktail en l'observant tristement. De bien des façons, j'étais l'incarnation de son dysfonctionnement mental, de la nature obsessive qu'il s'efforçait si désespérément de dominer.

« Tu te rappelles Timothy McVeigh, l'attentat d'Oklahoma City ?

— Oui.

— L'homme de Primrose Lane est arrivé avant. Il a pensé, comme toi, qu'il tenait là l'occasion de faire quelque chose qui profiterait à d'autres que simplement lui et la famille d'une fillette assassinée.

— Alors pourquoi ne l'a-t-il pas empêché ?

— Il croyait l'avoir fait. Il avait appelé anonymement le FBI. Il était allé à Oklahoma City et avait coupé les fils que McVeigh avait reliés à sa bombe artisanale dans ce camion de location. Mais elle a explosé quand même. Elle a quand même tué une flopée de gens, d'enfants.

— Qu'est-ce qui s'est passé ? »

Je haussai les épaules.

« Je ne sais pas. Mais ça me fout les jetons. Réfléchis. Ça veut dire que quelqu'un savait ce qu'il mijotait et a adapté ses projets en conséquence.

— Qui, d'après toi ?

— Je ne sais pas. Le gouvernement ? Tesla ? Et si c'était… l'un d'entre nous ?

— Quelle horreur.

— Je ne te le fais pas dire.

— Tu crois que quelque chose de semblable est arrivé le 11 Septembre ?

— J'avais passé un appel anonyme. J'avais lancé une alerte à la bombe à l'aéroport de Bangor.

— Pourquoi ? Les terroristes sont partis de Boston.

— Cette fois-ci, oui. Mais dans le monde d'où je viens, ils étaient partis de Bangor. Ils ont changé leurs projets. Je crois qu'ils ont fait ça parce que quelqu'un savait que je préviendrais Bangor.

— Merde.

— Une autre raison pour laquelle nous restons dans notre coin : nous ne savons pas à qui nous pouvons faire confiance.

— Qu'est-ce qu'il y a d'autre de différent dans ce monde par rapport au tien ?

— Autre que le fait qu'Elizabeth n'ait pas été enlevée ? Plein de choses. Et il n'y a aucun moyen de savoir combien de ces changements sont dus à l'homme de Primrose Lane et à moi-même, et combien le sont à d'autres voyageurs temporels. Il faut aussi prendre en compte l'effet papillon. Tu sais : tu reviens en arrière pour changer un détail, et ce détail engendre un enchaînement d'événements qui, parfois, mènent à un changement bien plus gros que tu ne l'avais envisagé. Pour l'essentiel, ça reste anodin : le restaurant mexicain près du centre commercial n'a jamais mis la clef sous la porte parce qu'il n'y a jamais eu d'alerte à la salmonellose, et une saison supplémentaire de *Scrubs* a été tournée pour une raison que j'ignore. Mais il y a aussi des choses importantes : ici, l'avion du président Bush ne s'est jamais écrasé dans l'océan lors de cette séance photos "Mission accomplie", la Corée du Nord n'a jamais lancé de bombe nucléaire sur Tokyo en 2007. Et qu'est-ce que c'est que cette histoire comme quoi les Red Sox ont remporté la World Series ? Ose me dire que ce n'est pas un voyageur temporel qui est responsable de ça.

» Et il y a moins de meurtres, ici. Il y avait cette fille qui avait été tuée en 1989… Amy Mihaljevic…

— Amy Mihaljevic, l'actrice ? Originaire de Bay Village ? Celle qu'on voit dans tous ces films indépendants ?

— C'est bien elle. »

David se laissa aller contre le dossier du canapé.

« J'ai le cerveau qui refuse de tourner. Assez. Assez.

— D'accord.

— Et maintenant, quoi ?

— Maintenant, on doit simplement trouver celui qui a tué ta femme et qui a tiré sur l'homme de Primrose Lane. Le même, j'en suis persuadé, qui nous a échappé quand il a enlevé Elaine et quand il a essayé de kidnapper Katy. Il faut que nous le trouvions avant qu'il tue une autre petite fille et que tout ce cycle malsain se répète.

— N'est-ce pas ce que tu essaies de faire depuis tout ce temps ?

— Eh bien, oui. J'ai apporté avec moi tous les dossiers et toutes les notes que j'avais amassés sur le meurtre de Katy ; un crime qui, maintenant, n'a jamais eu lieu. Des noms de suspects, d'amis, des informations sur tout ce qu'elle a fait pendant les dix premières années de sa vie. La plupart sont ici. Malheureusement, la police a pris le reste sur le lieu du crime. Nous avions eu une idée folle, l'homme de Primrose Lane et moi : nous allions écrire un livre en collaboration. Je l'aurais rédigé, lui en aurait fait les illustrations. Il passait tout son temps libre à peindre, ces dernières années ; tu devrais essayer, un jour. C'est à cela qu'étaient censés servir les tableaux que tu as trouvés : à illustrer un livre sur les affaires de Katy et d'Elizabeth – sur notre quête. Mais nous aurions changé les noms et l'aurions vendu comme de la fiction. De la science-fiction, même. C'était pour rire, pour passer le temps. Nous espérions repérer un élément qui nous aurait échappé en passant en revue toutes nos vieilles notes. Mais maintenant, avec un regard neuf…

— Un regard neuf ? Je suis *toi*.

— Oui, mais aucun de *nous* n'a jamais résolu une affaire criminelle. Toi, tu as eu Trimble. Tu étais différent. On espérait que tu allais rompre le cycle. Aucun de nous n'avait jamais eu d'enfant. Toi, si. Et avec Elizabeth ! Tanner n'avait jamais existé auparavant. Mais bien sûr, après coup, ta femme a découvert ton double d'une autre réalité temporelle et toi, tu es devenu obsédé par la mort de cet “homme de Primrose

Lane”, et tu as entamé une relation avec Katy, l’autre fille qui aurait dû mourir, et tout est de nouveau parti en sucette. Je n’ai vraiment pas envie de mourir en sachant que tu vas t’enfermer dans cet œuf noir quand tu auras 58 ans et revenir ici une fois de plus. »

David hocha la tête.

« D’accord.

— Tu sais, la solution…

— … est toujours d’une élégante simplicité, termina-t-il à ma place. Sérieusement, tu crois encore à ça ?

— Oui. J’ai toujours eu l’impression qu’un arbre nous cachait la forêt. La réponse est évidente. C’est juste qu’on ne sait pas où regarder. »

Le plus bizarre, pour David, fut de voir les clichés d’autopsie de Katy Keenan – une femme qu’il savait saine et sauve. Il en avait la tête qui tournait. Tout cela n’était-il pas qu’une fugue dissociative due au sevrage ? Il espérait que non, il l’espérait ardemment. Il ne voulait pas, en se réveillant, se retrouver une fois de plus aux Glenns, dans une cellule capitonnée.

Les images étaient des photocopies couleur de photos à l’aspect granuleux. Elle avait 10 ans, dessus. Elle était nue. Placée sur une table d’autopsie en inox. Son corps était resté relativement bien conservé grâce au froid de l’hiver, mais elle n’avait plus de peau autour du visage. Elle avait été poignardée dans le cou, et la blessure avait permis au processus naturel de décomposition de tout dévorer au-dessus des épaules. Ses dents et ses mâchoires sortaient des chairs putréfiées, comme un masque de squelette artisanal volé dans le train fantôme d’une fête foraine. C’était là une femme que David connaissait, à qui il avait fait l’amour. Quelque part, devait-il se dire, il existait probablement de semblables images d'Elizabeth, rapportées dans le passé par l'homme de Primrose Lane.

Tout ce que je savais sur l'affaire du meurtre de Katy, je le partageai avec lui. Là où les articles de journaux s'arrêtaient, je prenais le relais, amenais des détails pertinents. Notre discussion se termina par un top 10 des suspects dont, pour certains, j'ai déjà évoqué le nom. Cette liste était ce que j'avais pu établir de mieux, et je n'étais même pas sûr que l'homme qui avait tué Katy y figure.

« Mais tu l'as vu, dit David, le jour où tu l'as empêché d'enlever Katy. Est-ce qu'il ressemblait à l'un de ces mecs ?

— C'est arrivé si vite. Et tous ces hommes se ressemblent : blancs, les cheveux touffus, avec des lunettes et la tête ronde, d'origine caucasienne. Je veux dire, notre tueur ressemble à la moitié de la population de Parma Heights.

— Oui, mais tu l'as vu de tes propres yeux.

— Pendant cinq secondes.

— Et ça ne t'a pas suffi ? »

Je secouai la tête.

« Le plus proche, je crois, c'est celui-là. » Je tapotai la photo de Burt McQuinn, le directeur de l'école. « Mais je ne suis sûr de rien. Je l'ai suivi pendant un temps, après avoir empêché l'enlèvement. Il n'a jamais modifié sa routine. Il n'avait pas l'attitude d'un homme qui venait d'être surpris en flagrant délit de tentative d'enlèvement. Lorsque j'ai fait exprès de le laisser me voir dans une supérette, il n'a pas donné l'impression de me reconnaître. Alors, je ne sais pas.

— Est-ce que d'autres meurtres de ce genre se sont produits autour de ce type ? Où est-ce qu'il est, aujourd'hui ?

— Il habite toujours à Cleveland Heights. Et je n'ai trouvé aucun meurtre semblable à celui de Katy – ni à celui d'Elizabeth et d'Elaine. Ma théorie est la suivante : ce mec, dans cette réalité temporelle, enlève Elaine, mais il est interrompu avant de pouvoir emmener Elizabeth aussi. Il se dit que l'intervention de l'homme de Primrose Lane ce jour-là au parc est une coïncidence et, après un temps, il se met à traquer Katy. Mais alors qu'il s'apprête à l'enlever, il est une fois de plus interrompu ! Par un homme qu'il croit forcément être celui qui s'est interposé la première fois. Il sait désormais que ce n'était pas une coïncidence. Qu'est-ce qu'il peut bien penser ? Comment se peut-il que quelqu'un sache ce qu'il prépare ? Il est évident qu'il ne se baladait pas en racontant ses projets au premier venu. Donc, il ne sait pas ce qui se passe. Et il fait profil bas. Et après, quoi ? Il se trouve par hasard à Akron, en voiture peut-être, quand il voit l'homme de Primrose Lane revenir d'une promenade, et il le reconnaît comme son ennemi juré ? Il le tue pour pouvoir se remettre en chasse ? Peut-être qu'Elizabeth était là quand il est revenu à la maison avec son flingue. Ça fait beaucoup de questions en suspens.

— Mais il n'y a eu aucune autre affaire de ce type au cours des quatre dernières années, depuis que l'homme de Primrose Lane est mort, si ?

— Je n'en suis pas sûr.

— Comment ça ?

— Beaucoup d'enfants disparaissent dans la proche banlieue de Cleveland. Des fillettes dont la famille se fiche pas mal qu'elles rentrent à la maison pour dîner ; ça fait une bouche de moins à nourrir. Ces jours-ci, à l'est de la 117e Rue Ouest, les filles tombent enceintes à, quoi, 14 ans ? Personne ne leur prête attention. Leurs noms, tu les as entendus ; c'est juste que tu ne te souviens pas d'elles parce qu'elles ne sont pas de Bay Village ni de Shaker Heights. Amanda Berry, Gina Dejesus, Ashley Summers. Peut-être que son terrain de chasse se trouve là-bas, ces jours-ci.

— Est-ce qu'un des suspects dans le meurtre de Katy l'était aussi dans celui d'Eliz… d'Elaine ?

— Bonne question. Plusieurs, en fait. Burt McQuinn, pour commencer. Sa fille faisait partie de la même équipe de foot que les jumelles O'Donnell, à Lakewood. Curtis Detweiler, aussi. Il travaillait pour le père de Katy et, peu de temps avant leur enlèvement, il avait entretenu une brève liaison avec Abigail, la mère d'Elizabeth et Elaine. La police l'a examiné de près, je peux te le dire. Mais lorsque Katy a été enlevée, il se trouvait à un salon professionnel, au centre d'exposition international. Un homme qui filmait une démonstration d'aspirateur l'a eu dans son champ, en arrière-plan : pas moyen que ce soit lui. C'est ce genre de coïncidence qui rend la tâche si difficile aux enquêteurs. Il y a tout simplement trop de suspects.

— Eh bien, tu pourrais réduire un peu la liste avec un profil criminel…

— J'y ai pensé aussi. J'ai demandé à un mec du FBI d'y réfléchir. Il m'en a dressé un en 2015. La violence qu'on devine sur les scènes de crime laisse à penser que le meurtrier était physiquement très fort. Et doté d'une grande intelligence : il a été capable d'observer les faits et gestes de ces filles assez attentivement pour pouvoir programmer ses enlèvements de manière extrêmement précise. L'affaire de quelques secondes, dans les deux cas. Il savait quand elles étaient seules. Cela demande de la patience, de l'organisation. Cependant, il exerçait probablement un métier sans grande envergure – gérant de restaurant, concierge, vendeur –, essentiellement parce qu'il était incapable de nouer des liens assez forts avec ses pairs pour leur imposer le respect. Il détient probablement un diplôme inutile obtenu dans une université d'État. Il s'entend bien avec les enfants et les fréquente sûrement de près, grâce à son travail ou à une activité extraprofessionnelle pratiquée en volontariat : à la bibliothèque, au musée, dans un programme de mentorat pour enfants en difficulté. L'indice le plus révélateur réside peut-être dans le choix de ses victimes : des fillettes rousses aux cheveux raides, avec des taches de son. Il a des goûts très spécifiques. Il est probablement lui-même d'origine irlandaise.

— Comme la moitié de la population de Cleveland ouest.

— Exactement.

— Par où on commence ?

— Je veux aller trouver tous nos principaux suspects. Frapper à leur porte. Si l'un d'entre eux réagit comme s'il voyait un revenant – n'oublie pas que je suis le double exact de l'homme qu'il croira avoir tué, l'homme de Primrose Lane –, alors on tiendra notre homme. Je suis vieux, David. Mais je ne suis pas spécialement pressé de mourir. Alors j'aimerais que tu m'accompagnes. »

David esquissa un pâle sourire. « Ce n'est pas comme si j'avais le choix.

— On a toujours le choix. »

Il hocha la tête.

« Je suis partant. De toute façon, j'ai suivi le lapin blanc dans son terrier lorsque je suis entré dans ta limousine. Voyons où ça nous mène.

— Parfait ! On commence demain. »

Tandis que M. Merkl nous servait le dîner dans le fumoir, David commença à disposer des photos sur une petite table à son côté. Trois portraits scolaires, avec le même fond de nuages blancs sur ciel bleu. Elaine, Elizabeth, Katy. Chacune âgée d'une dizaine d'années. Il y avait un défaut sur la photo de Katy, remarqua David : une mince ligne sombre au-dessus de l'épaule gauche. Une imperfection de l'objectif, peut-être, ou de la toile de fond elle-même.

« J'ai encore une faveur à te demander », repris-je.

David leva les yeux.

« Ce n'est pas grand-chose. Nous allons faire pas mal de trajet dans les jours à venir. Nous allons passer beaucoup de temps en voiture. J'aimerais en profiter pour t'interviewer sur l'histoire de ta vie et de ton enquête sur l'homme de Primrose Lane.

— Pour ton livre ?

— Si jamais j'arrive à le terminer.

— Pas de problème. »

Plus tard ce soir-là, je ramenai David chez lui dans la Cadillac que je garde au garage.

Nous fîmes presque tout le trajet en silence. Je savais que je devais lui laisser du temps pour prendre la mesure de ce qui lui arrivait.

Je la vis du coin de l'œil et gagnai d'une embardée la bande d'arrêt d'urgence en freinant brutalement. David s'agrippa au tableau de bord.

« Qu'est-ce qu'il y a ? s'exclama-t-il.

— Regarde. »

Du doigt, je lui indiquai le panneau d'affichage numérique suspendu au-dessus de la Route 8, entre Peninsula et Akron. D'habitude, celui-ci présentait une rotation de publicités qui changeaient toutes les trois secondes. Mais pas ce soir-là.

Il était bloqué sur une image fixe.

Le portrait scolaire d'une fillette de 10 ans appelée Erin McNight.

Elle avait les cheveux roux. Et des taches de son.

C'était une alerte enlèvement.

Épisode 14

La rivière en feu

De l'autre côté de la porte blindée, à l'intérieur du laboratoire de Tesla, se trouvait une pièce froide et obscure qui sentait le métal huilé. Je verrouillai derrière moi puis cherchai un interrupteur à tâtons. Il était là, sur ma droite. Clic.

Une rangée de néons de la longueur d'un terrain de football s'alluma en clignotant au-dessus de ma tête, révélant un immense entrepôt et une aire de chargement. Rien ne m'avait préparé à ça. Bien sûr, j'avais imaginé que Tesla possédait un prototype de capsule permettant le voyage humain. Mais jamais je n'avais envisagé la possibilité qu'il en soit déjà au stade de la production en série.

Je me trouvais dans un champ d'œufs noirs plus hauts que moi. Ils étaient plusieurs centaines, qui étincelaient comme une forêt de cristaux sombres et lisses. Pourquoi Tesla avait-il besoin d'une telle armada ? Que préparait-il ?

Une partie de moi comprit que je tenais là, si je restais, l'article de ma vie : le pinacle de ma carrière, celui qui me ferait passer à la postérité. Mais la tentation était trop grande. Si je révélais cette invention au reste du monde, je ne serais certainement jamais autorisé à m'en servir.

Me glissant entre les rangs de machines à remonter le temps, je gagnai rapidement l'autre bout de l'entrepôt. Il donnait sur trois quais de chargement, fermés, assez larges pour accueillir des véhicules utilitaires de l'armée. Malheureusement, il n'y en avait aucun. Par contre, je trouvai une voiturette Cushman, avec petite cabine et plateau. Électrique, bien sûr. Elle n'était pas branchée. J'espérai que cela voulait dire que sa batterie était chargée.

Prudemment – je n'avais aucune idée de la façon dont ces merveilles technologiques pouvaient résister aux chocs –, je fis rouler l'œuf le plus proche jusqu'au bord bétonné qui donnait sur l'arrière de la voiturette. Trente centimètres de vide. Il fallait que je prenne le risque. Je poussai l'œuf, sans pouvoir m'empêcher de penser à Humpty Dumpty, le personnage ovoïde qui tombe de son mur dans la comptine. Il bascula sur le plateau, pencha sur le côté tel un Culbuto ivre, puis se redressa. Je l'attachai fermement à l'aide de sangles en nylon déjà fixées au véhicule – précisément dans ce but, semblait-il – puis montai à l'avant.

Je mis le contact et la voiturette prit vie avec un gémissement discret. Le voyant de la batterie s'alluma aussi. Il restait trois barres. C'était peu pour aller jusqu'à Vermilion, où le Dr Tanmay Gupta m'attendait, en contournant Cleveland. La route longeait la zone de saisie sur près de deux cents kilomètres et je n'avais pas de quoi faire cette distance.

Mais en traversant la ville ?

J'appuyai sur l'accélérateur et le mince rideau en aluminium de l'aire de chargement vola en éclats autour de moi. À l'arrière de la voiturette, l'œuf restait à peu près immobile.

Dehors, le jour commençait à décliner ; il restait à peine une heure de clarté avant que le monde soit plongé dans le noir. Cela dit, les NUIC n'avaient pas besoin de lumière pour me trouver.

Au coin du bâtiment, je vis Ilsa qui regagnait en courant la porte d'entrée accompagnée des gardes. Trop surpris de voir la voiturette passer en trombe à côté d'eux, ils ne pensèrent même pas à lever leurs pistolets paralysants. Des gardes paresseux, probablement affectés à cet avant-poste dans le désert des Épurateurs parce qu'ils ne pouvaient rien faire de mieux. Le temps qu'ils préviennent le QG par radio, j'avais déjà fait la moitié du chemin qui menait à l'autoroute I-77.

Mais le QG, à Colombus, ne mettrait pas longtemps à lâcher les NUIC. Et combien de temps faudrait-il à ceux-ci pour parcourir la distance qui les séparait de moi ? Une heure ? Pas beaucoup plus.

Arrivé sur la I-77, je pris au nord, en direction des bâtiments vides d'une ville à la grandeur passée.

Des gens qui passaient au-dessus en avion avaient vu des cerfs *en bonne santé* foisonner dans l'enceinte de la ville : il fallait que je me rappelle ça. Une heure ou deux dans un air chargé de pollen et de poussières toxiques ne me tueraient pas. Du moins, c'était ce que j'espérais.

Le Service des transports de l'Ohio avait installé des barrières en béton juste au nord du désert des Épurateurs, sur la I-77. Mais elles étaient vieilles et commençaient à s'effriter. De la soude roulante y poussait dans de grands trous remplis d'eau noire. Elles étaient couvertes de graffiti. Bienvenue à Cleveland nouvelle ! disait l'un d'eux. Je n'eus pas trop de mal à me faufiler entre elles avec la voiturette.

J'avais l'intention d'éviter le centre-ville en prenant la I-490 Ouest, un viaduc qui longeait les vieilles usines métallurgiques avant de rejoindre la I-90. Mais, en arrivant à la sortie, je découvris que la rampe d'accès et quatre cents mètres de route étaient tombés dans la Cuyahoga depuis des années. Je m'arrêtai un moment pour réfléchir à ce que je pouvais faire d'autre. À ma gauche, les bâtiments abandonnés de la fonderie LTV, aux hauts-fourneaux noircis, encrassés par des années d'usage excessif, et désormais silencieux. L'ensemble de la vallée de la Cuyahoga, avec sa forêt de cheminées bétonnées, ressemblait à un Mordor à l'abandon, un royaume des orques sans vie après la chute de Sauron. Un enfer après l'enfer.

Je n'avais pas le choix. Il fallait que je passe par le centre.

Je pris la I-77 en direction du nord, slalomant entre des nids-de-poule où auraient pu se cacher des éléphants, et regardai les gratte-ciel de Cleveland se dessiner à l'horizon. La Key Tower avait disparu. Complètement. Le National City Building penchait dangereusement à l'écart du lac, et s'effondrerait probablement à la prochaine tempête, emportant avec lui la Old Stone Church. Mais la Terminal Tower se dressait toujours fièrement, tel un bastion de l'humanité, l'incarnation même de Cleveland. Un fanion aux couleurs des Indians, l'équipe de base-ball de la ville, flottait dans l'air toxique au sommet de sa plus haute tourelle.

Je pris la sortie qui donnait sur Ontario Street, l'itinéraire préféré de ceux qui allaient voir un match de base-ball au Jake ou un concert de rock au Q.

Le Jacobs Field était suffoqué par un lierre si dense et si haut qu'il semblait doué de conscience, et simplement endormi. La Quicken Loans Arena n'était plus que décombres. À ma gauche, les *Dieux des transports*, de gigantesques statues tenant des véhicules sculptés dans leurs mains comme des offrandes sacrificielles, me regardaient, telles des divinités romaines assistant à la fin des temps. Ils marquaient l'entrée du Lorain Road Bridge. Celui-ci était toujours debout, vis-je. Mais les statues me mettaient mal à l'aise. Elles me rappelaient les sphinx de l'*Histoire sans fin*, ces êtres de pierre à demi nus qui avaient essayé de tuer le gamin – et je m'éloignai rapidement.

Je tournai à gauche devant le Hard Rock Café et contournai l'énorme enseigne en forme de guitare devant l'établissement, qui, autrefois, tournait sur elle-même. En arrivant à l'arrière de la Terminal Tower, je sentis l'accablement s'emparer de moi. Le Veterans' Memorial Bridge n'était plus. Ses pylônes d'acier se tordaient dans le vide comme des mains ouvertes cherchant à rattraper la route qu'ils soutenaient autrefois. Derrière, je vis que le pont de la Route 2 tenait toujours. Cependant, une vaste section au milieu s'était effondrée, formant un trou trop grand pour être contourné, et qui laissait de toute façon supposer que la structure n'était plus saine. Cela me laissait le pont tournant dans le quartier des Flats.

Avant que les usines de la ville deviennent obsolètes, et plusieurs dizaines d'années avant que la crise du logement en fasse une ville fantôme, les Flats étaient un endroit où régnait la fête. À l'endroit où la Cuyahoga se jetait dans le lac Érié, ses deux rives étaient bordées de bars, de boîtes de nuit et de petites salles de concert comme l'Odeon. C'était un endroit où on se retrouvait pour fêter un enterrement de vie de jeune fille ou se peloter. La vie y avait battu son plein. Mais le quartier était mort bien avant les expulsions, à peu près à l'époque où on avait perdu la World Series.

Il n'existait qu'un seul chemin pour passer d'un côté à l'autre des Flats : un pont tournant en acier rouge qui pivotait sur un axe situé sur la rive ouest, permettant aux porte-conteneurs de remonter la rivière jusqu'aux usines dans la vallée. En 1969, pas très loin de là, la Cuyahoga avait pris feu tant elle était polluée. Cet incident avait à lui seul ouvert la voie à l'ère des lois pour la protection de l'environnement. Tout ça pour en arriver là.

Le pont tenait encore debout.

La rampe ne se trouvait pas exactement dans l'alignement de la route sur la rive est, mais l'écart n'était que de quelques centimètres. Il restait largement assez de place à la Cushman pour passer. Enfin, la chance me souriait un peu.

Cela ne m'empêcha pas d'hésiter. J'arrêtai la voiturette juste devant le pont et regardai autour de moi. En amont, la rive ouest était tombée dans la Cuyahoga. Les beaux quartiers d'autrefois étaient devenus des zones insalubres ; certaines maisons se trouvaient partiellement sous l'eau. Du côté du lac, la rivière était encombrée de poteaux télégraphiques, d'arbres tombés et d'un pick-up S-10 – du genre à posséder un moteur à combustion. Même à la distance à laquelle je me trouvais, je distinguais le squelette derrière le volant.

Suspendue au-dessus du pont se trouvait la cabine de l'opérateur, aux vitres fumées. Du temps où il y avait besoin de traverser la rivière, ç'avait été un travail bien solitaire que de rester assis là-haut toute la journée, à faire tourner le pont pour laisser passer les cargos.

Je remis la Cushman en marche.

Pendant un moment, tout se passa bien. Je commençai à pousser un soupir de soulagement. Puis j'entendis quelque chose percer les pneus. Les quatre à la fois. La voiturette s'arrêta dans une embardée, ses jantes dérapant sur le caillebotis métallique dans une pluie d'étincelles. Au même moment, le pont commença à tourner, s'éloignant de la rive est. Alors que les engrenages au-dessus de ma tête accomplissaient une fois de plus leur tâche, ils laissèrent entendre un grincement plaintif.

Je fouillai précipitamment dans mes affaires et en sortis ma matraque électrique. La batterie était presque vide. Il y avait à peine de quoi neutraliser deux poursuivants, si c'était bien à ça que j'avais affaire.

La voiturette s'arrêta en trépidant au milieu du pont. Une minute plus tard, celui-ci s'immobilisa à son tour, m'empêchant d'accéder à l'autre rive. Pour en sortir, j'étais obligé de revenir sur la rive ouest.

Un grondement me parvint aux oreilles, semblable à un roulement de tonnerre. Cela faisait tellement longtemps que je n'avais pas entendu ce bruit qu'il me fallut un moment pour l'identifier. Un moteur diesel, derrière le vieux bar qui faisait l'angle de la rue. Une seconde plus tard, une dépanneuse apparut, prenant la peine de s'arrêter au stop avant de tourner à gauche pour rouler dans ma direction. Je distinguai deux silhouettes dans la cabine.

Le véhicule s'arrêta devant le pont, fit demi-tour et s'engagea dessus à reculons, son tuyau d'échappement en acier dégageant une épaisse fumée noire tandis que son grappin d'acier se balançait de droite à gauche, cherchant la calandre de la Cushman. Juste avant de toucher celle-ci, la dépanneuse s'arrêta. La portière côté conducteur s'ouvrit et un homme de grande taille sortit péniblement de la cabine, pointant un fusil de chasse au canon scié sur mon visage.

« Holà ! » lança-t-il.

Il avait un furoncle de la taille d'un poing de nourrisson sur le côté du cou.

« Bonjour, répondis-je par la fenêtre.

— Qu'est-ce qui t'amène si loin au nord, l'ami ? » demanda-t-il sans baisser son arme.

Je réglai la matraque de façon à ce qu'elle s'active en cas de contact violent et la glissai dans la poche de mon pantalon.

« Je ne fais que passer. Je ne cherche pas les ennuis.

— Hin hin. Descends de là, tu veux bien. »

J'obéis, ouvrant la portière pour mettre le pied sur le pont tournant. À travers le caillebotis en acier ondulé, je voyais la Cuyahoga bouillonner en dessous de nous comme le Styx.

« Maggie ! » hurla-t-il.

La portière passager de la dépanneuse s'ouvrit et une femme décharnée en sortit pour s'approcher du levier qui, à l'arrière, actionnait le grappin. Ses cheveux lui tombaient sur le visage en une cascade de dreadlocks crasseuses. Elle portait un T-shirt iRis 4.0 décolleté et, de là où j'étais, je pouvais voir l'œil rond et bleu enchâssé dans sa gorge, là où quelqu'un avait remplacé son larynx par un modulateur de voix esthétique. C'était la marque d'une prostituée de luxe, mais cette époque était terminée depuis longtemps et personne n'avait payé pour le faire retirer. Sans dire un mot, elle entreprit d'attacher la Cushman à la dépanneuse. Le conducteur, lui, entreprit de me soumettre à une fouille au corps rapide, cherchant un pistolet. Lorsqu'il eut fini, il éclata de rire.

« T'es venu à Cleveland sans flingue ? Qui est-ce que tu fuis comme ça ?

— Des NUIC. »

Le mot lui fit l'effet d'une claque. Son visage se colora légèrement. Puis il sourit.

« T'entends ça, Maggie ? Des NUIC ! Personne prendrait la peine d'en envoyer dans Cleveland. Ça servirait à rien. Ils te tueraient, ici. Tu mourrais de faim.

— Je crois que c'est l'idée. »

Il m'interrompit d'un geste de la main.

« Qu'est-ce que t'as là, derrière ? demanda-t-il en tapotant l'œuf d'une façon qui me mit très mal à l'aise.

— Je sais pas. Je ne suis que le conducteur. Je suis censé le transporter d'Érié à Toledo. Discrètement.

— Une rançon, dit-il, comme s'il se parlait à lui-même. Quelqu'un serait prêt à payer un beau pactole pour le récupérer, alors, pas vrai ? »

Je haussai les épaules.

« Ça dépend. Est-ce que vous avez envie de vous frotter au genre de personne qui paie un mec comme moi pour transporter ce truc à travers le désert de Cleveland ?

— Oh, mon gars, je peux m'y frotter. On verra qui s'y pique. » Du bout de son fusil, il me poussa légèrement. « Je vais te dire ce que je vais faire. Je vais te laisser partir. Il y a une journée de marche pour sortir de la ville en suivant la I-90 en direction de l'est. Tu trouveras l'avant-poste à Willoughby demain avant la nuit. Tu rentres chez toi et tu dis à ton patron de négocier avec moi. Je m'occuperai bien de son trésor d'ici là. »

Maggie, qui avait terminé sa tâche, regagna sa place tête baissée. Le moteur de la dépanneuse continuait de tourner.

Je secouai la tête.

« Je ne peux pas faire ça.

— Non ?

— Non.

— T'as un fusil pointé sur toi, vieux. Tu ferais peut-être mieux de faire ce que je te dis.

— Le deuxième amendement a été abrogé cinq ans avant les Grandes Saisies. Vous avez sûrement trouvé cette arme sous le plateau de la dépanneuse que vous avez volée. Mais j'imagine que vous avez eu de la peine à vous procurer des cartouches. Peut-être quelques-unes, ici et là, dans des garages ou des greniers. Mais vous les avez probablement utilisées pour abattre du gibier à la bordure. Vous savez comme moi que ce fusil n'est pas chargé. Plus maintenant. Plus depuis longtemps. Vous ne le nettoyez même plus. »

Pendant un long moment, le bandit garda le silence et son expression resta insondable.

« Peut-être qu'il est pas chargé, peut-être que si, finit-il par répondre. Mais je peux te garantir que la crosse est assez solide pour te fracasser le crâne, connard. »

Vivement, j'approchai ma matraque électrique de son cou, priant pour qu'il reste assez de puissance pour une décharge de plus. Effrayé, il appuya sur la gâchette de son arme et, l'espace d'une seconde, je crus que je m'étais sérieusement trompé sur la situation. Mais son geste n'avait été qu'instinctif. Le chien percuta le barillet avec un cliquetis sourd, puis la matraque heurta son cou et émit un grésillement. Une onde d'électricité lui parcourut le corps, jusqu'à ses pieds, qui – je ne l'avais pas remarqué jusqu'alors – n'étaient pas chaussés de cuir mais emmaillotés dans des chiffons déchirés et pleins de trous. L'électricité se propagea sur toute la longueur du pont de métal, jusqu'à son énorme charnière désormais à moitié immergée dans la boue de la rivière. Je ne fus sauvé que par mes semelles en crêpe.

Une étincelle tomba ; et cela suffit. La rivière prit feu. Encore une fois. Je sentis une bouffée de chaleur arriver sur moi et, soudain, tout fut enveloppé de flammes. Le conducteur, qui gisait immobile à mes pieds, se mit à cuire. Et à hurler.

Je me précipitai vers la portière ouverte de la dépanneuse. Il y régnait une odeur digne de la tanière d'un ours affamé, de ceux qui meurent lentement d'un cancer de l'anus. Je passai une vitesse et commençai à sortir du pont pour m'éloigner de la rivière en feu, cette rivière maudite. Maggie, remarquant enfin qu'elle était délivrée de son maître, se contenta d'ouvrir sa portière et de mettre le pied dans le vide. Je regardai son corps décharné tomber dans l'eau. C'est une vision qui me hante encore aujourd'hui.

Par miracle, le réservoir de la camionnette était rempli de diesel. Amplement assez pour m'amener jusqu'à Vermilion et Tanmay, si les NUIC ne me rattrapaient pas avant. Ma meilleure chance de les arrêter avait été cette matraque électrique, qui était en train de fondre dans le cou de l'homme sur la route derrière moi. Que pouvais-je faire, sinon continuer ?

Reprenant ma route, je jetai un dernier coup d'œil à la fournaise qui faisait rage derrière moi. Je vis un homme qui sautait sur place dans la cabine de l'opérateur en hurlant à l'aide. Je reportai mon regard devant moi et fis comme s'il n'existait pas.

Puis j'ouvris la fenêtre et écoutai les hurlements des NUIC se rapprocher.

∞

« Tu as une sale gueule », dit Jason.

Ils étaient assis à une table dans un coin sombre du Nervous Dog, un café branché caché dans un centre commercial oublié de l'ouest d'Akron. C'était le lendemain matin de l'enlèvement d'Erin McNight – une autre couche à rajouter au mystère –, et David avait envie de faire un peu le point. D'être un bon boy-scout, de se préparer à tout ce qui pouvait arriver.

« J'ai connu des jours meilleurs, répondit-il.

— Ils t'ont bien traité en taule ? Personne n'a essayé de… tu sais, d'être homo avec toi ou quoi que ce soit ?

— Non, Jason. Personne n'a essayé d'être homo avec moi.

— J'ai passé une semaine en centre de détention pour mineurs, une fois. J'avais volé la voiture de ma sœur pour faire une virée. J'avais 13 ans. Il se passe des trucs craignos là-bas. »

David massa ses tempes douloureuses. « Qu'est-ce que tu as à me donner, Jason ?

— Sur le vieux de la rousse ? » Le jeune homme lui tendit un petit carnet où étaient coincées deux photos d'un homme à l'air dur, au front haut et aux cheveux blancs de blanc, regagnant son pick-up. Les années qui s'étaient écoulées depuis que David l'avait vu le jour de la commémoration à Kent State n'avaient pas été clémentes envers lui. « C'est un sacré phénomène. Entrepreneur. Divorcé il y a dix ans, et pas à l'amiable. Il a traîné son ex-femme dans la boue. Il l'avait fait prendre en photo par un privé en train de s'envoyer en l'air avec un autre mec à Metro Parks. Il a obtenu la garde de Katy ; elle avait 14 ans. Il a commencé à boire. Il a salement amoché un mec au Nighttown en 2008. Apparemment, le gars en question avait dit quelque chose qui ne lui avait pas plu sur sa fille ; qu'elle était devenue bonne, un truc comme ça. Il l'a envoyé à l'hosto. Il a fait trois semaines de prison en régime de semi-liberté. Il est membre des Alcooliques anonymes, maintenant. Il a un sale caractère. Mais si tu veux mon avis, c'est pas lui le tueur.

— Pourquoi ?

— Ben, ce genre de types… Faut les connaître. Ils pensent avec leurs poings. Bam. Ils ne réfléchissent pas. Ils réagissent. Mais ton mec dans Primrose Lane… Ça a demandé de la préparation. De la réflexion. Trop de temps pour un mec comme lui. Il se serait calmé avant d'aller jusqu'au bout. Et puis je ne le vois vraiment pas tuer une femme.

— Tu as entendu dire qu'Elizabeth avait été assassinée, si je comprends bien.

— Je suis désolé, David. Sincèrement.

— Merci. »

David plongea la main dans sa sacoche et en sortit une mince boîte en métal gris, à peu près de la taille d'un carnet.

« Qu'est-ce que c'est que ça ? demanda Jason.

— Tout. Tout ce dont tu auras besoin s'il m'arrive quelque chose.

— De quoi est-ce que tu parles ?

— Jason, je t'ai désigné comme exécuteur testamentaire de mes biens au cas où je mourrais inopinément.

— Nom de Dieu. Tu t'attends à mourir inopinément ?

— Je préfère être prudent. Mon testament est là-dedans. Des directives de fin de vie, aussi. Des papiers concernant les fidéicommis de Tanner ainsi que des instructions sur ce qu'il faudrait faire de mon corps et de la maison. *Des* maisons. Des choses avec lesquelles je n'ai pas envie d'embêter mon père. Et une rémunération pour le temps que ça te prendra, bien sûr. »

Pour la première fois depuis qu'il l'avait rencontré à ce concert au Beachland bien des années plus tôt, Jason resta sans voix.

« Ça va ? lui demanda David.

— Ouais, ouais… C'est juste que je suis pas… tu sais, *responsable*.

— Tu es le seul à qui je fasse entièrement confiance, en fait. Tu es un type bien, Jason. Je l'ai toujours su. Et tu le sais aussi. À l'extérieur, tu es une grande gueule mais, à l'intérieur (David lui tapota légèrement la poitrine), tu es le mec le plus loyal que j'aie jamais rencontré. Et je sais que tu ferais n'importe quoi pour aider mon fils. »

Jason hocha la tête, les mâchoires serrées par l'émotion. Il toussota et essuya discrètement une larme.

« Enfin, quand même. Évite de mourir, d'accord ? »

Paul, son éditeur, appela David alors qu'il se rendait chez son père pour voir Tanner.

« Comment tu t'en sors avec le bouquin ?

— Je vais avoir besoin d'un délai supplémentaire.

— Et dire que c'était censé être une histoire facile. J'ai vu les infos. Ton inculpation a été couverte par CNN.

— Super.

— Sur une note plus positive, *Le Protégé du tueur en série* va être mis en réimpression. Il est de retour sur la liste des best-sellers.

— Merveilleux.

— Sérieusement, David, je peux faire quelque chose ?

— Non. Mais merci.

— Je publierai un communiqué tout à l'heure. Pour dire qu'on soutient notre auteur et que je suis sûr que tu es innocent et victime d'un coup monté. Quelque chose de court et d'incisif.

— Tu n'es pas obligé.

— Si. Je devrais même faire plus.

— Ne t'inquiète pas, Paul. Tout va s'arranger. Je t'appelle dans quelques jours. »

« Papa ! »

Tanner. Les bras écartés, courant vers son père sur ses petites jambes. David culpabilisa d'avoir envisagé, même brièvement, de faire autre chose que rester à la maison pour jouer avec lui. Jusqu'à ses 18 ans. Une fois toute cette affaire terminée, espérait-il, il en aurait enfin le temps, pour reprendre les mots du héros de « Question de temps » dans *La Quatrième Dimension.*

Il prit son fils dans ses bras et le ramena vers la maison de son père. Celui-ci attendait sur le porche en buvant du jus de tomate à la bouteille.

« Bonjour, dit-il en donnant de sa grande main une claque amicale dans le dos de David.

— Salut. »

Ils s'assirent sur un banc que le père de David avait fabriqué avec du bois flotté. Tanner s'installa sur les genoux de son père sans lâcher sa chemise.

« Papa, dit-il, papy m'a emmené pêcher. J'ai mis tous les vers sur les hameçons. Et j'ai attrapé un poisson-chat, mais il a avalé la ligne. Mais il était énorme !

— Super !

— Ouais, et on a mangé ceux qu'on avait attrapés quand on est rentrés. On les a fait cuire ici, dehors, sur le gril. J'aime bien le poisson. Le vrai. Pas les bâtonnets.

— Moi aussi, j'aime le vrai poisson. On devrait aller pêcher plus souvent à mon retour. »

Les yeux du petit garçon devinrent énormes et il crispa les poings sur l'étoffe. « T'as pas encore fini ?

— Presque.

— Mais je veux rentrer à la maison.

— C'est pour très bientôt. Promis. Mais je vais rester un peu de temps aujourd'hui, alors qu'est-ce qui te ferait plaisir ?

— Un livre. Tu peux me lire *Rayon de lune* ?

— Bien sûr.

— Les trois ?

— D'accord. »

Tanner posa la tête sur l'épaule de son père et, pendant un petit moment, ils restèrent assis en silence.

Lorsque Tanner se coucha enfin pour faire sa sieste, David se retrouva de nouveau assis à la table de la cuisine en face de son père, qui avait l'air aussi fatigué que lui. Tanner était un gentil garçon, mais c'était aussi un enfant extrêmement énergique ; ils avaient passé la journée à construire un mécanisme à la Rube Goldberg très complexe, composé essentiellement de tubes de PVC et d'outils de jardin. À la fin, un soldat en plastique sautait en parachute du haut d'une échelle dans l'arrière-cour.

« Il a recommencé à faire pipi au lit.

— Oh, zut.

— Il s'est réveillé à 4 heures ce matin. Il avait fait un cauchemar, je crois. Il n'a pas voulu me dire. Je suis resté debout avec lui et on a regardé *Blue's Clues*. Il s'est rendormi vers 5 heures et demie. »

David baissa les yeux sur la table.

« Je ne peux pas t'expliquer ce qui se passe, c'est trop compliqué ; je ne saurais même pas par où commencer. J'ai besoin de quelques jours de plus pour résoudre cette affaire. Après, seulement, je pourrai le ramener à la maison. Pour l'instant, c'est trop dangereux.

— Tu n'as pas besoin de me cacher quoi que ce soit. Bon sang, David, je sais bien que tu n'es pas coupable. Mais ce qu'il faut que tu fasses, c'est préparer ta défense, parler à ton avocat, rester chez toi avec Tanner. Tu es observé à la loupe en ce moment. Ils n'attendent qu'une chose, c'est que tu fasses une bourde. Tu ne devrais pas courir à droite à gauche comme ça.

— J'ai juste besoin de quelques jours de plus.

— Pour quoi faire ?

— Je te promets que je t'expliquerai quand ce sera fini. Mais je ne sais franchement pas comment le faire pour le moment. Fais-moi confiance, d'accord ? »

Il n'avait pas eu de vraie dispute avec son père depuis l'époque du lycée, où – comme beaucoup de pères et de fils américains le font à un moment ou à un autre – ils en étaient venus aux mains. Au tremblement qui agitait le menton de son père quand il parlait, David voyait bien qu'ils étaient sur le point d'atteindre le seuil critique. Bientôt, ils commenceraient à lever la voix. Puis, selon toute probabilité, les cris laisseraient la place aux coups. Ils n'avaient ni l'un ni l'autre besoin de ça.

C'est pourquoi il s'en alla. Sans ajouter un mot.

Ce fut la dernière fois qu'il vit son père.

« Qu'est-ce qui t'a retenu si longtemps, bordel ? » m'exclamai-je lorsque David passa mon seuil peu avant 2 heures de l'après-midi.

J'ai toujours eu honte de mon incapacité chronique à être à l'heure.

« Rien, répondit-il.

— Cette fillette, Erin… Elle est toujours là, quelque part. Chaque minute représente une éternité pour elle.

— Elle est morte. Tu le sais bien. Ce mec ne garde pas ses victimes en vie. Elle a probablement été tuée avant même que l'alerte d'enlèvement soit donnée.

— Et si tu te trompes ?

— Qu'est-ce que tu veux y faire ? » Il s'était mis à crier. « Je suis accusé de meurtre et tu ne peux aller nulle part parce que tu ressembles à un mort.

— Oh, et puis merde.

— Hein ?

— J'ai dit : merde. Tant pis. » J'attrapai ma canne et lui ouvris la porte. « Qu'il arrive ce qui doit arriver. Mais on a besoin de renseignements sur cette fille. Et d'ici à ce que les journalistes aient quoi que ce soit d'important à révéler, ce sera trop tard. Allons-y. C'est toi qui conduis. »

La famille d'Erin McNight habitait à l'ouest de Cleveland, dans la banlieue bobo de Tremont. Le trajet nous prit moins d'une heure. J'en profitai pour interviewer David sur les détails de sa vie. Nous commençâmes en 2000, l'année de l'enlèvement de Katy, et poursuivîmes chronologiquement jusqu'au présent. (Comme le meurtre de Katy n'avait régi ma vie qu'à partir de cette date, je pouvais raisonnablement supposer que tout ce qui était arrivé à David *avant* était pratiquement identique à ce que j'avais moi-même connu.) Il me raconta sa rencontre avec Elizabeth, la manière dont il s'était retrouvé impliqué dans l'affaire Brune, ce que cela faisait d'élever un fils tout seul.

J'enregistrai tout sur un dictaphone. Réécouter ces cassettes maintenant, alors que j'écris ce livre, est assez douloureux. C'est comme si je revivais un moment du passé : nos voix me ramènent à cette heure en voiture avec lui, et je sens l'odeur des sièges en cuir, le souffle d'air frais de la climatisation. Seulement, je suis incapable de le prévenir des événements qui vont suivre. Quand on est perdu au milieu d'un jeu de dominos, on ne distingue pas le motif qui se forme à mesure que les pièces tombent autour de soi.

La propriété des McNight grouillait de journalistes et de policiers. Les adjoints du shérif du comté de Cuyahoga avaient dressé des barrières tout autour de la maison, une chaleureuse demeure de style Cape Cod non loin de Lincoln Park. Des reporters de télévision se tenaient à l'extérieur du périmètre, en train de parler à des caméras reliées à des camions coûteux coiffés de hautes antennes. Pohlman, le journaliste qui avait enregistré la confession de Trimble, était là. L'hélicoptère d'Action News planait au-dessus de la scène.

Un trio d'agents du FBI sortit de la maison et grimpa dans une berline noire qui s'en fut vivement vers l'ouest.

« Qu'est-ce que tu fais ? me demanda David.

— Je me déguise », lui répondis-je, vérifiant dans le miroir que mon épaisse moustache blanche était bien positionnée.

Aaron me l'avait achetée des semaines plus tôt ; une de mes commandes spéciales. Je complétai mon déguisement d'un chapeau en tweed. Un parfait air de grand-père.

David gara la voiture au coin de la rue et nous nous dirigeâmes d'un même pas vers la maison, tête baissée mais en nous comportant comme si nous étions à notre place. Personne ne nous reconnut et, lorsque nous franchîmes les barrières, personne ne nous arrêta.

De la poignée de ma canne en bois, je frappai à la porte. Après quelques secondes, le battant s'ouvrit légèrement et le visage d'une femme apparut dans l'entrebâillement.

« Oui ? fit-elle sèchement.

— Madame, commençai-je, nous ne sommes pas des reporters.

— Du moins, nous ne le sommes plus, rectifia David.

— Nous avons passé les cinquante dernières années…

— Cinq dernières années.

— Les cinq dernières années à enquêter sur une série d'enlèvements qui, croyons-nous, ont un lien avec celui de votre fille.

— Erin n'est pas ma fille. C'est ma nièce. Sa famille est à l'intérieur. » La tante, une jeune femme aux traits rudes et mal coiffée, jaugea David du regard. À l'évidence, elle n'avait pas vu les reportages sur son arrestation à la télévision ; la famille avait été trop occupée à parler aux enquêteurs. « Je vous connais, reprit-elle. Vous êtes David Neff. L'auteur du livre sur Trimble.

— C'est bien moi.

— Vous croyez que c'est lui qui a fait le coup ?

— Non. Pas du tout.

— Alors qui, d'après vous ?

— Auriez-vous l'amabilité de nous laisser entrer pour parler aux parents ? demanda David. Nous voulons sincèrement aider. »

Elle nous demanda d'attendre une minute et referma le battant. On percevait le murmure d'une conversation étouffée à l'intérieur. Soudain, la porte se rouvrit sur un homme de haute stature. Il avait le front haut et la voix pas tout à fait aussi grave que celle de James Earl Jones, mais presque.

« Monsieur Neff, fit-il en serrant la main de David. Je m'appelle Casey McNight. Entrez, je vous prie. »

La mère d'Erin était assise dans le salon, en train de fouiller dans une boîte de photos de famille. C'était une femme mince aux cheveux mi-longs d'un roux flamboyant. Son visage était bouffi et marbré de rouge par une nuit passée à pleurer.

« Je sais qu'elle est là-dedans, Casey. Je l'ai vue l'autre jour encore.

— Chérie, ces messieurs veulent nous aider. Voici David Neff, l'auteur. »

Elle leva brièvement les yeux, puis reprit sa fouille.

« Jo. »

Casey nous indiqua un canapé.

« Elle cherche une photo en pied. Pour la perspective. La taille, tout ça. C'est le FBI qui l'a demandée.

— C'était une photo prise au foot, reprit Jo. Celle où elle tire le penalty. L'autre jour encore... La voilà ! »

Elle leva le cliché entre ses mains comme si c'était un talisman susceptible de lui ramener sa petite fille. Puis elle s'empara du téléphone et, tout en se dirigeant vers la cuisine, composa un numéro. Casey s'assit dans un fauteuil en face de nous.

David sortit un calepin de sa sacoche.

« Monsieur McNight, pouvez-vous commencer par nous dire, exactement, ce qui s'est passé hier ? Comment vous êtes-vous rendu compte que votre fille avait disparu ?

— Elle se trouvait au parc avec son amie Meghan. Meghan Hill. La petite dit qu'une camionnette blanche s'est arrêtée à côté des balançoires où elles étaient en train de bavarder. Un homme s'est penché à la fenêtre pour demander à Erin si elle n'avait pas vu son chien. Elle voulait savoir quel genre de chien, bien sûr. Et il lui a dit qu'il avait une photo de l'animal, donc elle s'est approchée de sa camionnette et, avant que Meghan ait seulement compris ce qui se passait, Erin s'est retrouvée jetée à l'arrière du véhicule, qui est parti en trombe vers la I-90. Vlan. Disparue.

— À quoi ressemblait cet homme ? »

Casey tendit à David une copie du portrait-robot créé par la police. Le papier venait de sortir de l'imprimante et était encore tout chaud. L'esquisse représentait un homme blanc, entre 40 et 50 ans, avec des cheveux bizarres et d'épaisses lunettes. Il avait un vague air de John Denver. La ressemblance avec le portrait-robot de l'homme qui avait voulu enlever Katy – un portrait-robot qui n'existait nulle part dans cet univers, exception faite de l'exemplaire que j'avais toujours en ma possession – était criante.

« Un numéro de plaque ? »

Casey secoua la tête.

« Meghan n'a que 10 ans. Elle n'a pas pensé à regarder. Elle était terrorisée. »

Jo revint de la cuisine et raccrocha le téléphone.

« Ils reviennent prendre la photo », annonça-t-elle.

Puis elle s'assit à côté de son mari et lui agrippa la main.

« Madame McNight, comment était votre fille ? demanda David. Est-ce qu'elle avait beaucoup de passe-temps ? À quoi ressemblait sa routine quotidienne pendant la semaine ? »

Elle jeta un regard hésitant à son mari.

« Je ne sais même pas si nous avons le droit de

vous parler. La police nous a recommandé de ne rien dire aux reporters.

— Qu'est-ce que ça peut faire de mal ? demanda sa sœur, depuis le seuil.

— Permettez-moi d'être franc avec vous, ma chère, intervins-je. En tant que journaliste au long cours, j'ai vu passer beaucoup de cas comme celui-ci. Je les étudie, en fait. C'est ma spécialité. Or, nous n'avons que très peu de temps devant nous pour retrouver votre fille en vie. »

Jo sanglota bruyamment, mais elle ne versa pas de larmes et ne se détourna pas.

« La police va faire son travail, poursuivis-je, et c'est très bien comme ça. Mais ces gens sont limités par la loi. Ils ont besoin de mandats de perquisition. De présomptions légitimes. Ils ne peuvent mentir que dans certaines situations. Nous, nous ne sommes entravés par aucun de ces codes. Je n'hésiterai pas à tricher si ça peut me permettre de vous rendre Erin. »

Jo hocha la tête.

« Elle n'avait pas changé ses habitudes, ni quoi que ce soit de ce genre, dit Casey.

— Elle faisait du foot, enchaîna Jo. Mais ça, c'était à l'automne. Ces derniers temps, elle allait au parc avec Meghan. Il y avait un petit groupe d'enfants qui traînait là-bas. Erin avait un faible pour un garçon du nom de Martin qui a un an de plus qu'elle. Il va là-bas aussi, parfois.

— Est-ce que vous avez fait quelque chose de différent la semaine dernière, en famille ? demanda David. Est-ce que vous êtes allés au cinéma, dans un restaurant particulier, est-ce que des inconnus sont venus chez vous, ou n'importe quoi de ce genre ? »

Le visage de Jo s'éclaira brusquement.

« Le bricoleur, dit-elle. Nous avons fait venir quelqu'un pour réparer une fuite dans notre toit. Il y a deux semaines, c'est bien ça ? »

Casey hocha la tête.

« Est-ce que vous vous rappelez son nom ?

— Harold quelque chose.

— Harold Schulte ? fîmes David et moi d'une même voix.

— C'est ça, confirma Jo. Comment vous le savez ? »

David était déjà en train de ranger son calepin et de se lever. Il voulait retourner à la voiture.

« Il était déjà suspect dans une autre affaire de meurtre. D'une autre petite fille rousse, expliquai-je.

— Oh, mon Dieu ! » fit Jo.

Elle lâcha la main de son mari et lui enfonça les ongles dans le bras.

« Qu'est-ce que vous foutez là, vous ? » s'exclama une voix bourrue sur le seuil.

C'était un agent du FBI sur le retour, un gentleman dépenaillé doté d'une moustache blanche en guidon de vélo. Il me jeta un coup d'œil en s'approchant de David. J'appris plus tard qu'il s'agissait de Dan Larkey, agent fédéral à la retraite.

« Quel est le problème ? demanda Casey.

— Quel est le problème ? Cet homme est accusé de meurtre. Je veux savoir ce qu'il fout ici. Qu'est-ce que vous lui avez dit ?

— Ce n'est pas moi qui ai tué ma femme », protesta David.

Je voyais bien qu'il se retenait à grand-peine de fondre sur cet homme et qu'une insulte de plus serait la goutte d'eau qui ferait déborder le vase.

« Il nous posait des questions sur Erin », expliqua Jo.

Tirant des conclusions hâtives, Casey bondit, attrapa

David par la chemise et le plaqua violemment contre le mur.

« Où est-ce que vous étiez, vous, hier ?

— Monsieur McNight, intervint Larkey en l'écartant de David, mais sans se presser. Neff était en garde à vue lorsque votre fille a été enlevée. S'il est ici, c'est seulement pour surfer sur l'affaire, point. Ce n'est qu'un serpent, sorti en rampant de son trou pour se faire du fric sur la tragédie de votre fille. Votre prochaine œuvre, je me trompe, monsieur Neff ?

— Je ne suis pas en train d'écrire un livre sur leur fille, répondit David en rajustant sa chemise.

— Alors qu'est-ce que vous foutez là ?

— Je crois qu'elle a été enlevée par le même homme qui a enlevé Elaine O'Donnell.

— Et qu'est-ce qui vous fait dire ça ?

— Les deux filles se ressemblent énormément. Et elles ont toutes les deux été enlevées par un homme en camion dans un parc près de chez elles.

— Pff, fit Larkey avec un geste méprisant de la main. Allez jouer au privé ailleurs.

— Attendez, intervint Jo. Il nous a aidés à nous rappeler quelque chose d'important. Un bricoleur est venu ici, il y a deux semaines. Un homme du nom de Harold Schulte. M. Neff dit que c'était un suspect dans l'enlèvement de cette Elaine. »

Larkey s'arrêta net, comme s'il venait de se prendre une gifle. Il se tourna vers David.

« C'est vrai ? lui demanda-t-il. Schulte était ici ? »

Son ton avait changé. On n'y distinguait plus la moindre trace de sarcasme.

« Oui.

— Bien. » Larkey posa les yeux sur la moquette du salon, réfléchissant. « Bien, laissez-moi passer quelques coups de fil, d'accord ? Si c'est confirmé, on tient une piste en béton. »

Il regarda David avec une expression étrange.

« Est-ce que vous allez parler à ce Schulte ? demanda Casey.

— Il faut d'abord que je vérifie l'info, répondit Larkey. Puis que je parle à l'agent spécial qui dirige l'enquête. Et peut-être à un juge.

— Nom de Dieu. Imaginez qu'elle soit vraiment chez lui, en cet instant même.

— Ce n'est pas si simple, monsieur McNight.

— Pour vous », rétorquai-je.

David se dirigeait vers la porte ; je lui fis un signe. À cet instant, Larkey croisa brièvement mon regard. C'était difficile à affirmer de façon certaine, mais je crus détecter un infime hochement de tête. Comme une permission. L'agent comprenait qu'il était embourbé dans les chicanes administratives et que nous étions, pour notre part, libres d'agir comme bon nous semblait.

Je suivis David dehors. Une minute plus tard, nous avions pris vers l'ouest en direction de Rocky River.

Le portable de David sonna alors que nous nous trouvions à un kilomètre et demi de la maison de Harold Schulte, que nous avions réussi à localiser rapidement sur Internet. C'était Katy.

« Est-ce qu'on peut parler ? demanda-t-elle.

— Oui, répondit David. Je suis désolé. J'aurais dû t'appeler. Tu as regardé les infos ?

— Je viens de te voir à la télé. Mon père est carrément furieux que je sois mêlée à tout ça. Il t'accuse de m'avoir prise au berceau et d'avoir foutu en l'air mon mariage. Pendant quelques jours, il a même cru être filé par un détective privé à ta solde. Il est parano.

Mais bon, en même temps, c'est vrai que tu as été accusé de meurtre.

— Je n'ai tué personne et tu n'es pas mariée.

— Non, sérieux ? Mais les choses sont devenues un peu compliquées. J'ai Ralph qui n'arrête pas de me laisser des colliers et ce genre de trucs dans ma boîte aux lettres. Ainsi que des messages larmoyants sur mon répondeur. Je ne sais pas si je dois demander une ordonnance restrictive contre lui ou le reprendre.

— Kate, je ne peux pas parler maintenant. Mais j'aimerais que tu viennes me voir ce soir. Est-ce que tu peux faire ça ?

— Je suppose. Mais juste pour parler, hein ?

— Tu as de quoi noter ?

— Euh, OK. Vas-y. On ne se retrouve pas chez toi ?

— Non. Voici l'adresse. »

Médusé, j'écoutai David révéler l'emplacement de ma cachette secrète.

Il raccrocha et me décocha un sourire en coin.

« Tu organises de grandes retrouvailles ? demandai-je.

— Il est temps qu'elle apprenne ce que tu as fait pour elle, répondit-il. La vie est trop courte pour jouer à cache-cache. Et un peu de gratitude te fera du bien. »

J'éclatai de rire.

« Mais je n'ai pas fait tout ça pour sauver Katy, répliquai-je. J'étais obsédé par l'idée de trouver une réponse, pas une solution.

— Si c'était vraiment le cas, tu aurais aussi bien pu décider d'affronter son tueur au moment où il se débarrassait du corps. Tu l'aurais pris en flagrant délit. »

Je soupirai. Je me haïssais.

« Si je suis revenu assez en arrière pour voir l'enlèvement, c'est seulement parce que ça me donnait deux chances de voir le meurtrier ; c'est du moins ce que je pensais. Une fois quand il l'enlèverait et une fois quand il s'en débarrasserait. C'est tout ce que j'avais en tête.

— Si tout ce qui nous motive est un besoin opiniâtre de savoir qui a commis ces crimes, alors pourquoi l'homme de Primrose Lane a-t-il sauvé la vie d'Elizabeth sur le bateau de croisière ? Qu'est-ce que ça pouvait lui faire désormais ?

— La maintenir en vie était devenu son obsession. Autant que la tuer était celle de son futur meurtrier. C'est une perversion, David, ça relève d'un besoin de contrôle. Tu ne le vois pas ? Nous aussi, nous sommes obsédés par ces filles. »

Épisode 15

Les NUIC

Ils me rattrapèrent à un kilomètre et demi de la bordure est de la zone de quarantaine de Cleveland. J'entendis leurs hululements sinistres au-dessus de ma tête tandis qu'ils fonçaient droit sur moi, attirés par les données biométriques de mon corps. On aurait dit le bruit d'une dizaine de modems essayant soudain de communiquer avec leur fournisseur d'accès à Internet : des conversations électriques désorganisées qui se fondaient brusquement en un langage commun, un dialecte binaire exprimant un seul objectif : *Trouver David Neff. Arrêter David Neff.*

Les NUIC : Nanobots universels pour l'identification et la capture. Construits par Lockheed. Programmés par les procureurs. Ils font à peu près la taille d'un palet de hockey et sont capables de voler grâce aux champs gravitationnels. Avant de les lancer de son entrepôt à London, dans l'Ohio, le Bureau d'identification et d'enquête criminelles y entre les données biométriques de la cible. Ils n'ont aucune capacité de raisonnement, aucun paramètre de négociation. Ils trouvent leurs cibles et les arrêtent. Pour ce faire, ils se collent au corps des fugitifs et, une fois en contact avec lui, lui enfoncent un hameçon barbelé dans la chair. Le champ gravitationnel du nanobot, alors, s'inverse, et le fugitif a soudain l'impression que l'appareil pèse trente-cinq kilos. Or, les nanobots se déplacent par meutes de douze.

Les NUIC ont pour vocation d'immobiliser un ennemi public assez longtemps pour permettre au poste de police – en sous-effectif – le plus proche de le rattraper. Mais parfois, des problèmes imprévus surviennent. J'ai eu un jour, pour sujet d'un article, l'histoire d'un prisonnier évadé qui avait tenté de fuir en traversant un lac à la nage. Les NUIC l'avaient rattrapé au milieu de celui-ci. Son corps repose encore quelque part au fond de l'eau aujourd'hui. Des fugitifs extrêmement maigres, pour leur part sont morts écrasés. Mon propre trépas ne serait pas si rapide. Aucun policier n'oserait s'aventurer dans la zone de quarantaine pour m'arrêter. Si les NUIC me rattrapaient à l'intérieur de l'enceinte, je me retrouverais plaqué au sol (ou contre mon siège dans la cabine de la dépanneuse) indéfiniment, et je finirais par mourir de faim. Me cacher ne servirait à rien. Si j'essayais de m'abriter dans un immeuble en bloquant les accès, ils rôderaient devant les portes jusqu'à ce que je sois à court d'eau et de nourriture. Les NUIC n'ont aucune notion du temps. Ils m'attendraient toute l'éternité s'il le fallait et, pour ma part, j'avais beaucoup moins de temps que ça.

En de rares occasions, des fugitifs ont réussi à « battre » les NUIC. Il existe plusieurs méthodes, en fait, mais elles présentent toutes de tels risques que beaucoup de criminels se contentent de s'arrêter dès qu'ils entendent les machines approcher.

Une des solutions est d'éviter d'être repéré en « calmant » ses données biométriques. Les gens sains d'esprit appellent cela mourir, puisqu'il s'agit en réalité de mettre temporairement fin à ton activité cérébrale et cardiaque. Si tu connais un professionnel de la santé sur qui tu peux compter pour te ranimer au bout de trois minutes, tu constateras au réveil que les NUIC ont renoncé à leur traque. D'autres ont réussi à altérer leur structure biométrique en pratiquant une lobotomie en amateur. La troisième solution est l'électrocution : tu attends que les douze NUIC soient tous bien accrochés, puis tu t'électrocutes. Une impulsion électrique suffisamment forte peut court-circuiter leur champ gravitationnel ; si tu survis, tu n'auras plus qu'à retirer les hameçons de ta chair et à reprendre gaiement ta route. J'avais prévu d'utiliser ma matraque électrique à cet effet, mais les événements avaient rendu ce plan caduc.

Je freinai d'un coup sec. La nuée sombre et hurlante de NUIC me dépassa en tourbillonnant.

J'actionnai la manette qui déverrouillait le capot puis me retournai pour attraper les câbles de démarrage derrière mon siège, et sortis d'un bond de la cabine.

Les machines rectifièrent leur trajectoire et revinrent vers moi.

J'étais en train d'ouvrir le capot en réfléchissant furieusement à l'idée de dernière minute qui avait germé dans mon esprit lorsque le premier nanobot me heurta au creux des reins. Son crochet s'incrusta dans ma peau, manquant ma colonne vertébrale de quelques millimètres.

« David Joseph Neff, annonça une voix sonore préenregistrée, vous êtes en état d'arrestation. Veuillez adopter une position sûre et confortable. Votre masse va se trouver fortement augmentée, et il peut s'écouler un certain temps avant qu'un fonctionnaire de police arrive pour vous emmener en garde à vue. Cinq, quatre… »

Je fixai les deux câbles au moteur du camion.

« … trois, deux… »

Ayant refermé la pince du câble noir sur les doigts de ma main gauche, j'attrapai celle du rouge par ses manchons protecteurs en m'efforçant de rassembler le courage nécessaire pour faire ce que j'avais à faire.

« … un. »

Sous le poids soudain des trente-cinq kilos supplémentaires, je tombai au sol, sur le dos. La pince rouge m'échappa des doigts et resta pendue dans le vide à trente centimètres de la chaussée craquelée, près de ma tête. Je tendis la main droite vers ses dents métalliques mais, à cet instant, un autre NUIC s'abattit dessus, la transperçant de son crochet comme un clou en bois pour me crucifier au trottoir. La masse gravitationnelle de la machine s'enclencha aussitôt et ma main se retrouva presque écrasée sous son poids. Je poussai un hurlement.

Puis une série de NUIC bondirent sur mes jambes étendues, mon autre bras au niveau du coude, et mes fesses. Les douze appareils étaient maintenant sur moi et m'immobilisaient complètement, grâce à une pression de plus de quatre cents kilos répartie sur tout mon corps, qui n'en faisait que soixante-dix.

Fixement, je regardai le câble pendu devant moi pendant un long moment.

Tu sais ce que tu ressens quand tu mets le pied dans l'eau glacée de la piscine le premier jour de l'été, et que tu te forces à continuer même si ça te fait l'effet d'une torture ? Ou quand tu t'obliges à rester assis dans le fauteuil du dentiste pour une dévitalisation ? Multiplie ce sentiment par cent millions et tu auras une idée de l'appréhension que je ressentais en cet instant.

Je soufflai sur le câble.

Il s'agita légèrement dans le vide.

Je soufflai plus fort, autant que je le pouvais avec un tel poids sur le torse.

Le câble commença à se balancer.

À chaque fois qu'il revenait vers moi, je soufflai de nouveau, et, lentement, il se rapprochait de ma tête. Quarante, cinquante fois. Je commençais à être étourdi.

Je soufflai encore. Cette fois, la pince en métal heurta le pare-chocs en aluminium du camion en s'éloignant de moi, faisant jaillir des étincelles sifflantes. Elle revint dans ma direction mais rata mon front de quelques millimètres. Je soufflai de nouveau, aussi fort que je pus.

Elle toucha encore le camion, dans un véritable feu d'artifice d'étincelles.

Je me demandai si je me réveillerais.

Enfin, la pince toucha mon visage au niveau de l'arête du nez. Le circuit se referma.

Je ne me rappelle pas la douleur. Seulement le goût du cuivre qui m'emplit la bouche et coula dans ma gorge. Puis les ténèbres m'engloutirent.

Je me réveillai dans le noir ; je n'étais pas seul.

À trois mètres de moi, un chien galeux au pelage hirsute montra les dents et s'approcha avec un grondement pensif. Je vis ses yeux et sa silhouette floue qui reflétaient la lueur rosâtre de la ville derrière nous. Il avait l'intention de me dévorer. Mais il m'avait cru mort.

« Fous le camp ! » hurlai-je.

La queue entre les pattes, il s'enfuit dans la nuit d'un pas dansant, pour aller se nourrir de lapins mutants et de rats aveugles.

Je tirai sur le câble noir pour détacher la pince de ma main gauche meurtrie. Les hameçons des NUIC m'avaient infligé une douzaine de blessures superficielles, et je saignais, mais les machines elles-mêmes étaient inertes, grillées. Une par une, je les retirai, m'arrachant des morceaux de peau par la même occasion. Ma main droite était la plus touchée. J'avais perdu beaucoup de sang à cause de cette blessure-là. Un demi-litre, plus, peut-être. Si je n'avais pas repris si tôt connaissance, je n'aurais peut-être pas survécu. Je déchirai une bande d'étoffe de ma chemise et m'en emmaillotai la main. La sensation cuisante de ces blessures n'était rien comparée à la douleur lancinante dans ma tête. J'avais l'impression d'avoir le cerveau tout gonflé et bourrelé de coups – pire qu'une migraine –, et le nez cassé.

Dans l'immédiat cependant, ce n'était pas mon souci principal. Le moteur de la dépanneuse ne tournait plus. Si elle avait vidé son réservoir pendant que j'étais évanoui, j'étais sérieusement dans le pétrin ; la route était longue pour aller à pied jusque chez Tanmay, à Vermilion, et j'allais devoir abandonner l'œuf.

Par chance, le moteur avait simplement calé. Lorsque je remis le contact, il redémarra. Et bientôt, une fois de plus, je me retrouvai sur la route de l'ouest.

Tanmay m'attendait.

Sa maison, une grande demeure en bois, se dressait au sommet d'une falaise donnant sur le lac Érié, qui n'abritait plus le moindre poisson comestible : on n'y trouvait plus que des perches dégénérées. Et, en cas de pluie ou de neige, on n'était même pas censé se risquer dehors.

« Je commençais à m'inquiéter, mon vieil ami, me confia-t-il lorsque j'entrai avec la dépanneuse et la

Cushman dans son grand garage indépendant, qui était aussi son espace de travail. On ne parle que de toi aux infos. Les Flux prétendent que tu as très certainement trouvé la mort quelque part dans Cleveland.

— Presque, répondis-je.

— Oh mon Dieu, dans quel état tu es. »

Je me regardai dans le rétroviseur du camion. À la lumière du garage, on distinguait parfaitement les dégâts causés par les câbles de démarrage. Cette décharge électrique au niveau de l'arête du nez m'avait laissé deux yeux au beurre noir.

« Et encore, dis-je, tu n'as pas vu l'autre gars. » Puis je pensai au conducteur du camion que j'avais laissé brûler sur le pont, et une vague de culpabilité m'envahit. Cela dit, ce n'était pas moi qui l'avais obligé à me dévaliser. « Tu crois que tu vas réussir à comprendre comment marche ce truc ? »

Tanmay regarda l'œuf noir. Il s'approcha pour en caresser la surface lisse et brillante et, sous son majeur, trouva une petite bosse près du sommet. Lorsqu'il appuya dessus, l'œuf fit entendre un bruit sec et, avec un frémissement, son sommet s'ouvrit comme un couvercle en coulissant sur des charnières hydrauliques, révélant un intérieur tapissé de doux velours blanc. Très approprié. Ce serait mon cercueil pour plusieurs décennies.

« Oui, me répondit-il. Je pense qu'on va le faire fonctionner sans problème. »

Moins d'une heure après, nous étions assis à la table de sa cuisine. Je grignotai un bout de naan que sa femme avait laissé sorti pour moi avant d'aller se coucher.

« J'ai fait le virement sur ton compte ce matin », annonçai-je.

Tanmay hocha la tête.

« C'est trop, David.

— À quoi cet argent me servirait-il ? Je ne reviendrai pas, et tu as pris de grands risques. De toute façon, sans cela, il finirait partagé entre mes ex-femmes. Et crois-moi, aucun tribunal des successions n'est préparé à gérer une situation pareille.

— Je te suis reconnaissant. J'espère que tu trouveras ce que tu cherches.

— Moi aussi. »

Il me tendit un étui en cuir qui contenait seulement une seringue.

« Le fonctionnement de cet œuf est assez simple. Il a été construit pour l'armée, je pense. Un interrupteur et un commutateur pour le mettre en marche, un autre pour l'éteindre. Pour autant que je puisse en juger, il y a assez de jus dans la batterie au lithium pour un trajet. Assez pour activer le champ gravitationnel lui permettant de remonter le temps, et pour le désactiver. Une fois. Avec une injection de ce produit (il me montra la seringue), tu t'endormiras. J'ai intégré un minuteur électronique dans l'accoudoir du fauteuil sur lequel tu attacheras ton bras. Au fond, c'est la même chose que celui que tu utilises dans ta cuisine, en plus coûteux. Il est programmé pour se déclencher dans trente-six ans, quatorze jours et quelques minutes. À ce moment-là, il relâchera l'antidote dans ton sang, ce qui te tirera de ton hibernation. Tu devras désactiver l'œuf manuellement *avant* de sortir. Je préfère ne pas penser à ce qui t'arriverait si tu en sortais alors qu'il est encore en train de remonter le temps.

— Et comment est-ce que j'en sors une fois qu'il est verrouillé de l'intérieur ? Il a l'air hermétique.

— Il l'est. Pour protéger des agents contaminateurs, je suppose. Plutôt ingénieux, ce Tesla. »

Tanmay s'approcha du plan de travail pour ramasser ce que je pris d'abord pour une lampe torche en partie désassemblée. Il appuya sur un bouton latéral et, soudain, une pluie d'étincelles jaillit de l'extrémité. Je me protégeai les yeux de la lumière, mais, pendant près de vingt minutes, une vive lueur orange persista à l'arrière de mon champ de vision. Une odeur de luzerne nous entourait.

« C'est un outil à découper. Une rudimentaire lampe à souder au laser.

— Un sabre laser !

— Je ne crois pas, non.

— Autre chose ?

— Oui. Il faut que tu saches qu'il n'existe aucune donnée qui permette de prédire tous les effets qu'une si longue hibernation aura sur ton système. À ton réveil, tu seras sûrement désorienté. Dans les vapes. Ton cerveau tentera de retrouver ses anciennes connexions et voies neuronales, mais certaines seront peut-être trop détériorées pour être réparables. Il se passera sans doute un moment avant que tu te sentes à nouveau toi-même. Tes muscles seront atrophiés. Marcher s'avérera difficile et douloureux, voire même impossible, pendant plusieurs jours. Tu seras couvert de la tête aux pieds de tes propres déjections. Le corps ne s'arrête pas complètement de fonctionner durant l'hibernation. Il continue de puiser des nutriments dans tes cellules graisseuses. En même temps, il excrète une substance noirâtre et visqueuse qui ressemble à du goudron. Tu as déjà vu ce qu'on appelle le méconium, dans les premières selles d'un nourrisson ?

— Non.

— C'est la même chose. Au fil des ans, elle finira par envelopper tout ton corps. Tu auras beaucoup de mal à l'enlever.

— Tu parles d'un effet secondaire !

— Une dangereuse éventualité est également à envisager. Le minuteur électronique que je t'ai fabriqué est à sûreté intégrée, mais il se peut qu'il soit endommagé. J'ignore les conséquences d'un voyage temporel sur mon matériel. Si je te dis tout ça, c'est pour que tu sois bien conscient des risques que tu encours.

— Que se passera-t-il s'il cesse de fonctionner ?

— Tu resteras en hibernation pour toujours. Et ton corps finira par se consumer entièrement. »

Il est plus difficile qu'on ne pourrait le croire de trouver un bon emplacement où activer une machine à remonter le temps. Je comptais retourner en l'an 2000. Il fallait que je réfléchisse à ce qui avait pu exister à cet endroit trente-six ans auparavant. Par exemple, je ne pouvais pas laisser l'œuf dans un bâtiment à l'abandon, car je risquais, lorsque je le rouvrirais en 2000, de me retrouver en plein milieu d'un supermarché noir de monde.

Cleveland aurait été un lieu relativement sûr, sauf qu'elle était restée habitée jusqu'en 2019.

Il y avait d'autres éléments à prendre en compte. Qu'arriverait-il si quelqu'un tombait sur l'endroit où j'avais laissé l'œuf ? En 2003, par exemple, alors que j'étais encore en hibernation à l'intérieur, en train de remonter dans le temps ? Pourrait-il voir l'œuf ? Comme j'avais moi-même vu la version miniature dans le laboratoire de Tesla, cela me semblait probable. Pourrait-il ouvrir la machine et faire échouer l'expérience ? Et si ses bras passaient au travers, seraient-ils arrachés de son corps et envoyés dans le passé tandis que son torse resterait ancré dans le présent ?

Il fallait que je trouve un lieu où personne n'était probablement allé entre 2000 et 2036. Mais comment est-on censé trouver un endroit que personne ne connaît ?

Adossé à la Cushman dont nous avions rechargé la batterie et changé les pneus, devant chez Tanmay, je ruminais ces sombres pensées en vérifiant une dernière fois le contenu de mon sac à dos. J'avais emmené cinquante dollars en petite monnaie de l'époque, me disant que le papier des billets de banque se détériorerait sûrement ; une pierre à feu et de la paille de fer dans une petite boîte en métal ; une carte topographique plastifiée de l'Ohio ; diverses notes tirées du dossier de Katy, bien à l'abri dans une pochette plastique scellée à l'intérieur d'une autre boîte métallique (avec le recul, je suppose que j'aurais pu y mettre aussi des billets). C'est alors que je tombai sur la poche intérieure, une poche secrète que je n'avais pas utilisée depuis si longtemps que j'en avais complètement oublié l'existence. Il y avait quelque chose dedans.

Je perçus un parfum riche et sucré de vieux tabac : un arôme exotique à l'époque. (Le Congrès avait enfin prohibé les produits à base de nicotine en 2018.) Si je me faisais prendre avec ce paquet de Marlboro, j'encourais une amende de deux mille cinq cents dollars. Évidemment, si ça arrivait aujourd'hui, ce serait le cadet de mes soucis.

Dans la boîte à gants de la Cushman, derrière une pile de serviettes en papier, je dénichai une pochette d'allumettes d'apparence aussi usée que les cigarettes, qui venait d'un endroit appelé le Spitfire Saloon. La première se cassa, mais la deuxième s'enflamma. Je l'approchai de l'extrémité de la Marlboro froissée et tirai longuement sur la cigarette. Une petite flamme s'attarda au bord du papier. Je sentis la fumée chaude me brûler légèrement les poumons. Cette douleur-là, je l'accueillis avec plaisir. Elle me rappelait ma première cigarette, fumée dans l'atmosphère confinée de la tente de Jake Johnson, pendant l'été 1989 à Camp Ritchie. Cette toute première bouffée m'avait fait le même effet.

Camp Ritchie avait été fermé l'année suivante, et les boy-scouts de la région accueillis dans de nouveaux locaux un peu plus loin sur la route. Mais le vieux camp de vacances existait toujours, sinistre avec ses allures de ville fantôme, ses latrines et son réfectoire couverts d'un épais rideau de glycine. Pour une raison liée à la nappe phréatique locale, le terrain n'était pas bâtissable. J'avais reconnu quelques photos des ruines sur le sub-réseau deux mois plus tôt, sur le site d'un groupe de fanas du paranormal. L'État avait racheté la propriété aux scouts et posé des panneaux Entrée interdite, mais les chasseurs de fantômes s'y faufilaient sans peine.

Je tirai une nouvelle bouffée et souris.

Il me fallut près de cinq heures de voiture pour aller de Vermilion à Loveland, où était situé Camp Ritchie. Un long trajet, seul dans la nuit. J'écoutais les transmissions satellites au sujet de l'attaque effrontée dont avaient été victimes les laboratoires Tesla. Un porte-parole du NFBI ne cessait de répéter aux journalistes que ce que j'avais dérobé était le prototype d'un nouveau générateur thermique. Ils affirmaient que j'avais l'intention de le vendre au Canada, au marché noir ; le président Soros ne ratait jamais une occasion d'encourager les hostilités le long de notre frontière nord. Vers 2 heures du matin, le porte-parole annonça que les NUIC m'avaient rattrapé à Toronto et que le Canada refusait de confirmer l'information. On envisageait une réponse armée. Normal.

Dans l'obscurité, je repensais aussi à cette vieille légende qu'on se racontait autour du feu à Camp Ritchie, sur la rive du lac Donahay : « La Ballade de la grenouille de Loveland ». D'après les scouts les plus anciens, qui se relayaient pour raconter l'histoire, une créature mythique et millénaire rôdait dans les bois qui entouraient Loveland et bordaient la Little Miami. Avant l'arrivée des Blancs, les Indiens shawnee parlaient déjà d'un monstre qui ressemblait à une grenouille mais marchait comme un homme. Il était couvert d'une substance noire et visqueuse, et insensible à la douleur. Ils l'appelaient *Shawnahooc*, ou « démon de la rivière ». L'histoire du chef de la police de Loveland, qui, disait-on, avait été électrocuté par l'homme-grenouille à l'aide d'une sorte d'arme laser qu'il tenait à la main lorsqu'il l'avait découvert prostré sur le bas-côté de Twightwee Road en 1986, apportait une crédibilité supplémentaire à cette légende. La grenouille de Loveland, soutenaient les grands avec une sincérité remarquable, aimait dévorer les petits scouts qui s'éloignaient de leur groupe.

Lorsque j'étais enfant, cette histoire m'avait terrifié.

Je m'engageai sur Twightwee Road au moment où les premiers rayons du dernier soleil que je verrais dans ce présent-ci pointaient leur nez au-dessus des collines du sud de l'Ohio. Les broussailles avaient poussé depuis ma dernière venue, mais je reconnaissais quand même les alentours. J'avais la nostalgie des étés passés là, à sentir l'odeur saumâtre de l'eau du lac sur ma peau, à explorer les forêts à longueur de journée. J'aurais presque aimé revenir assez loin en arrière pour revoir tout ça. Mais Tanmay avait déjà programmé le minuteur, n'est-ce pas ?

Juste après le pont qui enjambait la rivière, à quatre cents mètres de l'endroit où se dressaient autrefois les hauts poteaux de l'entrée de Camp Ritchie, j'arrêtai la Cushman. L'espace d'une seconde, je m'inquiétai de ce que j'allais faire du véhicule ; si quelqu'un le découvrait, on risquait peut-être de fouiller les bois et de trouver l'œuf. Puis je ne pus m'empêcher de rire. Qu'importe la Cushman. Ils pouvaient bien fouiller. L'œuf – et moi dedans – aurait disparu d'ici là, puisqu'il remonterait le temps.

Une fois l'œuf noir descendu du plateau de la voiturette, il s'avéra étonnamment facile à manier. Le sol tapissé d'aiguilles était mou, et je fis aisément rouler l'appareil entre les rangées de pins imposants.

Jusqu'où devais-je aller ? Assez loin, me dis-je, pour que les voitures passant sur Twightwee Road ne puissent pas voir l'œuf de la route. Lorsque je cessai de distinguer le bitume entre les arbres, je continuai encore sur une centaine de mètres, par précaution. Précaution contre quoi ? Aucune idée.

Je remarquai un pin au tronc large, et me dis que placer l'œuf derrière m'assurerait peut-être un tout petit peu plus de sécurité. Je fus momentanément surpris de découvrir ce qui semblait être un autre œuf noir appuyé au dos de l'arbre. Puis je me rappelai la démonstration de Tesla et me détendis. Il s'agissait bien entendu de mon œuf à moi, déjà en train de remonter ma ligne temporelle.

Je positionnai soigneusement l'œuf contre le tronc. Il se fondit avec celui qui s'y trouvait déjà jusqu'à ce qu'ils ne forment plus qu'un en apparence, même s'ils restaient deux en réalité. Dont un sous forme d'ondes. J'en avais la tête qui tournait.

Le cœur battant, j'appuyai sur le bouton qui déverrouillait la machine à remonter le temps, dont le couvercle se releva avec un long sifflement. Je coinçai ma besace sous le large siège qui occupait la plus grande partie de l'habitacle. Puis, avec un peu de difficulté, je grimpai à l'intérieur.

C'était confortable. Cela dit, rester assis dans la même position pendant trente-six ans devait forcément provoquer de vilaines escarres. Tesla et Tanmay avaient-ils pensé à ça ? Il me semblait avoir lu quelque part que le cocktail d'hibernation de Tanmay protégeait de toutes les infections possibles, mais j'avais à l'esprit une horrible image de moi au réveil me découvrant un abcès à la place des fesses. Est-ce que la machine roulait ou oscillait pour éviter ce désagrément ? Tesla y avait forcément pensé et intégré quelque chose sous le tissu pour stimuler la mémoire musculaire, non ? Mais je n'avais aucune certitude. L'œuf n'était accompagné d'aucun manuel d'instruction.

Il y régnait une odeur étrange, également. Un parfum d'amande. Quelque antiseptique présent dans le tissu qui doublait les parois ? Peut-être.

Je m'accordai une minute. J'étais un peu inquiet, pour être honnête. J'imagine que je me trouvais dans le même état que les premiers astronautes qui avaient attaché leur ceinture au sommet de missiles balistiques intercontinentaux programmés pour les emmener dans l'espace au lieu d'exploser, mais qui continuaient quand même à le faire de temps en temps. Je savais qu'il existait une probabilité non négligeable pour que je meure dans cet œuf et que mon corps remonte le temps pendant… combien d'années ? L'appareil n'avait pas besoin d'énergie pour fonctionner. Seulement pour démarrer et s'arrêter. Donc, s'il était inoxydable et hermétiquement scellé, se pouvait-il que ma dépouille se fasse ramener jusqu'au moment de la création ? En fait, je trouvais cette pensée étrangement réconfortante. Au moins, ma mort serait une sorte d'aventure.

« Stop. »

La main posée sur la poignée à l'intérieur du couvercle, je levai les yeux. À trois mètres de l'œuf se tenait un policier, vêtu de noir. Il avait les cheveux gris et une barbe blanche. Il avait sorti son arme et la pointait sur moi. Une plaque sur sa poitrine indiquait son nom : CAPITAINE EVERETT BLEAKNEY, JR.

« Vous êtes cet homme dont on parle aux infos, David Neff.

— C'est exact.

— Je peux savoir ce que vous fabriquez à Loveland, monsieur ? Et quel est cet engin ?

— C'est une machine à remonter le temps. Je retourne en 2000 pour empêcher le meurtre d'une petite fille. »

Il fronça les sourcils.

« Sortez lentement de l'appareil, monsieur Neff.

— Non, répondis-je. Je suis désolé. Vous voyez bien que je ne suis pas armé. Cette machine ne représente aucun danger pour vous. Vous ne me tirerez pas dessus.

— Sortez de là ! » cria-t-il.

Je baissai le couvercle. Ma dernière vision avant d'être coupé du monde fut celle du policier qui se précipitait vers moi.

L'œuf se referma avec un bruit sourd. L'obscurité régna pendant un moment, puis une faible lueur s'alluma derrière le revêtement des parois. Le joint hermétique se mit en place avec un sifflement. Un épurateur d'air s'enclencha et commença son cycle de transformation du dioxyde de carbone en oxygène respirable. J'entendis le shérif taper sur l'œuf. Il fallait que je me dépêche ; il risquait peut-être de l'endommager. *Est-ce qu'il m'a suivi ?* me demandai-je. *Ou bien savait-il d'une manière ou d'une autre où j'allais ?*

J'attachai mon bras droit à l'accoudoir que Tanmay avait équipé de l'antidote et du minuteur, qui, constatai-je, avait déjà entamé son compte à rebours. De ma main libre, je pris l'aiguille hypodermique dans son étui en cuir et en ôtai le capuchon. Le liquide présent à l'intérieur était d'un jaune trouble. Presque sans hésitation, j'injectai le cocktail de Tanmay dans ma veine et laissai l'aiguille tomber par terre.

Enfin, je soulevai le petit couvercle protégeant l'interrupteur qui contrôlait l'œuf. Il était placé en position « avant ». Je le repoussai et refermai le couvercle.

Les lumières faiblirent. À l'extérieur, le tambourinement sembla ralentir, puis cesser, avant de recommencer pendant quelques instants. Ces nouveaux coups possédaient une sonorité étrange, comme un écho. Quelque part, j'entendis ma propre voix, à l'envers : « Hussed haap héreurit eum eun houv. »

Quelques minutes plus tard, le silence régnait.

J'étais en train de me demander quand je commencerais à ressentir les effets du produit lorsque je me rendis compte que je ne pouvais plus bouger la tête. Quelques secondes plus tard, ma vue se troubla et je perdis toute notion de ce qui m'entourait pendant des années et des années.

∞

C'était un coin oublié du quartier de Rocky River. David tambourina à la porte du galetas de Harold Schulte, et je me préparai psychologiquement à l'affrontement.

« Qui c'est ? fit une voix blême et tremblante derrière la porte.

— David Neff. Je veux vous parler d'Erin McNight.

— Connais pas. J'ai un rhume. Allez-vous-en, revenez demain. »

Cette fois-ci, je frappai à la porte avec ma canne sans m'arrêter, jusqu'à ce que Schulte nous ouvre. Il n'avait pas enlevé la chaîne et nous regardait par l'entrebâillement, révélant une tête bulbeuse. C'était un homme au teint terreux et au crâne dégarni, avec des touffes de cheveux blancs filamenteux juste au-dessus de ses grandes oreilles.

« Je ne peux vraiment pas vous parler pour le moment. Vous voulez bien revenir demain, s'il vous plaît ?

— Vous avez travaillé au domicile d'Elaine et Elizabeth O'Donnell juste avant qu'Elaine soit enlevée, commença David. Et vous avez récemment travaillé chez les McNight. Et maintenant leur petite Erin a disparu.

— C'est très triste. Je suis désolé de l'apprendre. Mais je n'y suis pour rien. Pas plus que pour la petite O'Donnell. La police m'a dit que j'étais lavé de tout soupçon.

— Alors ça ne vous gênera pas qu'on jette un coup d'œil chez vous.

— Allez-vous-en », répéta-t-il en commençant à refermer la porte.

Je glissai ma canne dans l'entrebâillement. Je voulais seulement me donner un peu plus de temps pour le *convaincre* de nous laisser entrer, mais mon double, débordant apparemment encore de la vigueur et de l'impatience juvéniles qui s'étaient tempérées chez moi avec les années, enfonça la porte d'un coup de pied assez puissant pour faire sauter la chaîne de sécurité et envoyer Schulte rouler au sol.

« Bon sang, m'exclamai-je. Entre, avant que quelqu'un appelle les flics. »

David obéit, et je me hâtai de le suivre à l'intérieur, refermant vivement derrière moi.

« Ne me faites pas de mal ! fit Schulte, qui s'était réfugié en rampant sous une table à manger, probablement rachetée à une vieille grand-mère dans un vide-grenier.

— Tais-toi, Harold, répliquai-je. On ne va pas te faire de mal. »

L'appartement était d'une propreté immaculée, et il y régnait une forte odeur de produit d'entretien. Un canapé recouvert de plastique faisait face à un poste de télévision des années 1970. Au mur étaient accrochées des photos encadrées de Schulte au temps de sa jeunesse ; des dizaines de clichés de lui enfant, mal coiffé, qui avaient tous cette teinte orange sale typique des pellicules bon marché de l'époque. David avança dans le couloir qui menait à la chambre.

« Est-ce qu'il y a quelque chose là-bas qu'on n'a pas envie de voir ? demandai-je.

— Je vous l'ai dit, je n'ai rien à voir avec l'enlèvement d'Erin. Ni celui d'Elaine.

— Hé, heu... lança David depuis la chambre en bégayant, faute de trouver un nom approprié pour m'appeler. Hé, viens par ici. »

Je regardai Schulte.

« Ce n'est pas ce que vous croyez », me dit-il.

Je gagnai la chambre pour voir ce que David avait trouvé.

Ce n'était pas le cadavre d'Erin, mais c'était presque aussi perturbant. Je suppose qu'on pouvait appeler ça un sanctuaire.

La pièce faisait environ trois mètres sur trois. Assez grande pour un lit et un bureau. Les murs étaient couverts, littéralement tapissés du sol au plafond, de photos et d'articles consacrés à la chanteuse Chrissie Hynde. Un cliché d'elle à l'âge de 17 ans environ, en jean élimé, à une soirée. Des portraits sur papier brillant découpés dans les pages de *Rolling Stone*. Chrissie allongée par terre sur le dos à l'hôtel Swingos de Cleveland, faisant un bras d'honneur au photographe. Une double page du *Plain Dealer* sur son ascension, de phénomène local au statut de rock star nationale.

« Harold, m'exclamai-je. C'est quoi, ce délire ? »

Schulte se releva et vint nous rejoindre en se dandinant, les bras pendant de chaque côté de lui comme des ailes vestigiales. Il observa la pièce et se contenta de hausser les épaules.

« Tu nourris une petite obsession, on dirait, pas vrai ? fit David.

— Peut-être, admit Harold d'un ton geignard. Mais les obsessions n'ont rien d'illégal, si ?

— Ça dépend jusqu'où ça va, répliquai-je. Jusqu'où es-tu allé avec Chrissie, Harold ? »

De nouveau, il haussa les épaules et regarda ses pieds, de petits pieds blancs aux orteils poilus.

J'eus le sentiment qu'il était allé très loin, une fois.

« Harold, as-tu essayé d'enlever cette fille quand elle était petite ? »

Il leva sur moi des yeux écarquillés de peur. C'était

le regard de quelqu'un qui a senti une sonde extraterrestre s'immiscer dans ses pensées.

« J'ai deviné juste, n'est-ce pas ?

— Je ne l'ai pas fait.

— De toute évidence, non. Mais pourquoi ?

— C'était juste une idée. Je ne lui aurais pas fait de mal. Je voulais faire quelque chose de sympa pour elle. J'allais lui acheter un cadeau. Elle aimait bien me parler au téléphone. J'étais son ami. Je voulais simplement la rencontrer. Elle avait l'air d'avoir la peau si douce. Si douce et si lisse.

— Et qu'est-ce qui s'est passé ? demandai-je.

— Vous ne pouvez pas m'arrêter pour une idée.

— Non. Alors, qu'est-ce qui s'est passé ?

— J'allais la rencontrer. La chercher en voiture. Elle avait dit qu'elle me laisserait l'emmener faire les boutiques. Ç'aurait été notre premier rendez-vous. Elle m'attendait devant cette ferme, celle qui a été remplacée par un centre commercial, vous savez ? Je m'étais garé au coin de la rue, au cas où quelqu'un de sa connaissance aurait été en train de regarder. Il n'aurait pas compris. Je n'allais pas lui faire de mal.

— Mais quelqu'un t'en a empêché, n'est-ce pas, Harold ? »

Il me regarda de près.

« Comment le savez-vous ?

— Est-ce qu'il me ressemblait ?

— Non. Il ressemblait à… » Il chercha dans ses souvenirs. « Vous voyez Fox Mulder, le type de *X-Files* ? Eh bien, si Mulder avait un frère qui aurait un peu grossi, c'est à ça qu'il aurait ressemblé. Il m'a attrapé, m'a secoué, m'a dit des choses horribles, alors j'ai couru à ma voiture et je me suis sauvé, et je ne l'ai jamais revu.

— Et Erin, demanda David, tu avais aussi l'impression qu'elle avait la peau douce ? »

Schulte secoua la tête.

« Elle était rousse, de toute façon.

— Et ?

— Je n'aime pas les rousses. Pas comme ça. Ma mère était rousse. Ce serait dégueulasse.

— Où étais-tu hier vers 3 heures de l'après-midi ? »

Schulte s'approcha d'une commode étroite. Il attrapa un morceau de papier plié posé dessus, à côté de son portefeuille, et me le tendit.

« J'étais à Wade Park. J'y vais deux fois par semaine pour voir un psy. »

Le papier était un justificatif du centre médical de Wade Park lui permettant de se faire rembourser en déduction d'impôt ; daté de la veille, 15 h 04.

Je secouai la tête. Comment un tordu comme lui pouvait-il être associé à toutes ces filles sans rien avoir à faire avec leur meurtre ? J'ai horreur de ce genre de coïncidences qui s'obstinent à brouiller les pistes. Et Erin était toujours en danger quelque part.

« Viens, dis-je à David.

— Ne t'approche pas de Chrissie Hynde, prévint-il en passant à côté de Schulte.

— Jamais je ne lui ferais de mal.

— Mais bien sûr. »

« J'ai une suggestion à te faire, proposai-je à David tandis qu'il nous ramenait chez moi, à Peninsula.

— Ça promet, dit-il. Tu connais un autre pervers qu'on pourrait malmener un peu pour perdre encore plus de temps ?

— On devrait parler à Riley Trimble. »

David rit. Puis me regarda du coin de l'œil.

« Trimble est toujours enfermé en hôpital psychiatrique. Il est surveillé vingt-quatre heures sur vingt-quatre. Et ce n'est pas vraiment comme ça qu'il opérait.

— Oh, je ne pense pas qu'il ait enlevé Erin. Mais qu'il pourrait nous dire qui l'a fait. »

David garda le silence quelques instants. Il se mit à pleuvoir, une bruine brumeuse qui abattait son rideau gris sur le monde et tambourinait sur la Cadillac. Un temps déprimant. Je m'inquiétais pour lui. Je me rappelais parfaitement le trouble intérieur qui m'agitait quand j'étais jeune encore.

« D'accord, finit-il par répondre. Au moins, comme ça, on aura l'impression de faire quelque chose. Il est trop tard pour aller le voir aujourd'hui, mais je vais prendre rendez-vous pour demain. Mais je te préviens : Trimble n'a rien d'un Hannibal Lecter. Il est plus intelligent qu'il n'en a l'air mais ça reste un plouc. Et un égoïste. Il n'a aucune raison de nous aider.

— Peut-être. Mais c'est la seule personne de notre connaissance qui puisse comprendre la mentalité de l'homme que nous traquons. »

Plus tard dans la soirée, tandis que David, assis dans le fumoir, parcourait les dossiers consacrés au meurtre de Katy, M. Merkl vint nous apporter une boîte de rigatoni et une énorme salade qu'il avait préparée chez lui. Aaron aussi passa, mais seulement pour prendre son chèque et ma liste de courses hebdomadaire. Bientôt, nous nous retrouvâmes de nouveau seuls, à écouter le martèlement régulier de la pluie d'automne contre les vitres exposées à l'ouest, en attendant Katy.

« Je ne suis pas sûr que ce soit une si bonne idée, dis-je.

— J'ai trop de secrets dans la tête, répondit David

sans quitter ses papiers des yeux. J'ai besoin que quelqu'un d'autre soit au courant.

— C'est cruel.

— C'est une grande fille. »

Il ne servait à rien de discuter. J'étais tellement têtu à cet âge-là. Pas étonnant que j'aie divorcé tant de fois. Seule une femme aussi coriace qu'Elizabeth était capable de nous maîtriser.

À 8 h 05, on frappa légèrement à la porte. Je suivis David dans le vestibule en clopinant avec ma canne. Je me sentais plus vieux que jamais ; en fait, je ne savais plus exactement quel âge j'avais. Je m'y perdais toujours quand j'essayais de faire le calcul. Comme je n'étais pas censé avoir vieilli pendant l'hibernation, j'aurais dû avoir dans les 70 ans. Mais j'en paraissais davantage. Et je sentais ces années supplémentaires. Peut-être avais-je quand même un peu vieilli dans l'œuf. D'une année tous les sept ans, un truc comme ça.

Il ouvrit la porte, et elle était là, vêtue d'une robe en coton qui lui arrivait jusqu'aux chevilles, les cheveux attachés avec un ruban. En voyant David, elle fit entendre un grognement et lui sauta au cou en passant ses longues jambes autour de sa taille. Elle portait des Crocs noires. Elle lui planta un baiser sur la bouche et regagna le sol.

« Bonjour, David.

— Salut », répondit-il, le souffle court.

Elle tourna les yeux vers moi et, pour la première fois depuis bien des années, je ressentis ce pincement au creux du ventre qui me prenait lorsque je repérais une belle femme à une réception de mariage, avec qui j'avais envie de danser corps contre corps dans le noir en lui murmurant des choses à l'oreille.

« Bonjour, me dit-elle. Vous devez être le père de David. Je vois l'air de famille ! Ça alors, c'est votre portrait craché, en fait. »

Katy serra ma main flétrie.

« Bonjour, Katy, me forçai-je à répondre. Vous avez faim ? Le dîner nous attend dans la cuisine.

— Je suis affamée. »

Tandis que nous nous dirigions vers la cuisine à l'arrière de la maison, elle s'extasia devant les tableaux et les tapisseries.

« Putain, c'est immense ici », chuchota-t-elle en prenant la main de David.

Nous nous installâmes sur des tabourets autour de l'îlot central. David et moi fîmes légèrement réchauffer nos pâtes, mais Katy mangea les siennes froides. Elle était en train de raconter à quel point son père était en colère contre David, et de me demander ce que j'aurais fait si ma propre fille s'était enfuie avec un auteur célèbre quelques mois avant de se marier quand, soudain, elle s'interrompit au beau milieu d'une phrase.

« Je vous connais », dit-elle.

Nous la laissâmes trouver toute seule.

« Vous m'êtes tellement familier. Votre voix aussi. Vous avez vécu à Cleveland Heights ?

— Non, répondis-je.

— Hmm. Ça vous arrive de venir au Borders de Chapel Hill ? »

Je secouai la tête.

« Ça va me revenir, dit-elle. C'est juste… »

Ses yeux s'écarquillèrent d'horreur. Elle recula en trébuchant et heurta le réfrigérateur. Une copie du poème *Juste pour te dire* de William Carlos Williams tomba par terre. Elle regarda David.

« Ne t'inquiète pas, Kate, lui dit-il. Tout va bien.

— Mais vous êtes mort, me dit-elle. C'est vous, le type du centre commercial, celui qui a tabassé l'autre. Vous êtes l'homme de Primrose Lane. Vous êtes mort ! »

David se leva et lui passa un bras autour des épaules.

« Ce n'est pas ton père, hein.

— Non, répondit David. Mais ce n'est pas l'homme de Primrose Lane non plus.

— Alors quoi, c'est son jumeau ? Que quelqu'un m'explique, là. J'ai l'impression de devenir cinglée.

— Assieds-toi », fit David en la poussant vers le tabouret.

Elle obéit d'un air absent, comme perdue dans un rêve.

« Qui êtes-vous ? me demanda-t-elle.

— Je suis David Neff. Je suis lui, mais dans une quarantaine d'années. Je suis revenu… J'ai remonté le temps pour venir te sauver. Dans ma réalité à moi, cet homme au centre commercial t'avait enlevée et tuée. Je suis revenu en arrière pour l'en empêcher. Mais il m'a échappé. »

Katy regarda David, les yeux remplis de larmes de frustration et d'angoisse. Il hocha la tête.

« Ça, c'est la version courte », ajouta-t-il en se penchant vers elle pour plonger un regard réconfortant dans le sien. Il lui prit le menton dans la main pour qu'elle sente sa présence, sache qu'il était là, qu'elle était en sécurité. « Katy, est-ce que tu veux connaître toute l'histoire ? »

Elle déglutit.

« Je… J'ai toujours su qu'il y avait quelque chose. Toute ma vie, j'ai eu l'impression de me tenir sur un trottoir avec un piano au-dessus de ma tête, suspendu par une corde près de rompre. Cette vie. Rien dans cette vie ne m'a jamais semblé réel. Je me suis toujours fait l'effet de tricher rien qu'en *vivant*. C'est la vérité. Bordel, David. Depuis combien de temps t'es au courant ?

— Pas longtemps. Je comprendrais que tu n'aies pas envie d'entendre toute l'histoire pour le moment. Tu as besoin d'un peu de temps ?

— Non. Allez-y, balancez. Dites-moi ce qui était censé se passer. »

Il me fallut près d'une heure pour tout lui raconter. Lorsque j'arrivai au terme de mon récit, nous avions fini les pâtes et une bouteille de vin. Katy m'avait écouté avec une attention scrupuleuse, m'interrompant de temps à autre pour demander des détails. À la fin, David et elle sortirent prendre l'air sur le porche qui entourait la maison pendant que je débarrassais la table. Un sentiment de jalousie m'étreignit le cœur, mais je fis un effort pour le chasser.

Il avait cessé de pleuvoir, et les étoiles étaient bien visibles. Il flottait dans l'air une odeur semblable à celle qui règne aux abords d'une rivière – un parfum de renouveau. David s'accouda à la balustrade pendant que Katy fouillait dans son sac à la recherche d'une cigarette. Elle plaça une Salem entre ses lèvres et l'alluma à l'aide d'un briquet de station-service vert citron.

« C'est comme un de ces rêves où tu as fait quelque chose de si terrible que toute ta vie va en être changée ; tu es tellement soulagé en te réveillant de voir que ce n'était qu'un cauchemar. Mais de celui-ci, je ne me réveillerai jamais. Pourquoi est-ce que tu m'as raconté tout ça ?

— À ta place, j'aurais voulu savoir. » Il la regarda

inhaler la fumée, absorbée dans ses pensées. « J'ai eu tort ?

— Non. Je ne crois pas. »

Elle garda si longtemps le silence que lorsqu'elle rouvrit la bouche, David savait déjà ce qu'elle allait lui dire.

« Je ne peux pas rester avec toi.

— Pourquoi ? Parce que c'est trop bizarre à présent ? »

Katy secoua la tête.

« C'est contre nature. Pas normal. Ce n'était pas censé se passer comme ça.

— Peut-être que si. Peut-être que nous avons tous un… un destin, ou quelque chose dans le genre. Et si nous détenons vraiment notre libre arbitre, peut-être que la seule chose qui puisse changer ce destin, c'est nous. Nous, les hommes. Peut-être que ce que tu vis maintenant est ce qui devait t'arriver à l'origine si cet homme ne t'avait pas enlevée.

— Et Elizabeth ? C'était quoi son destin, à elle ? »

À dire vrai, il n'y avait pas réfléchi. La mort d'Elizabeth était pour lui si réelle qu'il n'avait pas envisagé la possibilité, en apprenant qu'elle avait été assassinée, que sa destinée *à elle aussi* ait été écourtée.

« Tu vois, reprit Katy. Ta vie est devenue tellement alambiquée que tu n'arrives plus à déterminer ce qui était censé arriver.

— Je n'ai pas tenté de changer le cours de l'histoire, moi.

— Mais tu as envie de le faire. Je le vois bien. Tu n'as pas écouté ton double ? Encore et encore, l'histoire se répète. Elizabeth, moi, et maintenant cette autre fille, Erin. Que se passera-t-il si elle meurt elle aussi ? Deviendras-tu tellement obsédé par l'idée de retrouver son meurtrier que tu répéteras le cycle une fois de plus ? Est-ce que tu monteras toi aussi dans cette machine à remonter le temps pour revenir en arrière et vivre cette bizarre vie d'ermite ? Quand est-ce que ça finira ?

— On va le trouver, ce type. »

Elle soupira, prit ses mains dans les siennes et le regarda dans les yeux.

« C'est ce que tu crois. Mais tu ne le trouveras jamais. C'est bien ça, le problème, dans toute cette histoire : elle est sans fin. Il faut que tu rompes le cycle.

— Je ne peux pas.

— C'est pour ça que je ne peux pas rester avec toi, David. Je vais me remettre avec Ralph s'il veut encore de moi. Et je vais essayer d'oublier tout ça, si j'y arrive. J'en ai besoin.

— Est-ce que cela te rendra heureuse ? demanda-t-il.

— Oui, avec le temps. C'est quelqu'un de bien. J'étais heureuse avant de te rencontrer. »

David hocha la tête et détourna les yeux. Il contempla le monde devant lui et imagina un autre univers dans lequel cette conversation n'avait jamais eu lieu.

« Je t'aime, dit-il.

— Ne dis pas ça. »

Par la fenêtre, je la regardai s'en aller. Elle partit sans se retourner, sans même m'adresser un geste d'adieu.

David resta pour la nuit, enroulé dans une couverture sur le canapé du salon, au milieu des documents sur l'homicide de son ex-petite amie.

J'avais envie de le serrer dans mes bras. De lui dire que tout allait s'arranger. Mais j'aurais eu la bizarre impression de m'apitoyer sur mon propre sort. J'allai donc me coucher et pleurai un peu, moi aussi.

Le lendemain matin, nous nous levâmes de bonne heure et n'échangeâmes que peu de mots au cours d'un petit déjeuner de bagels et de saumon fumé que nous avait préparé Merkl. Nous arrivâmes au centre de détention psychiatrique Saint-Sébastien peu après 10 heures.

L'établissement, situé près du lac Tappan dans le centre de l'Ohio, était une énorme enclave en brique entourée d'une haute clôture en fil de fer barbelé. Ç'avait été l'hôpital du comté jusqu'en 1975, date à laquelle l'État l'avait brusquement réquisitionné pour accueillir les détenus qu'on jugeait trop dangereux pour vivre aux côtés de la population générale des prisons de Mansfield et Grafton. Ces criminels incarcérés par l'État, et les patients qui y étaient envoyés par des institutions privées n'ayant pas les moyens de gérer leurs troubles particuliers, vivaient dans des ailes séparées. L'entrée se faisait par une même double grille surveillée par deux gardiens.

L'un d'eux nous fit signe d'entrer dans le sas, où nous attendîmes dans la Cadillac que la première grille se referme derrière nous en tremblant et que la seconde s'ouvre. Il n'y avait qu'un espace destiné à accueillir les visiteurs, à côté de l'entrée du bâtiment principal. Trois caméras le surveillaient. Derrière les barreaux des fenêtres, au deuxième étage, des hommes chauves en combinaison orange observaient nos moindres faits et gestes. L'un d'eux était en train de sauter sur son lit. À l'étage du dessous, une patiente se frottait la poitrine contre la vitre.

Une femme maigre moulée dans un tailleur gris nous attendait sur les marches du perron. Elle avait les cheveux raides et noirs, coupés de frais, et elle pinça les lèvres en apercevant ma canne. Pour elle, sans doute, je ne représentais qu'un risque en termes d'assurance.

« Vous n'aviez pas signalé que vous seriez accompagné, monsieur Neff, fit-elle en guise de salut.

— C'est mon éditeur, John McGuffin, répondit David. John, je te présente Renee Habersham.

— Vous auriez vraiment dû m'en parler avant de venir.

— Cela pose-t-il un réel problème ? Parce que, si vous le souhaitez, je serais ravi de parler au directeur…

— Pas de problème, l'interrompit-elle sèchement. Par ici. »

Elle fit demi-tour et se dirigea vers la porte, dans un claquement de talons périlleusement hauts. Nous la suivîmes lentement, la forçant à s'arrêter tous les deux mètres pour nous attendre, jusqu'à ce qu'elle affiche ouvertement un air excédé. Pour être honnête, j'exagérais un petit peu ma faiblesse.

« Vous allez devoir laisser votre sacoche ici, monsieur Neff, annonça-t-elle en arrivant à hauteur d'un poste de contrôle de sécurité, à l'entrée d'un long couloir obscur.

— Je crains que ce soit impossible, répondit David. Le but de notre visite est justement d'examiner avec Riley Trimble les documents que j'ai ici. N'hésitez pas à la fouiller si vous le souhaitez, mais je vous assure que vous n'y trouverez aucun objet de contrebande. Tout ceci a été approuvé hier par votre supérieur.

— Eh bien, moi, je n'ai jamais laissé de journalistes entrer avec leur matériel.

— Oh, fit David. Je comprends le malentendu, à présent. Je ne suis pas journaliste. Je suis *écrivain*.

— Y a-t-il une différence ?

— Oui. Les écrivains ont le droit d'entrer avec leur matos. »

Renee Habersham tressaillit. Sa surprise ne dura qu'une fraction de seconde, avant de laisser place à une haine glaciale.

« Très bien, monsieur Neff. Vous semblez vous y connaître. Et j'ai d'autres priorités à traiter de mon côté. »

Sur ces mots, elle s'éloigna.

« Pas de consignes de sécurité à nous donner ? demanda David.

— Non, répondit-elle sans se retourner ni ralentir. Elles ne concernent que les journalistes.

— Tu as toujours su y faire avec les femmes, fis-je remarquer.

— Avoue qu'elle te fait penser à notre belle-mère.

— Un peu.

— Alors ?

— Alors viens, allons parler à ce psychopathe. »

À l'autre bout du long couloir qui sentait les couches mouillées, un homme chauve en combinaison bleue était assis tout seul, les yeux fixés sur le lac Tappan derrière une cloison vitrée. Des entraves lui enserraient les chevilles et son poignet gauche était menotté à sa chaise. Il se rongeait les ongles de l'autre main. En nous entendant entrer, il se retourna vers nous.

Il s'était ratatiné, et son corps n'était plus qu'une coquille vide accrochée à son squelette. Les veines qui ressortaient sur son long cou ressemblaient à des serpenteaux sous un tissu de mousseline. Son visage était couvert de plaies ouvertes. Ses yeux noirs comme du charbon ne reflétaient aucune émotion. Il sourit. Un large sourire tout en dents, plein de filets de bave.

« David ! » s'exclama-t-il. Il tenta de se lever, mais ses chaînes le forcèrent à se rasseoir. « David ! Ça me fait tellement plaisir de recevoir ta visite !

— Bonjour, Riley, fit David en s'installant dans le fauteuil en cuir le plus proche du tueur en série.

— Mon chat m'avait prévenu que tu viendrais bientôt me voir.

— Ils vous laissent avoir des animaux de compagnie ici ? »

Trimble porta un doigt à ses lèvres.

« Chut. »

Je m'assis à côté de David en tentant de me faire une idée de l'homme, de déterminer ce qui relevait de la comédie et ce qui était réel.

« Riley, commença David, une autre fille a disparu. »

Trimble éclata d'un rire sonore.

« Pas moi, pas moi, votre honneur ! Pas moi ! J'étais enfermé à double tour. Je peux te remercier pour ça, d'ailleurs.

— Ce n'est pas moi qui t'ai mis là. »

Trimble eut l'air sincèrement perplexe.

« Ah non ?

— Non, Riley, c'est toi.

— Ah, bien sûr ! Bien sûr, bien sûr. » Il se plaqua la main sur la bouche. « J'aurais rien dû dire. Maman m'avait prévenu. Mais tu m'as piégé. Tu... Petit malin.

— Tu ne te sens pas mieux, maintenant que les gens savent ? Maintenant que tu ne fais plus de mal aux autres ?

— Je me sens mieux quand je prends mes pilules !

Une pilule te fait rapetisser. Une autre te fait grandir ! Oui, m'sieur. Ils en ont une, ooooouh là. La Rivertin. C'est de la bonne came. Ça, je peux te le dire ! » Il se pencha vers David d'un air de conspirateur. « Mais ils oublient de te dire que ta quéquette marche plus.

— Riley, j'ai besoin de ton aide. Est-ce que tu veux m'aider ? Est-ce que tu veux aider une petite fille ?

— Une petite fille ? »

David semblait mal à l'aise. Si nous montrions à ce tueur la photo d'Erin McNight, serions-nous responsables, en quelque sorte, de ce qu'il risquait de faire de cette information ?

« Montre-la-moi, continua Trimble. Fais-moi voir. Elle est jolie ? »

David se tourna vers moi. Je savais ce qu'il était en train de se dire ; je partageais son inquiétude. Mais nous n'avions pour ainsi dire aucune piste. Ça valait la peine de prendre un petit risque, non ? D'un hochement de tête, je lui fis signe de continuer.

David ouvrit sa sacoche et en sortit la photo d'Erin.

« Oh, oui, fit Trimble. Mignonne. Waouh. Jolies taches de rousseur. Dorée. J'adore. »

David prit quelques minutes pour lui expliquer ce que nous savions du dossier. Trimble l'écouta avec attention mais ne leva pas une seule fois les yeux de la photo.

« Un tueur en série, dit-il. Tu penses que c'est un tueur en série. C'est pour ça. Sinon tu ne serais pas là. Alors où sont les autres ? Montre-les-moi. Pas de cachotteries. »

À contrecœur, David fouilla dans son sac pour en sortir les photos d'Elaine et Katy.

« D'accord, je vois. Je vois. Un tueur de rousses. T'as interrogé Charlie Brown ? Ha ! Moi j'ai toujours préféré les blondes, tu sais. “L'homme qui tuait des rousses”. On dirait un titre de bouquin. T’es en train d’en écrire un autre, David ? T’as l’intention de le piéger aussi, ce gars-là ?

— Celle-ci, reprit David en désignant la photo d’Erin, on ne l’a pas encore retrouvée. Elle est peut-être encore en vie. Si tu nous donnes un coup de main, je veillerai à ce que ça se sache. Je veux que tu réfléchisses à l’homme qui a fait ça. As-tu la moindre idée de qui ça peut être ? Qui aurait pu traquer ces filles ? As-tu déjà rencontré quelqu’un, quand tu étais dans le milieu… ? »

Trimble observa de nouveau les trois portraits. Une expression fugitive passa sur son visage, puis disparut sous un masque d’impassibilité étudiée. Quelque chose l’avait interpellé. Il avait remarqué un indice qui nous avait échappé. Il retourna les photos une par une, feignant d’en examiner le dos.

« Tu as passé beaucoup de temps à essayer de résoudre cette affaire-là, David ? demanda-t-il d’un ton narquois. Quand vas-tu enfin renoncer ? »

Nous savions tous deux que la réponse était « jamais ». Trimble pensait visiblement que cela constituait une sorte de châtiment en soi. Avec un sourire, il rendit les photos à David.

« Tu as terminé ?

— Oui.

— Tu as une idée ? Une théorie ?

— Pourquoi ? Tu vas me transférer dans un tranquille petit asile sur la plage ? Pourquoi tu me laisses pas sortir d’ici ?

— Tu t’y es mis toi-même, Riley.

— Bien sûr. Bien sûr.

— Tu vas nous aider, oui ou non ?

— Le problème avec toi, c’est que tu n’as jamais

essayé de te mettre à ma place. De te demander ce que cela faisait d'être moi. Tu manques d'empathie, mon pote. Tendance sociopathe.

— Je ne veux pas avoir d'empathie pour un tueur en série.

— Regarde ces photos et dis-moi ce que tu vois. »

David les examina rapidement l'une après l'autre.

« Je vois des filles aux cheveux roux. Avec des taches de rousseur. Je vois un objet de fétichisation.

— Maintenant, regarde-les de nouveau, fit Trimble. Mais cette fois, imagine que ce ne sont pas des petites filles, mais des femmes, et que ta seule raison de vivre est de les trouver et de les *posséder*. Comment y parviendrais-tu ? Comment trouverais-tu des spécimens aussi *spécifiques* ? »

David observa le portrait d'Erin pendant un moment, puis rangea les photos dans sa besace.

« Je refuse de faire ça, Riley. Je ne crois même pas que j'en serais capable.

— Tu sais bien que si. C'est pour ça que tu as peur d'essayer.

— Tu ne vas pas nous aider ? »

Trimble sourit.

« Je vous ai déjà aidés, dit-il. Mais je ne vais pas faire tout le travail à votre place. »

Son petit jeu commençait à me porter sur les nerfs.

« Qui est-ce, Trimble ? » demandai-je.

Pour la première fois, il détourna le regard de David pour le poser sur moi. Rencontrer ces yeux sombres était comme sonder une portion d'espace négatif.

« Qui êtes-vous ? me demanda-t-il.

— Il s'appelle John McGuffin. »

Trimble gloussa.

« Oh, d'accord. Je vois.

— Trimble, ordonnai-je, dites-nous ce que vous savez.

— Tu sais, je n'étais pas aussi obsédé par ces filles que tu l'es toi, fit-il en se retournant vers David, loin de là. Tu ne trouves pas ça un peu ironique ? Ce n'est pas moi que ces filles hantent. C'est toi.

— Allez, on s'en va, me dit David en se relevant.

— Attends ! fit Trimble. Combien de personnes as-tu trouvées qui les connaissaient toutes les trois ?

— Une ou deux. Un bricoleur, et peut-être un principal.

— Alors je peux te dire qu'il y en a au moins une de plus.

— Qui ça ?

— Tu regardes, mais tu ne vois pas. Fais-moi sortir d'ici, David. Tu pourrais le faire. Oui, tu pourrais. Fais-moi sortir, et je te chope ce type cette nuit. Est-ce qu'Erin n'en vaut pas la peine ?

— Riley, tu t'es fait interner tout seul. Il te suffit de passer la porte. »

Trimble agita le doigt avec désapprobation.

« Je sais que tu les forces à me garder ici. Tout l'argent de ton livre est versé directement à cet hôpital.

— Je ne te crois pas, soupira David. Si tu savais qui avait enlevé cette fille, tu voudrais nous le dire, pour que nous l'attrapions avant qu'il batte ton record. Si cet homme continue de tuer, tu ne seras plus le criminel le plus dangereux de l'Ohio. Tu ne seras qu'un pauvre malade qui s'est fait prendre. »

Riley ouvrit la bouche pour répondre, puis la referma brusquement. Il sourit à David.

« Toi et tes petits tours. T'es un petit malin, David. Bien essayé. »

« Il sait qui est le coupable, ou du moins il croit le savoir, fit David lorsque nous eûmes regagné la voiture.

— Je ne suis pas d'accord. Je pense qu'il essaie juste de se payer ta tête. C'était une mauvaise idée. Je suis désolé de t'avoir poussé à l'essayer.

— Tu ne le connais pas aussi bien que moi. Il sait quelque chose.

— Si c'est le cas, il ne nous dira rien. »

David regarda par la fenêtre la route de campagne qui défilait sous nos roues.

« Elle est morte, dit-il au bout d'un moment. C'est forcé, depuis le temps.

— Peut-être. Sans doute. »

À cet instant, son téléphone sonna. Il décrocha et parla pendant quelques minutes. Je n'écoutai pas la conversation. J'étais hanté par des visions. Erin McNight, aux mains de son bourreau sans visage… J'avais réussi à mettre la main sur lui en 2000 et, sans cette patte folle…

J'étais bien trop vieux pour recommencer le même cirque. J'avais pris tous les risques, j'avais traversé la zone désertée de Cleveland, et tout ça pour quoi ? Pour la vie de Katy, d'accord. En échange de combien d'autres ?

Lentement, je pris conscience de l'agitation qui s'était emparée de David. Ses phrases étaient devenues courtes et sèches. Sa voix s'était teintée d'inquiétude et il avait les larmes aux yeux. D'abord, je crus que Tanner avait eu un accident, et mon cœur s'arrêta de battre.

« Qu'est-ce qu'il y a ? lui demandai-je lorsqu'il raccrocha.

— C'était ma… notre mère, lâcha-t-il. Mon oncle Ira est mourant. Il s'est tiré une balle dans la bouche avec son fusil de chasse ce matin. Il est sous assistance respiratoire à l'hôpital général d'Akron. Et ils ont trouvé un mot dans sa poche. Une lettre qui nous est adressée, *à nous deux*. »

Épisode 16

Révélation

Le voyage me parut instantané. Comme une anesthésie. Une seconde après avoir sombré dans le sommeil en 2036, j'avais repris conscience.

Le monde était flou, obscur, comme si je le regardais à travers une épaisse étoffe de nylon. C'était à peine si je distinguais le tableau de bord. Le minuteur attaché à mon bras sonnait tel un réveil-matin strident. J'essayai de défaire la sangle de ma main libre, mais mes membres ne répondaient plus. Je crus d'abord que mes muscles s'étaient atrophiés au point de me faire perdre toute mobilité. Ce qui impliquait une lente mort à l'intérieur de la machine. Je concentrai tous mes efforts sur l'acte de remuer la main et finis par entendre un écœurant bruit de succion, celui de la couche qu'on décolle des fesses souillées d'un enfant après l'avoir laissé trop longtemps au soleil. J'étais couvert de sécrétions, enfermé dans une chrysalide de mucus, de sperme, d'excréments, de sang, d'urine, de cérumen, de moisissure, de poils, de larmes, de peau morte, de sueur, de vomi et de pus. *Momifié*. Bien que les épurateurs tournent toujours derrière leurs grilles, il régnait dans l'air une odeur âcre, qui prenait à la gorge.

Des pommes laissées à pourrir sur un tas de bouse de vache, du cidre tourné oublié au fond d'un verre.

Je fus pris d'un haut-le-cœur mais, bien sûr, mon estomac était vide. Le réflexe gastrique s'accompagna d'une sensation de soif et de faim extrêmes. Une faim qui me tenaillait, qui me rendait *fou*.

J'ai honte de ce que je fis ensuite, et ne l'admets que parce que c'était un acte indépendant de ma volonté : je commençai à dévorer mon cocon pour m'en libérer. Mon épaisse enveloppe avait un goût de morve et de sang séchés, comme une croûte. Et elle n'avait pas durci, oh non. Le plus gros était resté figé sous plusieurs couches de bile séchée, tel un monstrueux nougat. Je dévorai les noirs tortillons desséchés que formaient mes ongles ; ils s'ôtaient facilement de mes doigts. Je continuai jusqu'à ce que la partie supérieure de mon corps soit assez dégagée pour que je puisse me détacher du minuteur, même si ma peau restait couverte d'un goudron noir et gluant.

Cette douleur lancinante dans mes tempes, ce martèlement incessant provoqué par la faim, se calma enfin lorsque mon corps commença à digérer ses propres résidus – son premier repas depuis un sacré bout de temps. Avec quelque difficulté, je trouvai l'interrupteur et éteignis la machine. Il y eut un léger tremblement, puis le silence. À tâtons, je cherchai sous le siège où j'avais glissé ma sacoche, mais le cuir avait été englouti par une mousse blanche et gluante. De mes doigts, je labourai la moisissure pour atteindre son contenu. La découpeuse laser s'y trouvait toujours. Elle pesait lourd dans ma main. Je l'allumai, impatient de respirer l'air frais. Une aveuglante pluie d'étincelles en jaillit en crépitant, comme d'une bobine Tesla. J'approchai l'outil du toit de l'œuf et me mis au travail. Dès que le faisceau perça le métal de la cabine hermétiquement scellée, il y eut un bruit sec et un courant d'air. Une odeur de cèdre, d'herbe et d'eau me parvint aux narines.

Trente secondes plus tard, j'avais enlevé le couvercle. J'agrippai le bord de l'œuf d'une main, puis de l'autre. Je tentai de me mettre debout ; je ne sentais pas mes jambes. Je savais que je n'étais pas paralysé, cependant, car lorsque je cognai mon pied contre la paroi, je ressentis une douleur : sourde, lointaine, mais bien réelle. Il me fallut du temps pour réussir à rouler par-dessus le bord de l'œuf. Je m'écrasai par terre. Sans le moelleux lit d'aiguilles de pin, je me serais peut-être cassé quelque chose. Lentement, centimètre par centimètre, je me redressai et m'adossai à un arbre sans lâcher ma découpeuse laser. Un des disques de ma colonne vertébrale se remit en place, et je ressentis une brève mais atroce douleur. Je poussai un cri. Ma voix était étouffée, grave ; en partie étranglée, me dis-je, par la même matière visqueuse qui me couvrait de la tête aux pieds.

Du coin de l'œil, je perçus du mouvement. Un homme surgit de derrière un tronc. *Impossible*, pensai-je. Impossible ou pas, c'était la même personne qui avait tenté de m'empêcher d'entrer dans l'œuf en 2036. Je le reconnaissais, même s'il était cette fois à peine sorti de l'adolescence. Il était imberbe et mince, de cette sveltesse que les jeunes entretiennent sans autre exercice que le sexe et le sport. Et il avait encore une arme braquée sur moi.

Pour qui – ou pour quoi – me prenait-il ? Et soudain, je compris. Tout devint clair. Brusquement, cette vieille légende qu'on racontait au coin du feu à Camp Ritchie devint *mon* histoire ; car la grenouille de Loveland, c'était moi. Moi et tous les autres moi qui avaient remonté le fleuve du temps plus loin encore dans une course aveugle après leur propre obsession.

J'essayai de lui dire d'arrêter, mais parler s'avéra plus compliqué que prévu. La simple tâche de faire passer de l'air dans mon larynx me demandait autant d'effort que de gonfler un ballon plein d'eau. Tout ce qui sortit fut : « Aah edeh. Aah edeeeh ! »

Puis il me tira dessus. En plein dans le genou, m'explosant la rotule comme si c'était un pigeon d'argile. Je m'écroulai au sol. « Putain d'abruti… » m'exclamai-je, assez clairement ; apparemment, la colère avait plus d'effet que la peur sur mon corps engourdi. Comprendre soudain ce que je disais perturba tellement le jeune homme qu'il prit ses jambes à son cou et s'enfuit en direction de la route.

Le chemin fut long pour regagner Twightwee Road. Environ huit cents mètres. Une longue distance pour quelqu'un qui n'avait presque plus de masse musculaire et, par-dessus le marché, venait de se prendre une balle dans le genou. Il y avait un fort risque que je meure là dans les bois, songeai-je, perdu dans le lointain passé. Mon corps serait rongé par les créatures de la forêt et ses vestiges éparpillés dans l'ancien camp de vacances. Je ne pensais pas posséder assez d'énergie pour me hisser jusqu'à la route. Et je perdais beaucoup de sang.

Je me retournai. La machine dont j'avais émergé n'était plus qu'une épave, couchée sur le côté avec un trou béant dans le toit. Il n'y avait pas d'autre œuf. Je me rappelais la démonstration qu'avait faite Tesla. N'aurais-je pas dû voir celui dans lequel j'étais arrivé, encore intact, en train de me transporter vers ce qui était déjà, de nouveau, mon passé ? Je ne résolus cette énigme que bien plus tard. Sur le moment, j'ignorais ce que cela signifiait mais, pour une raison que je ne m'expliquais pas, la disparition de cette deuxième machine me remplit d'optimisme.

Puis j'entendis quelqu'un s'approcher d'un pas décidé, faisant craquer les aiguilles mortes sous ses pieds. *Sans doute le jeune flic qui revient m'achever*, pensai-je. Étrangement, l'idée ne me dérangeait pas plus que ça. J'avais tenu la distance, après tout. J'étais arrivé jusqu'ici. J'avais vaincu les lois de la physique. J'avais envoyé l'univers se faire foutre dans les règles de l'art, non ? Je pouvais en retirer une certaine fierté.

C'était un jeune homme, encore, mais pas le policier. Celui-ci avait les cheveux roux, le nez couvert de taches de rousseur et une barbe naissante le long de la mâchoire.

« Oh mon Dieu, s'écria-t-il. Est-ce que ça va ?

— Balle dans… genou, répondis-je.

— C'est contagieux, votre truc ?

— Nnon. Juste ré… pugnant. » Il m'aida à me relever, passa un bras sous le mien et me prit par les épaules.

« Je m'appelle Albert Beachum, dit-il. Mon patron m'a envoyé ici vous chercher.

— Qui est-ce ? »

Albert éclata de rire.

« Je ne sais pas. Il ne m'a jamais donné son nom. »

J'étais trop épuisé pour m'inquiéter. Il me traîna vers la route. Il était vraiment très fort pour un adolescent aussi mince.

Lorsque nous arrivâmes sur Twightwee Road, je savais déjà que j'allais m'évanouir. Un gros camping-car était garé de l'autre côté de la route. Albert m'amena jusqu'à lui, ouvrit la porte et m'aida à m'allonger dans un grand lit installé à l'intérieur. Il m'entoura le genou d'un bandage serré. L'hémorragie s'était déjà beaucoup atténuée. Je crois que la substance visqueuse avait aidé le sang à coaguler. Je me sentis partir. Avant de sombrer dans le sommeil, je saisis le bras du jeune homme.

« Quoi ? demanda-t-il.

— Mon sac. Dans l'œuf.

— Je vais aller chercher vos affaires, assura-t-il. Ne vous inquiétez pas. »

Je m'endormis avant de l'avoir vu ressortir.

Lorsque je me réveillai, il faisait nuit et le véhicule filait sur la I-71 en direction du nord. Nous venions de dépasser la sortie de Lodi, à une heure de Cleveland, si c'était bien là que nous allions. L'idée de revoir la ville pleine de vie me remontait le moral. Dieu, que j'aimais Cleveland au printemps, quand le vent balayait les rives du lac, emplissant les espaces étriqués de la ville d'ions négatifs et d'une odeur d'eau douce. Je me redressai dans le lit et m'adossai à la cloison lambrissée. J'observai les voitures qui passaient et tentai de déterminer, à leur aspect, si j'étais arrivé à bon port. « Smells Like Teen Spirit » passait à la radio. Je commençai à ressentir une vague inquiétude. En 2000, la popularité de Nirvana avait déjà décru, si je me rappelais bien.

« Albert ?

— Oui, monsieur ?

— En quelle année sommes-nous ? »

Le garçon me regarda dans le rétroviseur et décida promptement que je ne plaisantais pas.

« En 1996. Le 17 juin. »

D'une façon ou d'une autre, j'avais dépassé mon

objectif de plus de quatre ans. *Voilà ce qui se passe quand on utilise un prototype*, pensai-je. Sauf qu'il ne s'agissait pas exactement d'un prototype, si ? Non. Il y en avait des *centaines* dans le hangar de Tesla.

« Ça vous ennuie ? demanda Albert.

— Pas vraiment », répondis-je. J'attendais ma réponse depuis plusieurs décennies. Quatre ans de plus ne changeraient pas grand-chose. « Où allons-nous ?

— Chez mon patron, à Akron.

— Oh.

— Vous êtes déçu.

— J'espérais voir Cleveland.

— Eh bien, elle sera encore là demain. » Je lui laissai ses illusions. « Qui est votre patron ? Je sais que vous ne connaissez pas son nom, mais qui est-il ? Que fait-il ?

— Je me disais que vous le sauriez peut-être.

— Non.

— Hmm.

— Drôle de boulot que vous avez.

— Vous n'avez pas idée. Si vous vous en sentez la force, la salle de bains est prête pour vous. Douche chaude et tout ça.

— C'est à ce point ?

— Votre odeur me rappelle la ferme de mon grand-père, quand ses alpagas avaient attrapé une maladie du sang.

— Je pense pouvoir m'en sortir. Et après, il faudra faire examiner ce genou.

— On a un plan.

— Je n'en doute pas. »

Tu sais maintenant que le patron d'Albert était l'homme de Primrose Lane. Avec le recul, je me dis que j'aurais dû le comprendre, moi aussi ; mais, sur le moment, la seule réponse logique qui s'offrit à moi fut qu'au bout de cette route m'attendait Tesla. *Il doit m'avoir suivi*, me disais-je. *D'une manière ou d'une autre*. Mais peu m'importait. De toute évidence, la personne qui m'attendait avait des intentions bienveillantes. Elle avait préparé pour moi cette chaude salle de bains, l'avait équipée de savon à la pierre ponce, de jus de tomate, de chlore, de gel douche et même d'essence, que je pouvais utiliser pour faire partir la substance noire.

Une fois que je m'y fus attelé, la tâche ne s'avéra pas si difficile. La couche intérieure de mon cocon était essentiellement une croûte de peau durcie – assez semblable à une carapace de cigale, remarquai-je – qui partait en longs lambeaux, comme après un coup de soleil. Je restai sous la douche à me nettoyer énergiquement jusqu'à ce que le ballon d'eau soit vide. Puis je ramassai les résidus qui bouchaient la bonde et les mis à la poubelle.

C'était comme revenir à moi-même, à ma place dans le monde. Je me sentais pareil à un guerrier se préparant à une bataille épique, à un gladiateur se purifiant avant de monter les marches du Colisée.

Albert m'avait préparé un assortiment de choses à manger et à boire sur lesquelles je me jetai avec gloutonnerie. J'aurais dû comprendre, à ce moment-là, car il s'agissait de tous mes aliments préférés : Coca, réglisse, lanières de bœuf séchées, chips à l'oignon et à la crème aigre, petites crèmes dessert au caramel, prunes fraîches, et même un burrito de chez Taco Bell. En dessous de tout ça se trouvait un paquet de Marlboro. Et c'est là que le déclic se produisit. Je sus qui était le patron car il ne s'agissait pas de n'importe quel paquet de Marlboro mais bien du *mien*, fripé et jauni par le temps. Je me trouvais dans un camping-car rempli de friandises, quatre ans avant la date à laquelle j'avais prévu d'arriver, en route pour rencontrer un autre moi. Quelque part, dans une autre réalité temporelle, j'avais déjà accompli ce voyage et j'avais fini plus loin encore que 1996 dans le passé. Pourquoi ? Par qui était obsédée cette autre version de moi-même ? Certainement pas Katy, quand même ?

Comprendre les principes du voyage dans le temps et toutes ses ramifications est un peu comme devenir fou. Il existe un point de non-retour à dépasser avant de pouvoir accepter ces faits que d'autres appelleraient des aberrations. C'est une frontière inconfortable, qui ne peut être franchie que par un acte de foi. Je l'avais accompli quand j'étais monté dans l'œuf. J'avais su que les choses deviendraient bizarres. Mais pas à ce point-là.

Il n'y avait qu'une seule chose à faire, désormais. *Profiter du voyage.*

J'allumai une cigarette à l'aide d'une allumette trouvée dans la boîte en métal à côté. Ce fut la deuxième pire cigarette de ma vie. Et elle fut merveilleuse.

Nous étions presque arrivés à Akron lorsque je sortis en titubant de la salle de bains pour rejoindre le siège passager. Je me blottis dans le moelleux fauteuil en cuir.

Albert tourna la tête pour me regarder et faillit perdre le contrôle du véhicule.

« Merde ! dit-il. Vous êtes jumeaux ou quoi ? Je croyais que vous ne saviez pas qui était mon patron.

— Maintenant, je le sais.

— Alors quoi ? C'est votre frère ?

— Oui. Oui, c'est mon frère.

— Ça fait combien de temps que vous ne l'avez pas vu ? »

Je haussai les épaules. Je ne savais pas vraiment comment répondre à cette question sans prendre de risques. Il garda le silence un moment, mais ce fut plus fort que lui. Même les meilleurs confidents ont leurs limites.

« C'était quoi ce truc dans les bois ?

— L'œuf noir ?

— Oui. On aurait dit le vaisseau de Mork de la planète Ork, dans *Mork and Mindy*. C'est ça, ce que c'est ? Un vaisseau spatial ? »

J'éclatai de rire.

« Vous nous prenez pour qui ? Des extraterrestres ?

— Ça ne m'étonnerait pas. Il est aussi étrange que vous. Est-ce que vous lisez mes pensées tout le temps ? »

Je soupirai. Je commençais déjà à aggraver les choses.

« Votre patron apprécierait-il que vous me posiez toutes ces questions ? »

Braquant les yeux sur la route, il retrouva aussitôt son calme.

« Non, bien sûr. Je me suis laissé distraire. Excusez-moi.

— Je ne suis pas… Nous ne sommes pas des extraterrestres.

— OK.

— Bien. »

Albert repartit si vite après m'avoir déposé qu'il avait déjà parcouru un kilomètre le temps que j'atteigne l'entrée de la maison. Heureusement que j'avais pensé à prendre mes affaires.

Je m'apprêtais à actionner le heurtoir lorsque la porte s'ouvrit. Même si je m'y attendais, je n'étais pas préparé à me voir en chair et en os. Il se tenait là, dans l'embrasure de la porte, l'homme de Primrose Lane, à m'observer d'un air accueillant mais las. Mon cerveau me chatouillait : comme s'il essayait de déterminer s'il s'agissait d'une blague, ou si mon âme venait d'être arrachée de mon corps pour se regarder avec du recul. Le vertige manqua avoir raison de moi. Je fis un pas chancelant en avant et cognai mon genou blessé contre le verrou dans l'encadrement de la porte.

« Entre », me dit-il.

Si on ne peut pas se faire confiance à soi-même, à qui d'autre, alors, n'est-ce pas ? Je le rejoignis à l'intérieur, et il referma la porte derrière nous.

Il me tendit une main couverte d'une moufle bleue et blanche.

« Bonjour, David.

— Bonjour, David. »

L'homme de Primrose Lane ne rit pas. Il se pencha dans son placard et en sortit une paire de moufles marron et beige.

« Tu ferais mieux d'enfiler ça », me dit-il.

J'obtempérai et le suivis dans le salon, une pièce haute de plafond dont les fenêtres disparaissaient derrière des étagères et des piles de livres de poche. L'odeur de poussière, de colle et de vieux papier me prenait tellement à la gorge que je me demandai si elle pouvait être toxique. Je m'assis sur la seule chaise disponible, rangée contre un minuscule bureau dans un coin, sous une lampe. L'homme de Primrose Lane s'assit sur le parquet et croisa les jambes.

« Excuse-moi, dit-il. Est-ce que tu veux de l'eau ?

— Non, ça va. »

Il hocha la tête et me regarda comme un faucon surveille sa proie de loin.

« Qu'est-ce que tu fais ici ? demanda-t-il.

— Je suis venu trouver l'homme qui a tué Katy Keenan en 2000, répondis-je. Et toi ?

— Je suis venu trouver celui qui a tué Elaine et Elizabeth O'Donnell en 1989.

— Comment ça s'est terminé ?

— Pas très bien. L'une des deux a quand même été enlevée, et le tueur m'a échappé.

— Tu as sauvé l'autre ? »

Il haussa les épaules puis répondit quelque chose d'étrange :

« On verra.

— As-tu peur de moi, pour une raison ou une autre ?

— Oui.

— Pourquoi ?

— Je préfère ne pas en parler.

— Comment savais-tu où me trouver ?

— "Où", ce n'était pas difficile. Je suis revenu par Loveland comme toi. Tous les autres aussi, je crois.

— Donc, il y a bien d'autres *nous* ? Je veux dire, d'autres… d'autres versions de nous ? »

Il hocha la tête en faisant courir sa langue sous sa lèvre.

« Combien ? demandai-je.

— Plein. Je les croise de temps en temps.

— Mais alors, comment as-tu su à quel moment venir me chercher ?

— J'ai un type à Loveland qui écoute pour moi. Je le paye cinq cents dollars par mois rien que pour tendre l'oreille.

— Je ne comprends pas.

— Je ne sais pas à quoi c'est dû mais, quand la

machine repasse de la marche arrière à la marche avant, ça provoque un drôle de bruit. Pas tout à fait un bang supersonique – quelque chose de plus grave. De plus lourd. J'y ai beaucoup réfléchi. Je crois que si on enregistrait une explosion et qu'on repassait le son à l'envers le plus lentement possible, avec les basses poussées au maximum, ça sonnerait pareil. Bref, ce gars m'appelle à chaque fois qu'il entend ça, et j'envoie un de mes vauriens holmesiens. »

Je hochai la tête. Je savais de quoi il parlait.

« Combien de retours à Loveland depuis que tu es arrivé ici ? demandai-je.

— Huit, répondit l'homme de Primrose Lane. Mais parfois, je n'y trouve personne.

— Je préfère ne pas y penser.

— Moi non plus.

— Alors, qu'est-ce que tu fais, maintenant ?

— Je continue à le chercher.

— J'ai entendu parler de l'affaire Elaine O'Donnell. Il est fort possible qu'il existe un lien.

— Je suis sûr qu'il tuera de nouveau s'il en a l'occasion.

— Tu veux m'aider à l'attraper ? »

L'homme de Primrose Lane garda le silence pendant trente bonnes secondes, qui me parurent interminables. J'entendais des écureuils se déplacer à l'intérieur des murs.

« Je ne sais pas si je peux te faire confiance, finit-il par lâcher.

— Mais de quoi tu parles ? Tu es *moi*.

— Non, dit-il. Pas tout à fait. Nous avons été modelés par des expériences très différentes après les événements de 1989, lorsque j'ai sauvé Elizabeth et que l'univers s'est scindé en deux.

— D'accord, mais on ne peut pas être si différents que ça, si ?

— Comment est Cleveland ? demanda-t-il.

— Vide. »

Il hocha la tête.

« Pourquoi ne me fais-tu pas confiance ?

— J'ai beaucoup réfléchi à cette journée dans le parc où j'ai essayé de les sauver toutes les deux. J'avais eu tout le temps nécessaire pour me préparer. Je pensais être largement en avance. Je suis quand même arrivé trop tard. Mais il est possible que ce soit *lui* qui ait été en avance. Et s'il était en avance, la seule explication logique est qu'il avait eu vent de mes intentions. Je crois…

— Quoi ?

— Je crois qu'il est possible que nous soyons sur la piste d'un voyageur temporel. Que je me traque moi-même.

— Arrête. On ne ferait jamais une chose pareille. On en serait incapables.

— Je ne vois pas d'autre explication.

— Tu n'as pas vu le type ?

— Brièvement.

— Est-ce qu'il nous ressemblait ?

— Je ne sais pas. Non, sans doute pas. Mais je ne l'ai pas assez bien examiné pour savoir s'il était maquillé. Je veux dire, s'il venait du futur, il pouvait très bien porter une de ces puces morphotroniques qui faisaient fureur à Hollywood dans les années 2020.

— Eh bien, en tout cas, ce n'était pas moi.

— Non. Je veux dire, je ne le crois pas vraiment, je suppose.

— Et puis, de toute façon, la vérité n'est jamais si compliquée.

— C'est vrai.

— Il s'agit forcément de quelqu'un à qui tu n'as pas pensé. Un mec tout ce qu'il y a de plus banal, avec une facette sinistre.

— Je connais le profil, dit-il. Mais j'aurais dû avoir assez de temps pour sauver les deux filles. Je ne sais pas comment m'expliquer cet échec.

— Comment s'en sont sortis les autres ? Ils ont réussi à empêcher leurs crimes ? »

Il haussa les épaules.

« Je sais pas. Ils ne sont jamais revenus me dire comment ça s'était passé. On a tendance à garder nos distances.

— J'ai un autre problème.

— Oui, dit-il en regardant mon genou. Il va te falloir une pièce d'identité avant d'aller à l'hôpital. Ça peut attendre ?

— La blessure a arrêté de saigner à cause de cette pâte noire, je crois. Mais ça fait un mal de chien.

— Et tu es arrivé avec quatre ans d'avance, aussi. Ces œufs ne marchent pas très bien sur les longues distances. Quelque chose se met à déconner. Il y a des turbulences, un truc comme ça. Un des types qu'on a récupérés est arrivé deux jours *trop tard*. Imagine un peu. Pauvre gars. Il s'est jeté du Y-Bridge.

— Tu connais quelqu'un qui pourrait m'aider à me faire des papiers ? »

L'homme de Primrose Lane leva ses deux mains gantées.

« Je connais un gars en Pennsylvanie. Ça va te coûter cher. Évidemment, je peux te prêter de l'argent. À ton avis, est-ce que ça constitue un financement illégal ? Si le FBI était au courant, tu crois qu'ils appelleraient ça du blanchiment d'argent ? » Il glousa. « La seule chose sur laquelle tous ces films et ces romans ne se sont pas trompés, c'est que les voyageurs temporels peuvent vraiment s'en mettre plein les poches en jouant en Bourse.

— Quand pouvons-nous…

— Je demanderai à Albert de t'emmener demain matin. Laisse-moi te montrer ta chambre.

— Au fait, dis-je, est-ce qu'ils font toujours des pizzas au jambon et à l'ananas dans le coin ?

— Bien sûr. J'ai un livreur qui les laisse sur le pas de ma porte si je lui mets à sa disposition le montant exact plus un billet de cinq dollars. Je crois qu'il pense que j'ai la lèpre. Je le vois toujours s'essuyer les mains en regagnant sa voiture. »

∞

L'oncle Ira était allongé sur un lit beige de l'hôpital général d'Akron, dans l'aile réservée aux cas désespérés. Debout avec David dans le couloir, j'observais, par la grande fenêtre qui donnait sur sa chambre, notre mère assise à ses côtés. Elle lui tenait la main. Cette vision, je dois le dire, me semblait assez étrange, étant donné qu'elle n'était pas de sa famille. J'avais toujours cru que l'oncle Ira était le frère de notre grand-père, un Neff. Cette journée, comme nous étions en train de nous en apercevoir, était pleine de révélations.

Sur la route de l'hôpital, David avait appelé notre père pour savoir comment il prenait la nouvelle ; il n'avait rencontré que de l'indifférence.

« Est-ce que le reste de la famille est déjà là-bas ? avait demandé David.

— Pourquoi ils y seraient ? avait répondu notre père.

— Ça a l'air plutôt sérieux. Je crois qu'il est en état de mort cérébrale. Un membre de la famille devrait être présent pour prendre les décisions, non ? Pourquoi vous ne voulez pas être là-bas avec lui ? C'est ton oncle, nom de Dieu.

— Quoi ?

— Comment ça, quoi ?

— Ce n'est pas mon oncle.

— Qu'est-ce que tu racontes ?

— On n'est pas parents.

— Mais on l'appelait "oncle Ira".

— C'était un bon ami de ta mère, il y a longtemps, à l'époque où tu es né. Ta mère t'a dit de l'appeler comme ça.

— Mais il ressemble à un Neff. Ce nez !

— Oui, peut-être. Mais on vient de Ravenna, David. Tout le monde là-bas se ressemble plus ou moins. »

David et moi n'en avions pas discuté, mais je suis certain que nous pensions tous les deux la même chose, en espérant que ce n'était pas, que ça ne *pouvait pas* être vrai.

Notre mère leva les yeux, aperçut David et vint nous ouvrir en secouant ses longs cheveux de jais, comme pour se calmer.

« Entre », dit-elle.

David s'avança vers la porte et je restai où j'étais, à observer les décors de l'hôpital autour de moi.

« Toi aussi, me dit-elle.

— Je vous demande pardon ? dis-je, mon genou valide tremblant soudain autant que l'autre.

— Je sais qui tu es. »

Je voulus répondre, mais ma gorge se noua. Des

années plus tôt, j'avais regardé notre mère mourir dans cet hôpital, des suites d'un anévrisme qui la tuerait en mars 2016. Elle me manquait énormément, même si je me demandais parfois si ce n'était pas à cause d'elle que je tombais amoureux de femmes que je ne pouvais jamais sauver.

« Dans ce cas, j'aimerais beaucoup que tu me serres dans tes bras.

— Bien sûr, David. Bien sûr. »

« Je l'ai rencontré en 1967, dit-elle, quand j'avais 9 ans. Je rentrais à pied de l'école par Water Street quand ce vieil homme m'a attrapée par le bras et m'a traînée jusque dans une usine abandonnée. Nous étions couverts de poussière blanche mais il transpirait et il avait des taches de sueur sur le torse et sous les aisselles. Il sentait… il sentait l'orange pourrie. Quelque chose dans cette odeur m'effrayait plus que tout. C'était comme si je pouvais y deviner ses intentions ; et je savais qu'il allait me tuer. Quand il en aurait fini avec moi.

» Mais, juste au moment où il venait de me plaquer contre un mur et de passer la main sous ma jupe, un autre homme a surgi. De nulle part. Il a attrapé le vieil homme, l'a forcé à me lâcher. Et je l'ai regardé… » Elle s'arrêta pour étouffer un sanglot. « J'ai regardé votre oncle Ira tuer cet homme. En l'étranglant. “Il fallait que je lui torde le cou, m'a-t-il dit, sans quoi il n'aurait pas arrêté. Il t'aurait tuée, mais pas tout de suite.”

» Et il m'a laissée là, avec le cadavre. J'ai fini par sortir, j'ai trouvé une cabine téléphonique et j'ai appelé chez moi. La police a dit à mes parents qu'il s'agissait de deux vagabonds. L'un avait tué l'autre, il ne fallait pas chercher plus loin. C'était forcément un vagabond qui avait tué mon agresseur, affirmaient-ils, parce qu'il n'était pas resté pour s'expliquer, ni pour récolter les lauriers de son acte.

» Un jour, j'avais 16 ans, je sortais d'un cinéma à Canton et je lui suis littéralement rentrée dedans. Il était seul, il sortait de la même salle. J'étais avec une amie. Je l'ai reconnu immédiatement, ce dont il s'est rendu compte. "Es-tu heureuse ?" m'a-t-il demandé. Je lui ai dit que oui, grâce à lui. "Tant mieux", a-t-il répondu. Je lui ai proposé d'aller boire un café ; c'était la première fois que je proposais un rendez-vous à un homme, et il a réfléchi. Il paraissait âgé d'une cinquantaine d'années, à l'époque. Assez vieux pour être mon père. Il a accepté.

» Alors on a commencé à se voir. Une fois par mois, au Brady's, à Kent. On a commencé à coucher ensemble quand j'avais 19 ans. C'est moi qui l'ai voulu. Ça et tout le reste.

— Mais tu étais avec mon père quand tu avais 19 ans », fit David.

Elle rit d'une façon qui me hérissa les poils sur la nuque.

« Ira m'avait bien fait comprendre que si nous avions ce genre de relation, je devrais continuer à sortir avec des garçons de mon âge et le traiter comme s'il n'existait pas vraiment. "Ne me prends pas en compte dans tes décisions", me répétait-il. Il aurait dû me dire qui était son père, mais nous ne parlions jamais de sa vie à lui. Il prétendait qu'elle était pleine de souffrance inutile, que la seule chose importante qu'il ait jamais faite était de m'avoir sauvée.

» Et puis la tempête de neige de 1977 a tout chamboulé. Ton père et moi nous étions retranchés dans le cottage de ta grand-mère, près du lac Berlin. Coupés du monde pendant trois jours. Rien d'autre à faire que manger, dormir et… enfin, tu vois. Quelques semaines plus tard, j'ai découvert que j'étais enceinte ; je me suis dit que tu avais été conçu pendant la tempête. J'étais si contente ! Je suis allée chez Ira lui annoncer la nouvelle. Il était tellement heureux pour moi qu'il s'est enquis de mon petit ami. Lorsque je lui ai dit le nom de ton père, il est devenu blanc comme un linge. J'ai cru qu'il allait faire une crise cardiaque. Sa réaction m'a fait si peur, et il était tellement hébété par la… révélation, qu'il m'a tout raconté.

» Il m'a expliqué qu'il venait du futur. Qu'il était écrivain à l'époque, que l'affaire de mon meurtre non résolu l'avait obsédé pendant des décennies et qu'il avait remonté le temps, renonçant à sa vraie vie, pour trouver l'homme qui m'avait tuée. Mais ce n'était pas encore la révélation la plus effarante. »

David était devenu blême. Quant à moi, j'avais le cœur qui battait si fort que je l'entendais bourdonner dans mes oreilles.

« Une "effrayante symétrie" : ce sont les mots qu'il a employés. Mon petit ami était son propre père. Dans la réalité temporelle dont il venait, son père avait épousé une femme du nom de Mary. Mary avait donné naissance à Ira. En me sauvant, il avait changé tout ça. Le père d'Ira, ton père à toi, m'avait rencontrée moi, au lieu de cette Mary. »

David secoua la tête.

« Alors Ira est mon… Quoi ? Mon demi-frère ? »

Sans lui répondre, notre mère se tourna vers moi. Elle présumait, à juste titre, que j'avais les années en plus et l'expérience nécessaires pour me faire une idée un peu plus juste de la situation.

« Je crois que c'est plus compliqué que ça », dis-je.

Elle hocha la tête et détourna les yeux.

« Je ne comprends pas, fit David en me regardant. De quoi tu parles ?

— Ira est notre père, dis-je. N'est-ce pas ? »

Notre mère se mit à pleurer. Elle n'osait pas nous regarder. Mais, d'une voix étouffée, elle répondit :

« Oui. »

L'homme qui gisait sur ce lit, l'homme qui, génétiquement, était notre demi-frère, était également notre père biologique. Ce qui signifiait que celui que nous avions toujours pris pour notre père était en réalité… notre grand-père ? C'était à en perdre la tête.

Le lent ronronnement des machines maintint le silence à distance jusqu'à ce que le médecin vienne les éteindre. Oncle Ira s'en alla avec un léger soupir – le soulagement, sans doute.

Avant de sortir, David dut s'arrêter devant un comptoir dans un couloir sombre de l'hôpital pour signer un papier autorisant le transfert du corps d'Ira à un funérarium, où il serait incinéré sans cérémonie. Notre mère s'était mis en tête de répandre ses cendres le long des berges de la Little Miami à Loveland – un rite ancien destiné à apaiser les âmes qui reviendraient là à travers le temps, peut-être. Elle déclara qu'elle emmènerait aussi un peu de sauge à brûler.

David me rattrapa dans le couloir, tapissé de dessins d'enfants cancéreux ; un endroit troublant.

« Regarde », me dit-il en me tendant un sac en plastique transparent.

À l'intérieur, les effets personnels d'Ira : sa cravate de cow-boy, un paquet de Marlboro tout fripé, son portefeuille – qui contenait un peu plus de cinq mille dollars en liquide –, un de ces stylos qu'on peut renverser pour voir une femme perdre son bikini et une enveloppe portant l'inscription : *Pour les David.*

« Super, murmurai-je. Ouvre-la. »

David obtempéra. Elle contenait une feuille de papier ligné. Il la parcourut des yeux.

« Hum, fit-il.

— Lis-la-moi.

— *David. Il y a quarante-cinq ans, j'ai laissé mon obsession consumer mon âme. Aussi exclusive qu'une possession démoniaque, et tout aussi dangereuse. Je l'ai laissée s'installer petit à petit, je l'ai accueillie à bras ouverts même, car je pensais que c'était pour la bonne cause. Je me trompais. Trop tard, bien trop tard, j'ai fini par comprendre que tout ce que j'avais accompli n'avait servi à rien. J'avais cru travailler dans l'intérêt général du monde, alors qu'en vérité je n'avais fait qu'ajouter aux malheurs qui l'affligent. Il y a une raison à tout, David. Je suis désormais persuadé que si tu tentes de modifier le cours du destin, tu finiras comme moi : maudit. Renonce. Quoi que tu sois en train de faire, quelles que soient les circonstances qui t'ont amené à être accusé de meurtre, renonce. Et s'ils te mettent sous les verrous pour le restant de tes jours, estime-toi heureux à l'idée que ton emprisonnement rompra peut-être enfin le cycle infernal. Je pensais que tu serais différent, peut-être. Tu avais réussi à résoudre l'énigme d'un crime, et puis tu avais Tanner. Mais en regardant les informations, en te voyant avec ton autre toi, j'ai compris que tu avais attrapé ce virus, toi aussi, celui qui nous pousse à répéter inlassablement le même schéma. Pardonne-moi. Cette révélation m'a été insupportable.* »

David plia la lettre et la glissa dans sa poche.

« Ça va ? » lui demandai-je.

Il sourit, mais d'un sourire un peu triste qui donna à son visage un air fatigué – et cinq ans de plus.

« Alors, c'est à ça qu'on est tous voués ?

— Quoi, au suicide ? Ça va pas, non ? Erin est toujours captive quelque part, et j'ai bien l'intention de la sauver.

— Il voulait que je meure en prison.

— Eh bien, il avait tort. »

Je n'étais pas le seul à penser que David n'irait jamais en prison. Larkey nous attendait dans le parking souterrain de l'hôpital en fumant une Pall Mall. En me voyant sans mon déguisement, il écarquilla les yeux.

« Bordel de merde ! Si j'avais pas vu son corps, je croirais qu'il est encore en vie. Vous êtes son frère jumeau, obligé.

— Je te présente l'ex-agent fédéral Dan Larkey », me dit David.

Je ne pipai mot.

« C'est ça, hein ? reprit l'homme en s'adressant à David. J'ai raison ? C'est son jumeau ?

— Il est de la famille, répondit David.

— Putain de merde ! s'exclama-t-il en écrasant sa cigarette. C'est qui ? Je veux dire, c'était qui, l'homme de Primrose Lane ?

— Je ne crois pas être obligé de vous raconter quoi que ce soit sans la présence de mon avocat, fit David.

— Et si je vous racontais que je suis ici parce que j'ai appris que votre oncle s'était suicidé, et que ma femme a insisté pour que je vienne vous dire que je ne vous crois pas coupable du meurtre de qui que ce soit ?

— Est-ce… vrai ? »

Larkey hocha la tête.

« Pourquoi un tel revirement ?

— Ça fait trente ans que je fais la chasse aux meurtriers. Les mecs sans remords, on finit par les repérer. Le genre de ceux qui assassinent leur femme, les tueurs en série. Je vous avais catalogué comme un salaud calculateur, mais je m'étais trompé. Vous êtes aussi paumé que nous. Je l'ai bien vu chez les McNight. Quand on est enquêteur, on cherche toujours la solution la plus simple. Je me suis demandé : qu'est-ce qui est le plus simple ? Que l'homme de Primrose Lane ait été assassiné par un écrivain célèbre qui avait découvert que sa femme avait une liaison avec lui ? Que l'auteur ait ensuite mis en scène un accident de voiture compliqué, mais qu'il ait laissé l'homme de Primrose Lane se vider de son sang chez lui ? Pourquoi maquiller un crime et pas l'autre ? Et il est impossible de ne pas remarquer la ressemblance entre Erin McNight et votre femme. Elle est enlevée dès que vous êtes arrêté pour le meurtre d'Elizabeth ? Putain de coïncidence, vous ne trouvez pas ? Je pense que le vrai tueur attendait de voir comment la situation allait se goupiller, concernant les meurtres de Primrose Lane. Pendant près de quatre ans, il a attendu de savoir s'il pouvait s'en tirer impunément. Et, lorsqu'il a appris que vous aviez été arrêté à sa place, il a compris qu'il était tranquille, et il s'est immédiatement mis en chasse. N'est-il pas plus logique qu'un seul homme soit responsable du meurtre de trois femmes qui se ressemblent tant : Elaine, Elizabeth et Erin ? Si. La vérité est toujours la réponse la plus simple. Fin de la tirade.

— Et Sackett ?

— Il va avoir besoin d'être convaincu. Mais son dossier se casse la gueule. L'analyse balistique de votre 9 mm est arrivée et ça ne correspond pas. Il ne nous a pas fallu longtemps pour comprendre que ce sont vos empreintes sur l'arme et sur les toilettes, et pas celles de l'homme de Primrose Lane, comme il le croyait. Ça prouve votre présence sur la scène du crime, c'est sûr. Mais j'ai dans l'idée que vous pouvez aussi nous fournir une explication pour ça.

— Vous seriez ici pour nous aider ? demandai-je. Pour joindre vos efforts aux nôtres afin de retrouver cette petite fille ?

— Non, répondit Larkey en se redressant. Je veux dire : vous pouvez continuer à enquêter si ça vous chante. Mais nous, on a une équipe spéciale de cent cinquante agents en train de passer le nord de l'Ohio au peigne fin pour retrouver sa trace. Si vous avez des pistes solides, je suis preneur. Mais pour ce qui est d'enfoncer la porte des suspects, c'est fini.

— Alors qu'est-ce que vous faites ici ? demanda David.

— Je suis ici pour vous protéger.

— De qui ?

— Un malheur n'arrive jamais seul, mon pote, fit Larkey en se frottant la nuque. Je vous protège de Riley Trimble. Un peu plus tôt ce matin, il a tué deux infirmiers à l'asile et il s'est échappé. »

Épisode 17

Retour à la maison

En 1996, j'avais besoin d'un médecin et d'une nouvelle identité.

Albert arriva à la maison tôt le lendemain de ma rencontre avec l'homme de Primrose Lane. Celui-ci monta à l'arrière de la Cadillac.

« Nous allons à Bellefonte », annonça-t-il au jeune homme.

Nous partîmes en direction de l'ouest de la Pennsylvanie, et mon double referma l'écran de séparation qui séparait l'avant du véhicule de l'arrière.

« Qu'y a-t-il à Bellefonte ? demandai-je.

— L'homme qui fabrique nos papiers d'identités.

— Il sait qui nous sommes ?

— Bien sûr que non. Les hommes comme Frank Lucarelli attirent l'attention. Il est préférable d'éviter qu'il nous voie. »

Il me faudrait quelque temps encore pour apprendre à l'égaler dans l'art de la dissimulation et de la tromperie.

« On va demander à Albert de gérer la négociation, alors ?

— Non, répondit mon double. Jamais je ne mêlerais

Albert à une situation aussi dangereuse. J'ai quelqu'un d'autre en tête. »

J'attendis qu'il poursuive.

Il sourit.

« Comme tu l'as peut-être déjà deviné, je ne suis pas le premier "terrible pirate Roberts", pour citer *Princess Bride*. Pas le premier d'entre nous à demeurer à Primrose Lane, ni le premier Joe King, si l'on peut dire.

— Tu as reçu ta fausse identité de l'un d'entre nous ? »

Il acquiesça.

« Si tu examines attentivement mes papiers, tu remarqueras que je suis censé avoir 85 ans ; mais je ne suis pas si vieux que ça. Je suis arrivé ici en 1986, et un jeune homme du nom de Tyler Beachum, l'oncle d'Albert, est venu me chercher à Loveland. Il m'a amené à la maison de Primrose Lane, où j'ai rencontré l'homme qui y vivait, exactement comme toi. Il était lui-même revenu dans le passé pour empêcher le meurtre d'une jeune femme en 1971. Mais, pour en venir au fait, il avait passé un accord avec la mafia irlandaise de Philadelphie : des faux papiers en échange de conseils boursiers. Il m'a aidé à me remettre en forme, m'a présenté ses associés, m'a transmis cette nouvelle identité – Joe King – et m'a chargé de garder l'œil ouvert et l'oreille tendue en direction de Loveland.

— Qu'est-ce qu'il est devenu ? »

Il haussa les épaules.

« Mais avant de partir, reprit-il, cet homme, le *premier* Joe King, m'a expliqué qu'il y avait quelqu'un que nous pouvions aller trouver directement à Bellefonte si notre contact avec la mafia se révélait trop dangereux.

— Qui ?

— Apparemment, il se sentait un peu coupable par rapport au véritable propriétaire de son identité. Après quelque temps à se tourner les pouces dans cette maison, il a commencé à faire une fixation sur la vie du vrai Joe King. Sur l'identité qu'il avait usurpée. Il voulait savoir qui il avait été.

» Finalement, en 1972, il a décidé de mener l'enquête. Il a trouvé la tombe du vrai Joe à Bellefonte. Appris qu'il était mort tout jeune dans un accident de voiture. Mais aussi qu'il avait une sœur, Carol. Évidemment, il a fallu qu'il rencontre cette femme. Tu peux imaginer la suite.

— Il a eu une relation avec elle ?

— Exactement.

— Mais quel nom il lui a donné, à elle ?

— Qui sait ? Il s'en est inventé un. C'était le grand amour, apparemment, mais ça s'est terminé abruptement en 1973, et il a refusé de me dire pourquoi. Mais il m'a expliqué que, si jamais nous en avions besoin, nous pouvions aller voir Carol, et qu'elle nous aiderait, parce qu'elle connaissait l'homme de Bellefonte qui avait fabriqué les faux papiers. Elle était sa *goomah*, je crois qu'on dit, en napolitain. Sa maîtresse.

— Est-ce qu'on a d'autres options ? demandai-je.

— Peut-être, si j'avais plus de temps, dit l'homme de Primrose Lane. Mais il y a ton genou. Ton putain de genou.

— C'est juste que… J'ai un mauvais pressentiment.

— Ça, il va falloir que tu t'y habitues. »

Plusieurs heures plus tard, nous nous arrêtâmes dans l'allée privative d'une maison jumelée proche de la Schnitzel Tavern à Bellefonte. Une odeur de spätzle frais flotta jusqu'à nous et mon estomac répondit en gargouillant. Mais nous n'allions pas manger là, et je restai dans la voiture avec Albert pendant que l'homme de Primrose Lane s'approchait de la maison.

Je l'observai par ma fenêtre à vitre teintée. Une femme d'environ 65 ans, avec des cheveux blonds coupés au carré et des lunettes à double foyer, lui ouvrit la porte et le fit entrer. J'attendis. Quelque part dans cette maison, on discutait de nos secrets. J'étais si nerveux que je ne pouvais empêcher ma main droite de remuer toute seule. Bien sûr, cela tenait peut-être au fait que mes muscles recouvraient leur élasticité.

Un petit coup frappé à la fenêtre d'Albert me tira de ma méditation. Un jeune – un étudiant coiffé en brosse – s'était penché pour interpeller le conducteur. Albert appuya sur un bouton et l'écran de séparation se releva, mais s'arrêta juste avant de se fermer complètement, afin que je puisse entendre leur conversation.

« Je peux vous aider ? » demanda Albert.

C'était un type flegmatique, et pas qu'en façade, mais là, il y avait de l'appréhension dans sa voix.

« Oui, répondit le jeune homme. Qu'est-ce que vous faites devant mon garage ?

— Votre garage ?

— Celui de ma mère.

— Mon client est un ami à elle. Il avait pris rendez-vous pour lui parler.

— Ma mère n'a pas besoin d'être dérangée. Elle n'est pas en bonne santé. C'est qui déjà, votre client ?

— Je ne vous l'ai pas dit. »

Le jeune homme commençait à s'empourprer. J'admirais son instinct protecteur envers Carol, mais sa sollicitude était empreinte d'une certaine dureté. Sans doute, ce fils se sentait mieux lorsqu'il exerçait un contrôle total sur la vie sociale de sa mère… Et peut-être aussi sur son compte en banque.

« Spencer ! appela sa mère depuis l'entrée. Rentre ! »

L'homme de Primrose Lane revint vers la voiture tandis que Spencer se dirigeait vers la maison en secouant la tête. J'entendis le début d'une dispute avant que le jeune homme disparaisse à l'intérieur.

« Alors ? demandai-je, une fois l'homme de Primrose Lane installé.

— Il y a une bonne et une mauvaise nouvelle.

— D'accord…

— La bonne, c'est qu'on a des papiers pour toi. Il va falloir qu'on passe la nuit à Bellefonte, discrètement, mais elle nous remettra ça demain matin. Tarif express, quinze mille dollars.

— Aïe. C'est ça, la mauvaise nouvelle ?

— Non. La mauvaise nouvelle, c'est que c'est la dernière fois qu'on peut compter sur Carol. Elle est en phase précoce de démence sénile et, apparemment, la maladie progresse rapidement.

— Oh.

— Une bénédiction, à mon avis. Elle a déjà oublié qui était le vrai père de Spencer. »

Le lendemain matin, j'entendis frapper à la porte de ma chambre au Bush House Hotel. J'allai ouvrir. Sur le seuil se trouvait une boîte à pizza de chez Lucarelli. Un mot y était joint : *N'essayez pas d'obtenir un permis avec. Ils sont bons, mais pas parfaits. Il m'aurait fallu plus de temps.*

J'envisage de faire graver cette dernière phrase sur ma stèle.

Dans la boîte se trouvait une enveloppe en papier kraft contenant tout le nécessaire pour ouvrir un compte en banque et acheter des actions sous le nom de Jeremy Pagit. Sans doute suffisant pour tromper une clinique. Le véritable Pagit, appris-je plus tard grâce à de minutieuses recherches dans les archives du comté de Centre, était né en 1937 et décédé à l'âge de 12 ans, après être grimpé sur une pompe à pétrole pour la chevaucher tel un vaillant destrier.

Je louai un studio à Cleveland, dans la résidence Statler Arms et, de là, commençai à jouer en Bourse, grâce à un capital de base que m'avait fourni l'homme de Primrose Lane. J'investis dans Yahoo. Starbucks. Apple. Je misai dix mille dollars sur les 49ers de San Francisco lors du Super Bowl en janvier.

Je finis par me lasser d'attendre.

J'avais retranscrit le journal de Katy Keenan et les rapports d'enquête sur une série de cahiers rangés par ordre chronologique. Toute sa vie était là, minutieusement détaillée. Je savais où elle était, et je savais où elle se trouverait. Je voulais la voir, cette fille dont le meurtre était devenu le centre de ma vie.

Cet été-là, celui de ses 6 ans, elle et sa mère étaient régulièrement allées au cinéma à Rocky River. Katy avait méticuleusement conservé les tickets dans son journal, de sorte que je connaissais la date et l'heure de chaque séance. J'achetais des places aussi et m'asseyais à proximité, parfois sans même les regarder. C'était apaisant de la savoir simplement en vie.

Je prêtais particulièrement attention aux autres spectateurs mâles. Je m'imaginais que, peut-être, je pourrais surprendre son meurtrier en train de la suivre, longtemps avant l'enlèvement – un visage familier dans la foule. Mais le seul à la traquer, pour autant que je puisse en juger, c'était moi.

En mai 1997, je me rendis à l'université d'État

de Kent pour l'hommage aux étudiants assassinés en 1970. J'y allai parce que c'était dans le journal de Katy – son père l'y avait emmenée. J'étais si concentré sur sa protection que je ne me rappelai pas être déjà venu, moi aussi, la première fois. Je tombai sur moi-même, c'est-à-dire sur *toi*, David, à l'endroit où William Schroeder avait été tué, sur le campus.

Je restai là et croisai le regard de cette version plus jeune de moi-même pendant un court instant. Et, quelque part dans le tréfonds de mon cerveau, je me rappelai m'être tenu à cet endroit et avoir regardé… Non pas une version plus âgée de moi-même, mais, plus loin, à travers un espace vide, la sculpture sur Bunker Hill, qui avait été criblée de balles par la garde nationale.

Soudain, elle fut là, elle aussi. Une enfant de 7 ans dont les cheveux roux lui arrivaient presque jusqu'aux genoux.

« Qu'est-ce qu'il fait, papa ? demanda-t-elle.

— Il rend hommage à Bill, répondit l'homme. En se tenant là où il a été tué. Bill était mon ami. Celui dont je t'ai parlé.

— C'est si triste.

— Je sais. Allez, viens, Katy, je veux retrouver ma salle de rédaction. » Il l'entraîna vers Taylor Hall et, avant que tu puisses me regarder à nouveau, je m'éclipsai.

Après ça, je cessai presque entièrement de la surveiller. J'avais l'impression qu'il s'en était fallu de peu. Je ne me remis à sa recherche qu'une semaine environ avant son enlèvement, en 2000.

∞

« Vous pensez que Riley Trimble sait qui a enlevé Erin ? » demanda Larkey en triturant sa moustache.

Nous avions pris place à une table au fond d'un restaurant chinois d'Akron, le House Gourmet. La propriétaire était l'un des contacts de Larkey, et elle nous avait ouvert la salle privative sans poser de questions. Nous n'avions rien commandé, mais on nous avait servi les plats asiatiques les plus délicieux que j'aie jamais goûtés.

« Ce n'est qu'une impression, répondit David. Manifestement, une idée lui est venue pendant que nous parlions, et il a commencé à me dire qu'il pourrait l'attraper si je le laissais sortir. Oui, je crois qu'il a une idée de qui ça peut être.

— Et vous pensez que c'est après lui qu'il est lancé ?

— Oui. »

Larkey se laissa aller contre son dossier, inséra une cigarette entre ses lèvres, l'alluma et aspira longuement. Bien sûr, il était illégal de fumer dans un restaurant de l'Ohio. Il ne nous proposa d'ailleurs pas de cigarette, à David et à moi.

« Pourquoi n'est-ce pas après vous qu'il en a ?

— Je ne crois pas qu'il me veuille du mal, répondit David. J'ai toujours pensé qu'il éprouvait un vague respect à mon égard, voire une sorte de reconnaissance confuse, pour avoir deviné son secret.

— Il a dit qu'il vous haïrait à jamais. »

David haussa les épaules.

« Une idée de qui il a en tête ? reprit Larkey.

— Non.

— Bien, fit l'agent fédéral, exhalant un rond de fumée qui s'envola en vacillant vers le plafond. Jouons cartes sur table. Nous sommes trois mecs intelligents qui disposons chacun d'informations confidentielles sur ces affaires. Je me trompe ? » Il scruta mon visage avec un léger sourire. « Par exemple, je parie que vous pourriez nous raconter une chose ou deux sur l'homme de Primrose Lane et sur celui qui aurait pu vouloir les tuer, lui et la femme de monsieur.

— C'est possible, répondis-je. Et peut-être y a-t-il des détails concernant l'enlèvement d'Elaine O'Donnell que la police n'a pas divulgués et que vous pourriez partager avec *nous*.

— Je ne veux pas voir ça imprimé dans un bouquin à moins qu'on ait arrêté Trimble et celui qui a tué l'homme de Primrose Lane, d'accord ?

— OK, accepta David.

— Pas de coup de pute, s'il vous plaît.

— OK. »

Larkey inhala profondément, exhala puis écrasa sa cigarette.

« Mettons les choses à plat. Nous pensons qu'il y a là, dehors, en liberté, un homme responsable de l'enlèvement d'Elaine – de son meurtre, plutôt, parce que le corps est quelque part, même si nous ne l'avons pas encore retrouvé –, du meurtre de sa sœur jumelle Elizabeth presque vingt ans plus tard, de la tentative de meurtre de l'homme de Primrose Lane et de l'enlèvement d'Erin McNight.

— C'est ça, acquiesça David.

— Et de la tentative d'enlèvement de Katy Keenan, intervins-je.

— Ah bon ?

— C'est ce que je crois, oui. »

Larkey opina du chef.

« Toutes âgées d'environ 10 ans à l'époque. Et avec des cheveux roux raides comme des baguettes. »

L'agent laissa errer son regard sur un rebord du mur, où était juché un grand dragon de céramique. Enfin, avec une moue, il lâcha :

« Bon, d'accord. Je vais vous le dire. Il existe un détail concernant l'enlèvement d'Elaine qui n'a jamais été révélé au public.

— Lequel ?

— On a retrouvé un petit morceau de papier sur le parking où elle a été enlevée. Perforé sur un côté. Avec un numéro dessus.

— Comme les tickets qu'on prend chez le boucher ?

— Un peu, mais ça venait d'ailleurs. On a remonté la piste jusqu'à un labo photo de Berea.

— Vous avez regardé dans leurs archives pour voir les photos qu'ils avaient développées ?

— On a essayé. Mais ils ne gardaient pas de trace. Les numéros n'étaient notés nulle part. Ils s'en servaient seulement pour retrouver les pochettes photo correspondant au reçu que leur remettaient leurs clients. On s'est procuré la liste de toutes leurs transactions réglées par carte pour cette date, mais…

— Mais combien de gens utilisaient une carte pour payer de petites sommes en 1989 ? intervint David.

— Voilà. On a surtout retrouvé des noms d'entreprises. »

Je soupirai. Ma pression artérielle commençait à m'inquiéter. Mon cœur battait si fort et si vite que mes mains tressaillaient à chaque battement.

« Et vous, demanda Larkey, qu'est-ce que vous avez ?

— Un type qui se cachait derrière un pseudonyme, Arbogast, a tenté de découvrir l'identité de l'homme de Primrose Lane quelques mois avant qu'il soit assassiné, répondit David.

— Comment vous savez ça ?

— J'ai parlé avec celui qui lui avait fabriqué ses faux papiers. Il avait déjà reçu sa visite.

— J'imagine que vous n'avez pas l'intention de me donner le nom de ce faussaire ?

— Non, à moins que ce soit important.

— Arbogast.

— C'est tiré de *Psychose*, expliquai-je.

— Je vois. Donc la cible était bien l'homme de Primrose Lane, et il est possible que votre femme se soit simplement trouvée au mauvais endroit au mauvais moment.

— Encore une chose à ce propos, ajouta David. Le faussaire m'a révélé que cet Arbogast conduisait une fourgonnette avec une carte de stationnement handicapé accrochée au miroir. Sauf que, physiquement, il n'avait rien.

— Est-ce que ça correspond à la description de quelqu'un que vous connaissez ? demandai-je.

— Non », répondit Larkey. Il posa les mains sur la table et les frotta sur le bois. « Quelqu'un est lié à toutes ces filles. Il existe un fil conducteur, mais nous ne le voyons pas.

— C'est également ce que je pense, lâcha David.

— Qu'avez-vous dit à Riley avant qu'il ait cette “idée” ? De quoi parliez-vous à ce moment précis ?

— Je ne me rappelle plus. Des filles.

— Que faisait-il ?

— Il regardait leurs photos.

— Montrez voir », dit Larkey en tapant sur la table.

De sa sacoche, David sortit les photos d'Elaine O'Donnell et d'Erin.

« Celle de Katy, aussi. »

David obtempéra.

« Bon sang, s'exclama Larkey. Elles pourraient être sœurs. Cet homme *connaissait* ces filles. C'est obligé.

— On dirait presque la même photo, fit remarquer David. Même l'arrière-plan est identique. »

Larkey y regarda de plus près. Les fillettes se tenaient devant une toile de fond bleue décorée de blancs nuages cotonneux. Sauf que David se trompait. Même d'où j'étais assis, je voyais que les photos n'avaient pas exactement le même arrière-plan. Le portrait scolaire d'Erin comptait un nuage supplémentaire en haut à droite, plus blanc que les autres.

« Oh putain, s'exclama Larkey.

— Quoi ? » demanda David en se levant à la hâte et en contournant la table pour se placer à son côté.

Je me penchai en avant.

« Regardez », fit Larkey en montrant du doigt le coin supérieur droit de la photo d'Elaine.

Il n'y avait pas de nuage. Juste un petit point noir sur le fond bleu. Puis l'agent montra le même endroit sur le portrait scolaire de Katy. Une tache noire. Pas une tache, en fait. Une déchirure. Le tissu s'était troué sous l'effet de l'usure. Un défaut de la taille d'une pièce de dix cents à peine, mais visible. Et à ce même endroit, sur la photo d'Erin, un nuage plus blanc que tous les autres.

« La même toile de fond, conclut David. Exactement la même. Quelqu'un l'a reprisée et a peint un nuage par-dessus.

— Dans votre liste d'entreprises, y avait-il une boîte de photographie scolaire ? » demandai-je.

Larkey déglutit et leva les yeux pour me regarder. *« Photos de rêve »*, répondit-il.

David retourna vivement les trois photos. En haut à droite de chacune d'elles, l'inscription Photos de rêve avait été tamponnée à l'encre gris acier. Il regagna en vitesse sa place de l'autre côté de la table pour attraper son sac.

« C'était le putain de photographe scolaire ! » s'écria-t-il.

David avait pris le volant, et Larkey lui indiquait la route à suivre depuis la banquette arrière.

« Prenez la I-480, lança-t-il. Vers l'ouest. » Il était au téléphone et parlait sèchement au chef de la police de Berea. « Ne faites rien ! Attendez qu'on soit là ! » Il raccrocha et composa aussitôt un autre numéro. « Son studio photo se trouve en plein centre de Berea. C'est une petite société. Un père et son fils, apparemment. Le propriétaire s'appelle George Galt. Il a commencé à souffrir de la maladie de Parkinson il y a une vingtaine d'années. Il se fait aider pour les prises de vues par son fils. Qui s'appelle Dean.

— Mais qui *est* ce Dean Galt ? demandai-je.

— Un fantôme. Pas de casier. Même pas une amende pour excès de vitesse. Jamais marié. Pas d'adresse personnelle. Il doit vivre avec son père. La mère est morte depuis des années. Ou peut-être qu'il vit dans le studio. Celui-ci abrite une chambre noire mais, d'après le proprio, elle n'a pas servi depuis 1975. Ils font développer la plupart de leurs clichés chez Dodd Camera, à Cleveland, mais il leur arrive de s'adresser localement à News and Photo, le labo auquel nous a conduits le ticket. S'il a la fille, elle est sûrement au studio, j'en mettrais ma main à couper. Le centre-ville de Berea est plutôt désert après 18 heures, il a pu la faire entrer dans le magasin sans que personne le remarque. On a quand même envoyé un agent à leur domicile, au cas où. » Il reporta son attention sur son téléphone. « Sackett ? C'est Larkey. Je suis avec l'écrivain. On tient une piste pour… Tu veux bien fermer ta gueule une seconde et m'écouter ? On tient une piste pour Erin. Tu ferais mieux de nous rejoindre. À Berea. Je t'envoie l'adresse par SMS. » Il raccrocha. « Putain de tête de mule ! » s'exclama-t-il, avant de se mettre à pianoter sur son portable.

Pendant ce temps, David fonçait en direction de Berea à cent quarante kilomètres/heure.

Trois voitures de police étaient garées à cinq cents mètres du studio Photos de rêve, un loft situé au-dessus d'une brasserie à l'étage d'un immeuble du quartier d'affaires de Berea. La place aux façades en trompe-l'œil faisait la taille d'un pâté de maisons. David s'arrêta à hauteur de la voiture la plus proche et Larkey, baissant sa vitre, passa la tête à l'extérieur.

« Personne ne bouge, pigé ? dit-il à l'officier. Je vais frapper à la porte. Vous entendez des coups de feu, vous rappliquez au galop. Mais sinon, vous restez où vous êtes. Je peux pas me permettre d'avoir une scène de crime saccagée.

— Vous l'avez pas inculpé pour meurtre il y a quelques jours, ce type ? demanda le policier en regardant David, bouche bée.

— Si, mais je compte m'en servir comme bouclier humain. Faire d'une pierre deux coups. Abruti. Allez, on y va. » Larkey remonta sa vitre puis, depuis le siège arrière, donna une claque sur la tête de David. « Allez, professeur, on se bouge ! »

David reprit sa route et s'arrêta devant la brasserie.

« Vous n'avez pas besoin d'une citation à comparaître ? s'étonna-t-il.

— Je croyais que votre sujet, c'était les enquêtes

criminelles ? Ça s'appelle un mandat, répliqua Larkey tout en vérifiant que son Glock était bien chargé. Et rien ne m'interdit de frapper à sa porte ou de l'enfoncer si j'entends la petite crier à l'intérieur. »

Sur ces mots, il sortit de la Cadillac et se dirigea vers la porte qui jouxtait la brasserie. Photos de rêve, indiquait un panneau sur le mur. J'emboîtai le pas à David mais restai un peu en arrière, car mon genou protestait contre cet exercice inattendu.

Les marches étaient raides et montaient sur ce qui me parut deux étages, avant de s'arrêter devant une haute porte en bois.

Larkey y frappa bruyamment.

« Hého ! » lança-t-il.

Pas de réponse.

« Il y a quelqu'un ? Dean ? Erin ?

— Et maintenant, qu'est-ce qu'on fait ? demanda David.

— Comment ça, "qu'est-ce qu'on fait" ? On entre.

— Mais ce n'est pas fermé ?

— Qu'est-ce que vous voulez dire ? Cette putain de porte est grande ouverte !

— Elle m'a l'air ouverte, effectivement », confirmai-je, tout en m'efforçant de reprendre mon souffle.

Avec une vigueur aussi soudaine qu'impressionnante, Larkey donna un grand coup de botte à gauche de la poignée. La porte s'ouvrit à la volée dans un fracas qui fit vibrer les marches. Il s'élança dans la pénombre, son pistolet sorti, avec, placée dessous, une lampe torche de la taille d'un crayon.

Le studio était spacieux, trente mètres de large environ, et rempli de rangées d'étagères en aluminium sur lesquelles étaient posés des cartons entiers d'albums de fin d'année de collège et des classeurs remplis de clichés en vrac. Une enfilade de baies vitrées peintes en blanc laissait filtrer tout juste assez de soleil pour qu'on y voie quelque chose. C'était comme un monde éclairé par une éclipse : la matière paraissait éthérée, onirique. Il régnait dans l'air une odeur de graisse, de terre et de vinaigre.

« Regardez », dit David.

Il montra un canapé appuyé contre les fenêtres. Un sac à dos rose et bleu était posé sur l'assise. *McNight* était écrit dessus au marqueur sombre.

« Erin ! hurla Larkey. Dean, c'est le FBI. Vous êtes là ? Je ne veux voir personne blessé. »

Un bruissement sourd leur parvint du coin de la pièce, de derrière une porte.

« La chambre noire », fit David.

Larkey prit les devants. Il coinça la lampe torche entre ses dents et se servit de sa main libre pour pousser la porte tambour.

« Rechtez ichi », marmonna-t-il.

Puis il replaça la lampe sous son arme et bondit dans la chambre noire.

À cause de cette porte tambour, nous ne pouvions rien voir de l'intérieur mais l'odeur de vinaigre s'était brusquement intensifiée et le bruissement était devenu plus fort.

« David ! Venez là ! Aidez-moi, vite ! »

David entra le premier et je me dépêchai de le suivre, martelant le sol de ma canne. Il fallut quelques secondes à ma vue pour s'accoutumer. David, avec ses yeux plus jeunes, fut plus rapide. Il avait déjà rejoint Larkey quand je pus de nouveau distinguer quelque chose. Ils se tenaient de part et d'autre d'un chariot en métal et se hâtaient de libérer le petit corps qui s'y trouvait attaché.

Erin semblait indemne. Physiquement, du moins. Aucune trace de sang, ni de coups, à l'exception des meurtrissures particulièrement vilaines sur ses chevilles, là où la corde à linge qui la maintenait ligotée lui était rentrée dans la peau. Elle portait un short vert et un haut violet. Ses cheveux ruisselaient des bords de la table tels des filets de sang.

Larkey l'aida à se redresser et, d'un coup sec, arracha le ruban adhésif qui lui couvrait la bouche.

Erin hurla de douleur puis poussa un cri de soulagement. Elle passa ses bras autour du cou de Larkey et se mit à sangloter, le nez dans son épaule.

« Là, murmura-t-il en lui caressant les cheveux. Là. »

Alors, seulement, nous regardâmes autour de nous. Les murs étaient couverts de clichés : des beautés aux cheveux roux, et rien que ça. Pas seulement des portraits scolaires : il y avait aussi des photos prises sur le vif, à l'aide d'un télé-objectif. Elaine et Elizabeth en train de faire du toboggan. Katy montant dans un bateau. Erin regardant la télévision dans sa chambre. Et plusieurs autres filles que je ne reconnus pas. Des *centaines* de clichés. Des dizaines de filles.

« Sortons d'ici avant qu'il se pointe, dis-je. Dans les mauvais romans policiers, l'assassin revient toujours au moment où les héros sauvent la demoiselle en détresse. »

Larkey rit mais commença à se diriger vers la porte.

Les yeux écarquillés, David resta en arrière avec moi. Son visage était empli d'une émotion que je n'arrivais pas à interpréter.

« Quoi ? lui demandai-je.

— C'est trop facile, répondit-il. C'est louche.

— N'y pense plus. »

Quelques minutes plus tard, Larkey s'arracha aux bras d'Erin, enveloppée dans une couverture rouge à l'arrière d'une voiture de patrouille de la police de Berea, pour nous rejoindre près de la Cadillac.

« Qu'est-ce qui se passe ? demanda David.

— On a des hommes devant chez Galt. Une équipe à moi. Ils viennent de voir Dean rentrer. C'est à un ou deux kilomètres d'ici.

— Allons-y », conclut David.

Larkey secoua la tête.

« Rentrez chez vous, tous les deux. On s'en occupe. On a sauvé la fille. Grâce à vous, David. Maintenant, laissez-nous attraper Galt. »

David soupira.

« C'est terminé, insista Larkey. Rentrez chez vous, retrouvez votre fils. On réglera le problème de l'accusation de meurtre demain matin. Vous serez innocenté. Oh, et pas un mot à la presse, d'accord ? Du moins pas pour l'instant. »

David secouait la tête, sourcils froncés. « Rentrez chez vous, répéta une dernière fois Larkey. C'est terminé. »

De retour dans la voiture, perdu dans ses pensées, David gardait le silence.

« Quoi ? finis-je par demander.

— J'ai le cerveau à plat. Je n'arrive plus à réfléchir. Mais il y a quelque chose…

— Tu nous fais un coup de baby blues. Tu as passé beaucoup de temps à réfléchir à ce mec. Et moi, bien plus. J'ai construit ma vie autour de cet homme : Dean Galt. Je ressens la même chose que toi. Ça tombe tellement à plat. L'homme de Primrose Lane disait que ces enquêtes transforment les vivants en fantômes. Il ne faut pas que ça t'arrive.

— Il y a quelque chose qui continue de me déranger.

— C'est parce que toute l'affaire reste dérangeante. »

David se tut, puis appela la tante de sa défunte femme, Peggy. Il lui demanda d'aller chercher Tanner et de le ramener chez lui.

« Est-ce que je peux faire sa connaissance ? » demandai-je.

S'il y avait un jour où j'avais besoin d'innocence en lieu et place de la solitude et de la peur dont j'étais coutumier, c'était bien celui-ci. Peut-être que David le laisserait m'appeler « tonton ».

« Bien sûr, répondit-il.

— Et tu me dois d'autres interviews. J'aimerais comprendre tes pensées, tes motivations dans toute cette affaire.

— Pour que tu puisses en faire un livre ?

— Maintenant, il a une fin.

— D'accord. Mais pas aujourd'hui. »

Hélas, pour David, il n'y aurait pas de lendemain.

Le lieutenant-détective Tom Sackett en était venu à regretter d'avoir rencontré David Neff. Il lui avait fait confiance, il avait partagé avec lui des informations sur l'affaire de l'homme de Primrose Lane qu'il aurait dû garder pour lui. Mais ensuite, ils avaient trouvé l'empreinte digitale de sa défunte femme sur le lit. Ils avaient exhumé son corps et découvert qu'elle avait été étranglée. Il n'existait qu'un seul suspect. Un seul homme susceptible d'avoir commis les deux crimes. David Neff.

C'était là l'explication la plus simple et, à l'école de police, on lui avait appris à toujours se concentrer sur la solution la plus élégante.

Puis, pour une raison ou pour une autre, il avait perdu le soutien de Dan Larkey. David avait réussi à saper les certitudes de l'agent. Larkey l'avait appelé le matin même pour lui avouer qu'il avait « des doutes ». Basés sur quoi ? Une intuition ? Mais bien sûr !

C'était ça, le problème, avec le FBI. Ces types étaient des théoriciens, enclins à chercher des scénarios plus poétiques. Ils allaient même jusqu'à consulter des voyants. Et pas que de manière exceptionnelle, en plus. Régulièrement, bordel ! Ces agents fédéraux, même ceux à la retraite, étaient tous des rêveurs. Et les rêveurs n'avaient pas leur place à la brigade criminelle. C'était un dangereux mélange.

Et pourtant, Sackett avait allumé le gyrophare de sa voiture de patrouille et remontait la I-480 à tombeau ouvert pour retrouver Larkey chez ce nouveau suspect, ce Dean Galt. Il y avait bien quelque chose chez cet écrivain, il était forcé de l'admettre. Quelque chose qui vous donnait envie de le croire.

À cet instant, Sackett reçut un nouveau SMS de Larkey.

On a retrouvé Erin. Vivante. Oubliez studio. RDV au domicile de Galt. 1181 Parkman Drive. Berea.

Vingt minutes plus tard, Sackett s'engageait sur Parkman Drive, une petite ruelle située dans un quartier de la ville envahi par de grands chênes. Il aperçut Larkey penché à la fenêtre d'une berline noire, côté conducteur. Il se gara rapidement et se hâta de le rejoindre.

« Dan, qu'est-ce qui se passe ? Vous avez vraiment trouvé Erin ? »

En entendant sa voix, Larkey se tourna vers lui.

Sackett s'arrêta brusquement. Sa pression sanguine

monta si vite que sa vue se brouilla, tandis que son corps se saturait d'adrénaline.

Larkey essaya de parler, sans succès. Il avait une entaille profonde au milieu de la gorge. De l'air en sortait en sifflant, accompagné d'épaisses bulles de sang. Sackett avait l'impression d'entendre un effet Larsen sur l'un de ces larynx artificiels dont se servent parfois les grands malades. Larkey s'effondra contre la portière. Affaissée sur le volant, derrière lui, se trouvait une de ses collègues : morte, les yeux vitreux, un trou à la tempe.

Sackett s'agenouilla à côté de Larkey.

« Qu'est-ce qui s'est passé ? »

Larkey ouvrait et fermait la bouche comme un poisson rouge. Il essayait de dire quelque chose. Sackett comprit qu'il était en train d'agoniser.

« Quoi ?

— T-t-t.

— Chut. N'essayez pas de parler.

— T-t-t. Traquenard.

— Quoi ? Ça, c'était un traquenard, Dan ? Dan ? Est-ce que quelqu'un d'autre est en train de tomber dans un piège ? C'est quoi le traquenard ? Qui l'a tendu ?

— T-t-t. T-t-t.

— Chut. Oui, j'ai entendu. Un "traquenard". »

Larkey s'arrêta. Le sang continuait à couler dans son cou. Il regarda Sackett et lui adressa un sourire. C'était celui d'un bon joueur d'échecs qui a vu brusquement sa défaite arriver, huit coups à l'avance.

« Quoi ? demanda de nouveau Sackett.

— T-t-t. T-t-tanner », dit-il.

Et il rendit l'âme.

Installée dans sa voiture, elle observait sa maison avec dédain et jalousie. Haine, aussi.

Cindy Nottingham ne serait jamais une journaliste au sens propre du terme, elle le savait, et depuis pas mal de temps déjà. Mais ce n'était pas grave, car les vrais journalistes ne se faisaient pas vraiment d'argent. Le fric venait des ragots, et, en ragots, elle s'y connaissait. Elle savait inciter les gens à lui raconter leurs secrets. Ils lui faisaient confiance. Surtout les hommes. La plupart, en tout cas. Pas David.

Elle prenait du plaisir à la chute de ce dernier. Elle en était consciente et elle l'acceptait. Ça ne voulait pas dire qu'elle était mauvaise ; ce qui se passait maintenant était seulement la conséquence naturelle de l'orgueil démesuré de son ex-collègue. Elle n'était pas journaliste, mais lui non plus. Et à présent, le monde entier allait s'en rendre compte. David n'était qu'un écrivaillon sans talent, dont la seule publication relevait du coup de chance. Cette histoire lui était tombée toute cuite dans le bec mais c'était Cindy qui aurait dû l'écrire. C'était la sienne, à la base. Brune, elle le savait, avait *voulu* la lui confier.

Les hommes se servaient toujours d'elle : ils lui volaient ses sujets, l'argent de son loyer, sa virginité. Ainsi allait la vie dans un monde contrôlé par les hommes. Ils méritaient ce qu'elle leur infligeait.

Depuis une dizaine de minutes, Cindy attendait calmement, garée en face de la maison de David – acquise avec les revenus du livre qui aurait dû être le sien –, en lui souhaitant du mal. Elle avait vu Tanner sortir de la voiture, et sa tante Peggy le conduire dans la maison. Un si bel enfant. Encore quelque chose que David ne méritait pas.

Une Cadillac noire apparut et Cindy vissa à la hâte

le télé-objectif sur son appareil photo. Elle se tapit derrière le volant, visant la maison. Mais le véhicule ne se gara pas dans l'allée privative. Il s'arrêta à sa hauteur.

Grillée, songea-t-elle. *Il doit avoir reconnu ma voiture.*

La vitre côté passager de la Cadillac se baissa. L'homme au volant n'était pas David, mais Cindy eut l'impression très nette qu'elle le connaissait.

« Qui êtes-vous ? lui demanda-t-il.

— Une journaliste ; et vous, vous êtes qui ? cracha-t-elle.

— Vous ne me reconnaissez pas ?

— Non.

— Vous n'êtes pas une très bonne journaliste, alors. »

Et c'est là qu'elle le reconnut. Comme dans un flash. Si elle ne l'avait pas fait avant, c'était seulement parce que sa présence était totalement incongrue. Il n'aurait jamais dû être ici. Quelque chose clochait. La peur la gagna.

Il leva la main, et elle aperçut un pistolet brillant à la crosse couleur de vieux os. Il se déchargea dans un rugissement assourdissant.

Mais Cindy n'en entendit rien.

La balle avait traversé la partie de son cerveau dédiée aux perceptions auditives avant que le son puisse y être analysé.

Au moment exact où David détachait Erin McNight, Katy Keenan s'asseyait à une table chez Larry's.

Ils dînaient tôt, mais il n'y avait pas de temps à perdre. Ils reconstruisaient leur relation.

Ça peut marcher, tenta-t-elle de se convaincre. *Je le sais.*

Et, sincèrement, Ralph avait ses bons côtés. Bon d'accord, il ne lisait jamais pour le plaisir et détestait les films sans explosions. Mais c'était un bon compagnon lorsqu'elle sortait faire un long footing le soir ou qu'elle avait juste besoin qu'on l'écoute. Et c'était *vraiment* un bon coup.

Avec David, ça ne marcherait jamais. Il était trop dans son monde. Littéralement, pour ainsi dire, enfermé dans sa propre histoire sans fin. Le simple fait d'envisager de croire à ce qu'il lui avait raconté l'autre nuit revenait à plonger sciemment dans le délire. Pauvre homme. Si seul.

Et pourtant.

Il était fascinant. Touchant d'égotisme, et si peu sûr de lui en même temps. Naïf, presque. Comme un adolescent. L'esprit toujours plein d'émerveillement. Et elle trouvait cela grisant.

Ralph était assis en face d'elle dans le box qu'elle avait partagé avec David il n'y avait pas si longtemps. Elle commanda un bol de champignons.

« Je veux t'emmener en Italie, dit-il. Le mois prochain. Une semaine.

— Pourquoi ?

— Pourquoi pas ? »

Toute sa vie, elle avait manqué d'argent. Ses parents n'en avaient jamais eu assez pour qu'elle puisse participer aux sorties scolaires. À quel point cela jouait-il dans son admiration pour Ralph ? Elle préférait ne pas le savoir.

Tandis que son fiancé sirotait sa bière, elle promena son regard sur les photos encadrées des habitants d'Akron avec leur nez de clown. Noirs et Blancs. Petits et grands. L'artiste avait-il voulu dire par là que nous nous prenons tous trop au sérieux ? Quel était le *véritable* sens de ces portraits ?

Et qu'y avait-il d'écrit dans le coin inférieur droit de la photo la plus proche ? Elle n'avait pas remarqué ça la première fois.

Elle se pencha pour y regarder de plus près.

« *Photos de rêve*, lut-elle.

— Pardon ? »

Elle se mit à réfléchir furieusement. Dans le tréfonds de sa mémoire, des synapses couvertes de toiles d'araignée se secouèrent.

Brusquement, elle écarquilla les yeux.

« Qu'est-ce qui se passe ? demanda Ralph.

— *Photos de rêve !* » s'exclama-t-elle, attrapant son sac. Heureusement qu'ils avaient pris sa voiture. « Appelle un taxi ! lui lança-t-elle en sortant au pas de course.

— Hé ! » protesta-t-il. Mais elle l'ignora et s'éloigna aussi vite qu'elle le put.

Nous arrivâmes chez David peu après 20 heures. Nous ne vîmes pas Cindy Nottingham effondrée dans sa voiture de l'autre côté de la rue. Nous ne vîmes pas l'autre Cadillac garée juste derrière. Nous discutions de la nature de l'obsession. De la possibilité de se satisfaire d'une fin décevante. Rien que de la branlette intellectuelle.

« Tu viens ? me demanda-t-il.

— Et comment. »

Un crissement de freins assourdissant se fit entendre, et une voiture entra dans la rue à toute vitesse. L'espace d'une seconde, elle donna l'impression de vouloir foncer droit dans le chêne centenaire des voisins mais elle corrigea sa trajectoire et s'arrêta dans l'allée, juste derrière celle de David. Katy en surgit, le visage rouge d'excitation. Elle n'avait jamais été aussi belle.

« Photos de rêve, s'écria-t-elle. Je sais qui c'est ! »

David la prit par les épaules.

« Calme-toi. Respire. »

Elle obtempéra. Puis elle lui sourit et je pus voir qu'elle s'était enfin autorisée à l'aimer.

« Le fils du photographe, dit-elle. Je l'avais complètement oublié jusqu'à ce que je voie le logo sur une des photos chez Larry's. L'homme qui réalisait nos portraits scolaires : il était tout estropié et tordu. Son fils l'aidait à faire poser les enfants. Il avait la quarantaine et les cheveux en bataille, comme le mec du centre commercial. Lorsqu'il a pris ma photo, il y a eu ce moment où j'ai cru qu'il m'avait frôlé la poitrine, mais il a fait comme si c'était un accident. Il m'a dit que j'avais les mêmes cheveux que sa mère. Que j'avais les plus beaux cheveux de toute ma classe. Si c'est la boîte de son père qui réalisait les portraits scolaires à l'école des autres filles, c'est forcément lui ! Obligé ! »

Il existe une théorie, métaphysique et philosophique, selon laquelle, lorsque le moment est venu pour une idée de s'imposer, plusieurs personnes l'acceptent en même temps. Cela permet d'expliquer le fait, par exemple, que deux auteurs publient parfois un livre sur le même sujet presque en simultané. (Ainsi, en 2006, sont parus, à moins d'un mois d'écart, deux excellents romans policiers ayant Edgar Allan Poe pour héros.) Ou pourquoi deux scientifiques, à des milliers de kilomètres l'un de l'autre, ont soudain, et indépendamment l'un de l'autre, réussi à isoler le virus du sida. Ou comment Tesla et Edison ont simultanément « inventé » l'électricité. Jamais, cependant, je n'avais encore été témoin d'un tel événement, et l'illumination concomitante de Katy me donna le frisson.

« Là, là, fit David. On sait. Ils sont en train de l'arrêter à l'instant où nous parlons. On a trouvé Erin. Elle est en sécurité.

— Quoi ? » Katy passa ses bras sous les siens et le serra contre elle. « Comment ?

— Tous les portraits avaient la même toile de fond. On ne s'en est rendu compte que lorsqu'on a eu la photo d'Erin à comparer aux autres.

— Où est-ce que vous avez trouvé Erin ? Qu'est-ce qui lui est arrivé ?

— Entre. Je vais tout t'expliquer. »

Je les suivis à l'intérieur. J'avais prévu de dire à tante Peggy que j'étais un parent de l'oncle Ira venu pour l'enterrement, mais elle n'était pas là. Tanner non plus. La maison sentait le moisi, l'inhabité. Comme la maison de Primrose Lane.

Quelqu'un chantait. Une voix familière. Le son sortait doucement du couloir pour emplir toute la maison. Je connaissais cette chanson. « Castle on a Cloud », de la comédie musicale *Les Misérables*.

« Qui est-ce ? demandai-je.

— Ma femme », répondit seulement David.

Nous le suivîmes jusqu'à une porte, un peu plus loin dans le couloir. La musique provenait de l'autre côté. Je me rendais compte, désormais, qu'il s'agissait d'un enregistrement, mêlé à un grésillement ou à un bruit d'eau qui coulait. La porte était fermée à clef.

« Tanner ? fit David. Tanner, ouvre-moi !

— Papa ? répondit une voix distante.

— Salut, bonhomme. C'est moi. Ouvre. »

La poignée s'ébranla tandis que Tanner tournait maladroitement le verrou de ses petites mains. La porte s'ouvrit et le garçonnet se jeta dans les bras de son père. Il tremblait. J'imaginai que c'était parce que cela faisait longtemps qu'il n'avait pas vu son père. Tout à leur embrassade, David trébucha sur une rangée de dominos disposés au sol, qui se mirent à basculer les uns contre les autres sur toute la longueur de la chambre, révélant un nombre en rouge avant de déclencher, par une série de mécanismes complexes, la chute d'un panier sur une souris en plastique. « 88 » : jamais je ne sus quelle était la signification de ce nombre. Le numéro de maillot d'un sportif préféré, supposai-je. Tendant le bras vers le dictaphone posé sur la commode du garçon, je l'éteignis.

« Où est tante Peggy ? demanda David.

— Dans l'aile est.

— Qu'est-ce qu'elle fait là-bas ? »

Tanner ne répondit pas. Il avait le visage enfoui dans le cou de son père. Était-il en train de pleurer ? Impossible de le savoir.

« Pourquoi as-tu verrouillé ta porte ?

— Elle m'a dit de le faire.

— Pourquoi ça ? » demanda David avec un rire. Tanner se pencha en arrière pour regarder son père avec des yeux marron grands comme des soucoupes. « Pour que le méchant monsieur et son chat ils puissent pas entrer. »

Les mots qu'il venait de prononcer étaient si incongrus qu'il me fallut cinq bonnes secondes pour leur donner un sens. Puis je compris. Du moins en partie.

Et David comprit aussi. Il reposa Tanner par terre. Lorsqu'il reprit la parole, ce fut d'une voix très calme. Moi seul savais la peur qu'il devait ressentir.

« Tanner, écoute-moi bien. Ne pose pas de questions et fais ce que je te dis. Dans une seconde, je vais aller chercher tante Peggy. Dès que je serai parti, je veux que tu fermes la porte derrière moi, à clef. Après ça, cache-toi sous ton lit et couvre-toi les oreilles. Quoi qu'il arrive, ne sors pas et n'ouvre à personne d'autre que moi. Promets-moi que tu ne sortiras pas, d'accord ? »

Tanner ne dit rien. Il en avait déjà assez vu avant notre arrivée.

Malgré la gravité de la situation, David réussit à lui sourire.

« Je t'aime, dit-il.

— Moi aussi », répondit Tanner.

Et c'est là que nous l'entendîmes tous : le pas lourd de pieds bottés sur le parquet vernis, qui venait de l'aile est.

Je regagnai le couloir et serrai les doigts sur ma canne. David ferma la porte derrière lui. Katy prit sa main dans la sienne et se plaça entre nous deux.

C'est à ce moment-là que nous parvint un miaulement grave et discret, très discret : celui d'un vieux matou jouant avec une souris à moitié assommée.

« Tout doux, fit Trimble dans la pénombre du couloir. Tout doux, Beezle. »

Épisode 18

Beezle

Au fond, on peut dire que c'est une fois de plus le temps qui a tout fait foirer.

Parfois, on est tout simplement trop bien préparé.

La veille du jour où Katy devait être enlevée, j'avais demandé à Aaron de faire le plein. Puis je m'étais octroyé une bonne nuit de sommeil. J'avais pris un solide petit déjeuner et préparé un sac d'objets de première urgence – bombe anticrevaison, pièce d'identité et argent – au cas où il arriverait quelque chose à la voiture. À midi et demi, j'avais appelé Aaron pour qu'il vienne me chercher et me conduise au Big Fun de Coventry. Nous aurions dû avoir largement le temps : Katy ne devait pas être enlevée avant 15 heures et nous serions là-bas à 14 heures, même s'il y avait des embouteillages. Je m'étais tellement concentré sur les centaines de variables susceptibles d'affecter notre arrivée que je n'avais pas pris en compte la seule constante de l'équation. Le temps. Qui lui aussi pouvait varier.

J'avais oublié l'heure d'été.

Nous nous trouvions quelque part sur la Route 8 à la sortie d'Akron et écoutions les informations locales à la radio lorsque le présentateur, au moment de prendre congé, annonça :

« Il est maintenant 14 heures et 5 minutes.

— Qu'est-ce qu'il vient de dire ?

— Hmm ? demanda Aaron. Je n'écoutais pas.

— Quelle heure il a dit qu'il était ?

— 14 heures et quelques.

— Tu veux dire 13 heures.

— Non, non. Il est 14 heures. »

Je regardai ma montre. Elle indiquait 13 heures. Et puis je me rappelai.

« Oh, merde, fit Aaron. Vous avez oublié de changer l'heure ?

— Oui. Et il est primordial que nous atteignions Coventry avant 15 heures. Je ne saurais te dire à quel point c'est important. Il faut absolument que nous y soyons pour 15 heures », fis-je en tentant d'empêcher la panique d'affecter ma voix.

Aaron regarda les embouteillages. La Route 8 n'avait pas été prévue pour gérer l'heure de pointe des travailleurs rentrant en banlieue ; un peu plus loin, en raison de travaux, elle se réduisait à une voie unique. Je songeai soudain que si nous attendions là suffisamment longtemps – mettons, onze ans –, une nouvelle voie serait ouverte et la circulation ne serait plus un problème.

« Je vais faire de mon mieux, répondit-il.

— Conduis sur la bande d'arrêt d'urgence s'il le faut. Mais fais en sorte que nous y soyons pour 15 heures. Je t'en prie. »

À l'approche du moment fatidique, je commençai à douter de la précision des renseignements que j'avais obtenus. Et si Katy avait été enlevée à 3 heures moins dix plutôt qu'à 3 heures pile ? Et s'il était déjà trop tard pour la retrouver ? Ce ne serait pas la fin. Pas encore. Mais le fait qu'il me reste une chance d'arrêter le meurtrier en surveillant le lieu où il allait se débarrasser du corps ne serait d'aucune consolation à Katy.

Aaron arriva en trombe dans la rue du Big Fun et gara la voiture à 14 h 57 précises. Ouvrant la portière arrière, je sautai dehors et tombai sur le trottoir, tandis que ma canne allait rouler à quelques mètres de moi. Aaron contourna la voiture pour m'aider à me relever, puis me rendit ma canne.

« Laissez-moi vous aider, dit-il.

— Non. Il faut que tu restes ici. Attends-moi, c'est tout. »

Je clopinai vers le magasin de jouets tout en parcourant du regard l'autre côté de la rue. C'est là que je la vis : Katy. Katy, petite fille. À l'âge de 10 ans. Elle tournait autour d'un réverbère à la façon de Gene Kelly, sa main libre ouverte et tournée vers le soleil, comme pour saisir la lumière ; sa longue chevelure flottait derrière elle de façon presque surnaturelle. Puis je l'aperçus, lui. Il me tournait le dos, mais je savais que c'était l'homme que je traquais depuis quatre décennies. Même de là où je me trouvais, je voyais ses cheveux touffus malmenés par la brise. Si je ne me dépêchais pas, il allait l'atteindre avant. J'accélérai, marchant aussi vite que j'en étais capable. J'étais certain que j'allais tomber, me rompre le cou et voir toute la scène se dérouler sous mes yeux tandis que j'agoniserais. Mais je restai debout.

Il était arrivé à trois mètres d'elle lorsque je lui fonçai dedans à toute vitesse, allant m'écraser avec lui contre le mur en brique du Big Fun. Il poussa un cri de surprise et me regarda comme si j'étais sur le point de lui passer des menottes.

« Je te tiens, salaud, lui dis-je.

— Merde alors, vous êtes qui ? chuchota-t-il.

— Tu t'apprêtais à enlever cette fillette.

— Non. Certainement pas. Je la connais même pas.

— Menteur !

— Lâchez-moi.

— Tu vas me suivre. Tu vas aller parler à la police. On va relever tes empreintes. Tu paries combien que tu les as déjà laissées sur une autre scène de crime ? »

Son regard se vida de toute expression. L'espace d'un instant, il sembla se replier dans ses pensées. C'était à cela qu'il devait ressembler lorsqu'il commettait ses viols et ses meurtres. Aucune empathie, prévenaient ses yeux. Des yeux de tueur. Puis il revint à lui et me flanqua un violent coup de genou entre les jambes.

Je me pliai en deux et il en profita pour fuir, passant devant Katy et descendant le trottoir au pas de course. Je le vis entrer dans Tommy's Diner. Lorsque j'arrivai devant la porte du restaurant, Aaron m'avait rejoint. Je le laissai passer devant moi et nous cherchâmes pendant dix bonnes minutes, mais l'homme n'était plus là. Passé par la cuisine, peut-être. Ressorti par la porte de service. Disparu.

J'avais perdu ma réponse. Je l'avais laissée s'échapper. Il était libre de tuer de nouveau.

Mais Katy était vivante.

Je recommençai à la suivre, pendant quelques années. À des matchs de softball. Des spectacles scolaires. Des compétitions de natation. Je passais pour un grand-père. Personne ne me posa jamais de questions.

Parfois, je demandais à Aaron de me conduire dans des centres commerciaux au moment des fêtes, lorsqu'ils étaient noirs de monde. Je passai des jours entiers à le chercher dans la foule.

Mais je ne le revis jamais.

Je finis par m'ennuyer. Je me mis à passer du temps chez l'homme de Primrose Lane, l'après-midi, lorsqu'il n'attendait pas la visite de son propre vaurien holmesien. Aaron me déposait au coin de la rue et je remontais lentement la rue à pied jusqu'à la maison. Quelques heures plus tard, il repassait me chercher au même endroit. Je veillais toujours à porter des moufles lorsque je venais. Aux yeux des voisins, j'étais simplement le vieil ermite sorti se promener.

Nous jouions beaucoup aux échecs. Mais sans jamais faire de progrès. Je pense que c'était un peu comme jouer des deux côtés de l'échiquier. La plupart de nos parties se terminaient à égalité.

Souvent, je restais simplement assis en sa compagnie, à lire un de ses livres ou à écrire une nouvelle, pendant qu'il travaillait à l'une de ses peintures à l'huile. Des reproductions de paysages trouvés dans le *National Geographic*, au début. Puis des portraits. Nous étions tous les deux impressionnés par son talent naturel. Et voilà le plus bizarre : je ne me suis jamais vraiment intéressé à la peinture. Et lorsque je m'y essayais, je n'étais pas spécialement bon. Comment expliques-tu ça, alors que nous avions le même ADN ?

Aux alentours de 2001, après la chute des tours, l'un de nous – lui, je pense – eut l'idée d'écrire ensemble un livre sur nos aventures, que nous vendrions comme la plus folle des fictions. Qu'avions-nous de mieux à faire, de toute façon ? Et cela inquiéterait peut-être même assez le tueur pour qu'il s'éloigne.

Finalement, nous décidâmes que je me chargerais de sa rédaction, en m'aidant de mes notes sur l'affaire de Katy et des siennes sur celle d'Elaine et d'Elizabeth. Il peindrait les illustrations. Ou ferait au moins le portrait des personnages principaux.

Et puis les choses devinrent franchement bizarres.

Je te croisai dans la rue, David. Elizabeth et toi deviez avoir emménagé dans Palisades Street. Vous vous promeniez en vous tenant par la taille. Je venais de sortir de la maison de Primrose Lane pour rejoindre Aaron et la voiture au coin de la rue. Je me détournai avant que tu me voies. Mais, bon, cela changeait la donne.

Je retournai chez mon double pour le mettre au courant. La coïncidence l'effraya. C'était tellement bizarre. Bizarre que vous vous soyez trouvés, tous les deux. Que tu aies été poussé vers elle, même dans ce monde où elle était vivante. Assez étonnant pour nous obliger à revoir notre conception de l'univers, du destin et du hasard. Ce qui se passa, c'est que l'homme de Primrose Lane développa une nouvelle obsession. Il voulait à tout prix comprendre comment vous vous étiez trouvés et ce que cela signifiait d'un point de vue plus général.

Il put tirer au clair certains détails en fouillant dans ta boîte mail ; nous savions, bien sûr, que tu utilisais un certain roman de Stephen King comme clef de tous tes mots de passe, parce que nous en avions fait autant dans notre jeunesse. Nous relûmes les mails qu'Elizabeth t'avait envoyés au fil des ans. Nous découvrîmes comment vos vies s'étaient croisées durant ce cours de musique à l'université.

Mais la question sans réponse qui obnubilait surtout l'homme de Primrose Lane était la suivante : si Elaine et Elizabeth n'avaient jamais été assassinées dans son propre passé, les choses se seraient-elles déroulées de la même manière ? Il voulait savoir si ç'avait été son destin d'être avec Elizabeth. Il se demandait si c'était là la vraie raison de son obsession pour l'affaire non résolue de son meurtre.

J'essayai de lui faire remarquer que, en ce qui me concernait, c'était par le meurtre de Katy que j'avais été obsédé. C'était comme si nos cerveaux avaient été programmés pour s'accrocher à un mystère et le démanteler, petit à petit, pendant un temps interminable. Oublie la question du destin. Je me suis souvent demandé si nous n'étions pas en enfer. C'était de ça que j'aurais voulu discuter, pour ma part.

Quoi qu'il en soit, l'homme de Primrose Lane avait le sentiment que votre relation était maudite, qu'elle ne pouvait déboucher sur rien de bon pour Elizabeth ; d'autant plus que nous savions que tu finirais par trouver ta propre obsession. C'était ton destin. Et Elizabeth se tenait en travers du chemin.

C'est pour cela qu'il vous suivit dans votre voyage de noces, qu'il prit une cabine sur le même bateau que vous : pour veiller sur elle. Et heureusement qu'il le fit. Elle avait déjà enjambé la rambarde du pont lorsqu'il la retrouva. Il arriva à temps pour la sauver une deuxième fois. Et c'est probablement ça qui changea tout. Comme une malédiction qui se brise.

Soudain, il commença à se passer toutes ces choses formidables. Tu trouvas ton affaire non résolue, mais réussis à la résoudre avant qu'elle ne te coûte ton âme. Ta relation avec Elizabeth tint le choc. Et nous gagnâmes une amie, l'homme de Primrose Lane et moi.

Après qu'il l'avait sauvée une deuxième fois, il avait bien fallu qu'il lui dise la vérité. Et, d'une manière ou d'une autre, la vérité la rendit plus forte. Elle entra dans notre conjuration. Oui, elle venait souvent chez l'homme de Primrose Lane. Chaque fois qu'elle sortait faire des courses, qu'elle allait au supermarché, que tu restais tard au travail, elle essayait d'en profiter pour passer. On jouait au gin tous les trois. On parlait de ta vie et de ta carrière. Nous lui donnions des conseils pour te gérer quand tu étais de mauvaise humeur. Si je devais émettre une hypothèse, je dirais que l'obsession de l'homme de Primrose Lane à son égard compensait un peu la négligence de ses parents. Elle avait atteint un équilibre : ça, c'était évident. Et bien sûr, elle développa une grande affection pour l'homme de Primrose Lane.

Y avait-il autre chose entre eux ? Je ne pense pas. Ce n'était pas ce genre d'amitié. Mais elle posait pour lui. Elle lui accordait au moins ça. Et ils le faisaient en privé, pour qu'elle puisse se déshabiller. Il m'a montré un de ses portraits les plus réussis : Elizabeth y est représentée sur son lit, couchée sur le dos, les jambes allongées sur les draps, sa paume d'une blancheur laiteuse appuyée contre la tête de lit. C'était toi qu'elle aimait, David. En l'homme de Primrose Lane, elle voyait une version de toi plus âgée, et ce qui s'offrait à ses yeux lui plaisait. Elle avait hâte de vieillir avec toi, lui avait-elle dit.

À force, je finis par me sentir comme la cinquième roue du carrosse. Son affection et sa gratitude me mettaient toujours mal à l'aise. Je ne me sentais pas à ma place, je pense. J'arrêtai de passer. Et lorsque j'y retournai un jour en 2008, l'homme de Primrose Lane m'expliqua qu'il avait demandé à Elizabeth de rester à l'écart. Lorsque je lui demandai pourquoi, il refusa de me répondre.

Je crois qu'il est possible qu'il ait su qu'il était surveillé. Comment il s'en était rendu compte, aucune idée. Il était plus paranoïaque que jamais. Il avait toujours porté ces moufles, les qualifiant de « garantie ». Mais ce jour-là, je le trouvai en pleine frénésie de ménage. Il avait entrepris d'astiquer chaque centimètre carré de sa maison. Il craignait, disait-il, d'avoir laissé des empreintes digitales quelque part. Je pense qu'il sentait que le destin était sur le point de le rattraper, enfin. Peut-être se préparait-il à son propre meurtre.

Je suis désormais certain que le premier endroit où Elizabeth se rendit à sa sortie de l'hôpital fut la maison de Primrose Lane. Le tueur l'attendait-il dans les buissons ? Était-il venu là pour s'en prendre à l'homme de Primrose Lane seulement, avant de surprendre Elizabeth ? Ou bien avait-il repéré et traqué celle-ci jusque chez lui avant de les tuer tous les deux ? Je ne sais pas ce qui s'est passé.

Une seule question a de l'importance, désormais : le meurtrier sait-il ce que nous sommes ? Parce que si ce n'est pas le cas, il pense sans doute avoir tué le seul homme qui connaissait son secret. Ce qui veut dire qu'il se sent de nouveau libre de tuer.

∞

Le torse de Riley était rabougri et creux sous sa chemise, et les os de ses hanches saillaient comme des ailes. Il tenait un long pistolet blanc dans une main. Et empestait comme un cerf étripé.

« Ho ho ! fit-il. Tout le monde est là. Tant mieux. J'ai refait la déco, il faut vraiment que vous voyiez le résultat. Venez. » De son arme, il indiqua la direction du bureau de David. « Amène le gosse aussi.

— Allez vous faire foutre. »

Trimble s'humecta les lèvres et détourna les yeux de David pour regarder la porte, avant de les reposer sur lui.

« T'as raison. C'est l'heure des grands. Je pourrai toujours jouer avec le petit plus tard. »

Il fit un clin d'œil à David.

« Je… » commença celui-ci, mais Trimble lui frappa le nez de son pistolet et il se tut.

Katy lui lâcha la main pour le laisser étancher le sang qui tombait goutte à goutte sur la moquette du couloir.

« Bougez-vous », dit Trimble.

J'ouvris le chemin. Je ne voulais pas rester là une seconde de plus. S'il existait un moyen de s'échapper, nous ne le trouverions pas dans ce couloir, avec cette arme qui nous tenait en joue. David me suivit de près, précédé de Katy.

Tandis que nous approchions, ma vision commença à se tunneliser ; une manifestation de stress aigu que je n'avais pas connue depuis les moments les plus terrifiants de mon enfance. Il arrivait la même chose à David, j'imagine.

Trimble avait transformé la pièce en quelque œuvre d'art grotesque. Une installation digne de William Blake, peut-être. Ou de Jeffrey Dahmer.

Au centre gisait le bureau de l'*Edmund Fitzgerald* renversé. Il y avait gravé le mot Beezle. À droite, une grand-mère, assise sur une chaise, les yeux bandés, bâillonnée, menottée, et morte. Elle avait eu la jugulaire entaillée et s'était rapidement vidée de son sang, qui avait maculé son chemisier. Avec sa tête renversée en arrière, la blessure ressemblait à une bouche ouverte, luisante d'humidité.

« Peggy, murmura David. Bon Dieu, Peg. »

À gauche du bureau, se trouvait un homme ligoté de la même manière, mais encore vivant. Au-dessus du bandeau – fait de... toile de jute ? – qui lui couvrait les yeux, une épaisse touffe de cheveux gris. Il portait une chemise blanche et un jean. Et gémissait sous son bâillon. Dean Galt.

Un son bas et guttural nous parvint de derrière la femme morte puis, si brusquement que je tressaillis et reculai d'un pas, un chat sauta sur le bureau. Un vieux chat au poil moucheté, grisâtre et maladif. Je n'avais jamais vu un spécimen aussi usé et miteux. Sa couleur ne pouvait être définie que comme une absence de couleur. Il lui manquait quelques poils de moustache et une oreille, arrachée nette de son crâne, ne laissant qu'un trou gangreneux. Il tourna la tête vers nous et feula.

« Chuuut, Beezle, fit Trimble.

— Un chat ? s'exclama David. Beezle est un chat ? »

Trimble nous fit reculer en pointant son arme sur nous et se dirigea lentement vers son compagnon.

« Pas qu'un chat.

— Vous êtes fou, fit Katy.

— Ta gueule ! Toi-même ! » répliqua-t-il, avant de partir d'un grand éclat de rire. Il porta la main à sa poche de derrière et en tira deux paires de menottes de police. Il m'en lança une et l'autre à David. « Faites ça bien, ou je devrai m'en occuper.

— Non », refusa David.

La réaction de Trimble fut immédiate et fracassante. L'écho du coup de feu tinta longuement dans mes oreilles. À ma gauche, David s'effondra en agrippant son genou. Beezle poussa un grondement bruyant. L'homme aux yeux bandés hurla dans ses attaches. Même Trimble parut un peu sonné. « Putain, s'exclama-t-il. Ça fait du bruit. »

Katy s'approcha vivement de David.

« David. Bon sang. David ! »

Il ne répondit rien et se contenta de lui tendre les menottes ; elle en referma une sur son poignet gauche, passa la chaîne autour d'un des tuyaux du radiateur et attacha l'autre à sa main droite. Trimble pointa alors son pistolet sur moi ; je m'approchai de Katy et menottai ma main gauche à sa droite, autour du même radiateur en fonte.

« Bien », fit Trimble. Il s'accroupit pour être à notre hauteur, puis me regarda. « Bien, commençons par le commencement. Qui êtes-vous ?

— L'oncle de David. »

Lentement, posément, Trimble prit le pistolet par le canon puis m'en donna un grand coup sur le front. Cela me fit l'effet d'avoir foncé dans une porte blindée.

« Qu'est-ce que ça peut vous faire ? demanda David.

— Ça m'intéresse, et j'ai un flingue.

— Je suis lui, admis-je. *Lui*. Je suis David, pauvre con ! »

C'est alors que Trimble fit quelque chose qui fit courir un nouveau frisson de terreur dans mon dos. Il se tourna vers Beezle, perché sur le bureau derrière, et attendit une réponse. Le chat me regarda et je fus aussitôt pris d'un immense désarroi. La tristesse la plus noire et la plus profonde que j'aie connue m'envahit, et elle sembla naître dès l'instant où son regard croisa le mien. J'entendis une voix rauque et grave : *Tu as échoué*, disait-elle. *En fait, tu as toujours été un raté.*

Tout ce à quoi tu as consacré ta vie est aussi vide et creux que ton âme. Tu ne trouveras pas la grâce. Ni le sens. Ni l'équilibre. Tu ne trouveras que moi. Les Ténèbres.

Trimble se retourna vers moi.

« Comment ?

— À votre avis ?

— Machine à remonter le temps ?

— Oui. »

Trimble regarda de nouveau Beezle, puis nous. Il éclata de rire et se frappa la cuisse si fort que j'eus peur qu'il tire accidentellement.

« Pas possible. C'est génial ! Vraiment génial. Putain ! Tu te rends compte ? Je vais pouvoir te tuer deux fois ! » Il pointa son arme vers David. « Et d'un. » Puis vers moi : « Et de deux. »

Il se tourna vers Katy.

« Mais toi, tu le savais déjà, je me trompe ? Ah. Petite coquine. J'adore les filles intelligentes. Dommage que tu sois grande. Je parie que t'étais mignonne, hein ? Ouais. Carrément. Ça se voit. Je parie que tu laissais tes petits copains tripoter tes œufs au plat, hein ? Et jouer un peu au docteur ? » Il commença à se pencher vers elle et je crus qu'il allait l'embrasser, mais Beezle se mit à miauler et il s'arrêta brutalement. « OK. »

Il secoua la tête comme pour se la vider, puis se redressa et s'approcha de l'homme assis.

Celui-ci se remit à hurler en sentant les doigts de Trimble derrière sa tête lorsqu'il entreprit de lui retirer son bandeau.

« Ta gueule, fit le tueur. Je vais pas te faire de mal. »

Il lui ôta le bandeau mais lui laissa son bâillon.

Galt, déjà en état de choc, parut devenir fou en

apercevant Katy. Il écarquilla les yeux comme le cheval enfermé dans son box qui voit démarrer dans un coin l'incendie qui va brûler toute l'écurie. Puis il me regarda et me reconnut également. Il commença à secouer la tête et marmonna quelque chose sous son bâillon.

« Quoi ? demanda Trimble.

— Il dit : “Tu es mort. Je t'ai regardé mourir”, expliquai-je.

— Waouh. C'est dément.

— C'est lui, dit Katy à David d'un ton maussade. C'est l'homme qui s'est approché de moi devant le Big Fun.

— Elle sait qui t'es, mec ! s'exclama Trimble en sautillant autour de la chaise. Je te l'avais dit ! Je t'avais dit qu'elle devinerait. Bon Dieu, qu'est-ce qu'on se marre ! Je t'avais bien dit que je te l'attraperais, David. Je te l'avais dit. On aurait dû travailler ensemble !

— Pourquoi aurais-je fait une chose pareille, Trimble ? » fit David. Je commençais déjà à vouloir qu'il se taise, du moins jusqu'à ce que je trouve un moyen de nous sortir de là. Mais je connaissais bien le mépris que j'avais toujours éprouvé pour l'autorité. « Vous êtes comme lui. Exactement comme lui.

— Non, répondit Trimble. C'est pas vrai. Il y a une grosse différence. Cet homme tue pour son propre plaisir. Moi, je n'ai jamais tué que pour Beezle.

— Un putain de chat !? » hurla David.

Pour ma part, j'avais déjà commencé à douter que Beezle ne soit qu'un chat.

« Ben là, oui, c'est un chat, admit Trimble, comme s'il craignait que David ait vexé la créature et souhaitait maintenant l'apaiser. Mais il a aussi été un chien pendant un temps, hein ? Quand il vivait à New York. Et un âne, une fois, il y a longtemps. Un cochon, aussi. Il pourrait être un homme s'il en avait envie, je parie. Je pense qu'il a pris la forme d'un chat parce que c'était ce que je voulais.

— Mais de quoi est-ce que vous parlez ? s'exclama David.

— Il est venu à moi quand j'avais 5 ans. J'étais cantonné dehors à longueur de journée et je n'avais qu'un bac à sable pour m'occuper. Je priais Dieu depuis tellement de temps pour qu'il me donne un ami avec qui jouer. Mais ce que je voulais vraiment, c'était un chat. Un petit chat à caresser, à faire ronronner et à pourchasser dans toute la maison. Et quelque chose m'a entendu. »

Trimble regarda Beezle, comme un amant se rappelant le moment où le destin lui a fait rencontrer son âme sœur.

« Il est venu, et il s'est arrêté devant moi dans le bac à sable. Il m'a dit qu'il portait beaucoup de noms, et que Beezle était l'un d'eux. Il m'a dit que si je lui étais loyal, si je lui obéissais et que je faisais tout ce qu'il me demandait, il serait mon ami chaque fois que j'en aurais besoin. Je lui ai répondu que oui, oui, je ferais tout ça. Mais il m'a demandé de le prouver. Un contrat. C'était un contrat. Je m'en rends compte, maintenant. »

Je ne voulais pas savoir.

« Il m'a demandé de le débarrasser du chien du voisin. Vois-tu, le chien savait *qui* était Beezle. Il pouvait le sentir. Et ça, ça ne plaisait pas à Beezle. Donc j'ai fait ce qu'il m'a ordonné. J'ai attaché le chien à un arbre dans le bois derrière chez moi, et je l'ai éventré avec mon couteau de poche. La police a cru que c'était un autre gamin qui avait fait le coup, le blond qui vivait plus bas dans la rue. Ils l'ont emmené dans un fourgon blanc.

» Beezle est mon ami, maintenant. Il m'aide quand j'en ai besoin. Il est venu me voir à l'hôpital et il m'a dit d'arrêter de prendre mes pilules. Il m'a ouvert la porte et m'a montré comment sortir par la fenêtre de la chaufferie. C'est à ça que ça sert, les amis. Bien sûr, il y avait un ou deux aides-soignants qui fumaient à l'extérieur, mais on s'est occupés d'eux aussi, hein ? »

Beezle miaula.

« J'avais pas besoin de tuer ces filles pour obtenir ce que je voulais. Mais Beezle a pas mal insisté. Il m'a dit que j'avais pas le choix. Que ces filles-là, spécifiquement, devaient mourir.

— Pourquoi ? demanda David.

— L'univers est détraqué, David. Tu ne le sens pas dans la moelle de tes os ? Les choses sont pas censées être comme ça. La nature est équilibre. À chaque chose sa raison, pas vrai ? Ou un truc du genre. Mais tu l'as bidouillée. Beezle m'a dit que c'est à cause de toi que nos vies sont damnées. Et il t'a attrapé ! *On* t'a attrapé ! »

Sur ces mots, il se mit à danser une petite gigue devant nous.

David agit brutalement, sans qu'aucun de nous ait rien vu venir. Il avait retenu une petite longueur de chaîne lorsque Katy avait fait passer la menotte derrière le radiateur. Il lui restait un peu de liberté de mouvement. Il parvint à s'avancer tout près de Trimble, assez pour lui envoyer un coup de pied à l'entrejambe et, lorsqu'il tomba, lui broyer les testicules du talon de sa chaussure.

Trimble recula en hurlant. Son arme tomba et s'en alla valser au sol en direction de la main tendue de

David. Ç'allait être juste, mais il semblait bien qu'il allait réussir à l'attraper.

C'est alors qu'une douleur cuisante s'empara de mon cerveau. Il me fallut quelques secondes pour comprendre qu'elle était provoquée par un son : de ceux qu'on entend à côté d'un ampli pendant un solo de guitare à un concert de métal. Une douleur fulgurante, sourde, abrutissante. Oubliant le pistolet, David se couvrit les oreilles. Katy tenta d'en faire autant mais ne put s'en protéger qu'une, car sa main gauche était collée contre le radiateur. Elle hurla. D'où venait ce son ? Je balayai la pièce du regard et tressaillis en découvrant son origine.

C'était Beezle. Les poils du cou hérissés, il avait la gueule grande ouverte. Le bruit émanait de son corps. Sa fourrure ondulait en petites vagues le long de ses flancs. Puis il referma la gueule, et la cacophonie prit fin.

Trimble fut le premier à s'en remettre ; il ramassa le pistolet, le retourna et tira sur David, le touchant au ventre. Le sang jaillit de la blessure, coulant entre les doigts refermés de mon double pour tomber sur le parquet.

« David ! » hurla Katy.

Les yeux plissés par la douleur, David regarda Trimble.

« Tu devrais me remercier », déclara Trimble. Mais il y avait du regret dans sa voix. Comme s'il avait dû abattre son chien atteint de la rage. « Tu aurais fait une fixation sur cet homme comme sur moi, ajouta-t-il en montrant Dean Galt du doigt. Et quel genre de vie est-ce là ? Des questions, des questions, encore des questions. Tu te nourris des réponses. C'est la seule chose qui te rassasie. Tu aurais passé le reste de tes jours à essayer d'obtenir de lui ce qu'il m'a avoué en une heure. Devine quoi, David : c'est grâce à ton livre qu'il a retrouvé Elizabeth. Tu y as glissé tant d'informations personnelles à son sujet ! Ça a relancé son obsession pour elle. Il a commencé à la suivre partout. Et elle l'a amené droit chez l'homme de Primrose Lane. Tu imagines sa surprise lorsqu'il les a vus ensemble ? Il était furieux. C'est lui qui a appelé ta femme ce jour-là à l'hôpital, en se faisant passer pour l'homme de Primrose Lane. Il a attendu derrière la maison jusqu'à ce qu'elle arrive. Puis il l'a suivie à l'intérieur.

» Il m'a tout raconté, David. Ce qui s'est passé quand il est entré. Pourquoi il a maquillé le meurtre de ta femme en suicide. Les raisons pour lesquelles il tue. Ce qu'il a fait du corps d'Elaine. Mais à toi, David, il ne t'aurait jamais avoué tout ça. Parce que tu n'aurais pas menacé ses testicules avec un couteau comme je l'ai fait. »

Trimble s'agenouilla devant David, à côté des pieds de Galt.

« Et tu sais ce qui est le pire ? C'est qu'au bout du compte toutes ces réponses ne changent rien. Tu n'essaies pas d'achever des mots croisés parce que tu aimes voir toutes les cases remplies, mais juste pour voir si tu en es capable. Et dès le lendemain, tu t'attaques à une nouvelle grille. Ce n'est pas la solution qui t'importe. Tu comprends ? »

David ne répondit pas.

« Tiens, je vais te le prouver » reprit Trimble. Un autre coup de feu retentit. La tête de Galt explosa comme un ballon, nous aspergeant de morceaux brûlants de cervelle et de fragments d'os. « Putain de merde ! hurla Trimble en enlevant un morceau de matière grise de son épaule. C'était ma chemise préférée ! »

Je n'entendis pas le coup de feu suivant. Il se peut

que mon cerveau ne l'ait pas enregistré tant il avait suivi de près celui qui avait tué Galt. Tout ce que je remarquai, ce fut la tache rouge vif qui apparut au milieu de la chemise de Trimble. Il essaya de l'épousseter, mais elle ne fit que s'agrandir. Avec un feulement bruyant, Beezle sauta au bas du bureau. Puis Trimble leva les yeux vers le seuil de la pièce.

Sackett se tenait là, appuyé contre l'encadrement. Il fit feu deux fois encore sur Trimble, au niveau de la poitrine. Et pourtant, celui-ci restait debout. Il semblait surtout agacé. Alors Sackett lui tira une balle dans le visage, et c'en fut terminé.

« Les clefs, s'écria Katy, trouvez les clefs ! Et appelez les secours ! Je vous en prie ! Vite ! »

Sackett fit les poches de Trimble et finit par y dénicher les clefs des menottes, qu'il me lança. Mes mains tremblaient. Je dus m'y reprendre à plusieurs fois avant de réussir.

« Je reviens tout de suite », dit le policier.

« Kate, murmura David, couché sur le dos. Où est le chat ? »

Je cherchai la bête du regard. Elle était juchée sur le rebord de la fenêtre, derrière le bureau renversé, nous observant avec une fureur silencieuse. Je me baissai pour arracher le pistolet de la main crispée de Trimble et, dans le même geste, le levai pour tirer sur l'animal au moment où il traversait d'un bond la fine moustiquaire.

Je ne sais sincèrement pas si mon coup porta. Si oui, il ne dut pas aller bien loin avant de se coucher pour mourir. Mais je dirais qu'il y a à peu près une chance sur deux que je l'aie touché.

« Qu'est-ce que c'était que ce bruit qu'il a fait ? » demandai-je.

Katy ne marqua aucune réaction. Déjà, elle essayait de se convaincre que cette partie-là de la scène n'avait été que le fruit de son imagination. David me fit signe d'approcher.

« Pas un chat, lâcha-t-il. Je l'ai vu. Lorsque Trimble m'a tiré dessus. L'espace d'une seconde.

— C'était quoi, alors ? »

Une larme s'échappa de son œil et roula sur sa joue.

« Une noirceur. Sans forme.

— Là, là », répondis-je d'un ton apaisant.

Sa peau, déjà, prenait une teinte cireuse, et sa respiration était rauque, haletante.

« Est-ce tout… ce qui nous attend ? me demanda-t-il. Tous… les tueurs qu'on a arrêtés. Tu crois… Est-ce que cette noirceur vaincue essaie de nous… posséder ? Elle m'a appelé. Je me suis senti y répondre.

— N'y pense plus et concentre-toi sur l'idée de ne pas mourir. Reste tranquille. »

Il secoua la tête et m'agrippa le bras avec la force qui lui restait.

« Veille sur lui. »

Et son regard devint fixe.

Tout ce que je peux te dire, Tanner, c'est que c'est exactement ce que j'ai essayé de faire.

Mais bien sûr, si tu lis ceci, c'est qu'il s'est encore passé une chose horrible.

Je suppose que la question que tu dois te poser, à présent, c'est à quel point tu tiens de ton père ?

Jusqu'où iras-tu, toi ?

La décision t'appartient. C'est un choix terrible. Quoi que tu décides, sache qu'il t'aimait. Que je t'aimais.

Interlude

La ballade de la grenouille de Loveland

2012. Cette fois, Everett Bleakney était préparé.

Il gardait un sac prêt en permanence à côté de la porte de son mobile home. Dedans, il y avait le pistolet de son père, une bombe de gaz lacrymogène, un aiguillon électrique, deux paires de menottes, du ruban adhésif, des bouchons d'oreilles, du papier alu et de la corde.

Ils l'avaient enfermé. L'avaient traité de fou. Hannah l'avait quitté pour un autre homme pendant qu'il se remettait de sa dernière rencontre avec la grenouille de Loveland au service psychiatrique de l'hôpital général de Cinci, en 1996. Il n'avait pas été accepté à l'académie de police à cause des résultats de son évaluation psychologique. Le monstre qui avait tué son père avait aussi fichu sa vie en l'air. S'il revenait un jour, Everett serait prêt. Et cette fois, il ne prendrait pas la fuite. Même s'il sentait ses tentacules télépathiques s'enrouler autour de ses pensées.

Il attendait. Depuis des années, il attendait, à l'affût du moindre son en provenance de Twightwee Road. À la première pétarade de vieux camion du côté des ruines de Camp Ritchie, il attrapait son sac, sautait dans sa voiture et filait sur les routes de campagne de Loveland à une vitesse presque physiquement impossible. Il se fichait que ce soit une fausse alarme. Il voyait ces déplacements inutiles comme un entraînement.

Prends ta baguette à étincelles, connard, songeait-il. *On verra ce qu'elle vaut contre un 9 mm.*

Aussi, lorsque ce son bas, percutant et incisif à la fois, fit trembler le sol sous son mobile home le 3 octobre 2012, il était prêt.

« Nous y voilà ! » s'exclama-t-il.

Il était en train de se préparer pour aller prendre son poste chez Capri Pizza lorsqu'il l'entendit, le sentit à travers les cloisons en imitation bois. S'il y allait tout de suite, il n'arriverait jamais au travail à temps. Et cela voulait dire qu'il allait se faire virer. Une fois de plus. Mais s'en souciait-il ?

Il attrapa son sac et sauta hors de chez lui comme un soldat parachutiste. Une minute plus tard, il était au volant de sa vieille Volkswagen Golf toute cabossée, en train de faire voler la poussière sur Twightwee Road à quatre-vingts kilomètres/heure.

Juste après le pont qui enjambait la Little Miami, Everett freina brutalement, rangeant sa voiture en dérapant le long de la berme. Il en descendit précipitamment avec son sac et s'enfonça dans les bois en sortant de celui-ci le pistolet et la bombe de gaz lacrymogène. Il vérifia que les armes étaient en état de marche. Enleva la sûreté. Il tenait le lourd revolver dans sa main droite et le gaz lacrymogène dans sa main gauche, prêt à l'emploi.

Le bruit recommença.

On ne pouvait pas s'y tromper. Ce n'était pas une

pétarade. C'était le moment qu'il attendait. Le retour de la grenouille de Loveland. Quelque part parmi ces pins, il le savait, il trouverait un œuf noir.

« Où tu es, putain ? s'écria-t-il. Où tu es ? »

Comme en réponse, l'air devant lui miroita telle la surface d'une mare traversée d'une ondulation. Le bruit se répéta encore, et l'onde de choc le fit tomber en arrière. Il se retrouva sur les fesses dans le tapis d'aiguilles de pins. Il se releva et fouilla du regard les alentours. L'œuf était là, à trois mètres de lui.

Il pointa son arme sur le haut de l'appareil.

Cinq bonnes minutes s'écoulèrent avant qu'il se passe quoi que ce soit. En 1996, il avait vu la grenouille de Loveland s'extraire de son vaisseau spatial en l'ouvrant à l'aide de sa baguette à étincelles. Mais cette fois, remarqua-t-il immédiatement, il y avait quelque chose de différent. Il ne vit pas de lézarde se former en un point puis faire le tour de la coque. À la place, une mince fente parfaitement rectiligne apparut brusquement à la surface lisse de l'appareil, dont elle faisait déjà tout le tour. L'air contenu à l'intérieur s'échappa avec un sifflement bruyant. Puis, dans un bruit sec, le couvercle se souleva et s'ouvrit sur des charnières cachées à l'intérieur de l'œuf.

Everett sentit une palpitation lui étreindre le cœur et sa tête se vider.

Nous y voilà, songea-t-il. *C'est le moment. Ils seront bien obligés de me croire, maintenant. Lorsque je traînerai cette créature chez Paxton, ils me croiront.*

Une main noire et visqueuse se posa avec un claquement mouillé sur le bord de l'œuf. Puis une autre. Lentement, le monstre se redressa dans l'œuf, assez haut pour que ses yeux globuleux se posent avec surprise sur l'âme d'Everett.

« Vous avez tué mon père », dit celui-ci en armant son pistolet.

Le monstre cracha une masse noirâtre aux pieds d'Everett.

« Attendez ! » dit-il d'une voix remarquablement humaine.

Everett hésita.

« Ne tirez pas, l'implora la grenouille de Loveland.

— Mais qu'est-ce que vous êtes, putain ? » demanda Everett.

Il rassembla sa détermination pour appuyer sur la gâchette et mettre fin à cette conversation. L'extra-terrestre essayait de le piéger en utilisant sa langue natale, comprenait-il. Rusé !

« Je m'appelle Tanner Neff. Ne tirez pas ! » reprit la créature.

Everett la regarda arracher de son visage une pellicule noire et suintante. Dessous apparut quelque chose qui ressemblait à un homme.

« Quel jour sommes-nous ? demanda la créature.

— Quoi ?

— Le jour. Quel jour on est ?

— Le 3 octobre, répondit Everett d'un ton incertain.

— De quelle année ?

— 2012. »

L'humanoïde sourit.

« Si vous posez cette arme et m'aidez à sortir d'ici, Everett, je vous promets de sauver votre père après avoir sauvé le mien. »

Épilogue

De la voiture, il les regarda sortir du musée mémorial de Mansfield. Ils offraient l'apparence d'une famille heureuse – une moitié, du moins –, avec le garçon qui se penchait dans le vide au bout de la main de son père tandis qu'ils regagnaient leur Coccinelle jaune. Tanner se rappelait cet instant. C'était le dernier bon souvenir qu'il gardait de son père, le dernier bon moment qu'ils avaient passé ensemble. Il se rappelait l'excitation qu'il avait ressentie en écoutant le vieux conservateur du musée raconter son histoire de sa voix modulée par un vieux larynx artificiel qui le faisait ressembler à un robot lui-même. C'était le soir où tout avait commencé à changer, à empirer, de façon inéluctable.

« Vous êtes prêt ? lui demanda Everett, assis au volant de sa Volkswagen.

— Oui, répondit Tanner.

— Vous voulez que je vienne ?

— Non. C'est quelque chose que je dois faire seul. Ça ne va pas prendre longtemps. »

Il attrapa la boîte en carton sur le siège arrière et sortit de la voiture.

Il n'avait pas parcouru la moitié de la distance qui

le séparait de son père lorsque celui-ci remarqua sa présence. S'il n'en avait pas eu conscience quand il était enfant, Tanner se rendait compte à présent que son père avait toujours été prudent avec lui, à l'affût du moindre danger susceptible de se présenter. Il lut la question qui se formait dans le regard de David lorsque celui-ci tourna les yeux vers lui : *Représentez-vous une menace pour mon fils ?*

Tanner, 4 ans, avait terminé de boucler la ceinture de son siège auto lorsque Tanner, 40 ans, arriva assez près de David pour lui adresser la parole.

« Bonjour, fit son père d'un ton incertain.

— Bonjour, David, répondit Tanner.

— Désolé, on se connaît ?

— Je ne suis pas là pour vous faire peur, mais j'ai besoin que vous m'écoutiez attentivement. Dans quelques minutes, vous allez appeler votre éditeur pour lui dire que vous acceptez d'écrire ce dernier chapitre de votre prochain livre. Je veux vous demander de ne pas le faire. Pas pour l'instant. »

David resta figé de stupeur. Puis un sourire se dessina au coin de ses lèvres.

« Qui êtes-vous ? demanda-t-il d'un ton amusé. Qu'est-ce que ça veut dire ? »

Tanner lui tendit la boîte qu'il tenait.

« C'est un livre inachevé. Ou, du moins, auquel il manque un épilogue approprié. »

David l'ouvrit.

« Écoutez, commença-t-il, je ne suis pas censé lire les manuscrits qu'on me présente comme ça, mais… » Il s'interrompit en découvrant la page de titre. *L'Homme de Primrose Lane*. « C'est vous qui avez écrit ça ?

— Non.

— Qui, alors ?

— Lisez-le. Il vous expliquera les choses bien mieux que je ne pourrais le faire moi-même. Je reviendrai vous voir dans un mois et nous pourrons en discuter. Mais, pour l'instant, contentez-vous de le lire. Et, s'il vous plaît : n'appelez pas votre éditeur ce soir. »

Le garçonnet dans la voiture tapota à la fenêtre et lui fit signe de la main.

« Bonjour, monsieur !

— Bonjour, petit », répondit Tanner.

Il se sourit. C'était un souvenir qu'il n'avait pas. Quelque chose de nouveau. Et n'était-ce pas, en soi, une promesse ?

Avant que David sache comment réagir, il s'éloigna.

Le 8 octobre 2012, Riley Trimble regagna sa chambre en isolement au bout d'un couloir du centre de détention psychiatrique Saint-Sébastien et attendit que l'infirmier arrive avec son cocktail de pilules.

Beezle lui avait ordonné d'attendre là, dans cet enfer aseptisé. D'attendre son retour. Cela faisait quatre ans. Ce n'était pas mieux que la prison. Combien de temps encore allait-il devoir attendre que David revienne le voir ?

« Bonsoir, fit un homme vêtu d'un uniforme blanc en entrant dans sa chambre et en fermant la porte derrière lui.

— Où est Sully ? demanda Trimble.

— Malade.

— Comment vous vous appelez ?

— Tanner.

— Bonjour, Tanner.

— Bonjour, Riley. »

Le lendemain matin, Cindy Nottingham était assise dans le coin le plus ensoleillé de sa cuisine, en train de prendre un petit déjeuner frugal tout en tournant les pages du *Beacon Journal* à la recherche d'un sujet à commenter dans son blog. Son regard s'arrêta sur l'article de Phil McIntyre, en deuxième partie de première page : « Riley Trimble meurt à l'hôpital public ».

D'une overdose, apparemment. D'une manière ou d'une autre, il avait réussi à ingurgiter un flacon entier de Rivertin.

Il faudrait qu'elle interroge David à ce sujet. Oh, il ne lui répondrait pas, bien sûr. Mais c'était un bon prétexte pour traîner son nom dans la boue une fois de plus.

On frappa à sa porte.

Cindy, qui recevait rarement de la visite, et certainement pas à une heure aussi matinale, sursauta. Elle reposa son journal et s'en alla regarder par l'œilleton. Un homme en polo blanc se tenait sur son seuil. Elle entrouvrit sa porte.

« Oui ?

— Bonjour, mademoiselle Nottingham. Je m'appelle Everett Bleakney. Je représente un homme qui souhaite vous payer pour une mission en free lance.

— Sérieux ?

— Sérieux. »

Cindy ouvrit sa porte plus grand.

« Qui ?

— Je ne peux pas vous le révéler. C'est un donateur anonyme. Quelqu'un qui apprécie votre talent mais préférerait le voir employé ailleurs.

— Comme où ?

— Où vous voulez, mais pas ici.

— Je ne comprends pas.

— Pour dire les choses simplement, mademoiselle, mon employeur est prêt à vous offrir cinq cent mille dollars pour partir d'Akron et ne jamais y revenir. Il veut que vous écriviez votre blog ailleurs. »

Le 21 octobre, le lieutenant-détective Tom Sackett et l'ex-agent fédéral Dan Larkey reçurent chacun une enveloppe en papier kraft avec leur adresse écrite à la main.

À l'intérieur, ils découvrirent trois photos. Des portraits scolaires. Un cliché d'Elaine O'Donnell, un autre de Katy Keenan et un dernier d'une petite fille qu'ils ne connaissaient pas, du nom d'Erin McNight. Le coin supérieur droit de chaque cliché était encerclé. Un mot les accompagnait, une simple question : *Qui est Dean Galt ?*

Le lendemain après-midi, ils avaient rassemblé assez de preuves indirectes pour obtenir un mandat de perquisition au domicile de Galt et dans son studio photo. Ils trouvèrent son sanctuaire dédié aux petites filles rousses. À son domicile, ils découvrirent une mine de pornographie infantile et une boucle d'oreille que Galt avait prise à Elaine en souvenir ; un trophée particulièrement accablant, car son absence sur le cadavre n'avait jamais été rendue publique par la police. Dans une boîte au fond de la penderie, ils mirent la main sur un pistolet dont le service de balistique annonça plus tard qu'il correspondait à la balle trouvée dans le corps de l'homme de Primrose Lane.

Personne n'établit le moindre lien entre la mort d'Elizabeth et la tentative de meurtre sur l'homme de Primrose Lane. Mais Galt alla en prison et n'en ressortit jamais.

Le 19 octobre, Tanner, 40 ans, et son père David se partagèrent le cinquième d'une bouteille de whisky Johnnie Walker sur la terrasse couverte à l'arrière de leur demeure de Palisades Street pendant que Tanner, 4 ans, faisait la sieste dans sa chambre.

« Ce que je ne comprends pas, déclara David d'un ton perplexe mais nullement accusateur, c'est pourquoi tu n'es pas revenu jusqu'en 2008 pour empêcher Galt de tirer sur l'homme de Primrose Lane et de tuer ta mère en premier lieu. Voire même encore plus loin, pour l'empêcher d'enlever Elaine ?

— C'est ce que j'ai l'intention de faire », répondit Tanner.

David se tourna vers son fils pour le regarder.

« J'ai lu ce livre pour la première fois à l'âge de 13 ans, expliqua Tanner. L'obsession est dans nos gènes, apparemment. J'ai passé les dix premières années de ma vie d'adulte à étudier la physique théorique de pointe. À 30 ans, j'étais stagiaire dans le laboratoire de Tesla. Je l'ai aidé à développer et à peaufiner sa machine. L'important, pour moi, c'était de concevoir un module réutilisable. Ça nous a pris trois ans de plus, mais on a réussi.

— Réutilisable ? Pourquoi ?

— Voilà comment je vois les choses : en revenant ici, j'ai, fondamentalement, doublé le nombre d'univers parallèles, n'est-ce pas ? Dans la moitié d'entre eux, tu es en vie pour me voir grandir. Dans l'autre, tu es assassiné par Trimble. À partir d'un même point dans le temps, l'arrivée de mon œuf, tous ces univers rayonnent comme les milliers de branches de milliers d'arbres. Mais ça ne me suffit pas. Je voulais un module réutilisable parce que, maintenant, je repars en 2008 pour sauver maman. Et l'homme de Primrose Lane. Comme ça, je peux voir Galt arrêté pour ses crimes une fois de plus. Et tuer Trimble une fois de plus. Je peux même revenir à l'époque où il avait 5 ans et étrangler ce chat dans son bac à sable. Pense à toutes les réalités qui sont nées de ce moment. Au bout d'un moment, celles dans lesquelles tu es en vie, celles dans lesquelles nous formons une famille, surpasseront largement en nombre celles dans lesquelles vous êtes morts tous les deux. Au bout du compte, le pourcentage de celles-ci sera si faible qu'elles ne compteront presque plus.

— Mais ça ne change rien pour toi. »

Tanner émit un bruit de dérision.

« Je peux trouver des moyens de profiter de la balade. Je finirai par arriver dans les années 1960. Woodstock, tout ça. Et j'aurai des tonnes de dollars à dépenser pour m'amuser. Je terminerai mes jours sur une île du Pacifique sud, dans les années 1950. Alors ne t'inquiète pas pour moi. »

Il essaya de sourire, mais David savait que son fils aurait beaucoup de mal à se défaire de ses obsessions lorsque le moment viendrait.

« J'envisage de publier le livre qu'a écrit l'autre moi, déclara-t-il. Peut-être en épurant un peu le langage, en ajoutant un commentaire interne, en entrant un peu plus dans la tête des personnages. Pour que ça ait plus l'air d'une œuvre de fiction. Il faudra le vendre comme tel, bien sûr. Ça pourrait faire un roman sympa. Bien sûr, il me faudra un bon pseudonyme.

— Est-ce que tu pourras me le dédier ? demanda Tanner.

— Bien sûr », répondit David avec un rire. Il eut

envie de serrer son fils dans ses bras. Mais Tanner était plus vieux que lui. « Quand est-ce que tu dois partir ?

— Quand je veux. Bientôt. Je me disais… Si ça ne te dérange pas, je veux dire… Je me disais que je resterais bien un peu. Peut-être assez longtemps pour qu'on aille pêcher ensemble ?

— Avec plaisir.

— Et qu'on se fasse une petite partie de base-ball en amateur ?

— Absolument. »

David se servit un autre doigt de whisky et le sirota en contemplant, avec son fils, les étoiles de la Voie lactée qui palpitaient au-dessus d'eux.

Composition et mise en pages
Nord Compo à Villeneuve-d'Ascq

Imprimé en France par

MAURY IMPRIMEUR
à Malesherbes (Loiret)
en mars 2015

POCKET – 12, avenue d'Italie – 75627 Paris Cedex 13

N° d'impression : 196143
Dépôt légal : mars 2015
S25055/01